U0123063

寂光與烈焰

成英姝

【出版緣起】

「長篇小說專案」第三十本作品出版

國家文化藝術基金會董事長
施振榮

國藝會自一九九六年成立以來，於國內藝文領域扮演重要角色，積極輔導、協助、營造有利於文化藝術工作者的展演環境。二〇〇三年，因觀察到長篇小說發表不易及出版環境的艱困，啟動「長篇小說創作發表專案」。專案推動至今，出版多部重要文學經典，有半數以上獲得國內、外重要文學獎項肯定，也跨界改編戲劇，翻譯其他語言發行其他國家。並且透過藝企平台的媒合，由和碩聯合科技股份有限公司從二〇一三年起，每年贊助專案一百萬元。

我常提到「台灣不缺人才，只缺舞台」，長篇小說專案藉由完整的機制規畫，讓優秀作家能在此創作舞台盡情揮灑創意。專案推動十三年來，以挖掘當代文學經典為目標，嚴格把關作品質量，也協助作品出版、評論、發表等推廣活動。整個計畫執行過程，國藝會既是作品催生的助產士，也是替優秀作品媒合好出版社、拓展發表管道的媒人婆。

二〇一六年是國藝會邁入二十年的重要里程碑，本書《寂光與烈焰》是長篇小說專案出品的第三十部作品，具有特殊意義。小說故事以沙漠越野賽車為主題，作者成英姝女士為了蒐集寫作材料，參加內蒙古越野拉力賽車培訓課程、獲得賽車手執照，也深入新疆、內蒙古、北京等越野賽車手生活，完成三十三萬字作品，毅力驚人！故事從一位失去記憶的賽車手，開啟一連串推理情節發展，寫出賽車文化不為人知的隱性面，是台灣原創作品少見的題材。本書後續推廣，也將於書店發表會及校園座談會，分享相關影像及趣聞。期待藉由推廣活動，能多方引發大眾閱讀興趣，更期待作品未來能有其他跨領域改編的可能性。

回顧過去，展望未來，期許國藝會在下一個里程，仍能持續推動長篇小說專案，促進國內文學生態穩健發展，成為作家堅實的寫作後盾；迎向全球讀者，搭建優質作品與國際接軌，讓世界不為人知的美好價值，透過台灣出品的好小說，在各角落持續發聲、對話。

寂光與烈焰

那男人見到他時，滿臉不可置信的驚詫，一雙猛禽似的眼睛瞪得炯利，朝他喊了一聲「嚴英」。他猜想這十之八九就是自己的名字了。

沮喪的是，入耳半分親切、熟悉、彷彿找到歸宿的感覺都沒有。他自是想多問那男人一兩句，有助於讓自己混沌的頭腦最低限度理出點什麼來，哪怕殺出一縷蜘蛛絲般細的清爽路也成，但眼下他顧不了那麼多，他的頭奇痛無比，痛到他想把手指插進眼窩裡把那只瀕臨爆開的眼球給摳出來；不僅顱殼和眼球，他全身犯著說不清的痛，想開口說話舌頭都不情願搭理自己，一張臉從裡到外好似被攪揉在一塊兒的麵糰，整身骨架子像要各自飛奔地離散了。

男人走在前頭，對他漠不關心，回身望一眼都嫌吝嗇，他拖著一隻發麻的腳努力跟上男人的速度。從背影看，男人穿著剪裁合襯的襯衫，袖口捲至手肘，有一副寬肩膀，乍看瘦削，其實是因為身材頎長，仔細瞧就發現襯衫底下繃撐出結實的肌肉線條。男人走路的速度很快，以輕巧的彷彿蹦跳一般的步伐蹬下台階，儘管悶住的兩耳裡頭嗡嗡作響，他卻感覺生出幻覺，恍似聽見男人發亮的皮鞋敲在地面上那伶俐的踢踏聲。

從他清醒過來，頭腦裡完全就是人們常說的一團糨糊，爛稠一片，沉甸甸得像要把他整個人拖拉到地底去似的，胸口也難受，呼吸都得正經減三分，稍微一使勁就抽痛。可讓人感覺窒息的不是肺而是腦袋，腦袋脹的那股壓迫感弄得人喘不過氣。懊恨的是爛沉的腦袋瓜子裡，竟是什麼也沒有的，不可思議的空無！他什麼也不記得，貨真價實的一片空白，別提他第一個清醒過來覺察到的是自己身在牢獄中。

這種硬是想不起什麼的感覺叫人深深不痛快，也許是尚處於遲鈍，還沒輪到理性上的不適坦——因為不記得自己是誰、在哪裡、發生了什麼事而產生的慌張焦慮；僅是單純本能上的，你拚命想要從腦海裡喚起某個什麼卻想不起來的那種急切的憤慨。平常人開口欲提到某人的名字、方才剛要議論的八卦、想賣弄的笑話，一閃瞬卻在腦殼裡無影無蹤，越想不起來越著急想，這類屁大的事給掉了都讓人氣急攻心，何況他把整個人生都給忘了。

人在慌張的時候多半敏感又膽怯，然而人在慌張時也會夾雜著惱怒，一惱怒，總是要遷怒於人的，他卻無人可遷怒，因為腦中不存有任何形式、任何分類的名單，眼前只有那個來看守所接他的男人。

走出室外發現原來是黑夜了，煙灰的天空一顆星也看不見。上了車他把頭輕靠在窗玻璃上，橫豎有東西勉強托住他這顆恨不得能自己剁下的腦袋，總是舒服一些。眼角餘光瞟到玻璃上映照出朦朧朧的自己的影子，卻不成一個清晰的輪廓。

夜晚的車窗外黯淡的景致對他來說毫無意義，他什麼都無法辨識，事物那樣隱晦，教人絕望地那樣陌生，那陌生給他帶來一種憎煩，奇的是，倒是這憎煩令他感覺有股熟悉。即便如此那也稍縱即逝，他無法從中捕捉到什麼。

駕駛座上的男人一隻手放在方向盤上，另一手把深藍色的領帶拉鬆了扯下，往後座一扔，從口袋裡掏出煙，咬出一根，用打火機點燃，把車窗放下一點兒，「符老打電話給我，叫我把你弄出來，他沒說是你，我到的時候，發現他都處理好了。看到你我還真嚇一跳……」男人停頓了一下，笑了笑，黑暗裡他那雙銳利的眼睛像夜行動物般好似發出熒熒跳動的光，晶亮閃爍。「我還以為世界上已經沒什麼事好讓我驚訝了。」

他沒答腔，雖然他很想問為什麼，但他甚至搞不清楚此刻自己有多想知道。他等著男人再多說一點，男人卻恢復靜默。

照男人這樣的說法，他倆原本是認識的，也不知是什麼關係，他忖著該不該跟男人老實承認，他什麼都不記得。從鼻子裡流出溫暖的液體，用手指摸了摸，是血，這才發現胸前的T恤上沾滿血跡，從他清醒到現在尚未照過鏡子，此刻他才想到自己的模樣或許一團糟，關於此，身邊這男人一逕視若無睹，未曾有過任何關切，照這態度看來，他心中估計自己跟這人應當算不上朋友的關係吧？猶豫半晌，他終於開了口，謹慎地選擇遣詞用字，「我想，我應該知道你是誰，可我不知道……聽起來有點怪，我什麼事都想不起來，這挺嚇人的……但樂觀一點想，說不定是暫時的現象，眼下也許有點失禮，但也許你不介意告訴我你的名字？」

男人轉過臉，那雙不容情的凌厲眼睛盯著他，他禁不住瑟縮了一下，他一瞧那男人兩道粗黑的眉毛蹙近了，貌似帶著一種猙獰的神氣，該不會自己在這混沌狀況下糊里糊塗惹毛了不該惹的人？便急了起來，辯解一般：「我沒開玩笑，假使我原先知道你的名字，你再說一遍也沒什麼損失呀？」接著他把腦袋咚地靠回車窗上，揉了揉自己的眼眶，低聲咕噥著：「說什麼都不是，讓人以為是傻子，也非我樂意……」

「端飛。」男人簡潔地說。

他愣了半晌，才意識到男人回答了他先前的問題。

「沒有印象。第一次聽見這個名字。」他歪著頭思索，內心不乏失望，這兩個字提供不了什麼幫助，就跟他剛才聽見自己的名字一樣，全然事不干己之感。

男人輕搖了搖頭，他以為那是困惑或者思索，忽黯忽明的路燈亮光灑在男人臉上，他瞧見男人揚起的嘴角，又或那是笑容？

「剛才本想問你這五年都躲在哪兒？為何沒聲息，但繼而一想，你若想說自然就會說，你若不願意說，問了也是白問。」端飛說。把煙蒂往車窗外一丟，關上車窗。「敢情這謎解不開了，你自己也不記得。」

「五年？所以說，這五年你都沒見過我？」

男人沒說話，答案意味著「是」吧！

鼻子給發脹的黏膜塞著，他想深吸一口氣，但肋骨一膨脹就全身痛，他把這口氣分成一小段一小段來吸，然後他以一種細小尖銳的聲音，帶著點兒諷刺的口吻：「那麼，這也同時意味五年前你見過我了！好極了，對於我瞭解過去可一下有了長足的進展。」

他望了望窗外。「這是哪兒？」

端飛瞅了他一眼，微笑道：「這兒的山路，大概六、七年前，我和我一兄弟常在這兒跟人賭賽車。」

他輕輕「噢」了一聲，對這話題似乎興致不大。

「開始賭的都不大，賺不了多少錢。後來咱們便專挑那些開豪華跑車，可技術很次的傢伙。我那搭檔擅長挑釁，天生這麼個絕佳稟賦，特別會激怒人，咱們會耍弄這些傻逼，多半先讓他們贏那麼一點兒，好接著賭注加大，有時候一晚上可以贏到十多萬……。」

他發覺端飛說話有一種極吸引人的聲調和節奏，他的聲音即使低微的時候都有一種宏亮，他會偶爾邊說著邊轉過臉，露出促狹的，難以捉摸的笑容。

「也會碰到輸了不願意還錢的，我這搭檔又擅長另一個本事，很曉得……或說很熱中逼人吐出錢來，可麻煩的是他下手不知輕重，有一次把人打殘了，對方是縣長的獨生子，也不過二十多歲，兩條腿從此不能走，連命根子也硬不起來了，他爹誓言非報仇不可。」

端飛停頓了一下，瞄了他一眼，彷彿在觀察他的反應，又似只是不經意。

「我這搭檔呢……誰知這渾小子在外頭都報我的名字，搞得那爹派人滿城找我，把我搞慘了。」

「為什麼？」他問。

「什麼為什麼？」

「有本事耍狠，不敢自己承擔？」

端飛那對銳利的黑眼睛裡有東西在閃耀，卻無法看清是一種威脅性的嚴峻還是好玩的神色。

「你說呢？」

端飛揚了揚嘴角。

「讓我猜麼？我猜啊……人不用負責的時候都是勇敢的。」他閉上眼，淡淡地說。

一睜眼，從端飛的側臉瞧見他挑了一下眉毛。「噢，原來如此。」

接著是靜默不語。

方才他還有點兒滿意自己的答案挺有點兒智慧，但端飛的沉默不知什麼原因總給人帶來一種壓迫感，弄得他起自我懷疑了。

「你知道我說的這兄弟是誰？」端飛突然開口。

「我哪會知道？都說了我什麼都不記得……」

他按捺著一股厭煩，可抱怨來不及說完，便被端飛打斷：「就是你。」

他張嘴露出一臉痴呆相，半天領會不過來。

思索了一會兒，好似認真要釐清某種真相的態度：「這麼說來，我跟你是有仇的了？」

「那倒不至於。」端飛語氣平淡地說。「在你所有闖的禍當中這還不算最壞的。」

我一定是在作夢，他心想，我應當捏一捏自己的手臂來驗證我是不是在作夢。隨即他領悟這是一種多麼愚蠢的想法！他此刻全身疼痛，最不需要的就是去捏自己的手臂看自己能否感覺痛。一陣暈眩衝上腦門。

「你要帶我去哪兒？」

「你想去哪兒？」

「我不知道。」

「你現在有兩個選擇，別問問題，跟著我。或者，在這裡下車，自個兒想辦法，你愛幹麼幹麼。」

「那怎麼行？」這兩個選擇都不合他的意。

「老實說，我並不在乎你選擇什麼，因為我得先煩惱我自己該選擇什麼。」端飛接著說：「我也有兩個選擇，一個是讓你跟著我，一個是把你送回牢房去。」

「我不……」

端飛打斷他。「沒聽懂麼？我說的是我的選擇。解決你的問題不是我的義務。」

「你這話讓人很受傷。」

端飛嘆了口氣，一臉困擾。

「你記得自己是犯了什麼事被逮嗎？」

他沒答話，他怎可能記得？他想俏皮地聳聳肩，卻沒有力氣。

「那麼，你也不記得自己幹這不是第一次了？」

「幹什麼？」他一臉呆樣地說。

端飛給了他一瞥，彷彿想看看他說這話的表情。

「不記得是好的，要是我也情願不記得。」端飛淡然說。

「也對，會給關了總不可能是好事。」

端飛搖頭笑了笑。「我怎覺得你貌似事不干己的樣子？」

「當然了，我不知道呀！想著急也使不起勁來啊！」

「是麼？」

不是。他在心裡悶哼了一句。他但願自己有本事記得自己其實是個精明人，那麼他現在就是裝作一個傻樣，否則他就不幸是真傻了。他應該要著急的，他也著實著急，即便他的腦子現在很遲鈍，他都能覺察事態有多不妙，可那遲緩的危機感卻像蛞蝓踩在自己的黏液上慢吞吞地爬，他的著急或更像早晨趕著出門卻怎都找不著那雙該死的襪子；穿別雙襪子不是不行，只不過和褲子的顏色比較沒那麼搭而已。人大抵都只著急在乎的事，而你多嚴肅地想人生？

他懶洋洋地想著，胸口那股窒悶的壓迫感越來越強，腦袋裡有個鼓咚咚擊打著，沒有聲音，卻晃震得他好似在一艘大浪中顛簸的船上。

突如其來響起的尖銳噪音嚇了他一跳，還沒回神會意那是什麼，只見駕駛座上的端飛稍微側傾身子，背脊頂著椅背踮了踮屁股，一隻手從褲口袋裡取出手機。

冷淡地「喂」了一聲，可隨即卻在那深沉的聲音裡生出一種充滿趣味的溫和。「下午去啦！我親自去的……己所不欲勿施於人，他那個老婆太難搞了，我捨得讓你們這些傻逼去？只好自己來……算我走運，到的時候他老婆根本等不及，已經開著那輛凱雷德出去了，完全駕馭不住，把停在馬路邊上的一排車全劃了。什麼人會想到買凱雷德給老婆當生日禮物啊？真是毛病，這會兒連他閨女都把整件事怪在我頭上……沒，我根本沒開口，他就擺著手叫我滾啦，說他那小心臟現在吃不消再聽添亂的事了。……唉，你當我什麼人，我哪記這麼多？……我在開車，現在沒法看……張家口，回去還一百六十公里，晚點再回覆你。對了，明早讓小李給海關那邊打個電話。……好……」

他在一旁沒怎麼聽著，端飛的說話有一句沒一句從耳邊飄過，一會兒他倒生出羨慕之情，人能對自己在幹的事看得如此理所當然，用一副順理成章的口氣去說去做，本是普通人每日的尋常生活方式，於今看來卻讓他感覺無比地意氣，無比地犀利。

他望著端飛說話的表情，充滿戲謔的笑容，又唉聲嘆氣的，掛了電話端飛瞬即面無表情地靜默了好一會兒，電話還拿在手裡，一邊開車一邊低下頭在手機上滑了滑，似乎想撥某個號碼，卻又猶豫，終於把手機往置物箱一扔。彷彿知道他正瞧著，端飛轉過臉對他似笑非笑地咧了咧嘴。

「因為你先前那樣說，我以為，呃……我以為，你是一個賽車手呢！」他說。

端飛張大了眼睛瞪著他，眼神裡閃動著一種深感趣味的神采。

「賽車手？靠賽車能吃得了飯啊？我是一個生意人啊！」

他臉上起了一股燥熱，撇了撇嘴。「我什麼都不知道，什麼都不記得，我羨慕你，能清楚知道自己在做什麼，毫不疑問地解決問題真好。」

「誰說的？」端飛眨眨眼，「我從來不清楚自己在做什麼，從來沒有毫不疑問地解決問題。我疑問多著哪！」說罷大笑。

這大笑的聲音是很坦直的，毫不矯作虛假，非但不勉強，甚至帶有一種吸引人的魅力，他自己也希望能有那樣的笑和笑聲的，那無疑也是能安慰人的，因為無論任何時候一個人自然適意的、帶著混合著自信與自嘲的笑都能使在場的人放鬆並感染到幽默的愉悅，可他老覺得有種奇怪的，他無法解釋的雜音在裡面，某種危險的訊號。

車駛進加油站，端飛下了車，他便立刻打開置物箱東翻西找，要找什麼、看什麼他也不知道，心中只是勉力想搜尋些有助於喚起他記憶的線索，因為太慌張，手甚至還顫抖著，突如其來的尖銳聲響又嚇了他一跳，這是方才聽過的聲音，此時陰暗的車內被一種詭影幢幢的藍光給抖索地亮了起來，是端飛的手機螢幕，來電人顯示「符老」兩個字。符老？不就是方才端飛提過的，要他把自己弄出來的人？未經思索他便接了電話，他壓低了聲音短促地「喂」了一聲。

「接到人了？」電話那頭說。

他沒回話。

「驚喜還是意外？」

這是個問句嗎？該回答嗎？就算該回答也不能回答啊，他心中咒罵一聲，騎虎難下，可又急切想知道對方接著會說什麼。他縮著肩膀瞧了一眼車窗外，沒見端飛蹤影，大概是走進商店裡。

「是不是改變心意了呢？你瞧瞧為了說服你參加比賽，我是費了多大的苦心呀！即便為了姑娘從天上摘月亮都沒這麼費勁，我要是你，現在都要感動得嗚咽流淚了。還有那輛賽車，你會喜歡，你絕想不到我給你弄來什麼車的，你知道……唉，你這個人太傲慢，什麼都看不上眼，什麼都不在乎，什麼都可有可無，但你還是喜歡好東西，這一點我太清楚你……沒多少時間了，快做個決定吧！」

對方掛斷了電話，他一驚，猛一抬頭便見端飛走近，慌張地把手機丟進置物箱，就這瞬間，電話又響了起來。

差點他反射性地想把電話拿起，端飛先了一步。他心中喊了聲糟，可能是符老又打來，那麼端飛要發現他偷接了他的電話。

「喂？……我在加油站哪……都什麼時候了……不可能，你把明細再對一遍……不，那個是在我去德國以前……」端飛嘆了口氣，揉著眉心和太陽穴，一邊說著電話一邊走遠。

一會兒嘴裡叼著香菸的端飛走回來，眼睛盯著手機，拇指在機上滑著，他心頭一緊，端飛抬頭望向他，「你接了我的電話？」

他低頭說了聲「對不起」，這是無可辯解的事。

「符老跟你說了什麼？」

端飛直直看著他好一會兒，不是用他那逼人的鷹隼般的眼神，而是柔和地瞇著眼。

每當他與他的視線相對，他就露出一種欲言又止的表情，想吐露、想發出疑問的欲望惱人地翻攪，卻像擱在市場攤子上的活魚嘴唇一張一合，吐不出泡沫，兩道垂下的眉毛呈現可憐的八字型。此刻腦中閃過的念頭是，符老方才在電話裡說的，一開頭提及接到的人，應該就是自己吧？可接下來的他一句也聽不明白。

他聳聳肩，咳了幾聲嗽，倒不是故意用來掩飾困窘，裝可憐脫罪，打從上車起他一直感覺整個五臟六腑攪扭著，喉嚨裡也一直卡著黏糊糊的東西，時不時一口氣上不來，他是憋著，怕咳了全身劇痛，這會兒顧不著了。

「唉，你這個人，真是要命。」端飛伸出食指晃動著，皺著一張臉，然而與其說是怪罪或不悅，不如說更像是演話劇一般。

「我告訴你啊，私接別人電話是罪大惡極的，但這次我就不計較，你自己接了符老的電話我還省心，有些事瞧這情況，我不知道從何開口呢！折騰死我……你呢？你跟他說了什麼？」

「什麼也沒說，他以為電話是你接的。」他小聲說。

端飛揚起嘴角，燈光映在他的黑眼瞳裡好像月亮投射在晃動的水面，忽上忽下地飛舞，被這眼神直視，他感到臉上一股燥熱。他發覺端飛很習於直視人，那目光有時是漫不經心的，有時溫柔得讓人神魂顛倒，有時又令人背脊發寒，他心中閃現一個念頭，不是關於端飛，是關於他自己，他不擅長直視人，也害怕被凝視，好吧，勉勉強強這算是在恢復記憶上他又往前邁了一步？

可另一個問題躍入腦中，他身無分文，沒有電話，沒有錢，什麼都沒有，他就身上一件骯髒的混合著汗臭和血的味道的T恤，一條破牛仔褲，口袋裡空空如也，他連鞋都脫下來檢查過了，沒藏任何東西，他不知道自己是誰，不知身處何地，不認識半個人，從他清醒到現在，他之所以還挺悠哉，因為他不是一個人，他並不孤單，他天真、理所當然卻沒道理地相信身邊這個男人活該為他負責，即便他都說了沒這義務。這種沒根據的一廂情願是危險的，假使端飛現在棄他而去（聽起來更合情合理）他就麻煩大了，他怎還能如此老神在在？全都是因為他的頭暈、頭痛、全身疼痛害的，害他傻得。現在端飛是他唯一的救命繩，他得死抓著不放，他早該想到的，他其實應該集中精神一點、認真嚴肅一點、放下他那糊塗的倔強一點地去多討好眼前這個男人。

疼痛，暈眩，強烈的噁心，正當他虛弱地忖著他究竟該何去何從，突然迅雷不及掩耳地胸口一緊，一團濃稠液體便從口中噴了出來，完全無能控制這嘔吐的浪潮，他是真心不想吐在端飛這輛豪華的BENZ越野車上，並且在痛苦抽搐之餘並沒少感覺羞窘和懊惱，以至於無法抬眼瞧一下端飛。

端飛皺著臉嘆口氣，往路邊靠了停下車，他一打開車門，向外傾身，幾乎是把自己順勢摔擲至路面，跪在地上又吐了一會兒，抖著膝蓋再直不起腰來，若非強烈地不情願再在端飛面前丟人現眼，他真恨不得一翻身這麼躺下去。

感覺過了相當一段時間，他坐著不動，以為端飛好歹會踱過來探視關心一下，豈知那男人始終坐在駕駛座上，貌似毫無離開那座位的意思，可真是夠無情了，他恨恨地想著，這才聽見了端飛說話的聲音。又在講電話？這傢伙生意做得不小，還真他媽的日理萬機。

他吸了兩口微涼的空氣，因方才嘔吐而抽搐扭痛的胃部和頸子還感到僵硬，但胸口沒那麼疼了，他爬上車。

「緩過來了？」端飛笑嘻嘻地問。

他撇過頭去，沒說話。

車內一股嘔吐物的酸臭撲上鼻子。

公路兩旁無盡拓展出去的黑暗裡，白色燈光像一串一串飄浮懸掛空中的聖誕燈飾。

「我的手機呢？」他想到什麼似的突然問。他給關進去的時候想來他們沒收了他的手機，端飛接了他出來總該歸還給他。

端飛沒立刻回答，幾秒後才應道：「你的手機？你記得自己有手機？」

他怔住。什麼意思？他不相信他，他懷疑他的失憶是說謊？一會兒他才答道：「每個人都有手機的。」明明是實話，他卻奇怪地心虛。

酸臭的空氣裡彷彿混進一種令人困惑的低溫的詭譎，教人不安。

端飛沒接腔，相當長一段靜默令他焦躁，沒錯，既然什麼都不記得，倒記得自己有手機，端飛八成覺得抓了他的小辮子了，這不以為然的靜默，是要逼他自己承認說謊？

「是嗎？」端飛語氣平淡地緩緩說道。

「這麼久才回應，什麼意思？」

端飛搔搔頭髮，「只是在想我認識的人裡頭有沒有沒手機的。」

他不信他這故作漫不經心的態度：「那麼是有還是沒有？」

端飛轉過臉，咧嘴而笑，「還真沒有。」

那笑容坦誠得讓人愉快，幾乎予人頭腦簡單的感覺，和他那雙銳利的眼睛多麼不相配。

「你的個性倒是沒變。」端飛說。

他不明白那指的是什麼。

「符老是誰？」他問。

「符老？該怎麼跟你說呢？這可不好解釋。」

端飛的話停頓下來，他以為他不再說下去了，可半晌後又開了口。

「總之，你會知道的。」

這麼一句搪塞之詞，把他的種種不滿一下給激了起來，「我現在這種情勢，什麼都說不清楚，甚至我根本沒有可以說的，這合該被體諒，不算奢侈，不算任性吧？而你，怎麼說你知道的比我多，隨便說點什麼都行，你卻如此吝嗇，拒絕給予你眼前這個可憐又倒楣的人一點線索，對於他的困境和痛苦視若無睹……」他那脫口而出的一連串聲音像黃蜂躁鬱地拍翅嗡鳴，既尖銳又模糊。

雖然想繼續指責下去，但他詞窮了，腦袋怕真是壞了，裡頭不剩什麼零星渣滓夠使了！他困窘地停頓下來，等著端飛辯駁，但他什麼表示都沒有。

就是這樣！就是這種沉默，令人不愉快。此時他徹底忘了方才做出的要討好端飛的結論。

誰知好一會兒端飛卻開了口：「不是你想的那樣。」

他瞧見端飛又皺著眉，露出一種苦笑的神情。他將那神情解釋為欲言又止，讓他想想，他總會繼續說下去的，總會做出不是那樣那麼是怎樣的解釋，他耐心抱著期待等，但端飛的話語結束了，一句「不是你想的那樣」就是全部，沒有再多。

他聽見自己的肚子咕嚕咕嚕叫了，叫得起勁，真不可思議，即使作嘔暈眩，整個人黏稠沉重又疼痛，卻覆蓋不了飢餓的嘶吼，他能聽見胃液和氣體翻攪的聲音，感受到吃東西的渴望，畢竟我還活著，他驚奇又感慨地想。

他正打算開口說他餓了，突然聽見端飛低沉的聲音：「我先帶你去見一個人。」

出於直覺，他聽見這聲音裡充滿不確定的猶豫。

若世間有那樣驚心動魄、教人心碎的美，
究竟該置身其中，還是當個旁觀者？

1.

他用手指著眼前的景象，轉過臉對著開車的端飛露出吃驚的表情。「沙漠！」端飛瞥了他一眼。

「已經在沙漠裡走了大半天了，又不是現在才看見。」

他沒理會端飛的話語裡是否帶著譏諷，只是若有所思地盯著窗外。誠如端飛所言，方才公路的兩旁都是沙漠，令人震懾的永無止境延伸的巨大荒涼，然而當你走在公路上，你不會憂心自己要去哪裡，公路必將領你至某處，公路是因此存在的，管那某處為何，終究是你能想像得出的境地。公路非上帝的造物，它通往屬於人的世界，一個與其他人的世界有所交流的所在，否則是誰費心鋪造它？純然的沙漠不同，那是神拒絕了人的地方。此刻公路已遠遠被拋擲在身後，凡被不知覺摒棄的，那距離的遙遠便是遺忘。

如果他想像過沙漠，他一定是把它想像成像大海，踏進其中是會沉沒的。他聯想到滅頂這個詞，起了一陣窒息的恐懼。這會兒憶起無關緊要的事來了，幽閉恐懼，他心中最害怕的死法是被桎梏在一個不能動彈的封閉之境，不是耗竭致死，是給自己的驚惶迫死。

很奇怪眼前的沙漠是一個無限開闊的地方，可他卻想著被困在靜默的沙丘底下，終極而永恆的幽閉，這驚悚的想像讓他背上起了汗水。但汗水也許是起因天熱的關係。

豈止是浩瀚、廣大。岩盤遭水、風、植物、鹽分沖削蝕化，漂流、吹飛，經過百千億萬年，旅行過百千億萬里，相互消磨撞擊過百千億萬次，成此面貌，廣袤無垠背後，是超過人類所能理解的時間的概念，無可想像的逼近無限。

原先帶黑色碎石礫的地面顏色已變淺，取代以乳黃色的細沙，歲歲月月風吹拂留下的痕跡猶如水的波紋。遠方是起伏的巨大丘陵，但不陡峭，和緩，只是蔓延得很遠。就像棲息的獅子，沉靜，不露凶猛，卻充滿不可侵犯的威嚴。

而他們正行駛其上。那感覺極詭譎，像伊卡魯斯飛向太陽。

只不過他們倚靠的不是蠟黏羽毛的翅膀，而是一輛路虎衛士，由一個可信賴的好駕駛操作，就像一艘向亙古與無限航行去的太空船，足以對抗整個物理邏輯的逆反、整個宇宙歷史的深邃的一種人類科技文明的驕傲，玻璃外的星空沒有靜默和空無的恐怖，只有華美和奇幻。

他低聲嘆了口氣，喃喃說道：「你瞧這壯觀的景象，多麼打動人心！」

他這認真讚嘆令端飛做了一個怪臉。「說得好似你從沒看過。」

他眨著無辜的眼睛望了一眼端飛。

「當然沒看過，我幹麼騙你，我為的什麼呀？」他搖晃手臂比畫著，「你看這天空，你看這光線的色彩……你看這一整片……這整片，算了……這種感動你無法領會。」他搖頭，好似由衷地遺憾。

端飛突然把車停了，開門下了車。

「發生什麼事了？」他慌張地說。

「給輪胎放氣！」端飛說。

「為什麼？」帶著一種節制的好奇神色，興致勃勃的。

端飛停止動作，張大了眼睛望著他。

「在軟沙裡才走得動，不會陷沙呀！」

「噢！」

他一臉茫然地趴在車窗台看端飛蹲在地上用放氣嘴給輪胎放氣，掂估氣壓到了什麼程度。端飛仰起臉，眯著眼睛，長嘆一口氣，「別跟我說連這你也忘了。」搖搖頭，「這下麻煩大了。」

他呆滯地聳聳肩。

「輪胎的軟硬程度和與地面的接觸面積是靠氣壓的大小來調整的，影響整輛車的附著力，也就影響駕駛人對車的操控，任何不同的路面都有不同的適合該路面的氣壓，在沙漠裡給輪胎放氣是為了增加輪胎和地面的接觸面積，減小車對地面的壓強，這樣就不容易陷進沙裡。」端飛說。這耐心倒令他驚訝起來，心裡起了一絲感動。「有些初進沙漠的人沒這概念，一進軟沙就陷住了，只曉得拚命催油，沙刨得鋪天蓋地，引擎轟轟作響，越刨越出不去。」

他下了車，出神地張望，邁步走向前。才曝曬在太陽底下沒有幾分鐘，那灼熱已讓人喘不過氣來了，可他是先覺察到汗水從毛孔裡冒出來，才發現自己置身於一片熱滾滾的空氣中。他甚至可以感覺到每一滴汗水分別從哪一處毛孔滲出，隱微卻不絕地堆積成水珠然後蜿蜒流下，像小河淌水那樣。

微風拂過他的皮膚。用微風兩個字描述總覺得不相稱，那只能算是熱的流動，觸上臉面和手臂，不似具實體的空氣，而是一種動態的、抽象的溫度的幻舞。他低下頭，輕輕揚起的沙在地面一尺高向後飛散如淡黃色積沉的霧，他呆若木雞地看著那暈黃的流動，自己像是在廣大的沙的海面緩慢向前移行，恍如一葉慢馳的小舟。

他甚至有種因自己這艘小舟在漂行而感到重心不穩的微微暈眩。抬眼望向前方的沙丘，它既身處那樣遠，卻又近得浮貼在他的視網膜，它怎麼能從遠方逼近過來浸入他的眼簾，可又原地不動？那麼它究竟在哪兒？如果它的所在那麼可疑，他的眼睛又怎麼可能擁有它？

他全身已經濕透了，轉過身，眺望這整片烈日下的沙漠，心中起了一種不可思議的想法，人的眼力是有限的，無論能看得再遠，也有一個邊界，假使他的目力只能達一百公尺，他就只能看得見方圓一百公尺的事物，他往前一公尺，看見的世界彷彿就又延伸了一公尺的範圍，可同時他也就丟掉了後面的一公尺，這麼說的話，永遠看見的還是只有方圓一百公尺的事物。照這樣想，他總共的世界就這麼大，無論跑到天涯海角，無論他身居一個很小很小的島，或者很大很大的沙漠，其實沒有什麼不同！他的世界自始至終是一樣大，不，一樣小。

他駭異地搖搖頭。

端飛不見了。他這才意識到。車也不見了。

汗水不再從毛孔鑽出，好似體內的水分都給蒸乾了，他瞇著眼低頭看自己的手，好似他的手突然間乾枯，皮膚皺縮，浮出白色的紋路。

他像困惑的小狗那樣歪著頭，燒炙的熱氣使人疲倦，逐漸陷入恍惚。無止境的沙地與丘陵的魅惑仍舊蒸騰著，他卻好似忘了它們的存在，這一切顯得徹底純淨，多奇怪，它看來如此囂張狂妄，可事實上，什麼都沒有！

初與這宏大的、四面八方無遠弗屆的幻異迷境面對面時，縱使震懾於它雄偉的迫力，卻沒有恐懼之心，只有天真無知的茫然驚奇，甚或歡愉。天空的湛藍顏色顯得生猛，賜予遍地金沙耀熠生輝，錯使人以為這不毛之地是隻沉睡默然的巨獸，虎視眈眈，即便是活物能吞噬人，眼前卻乖順，好似馬戲團裡馴獸師讓小女孩去摸獅子柔軟的頭頂，她便信眼前馴良的動物不會張口咬斷她的手。然而此刻他下意識提起膝蓋，往後退了兩步，這沙漠不是巨獸，不是活物，沒有凝視的眼神，它古老乾枯到，脫出時間之外，所有進到它內裡的事物，都脫出時間之外，被時間所遺棄，不再存於活生生的宇宙之中。不再屬於任何它以外的邏輯世界。

他疑懼的不是端飛消失了，不會再出現，他被孤伶伶丟在沙漠裡，沒人知道，他離開不了沙漠，回不了原來的世界，而會在此被曬乾、渴死、枯竭；他生出的是更荒誕的想法：那個叫作端飛的人根本就沒存在過。

消失的事物，說它不曾存在過，有什麼不可以？

現在他的記憶只有一點點，只有他在牢房裡醒過來，遇到端飛，若說這一切不是真的，有什麼不可以？繼續往前推，那些所有他不記得的，都不曾存在過，有什麼不可以？

記憶本就是愚弄人的幻覺。他是個忘了一切的人，可那些記得一切的人，他們又怎麼證明他們記得的那些他們聲稱曾經存在過的，是真實的存在？無論如何，過去於任何人來說，都是消失的，都是如今已不存在的，不管它留下多少痕跡、多少物證。

他慌張又蹣跚地跑起來，彷彿因此任何附著在身上的黏答答的東西都會飛走，他拚命想捕捉的過去、不知所以的現在、惘惘讓人驚恐的未來，包括他自己是否存在的真相，完全脫離，拋個一乾二淨。然而在沙地裡就像在沼澤裡奔跑，每一步都下沉，他實際的動作與頭腦裡預期的動作無法合拍，他感覺自己在表演電影的慢格，張口吸入的是滾燙空氣，刺痛喉嚨，他發出一連串嘶啞的、彷彿被割去了聲帶的喘哮。

一股衝動想倒癱在地，但思及腳下是滾燙的沙，嚇得身體在半空中凍結了動作。心臟怦怦跳動。他想他會像鹽柱般逐漸融化。像一滴水流入大海，在汪洋中不再具有自身的定義。像一粒沙飛落沙漠，永恆地等同於這沙漠無垠的全體。

他閉上眼。

再睜開。

所有的景物都不見了。

他嚇了一跳，腦子裡卻浮出一個念頭：這不是第一次！他記得他的眼睛偶爾看不見。不同的是，他所記得的失去視覺，周遭是沉甸甸的灰色，像一堵霉黑渾濁的水泥牆，此刻卻是杏白色的，敞開的一片金光。

他在盲目中抬起一隻腳，向前，踩下，感覺到緩緩陷入沙裡，只陷落一點點，像走在海邊，柔軟的沙灘。隔著鞋底有股發燙的溫度上升，逐漸他感覺像踩在烙鐵上。

抬起頭，遠處的沙丘朦朧地浮出影子。但那可能不是真的沙丘，是他的幻想。他睜著的眼仍舊什麼都看不見，他只是在腦海中虛造了他方才看見的沙丘，讓自己以為看見了。

他又在天空造了幾縷疏懶橫陳的薄薄雲絮，蹣跚走著，四周出現了起伏的稜地，好像他置身在一幅沙畫裡，有人信手抹上天，塗出地，搓出一股一股沙的波浪，拂平。他舔了舔嘴唇，乾涸的口腔裡有一股酸味，他倒抽一口氣，想像自己真的置身於一幅沙畫中，那末他隨時可以被抹煞掉，從其中消失，他本人卻不會知道。如果他被抹去，不再存在，消失無形，可他自己不知曉，那麼他究竟在哪兒？

他踩上一個沙丘，感覺到重力的拖曳，整個人在柔軟堆積的沙上下滑，這是一個真實的沙丘！不是他虛造的幻覺。他往沙丘上爬，腳一陷進沙裡，銳利的細沙便浮漫上來流滲入鞋裡，岩漿一般灼蝕肌膚，他奮力攀爬，加快抬腿的速度，卻始終停在同樣的高度。

他張開嘴想喊，在此同時，他覺察到他看見了！

什麼時候太陽的位置已經傾斜了，他自己拉長的影子墜落在沙坡上，回頭望下去腳印子像一條巨龍蜿蜒盤旋。他驚覺自己所站的位置比想像的高，竟嚇得蹲下身來。

綿延的沙山圍繞著的是巨大的山谷，他抖索著以蹲姿一點一點移動，抬起眼，遠遠的，像掉落在沙山上的金星微小卻耀目的閃光一竄即逝，儘管只是剎那，毫無疑問是來自車玻璃的反光。他目不轉睛地盯著那星光蹤跡的方向看，連眨眼都沒敢，深怕一開眼簾視覺又會消失。一會兒他看見了，黑色的越野車過來了，以一種匪夷所思但漂亮得難以形容的姿態沿著連綿的沙樑橫面行駛過來。

他想站起來揮手，卻雙腿發軟，勉強維持一個滑稽的彎曲膝蓋的半蹲姿勢，看著那輛車忽隱忽現，有時它會在沙山的稜線兩側翻迭迂行，看起來太不真實，不似它應有的重量，它流暢的行進沒有猶豫，沒有試探，沒有任何力不從心、失控、擱淺的忌憚，彷彿每一個瞬間的運動的選擇，都是天造地設。

他被這景象驚住了，嘴張得大大的。沙山、谷地、一望無際的丘陵從原本的米金色因為陽光的減弱變成醉人的燦橙色，先前讓人感覺呆板的丘巒變得起伏疊盪錯置，現出層次萬千的陰影，而山巔上那輛車在恍恍然的日光斜射下，速度不疾不徐，不咆哮，不揚漫天沙塵，以一種隱晦又張揚，靜默又狂妄的面貌，沉著，卻好像把背景的大塊天地全席捲奔騰而來，逐漸欺近。

汽車的引擎聲把他從恍惚裡拉出來，他往下奔，幾乎是滾下沙山。

從車窗望進去端飛的表情是一逕的漫不經心，嘴角帶著嘲弄的笑容，一張臉慣常的從容淡漠，全身上下看不出任何一點認真和緊張，可停下車降下窗戶的那一瞬間，眼睛裡那掩不住的凶猛，強烈到令人刺目，只在那雙眼睛裡，與他整個人的鬆懈格格不入。

端飛丟給他一瓶水。「想起了什麼來？」

「沒有！什麼都沒！」他喊。

現在他明白了，端飛是故意把他丟在沙漠裡的，心中雖憤怒，卻沒有力氣埋怨了，什麼都懶得說，他上了車，把鞋脫了，將裡頭的積沙往車窗外倒。

「為什麼帶我來這裡？」

是啊，他真不明白，他帶他來這種地方，天地蒼茫，除了遼闊黃沙，空無一物，是要做什麼？

「你不說沒見過麼？不覺得很美？」

單就這句話，他倒無法辯駁，以至於語塞，暗自觀察端飛的表情，想看看裡頭藏有什麼更複雜一些的不懷好意，或者深刻一些的情緒，但什麼也看不出來。

「就這個原因把我大老遠拽到這兒來，我不信。世間的美可多了，難道都得要去看？」他嘟噥著。

「你這麼貪心？」

雖不樂意這種揶揄，可遲鈍的舌頭應付不了，他轉臉望向端飛，只見那淺笑未卻的臉上，眼神卻很專注，此時他才留神到，端飛在這柔軟起伏的沙漠裡的駕駛方式，他完全不能理解，他以為他該直行的時候，他突然做了幾乎九十度的調轉，有時他繞了一個大圈，並沒有離開原先的路線很遠。起先他莫名其妙，後來他發現了，每一瞬沙漠的真貌不等同她顯露出來的表象，或說她本來就沒有真貌，她投射予以你的完整形體是一個幻象，沒有雄奇，沒有瑰麗，沒有廣袤，沒有波瀾壯闊，不，她只是無以計數的微小碎粒，她的危險就在於她的欺瞞。你若錯信她，便會掉進陷阱，那怕只是一秒。

每個連續的瞬間他那雙鷹隼般的眼睛得盡收全局，然後當車輪把前景吞噬，那些看不見的，他能精準計算，且憑著身體的感覺、車身的震動、方向盤和輪胎的反饋、引擎運轉的聲音，去比對，他在每一瞬找出最適當的通過路線，不被她絆倒、攫住，她就在那些細沙下，坦露出乳房、肚臍、美好的腹部，伸出手，無時無刻不想要留住他。他的動作非常大，反應一種高度警覺，可儘管他是全神貫注的，他的速度那樣快，猶如一種搏鬥，卻又夾雜一種散漫的雍容，他的手臂和弓起的背肌形成的矯健線條，隨著他身體的動作拉出既粗野又優美的張力。

現在他明白方才端飛在鬆開方向盤的瞬間，眼睛裡為何還殘留那樣強悍的光芒。

「換你試試吧！」端飛停下車說。

他愣著「嗄」了一聲。

端飛下車點了根煙，好整以暇地走過來拉開他的車門，欲跟他交換位置。

「我幹麼要聽你的？你別使喚我，以為我被迫跟著你便什麼你說了算。」

「你沒必要聽我的，我也沒打算要你聽我的。」端飛平靜地說。「若世間真會有那麼一個人要你聽命，逼你做你不想做的事，那絕對不會是我。」

這假設性的詞語或許無甚意義，聽在他耳中卻如烏雲遮日投下抽吸走事物顏色的陰影，沒來由讓人心驚其不祥。

「那會是誰？」他衝口而出。

好像真會有那麼一個人，好像真已經有了那麼一個人。

端飛懶洋洋地聳聳肩。

他尋思自己是否有選擇，他跟著端飛來到此，只是因為他沒有別的地方去，他一無所知一無所有，但他到底是個自由人的，他沒被繩子綁住手腳，也沒人用刀用槍抵著他的頭，他大可以，逃跑。

他應該立刻就逃跑。

繼續走下去，也許是某種險惡的陷阱等著他，他掀了掀鼻子好像獵犬要去嗅危險的氣味，但他只覺得鼻腔乾燥使得呼吸都困難，豎起耳朵期待他的本能拉上警報，告訴他他不能任由眼前這個男人哄騙，但什麼聲音都沒有。倒是從端飛打開的車門吹進來的暖風讓他有種發癢的感覺，太陽穴彷佛有小蟲扭捏著身子胡亂跳動。

「我受不了！」他跳下車來大聲說，雙手用力推了端飛一把，「我要知道我是誰，我要知道發生了什麼事，我要知道我為什麼在這裡，我要……我要……」

我要幹啥？

他突然想哈哈大笑，他全然不知道他要什麼，有一瞬間他想說他要回家，但這不像個小娃兒說的話嗎？他一沮喪便像消氣的皮球，剩下沒精打彩的乾癟窘狀。

端飛一手尚扶在車門上，吐了一口煙，什麼話也沒說，瞇著眼望向遠方起伏緩和，綴著稀疏零落乏力野草的沙丘。他感覺一顆心沉落，這乍看堂皇豪華的大漠一經除魅，只剩下令人煩躁不耐的熱，沒有邊界的乾枯可憐。

「但是，」端飛回過頭來微笑，「既然都來到這裡了，何不找點樂子？」

他茫然地瞪著無神的眼睛，嘴巴微張，感覺自己正在吃力地喘著氣。

「賭賭看你能不能越過那片沙丘。」

「拿什麼來賭？我一無所有。」他面無表情地說。

「那不挺好？你可以輸掉你的一無所有。」端飛咧開嘴，嘻嘻笑著說。

2.

營地設在荒涼大漠上，周遭沒有任何建築物，除了一側遠處是疊巒起伏的沙丘，另一邊是幾處岩山，放眼望去便是覆蓋著沙土的平坦碎石地，稀稀落落綴著幾株半乾枯的植物。

地上矗立著幾頂帳棚，四散停放著約莫二十輛車，車廂敞開的卡車上可見堆置著存放汽車配件的箱子，帳棚下是架高著卸了輪胎的賽車，即便是個陰日，空氣仍燠熱，使得任何緊繃的氣氛都染上貌似慵懶的氣味，倒是時不時陣陣躁動的嘶吼傳來，順著男人們的喧嘩叫喊望去，原來是一群人在踢足球。

「中場空檔太大啦！快點補位啊！」一個禿頭的矮個子男子奔跑著激動地大喊。「越位啊！越位！……我的媽呀，還以為這次死定了……」

一個年輕男子以清脆爽朗的聲音突然喊著：「是端飛！」

雙手插在口袋，姿態悠閒地晃悠著的端飛停住腳步，回過頭瞇眼微笑望著這群曬得黝黑、忙呼著飛來奔去的男人們。

方才喊端飛的年輕男子一臉不可置信的驚喜，「真是飛哥！差點懷疑自己的眼睛呢！您快來加入咱們，這會兒正少一個人！」

端飛咧嘴一笑，腳步輕快地跑進場內。

看似不烈的太陽卻曬得很，一夥人全大汗淋漓，年紀輕的伙計們活力充沛，笑鬧著插科打諢，互相調侃，腳上勁兒大，儘管是嘻嘻哈哈地玩，也卯足了速度全力以赴，幹活時頂著的壓力都發洩在這兒了，年紀長一些的技師們則開始氣喘吁吁。新加入的端飛臉上一派悠閒，奇妙的是他跑起來速度極銳利，表面卻看不出費勁。方才喊端飛的那年輕男子跑得雖快，動作精準，可出腳總是猶豫。

「那欽，你專注點，別老看著端飛啊！」禿頭男子叫喊著。

端飛盤球的動作沉穩，有種任何事物顛盪不破的韻律感，腳步移動的流暢毫不讓人緊張，好似在高空中走索，可那鋼索卻是他腳底下憑空畫出的一條線，無論從四面八方何處颳來風，他都能隨心所欲移動；全身的肌肉拉出繃緊的線條，卻沒有壓力，那吹奏出來的靈動旋律，無論在哪個切分音抬腳，都不覺得違和。

場上還有一名極醒目的男子，打著赤膊，肌肉的線條未免太過於刻意的完美，一頭耀眼的染金髮色，橫衝直撞，動作特別迅捷矯健，且還左顧右盼，氣宇軒昂，「他以為他是貝克漢姆呢！」有人這麼竊竊私語。

「把球傳過來呀！」金髮的男子喊。

原先這夥人踢得逐漸散惰下來，成了虛應故事的戲耍，也不知是否端飛加入的緣故，給激了鬥志，尤其那金髮男子，一下子開了渦輪似的，腳底著了火，渾身迸出一團烈焰，他這股暴亂一上來，也牽動了周遭之人的神經，那場上來回呼叫奔跑的男人們剎時從頭到腳動作從隨興變得剛猛，一整個場上的節奏都頓時從靈魂爵士變成了快速的重拍電音。

端飛鑽過那蜂擁上來高頭大馬粗壯的男人們，看似悠閒實則凶猛的左右傾斜移步，一團快速竄亂中伸長出腿攔截的男人此起彼落踉蹌著，一路呼喊咒罵，既認真又夾帶著笑鬧。

那欽被端飛所吸引的倒不是他俐落漂亮的動作，令他驚訝的是端飛的眼神，完全不看球，他始終能遠取全觀，好似無論誰抬起眼，都能和他的視線接觸。不愧是最出色的領航。他心想。

然後他會第一千零一次地憶起當初和端飛的對話，他問端飛為什麼要當領航，他答：「因為我能帶車手到他到不了的地方。」因為他永遠都看得更遠，看見你看不見的東西。

負責盯著金髮男子的一個皮膚蠟黃，一臉麻子，動作笨拙粗魯，大呼小叫個沒停的男人，不知怎地摔在地上，翻來滾去，好似痛苦不堪地扭曲著臉。

另一男子靠近上來作勢要拉他，他沒答理，唉叫著疼：「真疼呀，不是假的，骨頭怕是斷了啊！」一邊呼號，一邊罵罵咧咧，說是那金髮男子犯規搞他。

「我搞你？我搞你妹咧！我操你那把骨頭跟你做的半軸不相上下，黃花大閨女似的禁不起搗，一根手指彈一下就折了，你來錯地方啦，回家給你的褲衩繡花去，滾開點別躺在這兒礙事！」金髮男子不耐煩地喊。

麻子臉的男人一聽竟也不喊疼了，縱身一起，便衝上去貌似要撞那金髮的男人，後者張開兩手退後，但他這動作明顯不像是害怕麻子臉攻擊他，倒比較像怕對方弄髒了他的衣服似的。

「唉喲！我怕了你……」金髮男子依舊充滿表演性質地敞著雙手，緩步後退：「我發誓沒碰你，求爺揍你都不想，那股臭呼呼的味兒，我操，碰著你我手都會哆嗦。」

禿頭男子小跑著來勸架，唧唧咕咕的，一臉大汗堆著笑，麻子臉的男人抹了抹臉走開，可一回身卻又衝過來，側身用肩膀往金髮男子胸前狠撞了一下，金髮男子被撞得倒退了幾步，卻是反應靈敏地一跨步抬腿跳起來踹在麻子臉的胃部。

禿頭男子無奈，又上去調解，他不真心擔憂這些人毆鬥，只是做做表面工夫，也不嫌累就是，他倒是不情願有人不愉快，好似任誰倆不美滿都是他的責任，他得充當和事佬，他得主持一下局面，他不來攬這種事，誰來呢？可那兩男人不買他的單，「誰是農民哪？操你媽的，誰是農民哪？」那麻子臉的男人喊著，唾沫都噴到想阻擋在他和金髮男人中間的禿子臉上。

其他人都散了去，連金髮的男人都嫌厭膩了，麻子臉男人還在無謂嚷嚷，禿頭男子伸開兩肘，模樣似要阻擋那兩人有肢體衝突的動作，但那兩人也不過空洞地互相謾罵，壓根沒理會那禿頭的男子，使得他給人一種可悲的感覺。

端飛在一旁遠看著有趣，方才喚他的那年輕人跑了來，歪著頭聳起肩膀用肩頭的袖子擦著臉側的汗，神情一派激動。

「飛哥好久不見！沒想到您會來，太意外了。」

「那欽！」端飛笑著說。「宋毅找伍皓參賽那年，你本來要去小趙的車隊當車手，結果還是決定回來給伍皓領航。這次也來參賽？給宋毅領？」

那欽搖搖頭。「還是領伍哥。」

「伍皓也來啦？」端飛略感驚訝。

他想起五年前宋毅把伍皓找來，當時便深覺意外，所有人都認為伍皓的身體和精神狀態都不可能再賽車了。

「是啊，方才踢球，伍哥跑兩下就喊跑不動啦，到帳棚去休息了。」

「寧願不當車手，給伍皓領航，夠義氣！」

那欽臉上紅了一陣，精神抖擻地說：「誰說玩賽車非當車手不可呢？飛哥不一直是最優秀的領航？我打算向飛哥看齊。」

「我有什麼好看齊的？跟我看齊就沒戲了。」端飛笑著說。

那欽有張輪廓深邃的臉，卻不是濃眉大眼，那細長的眼睛，眼珠是淡棕色，太陽下髮色帶著點兒棕紅，面龐可見些許雜亂鬢角，臉孔混合著陽剛和秀氣。

「不，飛哥可是改變了我一生。小時候我就夢想當賽車手，我家住雅布賴，每年比賽在那兒舉行，我就騎著摩托跟進沙地裡看他們跑。我別的不想做，就憧憬著賽車。我爸爸開卡車拉山羊讓我上大學的，好不容易念了大學，居然又來幹開車的活，他給氣得。我家沒錢，我只懂修卡車，多虧飛哥給我機會，教我怎麼當個好領航，引薦我進這個圈子。當車手固然痛快，我也是喜歡的，但當領航有別的事都不能替代的滿足感，我當領航不想別的，就想變成像飛哥那樣的人。」

「變成我這樣的人？你爹要再拉多少車山羊給你看病呀！」端飛笑。

宋毅，方才足球賽時焦急喊叫的那禿頭矮個兒男人，走過來喚住那欽，「伍皓找你呢！」

「好嘞，我馬上去。」

宋毅和端飛並肩走在灑過水而不至於塵土飛揚的沙地上。

「你也來參加比賽？」宋毅問。

端飛笑笑。

「唉喲，我怎麼也想不到。領誰？」

「你猜呢？」端飛說，沒待宋毅歪他的禿腦袋尋思，便逕自回答了：「嚴英。」

那端飛說這二字的語氣之平淡，對比宋毅的反應可厲害了，彷彿這是一道搭著響雷的閃電，擊得他原地跳了起來。

雖想裝作若無其事，甚至還擠出一些老友戰地重逢的欣悅，可這非同小可的震撼弄得他全無心思再顧及此刻垮下的一張臉，就像女明星也拉不動年老鬆弛的面皮一樣。

嚴英沒死？關於嚴英的失蹤有各種議論，但大抵的總結是他死了，有人不輕下論斷，他自己是深信嚴英歸西，屍骨都不全；至於死人復生這種事有多令人不樂見，得看這死人的重要性，光說嚴英是個讓人見著就頭痛的瘟神，遑論還有那諸多不愉快的事，但相較之下，更讓他鬧心的是端飛。他沒料到這次的比賽對手裡頭會有端飛。這麼想或許不厚道，端飛於他有種種恩惠，端飛不欠他，他欠端飛的還不起，也正是這一重，令他更不情願見著端飛。但撇開這心虛的層面，他一直是個務實的人，他幹車手也當慣車隊經理，凡認識他的人，無人聽不見他頭腦裡頭那電算機敲得劈劈啪啪響的聲音，可他這輩子再也沒有比這次比賽更務實了，他現在只介意端飛，至於端飛跟誰搭檔，他根本不在乎，包括搭檔是一個死人。

「原本對這次比賽我是抱著必勝的信心，十拿九穩來著，不是想贏，是必須贏，可見到你，指望沒了，早知你要參加，我才不來自討苦吃，現在還趕得及，我這不如就叫伙計們收拾回家了。」

宋毅這話自然是開玩笑外帶一番客套討好，但也是半句不矯誇的實話，有時你把內心最不好說出的坦白話毫不扭捏遮掩地全盤盛出來，就因它的不合宜，不當這般赤裸告白，聽來就越顯得虛情假意而受到保護。

端飛正欲回話，突然一陣騷動囂喊傳來，二人奔向噪音所在，見營地裡的眾人皆圍攏上去，當中是兩個扭打的男子，說是扭打，不如說其中一人纏著另一人打，被打的人抱頭鼠竄，一會兒跑進帳棚又跑出，一會兒又繞著停放的賽車跑。那追在後頭的是個健壯的小夥子，個兒很結實，但臉龐非常稚嫩，還只是個青少年。跑的那個挺機靈的，追的那個則陷入狂亂，恨不得立即撲上去把對方給撕了一般。周遭人全興致勃勃地看熱鬧，那兩人一追至面前，便俐落地撤讓，兩人一通過，又聚湧上去。這會兒跑著的讓地上堆放著的輪胎給絆倒了，後頭那個靠著太近也栽到地上，前頭那個正欲爬起，後頭那個抓住了他的小腿，躍上去揪住他。現在看看這可憐的被擒住的傢伙，剛才他應該已經吃了幾拳了，鼻子和嘴角流血，趕上來的宋毅一瞧著他的臉，頓時呆若木雞，張嘴訥訥說道：

「真的是嚴英！我還以為你開玩笑呢！」

端飛跨上前，拉起那打人的小夥子的領子，好像拎起一隻小兔一樣。「別打了。」他說。

那小夥子橫眉豎眼地一抬臉正欲爆粗口，見是端飛便把話嚥了回去。

「秋山的兒子啊？才五年你長這麼高？差點我就認不出來。」端飛笑著說。

秋山是宋毅的維修總工程師。

小夥子一咬牙，不情願地站直了。

「我知道你火大，可你別揍他了，揍了白揍，嚴英什麼都不記得了。」端飛溫和地說。

※

嚴英被秋山的兒子追得滿營地跑？這是什麼光景？宋毅太納悶了，無論如何難以理解。

端飛把秋山的兒子拉開時，他把嚴英扶起來，後者一臉驚魂未定，張大了眼睛忿忿不平地直嚷嚷：「搞什麼呀？這人有神經麼？只不過摸一下賽車罷了，犯得著打人麼？」說罷瞪了一眼端飛，拍了拍手掌上的沙，方才跌倒時還擦傷了手臂。「我沒見過賽車呀，好奇嘛！」

宋毅怔了一下，望了一眼端飛，端飛只是揚了揚眉毛露出好玩的笑容。宋毅喊了聲「小傅」，對嚴英說：「有什麼不懂的問小傅吧！」

那被喚作小傅的是個模樣小猴兒般的瘦削年輕人，眼睛又小又圓，滴溜溜轉，聽了老闆吩咐，便帶著嚴英熱心地給他解釋著。

宋毅遠望著，聽不清兩人說著什麼，只見嚴英那表情，既茫然不解，又帶著百無聊賴的無奈。

「宋哥這輛巴吉買的人家在巴哈1000拿過名次的，買來的時候根本就是破銅爛鐵。」小傅伸長脖子望向宋毅，確定他聽不見，便一雙眼賊溜溜地說道：「回來衛哥改的，車殼也是衛哥做的……衛哥做的東西經常不靠譜，後頭老得堵窟窿，你瞧這防滾架焊的。」小傅吐吐舌頭。

「這次宋哥盯得緊，試車的時候倒還行。宋哥一向算盤打得精，錢花在刀口上，配件能買便宜的就買便宜的，多買了花錢，少帶了萬一功虧一簣；這事不容易，他總要算個半天，心想若出這個狀況不出那個意外，萬一這個壞了那個沒壞，他可不是摳門，作為車隊經理，他不是為自己一個人想……許多車手身兼車隊經理，廠商隊管理那樣龐雜一支大隊伍，車隊經理自己也參賽跟著跑，至於私人的小車隊，車手包辦了車隊經理兼後勤維修的不少見。宋哥過去當車手，自己的成績在其次，還是著重在統籌整支車隊，這次不一樣，就拚他一個人爭第一，他比其他對手更懂後方的細微環節，這一點他有勝算。」

嚴英沒答腔，一臉空白。

「那是伍哥的三菱L200，車架、車殼，還有加工的件兒，花了三十萬，發動機和變速箱都是以前買的，另外還從他原來一輛舊車上拆下來一些東西，減震器、底盤是新的，花了四十多萬，這些都還不算工錢。要是全新訂一輛車，他可花不起。他把發動機改了，原來4.0改成4.3，曲軸的拐臂變長了，所以行程變長，這樣扭力會更……」

「我對賽車一點都不懂。」他感覺自己結巴起來。

小傅愣了一下，咀嚼著他這話的含義。

兩造沉默了半晌，小傅聳聳肩。「伍哥這回還找人調了電腦，提高發動機的輸出功率，越野賽的環境嚴苛，對散熱和冷卻系統的要求高，宋哥為這很傷腦筋，巴吉車始終有散熱的問題。另外就是強化懸掛和減震的改裝，這是特別重要的，還有加裝差速鎖。這是大型的防爆油箱，主副油箱能加到350升。」

端飛和宋毅這會兒走遠了，宋毅壓低了聲音說：「看到嚴英真嚇了我一大跳。」

「你以為看到鬼了？」端飛對宋毅說。

「別這麼說，畢竟失蹤了五年，你記得那時我們花了多大工夫找他？直升機在沙漠裡轉了三天。無聲無息地就這麼消失。都有人說他讓外星人抓走了。」宋毅雖比端飛矮一截，兩人並肩走，他卻習慣低著頭。

端飛聽了大笑。

「你別笑，這說法倒有些人是正經以為不無道理的，那衛星發射基地不就在附近嗎？」宋毅認真地說。「總之，很高興看到他沒事。」

嘴上這麼說，臉上的神情倒不像欣慰。

「那個小子，啥事都不記得了，別說他不會在沙漠裡開車，他甚至好像沒看過沙漠，不提應付沙漠特殊地形變化的技巧，他開車的方式也跟過去不同，頭腦的記憶或可喪失，難道身體的記憶不會成為本能的反應？到現在，我都沒跟他提比賽的事，他還不知道自己要參賽呢！」

這番話令宋毅一時那從二十多歲就開始禿了的腦袋瓜都反應不過來了，然而，剛才那些怪異的景象也就說得通了。

端飛把秋山的兒子拉開時，面對在場所有認得嚴英的人，那些在秋山的兒子毆打嚴英時完全不出手干涉、只是面無表情或冷笑瞪著嚴英的人，輕描淡寫地解釋嚴英全不記得了，不知遭遇了什麼或者腦袋出了啥問題，以前所有的事，包括自己是誰，通通不記得了，這話究竟意味為何，宋毅現在能領會了。剛才完全沒能弄懂眼前發生的是何等離奇的事，現在豁然開朗了。

一回神腦中的電算機飛快盤算起來，先前種種頹喪、絕望、萬念俱灰，頓時像從烏雲密布的海上眺見雲隙灑下宛如佛祖要從那上頭現身的一束束淡金色光。

「那麼，他的記憶何時會恢復呢？」他著急地問。

端飛揚了揚眉毛，那輕佻的眼神使人分外難受，他後悔問得那麼直接，暴露自己的心眼。

「我又不住在他腦子裡，怎猜得到呢？你說天地間真的有喪失記憶這回事？我還以為那是電影小說裡的情節呢！你瞧他傻得。唉！」端飛嘆了口氣，皺起眉頭。他這一臉苦惱的表情未免太過隨意頻繁地出現在臉上，以至於再單純之人也不相信他真苦惱了。

「是符老要你來參賽的？」

端飛點頭。

「我是有言在先，倘使嚴英的記憶不恢復，我是神仙也領不了他的，橫豎都是要退賽，何必呢！他這毛病也不知一時還是一世。為什麼喪失記憶這種好事就不發生在我身上？」端飛笑著說。

之後端飛說什麼宋毅已全聽不見了，那重新燃起的希望逗得他心臟噗通噗通不能平靜，嚴英那糊塗的頭腦千萬不能太快清明起來，那樣一切就完了。他那愛鬧事、不分青紅皀白、陰鬱又火爆的脾氣都恢復了也沒關係，就算挨他揍幾拳，掉幾顆牙齒都沒關係，就是別讓他恢復賽車的能力。然而以嚴英目前這般狀態，因為是端飛領，不能當作常人來樂觀揣想，估計不出意外地跑完一個賽段也有可能，頂多就是慢一些，這樣的話，嚴英少說到第三個賽段以後才恢復記憶保險一些，時間的差距應可拉長得夠了吧？當然一直到最後都恢復不了是最好的，但別一開始就抱這種奢想，其實最終會不會恢復記憶根本不是重點，倘使半途就退賽，這些都不重要了。話說回來，也得看宋毅自己的狀況，賽車這種事，儘管有時還真就是豪傑死光了，活得久的庸人撿了個勝出，可爭的就是不出錯，他自己就因為這樣拿過賽段冠軍……

這麼專注出神地想，周遭一切聲色全都給恍恍關閉在外，直到大帳猛然矗在他面前，伍皓大呼小叫的聲音剎時戳進他的意識，他才回神過來。

一瞧他自己車隊與伍皓的人馬都坐在那兒，包括嚴英也給小傅帶了過來。

大夥兒正在聊以前比賽種種趣事，伍皓說起端飛帶茶葉來的事。

「那天咱們天躍京王的車手都聚集在帳棚裡，端飛從他背包裡取出茶葉，說以後不賽車，乾脆改做茶葉生意，那會兒也不知哪個不識相的傢伙說：『這種風雅的事不適合伍皓，不過總比喝酒好。』我可是認真說我現在是他媽滴酒不沾的，前幾站誰看到我喝酒？一下子誰都不吱聲了。端飛手裡捏一小片葉子，伸到咱鼻尖前，說這麼一小片嫩芽，價值一萬元。他奶奶的我說這能泡幾杯茶？咱們這麼多人，夠分麼？端飛那小子說什麼這不是給喝的，是拿來用鼻子聞。我是粗人，啥都聞不出來，從端飛手上接過那一小片芽葉，大喊說大家現在誰也別放屁，干擾我聞聞這個寶貝了不得的香氣。我把芽葉放在鼻子前，像松鼠那樣抖著鼻子嗅了半天，擠眉弄眼好生端詳，一個不小心掉了，慌得，瞎找出一身汗，就是他媽不見蹤影。周遭那些瞧熱鬧的傢伙們，說咱老花眼啥都找不著吧！慘啦！一萬元！」

那欽在旁大笑，「連我都幫著趴在地上找，跟伍哥兩個，兩條急著挖骨頭的狗似的，差點兒沒嗷嗷哀嚎兩聲。飛哥這時卻嘻皮笑臉地說，傻逼當真呢，騙你的。」

「我後來是找著的。」伍皓說。

「找著什麼？」

「找著那片葉子啦！」伍皓認真說。

「飛哥不在，我可要說，他這人有時心眼不怎麼好的。」沒瞧見端飛站在身後的那欽笑著說。

伍皓說的這事，宋毅記得的，腦中浮出那天夜晚帳棚裡的畫面，好似給鎂光燈打亮了般清晰。那會兒工夫場面的熱鬧歡悅，他最喜歡的時光，夜晚聚在大營裡的哄笑，彼此奚落，可伍皓沒接著說的是接下來馬上要發生的事，悲劇的揭幕。

「瞧這兒熱鬧得像度假。」隨那宏亮的聲音一腳踏進帳棚的晉廣良，是個身形健碩，虎背熊腰，臉上眉骨突出，一對火焰般灼亮的眼睛，一頭鬈髮，有著宛如猛獅氣質的男人，那男人走起路來，給人大地都會震動的錯覺。

伍皓正好從桌子裡鑽出來，高舉著一片茶葉，大驚小怪地嚷嚷著：「找著啦！」樣態分外顯得滑稽。

「這不就是伍皓？把這兒當康復中心啦？」

「別這麼說，伍哥今年每一站都完賽。」那欽搶了替伍皓辯解，地上伍皓這個事主本人還沒會意過來呢！

晉廣良噗地笑出聲。「不得了，這算是很輝煌的戰績囉？聽說發了車就調回頭，回酒店去睡覺。」

「你胡說什麼，我現在狀況好得很。」伍皓撇嘴說。

「人要是倒著走太久，都會忘了怎麼往前，宋毅會找你來，證明他完全不是幹車隊經理的料，這智商還真叫人著急，天躍還買他的帳，要不是轉性了搞起慈善事業，就是讓宋毅你給忽悠了，這算不算詐騙？」

明顯心存挑釁，意圖卻令人摸不著頭腦，晉廣良瞄了一眼端飛，後者完全不關己事好整以暇地在泡茶。

「這話說得太嚴重，飛哥，咱們是晚輩不好開口，您怎不說點公道話！」那欽小聲在端飛耳邊說。

「我又不是車隊經理，干我什麼事呀！」端飛抬起頭，一臉無辜的表情。

晉廣良就是那日提出賭注的，宋毅想起跟在晉廣良後頭的還有帶著攝像機的記者，旁邊助理舉著燈，這就是為什麼他的記憶裡那畫面格外光亮。

「人活在世界上是為了什麼？辛辛苦苦找飯吃，說穿了為的就是拉屎，一天過一天，要說有什麼實在的，就只是筆直地往老傻痴呆奔。伍皓我佩服你，你本來會變成殘廢，可居然站起來了，我就不明白的是你何必又回來賽車。為了錢？真令人難過，早該被淘汰的人，根本不該有人讓你繼續當職業賽手，你倒是老著臉皮大氣不喘地讓人施捨，我晉廣良無法忍受有人在賽車上把尊嚴不當一回事。」

宋毅見了攝像機，拉了拉衣服，轉了轉脖子，攏了一下頭髮，深吸了一口氣，正要回應晉廣良的話，被麻子臉衛忠插了嘴。

「你管別人的車隊？你他媽也管太多！京王又不是只有伍皓，宋毅高興讓他來玩兒，他痛快，對不起你啥來了？不順眼麼你玩你自個兒的，我都還沒說你那支雜耍隊伍哪！朝星輝在排位賽裡為了裸女不按規定的路線走，這種胡鬧就有尊嚴？這種人你也找來車隊，好意思說別人？評斷別人之前先自己撿面鏡子照。」

衛忠本也是京王的賽手，五年前那當下護著京王跟晉廣良對幹，可那場比賽以後，也投靠晉廣良去了。

宋毅等他說完，才一板一眼這麼答道：「不是這樣的，你們為何都說伍皓不行？他一直都是好車手，我用他是因為信任他，非關同情不是施捨，他的實力不容小覷。」

他這麼說倒也不矯情，伍皓是在場唯一一個曾拿過大滿貫，也就是一站裡拿下每個賽段的飛車王，晉廣良也不曾有過這種紀錄。

但現實就是這麼殘酷。不是沒有過去曾經輝煌、如今仍受到尊敬的車手，但這沒發生在伍皓身上。

「噢，這就是宋毅。」晉廣良轉過臉，對媒體記者們一笑。

「我一番好意地叫了媒體來，這種事還得花錢呢，讓你搭個便宜，為自己的車隊宣傳一下，談談你的計畫，因為我也納悶，不太懂你的卡司安排。」

宋毅頗有大將之風地點點頭。「我宋毅在這圈子夠久，沒人看不出我骨子裡對賽車的熱情，凡是愛賽車的我全都當兄弟，我也不怕人笑我痴，我天天吃飽睡醒腦子裡就想賽車的事沒別的。我自負的就兩樁，一是我的眼光，我這些年挖掘不少新進車手，我對車圈的趨勢能掌握，大夥有什麼需求，賽車這活動有什麼需求，我頭一個想到，我在別人都還沒想到前就先一步想到。二是我生性無私，又重情義，我接濟有才無錢的車手，無條件，就圖個仰不愧於天，俯不怍於人，我不是只看重自己的車隊，誰不是拚上全力的？我花心力聯絡大家的情感，這圈子不怕競爭，就怕沒有凝聚的力量，玩車的人都真性情，但得有人……」

晉廣良打斷他的話：「這倒跟我理解的不一樣，據我所知，你宋毅成天舔官僚的屁眼，車隊裡蒐集的全是些屌毛沒長齊的小車手、被淘汰的沒用殘障、沒見過世面的鄉巴佬，你不是請不起那些浪尖上的好手，你這精明懂花錢花得值得，可你寧可和這些廢渣攪和，因為這種貨才會仰仗你，崇拜你，真以為你了不得。我也不是個道聽塗說的人，凡事眼見為憑，依我看，」說著他轉了一圈環顧四下，「事實證明還真是如此。」

「瞎說！瞎說！」宋毅喊著，慌張接近攝像機，伸手去遮擋狀。「別拍，他信口胡謅，別整這些誤導人的混話。」

宋毅焦惱得心臟病都快發了，豈有此理，都說些什麼荒腔走板的東西，哪兒聽來的？肯定是晉廣良自個兒空穴來風，要是真有人在背後這麼評議他，他肯定會知道的，圈子裡向來喜愛幸災樂禍，有人放這種惡言，誰守得住嘴，怎不傳回他耳裡？

「我哪一句瞎說？我晉廣良像搬弄是非之人？」晉廣良跨大了步子靠近他，就像一頭咆哮的獅子突然欺上來，要教人猛一縮脖子，晉廣良拿他那一雙冒著赤紅火焰的眼盯著他，目不轉睛地說：「既然你眼光好，怎不清楚車隊裡這些歪瓜劣棗的實力？那麼說來就是假公濟私囉！卻擺出冠冕堂皇的架子，看了真不愉快。」

「有記者在，他是心存挑釁，甭跟他浪費時間，傻逼才幫著他出鋒頭！」衛忠說。

晉廣良瞟了一眼衛忠，根本沒把這個黑面孔的鄉下人放在眼裡，只是眼睛熾亮臉色卻冷淡地望著宋毅，「到底誰說的對，誰瞎作是非，看來只能讓比賽做出決斷，我晉廣良為自己的言行負責，這一站若我的車隊輸給你，我和狩獵者車隊就從此退出賽車圈，你說呢？」

「你大爺的，我操你什麼毛病，你要退出賽車圈是你的事，拉什麼墊背呀，咱沒興趣跟你玩……」衛忠站出一步，宋毅制止了他。

晉廣良露出輕蔑的笑容。「果然是廢物會有的反應。」

「我欣賞你的氣魄……」宋毅說。都到了這個份上，只得裝腔作勢扳回一城，這時倘使退縮，真要給人作文章了，不得不惺惺作態一番。

可他答應晉廣良的挑戰，還是腦袋燒壞了，事後他都同自己解釋，當時腦子裡亂烘烘，是一下眼急了，又給晉廣良逼人的氣勢壓倒，一團紛雜念頭風風火火地在腦子裡亂迸亂爆，收攏不成任何一點具體形狀，突然衝口就說了：「正如你說的，口舌爭不出事實，比賽的結果騙不了人。你這麼提議，不惜拿自己的賽車生涯當賭注也要揭我宋毅為人的瘡疤，把我看得這麼重，我又豈能怠慢，不奉陪就太失禮。」

「我沒拿自己的賽車生涯當賭注，」晉廣良說。「這算不上賭，你說你圖個仰不愧於天，俯不怍於人，這也是我的原則，既然如此，咱倆又只有一個人說得對，那麼誰都沒法又這麼把事實蒙混過去。」

晉廣良這話讓宋毅脫口道：「好！若這一站輸的是京王，我也把車隊立刻解散，我宋毅從此不賽車不幹車隊經理。」

宋毅平時謹慎、精得像個鬼，沒想清楚的話從來拴著不給半個字輕易跑到舌尖上，冒出這般讓人萬難置信的念頭，說白了，是算計錯誤，可與其承認這一點，不如怪罪到他也讓賽車魂發作的熱血給沖昏了頭，他心裡還比較過得去，突然他就決定拚了，他又不是會輸，何需謹慎畏懼？

當下所有人頓時驚呆，衛忠喊：「老大不小了你還意氣用事？你跟這種人較真，太他媽不值！」

宋毅一聽惱怒道：「你也是京王的車手，贏或者輸晉廣良也有你一份。」

剎那間他都後悔了，晉廣良其實也沒說錯，沒見過世面的鄉巴佬指的不就是衛忠？他就要靠衛忠這種人來保住他的賽車生涯？

系列賽也就剩這一站，輸了也不至於不好交代，贏了明年的經費有著落，車隊的生存本來就有今年沒明年的，會脫口應戰，相當程度出於現場有電視台記者，有攝像機。為了拉贊助，為了炒話題，為了增曝光率，他哪次比賽不是煞費心血，想破了頭，誰曉得晉廣良這一招不也出於同樣的算盤？當時他是這麼想的，晉廣良的車隊第一次參賽，經驗不能跟京王比，他根本沒想到自己會輸。

「宋毅你也太自私了！」伍皓大聲說：「只想你自己的面子，不考慮其他人。」

「只你一個人要靠他考慮吧？其他人不愁沒出路，就你該擔心，除了宋毅還有誰會找你當車手。這場糾紛還不因你而起？要不是為了維護你這廢物！」衛忠咂嘴說，「我呸，一點也不值得，簡直他媽的有病。」

「我做了什麼？為啥怪在我頭上？晉廣良來挑釁咱，咱都沒生氣呢，又不是我主動去找他麻煩的。」伍皓無辜地說。

「還沒比賽就起內訌，」晉廣良露出輕蔑的笑容，「宋毅你答應這條件是對的，輸了乾脆地下台，也算有個漂亮台階，我從不覺得你是幹車隊經理的料，看著都覺得同情。」

晉廣良轉身欲離開，與方才跑出去如廁回來的端飛差點撞個滿懷，記者此時竄到晉廣良面前問：「你一向單打獨鬥，個人成績也漂亮，組車隊對你有什麼意義？顯然你篤定認為自己的車隊一定會贏，萬一輸了呢？剛才的話是當真吧？輸了從此不賽車，這麼做為了什麼？」

「干你什麼事？我晉廣良從不說假話，你看著就好了。」晉廣良不耐煩地撥開攝像機，說罷望了一眼端飛。

端飛沒理解，臉上一派茫然。「我錯過了什麼？」

那欽把這賭注的來龍去脈給解釋了，「喲，宋毅這麼經不起撩撥？什麼時候變得不矜持了？」

端飛聽了笑嘻嘻地說：「是車隊的競爭不是個人的競爭啊？這個賭注有氣概。宋毅向來以人品自豪，這種事不足為懼，是吧！」

「這不是在開玩笑……」那欽的臉顯得越發青白。

「知道不是開玩笑，還不快去好好研究路書呀！明天還得靠你哩！」端飛拍拍那欽的肩膀，咧開嘴笑說。

雖然豪氣萬千地答應了晉廣良的賭注，但話一出口宋毅馬上就後悔了，卻是一個唾沫渣也收不回來，那欽好似死了爹娘一般的驚慌喪氣，讓他越發心涼。

伍皓倏地站起來大聲宣布：「你們等著看好了！咱絕不會讓宋毅輸的。」

說罷逕自直直走出帳棚，那欽目瞪口呆地說：「他要去哪裡？」

「去偷喝酒吧！還能去哪兒？」衛忠翻了翻白眼說。

後事別想了，五年來宋毅想都不願意去想，不願意重新憶起那次比賽悲慘的後果，敗得徹底，丟人哪！也如承諾地退出了車圈。現在觸景生情，這麼一回想，就怪自己當時不謹慎。他在這個圈子一逕遵循廣結善緣的原則，這啊那啊地請吃飯，替這個牽線，替那個鋪路，誰做生意他都捧場，都給介紹，他從不與人結怨，大抵上人緣佳，除了端飛與嚴英倆；對於端飛他說不上什麼原因本能就是有種畏戒，嚴英則根本是個瘋子！可晉廣良跟他什麼冤仇呀？要這麼來滅他後路。白費了他自認人面廣，消息竟是不靈通，那次是晉廣良頭一回參加長距離越野拉力賽，他既低估了晉廣良的實力，也沒料到此人蓄謀挑釁，宋毅不是他第一個提出賭注的人，只是另外兩被他下戰書的車隊都拒絕了。晉廣良早就算計好的，拉了記者走進帳棚，全照他預定的腳本來的。誰叫他宋毅長久以來為了宣傳車隊，對媒體有種本能的病態著魔。除掉京王晉廣良一夕成名，隔年晉廣良如法炮製又擊敗了幾個具規模的私人車隊，假使他知道晉廣良喜歡玩這一套，他抵死也不隨他起舞。為什麼呢？晉廣良幹麼折騰他這善良的人？

過去的事，再想也不濟事，眼前要緊，回過神只聽見那欽又提他如何受端飛的啟發，做領航是為的什麼？就是那句「帶車手到他到不了的地方」把他拉回現實的，那欽老把這句話掛在嘴上，聽得他厭煩了。但他只是把那些惱人的心思先擱一邊，微笑說道：「早知端飛要參賽，我就找他給我領了，就我的印象裡，只要是端飛領航，沒有不拿冠軍。……不過就算有這種念頭也開不了口，端飛畢竟現在身分不同了。我這種人大抵是配不上……。」

他瞧見嚴英的臉上馬上溢現了好奇的神色，這小傻子現在真是什麼也不知道。可在場也無一人搭這腔，包括端飛自己也沒辯駁，只是淡漠地似笑非笑。

「我也領過宋毅的。」端飛說。

宋毅笑，「這倒不假，端飛坐在旁邊我幾乎有個錯覺，開車的是他不是我，眼睛也看見了其實不是自己看見的東西，手、腳、身體都感覺到其實不是自己感覺到的東西，彷彿靈魂出竅一般。他領我那次是我唯一拿過全場冠軍的，三個賽段冠軍。往後再沒了。那也是太久以前的事。」

「飛哥領的車手沒有不拿冠軍的，這是真的！」那欽著急說，臉上那股驕傲，臉龐閃耀著亮澄澄的光，細細的眼睛睜得像杏仁，連胸口都挺得高高的，好像那做領航的其實是他自己一樣。

端飛領過不少車手，但打從跟嚴英搭檔，就一直跟著嚴英，嚴英失蹤，他也不再參賽，他會出現在這裡，當然只有一個理由。嚴英回來了。

宋毅沒法忍住總想偷瞧著嚴英看，巴不得能看透他的腦袋瓜，可看著看著，他迷惑起來，這年輕人有一雙小鹿受驚嚇似的大又迷惘的眼睛，不停朝著左右四下滴溜轉地好奇又小心翼翼張望，一臉天真爛漫，同時又混合著一種靦腆的落寞和沮喪。他是怎麼第一眼就認出他是嚴英來的？儘管有著相似的鵝蛋臉型，同樣的圓眼、窄鼻子，薄又泛白的嘴唇，可嚴英的脾氣喜怒無常，情緒毫不掩飾，心情好的時候臉上彷彿出太陽一般光亮亮一臉燦笑，那是可愛得像個招人逗弄、捏捏臉頰的嬰兒，轉眼沒來由地又罩一層霜，陰氣森森，那雙窮凶惡極的眼睛彷彿要噴出火，不耐煩時對誰都狂妄地咂嘴翻白眼，只差沒要吐唾沫，出了名的不識時務。而眼前這個人呢，不只那雙驚懼羞澀的眼睛，整張臉都像是一隻隨時要跳開，可難忍回頭又靜悄悄躲在樹後頭偷看的鹿。倘若現在叫他坐到證人席上去宣示他認得這人是嚴英，他要大大地不確定了。

不確定反而好，他欣慰地想，表示這個嚴英決計不如過往的嚴英那般能贏的，端飛說他連怎麼在沙漠開車都忘了，連沙漠長什麼樣都忘了，這聽起來雖然太超乎常情，難以置信，但未必不是佳音。

等等！在沙子裡跑不行，可平灘上呢？很多不善跑純沙的賽手，也能靠砂石路的優勢佔便宜；把跑沙子的技巧給忘了，會不會跑砂石路也不靈光了呢？以前嚴英在戈壁上跑的狠勁，那是很嚇人的，符老給他們弄來的那輛車，馬力有多大？自己那輛舊車不能相比吧，真要命。不可以！跑砂石路也得不靈光才行，這麼想或許貪心了些，但沒法不這麼想。

他雙手抱胸，盯著嚴英的臉直勾勾地瞧，怎麼看這張傻里吧唧又茫然悲催的臉，都不像以前殺氣騰騰的嚴英。說起來以前的嚴英，他還不敢這麼目不轉睛地瞪著看呢！

「作夢也沒想到還能跟飛哥一同參賽，這回要跟飛哥好好討教。」那欽興奮地說。那股雀躍的勁兒，活像扭動著壓制不住要掙脫的小動物。

「自己家的車手在旁邊呢，卻直嚷嚷什麼端飛領的車手一定會拿冠軍，你說話也不經腦子。咱現在都是競爭對手呀！」宋毅輕斥著說。

那欽的臉刷地紅到頸子上。

方才一直安靜的嚴英終於開了口：「那麼這次端飛領的車手是誰？」

頓時吵吵嚷嚷的大帳靜默了，所有人皆詫異地盯著他。

他那張天真迷惘的臉倏地泛起玫瑰色，怯生生地左右顧盼了一下。「我說錯了什麼？」

※

「幫我看一下減震器吧，調了幾次，還是覺得不行。」伍皓向打旁邊經過的端飛喊。

「我給你調減震器？你給我看看還差不多。」端飛笑著說。

伍皓也笑了笑。從前伍皓就不是言語犀利的人，但只要論到車，他依舊有強悍，做人不靈光，掙錢不靈光，開車他是自負的，懂車他是自負的，自負到能讓他那遲鈍的舌頭溜起來，賽手裡像他那樣沉默的人很少，跟人不打交道，不愛玩，不應酬，不鬧事，可只要有人同他問及車，問及怎麼開得更快，怎麼調教，怎麼通過更難的地形，他的勁兒是收不住的。

出事以後，重回賽場，他不再說這些了，他就只是堆笑臉，人家說什麼他就附和。有時他也抖幾個機靈，而他好笑的地方就在於他不好笑；偶爾他也賣幾個身手矯健，而他博得喝采的地方就在於他必然出醜。

人家都當他傻，車禍不是殘了他的腿是殘了他的腦，由他們去唄，他自己知道他傻不是真的，可笑不是真的，醜態不是真的，他裝給他們看的；有時他們的訕笑他氣不過，他也會腦門充血地想解釋，想證明，可解釋什麼？證明什麼？這一切不是真的？也許這就是真的，他卻把這一切弄成是假裝，因為他放不下身段。可他哪裡有什麼身段？

每當他這般傻里傻氣，嘻嘻哈哈，他就看見端飛那雙銳利的眼睛盯著他，那真討厭，他覺得端飛什麼都知道。

那場嚴重的車禍不是發生在賽場上，是在雪地公路上，骨盆碎裂，脊椎壞損，在床上躺了三個月，醫生說他再也不能走路，但他克服過來了。

他聽見端飛和宋毅談起他，那是五年前的事。

「伍皓這人有他的了不起，不但能走能跑，還又回來賽車。只不過膽子變小了，一朝被蛇咬，十年怕草繩，人之常情吧！以前也未必大膽，或許是因為技術卓越，讓他信得過把自己拋往臨界點，可現在不行了。車禍傷了他什麼？傷了他對自己的信任。總之變得保守了，跑得戰戰兢兢，危險一律避開，他說他這叫作沉穩！賽車最重沉著，傻逼才只知道玩命踩油門。」宋毅說，「但未免小心翼翼得過分，他還曾因為丟掉半數強制通過點被退賽，落人笑柄。賽績太差，沒人要找他，休息了很長的時間，酒喝得很凶，因為酒精中毒送到醫院。他老說戒酒了，但你實在很難相信他……」

從前伍皓就喝酒的，只是沒人見過，因為他不和人喝酒，這就是為何他老是不見蹤影，跑完了不見他，飯一扒完不見他，晚上大夥聊天不見他，他喝酒總一個人。

「既然你這麼說，又為什麼找伍皓來參賽？」

他倆講到此時伍皓出現的，兩人原以為伍皓沒聽見。

「我受傷那會兒，老婆照顧我，沒半點怨言。剛開始在床上躺著，一雙腿像兩條死肉，老婆替我把屎尿，大便整得滿床單，自己都給臭得要自殺，她吭都沒吭一聲。我偷聽到她跟她娘打電話，曉得她咋說？說天天從早到晚給咱從屁股眼兒摳大便，抹拉稀，嘿！結果走到哪兒只要一嗅著屎糞味兒，腦子馬上聯想到我！……她可吃足了苦頭，為了她，我咋也不能變成個廢人，老婆那怕對咱再有情義，這耐性會耗不光麼？她這麼年輕，日子長得。醫生說我這輩子別想再走路，我心想老子就他媽要走給你瞧。早晨我掀開棉被就朝自己的腿說話，叫它們別吃飽睡足了犯懶裝死，他媽動一動，那怕一根腳趾發個抖讓老子開心一下也成。我這麼連哄帶騙，苦口婆心打動它們的鐵石心腸，老婆都以為我瘋了。就這麼樣腿能動了，能下床了，能走了，連跑都行了，嘿，倒怪了！老婆反而對我不耐煩了。……我知道害苦了她，咋賠都是賠償不了，但不能再讓她一個女人扛這一屋。我說我再去賽車吧！唉，要讓咱摸著良心講，別說開車，連走到車旁邊都沒命想即刻往回奔，怕喲！可我克服了，醫生宣布咱是個殘廢，咱都化腐朽為神奇了，還有啥不能？我心一橫，就算怕也得硬著頭皮幹。老婆沒感動，反而冷笑，這沒腦的，除了賽車想不出做別的……」伍皓說到此，停頓了很長一段時間，端飛和宋毅都沒說話。

「我重回賽場，跑得一塌糊塗，變成一個無所事事、人見人嫌的酒鬼……在家發脾氣，砸東西，偷老婆的錢去喝酒，否則就胡鬧。我見她辛苦，心裡不忍，憎惡自己沒用……我懷疑她在外頭偷人，明知道不可能，我明白她，何況她要養家照顧孩子，還帶應付我這廢物，哪來工夫偷人，但我他媽的就是心裡有病，就是多疑。咱無理取鬧，動輒侮辱她，說穿了就怕她會離開我，我敢說她馬上就要走了，今天晚上，明天，或者最遲後天早上，就會捲了包袱拎著孩子跑掉。但她說該走的人是我，她和孩子還得有個屋簷棲身，該滾到街上的人是我。我跟她說，再給我一次機會，我發誓振作，變成一個新人，不會再叫她失望，這次啊，我肯定能拿到好成績。她聽了，她聽了……」

又是停頓，也沒有人作聲。猜得到是什麼情景，伍皓的老婆聽了抓狂吧？世界上可做的事那麼多，這男人卻始終只想得出來賽車？

「是我求宋毅雇用我的，我說我給你下跪，幫我一個忙，我老婆孩子都會感激你。我是真的跪在地上給他磕頭。」伍皓對端飛說。

「說這個做什麼！」宋毅阻止他說下去。

「我騙你了。」伍皓說。

「什麼？」

「那時候我說我媳婦孩兒都會感激你，豈可能有這種事，我老婆一點都不感激，而且還恨你，她想都沒想到世界上還會有人笨到找我去賽車。」

「別說了。」宋毅說。

「你們都以為我腦筋壞掉了，咋還會想要賽車吧？我是個沒用的人，是個蠢材，瘋子，我不是除了賽車之外啥都不能幹，我就是連賽車也不能，我啥都幹不了，啥都幹不了！我沒朋友，可我需要錢，叫我咋跟宋毅說，您無條件借點錢吧，我肯定還不了您啦，我沒這能力。我並不想賽車，我一坐上車人就開始抖，可我跟宋毅要錢，我總得做點什麼。」

「別說了。」宋毅說，他被伍皓弄得挺感傷。

端飛把菸丟在地上踩熄了，「我聽不出有什麼大了不起的問題啊！既然都來了，都下了決定了，想那麼多做啥？明天拿個第一就是了。」露出他一貫的笑容。

然而結果呢？宋毅可憐他，勉為其難讓他參賽，他回報的是什麼呢？更令人難以置信的是，五年前那是宋毅、端飛和他自己最後一次比賽，五年後竟然會又碰在一塊兒了，他倆出現不奇怪，他納悶的是他自己竟然也會在這兒？

「真高興大夥兒重聚，沒想到會有這麼一天。」伍皓說，一雙小眼睛骨溜溜轉，輪流看著端飛和宋毅。

宋毅笑笑。「你還記得上次比賽你發酒瘋胡鬧的事吧？倘使端飛沒阻止你，怕不你真把自己手臂砍了。」

伍皓憨笑。「才沒有這種事，您別拿我尋開心，我砍自己的手臂做啥？」

「這種事你也能忘？」宋毅轉臉望了望端飛。「大夥都給他嚇壞了，你別看伍皓正常時溫吞的模樣，發神經的時候比屁股著火的野牛還蠻，五六個人都抓不住。」

伍皓一臉羞赧，一隻腳在沙子上蹭起來。

宋毅說的是五年前那次比賽，正就是與晉廣良打賭的比賽，伍皓在第三個賽段翻了車，導致賽車嚴重損毀。所有人都話中帶刺地暗指他偷喝了酒，明著質疑的也不乏。其實翻車是家常便飯，運氣好的時候翻正了沒事，還接著跑，倒楣的時候砸了個狠，也就歇了，這種事說不準，未必好車手就不出事，技術再卓越，車再怎麼精良，嚴酷高溫的沙漠，漫長磨人的賽段，凡人都會有走神閃失，有百密一疏，有判準失誤，過慵過躁，無心之錯，也就那麼一剎那快，掉進陷阱。可這事發生在伍皓身上，人們就懷疑他偷喝酒，他注定了喝酒誤事，好像他非喝酒誤事不可。

伍皓拿他的祖墳、媳婦的清白發毒誓，說他絕對半滴酒都沒喝。他也許真沒喝，可那天晚上他喝了個爛醉，到底是他私藏了酒還是誰給帶的白酒，沒人知道，總之他喝得一張臉紅通通，連眼白都成了血紅色，在營地東闖西撞地咆哮，拿了切西瓜的尖刀，說他害了大家，他是罪人；他對家人是罪人，對車隊是罪人，對天對地是罪人！他揮舞著刀鬼喊鬼叫，起先是幾個在車廂裡玩兒鬥地主的維修工跑了出來，但他們只是怔怔地站在遠處看，一時反應不過來，再者他們向來也不逾越，去干涉車手們幹什麼事，車手發癲胡鬧，他們可見多了，什麼奇形怪狀的事幹不出來啊！他們是見怪不怪的，不喊他們上，他們也就一旁看熱鬧。

伍皓便又舉著刀子跑進帳棚，衛氏兄弟和幾個記者正在那兒喝茶聊天，見他那副喪家之犬的模樣，罵了聲神經，這個當兒狩獵者的明星車手，那個金毛的美男子朝星輝剛好走過，嚇了一跳，上前要去奪他的刀，他呢，不分青紅皂白地來上一番大輪舞，把朝星輝那希臘神像一般的臉蛋給劃傷了，朝星輝氣得破口大罵，身為藝人的他可是靠臉吃飯的。這會兒伍皓真抓狂了，鬼哭神號地往房車那兒奔，宋毅等人都出來了，其他人此時也聚過來，將他包圍住，幾個欲上前阻止的伙計都讓他旋轉著身子伸長手臂狂揮的刀給刺傷，以致無人敢接近。

「我要把我這隻右手給砍斷！來給大夥謝罪！我鬼迷心竅才來賽車，我要罰自己，我要砍斷這隻該死的手！」他仰臉瞇著眼，張大了嘴扯開了嗓子，亢奮地喊，接著真拿刀猛切自己的手臂，弄得皮開肉綻，鮮血狂流。

宋毅作勢向前，好言勸說，伍皓便把刀抵至自己咽喉，「誰阻止我我就自殺！誰現在來阻止我，就是存心想我死！」他吼道，還猛烈搖著脖子，汗濕髮上的水珠跟著拋灑出去。

宋毅嚇得退後一步，背後剛好撞上端飛，端飛伸手便把宋毅踉蹌推至一邊，對伍皓的自殺威脅視若無物地筆直走近了過去，少了平常那種散慢卻混合著銳利和戲謔的表情，他這敏捷的步伐予人一種微妙的壓迫感，伍皓張嘴結舌，動作停滯在半空中呆立著。端飛俐落地抓住伍皓握刀的手，此時伍皓尖叫起來，涕淚唾沫和鮮血都濺到端飛身上。「放開我，你就算阻止得了我一刻，也阻止不了我永久，你能拿我怎麼著！」

端飛笑了，眼神裡跳動著慣常的那種趣味來了，將伍皓握刀的手一反轉，刀尖朝向伍皓自己的眼睛。

「我說呀，你不是只會賽車，啥都不會嗎？你不是除了賽車，啥都做不了嗎？斷了手臂，不能開車，那人生要有多無趣呀！真要謝罪，不如挖出這雙眼睛，四肢健全開車不礙事，瞎了眼睛，我來領你，人家不都說我端飛領航，瞎子都能拿冠軍嗎？咱就來證明看看唄！」

端飛沒奪他的刀子，倒是握著他的手，逼他將刀尖刺向自己的眼睛，伍皓奮力抵抗，但扛不過端飛的力氣，刀尖逼近眼瞳時只得猛然閉上眼，哀嚎起來。

「我不要！」伍皓如豬遭屠宰一般慘叫。

端飛鬆開手，伍皓手裡的刀子匡噹落到地上，人也跟著一屁股坐下嚎啕大哭，不消一分鐘整個人便一躺，呼呼大睡。

伙計們把他拖到帳棚裡，隔日酒醒，伍皓對於曾經揮刀要砍斷自己手臂的事渾然不復記憶，唯一有印象的是端飛持刀幾乎刺瞎他的眼睛，每一思及此幕，便簌簌發抖，腋下發汗。他弄不清端飛幹啥要弄瞎他，只是常跟人說：「端飛那個傢伙，是個魔鬼。」

※

就像形單影隻的人覺得那情人節越甜蜜越教人作嘔，流浪漢在大過年裡見那紅紙和鞭炮分外刺目和吵耳，方才帳棚裡的氣氛熱烈又昂揚，可越是如此越讓人悲傷又苦惱，周遭那麼多人，單就他格格不入的，豈止跟他人格格不入，連跟他自己都格格不入。

端飛啥都沒跟他解釋，他自己琢磨著也恍惚明白了為何端飛把他帶來這裡。貌似這兒即將有賽車舉行，竟然也有他的一份，他以前也是同這幫人一道的，因之他們談那些關於比賽的事，他極力擺出一副熱中的模樣，他們笑的時候他也跟著笑，笑得他倆頰肌肉發痠，尤其意識到他這笑容的不由衷，他甚至感覺口腔都抽搐起來，嘴唇也克制不住的微微顫動。

現在他獨自一人，也犯不著套弄什麼表情，於是木著一張臉，踏出帳棚，有人從後竄上來拍了一下他的肩膀。

是個年輕女子，那方下顎和高顴骨的硬線條、粗糙的短髮，使得她算不上惹人喜愛的美女，一雙充滿活力的眼睛格外烏亮，尖銳的眼角給她犀利的眼神增添了一點兒古典氣息，整張臉就算那飽滿又色澤紅潤的下嘴唇是唯一能透露著女人的魅力了。

「到現在我在這兒只看到妳一個女孩子。」他略顯意外地說。

她笑笑。「李玲娜。」伸出手給他。

他這時應該跟她報自己的名字，但要把「嚴英」兩個字說出口，他依舊感到彆扭。

見他一時怔忡猶豫，李玲娜眨了眨眼。「我知道你是誰。沒人不知道你是誰。」

他雖鬆一口氣，免於介紹自己，困窘仍沒少，臉紅了起來。

「可不是因為你多出名。這是私人比賽，總共來參賽的也才六組，想要不知道也難，平常大型的比賽，包括領航和摩托車手，光賽手就數百人，大多數別說不認識，聽都沒聽說過。我這個人很現實，無名小卒我是沒興趣的。」李玲娜回過臉給他一個微笑。

「妳也是車手？」

李玲娜大笑，「巴不得欺你什麼都不曉得，就說自己是巾幗盃女英雌了。……想呀，玩不起啊！這很花錢的。」李玲娜聳聳肩。「我是記者。」

她有一種特別的口音，這口音他有種說不上來的熟悉感。

「妳從哪兒來的？」

「你指的是什麼？我出生在香港，後來搬到澳門，之後在台灣成長，三年前來到北京。」

李玲娜的話裡頭有什麼東西觸動了他的神經，他試著把這句話在心中咀嚼幾遍，抓出其中的關鍵詞，哪一個讓他生了好似電流通過的微刺感，然而那是流星般一閃即逝，熄滅以後搜遍夜空也捕捉不到一丁點兒痕跡，方才那微弱劃過的亮光曾經存在都讓人起了疑竇。

「我跑賽車新聞雖就兩三年，其他的賽手我都打過照面，除了你跟端飛，你倆的名字我聽過好幾回，今日長眼啦！」李玲娜大笑。

他聽不出她是認真還是諷刺。

「你跟我想像的很不一樣。」她說。

「我跟我自己想像的也很不一樣。」他說。

她轉過身，插著腰，大剌剌地仰起下巴打量他，他發現她歪著嘴淺笑的時候有一邊若隱若現的小酒窩。

「他們說你喪失記憶了，真的假的？我能看得出一個人有沒有說謊。我幹這行，見的都是說謊的人。」

她那麼咄咄逼人的口氣，弄得他緊張起來了，深怕自己哪個眼神、哪個臉部抽動、哪個手勢、說了哪句不高明的話、反應慢了半拍，洩漏出說謊的痕跡。可我沒說謊啊！他心想。她這副任誰都是賊的模樣，搞得他心虛了，搞得他連自己都不信了，他什麼都還沒說呢，已經把自己快速檢討了一遍。

「我只擅長說實話，現在要我編假話我也編不出來，編假話也得有素材，我現在腦袋是空的。」他說。

「那敢情好，我要是你，早就編出一大堆謊言來了，只要被戳穿，被質疑，就推託到我忘啦！我搞糊塗啦！我是個失去記憶的人嘛！誰還能奈何？不在這千載難逢的時機把謊說個痛快說個夠本，要等到幾時呢？」

他迷惑地望著她，心想自己是不瞭解女人的，他不解她這番話究竟是俏皮、嘲諷，還是輕蔑？

「我那麼嚇人嗎？瞧你的樣子，好像我會吃掉你似的。至今我在賽車圈裡，沒見過你這種傻相的人能拿第一的。」她噗嗤笑了。

李玲娜雖然無論言語或者她的姿態模樣都過分強勢了些，可他就是覺得她給他分外親近的感受，說不上來為什麼，同她在一起比跟其他那些車手們要自在得多。

「妳說妳來自台灣？」

不知道為什麼，他對這個問題有種莫名其妙的關切。

「你對我打哪兒來那麼有興趣？」

「我沒有……」

「你對我沒有興趣？」

「不是的……」

「當記者的習慣了問別人，套別人的身家、搗人家傷口、撕人家的爛皮，」李玲娜嘿嘿笑著，臉靠近他，「一旦反過來被問，都是撇開話題的。」

她的臉靠得他那麼近的時候，他覺得她那雙漆亮的眼睛好似成了鬥雞眼，但她臉上露出好玩的神色，貌似對於逗弄他的把戲很感興味。

「妳問我是問不出所以然來的，妳若有本事揭出我什麼瘡疤，趕緊告訴我，我求之不得。」他沒好氣地說。

她打開一罐罐裝咖啡，遞給他。接著給自己開了一罐。

「從沒人問我我的身世背景，我現在碰到你這個沒有身世背景的人，我啊我就偏要講。我外祖父四九年丟下我外祖母，跟著國民黨到了台灣，我外祖母呢，則是帶著我母親逃到香港，在那兒等著我外祖父來接她。但他沒來，在台灣娶了別的女人。我外祖母當然是又怒又怨，後來病死了。我母親嫁了個香港人，一個開燒臘店的，生下我，他倆很不合，成天吵，後來離了。我母親帶著我跑到澳門，跟了一個司機，後來給人打死了，那時我十三歲。於是我們母女又到台灣去找我外祖父。我外祖父的老婆說我們母女是厚臉皮死要錢的乞丐，我母親在台灣嫁了一個跟我外祖父年紀差不多的老頭，一個退休教師，也是四九年從大陸來台灣的。我後來回香港，幹記者，跑影劇新聞。老實說我後悔了，寫那些垃圾你會覺得人生是白活的。不過，我這人的優點是適應能力強，我可相當自豪天生有挖新聞的才能，我的鼻子和耳朵跟獵犬一樣尖利；但我對挖廉價虛假的事沒興趣，後來我到澳門去，又到內地來，四處旅行，我是無意撞著越野賽的營地，就這麼一拍即合的，我這人啊，喜歡有野性的東西。」

她說這些話時，臉上有一種神采，就好像沙漠裡那鋪天蓋地的金光灑在她臉上，使得額頭和面頰的一根根細小汗毛都給染成了白金色，她那原本就立體的輪廓變得更耀眼分明了。

「長距離越野賽跟其他的賽車不一樣，不只是速度，還有太多別的不可言喻的東西。」

他想了想，說道：「倘使我以前有過任何關於賽車的經驗，現在也全不記得，我來到這沙漠的營地，大抵就跟妳當年頭一回與越野賽相逢是一樣新鮮的眼光。」

「噢，你會愛上的。你會酷愛這荒涼的、一望無際，變幻無常的大漠，你會迷戀上在其中馳騁，你會擁抱那個狂野、危險、義無反顧……。這是好還是壞呢？」李玲娜微笑著說，「這就像你曾邂逅一個絕世美人兒，可你忘了，很多年以後，你又見著她，你又大大驚覺她的美，你又無可逃避地拜倒在她裙下。倘使有一天你又會遺忘，無論多少次，再見到她時，你永遠都與第一次一模一樣地震撼，驚詫世間有她那樣的美人兒，顫抖著陷入愛河不能自拔，願意為她付出任何代價。」

李玲娜轉臉笑笑。

「我是個小島上來的人，第一次見到沙漠，一點不假，那壯闊瑰麗的奇美令我的心臟就像見到愛人一般怦怦跳得感覺到痛。我永遠記得衝上沙山時，你往上頭看，就只有天空，你往四周看，就只有綿延高陡的坡，直至奔上沙山頂的一瞬，沙山背後的氣象猛然揭示，撲面打開一幅磅礴全景，那谷地的深邃巨大，彷彿雲上龐碩無朋的神祇摔角被擲出，砰然墮在地上，震裂大地刨掘出的壯碩痕跡，漫起飄舞的屢屢金色煙塵都尚未消失，螞蟻一般渺小的賽車殺進山谷裡去，一鼓作氣也上不了數十層樓高的對坡，便在谷壁上如蝴蝶一般來回涮繞，無數輛賽車交錯跌盪，在沙上壓出一重一重迴旋綻放的車轍痕，我就在那沙山頂上痴看著那些賽車垂直在陡峭山壁上來回上下馳騁宛若隱形的畫筆揮動作畫，一道道流瀉的線條揮灑出交疊的圓圈和弧形的華麗光景，心想這驚人的堂皇與微渺，豈是人的藝術，這是神的嬉戲。」

他給她那莊嚴光燦的表情給弄得心頭一震，對這沙漠裡的競飆起了念想，憧憬起來，這心思又讓他臉紅了一陣。

「既然妳之前沒見過我，妳對我的事也不清楚了。」他神情遺憾地說。「我是想多知道一些關於我自己的事的。」

接著他忽然想起什麼似的，「啊！聽妳剛才的說法，妳是個很優秀的記者，妳幹這一行是頂出色的，妳天生是這塊料，那麼妳一定可以幫我的忙，打聽關於我的事。」他急切地抓住李玲娜的手，李玲娜縮了一縮，可他絲毫沒放鬆，李玲娜就這麼被握著手，滑稽地抽動了兩下手臂，也就無奈地任他緊緊抓住了。

「我拜託妳了。我若是什麼都想不起來，豈不永遠都填不了人生裡整片的空洞？我一想就發慌，妳得幫幫我，把我自己給找回來，就盼妳這個大偵探施展長才，我把希望都寄託在妳身上了！」

李玲娜大笑。「當偵探可要收費的，你付得起？」

他愣了一下，一時語塞。

「不幫。」李玲娜口氣斷然地說。

頓時他便一臉垂頭喪氣，毫不掩飾方才還滿臉夢幻光輝，一下子墮入陰沉的巨大落差。

「我沒打算幫你，我是為了我自己。我向來只做我自己感興趣的事，不為了別人。誰我都不買帳。」

「噢，這麼說妳還是願意幫我了？妳真好。」他開心地說。

他那臉上坦率的一會兒憂一會兒喜地上上下下變化得如此不遮掩，如此輕輕一搔便起落更迭，好玩極了，她看著覺得挺可愛。

「一般都是我們當記者的想從當事人口中刨出點什麼來，竟然還有反過來的。……你這個樣，真能比賽嗎？」李玲娜問。

端飛帶他來此，沒說來參加比賽，可先前卻讓他在沙漠裡開車開了一星期，挖沙挖得呼天嗆地，有一刻他握著鏟子一杵上沙地，他還以為他的手腕瞬間斷成兩截了，痛得他眼淚直流，到現在這手腕還痠疼，他只當端飛這麼做也許跟幫助他恢復記憶有關，這會兒他明白為什麼了，端飛為的是比賽。被李玲娜這麼一問，他又鬱悶了，他真能比賽？他自己都打上大問號。她見他那對眉毛又像失望小狗的尾巴一垂，心中忍不住嘖聲，要捉弄這小子也未免太簡單。

「別心眼那麼死，畢竟你是嚴英，曾經是個卓越的車手，我要是你，才不會糾結那麼多，比賽麼，就是圖個盡興。長距離越野賽不可測的因素最多，哪個車手不是失敗了就把責任推給領航、推給車不好、推給維修團隊太差。你呀，萬一不如意，怪到端飛頭上就好了麼！都說他領誰誰拿，所以沒拿就是他的責任了！」李玲娜吃吃笑著說。

「畢竟你是嚴英」這幾個字打動了他，先前他挺排拒這名字，總有欺世盜名之感，這會兒他心思變了，對這名字生了好感，挺喜歡別人這麼喚他，甚或有些沾沾自喜呢！

「晉廣良的卡車來了！」李玲娜抓起他的手喊。

※

晉廣良的人正在將他那輛豐田坦途的改裝賽車從卡車上卸下來。

兩輛簇新乾淨的卡車，裡頭堆放的各種車輛配件和工具的箱子井然有序，相較之下，宋毅那輛卡車簡直跟高速路上運煤的卡車沒兩樣，那卡車是租來的，因為不是公開的比賽，用不著做車隊宣傳，所以也沒花錢塗裝的必要，賽車也是後頭用一輛破拖車給拉來的。

他倆失神地看晉廣良的車隊人員忙乎，賽車他看不出個端倪，就只看人家卡車的大，配件的多，漆刷得亮，帳棚新式，便起了威脅感。

「我真不瞭解晉廣良，他這個人哪怕只一個觀眾，哪怕那一個觀眾就是他自己，他也是要擺譜。」李玲娜微搖頭說。晉廣良大肆收購車隊，將公司股票上市，後來官司纏身，這兩年已經不再比賽。

有人在背後喊了一聲「嚴英？」他隨即回頭，倒不是他對這有了好感的名字如今已起了雞尾酒會效應，馬上喚起他的本能反射，讓他回頭的除了叫他名字的喊聲渾厚宏亮，還有那人逼近的充滿壓迫性的腳步。

一轉臉，是個高大魁梧，身形壯碩，肩膀厚實，一頭狂亂鬈髮，眼睛像要噴出火焰一般的男人，厚重的靴子在沙地上留下鮮明的腳印。男人以毫不掩飾其中的輕蔑和威脅的目光瞪著他，那目光幾乎像是一雙隱形的手把他往後推著倒退了一步。

「我聽說你的事了，真沒想到。」

沒見到人他已聽聞其相貌特徵，這人想來就是晉廣良。

晉廣良無意等他答腔，逕自接著說道：「我不管你這些年跑到哪裡去了，也不管你除了吃飯拉屎以外到底還記得什麼，你有工夫在這兒談情說愛，倒不如趕緊練練車去。我不想你拖累端飛，破壞了我跟他競爭的興致。」

「什麼叫作拖累了端飛呀！」李玲娜忍不住說。「他只是個領航呀！把領航當對手，你這人也太奇怪。」

「我視為對手的是他這個人，他幹什麼不重要。」晉廣良說。

李玲娜噗嗤一笑。「貌似你同他有恩怨，我喜歡，我這人唯恐天下不亂。」

「只怕妳要失望了，我跟他沒過節。」

晉廣良說罷欲轉身離去，被李玲娜叫住。

「喂，這麼小的私人比賽，你為何看得上眼？聽說有高額獎金，可你跟端飛想必不是衝著獎金來。究竟為著什麼理由？」

「我不知道端飛為何而來，」他瞄了一眼嚴英，「這小子冒出來更讓人吃驚。無所謂，我第一次跟他倆交手就是五年前，當時沒分出勝負，這下子剛好，接續五年前的比賽，做個了結。」

當時沒分出勝負是什麼意思？李玲娜心中疑惑，但開口問的是另一個問題。

「你知道端飛會來？」

「我就是衝著他來的。」

「噢，」李玲娜陷入沉思。「賽車麼，站在聚光燈下的都是車手，名字能響亮喊出來的都是車手，誰把領航當回事？大凡成績好都是車手的本事，成績不如意就讓領航承擔，雖然你瞧冠軍賽手的名單，領航經常是端飛，可關於端飛的報導，一篇也沒有的。我從別的記者那兒探聽過，他嘴裡什麼東西都問不出來，那傢伙永遠只是嘻皮笑臉地說他不過就是個報路書的。我倒想知道，光靠報路書，能把個普通的車手在賽道裡變得出類拔萃、超越群倫？他是走什麼魔道，使的什麼手腕呀？」

這回沒待李玲娜喚住，已逕自邁開兩步的晉廣良自個兒轉回頭。

「端飛沒像妳想的那麼了不起，他只是個普通人，甚至還不如一個普通人。」晉廣良說。

「你又不瞭解他！」李玲娜即刻還嘴。

「我不瞭解他？」晉廣良神色鄙夷地哼了哼氣。「那麼妳倒是說說看，妳知道什麼我不知道的？」

「我承認對他一無所知，但我說你不瞭解他也非憑空，」李玲娜抿了抿嘴，揚起她的小酒窩，「假使端飛是車手，估計跟你賽一場未見得輸你，可他只願意當領航，光這一點，你就不可能理解，因為你晉廣良就算是有人拿刀架在你脖子上，也不會願意屈居副手。」

她這麼說不是為了反駁晉廣良，不是為了跟他唇槍舌辯，不是為了挑釁他，更不是在為端飛說話，只不過知道這話晉廣良必不樂意聽。

「我猜得出妳聽說過他什麼，說他雖只是領航，其實開車的技術比車手好，說他對車這啊那啊樣樣精通，又一派瀟灑，說他掐指一算就知道誰在前誰在後，還說他站在沙丘上看見天上有龍翻騰，就知道沙塵暴要來了呢！得了，妳這小腦瓜信這些？我想妳太一廂情願了，他不是被歌頌，他是聲名狼籍吧！」晉廣良說。

「聲名狼籍？」

晉廣良笑出聲。「妳會對他神魂顛倒我也不覺得奇怪，那傢伙對女人很有一套，否則怎麼娶得到紀念時的女兒？」

李玲娜瞪大了眼睛。

「妳連這個也不知道？妳花太多時間追在一群字都不識的粗人屁股後頭了。」晉廣良鄙夷地說。「紀念時身家有上百億吧？他女兒從奧地利留學回來，和男友都論及婚嫁了，倒讓端飛橫刀奪愛，這什麼人品呢？妳原先是把他想得多清純？」

這會兒伶牙俐齒的李玲娜也頓時語塞，甚至平時一旦利牙咬住獵物哪怕一根手指也能緊箍著不放，一嘴一嘴進逼著整個生吞下去的習性也給忘了。

「打從給紀念時幹活，他可是搖身一變哪，無論走到哪兒都是一身合身漂亮的西裝領帶，妳該看一看他那一派貴族氣的風采，他的西裝和皮鞋都是飛到義大利請專人量身訂製的，他還戴袖扣呢！……在紀念時的手底下他幹了多少不乾淨的勾當，這是妳想聽的嗎？」

李玲娜咬咬嘴唇，晉廣良這番話倒令她始料未及。

晉廣良淡淡一笑，臉孔轉向嚴英。「你什麼都不記得了？」

後者點頭。

「那麼你也不記得五年前發生的事？」

「當然。」他說。

「沒人跟你提嗎？」

「沒有。」他停頓了一下。「我猜這營地裡許多人都認識我，但他們的態度讓我很迷惑……。怎麼說呢，」他撓了撓後腦杓，「碰到許久不見的人也許吃驚是正常的，可他們那種吃驚，彷彿見到了鬼，弄得我都毛骨悚然。」

「五年前的比賽中，你在沙漠裡消失了。」

「消失？沙漠？我？」

「據說在倒數第二個賽段中，你駕駛的賽車在賽道裡故障，你跟端飛下車來檢查，可在端飛沒注意的時候，你不見了。就這麼硬生生蒸發在一望無際的戈壁沙漠裡。大家找了你好長時間，但你沒再出現過。一直到……今天。」

他張大了嘴合不攏，簡直像等著人塞進一個雞蛋；因為失去了記憶，他不能確定過去曾否受過這樣大的驚嚇，但無論如何，今生今世恐難再有比這更震驚他的事。

「很玄奇吧？令人匪夷所思。端飛的說詞很啟人疑竇，那天他獨自回到大營已是深夜，看見他的人說他模樣憔悴、疲憊不堪，而且呈現嚴重脫水的症狀。那天你們的賽車過了第一個打卡點以後大概六十多公里就丟失衛星追蹤訊號，而你失蹤時他並未發出紅色求救報警。他說他在賽道裡到處找你，但追緝車聲稱並沒看見你們賽車的蹤影。身為一個頂尖的領航，他說不出來事故發生地點，這一切都相當可疑，卻讓人想不出頭緒。老實說，五年來沒有任何消息，大家都相信你遭殺害，最大嫌疑人自然就是端飛，可是沒有證據。如今你好端端以活人的姿態出現了，這謠言不攻自破。」

他的背脊上起了一陣寒，心中起了惶惑迷亂的恐怖感，他低頭看自己，是個活生生的人罷？豈是個鬼魂？說什麼端飛殺了他，沒比這更要讓人發笑了。

然而他這會兒對自己一無所知，可說與人世種種無半點聯繫，想找個依附歸屬，哪兒都不是，眼前鬧熱烘烘的一幫人，跟他就好像隔著一層玻璃看得見卻是兩個次元，他真不像個人而像個飄浮的鬼了。

「雖然我不明白端飛幹什麼要把你帶來參加比賽，五年來他一次比賽都沒參加過，當然，他現在有的是金錢和權勢，他豈還看得上眼這麼粗魯又愚蠢的娛樂，他何必？可我倒是不在乎。」晉廣良聳聳肩，瞟了一眼李玲娜，「妳說對了，他如果當車手，我也很想知道我跟他誰贏誰輸，嚴英我沒放在眼裡，可既然他領嚴英，我仍樂於接受這個挑戰。」

被晉廣良說沒放在眼裡，他連火氣也上不來，只顯得呆滯頹喪，這大半天他上下起伏的心情整得頓時深深疲倦，此刻先前曾有的熱度全消失了，即便置身烈日下的沙漠，他也打了個寒顫。

3.

端飛與嚴英倆參賽的賽車運來時，幾乎全營地的人都聚攏過來了。

宋毅走近了端詳，看得嘴唇都輕顫了起來。

「這是？這難道，這可不是……」

「途銳3，大眾的比賽用廠車。搭載二・五升TDI柴油引擎，最高功力輸出三一〇匹馬力，〇～一百公里平均加速時間僅六・一秒。每輛造價至少一千兩百萬人民幣。這輛車蟬聯二〇〇九至二〇一一三屆達喀爾冠軍，二〇一一年包攬前三，二〇一三年開始大眾退出達喀爾，這車也再沒有出現過，和三菱不同，大眾的比賽用廠車是非賣品，從此成為傳奇。」從背後傳來替他接下話的晉廣良的聲音。

宋毅這些年都阻止自己去接觸任何關於國內外賽車的訊息、車輛改裝和新車發展的情報，眼巴巴地看那些東西是很虐心的，以前他也沒錢買好車，可他看著還是歡喜，覺得跟他有關聯，雖然搆不著，可他能念想著，待這些都跟他沒關聯了，那麼看著是痛苦的了，那是連念想的權力都給剝奪了，是折磨人的。這會兒這輛夢幻的車擺在眼前，他其實寧願掉頭就走，一眼也不多看的，看了折壽！這輛車的性能，尤其改裝強度十分驚人，這麼從外觀看也看不出所以然，可他還是忍不住眼饞，不但比所有人都湊前，踮著腳看，蹲下來看，不但看了，還看得移不開眼，不但移不開眼，心臟還怦怦跳不停。

玩車的人每個都永遠覺得好車不該落在別人手裡的，永遠覺得自己輸不在技藝，輸在車不如人，永遠覺得那最好的車倘由自己來駕駛，決計強得過現在使的那個人的，可即便有那樣的心思，此刻也給暫時擱在一旁，只欣喜於目睹這寶貝在眼前了。

唯獨端飛一人臉色難看。

端飛臉上顯出愁煩的顏色是不少見的，可見多了便沒人當一回事，諸如到處喊著：「誰拿了我的咖啡粉？」「為什麼打火機使一個丟一個呢？」這種時候，他都是扭著一張臉，蹙緊眉頭，煩惱得要死的模樣，但任誰到頭來都不會認真搭理他了，反倒他面無表情，甚至稱得上呆滯的時候，有讓人生出悚然之感。

「我知道應付這輛車相當有挑戰性，但沒法把老外的維修團隊整個弄過來，咱就只能運用自己的智慧了。」一個方頭大耳，身形健朗，臉上雖疲憊但掛著爽直笑容的男人走近端飛身邊說。他是負責後勤維修的領頭兒祁泰軍。「不過你放心，這車可靠性很高的，你讓嚴英悠著點開，使個八成綽綽有餘，別耍狠就行。」

端飛苦笑。「何必呢，弄輛普通的車就行了。這也太小題大作了。安的什麼心啊！」

「又不是我安排的，跟我抱怨啥？我都還沒抱怨呢，你知道我花多少工夫研究？別說為了清理檢查裝箱這些配件，我連續五十個小時沒睡了。……恐怕只有你會嫌車太好，怎麼，怕車跑得太快路書報不過來呀？」泰軍玩笑地嘲弄說。他與端飛有十多年交情了，即便在端飛不賽車以後，兩人還常有往來。

端飛笑著拍拍他的肩膀。

過了那熱烈的勁，其他人便散了，因為這會兒欲議論的就不好公開說了，更別提有些心思那是連私底下都不便跟人談論的。

拿宋毅來說，他受邀來參加這比賽，是想都想不到的天上掉下來的事，這段日子他不分晝夜幻想贏得鉅額的獎金，贏了那些錢，那些錢可都歸他自己，扣除他為了這比賽的花銷，還是一筆再三輩子也攢不來的錢，這些錢都是供他一個人作主使的，他一個人！他自己！可不是拿去伺候一幫子人，成天絞盡腦汁，費盡工夫，還得到處卑躬屈膝，東奔西跑，張羅這張羅那，為了什麼？那些車手、領航們、維修工，還要犯脾氣、鬥心眼，好處都給他們佔了，壓力都是他在承擔，他究竟得了什麼好處？他再也不搞什麼車隊，他幹嘛不美滋滋地當個車手，而要老被看作一個庸俗的生意人？他弄輛好車自己玩兒，跟那些吃飽了撐著，放著舒服的床不睡、浴缸不泡、空調不吹，偏要跑來沙漠裡找罪受的爺們一樣，就為了圖個高興，圖個發神經。

可突然間他那些幻想，那些發痴的綺夢，啵的一下像肥皂泡一樣破了，他怎麼努力都是徒勞的，天上並沒掉下什麼禮物給他，而是捉弄他，要他認清自己的渺小和卑微，這是一個惡劣的玩笑。他一直都很務實，他沒工夫為賠一塊錢埋怨，他馬上想著如何賺回一塊五。但現在他覺得自己被人打了一耳光。他沒指望贏了，令他感覺心痛的不是他又會嘗受輸的苦悶和屈辱，而是他的心被傷了，老天爺嘲弄了他那顆小心靈裡頭隱密而不自量力的痴想，並且粗魯地把他從諂媚地抱著的大腿推開，這股哀傷令他想哭，他的心是不曾有過這樣深刻的感性的。

衛氏兄弟倒有另一番心思，他倆一向自己造車，參加比賽為的就是賣自家做出來的賽車。兩兄弟是做配件起家的，打小就愛玩車，離開宋毅到了晉廣良那兒，兩人可開了眼界，知道人家好車什麼樣，往後就開始自己買發動機、買車架子、買各種配件，組裝、改裝，但老實說，世間什麼東西都是一分錢一分貨，哪怕一顆螺絲。其實，並非兄弟倆的手藝粗，腦子傻，活兒劣，才使得造出來的車那般不堪不耐，嬌貴得很，顛簸兩下這個斷了那個掉了，一翻全散了，扳指數一數，完賽沒幾次；不說用的東西，僅說手藝，說思量，那也是花錢的，僅說時間，那也是用錢計的，他倆難道想這個那個的以廉價品來搪塞，這處那處的拼焊得這般敷衍，調教得那般折衷取巧嗎？背地裡為了解決諸多橫生、每時每刻都要冒出來打擊人、困攔人的難題，兩人是刻苦勤奮，只管向前，啥都阻不住懼不倒的，哪怕佛祖釋迦牟尼親自跟他倆說不可能都要化為可能，外人哪曉得為此流了多少血淚。

但凡認識衛氏兄弟倆的，都曉得哥哥衛忠以一張嘴出名，不論吹牛或者罵人，就像丟鞭炮一樣不知節制為何物，尤其談到他自己造的車，他是只差沒想說那能飛到月球去的，要辯駁起他的車為何賽績差強人意，他是火焰要從他嘴裡燒開來地怪罪給別人，說得排山倒海地頭頭是道。衛忠開起車來也猛，同他說話沒兩樣地迸綻不加收斂，他是蒙上眼駕駛也不會收油的那種性子急。這也是他手藝犯粗的原因，不是不懂，不是不知道該求謹慎細切，他就是管不住自己往那草莽的勁兒奔。

弟弟衛祥是他的領航，和哥哥放在一起做比較，就顯得寡言低調得多，可這非衛祥的本性，只是幾十年兄弟相處下來，他對哥哥那不由異議的蠻強性子很瞭解，爭執也是自己落敗，因為他哥哥是不容自己沒台階下的，久了別說爭，乾脆連自己任何意見都不說了。要是能撇掉哥哥，他寧可和自己的朋友混，自己過日子快活，偏偏兄弟倆工作一塊兒，賽車也一塊兒，情非得已地好似連體嬰一般形影不離，旁人看著都誇兄弟倆感情好。

衛氏兄弟收到比賽邀請，起先也不無狐疑，他倆曾被騙過幾次報名費，可符老親自打電話，自是另當別論。

衛氏兄弟骨子裡很有一番野心，即便衛忠那麼會漫天吹牛，也未公開說過他真心的想法，當著別人的面，他都堂堂皇皇地說他為著支持本國工業，什麼材料都用本國貨，事實上一部分為省錢，另一則是兩兄弟所受教育不多，不識洋文，從國外買東西要透過別人，自己向來什麼也弄不清，衛忠屢次覺得自己吃了虧遭了騙，便大吵大鬧，要跟人沒完沒了，到頭來才明白全是他自己搞錯。

他倆不消說自尊極強，衛忠那樣能天花亂墜地睜眼瞎說，不是他臉皮厚，剛好相反，就是他臉皮薄，才拚了命替自己的名聲刷上一層一層保護漆，就像女人給自己的臉龐抹上一堵牆厚的妝粉，衛祥的沉默也是同一個原因，不辯解是他倔強地維護自己尊嚴的表示。

他倆有一天會造出最優秀的賽車，是拿到國際上也有臉，教鬼子也刮目相看，為他們衛氏兄弟掙得財富和名聲的，再沒人能背地裡嘲弄他們淨拉來一堆破銅爛鐵。他要給自己造的車創立一個品牌，組一支自己的車隊，指不定到頭來他還能給這品牌搞量產。兩人都很明白，他們得要精進，得先花錢，得取得鬼子最好的車，學鬼子的技術。那麼這比賽無疑是給他們送錢來的，符老一跟他們提獎金的數目，兄弟倆徹夜地談怎麼花這筆錢，他們沒昏了頭，他們把每一分錢要怎麼用都想得很節制又很銳利，他們這輩子就賭在那輛他們即將要造出來的車上（而不是這次比賽。他們當作比賽已經結束，而他們贏得了冠軍）。

那天他們一進帳棚見著嚴英，訝異得剎時不能動彈，活生生見著了鬼，人人皆知他倆跟嚴英結的樑子，一說起這往事他衛忠整個人從裡到外要像一團火燒起來，巴不得把整個大帳給炸了的，但他見著嚴英不只是惱恨，那一雙怒張的紅眼裡頭還有更深的更強烈的，似乎更像是恐懼的東西，緊接著是他不理解的怪事發生，嚴英成了一個乖傻的呆子，全身上下都找不到一絲過去那個瘟神的影兒，倘使是從前，哪怕跟他說嚴英成了殘廢、白痴，他都要毫不同情地照樣再把他往死裡打一次，可現在嚴英真的一臉白痴相，他沒那個氣兒了，他覺得困惑，不只困惑，還有一絲不安。或者更令人起雞皮疙瘩的，不吉祥的感覺。

見到嚴英那輛車，他的心情亂糟糟地開始沸滾，該不會嚴英到頭來會贏了他們兄弟倆？他倆這次用的車，是他這些年來的心血結晶，是他過去付出無數失敗代價換來的成果，他倆試過相當滿意，一般試車的時候，都只發七成力，畢竟不是真比賽，腎上腺素是保守的，心態也是不緊繃的，那股殺佛滅祖的拚勁更是沒有的，何況，試車頂多試試性能，抓點毛病，測測調教，不是比賽還沒開始就來毀車的。可他倆試的時候便卯足了氣力，好像要奔到那臨界點一般，而結果超乎他倆預期，滿心信得過能靠這輛車拿獎金。

嚴英雖有那輛不得了的賽車，可人家大眾的後勤保障是什麼陣仗？賽車不是光靠一輛好車贏的，光靠泰軍那麼點人，對這輛車又不懂，怕是伺候不了，到頭來還不如一輛平庸的車。

沒關係，咱有自信，他想著。每次比賽他總是精神奕奕抬頭挺胸展現出他的自信，每當他發呆、發愁，腦中一片空白的時候，他更會脫口說他是信心滿滿的，因為他根本沒意識到自己在說什麼。

弟弟望了他一眼。

待眾人都散了，晉廣良走過來，在端飛身旁站著，兩人肩並肩，好似一同在欣賞這輛新賽車一般。可怪的是，晉廣良的眼神不似在看眼前的車，倒像在看幽冥中什麼莫須有的東西。

「用這輛車來比賽勝之不武吧？這就是你現在的作風？」

「我是個報路書、給車手提頭盔的，我哪需要什麼作風呀？」端飛淡然說。

「符老弄來的？」

「這車不是拿來贏，怕是來給我難堪的吧？」端飛苦笑說。

「我不在乎你用什麼車比賽。」晉廣良說，停頓了一下。「但有件事無論如何我都想知道。……為什麼你一直給嚴英當領航？自從領了嚴英你就沒再領過別人。嚴英失蹤以後你完全不參賽了，嚴英回來，你又來給嚴英領，凡是你領航，車手就拿冠軍，專為嚴英領，是什麼原因？」

「這是什麼問題啊？說得好像裡頭一番神秘，哪那麼複雜，有人花錢找我替誰領我就替誰領呀！」

「別開玩笑了，如今你還缺錢嗎？如今還有什麼樣的數目請得動你端飛？」

「說的也是。」端飛轉了轉眼珠子，露出一種好玩的神情。「那麼不是為了錢。」

端飛搔了搔耳朵，好像真傷腦筋去想似的。

「啊，對啦，我這個人，雖然長處不多，人品普通，可我是很負責的，拿了人家的錢，再不情願，都得把事情做好。上次沒完賽，不是我的錯，是因為車手憑空消失了。」端飛大笑。「這次嘛，是為了繼續上次的比賽吧！這算售後服務，負責到底吧！」

晉廣良轉過臉望向端飛，「好極了，你這麼說，我沒白來。我來此也為了相同的原因。繼續上次跟你沒分出的勝負。」

端飛雖沒回望他，那亮晶晶的眼瞳不至於如慣常的帶著嘲弄，相反的臉上是一種柔和。「我不是車手，只是個領航，我沒在乎輸贏過，你跟我有什麼勝負好分？你跟誰都沒有勝負需要分，你很明白的。」

「你老是一副只有你明白，別人都不明白的模樣。你這點真是令人十分討厭。」

「我沒覺得自己明白呀！」端飛一臉無辜，「我什麼都不明白。也不想明白。」他淡淡地說。

※

衛忠走回自己的帳棚，端詳了半晌他的賽車，突然深吸一口氣，轉身往端飛和嚴英的帳棚。

「喂！嚴英！既然你的新車到了，別小氣，讓大夥兒開開眼，瞧瞧你試車的威風，我那新車也不賴，陪你一塊兒試，切磋一番，小比一場咋樣！」衛忠快步走著，邊走邊喊，衛祥在後頭小跑步跟上。那大嗓門也吸引了其他帳棚眾人的注意。

一聽見這熱鬧，全都興致來了，只見嚴英聽聞有人喊他的名字，半天才慢吞吞從帳棚走出來。

「咱就從那邊那岩山腳起跑，」衛忠指著遠處的岩山，接著一轉身畫出一道弧線，「越過那片丘陵，一直到紅色的沙山那兒。再返回，總共也不到十公里，看誰先回到營地。」

「輸了咋樣？」有人大喊。

「輸的人是孫子。」有人笑著說。

大夥兒全跟著起鬨，圍繞著的人越來越多，叫囂著要他倆快些比一場。

「總不至於不敢答應吧？」

「好玩兒唄，輸贏無所謂，飆一飆新車給咱見識一下。」

「衛忠你著急啥？別欺負變成呆子的人，指不定他裝慫，一會兒看家本領拿出來，輸得你脫褲衩。」

「他要是裝的，哪可能這會兒就憋不住露餡，我賭他會輸給衛忠，好讓衛忠那大傻逼相信他是真腦袋壞了。」

「喂！」大夥鼓譟，口哨聲、吶喊、拍手聲此起彼落，「別磨磨唧唧的呀，等著哪！」

「賭二十元，嚴英贏。衛忠那輛破車，還開不到沙山後頭就折了。」

「賭一條菸咱老闆贏，咱不敢說老闆會輸。」

連朝星輝和晉廣良也站出來，好整以暇地看熱鬧，朝星輝插著腰，臉上浮現一種輕蔑的笑意。晉廣良慢條斯理地點了一支煙。

衛忠瞧他轉身望向端飛，臉上是求救的表情，便說道：「不過就是跑著玩兒，你該不會還要領航？」

那遭指明挑戰的嚴英陡然一驚，原地轉了一圈，環視圍住他的這一大群鼓譟者，全都是陌生的臉，他神經質地感受到巨大的嘲弄和惡意像海浪一波一波湧過來，快要把他整個人吞沒，禁不住想用手去摀住耳朵，可眼下由不得他退縮，他還要點尊嚴，他是個成年人，是個大男人，不是孩子，不是姑娘家，他必須答應衛忠的提議，只不過就是開車繞個圈罷了，連這種事還得考慮麼？還有得好拒絕麼？但他知道他會丟醜，他一上沙山十公尺他就會陷，不，他甚至害怕他還沒開到起點的岩山那裡他就會在平坦的一大片石礫地翻了。他試過，他很清楚，在庫爾勒試車的時候他就明白了，只要端飛沒坐在旁邊，他就一塌糊塗，他哪兒都去不了。

他走到端飛身邊，壓低了聲音問他該不該答應衛忠的挑戰，誰知端飛竟毫不在乎在場那麼多人聽著瞧著，大聲說道：「你問我怎麼辦？我咋曉得你想怎麼辦呀，你想試便試試看呀！」

他脹紅了臉，恨不得鑽進地下，惱怒端飛是存心當眾給他難堪。

然而眾目睽睽，周遭之人越是張大了眼看著他，他本能的感受是羞辱，另一層教他更糾結的是，他要怎麼扮演他自己？此刻他能真切感受的他自己，是個惶惑又倍感屈辱的沒有名字的人，可他不是技術優秀的車手嚴英麼？他得演好嚴英這個角色才行。

衛忠不戴頭盔便跳進車裡，他原也依樣畫葫蘆，端飛提了他的頭盔來讓他戴上。

「這麼短一點路跑著玩兒，還這麼正經八百？」有人問。

「領航就是給車手提頭盔的嘛，我這個人骨子裡就是敬業，既然用不著我領路，還不讓我幹這個，我心虛呀！」端飛嘻嘻笑著說，還仔細檢查了他的安全帶。

再多不安，只要一握住方向盤，就能穩定下來，他熟悉了這種感覺，然而這改變不了他對於在沙漠裡選路依然無頭緒的事實，只好死著心眼跟在衛忠後頭。

衛忠的速度超乎他想像的快，使他著急起來。其實有衛忠的車轍，隔上一段距離遠眺，觀察衛忠選路的方式，等待適當的時機超前，對他而言還比較有利，可他一逕想貼近，一旦靠得太近，就無法看清全局，也來不及思考反應，只一味咬著衛忠，便上了衛忠的當。翻過一個沙梁，坡後是個急右轉，他跟著衛忠的速度，來不及收油，飛出去落地時便翻了車。僅是輕微的側翻而已，他甚且是落地靜止後才覺悟發生了什麼事，後來是衛忠過來幫的忙，把他給救起。

「都怪你，若非是你要我去應戰，也不會丟這個醜！」回來他發怒責怪端飛。

「我沒要你去應戰呀！我什麼時候說過這話？」端飛一臉無辜地說。「是你自個兒答應的嘛！不都給你做好安全措施了？不感激還抱怨我，好人真難做。」

「你這話說得貌似早就知道我會出糗，你是存心讓我被羞辱吧？」他一聽更是光火，原先已脹紅了臉，現在整個眼睛也紅了，只是那倒非燃燒的怒目，其實是眼淚湧了上來。

端飛沒答話。

祁泰軍檢查賽車有否受損，他心中既羞赧又混雜著恥辱懊惱，便向泰軍抱怨端飛的不是，泰軍正色道：「端飛只是嚴謹一些。撞殘了的那些賽手，都不是在比賽中受的傷，全是試車的時候太隨便。比賽時的安全措施要求得很嚴格，翻車撞車頂多也就是小骨折和挫傷，試車練車通常開得沒正式比賽那麼狠，容易掉以輕心，因為沒戴頭盔、安全帶沒繫緊、座位沒調整得牢靠，摔死了、癱了、昏迷不醒的有得是。」

他正心中起了一股溫熱，對端飛生出溫柔的感激，愧疚於自己錯怪了端飛，不想泰軍又接著笑著說：「不過他也知道你一定會翻。」

這話聽著不順耳，但他還是抱著希望地說：「你們都說端飛給誰當領航，誰就會拿冠軍，既然如此，我也沒什麼好擔心的。」

「那可未必。端飛領你就有幾次很差的成績。有我指揮的這個堅強後勤團隊，你們沒有過不能完賽的紀錄，沒拿到積分都是因為你。」

「我？」

「再說，什麼端飛領誰誰就能奪冠，哪可能有這樣的事，都是誇大其辭。」祁泰軍吐了一口煙，「端飛只能替強的車手領，無法替弱的車手領。平庸的領航會配合車手的節奏，但卓越的領航能把車手提升到超過他原本的境界，帶他到他原本到不了的地方，」祁泰軍笑笑，「就是那個那欽成天掛在嘴上的那句話。可你瞧伍皓，端飛就不能領伍皓，伍皓活在自己的世界裡，端飛無法理解伍皓的偏執和猜疑。雖然大家都說端飛是好領航，但他這個人很自我，不會去配合別人，任何人碰到他，只能被他拉著走，自己都沒發覺。可這世間有很多人，上天沒生給他們翅膀，無論怎樣撲動他們的肩胛，也無法朝向太陽飛去。」

他陷入沉思。那麼他自己呢？在端飛心中，他是怎麼想怎麼看他的？以前的嚴英有祁泰軍說的那樣一雙翅膀吧？那他現在可是被打回一隻老母雞的原形。

他想起剛進沙漠時，用端飛那輛路虎來練習，他還覺得能適應的，雖然關於在沙漠駕駛的事什麼都記不得了，可他還是個反應機靈的人，他還發覺自己有個挺高明的長處，便是善於模仿，倘使讓他自己橫衝直撞吃盡苦頭犯的差錯和受阻，換作端飛開一次他坐在旁邊看，他可以不需要解釋便能找出他倆的差異在什麼地方。可抵達庫爾勒試開那輛途銳的時候，完全不行，不僅是駕馭不來那輛車，無法掌握引擎轉速和換檔時機，他已經做到極限了，手腳速度還是不夠快。

剛開始是祁泰軍帶著他練的，那對他來說完全是震撼教育，坐在祁泰軍旁副駕座位的他嚇得魂飛魄散，在起伏的沙丘間急速上上下下，那感覺好似他被裝在一個金屬籠子裡，被一個巨人提著劇烈地甩晃。那不像行駛在有邏輯的路面，他啥都看不清，只有沙地、天空在擋風玻璃上瘋狂地跳動震盪。

祁泰軍的動作迅如閃電，震驚的同時他也感到恐懼和絕望。他不可能勝任。祁泰軍詳細為他解釋這輛車的操控特性，他根本聽不進去。

然而待到端飛駕駛，更是脫出他的想像，和祁泰軍比起來，端飛簡直像慢動作，他身上完全看不到祁泰軍那種令人喘不過氣的壓迫性。祁泰軍無論是轉動方向盤或者打檔，都好似趕上那千鈞一髮般，傾全身之力擊出去似的，端飛卻慢得好像把整個宇宙的時間刻度重新調整了，他的每個動作都沒有突如其來，給人一種錯覺，不像就外在地形的變化做出因應，倒像那擋風玻璃外上上下下起伏輪替的天地是由他的意志決定的。

他可以看得很清楚端飛的所有動作，不疾不徐，游刃有餘地在最精準的時刻抵達最精準的位置，帶動車輛最精準的反應。看端飛做的時候，他會感覺自己也能做到，他能把一切看得很清楚，那麼理所當然，毫無困難。他愛那種篤定的自若，很讓人神往。

然而輪到他自己，全然不是那麼回事。儘管他從端飛身上把一切看透了，瞭然了，可他覺悟到，除非他在月球駕駛，才能讓那稀薄的重力把整個次元的時間刻度變慢，否則他追不上。

「你也覺得我不行吧？」他問祁泰軍。

「我？我負責維修，你以為我希望你怎樣？」祁泰軍笑道：「我對這車也是沒轍呀！勞駕你開慢點，別毀車，最好是旅遊版的節奏，能抵達終點就行。那麼沒拿名次符老和端飛就怪不著我頭上，頂多怪你。」

他瞧祁泰軍那表情，驀然有種與端飛神似之感，怕是親熟久了受端飛的不良影響。

※

看看手錶已經是下午兩點，事物原本落在地上予人遮陰的影子卻像讓高掛的太陽給汲縮回去了一樣，時序已是夏末，此刻日光還是天頂撒開的位置。吃過午飯車手和領航們聚在宋毅的帳棚，李玲娜一鑽進來便張頭晃腦。

「找什麼？」宋毅問。

「嚴英和端飛呢？」

「去練車了。」宋毅說。

「嚴英剛才讓衛忠給嚇到了。」伍皓嘻嘻笑著說。「您沒瞧見他剛才像毛茸茸的雛雞一抬那小脖子，見著讓老鷹盯了，鐵青著一張臉，撲著小翅膀逃命，魂都快散了。端飛才扒兩口飯呢，就讓他拖著去練車了。」

「噢。」

李玲娜撇了撇嘴，倒瞧見衛忠臉上未露出得意或譏嘲的表情，反而陷入若有所思。

「有詐……這一定有詐。」衛忠一臉怔忡，撫弄著吃飽的肚皮喃喃說道。

李玲娜正欲開口，聽見有人大喊著「端飛呢？」走進帳棚，是朝星輝同他的領航金寶。

朝星輝的一身健美體態，是精心鍛鍊出來的，由專門的個人教練協助他針對全身每一塊肌肉去雕琢最性感美妙的線條，一頭染金的頭髮，小麥褐色肌膚，隨時看起來像是怒目的劍眉，連牙齒都全經過矯正，且漂得如白瓷般光潔瑩亮。

至於那金寶，模樣比他的司機還不像賽手，細皮白肉，一張娃娃臉上五官標致，少女般晶爍的杏眼，嘴唇泛玫瑰色。雖然他的言談動作都頂文雅，但手腳敏捷麻利得不像話，朝星輝每到終點卸下頭盔都喜好帥氣地隨手一扔，金寶皆能好似青蛙咻地吐出舌頭黏住蒼蠅般準確接個正著。

金寶以前是朝星輝的助理，朝星輝參加拉力賽都帶著他，後來金寶索性就學起當領航。別看他是唱片助理出身，便以為他幹不來這行當，當助理時他就給朝星輝開車，趕場飛馳、找路、躲狗仔，反應機靈不說，耐操，處事有條不紊，善溝通，學習力強。話說一個好領航的綜合素質非常重要，其中包括野外生存的技能，他不僅僅要會熟練地使用賽車上的各種設備諸如拉力表、衛星導航等；對路書有深度的認知理解，從當中看似簡單實則複雜微妙的數字、符號、提示、航向角……分析估計出賽段中的許多形貌細節；對車輛機械要有某種程度的瞭解，一些小毛病可以隨時解決，換言之是具備基本維修的能力；隨時監看車輛的各種儀表觀察水溫水壓、機油壓力、剩餘燃油量等，提醒車手做出相應措施，如水溫過高要降低轉速甚至停車降溫，或者打開暖風等，靈活應用經驗累積培養出的處理方法；每日回大營之後對維修人員描述賽車的狀況，當天車輛發生的，可能的隱患，哪些零件要更換，包括根據隔天的路書路況，決定減震的軟硬程度是否需要調整，計算燃油需求並且加油，這些都是領航的職責。還須具備強韌的體力，陷車時挖沙是相當勞力的運動，以及處理由其他賽車進行救援拖車等動作，在圈子裡認識人多、人緣好的賽手和領航較易得其他人幫助，賽場是一江湖，外人難窺這裡頭對手之間的交情義氣之重要；在沙漠裡，生存能力體現在對地形的掌握上，對地勢的觀察，尤其是高速中對未知的正確評估，諸如山背後可能地形的推測，是陡坡還是緩坡，正確安全的選路；萬一賽車故障在賽段中，需要在戈壁或者沙漠裡過夜等待救援，對於野外生存的應付能力更形重要。金寶也許經驗和膽識不足，可相較大多數資淺的年輕領航，他過去在與這粗野大地完全相反的世界練就出來的本事，他懂人情懂觀察，他懂伶俐懂細節決生死，他懂求生存需要的無畏和妥協，未見得不是能應用在此一領域發展的潛質。

較大的毛病是金寶不愛髒，對修車不感興趣，體力雖不差但真不愛粗活，像是換輪胎這類事他是很不情願的，更甭提他的老大朝星輝了。有時兩人壞車在沙漠裡，寧願乾脆喝喝罐裝咖啡，拿手機出來照照相。

「咋你也找端飛？」宋毅問。

「我瞧瞧他有沒有帶上好的茶葉來呀！」

朝星輝說著，拉開李玲娜身邊的摺疊椅坐下，向她擠了擠眼睛。

「在聊什麼？」朝星輝問。

「方才衛忠挑戰嚴英的事，你看到了吧？嚴英敗得灰頭土臉，總覺得衛忠的反應奇怪，以他那性子，此刻應當到處誇耀才是。」李玲娜壓低了聲音說。

「是麼……」朝星輝想了想，靠近李玲娜耳朵邊說話。

他欺上來靠得那麼近，她聞到一股古龍水味兒撲鼻上來，帶有檀香和薄荷的氣味，那味兒她倒不討厭。

「你洗過澡了？」她問。

「是啊！」他說。對於她注意到這一點感到十分高興。「這營地真是想像不到的破，要不是見旗子插在這兒，簡直不敢相信。昨天就到了，本想跟金寶去住酒店，可實在找不到。昨天沒洗，今天沒法忍了，房車裡沒水，我用瓶裝水洗的，跟金寶兩個人用掉三打，已經是省著了，妳絕對想不到那一瓶子水倒出來多麼地少。」

「可不是……」

「噢，我說什麼來著？……對了，方才似乎聽到衛忠說他挑戰嚴英，是在試探他。」

「試探？試探嚴英的實力？」

「也不只是這樣。……我先前經過衛氏兄弟的房車，他倆完全不知道我就在窗戶外頭，我聽見衛氏兄弟談嚴英的事。」朝星輝壓低了聲音，靠著李玲娜的耳朵悄悄說，那股溫熱的氣吹在她耳朵上，令她顫抖了一下。「那兄弟倆的聲音，哥哥跟弟弟真明顯不同，衛忠嗓門粗又破，衛祥的聲音挺敦實。那倆啊，哥哥憂心忡忡地說道，咱怎老覺得那個嚴英，是裝作一個傻子呀？咱有點擔心，他其實不傻啊！」

朝星輝露出神秘的笑容，李玲娜轉過臉張大了眼睛望著他，遠看這兩人的姿態，好像說著情話似的。

「弟弟便問，可他為啥要裝呢？」朝星輝轉了轉眼珠，十足刻意地賣個關子等著人催他說下去。

「然後呢，衛忠說什麼？」

「總覺得是刻意裝給咱看的。衛忠這麼一說，我忍不住往裡瞧，那衛忠歪著頭，好似苦思，他那嗓門，即便想要壓低聲音，都聽得一清二楚。」

「他約莫以為嚴英想隱藏實力，讓對手輕敵吧？犯得著麼，用這樣幼稚的把戲？虧他想得出來。」李玲娜說。

「才不呢，妳別弄錯了，現在傻的是嚴英，他倆不傻，他倆從來都不傻。」朝星輝說。「衛忠說，嚴英那小子跑回來不為別的，是找咱報仇來著，我的媽呀，他從墳墓裡爬出來，就為的找咱。他幹麼裝傻？他裝不記得了，他就是來測試咱們。」朝星輝活靈活現地模仿衛忠的聲音，不自覺聲音也大了起來，連稍遠處的衛忠都轉過身望了他一眼，他縮了縮脖子，笑著用手指去摸了摸李玲娜耳朵邊的髮絲，李玲娜稍微側了側臉，但沒有明顯地避開，朝星輝又把臉附李玲娜耳朵邊。「妳知道我想起了什麼？嚴英失蹤隔日，衛忠沒發車，人不見了，後勤都還留在營地，一問三不知，當時嚴英在沙漠失蹤的消息還被隱瞞著，大夥顧自己的比賽，沒去留心誰沒發車，畢竟早晨才發現賽車故障，是一點也不稀奇的事。可他倆那次賽車好端端的，這可少見哪，他倆哪次賽車不故障的？難得沒出大差錯，卻毫無理由地退賽了，連宋毅都莫名其妙，背地裡有些人還說衛氏兄弟讓晉廣良給收買了，為的使京王輸掉。可晉廣良……」

他這話讓宋毅給打斷了，宋毅朝帳棚外高喊，叫伙計們切西瓜來，房車的冰箱沒電，西瓜都放在冰桶裡，不吃也要壞了。可外頭沒人應，他讓小傅出去吩咐，小傅才走出帳棚，便與幾個全穿著黑色馬球衫的男人差點迎面撞上。

「組織這次比賽的人。」朝星輝小聲對李玲娜說。「我一來他們就在這兒了，不太搭理人，房車停遠遠的。真奇怪，這幾個傢伙我全沒見過。走在前面那個是組織代表，叫馮曉，我在這圈子混這麼些年，聽都沒聽過他的名字。」

馮曉約莫四十五、六歲，身形勻稱，一張臉卻輪廓銳利，骨瘦嶙峋，尖尖的鼻子，凹陷的眼眶，顴骨高聳，眉骨突出，一張面皮底下好似沒有脂肪，就這麼單薄地覆蓋在骨架上，蒼白的皮膚透著一種青色，顯得眼睛和頭髮格外烏黑，戴著一副眼鏡，顯得有些斯文氣。

「很抱歉打擾各位午後的休閒時光。」馮曉說。「我聽說有未受邀請的人來到營地，因此特別來瞭解一下。」

眾人面面相覷，包括李玲娜，她把在場的人都望了一遍，發現馮曉的目光停留在她自己身上。

「這個比賽是保密的，所有受邀的人都簽過保密協定。在座這位女士，若我說的沒錯，您是記者吧？我不記得我們有邀請記者。」馮曉說。

「對不起，我不請自來。但這犯法麼？」李玲娜毫不示弱地答。

「您愛往哪兒自然是您的自由，我無權把您銬起來強送出去，我只能明白告訴您，記者是不受歡迎的。」

李玲娜臉上一陣燥熱，她跑影劇的時候，去過不受歡迎的地方多了，藝人好些私人活動都厭惡記者出現，可眼前她又不是來挖醜聞、添人家亂的，她甚至不為跑新聞，她放下謀生的差事，自掏腰包買機票，憑的只是一股熱情，她……好吧，她根本只是為了滿足她個人的好奇心，不為任何其他人，不為揭給任何其他人看，她有什麼好處？如此也讓她當著眾人的面被斥辱，被下逐客令，讓她分外難堪。

但她沒讓這種挫折和屈辱感在她的臉上顯露出來，「我不是以記者的身分來的。」她沉穩地說。

「那麼您是以什麼身分來的？」

她正猶豫該如何回答，朝星輝搶先了一步：「我的女朋友。」

「嗄？」這驚訝聲是李玲娜發出的。

「我的女朋友的身分。」

他望了李玲娜一眼，後者不置可否地聳聳肩。

她很明白現在是個什麼情勢，若非朝星輝插手相助，她馬上就要給攆出營地了。

「若我沒記錯，我們跟所有比賽的參與者都簽了保密條款的。」

「這是我的疏忽，我忘了把她放在工作人員的申請名單裡。」朝星輝說。「她也算是……比賽的參與者，至於她負責的任務……我想這個就不好我公開說出來了，營地裡全都是男人，別人扛不扛得住這麼多天我不知道，我是不行。」

馮曉夜梟似的眼睛瞪著朝星輝，眨也不眨一下，好像要瞪到他腦袋瓜子裡去一樣，一陣靜默惹得營帳裡溢著無可釋懷的尷尬，半晌他才說：「我得跟組織的其他人討論一下。」

李玲娜確實從朝星輝那裡得知這次比賽的消息，但她不是他帶來的。

她也沒跟他提她會來。

她寫過他的一些採訪，不是針對他個人，都是放在賽事整體的報導裡。偶爾他倆會聯絡，她甚至接過他半夜喝醉酒打來的電話，可他倆交情止於泛泛。

朝星輝是在美國出生的，十年前他的父母把他帶回中國，最初他反抗得很激烈，一度返回美國，可後來又自己回來了。他在美國和幾個朋友玩電音，晚上在夜總會當DJ，混不出什麼名堂，連養活自己都有困難，在中國倒託有人力捧的福闖出一番名氣。他原是跑轎車拉力賽的，可後來幾個演員、名人也跑拉力賽攪局，搶了他的鋒頭，他便意興闌珊了。

朝星輝在長距離越野賽的表現出人意表地亮麗，他在美國時便喜歡獨個兒駕車穿越沙漠，對此也算駕輕就熟，回中國先前之所以參加拉力賽，乃出於拉力賽能受到的關注比越野賽多。

朝星輝首次加入廠商隊，便拿到了年度前十，隔年便造就了他最為人津津樂道的話題，那是某次排位的超級短道賽，晴朗無雲的日子，天空是金灰色，人潮聚集在沙漠公園，稱得上萬頭攢動，這天記者們捕捉到的精彩鏡頭意外並非翻車或者陷車——不似影劇記者耐著性子費盡辛苦找好萬中選一的狩獵位置為的是捕捉剎那間可能發生、可能不發生的露乳頭露底褲的畫面，賽車記者以同樣的勤苦企圖期待同樣的幸運能捕捉到的也就是翻車和陷車了——此番與影劇記者顛了倒，有個女人在朝星輝經過的時候衝上前去掀起上衣露出裸胸。排位賽的賽道呈內外兩圈，朝星輝跑第二圈時，這女人又重施故技，結果朝星輝在第二圈結束並沒駛出終點，而是為此女跑了第三次，徹底藐視排位賽的成績。他說因為前兩圈注意力都放在女子的胸部上，後來想看看臉長得什麼樣。

種子選手握有排位的調位權利，又自恃明星身分讓組織者對其「無傷大雅的」違規犯行睜眼閉眼，誰說這不會是朝星輝自己導出的戲碼？別人或許沒這麼靈光的頭腦做聯想，她李玲娜可不遲鈍，尤其開幕式時，她還記憶猶新呢，那時舞台上演奏著新疆民族音樂，整個營地洋溢歡快旋律，快速跳盪的節奏讓人有種在沙地上旋轉扶搖直上的錯覺。她脖子上掛著相機，趴在一輛貼著隨從車貼的越野車的車窗口聚精會神地朝裡頭看。

旋律緩慢下來，迴繞悠揚，但這低低的悠遠在豔陽熾日下，透過擴音器渾濁的喇叭，變得混亂雜沓，突然鋒刃一轉，節拍又銳健起來，層層疊疊喧囂而上。

著五彩服裝的姑娘們奔上台，舞姿有著一股奇特的曼妙。為首的是一名維吾爾族知名的模特兒，美貌攫住所有人的目光，相形之下其餘的姑娘們濃妝的臉顯得呆板。倒是姑娘們的動作雖簡單，一板一眼裡卻有種挑逗的嬈冶。

至於那車窗裡頭，坐在後座的人不是朝星輝？一個年輕女子跨坐在他身上，打開白皙的一雙長腿，下巴高高仰著，襯衫脫了一半，一頭染成紅褐色的鬈髮垂在後背，髮絲上上下下摩挲背部赤裸光滑的肌膚。

車門打開朝星輝從裡頭走出來，跟著出來的女孩扣著襯衫扣子，用手整理濕淋淋的凌亂頭髮。那女人就是後來衝到賽道旁裸露出胸部的女子。

「你第三個上發車台，還在這裡逍遙！」李玲娜向朝星輝喊道。

「急什麼，姑娘們還在跳舞，一會兒老頭子們致詞還要好長工夫，我還想吹個頭髮再去呢！」朝星輝說。

好像這才想起什麼似的。「妳是狗仔隊？大老遠跟我跟到這兒？妳拍到什麼了？」

「我才不是狗仔，沒興趣拍你。你上發車台我也不打算拍。」

「這麼說來剛才妳趴在車窗玻璃外頭窺半天，單純是私人興趣了？」

李玲娜露出莫可奈何的表情。「我倒服了你這般自戀的人。」

紅頭髮的女子瞥了朝星輝一眼，胸前扣子只扣了一半，露出大半曬出了斑點的酥胸。朝星輝按著她的肩膀把她轉過背面，拍了她屁股一下，往前一推。「走吧別在這兒礙事了。」

女人旋即又轉回身，蹭到朝星輝身邊，摟著他的手臂。「剛才真好，我感覺完全對了。」

「對妳個頭咧！」大太陽下看清楚了，這女孩雖醒目地漂亮，但輪廓生得十分粗糲，濃眉大眼，高高的顴骨，是個有西方混血的女孩。

李玲娜搖搖頭轉身走了，朝星輝在背後喊：「這麼絕情？妳是吃的什麼醋呀？」

朝星輝早就見過這女的，還在車裡乾柴烈火了一番，這女的跑到場上脫衣，朝星輝說沒見過她的臉，分明是瞎話。由此可見那鬧劇是個局。

那晚李玲娜與朝星輝皆住在賽事組織單位下榻和秘書處所在的酒店，兩人的房間還正好隔鄰，那是半夜李玲娜坐在妝台前聚精會神地在她的筆記電腦上打字，卻給隔壁房間吵得惱羞成怒去敲門興師問罪時發現的。

朝星輝坐在床上，三個女孩圍繞著他，另一個躺坐在沙發上，朝星輝彈著吉他，四個女孩跟著合唱。她不認得這些女孩，但估計是來自各地的志願者，或者對賽車手感興趣的女孩，每年總會有不少這樣的年輕人跟著車隊跑。

「夜裡一點啦！你不睡別人還睡呢！」李玲娜耐著性子壓低了聲音說，她不想在酒店走廊大喊大叫。

朝星輝的琴音沒停，只是沒再彈奏原先的歌曲，改為隨意撥弄散慢的和弦，好似給這場景配點低低的、悠緩不至於喧賓奪主的背景音樂似的。坐在沙發上的女孩望了她一眼，吃吃笑著，床上那三個女孩則完全沒理會，連抬一下臉也沒，只是跟著琴聲低哼。

「明天早上六點就發車了，你不睡麼？」李玲娜說。

「睡不著呀！」

一股火在李玲娜胸口裡快爆開來，她在心中想像自己走進去，扯著那幾個女孩的頭髮把她們像小貓一樣提起來扔到樓下去，再把朝星輝的吉他往地上砸個稀爛。但她只勉強咧開嘴做出一個僵硬的微笑。「拜託你們行個好，大半夜的別再鬧得人不得安寧，要唱選個別的時間唄！我累了一整天，好歹睡幾個小時，明天還要早起幹活。」

朝星輝放下吉他走了過來，露出一種為難的神色。

「我也是同樣的想法呀，就是睡不著急著睡，心忖多消耗點體力興許是個辦法，一般不是跟女孩玩完了倒頭就能睡麼？我想四個應該保險夠掛了我吧，可我這人有情調的，不是沒來點氣氛和感情的培養就硬上的，這才煞費苦心在營造浪漫啊！」朝星輝說著，搔了搔他那頭染成白金色的亂髮。「不如這樣，既然妳也睡不著，我就把我這好點子也同妳共用分享，這麼一來皆大歡喜，咱倆的問題都解決了。」

「去你的。」李玲娜啐了一口，掉頭就走。

回到房間那吉他聲又傳來了，只是音量小了些，她在房間裡轉了兩轉，氣得踢了椅子幾下，終究沒轍。洗完澡，吹了頭髮，這才發覺琴聲沒了，她泡了杯熱茶，往妝台前坐下，正欲打開電腦，隱微的吉他彈奏聲又傳來，這會兒她真暴跳如雷了，她要去給那個惹人厭又厚顏無恥的金毛小子好看，她要拿這杯熱茶潑到他臉上，她已經顧不得那麼多禮貌得體，顧不得時時展現她的教養文明了。

她端著那杯熱茶走到朝星輝的房間前，門依舊是半敞著，她把頭探進去，女孩們都走了，只朝星輝一個人坐在沙發上彈著吉他。

那琴聲是很獨特的一種旋律，雖是類似的和弦組合重複，可每一次卻讓人感覺有微妙甚至強烈的情感變化，悠悠的，難以形容那裡頭包含的是什麼東西，有種沉鬱，幾乎像是悲傷，但也有一種灑脫，彷彿人生的滋味不過就是如此的調調。接著她聽到他的歌聲，是她聽不懂的語言，也是很類似的幾句歌詞不斷重複，雖不懂唱的什麼，但同那音樂搭配得渾然巧妙，單調樸素，卻有一番奇妙醉人，她轉過身，望著他的手指靈巧的移動，他知道她在看他，便低下頭盯著琴弦，避開她的眼神。

也許也因為這深夜的魔力，幸福的人聽了會覺得感動和甜美，失落的人聽了心會像打破的鏡子裂成碎片。

朝星輝把吉他放下。

「妳說什麼？」

其實她剛才喃喃說這音樂真美，可是他一問，她卻改口。

「那幾個姑娘呢？完事了？」

他笑笑，沒答。

「你為什麼跑來沙漠？」

「不就是為的比賽麼？」

「你很在乎別人怎麼看你吧？沒有女人不行吧？沙漠深處什麼都沒有呢，只有一望無際的沙丘、石礫，只有天空……」

「還有領航。」朝星輝擺擺手說，「身邊唯一的活人是個男人。」

李玲娜笑了笑，「別人的領航都指望著以後成為車手，只有你的領航滿心以為跟著你可以進演藝圈。」

朝星輝大笑。「金寶進演藝圈麼？他得改一改他的服裝品味，還有髮型，太糟糕了，流氣！他自己卻很得意，這方面說不得他，由他去了，只是看了教人難過。」

你自己才流氣呢！李玲娜心想。

「明明對賽車很認真，為何要裝作不嚴肅的樣子？」

「別稱讚我，我會太驕傲。」

「這算不上稱讚。」

朝星輝聳聳肩，露出一種迷茫的好似嗑了藥的人的那種輕飄飄的笑容。

「過來！」他朝她招招手。

李玲娜留在原地沒動。

「我猜你是個怕寂寞的人。」這是李玲娜慣常的陳腔濫調，總是很有用，但這會兒她才意識到，只罩著件浴袍的朝星輝，裡頭想來是赤條條的，而那浴袍並沒繫上繫帶，彷彿隨時會敞開。僅管她對那浴袍底下是什麼光景毫無興趣，但無意識地卻老把視線投往那兒。

「這麼說可言重了。」朝星輝漫不經心地說。

「我聽說你走到哪都要女人得緊的，你要這麼多女人做什麼呢？」

「妳這問題真難答，這不需要什麼理由啊！」

朝星輝目光呆滯地沉默許久，貌似沉思，可她想他大概單純只是發呆吧！她站起身離開，踮著腳步，憋著呼吸，怕驚擾到他，又似鬼祟逃跑。她走至門口時他出聲了，嚇了她一跳。

「妳這種女人不是我鍾意的。」他說。

她轉過臉，他低垂著頭，一身疲憊的姿態。

「我喜歡無論男人說什麼都相信的女人。」他抬臉望著她，臉上彷彿有種悲悽，但也許那是她的錯覺。「可妳不是吧？」他幽幽地說。

她一溜煙跑了。

4.

馮曉質疑李玲娜時他開口緩頰，不是出於紳士救美的風度，他是當真這麼想所以這麼說的，他來到營地見到李玲娜出現並不意外，女人都迷戀他，沒有不想投入他的懷抱，赤裸跟他糾纏的，李玲娜當然始終惦記著他，是衝著他來的，這還用說？

冷不防有人從後頭一把摟住李玲娜的腰，她一驚，才欲扭身，那人即躬著背把頭低下，下巴磕兒支在她肩胛骨上，一嗅到那股古龍水味兒她便知道是朝星輝，稍一側臉，就恰好要與他的臉貼在一塊兒了。

「我現在是跟妳假扮情侶，幫妳一個大忙，誰叫我這個人天生心腸軟，愛搞慈善。我這心地，噢，這要命的人品！連我自己都要感動，可別假戲真作愛上我。」他在她耳邊說，她能感受他環著她的腰的那股手勁兒，他溫熱的嘴唇幾乎觸到她的耳垂，吐出來的氣吹得她身子起了一陣簌簌顫抖，他側臉的硬鬚碴蹭著她的臉，他彷彿用他全身的熱度像一件外套覆蓋在她身上似的。

「你大可別操這個心，我就是投胎轉世一百次也不至於愛上你。」

李玲娜想掙開，但沒使上很大的力氣，仍舊讓他擒得牢牢的。

「噢，妳這不老實的。我很清楚妳對我抱著迷戀，妳這種女人總愛使這些招，越鍾情某個男人就越偏裝出不可一世的模樣。若非我有把握，也不會告訴妳這比賽的事，我可簽了保密條款呢，萬一害我丟掉一百萬美金的獎金呢？妳賠我麼？妳哪裡值這麼多錢？也不瞧我冒這多不上算的險！照照鏡子妳這一本正經的模樣，還有這身材，」說著他搓了一把她的胸部，「那些往我懷裡竄、大腿上坐的小美人，那些小蜜桃，哪一個不比妳可愛、惹憐，比妳迷人、性感？她們隨便誰都不費我半分勁。我只是好玩兒，愛賭，看妳會不會跟來……這也算不上賭，早知道妳會搖著尾巴來了，見不著我，妳心會慌啊，不是？」

李玲娜恨不得一旋身把這厚臉皮的傢伙推倒在碎石地上，朝他的下巴磕兒使勁踢幾下，他好大的膽子說什麼她跟別的女人相比是既沒有美貌，又缺乏吸引力、身材遜色！說什麼她一逕痴想他，追著他屁股後跑，胡扯極了！可一轉念，既然他如此自迷自滿，她就順水推舟吧！

「說說看，你總共上過幾個女人？」她問。

「這是妳出於私人情感想知道，還是以記者的身分挖掘八卦消息？」他站直了，把她扳過正面來，面對著他。

兩者都不是！她在心中大喊。我私人一點也不在乎你上幾個女人，我更不是無聊的八卦記者，就算是八卦記者也不會對你朝星輝那些廉價的風流史有興趣！

「算了！我想你那腦筋也算不上來。」她別開眼神，不想直視他。

他用他那粗糙的手指摸了一下她的臉頰，她抓住他的手指說：「告訴我，誰是你心中的頭號對手？」

「這是開始採訪了嗎？」

「你說呢？」她仰起臉。

朝星輝歪著頭，認真想了想，正要開口，被她打斷：「除了你自己以外。」

他笑笑，「妳怎知我要這麼說？我倆真是心有靈犀。」

「得了！每個人都這麼說，我聽得膩了，不嫌矯情？我還以為你不來這套。」她輕蔑地說。

「別這麼盛氣凌人，把我跟那些故作豁達、實則計較的傢伙比在一道，我真心沒興趣把誰當敵手，妳想我朝星輝是個吃飽睡醒時喜好想像某個傢伙本事勝過我的人嗎？我的腦子裡是沒這種事的。」朝星輝用手指點了點自己的腦袋瓜。「不過嘛……」

他皺著臉露出思索的表情。

「不過什麼？」

「妳為啥想知道？」他望著她，那眼神令她情不自禁地摸了摸自己的頭髮、脖子，好似要檢查身上有啥不對勁，又低頭去拉了拉自己的衣領。

「不管實力再怎麼強，有時老天就愛搬弄是非，硬是讓不如你的人騎到你頭頂上。有些人你輸給他你是不掛心的，月有圓缺，出來跑總有輸贏，可有些人呢，你是寧願老娘嫁人也不情願輸給他的。妳說的心中視為對手的人沒有，但怎樣都不想敗給他的倒是有。」

「誰？」她仰起臉，語氣咄咄逼人。

他給她這麼突如其來的牛眼一瞪，嚇了一跳，幾秒鐘才說：「嚴英吧！」

「嚴英？」

「我可話說在前頭了，論實力我沒把他放在眼裡，只不過那傢伙太討人厭了。當初他失蹤，大夥找他找得焦頭爛額，可心裡誰都巴不得找不到，若真找著了，那麼就巴不得是一具屍體。這麼說雖有些缺德，但他貨真價實就這麼不得人緣。」

「有這種事？」

「嘴上沒人明著這麼說，誰也不願顯小氣，沒準說了還被當成是嫉妒。」

「噢，我以為他看起來挺溫和，豈是招人怨，我還覺得招人憐愛呢！」她不是不知道周遭之人對嚴英所懷的那種難以言喻的混合了猜疑、疏漠和戒備的態度，可存心這麼說。

「那是因為那傢伙現在變傻了，誰曉得怎麼一回事。以前他愛挑事兒，對誰他都不買單，衝著汽聯主席也照樣掀桌。符老給他當過車隊經理，後來便一逕在背後替他撐腰，弄得他天不怕地不怕的。那傢伙有病，每次比賽都與其他車隊發生爭執，是所有人眼裡的瘟神，有誰沒讓他得罪的，我還數不出來呢！」朝星輝停頓下來，想了半晌，「就只端飛是他唯一心服的吧！畢竟他很依賴端飛。」

「這麼說，他也得罪過你？」

朝星輝揚了揚眉毛，一撇嘴，沒答話。

這番話令李玲娜心頭起了振奮，她有預感接下來能聽到更多出乎她意想的有意思的事，忍不住露出笑容。「放心，我不會因此看作你器量小，嫉妒他。」

「我嫉妒他？我？」朝星輝啐了一口。

「你說，我來評理。」李玲娜敦促著他，甚至抓住了他的手腕。

朝星輝嘆了口氣。

「說就說呀，何必先嘆一口氣。」

「唉，妳不知道我多不愛提這件事。五年前，就是他失蹤前最後一次參加的比賽，有一個賽段我在差不多過了一百公里後翻過一個小沙丘，掉進一個坑裡。是個雞窩坑，就恰恰一個車身那麼大，那種坑一旦掉進去，自個兒是出不來的，再怎麼挖也沒用，得靠人拖。我和金寶就只好等下一輛經過的賽車來幫忙。偏偏那麼不走運，上來的就是他這個冤家。他也停車了，還過來看了，那時心急，就想著別多耽擱時間，便老著臉皮拜託他給拖一下，嚴英和端飛那種好手，拖車這種工夫很熟練，瞅一眼就知道從什麼位置該怎麼使勁，費不上他們多少時間。可妳猜那傢伙怎麼著？」

「他拒絕了。」

「是啊，他要答應了他就不叫作嚴英了。」

「沒想到他是那樣沒有品德的人！」她叫道。雖然她只是為了附和他，而刻意誇張了語氣音調，但心裡對嚴英是這樣的人也確實吃了一驚。

「要知道在賽道裡，外力救援是不允許的，可賽手之間相互救援是可以的，見有別的賽車在沙漠裡擱著了，停下來詢問幫忙，拖車或者提供需要的工具，這是人之常情，賽車的倫理、基本的運動精神嘛！然而為了爭輸贏，因為心存計較，因為自私，出於這些原因不出手救援的人也有，那是可鄙可恥，但他比那還要壞多了。你要是在現場，瞧他那張臉，那眼神，他不願意幫你，是因為他喜歡看著你求助無門，看著你失敗，看著你因為無能、因為失望而受屈辱，為什麼？因為他瞧不起你，他覺得你只配落入這樣的境地。那傢伙很變態。」

「我看你是把他妖魔化了。」

「妳這女人，妳不懂。」朝星輝搖頭。「那傢伙就這麼蹲在旁邊好整以暇地抽菸。我怒罵他，譏他不出手相救，是怕我勝過他。畢竟那時咱倆成績距離很近，妳猜他怎麼說？他說『我不拖你沒別的原因，就因為我不想。我是一點都不怕你勝過我的，那不可能！我啊，我就在這兒等，等下一輛賽車過來拖你，那麼你就不能說我是怕你贏過我才不救你的吧？』說完還嘿嘿笑。那傢伙有神經病，他寧願坐在那兒耗他自己的用時，等別人來拖我，就為了表明他是存心不拖我。」

「那麼端飛呢？他也袖手旁觀？」

「他能怎樣？他只是個領航。他不在乎，他什麼都不在乎，他向來只幹好自己的活兒，他不在乎自己的成績，也不在乎別人怎麼樣。」

「這多可怪？我越發弄不懂這兩人了。」李玲娜自言自語。

「我看妳對嚴英好似特別感興趣？」

「一個在沙漠裡失蹤了五年突然出現的人，我能不感興趣麼？不過，我對他有一份說不上來的特別感受，這倒也是真的。……唔，好似是口音的關係，他話很少，你也許不太容易注意到，然而一旦跟他多說些，就發現他帶著明顯的南方口音，我猜他消失的五年應該是待在南方。我對那口音有種熟悉的親切感。」

「噢，我是一點也不介意他這五年躲在什麼地方的。那與我有什麼關係呢？」朝星輝意興闌珊地說。

「對了，你曾說嚴英失蹤的隔日，衛忠也失蹤了？」

「噢，我說他沒發車，人不知跑哪兒去了。他兄弟倆那次跟嚴英也有過節。」

「什麼過節？」

朝星輝對談這些事是一點也不帶勁的，相距五年，也幾乎都給忘了，何況對於他自己不是主角的事，他是懶得提的。

「說罷！對你又沒什麼損失。」李玲娜急切地說。

「妳再繼續這麼問下去，我就要覺得妳很無趣了。」

我才不在乎你覺得我有沒有趣！她想這麼大喊，但忍住了，並擠出一臉笑。「我只是想聽些刺激的事。」

「刺激的事麼？」

這麼一說朝星輝的興致來了。

「嚴英硬說衛氏兄弟暗中破壞了他的賽車，把衛氏兄弟給氣炸了。他倆在車圈，出了名的熱血熱情，嘴上愛罵罵咧咧，可人緣不差，一逕很投入，有幹勁，要說暗地裡去破壞別人的賽車，是沒人會相信的，假使我懷疑誰動我車手腳，我最後一個才會懷疑到他倆。所以說麼，衛忠那脾氣，怎受得住這樣栽贓污衊他！可妳別瞧他嗓門大，老指天罵地的，他不是真好鬥的人，見嚴英持著鐵棍跑到京王的營地來興師問罪，衛忠喊歸喊，人躲得遠遠。宋毅和秋山出來勸事，姑且不說有什麼證據證明是衛氏兄弟搞他的車，即便有也該冷靜下來談。那衛忠呢，偏在後頭還要譏諷嚴英自個兒跑不好，怪罪在別人身上。

「宋毅那老好人還在溫吞吞好言相勸，可周遭一片蠢動的氣氛，後來秋山耐不住性子，站出來訓斥嚴英，秋山這老工程師，年紀比咱們都大，自認有這分量吧！嚴英單手持鐵棍，往前一捅戳在秋山胸口，秋山踉蹌退後了一步，惱羞成怒朝嚴英衝上來，可秋山手無寸鐵，只能徒手擋嚴英的鐵棍，肩膀和手臂都給打到骨裂。秋山底下那幾個伙計急了，拿鐵條的、拿榔頭的、拿鐵椅的，跑上來跟嚴英對幹。這幾個孩子都是老實人，不會打架，只一個東北的，帶狠勁兒，跟嚴英來真的，要命的是這反倒把嚴英那瘋性給挑起來了，一雙眼睛好似噴著火焰一般，把那孩子給打瘸了，秋山絆了一跤跌在地上，見情形不妙，轉身想逃，嚴英一棍子結實打在他腦袋上，當場秋山就昏了過去。

「宋毅把秋山送到醫院去，秋山醒來後說什麼也不肯待在醫院，非得回車隊不可，說車隊不能沒有他。秋山也是個牛脾氣，勸也勸不動，回大營以後昏暈暈的，又倒了地，宋毅嚇壞了，說這不行，一會兒要出人命，又給送醫院。秋山那次可慘了，腦袋血腫得很厲害，醫生只得把他的頭蓋骨掀了，免得他腦袋會爆掉，撬開的頭蓋骨就暫且縫到他肚皮下，他就那麼裸著腦殼好一段時間，挺不嚇人呢！秋山不恨死嚴英才怪。」

「竟有這種事！真教人想不到。竟有這種事！」她目瞪口呆道。接著她責怪朝星輝：「聽你這麼說，你是在現場了？你怎沒插手？」

「我們車隊剛好紮營在京王旁邊，我聽見嚴英跑到那兒大吵大鬧，就出來看熱鬧。我還插手？先前伍皓那事我不挺身去攔他？媽的還劃傷我的臉，都是一群瘋人，幸虧沒留下疤痕，否則那狗日的酒鬼賠得起我麼？」

「端飛呢？他也不拉住嚴英？」

「端飛開賽員會去了，領航都去開賽員會了。他回來的時候剛好見秋山被打昏在地上，他過來把嚴英的鐵棍卸了，嚴英還在嚷著要找他們算帳，就是他們破壞了他的賽車，端飛問，誰告訴你的？嚴英答不上來，這會兒衛忠倒是跳出來了，喊道你倆別在這裝模作樣，這事還沒了！嚴英又要發作，叫端飛給踹回去了。」

「秋山受重傷，對京王也造成很大的影響吧？底下伙計們都是聽命行事的，沒了秋山，幾乎整個維修團隊都瓦解。可嚴英本人卻什麼都不記得了。」

「妳別讓他那張純真的臉給騙了。嚴英這人是個怪胎，他瘋的時候六親不認、殺佛滅祖的，可也有不少時候卻又露出一派天真無邪的甜笑，他能昨天跟你打上一架，污衊你親娘，咒你祖宗八代，今天見著你卻十足沒事人，大搖大擺彷彿你親家一般笑容可掬地杵到你跟前。衛忠想的也有道理，沒準嚴英都記得，卻裝痴傻。」

李玲娜本想辯駁，說沒人扯謊逃得過她的法眼，可話溜到舌尖上她又咕嘟嚥了回去，自己先猶豫起來，腦子裡冒出嚴英那張孩子氣無辜又脆弱的臉，眨巴眨巴的長睫毛底下迷惑又無助的眼睛，若那些都是作戲？她倒抽一口氣。

「娜姐！」

李玲娜一轉身，金寶笑嘻嘻地走來，說道：「娜姐今天住咱房車是吧？嘿，朝哥出發前就交代要多準備乾淨的枕頭和棉被，我還大惑不解這是要給誰呢！」

李玲娜面露困窘，只得訕訕說道：「不想他是這麼體貼的人，費心了。」

來此之前她哪會想到住朝星輝的房車，誰曉得營地附近完全沒有酒店。以前也遇過比賽移營到較荒僻的地方，附近沒有像樣的旅店，但至少找得到牧民家經營的民宿，可她來這營地的途中只看到幾戶牧民破落的土房、羊圈，沒見任何可投宿的地方。

朝星輝將兩隻胳臂搭上來環住她的肩頸。「咱倆什麼關係？跟我說這麼見外的話？」

他的臉又來靠近她，她感受到他那輕輕搭在她肩頭的手臂充滿熱度，又有一種鋼鐵般的韌硬，好似他隨時一使勁就能箍緊了她，現在他的臉近得她能看清他粗糙皮膚上的毛孔，並且從他的古龍水味兒裡頭嗅到另一種味道，他身上那帶有男性氣息的汗味，弄得她一張臉脹紅了。

「別鬧，」她甩開他的手。「我還有正經事要幹呢！」

她快步走開，朝星輝還留在原地，懶洋洋地喊著：「別忘了，妳的正經事就是我啊！」

※

衛氏兄弟在帳棚下擺了桌椅，喝著茶抽著菸。

「嗨，小妞，吃酪梨。」衛忠見李玲娜走過來，隨口說道。

「你倆不熱麼？」李玲娜問。

「房車裡頭悶，更熱。」衛忠說。李玲娜坐下，衛忠遞給她一個酪梨。

「這酪梨真不錯。」李玲娜說。

「是唄？還行吧！」衛忠語氣散漫地說。

「不怎麼甜。」衛祥說，揮了揮手趕開蒼蠅。

「夠甜了，我不愛太甜的。」李玲娜說。

「噢！妳的標準太低了。」

「誰說的？」李玲娜說。「你們的車怎麼樣？剛才聽你們的修理工說，還有些小問題。」

「那都不是事兒，怎麼，妳來擔心我們？別以為我不知道，妳老報導咱的賽車不靠譜，說得跟廢鐵似的。妳懂個啥？一個娘們，沒見識，就曉得伸長耳朵到處鑽，東聽聽西聽聽的，把些爛七八糟的說長道短當真一樣寫，妳省心吧！宋毅伍皓他們都五年沒跑了，妳該去擔心他們。」衛忠用手指掏著牙縫說。

「我沒擔心你，我幹麼擔心你？」李玲娜沒理會衛忠的譏諷。「不過，五年沒跑也未必就能掉以輕心，嚴英和端飛也五年沒跑，可不容小覷。」

「什麼不容小覷？咱沒把他放在眼裡。妳瞧嚴英那傻樣，若不是有端飛，他恐怕連車門在哪兒都不知道。」

「萬一他是裝的呢？」

衛忠的臉孔變得僵硬。「妳為啥這麼說？」

不是沒有其他人開過玩笑說嚴英裝傻，可衛忠顯然對此是相當介意的，李玲娜便接著追問：「你覺得有這個可能麼？」刻意壓低了聲音，其實周遭除了衛祥根本沒其他人。「這可未必懸，不是麼？我老覺得有蹊蹺，又不是演電影，真有人啥都不記得，連自己是誰都不知道？要說為的是隱藏實力，讓對手掉以輕心，那也太滑稽了，不曉得是什麼陷阱，你害怕麼？」

「我害怕？我幹啥要害怕？妳這話說得不得體了。」衛忠提高了嗓門，伸出手指指著李玲娜。「我看妳別有所指，妳暗示什麼？」

李玲娜微笑著揮開衛忠指著她的手指。「沒什麼暗示，想聽聽我的意見麼？依我看嚴英他不是裝的，假使他假裝失憶，他必然就會暗中觀察你，且特別留心你是否接近他的賽車，可你自己瞧，他老像夢遊一樣失魂落魄地到處亂走，他幾時注意到你打他賽車的主意？」

衛忠用力一拍桌子，不只是李玲娜嚇得下巴一縮，胸腰都直了起來，連衛祥都陡然震了一下。「妳這傻逼心存挑事兒，誰打他賽車的主意？當記者的說話要留心，別信口雌黃，含血噴人！那輛賽車到他手裡，他是不配的，可誰叫他後台硬！咱憑自己的手，自己的頭腦，自己的血汗，或許我的車不如他，可我比他驕傲，我靠自己靠得踏踏實實。他那輛車就算是金子打造的，我摸都不屑摸一下。」

衛忠站起來嘶吼，李玲娜急得恨不得伸手去掩他的嘴。

「得了！得了！我知道你是個光明正大的人，不會幹破壞他車的勾當，你別大呼小叫了。」

「你們記者就喜歡捕風捉影，顛倒是非亂作文章，唯恐天下不亂。你們不愛報導咱們坦蕩正派，高風亮節，苦幹實幹做出來的成績，就愛撿那些低三下四不倫不類的事，也不求證，不負責任，就巴不得見我們失敗，丟醜，自相殘殺，否則你們這班人就毫無用處了。尤其妳這種娘們，啥都不懂、啥都不會，睡了組委會的人，就自以為是記者，大搖大擺拿著相機到處晃，淨曉得譁眾取寵，哪個車隊給錢就舔哪車隊屁眼，人家拉的屎都寫成黃金。」

「別一竿子打翻一船人，別的記者怎麼樣，我管不上，我李玲娜可從不走這種路子，你要罵那幫人，別對著我的臉講，跟我無關。」

「噢，這娘們生氣了！」衛忠指著李玲娜，對衛祥扯著嗓門喊，又轉過臉對李玲娜：「您這會兒也惱羞成怒了？那麼妳曉得方才我的感覺了，妳要懷疑我做了啥不乾淨的事，盡可擺明了說，是我做的事我一定有擔當，不是我做的別賴在我身上。我不怕跟妳對質，但別來指桑罵槐那一套。我衛忠最討厭人說話不痛快。」

「得了！」

李玲娜本想反譏衛忠自己也經常拿錢收買媒體和記者，可還是把這話嚥了下去，現在跟衛忠在這兒鬥，只是意氣用事，沒意義也犯不著。

衛祥一邊吃著蘋果輪流看著兩人的臉。

「那麼有件事我倒想知道，嚴英失蹤隔天，你為什麼也消失了蹤影？」

李玲娜瞧見衛忠與衛祥快速交換了一下目光。

「這跟嚴英的失蹤有關嗎？」她問。

「那是……」

衛忠突然像氣球給抽掉了方才那飽滿激昂、義正十足的氣，乾癟地垂下肩膀。雖然想隨便找個藉口解釋為何當日自己不見人影、沒有發車，其實留意到這事的人不多，後來他多以家中有急事隨口帶過，可誰叫他才又嚷又罵地強調他的坦蕩磊落，這會兒便心虛地扯不出謊來了。

「妳知道嚴英誣指我破壞他的賽車，跑到京王的營地來鬧事，把秋山打成重傷的事？」

李玲娜點頭。

「無憑無據就能做出這麼令人髮指的事，他這人有理性麼？妳若還選擇信他，那咱跟妳說不上話，沒智能！」

「我沒信你破壞他的車，假使我剛才的遣詞給了你這樣的印象，那麼我道歉，可我沒那個意思。」李玲娜耐著性子說。「我現在問的是，你在嚴英失蹤隔日沒發車，正確地說，嚴英在沙漠裡失蹤那天的晚上你就找不到人影了，這兩件事有關聯麼？」

「嚴英沒在沙漠裡失蹤。」衛忠面無表情地說。

這話她即便難以理解，也大大吃了一驚。「什麼意思？」

「我根本就不知道他失蹤的事，端飛夜裡回大營才說找不著他。可我在旅店附近見著他了。為了先前他誣指我破壞他的車，他毫不負責地捏造謊言傷害我的名譽，咱這種男人，把名譽、把尊嚴看得比命還重，豈能讓他這樣玩弄、踐踏！不管別人信不信他的話，他都強行在我的聲名上塗上了污點。何況咱兄弟倆還靠咱這名字的招牌吃飯的，他光是踐踏我也罷，還打傷秋山，秋山給送進醫院，他根本不聞不問。妳說這口氣若是妳，妳嚥得下麼？」

「所以，你又跑去找他算帳？」

衛忠點頭。

「我和我弟買了兩支球棍，夜裡去找他，還沒到賓館，見他在林子裡，不由分說衝上去就把他爆打一頓，他氣都沒吭一聲，倒地不動了，咱拿手機出來就著亮光一看，他全身是血，嚇壞咱們，撒手就跑。」

「你以為把他給打死了？」

「我哥以為出了人命，連夜逃了。」衛祥說，還噗哧笑了出來。

「笑什麼！那時真把我嚇壞了。」衛忠瞪了他一眼。

「我後來去過那林子，屍體不見了，大家以為嚴英在沙漠失蹤了，一直在沙漠裡找。我告訴哥沒人懷疑嚴英的失蹤與咱們有關，過兩天哥就又跑回來了。……不過，這五年來，我哥一直以為他把嚴英給打死了，半夜他還怕嚴英的鬼魂來找他。」

「說這幹麼？沒這回事。」衛忠斥道。「怎不說是你打死的？你也出手的。」

「我手下留情的呀！還不你說要給嚴英一點教訓，我意思一下罷了，咱一向不愛暴力。是你朝他往死裡打。」

「我沒呀！我還納悶他咋這不經打，兩下就奔西天去咧！」

「這究竟是怎麼回事？我完全搞不懂。」李玲娜煩躁地搔著頭髮。「那麼端飛為何說他在沙漠裡失蹤？」

「咱倆也搞不懂。」衛忠說。

「我哥認為嚴英為了報復咱們，躲起來裝死。」

「就為了報復你倆，躲起來裝死五年？」

「本來沒打算躲那麼久，後來發生意外，給忘了。妳瞧，這不一切都說得順了？」

「你講的也有道理。」

「我說吧，我的腦筋好，要不是腦筋這樣好，怎造得出這般超卓的好車。」

李玲娜猛然想起似的叫道：「明明是你倆打死了嚴英，卻栽贓給端飛，讓他飽受嫌疑，這還不可惡嗎？」

「這種事妳怎能怪咱們？總不能叫咱們自己出去說咱們殺了人吧？再說，那麼巧有別人比咱們更有嫌疑，咱們幹麼往自個兒身上攬啊？」

「還說你行事光明磊落，是你做的你就擔當，不是你做的不能誣陷你。」

「那不一樣，這是殺人啊！殺人哪能隨便承認，那是會給槍斃的，我幹啥要那麼早死？」衛忠理直氣壯地說。

「因為沒屍體，端飛又不承認他殺人，聽說他被刑求，可他沒招認。我哥怕疼，翻車的時候胸椎一點挫傷，就讓他呼天搶地、嘴歪眼斜的，嚴刑逼供我哥是受不住的，他馬上就會認了，那怎得了！」衛祥說，瞄了一眼衛忠。

「這傻逼，你講這幹麼？」

李玲娜露出難以置信的表情。「做出這種事，你倆還這樣談笑自若，好似什麼都沒發生的樣子？」

「是沒事啊！端飛也沒給槍斃，他只被拘留了一段時間訊問罷了，他甚至沒坐牢呢！嚴英也活著，還來參加比賽。有什麼問題啊？呿！我說妳挖這事沒意思，五年前的事，誰在乎，嚴英本人都記不得了呢！」衛忠露出嗤之以鼻的表情。「不勞駕妳費心了。」

※

李玲娜在宋毅停放賽車的帳棚探頭探腦，小傅見了上來招呼。

「您找宋哥？」

「不，沒事，我只是過來瞧瞧，怎沒見秋山？」

「在宋哥房車裡休息。」

那秋山總是一臉嚴峻，讓人心生畏懼，李玲娜跟秋山從沒打過交道，而秋山也是個拒生人千里之外，開口惜字如金的人，他與宋毅、後勤組的人能有說有笑，可在場一有與他不親熟的人加入，他便會默默離開。雖抱著與秋山交談的念頭，可見他不在反而鬆一口氣。

「他那腦袋受的傷……噢，完全好了吧？沒啥後遺症吧？」

「時不時還是會頭暈頭痛的，但我總覺得那是心理作用。」小傅笑著，臉湊上來靠近了，用手遮著口小聲說：「不過從那以後，性子變了不少。」

「五年前那場比賽，你也在？」

「是呀，可我那時是維修工，不是宋哥的領航。咱給宋哥幹維修工好幾年了，宋哥看咱聰明，是可造之才，就送咱去受訓。」小傅面露得意之色說。

李玲娜笑笑。

小傅倒也不是在吹牛，自鳴得意，在這個圈子裡混，年輕一點的，開口總帶那麼一點開玩笑的自我賣弄，自負也是真的，但多半是種習慣，這麼說話好玩。

「您知道的，越野賽對賽車強度的要求非常高，賽道裡發生故障那是經常的事。救援車得等最後一輛賽車發了才能進賽道，要是車手和領航本身不懂簡單維修，就只能坐以待斃了。」小傅頓了頓，輕聲說：「即便呀，讓黑T4潛進去，那也得賽車上有人明白發生了什麼樣的問題，告訴他們好方便讓他們帶需要的配件和工具。」

「所以你這種懂維修的領航就值錢了。」

「可不麼！」

「那你也得感謝宋毅栽培你。」

「那是。幹領航掙不了什麼錢，辛苦不說，還經常找罵挨，咱給個女車手領過，唉，您不知道喲，咱私底下跟人苦著臉說，咱這司機不會開車呀！每天晚上回去，維修都忙翻了，沒有一天不是修通宵……。」

賽車裡多半領航的地位較車手低，可情感如兄弟，彼此間謔稱開車的車手是領航的司機。

「女車手也有很優秀的。」

「沒歧視女車手，只是抱怨咱命苦，那又漂亮又會開車的沒讓咱碰到。……還有哪，開車老陷沙的，一場比賽挖上十來次，親娘喂，咱挖得快在沙漠裡修出一條道來了。……其實呢，我也不計較這些的，每參加一次比賽學一次經驗，多虧宋哥讓我去當領航，咱好說話，價錢低，一到賽季檔期都軋不過來呢！嘿嘿！」

「但你說上次比賽你還只是宋毅的維修？」

「是呀，宋哥送我去受訓，已經是他退出賽車後的事啦，但他心沒死，暗地還是等著東山再起。不管他要幹啥，總都離不開這圈子的。宋哥前兩年還打算搞個練車場，可沒成功，還欠了飛哥一大筆錢。」

「等等，你是說端飛？」

「當然啦！您說宋哥還能跟誰借錢呀？」

李玲娜若有所思。

「我跑賽車新聞是這兩、三年的事，在宋毅退出賽車界以後。沒趕上那場比賽，實在可惜。聽說頂熱鬧。」

小傅大笑。「是真熱鬧，可慘烈了。不過，也過了五年了，現在大家也不提這事了。」

「但我想多知道一些。」

「您有興趣？」

「只是好奇而已。」李玲娜聳聳肩。

「您想知道什麼？咱這些玩車的男人，都是有啥說啥，從不拐彎抹角，您去問隨便誰都是一樣。」

噢，真大的口氣，不過是個維修工罷了，就把自己說成是玩車的男人，李玲娜暗想。

「就說秋山挨揍這件事吧！衛氏兄弟破壞嚴英的車，卻讓秋山被打成重傷，嚴英沒被立刻停賽嗎？」

「唉，那次太混亂了。組委會還來不及做處分，那嚴英還吵著說要辦他得先辦破壞他車的人，怎不先調查他的賽車遭人動手腳的事？若是縱容這種不乾淨的卑鄙勾當，賽車還玩得下去麼？」

「他怎知道破壞他車的人是衛氏兄弟？」

「他根本不知道！」小傅搖頭。「他瞎猜，他以為只有衛氏兄弟懂得用這樣的手法。」

「什麼手法？」

「那之前兩天開始，嚴英發覺他的車不知為何動力出了問題，輸出變小，老覺得發動機沒力，泰軍哥也檢查不出所以來，另外老燒機油也找不出原因。後來發現有兩個汽缸的排氣管被人拆下重新安裝過，接口從原來位置做了些微錯位，使得排氣孔被遮擋，排氣不順暢，動力下降就是因為排氣不順又影響進氣。著車以後因為聲音大，聽不出漏氣聲，所以沒覺察。此外在噴油嘴發現了人為挫出的凹槽，壓力大的時候會漏油，柴油進到曲軸箱，跑進機油裡。這些手腳都動得非常隱微，很難發現。」

「噢，那也太勉強了，就憑臆測去鬧事，捅出這麼大樓子？」

「誰說不是？何況，根本就不是衛氏兄弟破壞他的賽車。」

李玲娜瞧他說的雖淡然，卻很篤定，倒是一驚。「你怎知道？那麼是誰？該不會你曉得是誰幹的？」

小傅摸了摸鼻子，那模樣又像猶豫，又像思索，又好似心不在焉。

「你告訴我，我不會說出去。就像你說的，這事都過了五年，如今還有什麼可計較，再說，嚴英也不記得了，難不成他還……。」

「是伍哥。」

「伍皓？」

「唉，這事上頭那些老闆們不曉得，咱底下人後來都清楚啦！那欽告訴咱的，他心裡悶不住。當時他沒講，可當時他就知道了。」

她吃了一驚，腦中浮現那欽一張既爽朗又靦腆，眼神清澄，帶著誠懇微笑的棕黃色的臉。「那欽？我以為那欽很崇拜端飛的，他知道端飛的車遭破壞，卻沒說？」

「那欽是很崇拜端飛，把端飛當作神一般，開口閉口就是飛哥，那欽每次講到飛哥對他如何好，飛哥是怎麼一點一滴教導他的，他犯錯飛哥是啥時嚴厲啥時寬容的，飛哥怎麼幫他扛他惹的一堆麻煩的，又是背後怎麼誇讚他的，說得眼淚都要流下來啦，咱每次聽他說，弄得咱都也要跟著哭了。」

小傅瞇起眼睛，皺著鼻子，搔搔他那小平頭。「可畢竟伍皓才是他的搭檔嘛！伍皓拿好成績，把伍皓服侍高興了，他這個領航才好幹下去嘛！端飛對他再好，他終究要靠自己，畢竟他領伍皓的，他想得到伍皓的肯定。當領航的，背地裡再覺得車手差，開不好，都還是希望得到車手的肯定、讚賞。即便車手自己犯的錯、自己手藝差，失敗了怪在領航身上，領航心裡還是挫折、還是自責。車手拿了好成績，都歸功自己，榮耀都加在自己頭上，領航仍舊與有榮焉；你是個總沒完賽、總拿不到積分的車手的領航，跟你是個冠軍車手的領航，那可是天壤之別。」

李玲娜臉上明顯不以為然，噘著嘴，臉都皺在一塊兒了。

「伍皓動的手腳也不是讓他們的賽車能發生什麼危險，不過就是跑不太動罷了，唉，這種事飛哥不會計較的。」

「端飛不會計較，嚴英可計較了。」李玲娜想到這事引得後來出那麼大亂子，便搖著頭像馬一樣鼻子哼了哼氣。

「嚴英計較咱顧不上。」小傅聳了聳肩。

※

李玲娜帶著她的筆記本有模有樣地朝伍皓走了去。見伍皓正心情愉快地望著修理工們給他的賽車做些最後的調整，李玲娜滿臉笑容地扶了扶她的黑框眼鏡，好似伍皓已經拿了好成績，而伍皓的好成績就是她李玲娜的好成績那般欣悅地上前，幾乎是給道賀來著的樣態。

「這是你的復出賽吧？」李玲娜問。

「復出？我？這也不是由著我，得看誰願意給我車開，花錢讓我去比賽！……這些年不是沒車隊找我，可都是些破車，拿不了成績的，我怎麼可能開呢？」

「可你若是拿了那一百萬美金，往後也用不著比賽了吧？」

伍皓聽見李玲娜也認為自己有望拿了那一百萬美金，眉開眼笑。「我小聲跟妳說呀，我這次呢，當然非拿了那獎金不可，我一家子就靠這筆錢了，我的醫藥費到現在還沒還清哪！我孩兒上學，拜託人安排進學校，要花多少錢哪妳曉得，進去了還得給老師錢，給學校贊助費，我老娘上醫院，找黃牛得要錢，我媳婦工作要送禮，檔次不能低，我跟全家豪氣地打包票，帶一百萬美金回家！我媳婦才放我來的。可是呢，我偷偷告訴妳，我不只是為了給我全家過好日子，我也為的自己，我有錢塞了全家老小的嘴，我就能再出來跑了，我拿了好成績，就有大車隊願意請我去跑了。」

「你拿了一百萬美金，第一個想做啥？」

「嘿，我想這問題想了幾百回啦！今天想這樣，明天想那樣，妳這麼冰雪聰明，要不要猜一猜，我第一個要做啥？」

她老實一點都不想猜，可既被說了冰雪聰明，好像不猜也不行，她打起興致，轉了轉眼珠子，裝作起勁地說：「環遊世界麼？」

伍皓閉上眼搖搖頭。「虧妳是有見識，搖筆桿的人，咋也開口便是這種陳腔濫調，我呀，我要買輛摩托！」

一提到買摩托，伍皓一張臉亮得，倘使在半夜，飛蛾都要撲上來了。

「現在一塊京A的牌子就要五萬人民幣啦！」

「噢！」

「我想買輛哈雷騎騎，不用新的，二手就行。」

「那真不錯。」她敷衍地說，為免他繼續把話題朝向騎摩托發展，她趕緊問道：「這五年都沒跑，不怕生疏了麼？」

「沒的事，我也還是參加一些地方的比賽，方才衛忠要挑戰嚴英，他怎不找我？我是鐵定奉陪，把他打得落花流水。我這五年走低調的路子，讓他們以為我早就完蛋了，我可是一直咻咻地在磨我的刀呀！雖然參加不上大比賽，可我累積了不少心得，比之前那些時間的覺悟都多、都深，我跟從前不一樣了，別把我當五年前那個人。」

伍皓主動說起「五年前」這個關鍵詞，李玲娜便興奮起來了，「說得不錯，我也聽說過五年前晉廣良與宋毅的賭注，你那次跑得不頂好。」

「別提了，我拖累了宋毅，弄得他被迫退出車圈。我慚愧得很，不單宋毅垮了，搞得我自己也沒戲了。那是我一生的恥辱。」伍皓搖頭擺手道：「我這次來也是雪恥。雖然我一直告訴自己，我用不著證明給那些人看，我只需要為自己證明。可我心裡還是想爭一口氣，我也想看看那些傢伙敗在我手下後驚訝得目瞪口呆的傻樣。」

「噢，你真是精神可嘉，你一定辦得到的。」她隨口說著。「五年前那次你沒完賽，但其他人也沒完賽，嚴格說來你也不算輸，嚴英不是還失蹤了？」

伍皓撇著嘴，發出嘖嘖聲。「那真是可怕，在賽道裡失蹤，誰想得到會有這種事？那可是沙漠呀！他是把自己弄到哪兒去了？端飛說他檢查賽車，一轉身嚴英就不見了，這種說詞誰會相信？端飛當初被留在新疆很長的時間，反覆被盤問，問不出所以然。」伍皓壓低了聲音，眼珠子還鬼祟地左顧右盼瞟著。

「我也想是端飛殺了嚴英。可能不是謀殺，是在他倆爭執中誤殺的。妳或許聽說過，嚴英打起架來的瘋勁，可那傢伙瘋癲，瘋狗咬人算不上狠，只能說是沒頭沒腦，真正可怕的是端飛呀，他是惡魔，妳知道那次他……」

她曉得他又要提端飛企圖刺瞎他雙眼的事，趕緊打斷：「我知道，我知道，那是你誤會了，他沒要弄瞎你，他是保護你，是為了救你。」

伍皓露出不悅的表情，哼了一聲。「妳這麼說就太感情用事了，妳不曉得的事可多了。我跟宋毅認識端飛得早，端飛還在跑拉力賽的時候我就知道他了，他沒用自己的名字，他每次都換不同的身分，別人沒發現，我注意到了，我只是不提，我不愛惹麻煩。我見過他另一面，他跟嚴英這種瘋狗不一樣，嚴英是血氣衝上來了亂咬人，端飛不是，他不動聲色，裝成是你的朋友，他讓你信賴他、依賴他，但卻捉摸不定他，他那個人什麼事都幹得出來……。」

「什麼意思？」

「嚴英失蹤，既然沒發現屍體，也不能斷定他死了。其實後來有人在沙漠裡挖出被肢解的屍體，幾個開UTV玩越野的哥們找著的，頭、手腳和軀幹分散，四肢骨頭的兩端連接關節處都被打碎，皮也給剝了，沒法認出是誰來。那時我猜八成就是嚴英，你知道為什麼？因為假使跟我說端飛會做出這麼狠的事，我不覺得奇怪。」

「但那不是嚴英。你瞧，嚴英還活著。」

「那又怎樣？我只是告訴妳端飛是什麼樣的人罷了。」

「為什麼跟我說這些？」

原本她來找伍皓，是想試探伍皓，讓他招出破壞嚴英的車的真相，可伍皓說的卻是完全無關的，徹底出乎她意料之外的事。

「我跟別人說，別人不會信，我也沒必要。但妳會信，對吧？」伍皓咧開嘴笑著說。「因為妳不愛聽那些別人聽了都信的事，妳就特別愛那些別人聽了不信的事。」

李玲娜啞口無言了，她當朝星輝傻，她當伍皓傻，但事實上他們都不傻，他們都看在眼裡，看見別人沒看見的事。

「妳那個手機，是在錄音嗎？可否請妳關掉呢？」

李玲娜出示她沒有在錄音，並且進一步關了電源。

「我曉得端飛殺了嚴英，只是他沒死，我不知道他為何活了回來。可那時候，我確實知道端飛殺了嚴英，我看見了。不只我看見，也有別人看見。」

「看見什麼？」

「看見端飛把屍體放進車裡，晚上開車出去，找地兒把屍體埋起來。」

李玲娜駭異地發出了啊的聲音。

「我就說了，或許端飛不是蓄意殺死他，他倆爭吵，大打出手，一個不小心，出了人命。嚴英管不住自己的脾氣，端飛又是那麼可怕的人，爭吵起來那多嚇人，尤其為了女人的事⋯⋯。」

「什麼？」李玲娜大聲打斷他的話，那突如其來的氣勢，嚇得伍皓反射性地瑟縮了一下。

「你說什麼女人？」

「我不說。」伍皓抱著雙臂，搖頭道：「我告訴妳我有什麼好處？」

李玲娜愣了一下，接著機靈地答道：「我央視裡有熟人，下次比賽我請他們給你做個專訪。」

「我怎知妳說的算數呢？我怕妳貴人多忘事，到時候便不記得了。」

李玲娜心裡暗罵，還不知你是否有下次呢！臉上倒是不改色，正經說道：「那也只能請你相信我了，我李玲娜向來說到做到，不打誑言，或者，我現在就當著你的面打電話。」

「得了，我逗妳的。」伍皓大笑。

李玲娜把取出的手機放回口袋裡，尚沒工夫惱怒，急著要知道伍皓提到關於女人的事是什麼意思。

「別賣關子，請快告訴我吧！」

「瞧妳著急的。」伍皓說。「這可讓我不安心了，妳要把這寫出來？這可不能說，會要了我小命。」

「你放心，我不會寫。」

「妳不寫又何必知道？」

「你不打算讓我知道又何必提？」李玲娜幾乎是大吼了。

「我沒刻意提，我是不留心說溜了嘴。」

「好吧，既然你說溜了嘴，就整個告訴我吧！我保證不寫。」

「也不能告訴別人。」

「不告訴別人。」李玲娜把手放在胸前，莊嚴肅穆地保證。

「我拗不過妳這種美女。」伍皓誇張地做出無奈的笑容說。

「我呀，我在嚴英失蹤前幾天，撞見嚴英怒氣洶洶地跑去質問端飛，是不是跟他的女人搞在一起。他那時怎麼講的，我忘了，我也聽不清，總之，那女的好像是跟來了營地，瞞著嚴英，卻跟端飛搞上了。」

「真的是這麼說的？你沒聽錯？」

「我哪曉得他倆要談這種不可告人的事，我剛好在他們車後頭，我也不想聽啊！這事兒我沒跟任何人說，當然也沒告訴警察，萬一他們要叫我去作證，我肯定死也說啥也沒看到，啥也不知道啊！我要是說了，端飛一定會殺死我，他那個人什麼事做不出來？端飛要刺瞎我的眼睛，就是恐嚇我，不要我把看見的說出去……」

「他知道你看見了？」

「誰曉得呢。嚴英走過來瞧見我，也不知他是否猜疑我聽見，總之那張陰森森的臉比鬼還恐怖，見著我就大吼一聲『滾！』，我心頭可不舒服得很，他是啥玩意兒啊？憑什麼叫我滾，老子在賽場叱吒風雲的時候他還開著褲襠騎三輪車咧，一點禮貌也沒有！我不怕嚴英，大家都說嚴英是凶神惡煞，可妳瞧，向來只端飛制得住嚴英，那端飛是什麼？該不會妳以為是如來佛？他是魔鬼呀！我就說他是魔鬼，沒人相信我，都當我發酒瘋。那嚴英瞧不起我，我不跟他計較，我就不像其他人那麼把他當一回事，可那端飛總讓我背上發寒……」

※

她知道他們都不鎖房車的，她環顧四下後鑽了進來，裡頭果然沒半個人影。

她飛快掃視了車內事物，接著打開櫥櫃、衣櫃，看了個遍以後，她把兩扇窗戶關上，把桌板掀起，拖出放在底下的旅行袋，逐一拉開拉鍊。雖有日光從天窗透進來，裡頭還是陰暗，她簡直快要把腦袋伸進袋子裡去才看得清楚。她跪在地上，把其中一個旅行袋裡頭的東西都給掏出來。

她從皮夾裡抽出一張名片，這張名片挺陳舊了，不是剛放進皮夾裡的，這年頭誰還會把舊名片放在皮夾裡？這略顯髒污的感覺，估計經常拿出來看，她若有所思地認真檢視，背後傳來開門聲把她驚得整個人抽搐了一下，她快速用手機把名片的正反面拍了照，然後把皮夾塞回旅行袋裡，這才覺察地板到處堆積了厚厚一層從外頭踩進來的鞋底掉落的沙，方才隨手攤在地上的深藍色抓絨外套和黑色長褲都沾滿了沙，附在深色的布料上尤其明顯，她慌張地把外套拾起來拍撣。

「這麼熱的天，門窗關得嚴嚴實實，我說妳是不是跑錯屋啦，妳該去朝星輝那兒吧？」端飛的聲音。「嚇了我一跳，我還以為是我跑錯呢！」

她顫了一下，一扭頭，仰起臉，天窗灑下的亮落在他身後，她還是能看見他背光的臉上一雙銳利的眼睛裡閃動的那種嘲弄。

「是嚴英要我來幫他取……取東西。」她說。

「那麼妳抓著我的外套做什麼呢？」

她低下頭，瞧見自己的手正緊緊抓著那件深藍色外套，便慌慌張張地往旅行袋裡攢。「噢，真抱歉，我弄錯了，我不知道是你的，我以為這是嚴英的。」

「嚴英讓妳來給他取抓絨外套？在這麼熱的大白天？那小子非常地……未雨綢繆呀！」端飛笑嘻嘻地說。

她忙不迭把旅行袋往裡一推，把桌板重新放好，只見端飛把窗戶打開，將吧台上的空啤酒罐抄起往桌上一擱，菸灰朝裡撣了一下，便在沙發上躺下，翹起那一雙長腿。她瞧他漫不在乎，無意追問她方才可疑的行止，便厚著臉皮，裝出滿臉天真爛漫，也在沙發上坐下。

「我老早就聽說過你的名字，」她堆上一臉活潑的笑容，把眼睛張得大大的。

「有這機會目睹真人，可不難得麼？我不知道你會來，天哪！幸虧我沒錯過。我還猶豫著，開始只是當作來玩兒，散心，也不就一個私人的小型比賽。一般小比賽我不去的呢，那些小鼻小眼的比賽，好手都瞅不上，不值得一看。朝星輝說這比賽就幾輛車，當作練練唄，他那神秘兮兮的模樣，反而搔得我那好奇的神經像從葉片上掉下來的毛蟲一般扭動亂跳，期待倒是沒有，誰知竟得這樣天大的驚喜。」她撫著胸口，激動地說：「你瞧，我這心跳得跟什麼似的……」

端飛閉著眼，淡淡地接著說：「跟作賊似的。」

她的臉色一下刷白了，看來她把端飛老是那淡漠的模樣錯當成是溫柔文雅了，他竟然可以這麼直截了當地挖苦她，尤其是接在她那麼賣力拋媚眼地大大奉承了他一番之後，這會兒她忘了自己先竊翻人家的私物給當面逮著有什麼不光明，反倒惱怒端飛是這麼個會拿針刺人的人，先前她還懷疑過伍皓到處說端飛拿刀欲刺瞎他雙眼的話滑稽，現在她可不這麼覺得了。

但她雖因這羞辱而暗自在心中哼了兩聲，現在卻不是退縮的時候，她挺直了胸膛，斜撇著嘴，擠出她那硬線條的臉上唯一能稱得上有媚態的單邊小酒窩。

「我要跟你坦白說，」她咳了兩聲，宣示她正要說的話十分嚴肅。「我情願說我是專程為了你而來的，因為你值得，那也是我的真心，可惜我並不知道你會來，那麼說就是扯謊了，我這人不扯謊，你盡可以去外頭打聽看看我李玲娜的人品，我向來為此自傲的。倘使你相信我，你一定很想問，為什麼我那麼看重你……」她把脖子伸長去，想弄清楚端飛究竟是不是睡著了，可她盯著端飛的臉，看不出所以然，便無奈地坐回沙發上繼續說道：「這個圈子不重視領航，車手每個都是獨特的，領航卻好似換上誰都無所謂，你可知我是多麼替你抱不平……」

她歪著頭，安靜了幾秒鐘，這房車裡空氣真是悶，她全身都冒汗了。

「你睡著了麼？」她說道，冷不防伸手去要把他搖醒。

剎那間他嘆了口氣，睜開了眼。「沒睡呀！」他說。

「是啊！這麼熱，怎麼睡得著？」她頑皮地聳了聳肩膀。

「像你這樣出色的領航，說是賽車圈裡絕無僅有的，那一點不誇張，我不剛才說了？我一逕是誠實的，從我嘴裡吐不出假話。你的復出恐怕是越野賽圈裡最教人興奮的一樁美事，雖然現在還是個秘密。」她壓低了聲音，眨眨眼，給他一個會心的微笑。「待這件事可以公布的時候，我打算做一個你個人的專題。」

她說完禁不住又抬高了下巴微笑，男人沒有不愛被言過其實地捧著的，與其負氣收回方才的阿諛諂媚，不如再次強調這恭維的真誠，且她說得並不過火，也不是謊言，至於後頭那神來一筆，任誰聽到能被做成一個專題的報導都會感到受寵若驚的，哪怕是她李玲娜自己，為此她相當得意。

「知道妳有這番心意就好了，可妳犯不著為我做這麼多的。」端飛說著，又閉上了眼。

「不不不，」她趕忙說，「一點都不會。」

原本她以為他接著就要對她敞開心胸了，可這回應卻非她的預期。

「我不是為了你，是為了我自己。」她倏地起身，移動到他跟前，蹲在沙發旁。「我之所以寫賽車，純粹出於一份無私欲、無目的的熱情，我想寫好題材，不為什麼，就為讓我感動的事，也值得讓世人感動。」此時她的臉上流露出一絲執拗的狂野，倒顯示她的話發自內心，確實不假。

他用滿是驚奇的眼光打量她，「我不明白妳所說的跟我有什麼關係。」

方才他盯著她看的時候，那眼光和神情，使得她身子都禁不住起了一陣顫抖，心臟跳得她都怕他聽見了，結果他只是愚弄她，把她當作一個傻子！她一下伸直了膝蓋惱怒地站起來，覺得他簡直不識好歹。

「是的，跟你一點關係都沒有，你算什麼呢？不過是一個領航而已。」她揚起下巴俯視他，大聲說道：「一個領航算什麼呢？方向盤不在你手上的，你只是出一張嘴罷了，你能用一張嘴開車麼？這就是領航啥也不是的原因了。你或許把自己想得很偉大，是你領著這輛車去到它原本到不了的地方，事實上沒這麼回事，你決定不了什麼，你也不負任何責任，因為最終不是你讓那四個輪子動起來，不是你讓它跑或者停的。都說車手把成功歸功於自己，把失敗的責任推卸給領航，依我看剛好相反，真正不願意承擔責任的是領航。」

她不容他辯解，現在不是時候，她要一口氣說完。「假使方向盤交到你手裡，你其實什麼也做不了吧？假使你跟嚴英的位置交換，你能駕駛得比他好，比他快麼？」她咄咄逼人地瞪著他。

「不能。」他乾脆爽快地回答。

她的嘴唇還來不及合攏呢！一下子愣住了。就這樣？

白費她說了這麼多，就為了挑釁他反駁，結果他只給她兩個字？

「因為嚴英是路痴。他看不懂路書，不會用衛星導航，也看不懂拉力表。他跟我交換位置，咱開不了車了。」

她望著他那嘻皮笑臉，那眼珠子裡滾動的活潑光芒，莫可奈何地垂下肩膀。

她原預期他為了辯駁，會主動說出真相。

她昨晚徹夜到處拜託認識的人調查關於他的情報，把她這一生所有的人際關係動用盡了，這兒無論電話或者網路訊號都十分不穩定，折騰得她焦頭爛額，蒐集到的訊息卻很有限。

「你當過車手參賽，多次在拉力賽裡拿過不俗成績，可全都沒有用自己的真實身分，對吧？」

他不置可否地撇了一下嘴。

她在心中暗自雀躍了一下，他正如她所料，是個寧可保持沉默也不屑說謊的男人。

「為什麼不讓人知道？」她難掩那升起的興致說。

「為什麼要讓人知道？」

「好吧！你不情願人知道，可我還是查出來了。」

「真有妳的。」

這稱讚雖說得面無表情，可她還是舒服了，滿意，高興了。因此她方才那不容情的狠勁也趁此軟了下來，換上一張稱不上嬌柔但算是和善的臉。

「告訴我，賽車對你而言是什麼？」她一臉認真地問。

「咱們就省略這些吧！妳知道我這個人是不會作文章的。」

「噢，像你這樣明明可以當一個明星級的冠軍車手，偏要藏頭藏尾，肯定有什麼不可告人的原因，不想引人注意。我的第六感向來錯不了。」她歪了歪頭，流露出自負的表情。

「為什麼一定要引人注意呢？那些身上長滿了大猩猩的毛，打賭輸了只好脫光在街上跑的人，不就走到哪兒任誰都會注意麼？可那也太悲慘了不是？」

他戲劇性地皺眉笑著。

「人活在世上，都想證明自己存在的價值，那是沒有人例外的，是人活著的意義。」

「那是妳的想法吧？妳寧可滿身長毛也勝過沒人注意妳嗎？噢，妳若像我一樣，認清自己是個再普通平凡不過的人，妳會開心得多的。」他慢條斯理地說。

她聽著又動氣地喊起來了：「你懂什麼！誰跟你一樣平凡呀！」

她心想她是再沒情致跟他打迷糊仗了，這人如此沒個正經，簡直浪費她的時間。她攏了攏頭髮，拉直了衣服，板著臉坐下。

「我就耽誤你幾分鐘時間，勞駕你回答我幾個問題就好了。」

他沒答腔，躺在沙發上沒動。

「你最後一次參賽，就是五年前跟嚴英搭檔，結果他在沙漠裡失蹤那次，對吧？」

他睜著眼，直直望著牆上的電燈開關，那表情似乎是在忍著笑意。大約她的問話結束後五秒鐘，他才答：「是。」

「嚴英在沙漠裡失蹤，而據周遭人所知，最後一個看到他的人是你，對吧？」她問。

他仍舊望著牆上的電燈開關，沉靜了半晌答：「可以這麼說吧！」

「一個人怎麼可能憑空在沙漠失蹤？而嚴英失蹤了五年，最後一個看到他的人是你，所以他被懷疑已經死了，甚至有可能遭人謀殺，最有嫌疑的人就是你，對吧？」

「對。」

她滿意地點頭，她知道所提出的問題他都不可能回答否定的答案，而只要他一路回答「是」，就方便她出其不意地發動攻擊。

「但是，要懷疑一個人涉及謀殺，最關鍵的與其說是證據，不如說是動機，你有什麼動機殺他呢？」她聲色俱厲地質問。

他揚起嘴角，露出莫名其妙的表情。「可他沒死呀！」

「他活生生地出現了，當然是沒死，可過去五年，他被認為死了啊！」她拍了一下桌子，耐著性子說：「現在你笑得出來，可他沒出現的時候你能用這樣輕鬆的態度想這件事嗎？」

「當然啦，因為我沒殺他呀！」他已再忍不住笑意。

「縱使所有的人都懷疑你，你也不在乎嗎？」

他聳聳肩。

「但就如我方才所說，懷疑一個人涉及謀殺，動機更為重要，換言之，你有殺死嚴英的嫌疑，因為你和他有所不和，這是旁人也知道的。否則他們就不會懷疑你了。」

「噢，嚴英大概跟所有人都不和……」他轉了轉眼珠子，忍不住大笑了。「我跟他算是最合得來的了吧？否則怎領得了他呢？」

她頓時眼睛亮了起來，一臉迸出終於給她抓到柄兒的火焰。「所有人都曉得嚴英很難相處，但就只有你忍受得了他，不是頂奇怪？這麼說來，表面上你一副無大事，雲淡風輕的樣子，其實怨氣憤恨都往肚子裡憋。尤其光環都在他一個人身上，誰在乎……包括嚴英他自己，那些好成績都歸功於你？這些你都貌似不介意，可心中不滿一點一滴累積，終於到了不能忍的時候，又因某個事端成了導火線，引爆了這顆炸彈……」

端飛只「唔」了一聲，把兩隻彎起的手臂枕在腦袋下面躺著，沒接腔。

「我說對了嗎？」

「我沒忍受他呀！」

「你不覺得他很難相處？」

「沒什麼特別的感覺。」

「他不曾指責你犯錯？」

「我是犯過錯呀！妳以為我是什麼？電算機麼？我是個凡人，我也有過領錯路，漏報危險，路書訂正忘了補，睡過頭沒開賽員會……。」

李玲娜一時語塞，到目前為止，雖然她一直流暢地發出問題，可老有一種不舒服的違和，雖然端飛的每一個回答，都不帶否決強辯，可卻都沒提供任何符合她期待的訊息。

他坐起來，點燃一支菸，把打火機往桌上輕輕一扔。

「妳問我什麼問題都已經預先想好了答案，那麼我就不明白了，既然如此，妳究竟想知道什麼？」他望著她那閃動著光輝的黑眼睛平靜地說。

「我知道嚴英失蹤前，你們有過爭執。」她索性也不玩什麼套話的伎倆，直接把她的王牌抖出來，在他又想以那種帶著耍弄她的輕蔑來回應前，飛快打斷他尚未吐出的字句：「關於一個女人。」

她停頓了一秒。「嚴英失蹤那天，這個女人也在，我沒說錯吧？」

他抬起臉，她以為她又會在他的臉上看到那種促狹的眼神，那嘲弄的笑意，倘使他又不以為意地自嘲，狡猾地四兩撥千斤，她就會不留情地追擊下去，她會採取更激進的態度，用盡誇張的言詞去侮辱激怒他，或者她會拿出身為女性的妖媚，她要無中生有地捏造她認為他不像個男人的證據，待他澄清後她又要以無限傾慕的柔情說她想知道他中意什麼樣的女人，她會纏著他、鬧到他忍無可忍，絕不手軟。

可他維持著同方才一逕不變的表情，她懷疑她瞥見一絲沉靜的陰鬱在他臉上閃過，在被他吐出的一口煙漫起遮蓋前。

「不干她的事。」他淡淡地說。

於是她反而勝利地鬆手了，她決定讓這一回合喊停。先前的交手讓她覺悟到，她向來相信她不能不在手上有點籌碼耍弄，攀岩一般，找到縫，打一根釘，才能向上爬；可端飛這塊岩石是一條裂紋也沒有的，或者他根本就不是一塊岩石，他是流水，抽刀斷水完全是徒勞無功。而現在，她找著了，可這隙影兒還不足以讓她插上一根針，她還得想辦法找出別的線索。

※

她一走出房車便遇上馮曉，要向馮曉那樣光一張臉就生得讓人背上一陣涼颼颼的人擠出微笑可不容易，但她還是勉力讓自己的嘴角上揚。不知是否太牽強了些，她感覺自己的臉頰和嘴部肌肉好似不聽使喚地微微顫動。

「妳不是朝星輝的女友麼？怎從端飛的房車裡出來？」馮曉露出譏諷的笑容。

「有什麼不行麼？我喜歡上誰的房間你管得著？」

她說罷一扭頭走開，走著便加快了步伐。馮曉瞧著她的背影，臉上保持著那股淺笑，李玲娜知道馮曉還站在她身後，頭也不敢回，幾乎是跑著般離開。

走到伍皓車隊的卡車下，李玲娜喊著那欽的名字。

樓梯上有個修理工瞧著，向裡頭說道：「她來了！」

卡車的後車廂上層是修理工休息的地方，此刻一人躺在床上睡午覺，幾個閒著的在玩牌，其中也包括宋毅那邊的修理工，還有小傅。

「瞧，我說她會來找你唄！」小傅對那欽說。隨即向守在樓梯口的那伙計小聲叫道：「別讓她上來。」

「她不會的，她不會上來這種地方。」

「誰知道，那女人很精，難纏。」小傅說。

「別這麼說。得罪記者你家老闆會不高興。」那欽嘻嘻笑著說。隨即把躺著的一個修理工叫來接著他玩牌，自個兒站起身來。

「宋哥現在還有什麼好在乎記者？他也沒車隊了。」小傅說。

那欽走下來，對李玲娜笑笑。

「找我？」

李玲娜點頭。

「只是聊聊而已，我聽說你也當車手參賽？」

兩人走至帳棚坐下，那欽遞了一根煙給李玲娜，李玲娜搖搖手，他便給自個兒點了一根。

「只有在我家鄉舉辦的比賽才參加。」他笑笑，淡淡地說：「也得有人找我去。都是些內蒙當地的小車隊，至今沒完賽過，車太破了。」

「開始總是難些……」

「我還是喜歡當領航。我想我沒什麼機會開到好車比賽吧！開輛破車，永遠完不了賽，就算能完賽也拿不了成績，還不如領一個車手衝鋒陷陣的。很多在平地上很能跑的車手怕進高沙，他們不瞭解地形，不懂得應付，不熟悉車在沙地裡會發生的各種狀況，不會選路……，這時候他們就依賴我了，我喜歡那種感覺。比自己開有成就感，自己開麼，我知道我在做什麼，我知道會發生什麼事。順利跑完，跑得更快，也不會令我驚喜，令我期待……不，實質上是令人高興的，因為那意味著可以賺多一點錢，但我是說……」

「我懂。」

「呃……」

「你不相信我懂？」李玲娜笑。

「你是受了端飛的影響？」

「倒也不盡然。因為飛哥的想法跟我一樣，他跟我是同一種人……」那欽說著自己臉燥紅起來，「噢，不，我說得不好，飛哥跟我怎會是同一種人……，我是說，飛哥也不追求當車手的那種光耀。」

「嗯，因為很少人是這種想法，所以你懷疑自己是錯的，不信任自己的感受，但端飛也是這樣，他不理會別人怎麼想，能活得很自在，又做得那麼好，你遂找到目標了，就是向端飛看齊。」

「都給妳說中了。」那欽靦腆地說。

本來她想問，既然如此，他為何不告訴端飛伍皓破壞他跟嚴英的賽車的事？假使他那樣崇拜端飛，向端飛看齊，要變成端飛那樣的人，他怎麼沒想過，假使是端飛，端飛會怎麼做？

可這問題才在她腦中成形，連她自己也疑惑起來了，假使端飛發現嚴英暗中破壞了競爭對手的賽車，他會怎麼做？這麼一想，她竟然背脊一陣涼，她沒答案！她一點概念也沒有。他可能什麼也不做，他不會去告訴對方，甚至於一點良心不安都沒有。干他什麼事？他對自己的成績、別人的成績都漠不關心，他只讓自己把領航的活幹好。

不！她搖頭，他不是這樣的人，這是她的直覺。

可他會怎麼做？

她想起小傅說的，那欽還是想得伍皓的肯定，把討好伍皓、不違逆伍皓放在前頭，但端飛不會討好嚴英，也不會害怕忤逆嚴英……所以他用不著縱容嚴英做這樣的事……噢，她的頭腦亂了。怎麼都弄不明白！

正當她不自覺地猛搖她的腦袋，忽然聽見那欽提到晉廣良的名字。

啥時候講到晉廣良的事來了？

她用力甩甩頭。「對不起，你說晉廣良什麼？」

「我說那次比賽，晉廣良擋嚴英的車，把嚴英氣得快炸了。」

李玲娜驚呼：「他還當真是跟誰都結怨啊！」

「可不？我拿路書去找飛哥討教，嚴英在一旁罵個沒完，他說按了超車報警，晉廣良視若無睹，他一惱火，打算衝上去撞晉廣良的車，可前車刨起來的煙塵阻礙視線，始終逼近不上。一旦距離拉遠了，加速上去，就又看不清了，就這麼拉鋸著有五、六十公里那麼長的距離。嚴英整個人簡直胸口一團火焰要噴出來啦！他一心一意要超掉晉廣良，飛哥在旁邊說什麼他完全聽不見了，就這麼緊咬晉廣良，那會兒晉廣良偏又走岔了路，兩車就這麼一前一後地往錯路跑了十幾公里。嚴英說要去投訴晉廣良，飛哥就只是笑，說晉廣良的實力比嚴英快得多了。」

「端飛說晉廣良快得多？」

那欽點頭。「賽事有明確的規則，前車在接收到超車報警後必須讓車，假使連續三次接收到超車報警仍然不讓，後車可以向組委會投訴，要求做出對前車的處罰裁決。假使前車並未盡全力快跑，在後車按了超車報警後加速前進，甩掉了後車，那麼他並不算違反規則，因為這樣他就不會連續三次接收到超車報警。報警有效距離只有兩百米，若在土大無風的賽段，甚至兩、三百米外就已經進到前車的煙塵裡沒辦法加速了。晉廣良是故意控制自己的速度同嚴英保持最低能見距離，他並非走錯路，他是成功地把嚴英引導到錯路上去。」

「他把嚴英引到錯路上為的什麼呢？他自己不也一樣走在錯路上麼？」

「他知道自己走在錯路上呀！一個人若知道自己走在錯路上，他就不叫走在錯路上了。」

「這是雙關語麼？」李玲娜那雙漆黑的鳳眼睜圓了，先是訝異，後又頷首微笑。「我明白你的意思，但比賽畢竟是不同的，比賽不是自由的，你得遵循著人家給你的路走。」

「天底下沒有事是自由的，無論在哪兒，無論你做啥，都跳不出一個框，正因為如此，正就因為你被規定了能做什麼不能做什麼，才凸顯了你有選擇意志。」那欽吐了吐舌頭。「這都是飛哥說的。」

「所以？」

「晉廣良挑戰的對象並不是嚴英，而是飛哥。」

「啊？」

「賽車一旦走錯路，脫離了路書，在一眼望去毫無地標的沙漠裡，要回到原路上並不容易。有兩種選擇，一是想辦法退回原來岔出的點，找回路書，一是冒險向前找到有標記的點。然而不知自己身在何處，所在的路上沒有可參考的依據，脫離路書越遠，不但找回原路越困難，風險也越大，因為沒有路書標記的地域無法預測藏有什麼險惡，甚至是通不過的地形。再高明的領航都有可能領錯路，沒有不出錯的領航，領航能力的好壞差別就在於，更早能發現走錯，並且正確回到原路上。」

「人生沒有不犯錯的，聰明的人跟笨人的差別就在於，越早察覺自己錯了，並且明白錯在哪裡、對又是什麼。」李玲娜笑道。

「飛哥就是這麼說的。所以飛哥總是鼓勵我，不用怕領錯路。當領航的，領錯路不待車手指責，自己的心都會碎。走錯的每一分每一秒都是失掉的成績。」那欽笑一笑。「剛開始當領航，我真的很不安，我頭腦不靈光，不是那種反應麻利的人，報路書是一門很複雜的技藝，在賽車的高速行駛下，要把路書的圖標和拉力表經過不停調教的里程變化，以及衛星導航的提示，種種訊息綜合起來，得到統一的，最精準地結合了時間跟方向的指引。我自己在沙漠裡開車，路是我創造出來的，我能在天與地間忽上忽下隨心所欲翱翔，我不用計算什麼，不用死盯著哪裡看。可參賽當領航就不一樣，車手的命運託付在我身上，我不敢放縱我的自信。飛哥教了我很多當領航的技巧，但是他給予我最寶貴的是教會我克服恐懼，他說人不怕犯錯，只要你有能力去彌補。」

李玲娜心中一凜，背脊像電流通過一般讓她整個人豎直了起來。這就是那欽沒有告訴端飛，伍皓破壞了嚴英的車的原因了。端飛是那欽的老師，那欽百分之百信任端飛。那欽不想出賣自己的車手，而他知道他最正確的作法是，交給端飛自己去應付。如果端飛知道那欽隱瞞他，也不會生氣，因為他很清楚，那欽沒有義務告訴他這件事。

「所以，嚴英他們後來花了多久時間找回路？」

「可久了。」那欽說。「因為嚴英根本不聽飛哥的。他自己知道。回頭他發那麼大脾氣，抱怨晉廣良，吵著要投訴，其實他是對他自己火大。依我看……」

那欽露出調皮的笑容，不再說下去。

「依你看什麼？」

那欽聳聳肩。「外人不理解，飛哥很瞭解嚴英的。就像別人看伍哥怎麼著，但我知道別人不理解伍哥的一面，而這些是用不著跟別人說的。」

那欽這麼說，她倒起了更深的疑惑，假使端飛與嚴英之間有那麼深的默契和理解，什麼樣的女人能引起幾乎殺死對方的爭執？

「你知道嚴英失蹤那天，端飛和他有起過什麼爭執？」

她見到那欽臉上閃過警覺的神色。但也許是她看錯，她竟看不穿他知道多少。那欽跟其他人不一樣，那欽是端飛教過的學生，他很懂得他能說多少的分寸。這不是出於謹慎，或者他樸實的天性，甚至不是他對端飛存有的情感，而是端飛在他身上發生的影響。

※

她早先見嚴英是一張白紙，現在這張白紙被塗上了一些顏色。她再看見他，其實他還是那個模樣，失落、迷惘、無助、憂傷，可她很難把他看回成原來那張白紙。這種感覺很奇怪，一旦她懷疑他有所隱瞞，他可能是在眾人面前演戲，他懷藏了某種不為人知的陰謀、心機，她橫看豎看，他沒那麼單純那麼清新了。現在她能明白衛忠那種狐疑不解惴惴不安。嚴英是復仇來著，或者還有更令人難以揣測的目的？

然而她李玲娜不向來最自負能看穿真假，戳破謊言，揭虛偽之人的面具？為何此刻卻像墜入五里飄渺雲霧？

「妳打聽出什麼來了？」他滿臉期待地說。

他的急切和渴望看來如此真誠。

不，他在試探她。

她搖搖頭。她不能上當。

他露出失望的表情。

不可能，那樣的脆弱，那樣的憂鬱，不可能是裝的！

她微微一笑。

「你當我李玲娜是什麼人物？一天工夫我就掌握了所有關鍵線索，沒有我破不了的案子。」

好吧！不管他是真茫或者作假，倘使他試探她，想從她那裡獲取情報，她也可以反過來試探他，摸他的底。

她將從朝星輝、衛忠、伍皓等人那兒打聽來的消息描繪出來的關於嚴英這個人的圖像告訴了他。

他顯然相當震驚，一張臉變得蒼白。

她忽然明白她是相信他的，這是本能上的一種情緒，甚至是一種領悟。其實她始終對他有特別的感受，打從開始她就覺察出來了，他說話的方式裡頭有一種令她介意的地方，一種聲音，一種語氣，一種語言裡的味道，她說不上來。更多的他的那種脆弱、不安全感，那麼搖搖欲墜的恐慌。

這和想像中嚴英應該是的樣子大相逕庭，估計這跟他的失憶有關，他找不著他自己，所以迷惘不安，這也合情合理。但她開始猜想，或許早在他失憶以前，他就是這樣的人，這才是真正的他，他的真面目，過去被他那些浮誇跋扈的劍拔弩張遮蓋住了，失去那層保護色，剝落了原本堆砌出他所有的尊嚴和傲慢的支撐物，他現在一無所知，一無所有，一無是處，他就只剩下原本的這最單純的脆弱，像一隻沒有羽毛、睜不開眼、濕漉漉的雛鳥。

正當她感到胸中湧出一股柔情，他卻忽然急躁地搔著頭髮，來來回回地踱步起來。

「我不理解……這叫我該怎麼辦？現在我該怎麼辦？」他念念有詞囁嚅著，接著他提高了聲量：「我想找回自己，但這太難了，為什麼連當回我自己都那麼吃力？」

「過去那些並不重要呀！」李玲娜說，她這是口是心非，過去如果不重要，她就不會有這麼大興頭去挖掘了。「現在的你也挺好，為什麼不就當現在的你……」

「妳別說風涼話！」他大喊，嚇了她一跳。

「妳怎麼能體會我的心情？我不要當現在的我，現在的我什麼都不是！什麼都不值！」

「你這麼想未免太鑽牛角尖……」

「妳不懂，端飛為什麼要帶我來？他一定是指望我拿冠軍的。」

她愣住了，這麼讓人摸不著頭腦的反應，有可能是裝的麼？而假若他真喪失了記憶，這會兒得知了真相，這樣的思維也令人傻眼。瞧他激動得，她不想同他爭辯了。

他抬起臉，忽然說道：「對了，那個女人的事……」

「噢，你想起什麼來了嗎？」李玲娜關心地問。

他搖頭。

想到他和端飛曾經愛著同一個女人？難以置信之餘，他竟覺得心臟怦怦跳了起來。

他沉思了一會兒，說道：「我沒跟端飛提過……實在不知怎麼說出口。」

「什麼？」

這話顯然是即將招認什麼秘密的節奏，她聚精會神地靠近了，眼巴巴等著，但他啟口說的是她沒料到的。

「我的眼睛有時候看不見。」

「看不見？那是什麼意思？」李玲娜一時會意不過來。

「不知道為什麼，有時突然眼前會一片朦朧，事物會全部消失掉。」

「消失掉？你是說陷入黑暗麼？」

他聳聳肩。「我也說不上來。夜晚有時好像是燈光突然全都消失了一樣，原本陳列在眼前的東西都遁入漆黑的夜幕裡去，白天的話……剛好相反，好像被一片白色太陽的光給蒸發掉了。」

他沒扯謊，她看得出他的恐懼，她望著他的眼睛說道：「那倒奇怪，你的眼睛還是很漂亮，看不出有什麼不對勁。」她是真心的，她靠得他那樣近，好像她可以鑽進他的瞳孔裡去，她看不出那是瑕疵的，瀕臨毀壞的，一對快要死亡的眼睛。

他抽了抽鼻子，轉過臉，彷彿不想她見到他的感動一般。他每天照鏡子，自己很清楚，他的眼睛顯得那樣灰暗無神，有時他發現它們蒙上一層灰，有時他覺得它們的內裡彷彿攪和著一種黏稠混沌的東西。

「別擔心，有端飛在呀！他們不都說讓端飛領航，瞎子也能奪冠軍麼？」

李玲娜這番安慰的話，他聽起來卻有些刺耳。

「我聽說有一次在漠河的比賽，賽道是在結冰的河面上，氣溫約莫零下二十度，因為捕魚的人在冰上打的冰洞被賽車壓過之後溢水形成水窪，濺起的水竟然在風擋玻璃上瞬即凍成一層冰，完全遮覆了視線，只有從領航這邊經過雨刷反覆刷過之後露出一個杯墊大的洞可以看見外面。端飛就透過這一方小洞的視線指引等於全盲的車手駕馭，竟還能保持高速，拿到冠軍。瞧！這神話不是空穴來風的。」

他垂著眼沒答腔，她以為他的靜默是被她這強有力的說詞安撫因而安心了，情形剛好相反，方才她給他的溫暖，這會兒全給漠河刺骨寒冷的風吹走了，只剩下凍人的冰雪。為什麼她開口閉口總是端飛呢？

明明他是車手，端飛只是領航而已，可她好似把他當作端飛的附屬品，好似真正賽車的人是端飛，而他只是坐在駕駛座上的傀儡。

※

李玲娜知道符老的身分，知道符老的分量，可她不愛跟有權勢的人打交道，不愛跟官僚氣的人打交道，不愛跟老男人打交道，這是她的脾性。因此當符老叫住她，露出和藹的微笑，說想和她聊聊時，她的反應是蹙著眉，臉上寫著不情願。

可她一轉念，腦中轟地一響，她怎沒想過從符老這兒打探消息？符老曾當過嚴英和端飛的車隊經理，後來在背地裡始終幫著嚴英，不管基於什麼理由，或者他特別賞識他們的才華，總之，肯定清楚許多她不知道的事。

「您要跟我談什麼呢？」

「我和妳見過面麼？這些年我不太去比賽走動了，也許這是咱們第一次認識？」

「有的，我見過您，不是在比賽的時候，是在北京。當然沒說上話。」李玲娜說。

「噢！……妳喜歡賽車？」

「老實說，我喜歡人勝過車。但在我眼裡，離開了車的男人只是很平凡的動物，然而一旦坐上車，一旦握住方向盤，發動引擎，踩下油門，就變得不一樣。我喜歡那種魔法。」

符老大笑。「妳這個丫頭很有意思。」

「我聽說您過去也擁有過私人車隊，還拿過許多冠軍。」

「那是很多年前的事了。」

「我跑賽車新聞才兩年多不及三年，我知道的很有限。」

「但妳不是對所有坐上賽車的男人都有興趣吧？妳有特別感興趣的對象吧？……啊，對啦，聽說妳是朝星輝的女朋友？」

她很想反駁，卻只能暗自翻了翻白眼，表面默認，但她也不願浪費時間，便開口說道：「呃，我只是想多瞭解一些……我聽說，端飛並不是只幹領航，他也當過車手。」

李玲娜摸了摸自己的脖子，她猜自己此刻臉紅了罷，連脖子都倏地溫熱起來。

「誰告訴妳的？」

她沒答話。她認為自己不需要回答。她甚至大可以用子虛烏有、自行編造的消息來套話，只是她一般不愛用這種伎倆，何況她無須交代她的消息來源吧？她悄悄瞅了一眼符老，從他那平淡的表情她也不認為他真的在意。

「妳是說他跑拉力賽的事吧？他沒用自己的名字身分。我讓他去跑的。」符老呵呵笑。

「為什麼？我聽說他跑的成績都相當好。」

「他沒拿過冠軍，從來沒有，一次都沒有。」

「啊？」

「妳的消息太糟了吧！精確地說，他只拿過第二名，從來都是第二名。」

「第二名？」

符老點頭。「我讓他每次都只能拿第二名。不是第一名，也不是第三名，其他的名次都不行，只能拿第二。」

「為……為什麼？」因為太過意外，她連說話都覺得會絆住自己的舌頭。

「我看著端飛長大的，他就跟我的孩子一樣。」符老微笑著說。

符老停住腳步，瞇起眼睛，現在還清楚地記得少年時的端飛站在沙丘頂上時，迎著陽光和風時的表情，沒有人看過的清澈、閃亮、炯炯有神的眼睛，有如新生的萬王之王一般潔淨晶瑩的雀躍和驚喜的傲慢，這光亮卻像秘密一般在他轉過臉發現有人在看他的時候，頓時消失無蹤，變得冷漠安靜，蟄伏，讓人懷疑剛才一瞬的光輝是幻覺。

笑容在符老臉上不自覺地消失了。當年他第一次正視還是孩童的端飛的臉的時候，心裡想著，這孩子，太危險了。

「蜥蜴棲止在岩石上，能夠擬態讓自己消失，但是一頭猛虎也能隱藏自己，就太驚人了。」符老喃喃說道。

「您說什麼？」

「賽車大家都想拿冠軍，拿冠軍是最困難的，對吧？理所當然是這樣。拿冠軍的，不盡然是跑得最好的人，常常是那一天運氣最好的人。假使，有一個真正跑得最好的人，而不是光靠運氣的人，妳說他應該拿第幾名呢？他應該可以拿任何名次，他知道自己的速度，也知道別人的速度，他能掌握自己的速度，能控制自己的速度。一個頂尖又敏銳的車手，知道自己在什麼樣的地形有操控、技巧、膽識的優勢，能夠比別人快出多少秒，知道自己的車強項在哪裡、弱項在哪裡，在什麼地方會失幾秒、什麼地方能爭回幾秒。一個能拿第一的車手，你逼他拿第二，他是不情願的。即便你不代表你自己，即便你假裝成另一個人，即便你換一個名字、換一個身分，可你還是會在意。因為你是個人，你有情感，你有尊嚴，你在乎別人的目光，你想贏得肯定、認同、喜愛和尊敬，哪怕是對陌生人，哪怕是第一次見到的人。我一直這麼相信。所以，你養一隻猛虎，你把牠關在籠子裡，你不給牠吃東西，一旦放牠出來跑，牠總是很激動亢奮的，你在牠的頸上束鐵鍊，你讓牠跑出去要撲向獵物的時候拉住牠，你讓牠在最接近即將到手的獵物的時候扼住牠的喉嚨，如此不斷重複，你猜牠會怎樣？牠應該會更瘋狂，更飢餓吧？可端飛不一樣，他不在乎，名次對他來說，只是一個數字。」

面對錯愕而說不出話來的李玲娜，符老低頭看看手錶。「噢，我們的時間到了。」

李玲娜猛一抬臉喊道：「糟糕，我得走了！」

可她才一轉身，符老便拉住她的手腕。她回過臉，驟然甩動那俏麗的短髮，只見馮曉向她走了過來。

「李玲娜小姐，很抱歉我們不能讓妳繼續留在比賽中，恐怕妳得離開了。」馮曉說。

「為什麼？我是……」

「妳並非車隊的工作人員，也沒有跟我們簽訂保密合約，我們對於妳留在比賽中的動機也很懷疑。」

「你們沒有權力……」

李玲娜的話總是被馮曉俐落地打斷。「是的，我們無法限制和左右妳的人身自由，但是，假使妳不願意離開，我們只好取消朝星輝的參賽資格，因為他明顯破壞了保密協議。」

李玲娜驚訝地張大了嘴。這麼一來她非走不可了，她再怎麼自私，不把朝星輝當一回事，也不能做出這樣具破壞力的舉止。

「我知道了。」她垂下肩膀，沒精打彩地說。

「妳收拾一下行李，我們會送妳到交通方便的地方。」

當她背著背包，提著行李袋，被馮曉的兩個人推著上車時，端飛剛好走過。

她扭動著身體，極力做出她處於非情願之境的態勢，想引起端飛的關注，至少，他該問她一句：「要走了麼？」

他卻視若無睹。

她便把行李往地上一扔，衝到端飛面前，抓住他的手臂。

「快救我，他們要讓我走。」她喊。

他一臉茫然。

「我得留下，你要幫我呀！別讓他們帶我走，替我說句話呀，幫個忙，把我留下。」她搖晃他的手臂，仰著臉，勉力做出徬徨無助，急需英雄救美的表情，只差沒握起拳頭在他胸前搥打兩下，伏到他懷裡了。

「離開對妳是好的，我勸妳別留下，像妳這樣的姑娘，這兒不適合妳。」端飛冷淡地說。

5.

那日落是十分隱密的，沒有暈橙的夕陽緩緩降到地平線，沒有漫天桃色的霞光，就是那略寒的風一颳起，忽地眼下一切顏色就暗了。

天光一沉進沙地的孔隙，溫度陡降，這營地裡白天一幫人窮忙乎，入夜倒像牧人趕的羊，一群群來回不分敵我聚在一起。坐在大帳裡，眾人談著過往比賽種種，他望著他們，感覺頂有意思，他們給他一種新鮮感，彷彿他們是另一種科屬的動物，使他接觸到一種難以言喻的生動氣息，儘管置身沙漠，卻像在一間滯悶的房間裡不小心打開窗，發現那通往一片陌生的早晨帶濕氣的草地，混合著植物的一種既甜又澀的香，露水在溫潤空氣裡的涼，和動物糞便的臭卻帶生命力的味道，他驚奇並有一種某樣事物是從這一刻開啟的感受，讓人產生可愛興味的有趣，但這不是諷刺又可怪？事實上他早就認識他們的。

這個當兒他感覺眼前一暗，小聲問旁人：「發電機停了麼？」

對方答道：「沒有呀！」

方才發電機停過一次，燈一熄，四下闃暗，這會兒他以為又是如此，可周遭談話一逕如常，既無中斷，也未聽到抱怨，他便明白燈依舊是亮著的，只他一個人陷入黑暗裡。

他閉上眼，等待視覺回到他的網膜，眼皮觸到那朦朧的光明，他靜靜等，要等多久？似乎沒什麼兆頭。那燈光是給賽車檢修用的，大帳這邊僅吃到些餘光，其實還是晦暗，或許不足以透過眼皮知覺，可他不敢輕易睜眼，怕眼簾一開還是一片黑。

他不想專注在這心懷恐懼的等待上，便凝神諦聽周遭的交談，然而此起彼落的話語變得吵雜，他竟沒法知道他們在說什麼了，他意識到自己對他們的口音其實並不適應，有時一句話裡他有一兩成辨識不了，這倒令人想不透。

「記得我們在克拉瑪伊，夜裡在沙漠的天空看到極光？」祁泰軍的聲音。

「後來你巴不得我們什麼時候再壞在沙漠裡出不來，好讓你有機會再瞧一次。」端飛的聲音。

「沙漠裡為什麼會有極光？」他問。

睜開眼，恰恰觸到端飛促狹的眼神。

「我怎麼知道呢？說出去人家都說咱倆忽悠，咱忽悠也編個像樣的，少說也見到裸體的鐵扇公主，怎會整極光這麼不科學的材料，是吧？」

端飛望向祁泰軍，笑嘻嘻地說。

「鐵扇公主才不科學吧？」祁泰軍說。

「其實也不知道那究竟是什麼……說極光也不完全是……那次你們的車壞在賽道裡，我和老鐵開悍馬進去拖，可變速箱因為拖車發生故障，耦合器打滑，雖然還能開出去，但拖不動賽車了，只好把賽車留在沙漠裡，我跟端飛留下守著車，老鐵把你送回去。那時候十點，天已經黑了，只有靠當地人開車領路，你們走了約莫半個鐘頭，我正往地上撒尿呢，端飛叫我抬頭看，偌大的星空，打横一條巨大的好似飛舞的龍一般的螢綠色光越過，身後就像賽車拉出騰捲飛揚的拖煙，又像花火迸開後漫天灑濺出星芒，在夜空傾潑出一整片既灼亮又朦朧，既炫目又恍惚的光焰，緩慢地飄飛晃漾，流瀉鋪展開來，隨著位置的移動變換著寶藍、檸黃、玫瑰的顏色，就這麼持續了有……有多久？我沒看手錶，感覺上很長的時間，有一分鐘？或者更久？直到像煙霧消散般稀薄黯淡，隱沒入黑暗。當時你們與我們其實就只隔一片沙山，距離五六公里而已，可端飛用無線電叫你們，你們卻說什麼也沒看到。」

想當然耳，關於祁泰軍所說的，他毫無印象。

「就你兩老在說這個，又沒有別人看見，誰知是不是真的。咱兄弟倆越野賽跑得比你們多，咋就沒瞧見過？」衛忠說。

「咱們什麼時候也折一回出不來？我倒真想開開眼。」金寶笑著對朝星輝說。

「得了，你這細皮嫩肉，膽兒又小得跟鵪鶉似的，哪受得住擱在賽道裡過夜，我是心疼你，才從不折在裡頭的。」朝星輝說。

「說真的，被單獨留在黑夜的沙漠裡，究竟是什麼感覺？」金寶問。

祁泰軍想了想說：「寂靜吧！完全沒有聲音，那真的很詭異，就像真空一樣。」

「不是要開賽員會麼？」朝星輝嚷著走進坐下，不耐煩地把腳翹至桌上，「不是只有我一個人覺得奇怪吧？這營地真他媽不是簡單的破呢！倘使是獎金有一百萬美金那樣高規格的比賽，豈有如此寒酸的道理？連間像樣的充氣帳都沒有。把咱們弄到這麼個荒郊野外，最近的旅店都要開上七十公里。這鬼地方靠GPS和衛星地圖還找不著，居然還得發路書來指引，這究竟什麼路數啊？」

馮曉與七、八個穿著黑色馬球衫、外罩黑色防風夾克的人走進帳棚。朝星輝回頭望了一眼，仍舊是一臉輕浮的神情。

包括馮曉在內這群人，都極面生，在場所有人皆沒見過，這車圈也不大，參與其中的，若在水準之上，很難說有不知悉的，這男子身上也沒有他們熟悉的那種玩車人的氣味，在賽車的世界裡，即使你坐擁了再大的權勢，即便成了像符老那般人物，都是懂得車最微小最愁人的細節出身的，都是懂得同一輛車跋山涉水餐風露宿出身的，都是與他們的仇敵對手幹過幾場架出身的，可這幾個人，橫看豎看像是一雙手乾乾淨淨不沾土不沾油的人。

馮曉咳嗽兩聲，開口說道：「歡迎各位前來參加這次比賽，符老也到了，很榮幸由他來擔任這次比賽的監督人。各位都是越野賽的高手，無疑將使比賽大為增色，我們心中十分欣喜，而對於各位來說，若不計較我們失禮的傲慢，我們不諱言，能夠受邀也是各位的榮耀，因為這是一場邀請賽，各位是我們花了很多心思挑選出來的參賽者。」

若非打著符老的名號，甚至符老親自打了電話，眾人對這比賽還是抱著懷疑的，若參加非法比賽，一旦被發現可是會被取消賽手資格，指不定還坐牢呢！符老擔任監督人，總不至於是非法比賽？就算當真如此，要制裁他們，符老也不可能脫身吧？那是不可能發生的事。

馮曉這番場面話絲毫未打斷眾人交頭接耳繼續先前聊的話題，帳棚裡漫著嗡嗡的低沉鬧聲。馮曉輕扶了一下眼鏡，臉上既未有不悅，也無意要喚起眾人的注意力，神態自若接著說道：「各位在此歡言酣暢，快意瀟灑，是件美事，到了明天大家就是敵人了。」

「你別在那兒說些不著邊際的話，賽車你懂個啥呀！咱們在這圈子裡玩兒，都是朋友，沒有誰跟誰是敵人……」衛忠嚷道。

朝星輝慢條斯理地打斷他：「我倒覺得他說的也沒錯。我跟你就不會是朋友，土包子！」

「你他媽欠揍，咱走著瞧，在賽道裡我要不把你撞翻我跟你姓！」衛忠喊著站了起來。

「我怕你跟我姓呢，你娘當初招惹我，我坐懷不亂的，你以為我照單全收啊？」朝星輝啐了一口說。

「你丫這孫子，信不信我抽你！」

衛祥拉著衛忠，衛忠氣急敗壞扭扯著，馮曉沒理會這爭鬧，接著說道：「先前已經告知過各位，本次比賽的規則與拉力賽和越野賽通則不盡相同，為的是跳脫常態比賽的各種限制，使得比賽有更高的挑戰價值。這次比賽將頒給冠軍的一百萬美金獎金，已經交給銀行託管，這已都讓各位看過的。組織者並且提供一筆費用，由各車隊自由使用，這個費用不算多，但未能完賽者必須將這筆費用退還給我們。今天稍早也已經將全部的路書發給各位……」

揉了揉眼睛，他低頭眨動眼皮，像要掃除那視覺的朦朧。小傅這時走進來，嘴裡說著「符老來了」，這符老兩個字他聽著也心一驚，像趴在地上打盹的狗兒聽見鑰匙插入門鎖的聲音，倏地豎起耳朵伸直兩腿坐立起來。他見原本將腿翹在桌上的朝星輝也趕緊收了腿，其他人亦收斂了原本散漫嘻笑的姿態，僅端飛全無反應。倘使是那事不干己的冷淡，或者乏味至極的不在乎，那麼頂多是惹人厭的傲慢，但這沉默的靜無好似把一張臉上可以有的茫然、意外、不耐、痛苦、憎惡……種種表情都刻意拔除掉以後剩下一片空洞的留白。

他還沒弄懂這種怪異的感受，一個頭髮花白的男人走了進來。這男人看得出年輕時相貌身形皆英挺，現在臉皮與肌肉鬆垮了，那鷹勾鼻也不顯得銳利，原本應是線條剛毅的下半臉變得柔和，嘴唇也生出皺紋，淡淡的笑容充滿慈祥的感覺。大夥皆禮貌性地站起身致意，嘴裡喊著「符老您來了！」與其握手。

只端飛一人置若罔聞地坐著，全無招呼的意思，慢條斯理地點了一根菸。

儘管沒有任何記憶的碎片浮現，但他見過這個人！

符老坐下，剛好與他面對面，頓時他感覺血液一陣逆流，全身起了熱氣，五臟六腑都膨脹了起來。他不記得這個人是誰，可那就彷彿一根針刺進來，一道閃電，或一種撲鼻的味道，就像長久昏迷的病人聽到某種聲音，手指破天荒地無意識抽動了兩下。

這是他喪失記憶以來第一次遭遇到令他有所感應的人，連似曾相識都說不上，但喚起他混合著難以言喻的種種矛盾情感的複雜感觸，既溫又冷，既喜又忌，既近且遠，什麼都是又什麼都不是的情懷。他欲飛身撲躍上去擁抱這朦朧的，似真又假、稍縱即逝的感受，逮住它，好逼它現形；可它就像夢，你一欲看真它就融化，剩下清醒過來一無所有的你。

「再次提醒各位，這次比賽的規定與通則不同。請切記所有的強制通過點都必須吃到，只要漏失一個點，就會失去冠軍資格，因此各位若是發現迷失航點，務必回頭找到那個點。」馮曉說。

「這對領航的考驗可大了。」宋毅說，瞄了一眼小傅，臉上露出些許不安的神色。

「不只如此，這根本是以領航的優劣來決勝負。」晉廣良宏亮的聲音裡充滿不以為然的語氣，顯然對此規定有所質疑。

「你這麼想就錯了，這次比賽也不禁止外力救援，越到比賽的後階段，補給的運輸也扮演關鍵角色，要說以後勤優劣來決勝負也不為過。」馮曉說：「越野賽的勝負從來就不是決定在團隊裡任何一個個人，每個環節都是決勝負的因素，假使把車手、領航、後勤團隊的每一個人個別看待，一定會失敗，只有把全體看成一個『一』才有可能得勝。」

對於馮曉的話，沒有人反駁，只是陷入安靜，帳棚裡瀰漫一種詭譎的氣氛。

「我再一次提醒各位，衛星追蹤器上的綠色、黃色、紅色按鍵所代表的訊息與以往的比賽不同，請在從營地發車的時候按下綠色按鍵，抵達當日營地時按下黃色按鍵，讓我們更清楚各位的動態。紅色按鍵是發出求救訊號，只要按下紅色按鍵，我們會立刻派出直升機進行救援；不過，請各位記得，一旦按下紅色按鍵，就表示退出比賽。我再重複一次，只要按下紅色按鍵，就意謂立即自行退出比賽。」

「我操！就是死我也不會按下那個紅色按鍵。」伍皓說。

「這是個小型的比賽，參加的人少，但都是菁英。因為參加的人少，可以不受制於平常那些大型比賽需要考量的過多影響比賽樂趣的因素。也許現在各位會有些疑慮，但比賽一旦正式開始，我敢保證各位會十分享受這樣能盡情發揮實力的比賽方式。」馮曉說。

走出帳棚時，馮曉轉過身對符老低聲說道：「我跟你為了不同的目的和理念搞這個比賽，但是很高興我們在執行的方向上想法能達到一致。」

※

馮曉等人離開，眾人交談起來，方才宣布的比賽規則，大部分他們早有所知，但仍有許多關鍵部分是新消息，且十分令人震撼。

符老走出帳棚外，同組委會的那幾人談話，一會兒瞥見月光下蹲在地上無聊地玩弄沙粒的人影，認出他就是那正滿心苦惱喪失了記憶的年輕人，便走近去，充滿慈愛地招呼。

「嚴英？你怎一個人在此？」

年輕人吃驚地站起身。

他肯定符老對於解開他的身分遭遇之謎，必能提供重要線索，或者扮演重要的角色，如今他就與此人單獨面對面，感覺心跳加快，他要趁此問個清楚。

「怎麼樣？對明天的比賽可有把握？」

「把握是一點都沒有，只能盡力而為，其餘便看運氣了。」聽來十分打官腔，但確是誠實的心裡話。

「那可不行啊！大凡人說盡力而為的時候，都是後頭給自己留了七分餘地，於是只剩三分奔前。你說說看，給自己留七分餘地的人，和給自己留三分餘地的人相比，誰能衝得更快，跑得更遠？」

他愣了愣。「三分？」

「錯了。兩者一樣。無論是給自己留兩分、三分、七分、九分餘地的人，都一樣，都會只看著後頭的退路，看不見前面，到頭來只停留在原地，一步也走不出去。唯獨不給自己留任何餘地的人能前行。」

他覺得符老這話很有道理，但他並不真懂。

「符老……」他的口氣猶豫。「我跟您……是否曾見過面？」

符老大笑。「哪個優秀的賽車手我沒見過的呢？你說是吧？」

「不，那是不一樣的！」他急忙道：「別的那些我見過的人，我都不記得了。可我……」

「記得見過我？那真是我的榮幸。」

原本他還想說，他不僅相信他見過符老，且彷彿符老與他有種親近的關係，那感覺，就恍似他的父親一樣。可這樣老臉皮的話他終究說不出口，便羞赧地低下頭。

「你真的什麼都不記得了，什麼都想不起來？」符老的臉靠近了說。

他怯生生地搖了搖頭。

符老那帶著微笑的凝視，總覺得除了親切慈藹還有別的什麼。

「這倒是奇怪，我還從沒聽說過這種事呢！」符老說。

他無言以對。

「會不會其實是……有些你怕人知道的事，所以裝作什麼都不記得？」

他連忙波浪鼓似地用力搖頭。

「噢，我表達得不好。」符老呵呵笑著說：「不是說你騙人，我的意思是……人這種動物很特別，別的動物懂得欺騙自己以外的其他動物，可人卻專喜歡欺騙自己。」

他不知道符老這話暗示什麼，心中除了迷惑還有些憂傷，一會兒抬起臉。「我聽說了個事……關於我自己之前……在沙漠裡失蹤的事。一個人在沙漠裡失蹤，不是很可怪？」

「嗯，是很奇怪。」

他望著符老，期待他能給他什麼提示。但符老卻微笑地看著他，反而像是等待他接著說似的。

「當時只有端飛跟我在一起，但他什麼也沒告訴我。」

「哦，是麼？你沒問他？」

「問了他也會說不知道。他這個人表面上很溫和，但總覺得骨子裡不是這樣。」

「噢，真有趣，你怎麼會這麼想呢？」符老露出極有興味的表情。

「他什麼都不跟我說，因為他是個不說謊的人。開口永遠誠實的人總讓人心安，對吧？他是開口永遠誠實的人，卻讓人不安，因為他不開口。」

符老點頭，臉上是嘉許的表情，並且熱切地望著他，帶有一種鼓勵他說下去的味道。

「我聽大夥談起他，有的人捧他是神，有的人啐他惡魔，這乍聽很奇怪，可我想了一圈，便覺得沒那麼不合情理了。有些慈悲的人你一見他的手就知道他的手軟到淹不死一隻螃蟹，有些殘酷的人你一見他那鼓起的背，就知道他能把自己老娘舉起來摔在地上。可那些你看不出個所以然來的人，也許兩者都能做到。」

這話說出口，他心裡起了怪不舒坦的感覺，面對符老他太情不自禁想交心了，太迫不及待想讓符老明白他是多麼坦白赤誠了，這幾乎算得上到了諂媚的程度，到了不惜出賣端飛的程度。

符老又點頭。「你的觀察力真不錯。還有呢？」

「呃……大家都說我們以前是搭檔，一起拿過很多次冠軍。照這樣說，我們之間應該默契很好。但是，練車的時候，我覺得我們……」

「配合不起來？」

「不，配合得很好。就是因為配合得很好，使我幾乎要相信，我的確就是嚴英……」

「但是你並不相信？」符老這麼說時，眼神銳利地盯著他，他感覺自己瑟縮了一下。

「我無所謂相不相信，我能怎麼相信或不相信？我的相信或不相信又有什麼意義？我再相信我也做不到原來的嚴英能做到的，連我自己也不懂為什麼。」他幽幽地說，「只是我感覺端飛不相信。」

「他這麼說的？」

「不。」

他停下腳步，歪著頭想。

「我想……應該不是他不相信。而是……，他不在乎。我是嚴英或者我不是嚴英，我記得或者我不記得。不論我是誰，他根本不在乎。」

符老臉上原有的祥和消失了，那薄而生出皺紋的嘴唇抿成一條線，他緊張起來，莫非自己說錯了話？可他哪裡說錯了呢？

符老這麼抿著嘴同他走了一段，臉上的表情又柔和下來。

「噢，不會的。他不會的。你瞧，這不是一件頂刺激的事麼？比賽這件事就是要認真的，那些常規的比賽，參加的有一半以上是些實力差強人意卻偏要來湊興的失敗者，另外一半有可能成功的人，卻總在一開始就給自己的失敗預先找好了藉口和退路……。」

他聽了這話，心虛地忖著自己屬於哪一半。

「那樣是很掃興的。」符老接著說：「賽車這行當，玩車的人也好，辦比賽的人也好，燒的錢，耗的力，傷的心，可不比打一場戰爭少呀！如此愚蠢的事，人為什麼卻要一再地做呢？因為人這種動物，得到了什麼，都一定會想要得更多；失去了什麼，就一定要拿回來；受了滿身傷，一旦養好了就忘了先前的痛；記得痛的那些人，則忘了怎麼過不痛的日子。這種戰爭是無止境的，可終究有人會厭煩，噢，我們不能讓它變得掃興，你說是麼？」

他沒答話，他應付不來這種話題。

「瞧，我這個老人說的話太無趣了……」

「不……」

「你說吧，我喜歡聽你說。還有什麼呢？你剛才說的，我都很感興趣。」

他想了一下。

「我聽到端飛跟祁泰軍的談話。端飛說這比賽規則一方面比正規的拉力賽和越野賽還嚴峻，一方面卻比巴哈1000還粗暴，超車報警不讓、蓄意碰撞、逆向行駛、外力救援……都不違規。泰軍卻認為不是壞事，他覺得這是人性的考驗，也是車手性格的考驗，越野賽畢竟是很漫長嚴苛的比賽，大家都是資深好手，沒人會逞一時之快壞事。」

符老目不轉睛地望著他，彷彿期待他接下來要說的。

「約莫馮曉那番話打動了泰軍的心，後勤雖然向來是幕後功臣，可不曾有人說要把大夥當作『一』來看，泰軍本人無所謂，但有這麼一次可以讓所有的兄弟們和賽手們被視為平等，他感到很振奮。端飛潑了他冷水，說他認為這比賽的企圖不是將大家連結在一起，剛好相反，到頭來是想把車組推到陷入孤立的境地。後來他倆為了這件事竟起了爭執，說什麼兩人是十年以上的交情了，即使把生死交給對方都不會猶豫，難以相信說穿了彼此並非真信任，沒見過泰軍那樣氣憤，我在旁都給嚇著了。」

「為什麼？怎麼個爭執法？」符老說著，突然抓住他的手臂，那力道讓他吃了一驚。

「呃，他們說的我聽不明白，真沒法轉述給您聽……。」他困窘地說。

符老瞪著他好一會兒，才鬆開手，改而親切地摟著他的肩臂。

「你的案子還未了啊，你總不會想被抓回去，在牢裡蹲上二十年吧？不過，我會幫你的。在這兒你很安全，誰都找不著。相信我，你天生會是個好車手，同時你是個聰明的人。你知道麼，跑得快不如跑得遠，跑得遠不如跑到對的地方。」

「我的案子？我的案子是什麼案子？」他滿心驚恐，但臉上只顯露出傻氣的不安。

他一直迴避思索這個問題。他不是沒給自己做過推論，但每次一往下想，他就怕得打住了。他比較喜歡想像他遭人搶劫，或者被車撞傷這類意外，他清醒的時候以為自己受了重傷，可後來才發現全是皮肉傷、關節的錯位，並沒有任何骨折或者骨裂，端飛還譏他不禁痛，一副如喪考妣受不住的悽慘樣。

「噢，你一點都沒印象。」符老呵呵笑，模樣彷彿這是件很可愛的事似的。

「那麼我還是別告訴你，免得嚇著你。」

「我禁得起嚇。」

「是麼？一個不記得自己是誰的人對自己的膽兒倒瞭解得挺有把握。」雖然這話帶著諷刺，但符老的表情依舊和藹。「我得琢磨琢磨呢！告訴了你呢，你就會明白我費了多大工夫，冒了多少風險，下了多少賭注了，可我這個人呢，不求人家感激我，那樣器量未免太小。人活著應該只做自己認為對的事，而且這對的事呢，還同時頂頂有趣，那就很值了，因為世間真正有趣的事並不多，你說是吧？尤其是對我這麼大年紀的人來說。其次呢，你若知道了，那會很煩惱的，你若是很煩惱，好處是那麼你就沒有選擇了，因為你是解決不了這煩惱的，一個人沒有選擇的時候，他是會很乖的，可那樣就違背了我們希望有趣的目的，不是嗎？」

「我並不明白。」

「聽著，假使現在你明白了，那是我讓你明白的，別人讓你明白的事，都不能輕信。」

「那麼我該怎麼辦？」

「孩子，你不能如此隨意地開口問人家怎麼辦，你不能指望別人解決你的問題，如果你是一個聰明人，你甚至不應該告訴別人你的問題。」

他的臉紅了。我多麼愚蠢啊！我說了那麼多愚蠢至極的話，我簡直像個還包著尿布的娃兒！他羞愧地想著。

但符老那樣一個德高望重、看起來身分是那麼尊貴、想必有一番不凡經歷的智者，對他卻如此親切和氣，且無私地教給他這些深刻的道理，他滿心歡喜。雖不知為什麼，但他是對我另眼相看的，他想著，不自覺起了得意又驕傲的心理。

「總之，你別想太多，與其操煩得不到答案的事，不如盡興去做能爭取的事。你放心，在這兒你是不用擔怕的。因為這兒……」符老大笑起來，「這兒畢竟是一無所有的沙漠。」

※

他走進房車，端飛躺在房車的沙發上看路書，頭也沒抬。

「方才真有意思，對於比賽，我現在才有了真實感，心臟跳得自個兒都聽得見了！」他撫摸著自己的胸口說。「關於比賽的規則，我先前問過你，你也懶得解釋，我想也是，說了也沒用，這次畢竟並不相同。」

端飛沒答話，眼光依舊停留在路書上。

「不知怎的，我現在也有種念頭，我也想要贏。你說，咱們是可能贏的麼？」

端飛頭也沒抬，可發出一聲輕輕的笑聲，隔著一張桌子，從他這兒的角度能看到端飛的側臉，露出很淡的笑容。他完全領會不出那笑是什麼意思。

「你別笑，不為了贏，來比賽做什麼？對吧？」

「對。」端飛附和地說，甚至還點了一下頭，可眼睛依舊看著路書，縱使這一聲「對」還加重了語氣，但他看得出完全是敷衍。

「我知道贏對你來說是家常便飯了，可我是第一次……」

「第一次就想拿冠軍，你太貪心了。」

「為什麼你說我是第一次？」

「什麼？」

「為什麼你說我是第一次？我以前不是參加過很多次，拿過很多次冠軍了？」

「是你自己說的呀！」

「你可以糾正我。」

「你這個人真麻煩。」

「你難道不緊張麼？」

「我為什麼要緊張？」

「我的心臟怦怦跳。」

「嗯，第一次都是這樣。」端飛笑了，他自始至終一動都沒動，維持原姿勢半躺著，拿著那本路書翻閱，眼光沒移開過，說話始終是淡淡的語氣。

「你知道方才我跟誰聊了？」

「不知道。」端飛漫不經心地說。

「符老！」他的臉上流露出快樂和得意的神氣。

對於方才自己在符老面前議論端飛的事，他已全拋諸腦後，以至於一點心虛都沒有，腦子只被符老這麼有身分的人單單同他私密親熱地談了這麼長時間而沾沾自喜所占滿。他原期待端飛問他符老跟他聊了什麼，但端飛沒問，他便自個兒按捺不住，一個勁兒滔滔不絕說將起來，說他對符老是如何有一番神秘的親近感，而從符老說的話就能明白他不是個普通人，又如何慷慨地授予那些睿智的見解。

當他想起談到端飛那一段，自然是省略了，同時覺得那畢竟無傷大雅。

提到他相信自己失憶前應當見過符老，同他打過交道，他特別誇張了語氣，且刻意停頓了一下，看看端飛有沒有反應，端飛沒答腔，眼光淨落在路書上，面無表情，他甚至懷疑他壓根沒聽他方才說的話。可他興致未減，說到符老以前也擁有過一支所向皆捷的大車隊時，他簡直興奮極了，接著兩眼發光，又神秘兮兮地傾身向前，「你曾說過是符老將我弄出牢獄的吧？他知道很多事，他能解開這些謎，但他不告訴我，他說假使他告訴我，那麼那是他讓我明白的。你不覺得很有道理？他告訴我真相，我便自以為明白了，可那是他讓我明白的，是他給我的明白……所以他不說……」講到這兒他簡直被一種不知從何而來的虛榮給弄得快要語無倫次了。

端飛突然坐起來，打斷他的話。

「你是傻瓜麼？你怎不想，假使他不告訴你，那是他讓你不明白的。」端飛提高了聲量說。

他愣了一下，別說端飛的反應突然，嚇了他一大跳，打從見到端飛以來，他從未見過端飛發脾氣，從沒聽過他大聲說話，他永遠是要麼懶散冷淡，要麼嘻皮笑臉的，他以為他是個對任何事無所謂關心，無所謂在乎，只有好玩和嘲弄的人，他那樣的人，有哪樁值得犯他的怒，值得減他的斯文？

「他讓你明白你就明白，他讓你不明白你就不明白，你不用腦子麼？」

「是啊，我沒腦子，我什麼都不記得，什麼都不知道，我當然是個腦殘。可你知道的比我多，怎不說你自己？怎不說你讓我明白我就明白，你讓我不明白我就不明白？」他是真動怒了，可這股氣不像火焰那樣燃燒，那樣要從肺裡爆炸出來地充滿情緒，比較多是一種真正痛苦的憤切，因之他並沒吼叫，只是用力吐出字句。

端飛的眼睛睜得大大的，竟然片刻說不出話來。

「你真以為我是傻瓜麼？我看不出來你多麼習於鄙視一切，看不出來表面上漫不經心的你有多妄自尊大麼？我沒發覺我在提符老的事時你多麼不以為然麼？我若相信符老我就是沒腦，我倒不明白，為何我就得信任你？」他惡狠狠地說。

說完這些話他有股發洩的痛快，可隨即他也湧上一絲不安，或許他說得過分了。

「我沒叫你信任我，信不信任一個人不是一種感覺，是一種選擇。是你自己做出、自己負責的選擇。」端飛平靜地說。

這種平靜是更令他惱怒的，在他以為比斥責或辯駁更具反擊性，更居高臨下，令他生出強烈到類似憎惡的情緒，他但願自己的嘴能更鋒利一些，腦袋反應更快一些，可他儘管腦中衝撞的情緒亂烘烘，卻迸不出適當的言語，他倆安靜地對峙了半晌，他站起離開。

我不應該來這裡的，我不該以為在這兒能找到什麼真相，他推開房車的門時，胸口衝上來一種複雜的，不舒服的感覺，混合著狼狽與灰心，空白和恐懼的茫然，很奇怪，他對這種感覺有種熟悉，並不是出於他喪失了記憶的挫折和焦慮。他張開嘴，說出的是與他推門之前所想的完全相反的話：「我是信任你的，不管你在不在乎。你說的對，這是我的選擇，或許我是錯的，但我決定賭上一賭。誰叫你是我的領航。」他聳聳肩，「沒有你我哪兒都到不了，因為我連一步都邁不出。」

※

為了迎接明天的比賽，到了夜裡十二點，車手們都睡了，可他睡不著，心想大概要睜著眼睛到天明了。

夜半昏沉中，他發覺自己置身在一間燈光昏黃的屋子裡，一個古怪的老頭邁著緩慢的步子向他靠近，老頭的臉孔從一個圓形肉色的霧團變得清晰，但他只注意到他的鼻孔裡竄出的凌亂斑駁的灰白鼻毛。

那老頭伸出雞爪一般的手攫住他的手臂，咧開沒有牙齒的嘴笑，不斷說著話，但他聽不懂，他疑惑又驚慌，臉上卻鎮定著沒表現出來，他給老頭倒酒，老頭說了好多話，他也說了好多話，他說得振振有詞，但他到底在說什麼呢？他好像什麼都說，說他自己，說他的家人朋友，說他的人生，說社會時事，他可真是談笑風生，他怎會有這麼多東西可說？又怎麼會一說出口他就馬上不記得了？

至於那老人，口鼻一直發出一種含混的呼嚕聲，並且飄出一股臭味，他對這一切明明極度不耐，卻和顏悅色地給老人倒酒，也給他自己倒酒。老人時不時閉上眼，垂著頭從張開的嘴流出濃濁的唾液，他搖搖晃晃地站起身，他的身子輕飄飄，幾乎要無法控制，他心中充滿厭煩，覺得待在這兒是個錯誤，他並不真在乎這一切，他該早點明白的。

他打算掉頭就走，可他發現他找不到門，他搜遍了這間屋子，連桌子底下、櫃子底下他都找了，連天花板他也爬上去找了，可到處都沒有。他氣沖沖地走回去找老人理論，老人又睡了，打著呼嚕，淌著口水。

他總覺得哪裡有些奇怪。

總好像，好像某處很不對勁。

他彷彿置身在一張圖畫裡，這是一個找碴遊戲，那種報紙或者雜誌裡有時候會有的小餘興，小測驗，一幅看似正常的圖畫裡隱藏著難以察覺的幾處違背邏輯的錯誤，要你像福爾摩斯一樣去找出來。

他找到了！老人的嘴裡流出的不是口水，是血，老人的身上被扎了好幾個洞，流了一地的血，那些血甚至流到他的腳邊。這麼明顯的不對勁他怎麼剛才都沒發現？

一旦發現一個線索，就很容易再找到第二個，他還發現自己手裡握著一把刀，刀刃也沾滿了血。

他驚慌地丟下刀，這會兒他注意到他的身邊就有一扇開著的窗，他毫不猶豫地往那窗子一躍，跳出窗外，他的身子一直往下墜，他想尖叫，但喊不出聲音……

他倏地清醒坐起，冒著大汗，他的心臟狂跳，那跳動的力道猛烈得像是鐵鎚在重擊他的胸腔，他驚嚇得急喘著氣，彷彿他已經忘了呼吸，他像從水裡爬出來的狗用力抖動身上的毛試圖甩掉這種附著在身上的巨大恐怖感。

待這夢魘的氣味逐漸褪散，他的心思安靜下來了，那夢境依舊讓他難以抹平餘悸猶存的顫慄，可一旦歇了「好可怕！好可怕的夢！」這種喃喃呼喘，他的思慮清晰起來，卻冒出一種教自己也驚訝的念頭，那或許……不是夢？

難道不可能，方才他並未睡去，而他看見的、經歷的，是半睡半醒間他那沉息隱遁的記憶浮出了腦海？

那不是夢，是他拾回了的記憶，他真的殺了人。

此時猛然想起，莫非這就是符老說的怕嚇著他的事？沒錯，他可真嚇著了，這般可怕的事，哪能不教他嚇破膽！或許就因這樣駭人，才讓他自己給抹煞了記憶？那倒在血泊中的老人是誰？他是怎麼讓這麼恐怖的事發生的？他抖索起來，假使這是真的，我會變得怎樣？天哪！這並不是開玩笑，假使我真殺了人，噢！那麼我是完蛋了！

他搖頭。不，縱使一心想找回自己的過往，想知道究竟發生了什麼事，但他不喜歡這個版本。他躺下，把這種駭人的可能性從他的腦袋瓜子裡推開。他告訴自己這不過就是一個夢而已。就只是一個夢，除此什麼也不是。

※

他掀開棉被坐起，伸長脖子想瞧瞧睡在上鋪的端飛是醒著還是熟睡，可啥也看不到。他若有所思地低頭望著手中握著的物事。

這是早些時候符老交給他的。

「差點都給忘了呢！這好像是你的東西吧？」符老遞給他的是一支手機。

他的心臟猛烈跳起來。他認不得那是不是自己的東西，但他一點猶豫也沒有地接了過來，緊緊抓著，深怕有誰要給奪回去。

他查看手機裡的聯絡人名單，沒有他有印象的名字。相片簿裡全是陌生的臉孔，連他自己的臉他都覺得陌生。沒有簡訊紀錄。其他什麼都沒有。原本就沒有，還是被消除了？

他沒把這事告訴端飛，他對自己的說法，這與端飛無關，沒必要什麼都跟端飛交代。可事實上，他本能地想瞞著端飛，不是沒必要告訴他，而是深怕他知道。他不明白為什麼，可就是覺得必須如此。

他察看最近一次撥出的電話紀錄，是在十天前。十天？

如果他知道十天前他跟什麼人說過話、知道自己做了什麼事，也許這有助於讓他搞清楚他究竟是怎麼變成現在這樣混沌的狀況的？

他感覺自己試圖按下撥出鍵的時候，手在發抖。

有很長的時間沒有聲音。昨天他聽到他們都在抱怨這裡的訊號不良，他很可能撥不通，他升起一種夾雜了期待的恐懼。

待機的音樂聲驚了他一下，其實在待機的音樂之前那隱微的喀達一聲就嚇了他一跳。這音樂也持續了一段時間，他自己感覺相當長的時間。

正當他想掛斷，是的，他根本就不想打，不應該打，他幹麼在這個時候打電話？打給他不知道是誰的人？這麼做有什麼意義，在這個節骨眼？他即將要比賽，天哪他有沒有搞清楚自己在做什麼？

他用不著這麼急，他要再想想，他現在的狀態不怎麼好，或者，他可以再等幾天，他得準備好了……

不，誰曉得下一個營地有沒有電話訊號呢？他理所當然要把握機會。

把握什麼機會？

房車內倏忽一片宛如白晝的銀白慘亮，嚇得他差點叫出聲來，可那亮光一閃即逝，恍如錯覺，一會兒他才覺悟到那是無聲的閃電，透過天窗把整個車內照得通亮。

「喂？」電話那頭響起應答的聲音。

他慌了起來，不知如何開口，在對方「喂」了幾聲後，深怕被掛斷，他趕緊說道：「喂？」

「喂？三更半夜的，哪個？」

他躲進棉被裡。

「呃……我想請問，因為……是這樣的，不……不好意思，這電話號碼……」

「孫海風？」

他愣了一下。

「你知道現在幾點？什麼毛病啊？……你回台灣了？」

他一定是弄錯了，他想立刻掛斷，可他沒有，只是屏息。

「錢拿到了？」

「錢？」

這當中一定搞錯了什麼。

「見到那老頭兒了？他願意給你錢嗎？我就說哪會有這麼好的事吧？」

「我不……」

「你該不會照我們之前商量的，把老頭兒宰了吧，哈哈哈……」電話那頭睡意迷濛的聲音，逐漸感覺清醒了些，但仍是懶洋洋的。

弄錯了，一定是弄錯了，這不是他的手機，對方把他誤以為是某人，他在進行一場荒謬至極的雞同鴨講對話。

「你還在天津？」

「我在新疆。」

「你跑到新疆去幹麼？眼睛怎麼樣了？還會偶爾看不見嗎？」

他倏地掛上電話，一剎那間全身冒出冷汗。

四下無聲，只有寂靜的閃電一陣一陣穿過天窗落下，讓眼前一切物事現出原形。

6.

被強制驅離賽事，李玲娜既屈辱更不甘心，但也沒奈何。北京一落地，她便打電話給朝星輝，但電話撥不通，想來那兒收訊不行，忽然覺悟到這下是與此時置身沙漠中的那些人完全脫了鉤，弄得她忿怨之外，甚至生出一種熊熊的戰鬥意志出來，雖然她也不知是與什麼戰鬥。

一夜淨是亂糟糟的夢，她打探出來的種種故事全混在一道，乍醒時她還一本正經頭頭是道地從中理出輪廓頭緒出來呢，待真清醒，一則忘得差不多，一則了悟夢境裡那些她自認串成一番邏輯的東西有多荒唐無稽。

她其實還欠幾份早在出發前該交的稿子要寫，但無心去理會。她是自由撰稿人，先前在旅遊雜誌有個正職，但與其說是寫旅遊報導，不如說全是配合旅行社行銷宣傳的廣告文章，後來辭了，自由接案，結果還是幹半斤八兩的活兒。

一早她便忙個不休，這麼些年她雖無甚成就，可無論走到哪兒打下來的人脈她總捏得牢牢的，她向來不把雞蛋裝一籃子，習於交叉運用幾個人彼此間的矛盾或友好關係來達成她的目的，這是她在香港跑影劇時琢磨出來的本事。她還有個本事知道什麼樣的人既無實質身分，也無實質的活兒幹，卻是什麼場合都會出現的人，她知道什麼樣的人在檯面上好似運籌帷幄實際卻是個傻子，誰在檯面下好似不靈光卻才開口就有影響力，當真能辦事。她知道每個人其實都永遠知道另外六個人的秘密，握有另外六個人的把柄，每個人都曾經把自以為某人永遠不會聽到、也絕不該讓他聽到的關於那人的私密、議論說出去。這些東西她時刻留心，且過耳不忘。

可惜世間值得她去費這些心，賣這些力的事真不多，一個獵人若沒有鎖定的目標，自然懶於到處積極去埋伏陷阱、做標記。一個不留心，時間長了，曾經挖的那些洞都會落了土，刺籬都給蔓藤腐蝕，獸夾生了鏽，繩圈朽斷，而她不會奇怪自己一無所獲。

她託人從五年前的比賽報名資料查找端飛和嚴英的地址，五年也不算短，費了番工夫，端飛留的地址，原建築已經拆遷重建，倒是嚴英住的地方她親自到那小區探訪了，一群老舊房子，隔成一小間一小間租給打工的人，住了有五、六十人，她假稱尋找失散的弟弟，挨間打聽，由於衛浴是公共的，總覺得住戶打照面的機率大，但住在這兒的人流動很快，現住的人沒有住上五年的，對嚴英一無所知。

要說抱著什麼希望，其實沒有，只不過出於她那倔強的性子，跟自己賭一口氣罷了。時刻她心中忖著，倘使敲下一扇門仍得不到任何訊息，她就打道回府，可接下來她又繼續敲了再下一扇門。

雖然沒找著認識嚴英的人，卻給她找著了一個說是有朋友認識嚴英的人。李玲娜給他看她的手機裡嚴英的照片時，那人說：「噢，我不認識，但我大哥認識。」

「你大哥？」

「我一同鄉。他原來住這屋，就是他搬走時讓我搬進來的。他也給我看過這人照片。大哥很愛談起這個人，說他玩賽車。大哥很羨慕玩賽車的。他老說跟這人交情多麼好，依我看十之八九就是他愛纏著人家，他這人纏功一流，又是個大忽悠，他老騙人說他有個改裝廠，專改賽車，他要是有改裝廠，他還住這兒？」

李玲娜聯絡上那人口中所稱的大哥，對方的要求明晰乾脆，要吃錦都久緣的鮑魚紅燒肉、水煮魚和凍花蟹。

不消說這會兒要破財，她又不是偵探收錢辦案，而是掏自己腰包，她想著都要問自己到底圖什麼了。她的銀行卡裡只剩下一千元，下一筆稿費匯進來還得一個月。

「我從沒吃過鮑魚，就一直想吃。妳知道為什麼？人家都說女人的私處像鮑魚，我估計是沒法嘗一嘗頂級的女人那地方的滋味，但可以品嘗一下頂級的鮑魚。我聽人說錦都久緣的鮑魚很高檔，我就想來開個葷。」

這番話讓李玲娜嫌惡的表情都掩不住，已經滿心後悔找這男人出來了，瞧這男人邋遢的模樣，哪裡像跟嚴英能扯上什麼關係。

男人點了一桌子，只顧著吃，開口說的都是自己的事，對於李玲娜的問題卻都答非所問。

「他帶女人回來過嗎？」她輕拍了一下桌子，倒不是拍桌鬧怒，是為了喚那男人注意，那男人眼神就只落在飯菜和自己的碗，眼珠子沒瞄她一下。可她這麼一拍的力道比自己想像得大，杯盤碗碟震得叮叮響，引得周遭客人側目。

「沒。」男人一邊伸手夾菜一邊搖頭：「我是說，我沒見過。也沒聽到弄出什麼聲音。那裡隔音很差的。」說著哈哈大笑。

「他跟你提過女人的事嗎？有關於他的女朋友？」

「咱倆碰面的時候，他很少說話，都是我在說，好在我健談。」

「你們都談些什麼？」

「都是關於改車的事。我的想法很天才，但我經驗不足，他給我一些建議，我非常受用。」

「他可曾提過一個叫端飛的？是他賽車的搭檔？」

「端飛？個子高高的，很瀟灑，一對眼睛像鷹似的那個？」

李玲娜猛點頭。「是的，是的，就是他！」

「我見過一兩次，不喜歡，那傢伙雖然笑嘻嘻的，其實很傲慢，咱跟他講話他不當回事。」

男人接著提的都是他和嚴英交換改車的心得，眼見話題完全朝李玲娜不感興趣的方向奔遠，得到她想要的情報眼看是無望了，她想著趕緊買單，誰知男人馬上又點了燒鵝和木瓜燉雪蛤。

李玲娜也無奈，她把筷子放下，一手擎著嘛起一張嘴的臉蛋，極盡所能地表現出她的百無聊賴，男人倒是無動於衷。

「三年前我去成都的時候見著他了。」

突如其來的這句話倒令李玲娜一驚，三年前，那是嚴英失蹤後的事了，畢竟嚴英失蹤這段時間，大家都以為他死了，沒人有過他的訊息，他曾在成都出現，倒是令人意外的消息。

「他在那兒做什麼？」李玲娜問。

男人搖頭。「沒說上話。」

「你確定看見的是他？也許你認錯人了。」

「不可能！」男人嘴裡還咬著燒鵝，聲音倒是大又斬釘截鐵。

「百分之百確定，我有個本事，能絕無差錯地辨識人臉。我對人臉上很微小的特徵很敏感，記憶很清晰。那機場海關應當找我去任職，哪怕一天有幾千人打我眼前過，給我蓋過章，摸過行李的，我都能記得，誰想偷雞摸狗暗渡陳倉，逃不過我的法眼。有些人就完全不行，我有個髮小，玩過的女人的臉都記不住。」他搖頭說。「嚴英留了鬍子，以前我沒見過他蓄鬍，一個人有鬍子跟沒鬍子那是判若兩人的，像你們這種平凡人，就會認不出……而且是滿臉亂七八糟的鬍子哪！人瘦了很多，眼睛張得老大，又無神。假使我沒這種超凡脫俗的特異能力，估計也會認不出來，但我嘛，我甚至記得他的眉毛形狀，他的眼皮皺褶，他鼻子的彎曲度，他左右顴骨微小的不對稱，他額頭上的兩顆小痣，臉頰上的一些斑點。我不用刻意去記，我甚至可以現在在腦中自然浮現某個我認識的人的臉，包含他所有細部特徵。我真的很適合當間諜。」

男人沾沾自喜地這麼說，令李玲娜想到狗仔拍到藝人秘密出現在某個出人意表的地方，都是事先有人爆料，或者持續監看、跟蹤，從不是那麼巧地隨便在路上一轉臉見到而拍到的，若非事先掌握訊息，那些素臉變裝的藝人，恐怕還難認得出來！

「你適合幹我這一行。」李玲娜脫口而出說。

「您是幹哪一行？」

李玲娜這才驚覺她一下子忘了自己是在尋親而非做採訪，一個不留心說錯了話。

「我是替慈善機構服務的。」李玲娜隨口說道。

「您是搞募款的麼？那可是很多很多的錢噢，沒有人知道那些錢跑到哪裡去。」

男人說著，津津有味地嚼著鮑魚，咂著舌頭說：「這鮑魚這麼昂貴，就跟女人一樣，你想著的時候，以為銷魂到什麼程度，願意為她付出任何代價，待你吱溜溜吸到嘴巴裡，就覺得不過如此，還帶點兒腥，你不能期待太高。」

李玲娜沒理會他這些話，打斷他說道：「那麼你有上前去跟他打招呼麼？」

「有啊，他鄉遇故知，怎會不興奮地去相認，我大喊著他的名字跑過馬路，但他一下子便不見蹤影了。我知道他看見我，也認出我，我倆視線是有對到的，我跟您保證，他見到我才跑了的，因為這樣我更確定他就是嚴英。」

「後來呢？」

「後來？哪裡有什麼後來，就這樣。」

李玲娜咬咬嘴唇，就這麼一點線索，無疾而終，她總不可能還跑到成都去打聽消息。不過，她可以試著問幾個成都的車隊，他們也許在那裡見過嚴英，或者嚴英跟他們有過接觸……。

「您說他是您失散的弟弟？我想知道，您跟弟弟的感情有多好呢？」

這冷不防的問題令李玲娜露出錯愕又疑惑的表情。

「假使我有他的消息，或者我又遇到他，我該跟他說您在找他嗎？」

那男人向前微微傾身，咧嘴露出牙齒，好似連瞳孔都張大了，李玲娜一陣沒來由的悚然，十足不能領會他那曖昧的表情。

「您說是他的姊姊，依我看，你倆生的模樣差得可遠了，一個是鹿的話，另一個就是猴子了。」那男人搖頭說。

這比喻令李玲娜相當不愉快，誰是鹿誰是猴子啊？但她也只是不動聲色冷冷地答道：「因為我們並非親姊弟。」

「噢，那是什麼樣的姊弟關係呢？」那男人一雙眼瞪著天花板，做出尋思的表情，「好吧，您們的私事我也不便過問，我糾結的是，萬一他不想被您找到，那麼我可該站在什麼立場呢？他畢竟與我是好友，而您，咱倆今兒個才頭一回見面。」

他跟你什麼時候變成好友了？李玲娜心中哼了一聲想。

「萬一我報給您他的行蹤，是害了他呢？咋知您真是他的好親人，惦念著他，才想與他重逢，又或者藉尋親之名，實則於他會有不利。咋知您不是他的冤家債主，又咋知他不是犯了事、害了人，苦主到處尋他負責。」

「我說了，我只是想多知道些他從前的事。」

她沒必要告訴他，她知道他在哪兒，只不過他喪失從前的記憶而已。

但她不是昨天才出生的，她知道眼前這個男人所言意味為何，他想知道這當中有什麼利益，他有什麼好處，這種人她見慣了。但她是不會花錢跟他買消息的，也不會花力氣騙他能給他什麼好處，別說這男人與嚴英的關係，又有些痴癲，估計他是給不了她想要的情報。

「那就算了。我也不想你誤解我。」她說，冷淡地站起身。

正當她要離去，他突然說，「其實嚴英的女人最近曾來找過我。」

她大驚，「你方才不是說不知道他的女人的事？」

「您問我的是五年前他跟什麼女人在一起，我確實沒看過也沒聽說，我並不知道啊，我沒跟您打誑語玩花樣，我說的是約莫一週以前，他的女人來找我。」

「找你做什麼？」李玲娜急著問。

「嚴英搬走前，把他的斯巴魯翼豹賣給我。他的女人說，嚴英想把車買回去。」

「把車買回去？」

「是啊，她說他很喜歡那輛車，而且他現在需要車，但他手頭沒錢，倘使我還惦著與嚴英的交情，能不能讓他借那輛車？」

「你怎麼說呢？」

「什麼怎麼說，當然一口回絕。」

李玲娜「啊！」了一聲，感到相當痛惜，就這麼斷了線。

「我說要找我借車，就叫嚴英自己來。」

李玲娜心想，嚴英當然不可能自己來，嚴英此刻正在沙漠裡賽車呢！嚴英既然失去記憶，想必不記得眼前這男人了，估計也不記得曾經把自己的車賣給這人。那女人會不會是假借嚴英之名來騙走車？

「您要是嚴英的姊姊，您何不替嚴英把車買下來送給他，他肯定會感激。我從那女人話語中聽出，嚴英現在狀況很不好。」

「那也行。」李玲娜笑著說。「我想你有那女人的聯絡方式，不如我先跟她談談。」

「您說的也不錯。」

男人用牙籤剔牙，把從牙縫裡掏出的殘垢抹在桌上，李玲娜蹙著眉沒別過視線。

「您要姊弟相認，我也不能礙著這樣可貴的親情，老實說，咱的胸襟永遠是樂見天下人幸福團圓，您給那些救人濟世的單位弄了那麼多善款，您是助人慣了的，我跟嚴英情如親兄弟，這麼說來您也跟我的親姊姊一樣了，我在這兒叫您一聲姊。現在咱吃飽了，想去洗桑拿……」

7.

李玲娜從老朋友Liz那兒打聽出紀藍嫣的消息。

老實說，到現在她還是很難也很不情願把紀藍嫣的名字跟端飛連結在一起。

Liz是李玲娜在台灣的雜誌社工作時的總編輯，Liz雖是她的老闆，較她年長許多，但情誼上Liz親如姊姊，卻更像年紀相仿玩在一起的閨蜜。Liz平時穿著時尚的長褲，鱷魚皮高跟鞋，綰髻的頭髮打上愛馬仕絲巾，胸前掛著復古範兒的大型鍍金項鍊，可私底下是個很男人氣的女人，那男人氣不是事業成功女性的那種精明中性，也不是不拘小節地對女性刻板形象的嗤之以鼻，而是甚且還帶著點頹廢邋遢，穿著破牛仔褲，喝著瓶裝啤酒一面抽著萬寶路香菸的形象。Liz說她就跟Carine Roitfeld一樣，因為身為時尚雜誌的總編輯她永遠保持著專業而優雅的形象，若非如此她早就滿身刺青了。

Liz五年前來北京，現在已是大型流行雜誌集團的總監，李玲娜拜訪Liz，問起她旗下的雜誌是否曾做過紀念時女兒的專訪，Liz說這倒是沒有，但紀藍嫣最近開了一家音樂餐廳，據她所知集團裡有一本生活風格的雜誌欲對這家餐廳做個介紹，李玲娜立即表示她想寫這篇稿子。

那餐廳是紀藍嫣和好友袁露合開的。紀藍嫣在國外念的雖是營銷方面的學位，但她鍾情的是音樂，袁露則是在澳洲念的餐飲管理，她倆合開餐廳是袁露的主意，打動紀藍嫣的則是開一家音樂主題餐廳，無論是建築風格，裝潢陳設，紀藍嫣都抱著強烈興致，更別提關於音樂主題的規劃，餐廳包含了爵士、歌劇、抒情流行等不同主題的樓層。

李玲娜到達時紀藍嫣尚未現身，說是有事耽擱會遲一些，她便和袁露先聊。袁露個性開朗、大而化之，有一張大又寬的嘴，笑起來頗討人喜歡，與袁露談天乍看天南地北聊得自然，其實她不著痕跡地引導話題，透過袁露的描述，她在心中繪製出紀藍嫣的圖像，她知道了她的背景、喜好、品味，她知道她愛去哪裡，她喜歡的電影、音樂，還有她的拿手菜。

紀藍嫣貴為千金小姐，在家裡自然是茶來伸手飯來張口，但在歐洲留學的時候她迷上了自己做菜，練就出精通各國料理的手藝。她原本口味就很挑，自己下廚她對自己的要求也很嚴格。

李玲娜想像那站在端飛身旁的女子是什麼模樣，她見過紀藍嫣的照片，知道她的相貌，她不算頂美，五官平庸，卻仍有一種引人注意的特質。李玲娜採訪過不少藝人、名媛，從不曾羨慕過她們的美貌、名氣、財富、多采多姿的生活，可不知為什麼，紀藍嫣給她一種難以言喻的感受，那完美無瑕令人欣賞，卻好似芒刺在背。

袁露倒是主動談起端飛，突然聽到端飛的名字，李玲娜莫名其妙地心跳了一下。

袁露說起端飛追求紀藍嫣時的殷勤，「任何女人被男人那樣追求，都會嫁了的。」她笑著說。紀藍嫣那時其實有別的男友，兩人在奧地利認識的，論身家背景、學識愛好，和端飛相比都與紀藍嫣要更相配登對。那男人是念藝術史的，拉得一手小提琴，尤其擅長布拉姆斯，和紀藍嫣兩個相伴遊遍整個歐洲，總是可以從深夜聊到天亮，周遭人都以為他倆一定會結婚，誰知殺出一個端飛來，橫看豎看都不像紀藍嫣會喜歡的那種男人。

「那麼她愛上他哪一點？為什麼會選擇他？」李玲娜問。

「我不說了麼，端飛追她追得凌厲得很。」袁露說。

「他做了什麼？讓小飛機拉求婚布條從她窗前飛過？放煙火在天上排出『我愛妳』三個字？她有心臟病而他願意把心臟捐給她？」李玲娜說，沒發現自己語氣的刻薄。

袁露倒沒意識到她的譏諷，反而歪著頭尋思了幾秒，「妳這麼說，我答不上了，他也沒做什麼特別的事，具體說來跟普通男人求愛沒兩樣，不外也是送花，送禮物，陪吃飯，陪她玩兒，要說他有啥特別不同凡響的殷勤，其實，他追求的又不是我，都是聽藍嫣在說，妳沒瞧過她說那些的神情，說得我都心怦怦跳，全身發熱，躁得屁股不能安穩坐在椅子上了。」袁露噗嗤笑出聲。

「他把藍嫣弄得暈頭轉向，」袁露像小女孩兒一般壓低了聲音，用一種充滿好玩的神情靠近李玲娜說：「藍嫣從小到大受數不盡的男人追求，男人的討好、讚美，她早就習慣了，可她卻很愛跟我炫耀端飛怎麼追求她，這真不像她的作風。……雖然做的事跟普通男人沒兩樣吧！但同樣普通的事由不普通的男人來做，就不一樣了！」

袁露說起那時紀家正打算營運一個新的百貨商場，紀藍嫣參與吃重的籌備工作，端飛每天都會接送她，可他不會打電話給她，不會問她怎麼打算，他自認適合的時間他就會出現，他管不著她工作沒做完，會沒開完，他會強行把她帶走。她的喜好跟他南轅北轍，他都會配合，他陪她看表演、聽音樂會，可他並不附和她，他不會假裝他也喜歡布拉姆斯，他不會對紐約愛樂交響樂團發出誇張的驚嘆，他不會讚美她買下Heinrich Campendonk的畫，相反的，他老是取笑她心愛的藝術家，戲謔她做的事。她想要什麼他都會給她，她想他做什麼他都會答應，可他一點也不會違反他那充滿嘲弄的風格。然而她卻很愛他的幽默，他那些無厘頭的批評非但沒激怒她，還令她驚奇。「他到底是怎麼想的？真的很氣人，說得出這種話來！我從沒想過有人會這樣評論喬志蓋希文！」她矯作地發一頓怒，好像氣急敗壞，結論卻是這個男人真的很有趣。

他在她身上真是花下不少時間，他也會做浪漫的事，噢，當然，他也會送花的，她喜歡白玫瑰，他會送她數千朵。

袁露轉轉眼珠子，表情十分愉快。

「我只是想讓妳知道，她是個好命的女人，有這麼個男人愛她，他倆很幸福，很讓人羨慕。我不知道她願不願意妳把這寫出來，可我相信那些讀者，那些女性讀者，一定會羨慕，妳說對吧？」

李玲娜對端飛的婚姻生活事先完全沒存任何想像和預期，可袁露說的這些話還是讓她深受震撼，總覺得，袁露口中的端飛，紀藍嫣的丈夫，跟她在沙漠裡見到的那個男人，完全不像同一個。

紀藍嫣出現的時候，李玲娜雖早有心理準備，還是有種反射性的愕然，她看過她的照片，而她本人漂亮得多。紀藍嫣穿著迪奧的蕾絲洋裝，外罩剪裁線條優雅的絲絨西裝外套，融合了女性的柔媚和幹練，站在她面前，坐在她身邊，望著她的臉同她說話，李玲娜竟然生出一種自慚形穢之感，這感覺令她相當不舒服。

方才從袁露口中聽到的紀藍嫣，她把她想成一個嬌貴的小女人，沉醉在幸福中，不經意地開口賣弄她的男人有多疼愛她，他多麼需要她，她又多麼依賴他，李玲娜向來鄙視眼裡只有男人、愛情、家庭的女人，視她們為可悲的腦殘，可袁露口中的紀藍嫣卻讓她甚至心中生出一種近乎仇視的嫉妒來。

而眼前的紀藍嫣有種說不出的，跟剛才的一小時裡在她心中成形的紀藍嫣不同的地方，紀藍嫣很高雅，有那種富裕的尊貴，她沒在她身上看到她的出身可能造就出來的喜愛撒嬌任性、自以為是的氣質，但有另一種睥睨群倫的心高氣傲。

袁露笑了笑離開了，接下來的時間紀藍嫣大半都在解釋她開這家餐廳的理念，她的經營策略，她對這家餐廳的期待和未來目標。李玲娜盡責地做錄音，同時在筆記本上迅速寫下摘要。可事實上，她根本沒在聽紀藍嫣說什麼。

她自認很順理成章地問起她的婚姻生活，因為這畢竟是以女性讀者為對象的雜誌，大家不都最關心這個？她問她為什麼會嫁給一個賽車手。

「賽車手？」紀藍嫣愣了一下。「妳是不是弄錯什麼了？我丈夫是個生意人。他把我父親的公司運作得很好。」

有一剎那間，李玲娜甚至生出一種幻想，她搞錯了，從頭到尾這是一個烏龍，紀藍嫣嫁了一個叫作端飛的男人，但只是跟她所知道的那個端飛同名同姓，完全是兩個不相干的人，於是她便鬆了一口氣，敲敲自己的腦袋，笑自己怎會犯這種傻，然後輕鬆地合上筆記本，高高興興地走出餐廳。

但她知道事實不是如此。

「攝影師稍晚些會過來拍照，但我有個想法，不知道這個請求是否冒昧，能否安排賢伉儷一起入鏡呢？我想呈現一個美麗又成功的女人既能擁有充分發揮她才情的事業，又保有美滿的甜蜜的婚姻家庭生活。」

「我丈夫出差去了。」

「噢，那真可惜，他什麼時候會回來呢？」

「他很忙的，要他為這種事抽出時間，他會不愉快的。」

李玲娜笑笑，刻意做出一種心領神會的表情。「噢，男人都是這樣的，一旦結了婚，就不像從前追求妳的時候那樣百依百順了。」

「妳誤會了。為了我他是什麼事都可以放下的，只是他不喜歡接受採訪，更不會願意讓流行雜誌拍照。」紀藍嫣說。

李玲娜的眼神有些陰暗。

「為了妳他什麼事都能放下嗎？那末妳知道他現在在哪裡，在做什麼嗎？」

一剎那間她感覺自己控制不住自己的舌頭了，她幾乎要站起來大聲說：「昨天我才見過妳丈夫！妳呢，妳根本沒見過他穿著賽服戴著頭盔的樣子，妳根本什麼都不知道。」但隨即她感覺自己太好笑了，這是哪兒來的激動呀？她李玲娜是哪一根神經出了問題，她差點兒要溜出舌尖的這些話，究竟有什麼意義？說得好像她的丈夫背著她在做什麼見不得人的苟且之事。

「我很好奇什麼樣三頭六臂的男人能把妳追到手，他之前是做什麼的？」李玲娜問。

「他以前的事我不清楚，他不提的事我也不會去問，他那個人，不願意說的事總是會沉默……不，你若執意去問，他也會給你答案，但我不喜歡他勉強，不喜歡見他那種為難的表情。」

李玲娜感覺心臟又沒理由地好像給針刺了一下，眼前這女人是真愛她的丈夫的，不是妻子對丈夫的那種愛，而就是一個女人對一個男人的愛，不知為什麼，她就是感受得到，她幾乎可以透過她的眼睛看見端飛臉上的表情，那種傷人的表情。

「妳說他是個生意人，那末他接手妳家的事業是恰恰好了？那末他娶了妳是恰恰好了？」李玲娜說，聲音裡充滿不加掩飾的不以為然。

「妳想暗示他為了我家的事業娶我嗎？他是寧願不插手的，是我父親執意要他做，答應把我嫁給他的條件就是這個。他剛接手的時候腹背受敵，難為他了，他是個外行人，看他的樣子就知道沒坐過一天辦公室。他把人事和業務都做了大整頓，因為不懂單位裡各種盤根錯節的利害，他是什麼都不在乎地任意妄為，公司上上下下都說他是個沒血沒淚的人，把他說得不堪到極點，我看著很不忍心。我知道父親拿他當槍使，衝著他的盲與敢，大不了就犧牲他這張牌……但德國那件事太卑鄙了……」

「德國？」

「噢，生意上的事……。」

李玲娜沒興趣繼續聽紀藍嫣談端飛在紀家生意上的作為，只想打斷她的話。

「老實說，我除了跑旅遊、跑生活新聞，我也跑賽車新聞，所以我知道端飛，他十幾歲就開始玩賽車了，一直都是個賽手。我很驚訝妳不知道。」李玲娜說。她已經意識到自己說這些話的逞強，她沒有一件事比得過紀藍嫣的，無論哪一樁她都輸，她忍不住想把她僅有的、而紀藍嫣被蒙在鼓裡的拿出來賣弄。

「那有什麼重要嗎？也許他過往愛玩車吧！」紀藍嫣聳聳肩，「他以前的心很野，我可以想像得到，但我不想知道。我不想知道關於屬於他卻不屬於我的世界，也不情願有那樣的世界存在。」

李玲娜頓時啞口無言。

「我為什麼會跟妳說這個？」紀藍嫣淡淡笑了笑。「大概妳是頭一個跟我提起他以前的事的人。」

※

李玲娜走後，紀藍嫣怔怔地坐了好一陣子。袁露笑著說她跟那女記者說了好些端飛追求她的事，「說得她羨慕死了，可惜妳沒瞧見她聽了那雙眼睛瞪得多大，不像是小女孩兒聽王子公主的童話醉得把床單披在身上轉圈圈，倒像大喊著『這該死的賤人，她什麼都有！』要捏碎芭比娃娃的青少女。」

紀藍嫣「噢」了一聲，只露出疲倦的神情。

「我好累，我想休息一下。」她說。

「怎麼？身體不舒服？我瞧妳剛進來的時候氣色還很好的。」袁露關心地說。

「沒事，我稍微安靜一下就行。」

紀藍嫣看著鏡子裡的自己，她很完美，人們都說她漂亮，說她聰明，有才氣，優雅，有鑑賞力。她有外國學歷，她有智識，懂藝術，懂玩樂，懂生活，她驕傲、自負，她隨時都有很多朋友，但她也能享受獨自一人。她討厭愚笨粗鄙的人，討厭不風雅的人，不願浪費時間跟俗庸的人相處，端飛完全不是她理想的對象，她懂的事他全不懂，她熱愛的事他不理解；她要他跟她去看歌劇《諾瑪》，有個男人跟他太太來，那丈夫馬上就睡著了，還打呼。至於端飛，倒是沒合眼，老實坐著欣賞。那故事說的是諾瑪背叛族人愛上了羅馬總督波利昂，她還褻瀆了身為女祭司的聖潔，同他生了孩子，而這個男人負了她，愛了年輕的女祭司雅達姬莎，為了復仇，她唆使高盧人俘虜了波利昂。波利昂被帶到她面前，站在後方的合唱隊唱著：「用這聖劍去攻擊，為我們的神復仇！」諾瑪顫抖著唱道：「噢，我做不到。」合唱隊要諾瑪別遲疑，高唱著：「殺了他！」

「真是看熱鬧的不嫌事大。」端飛咂嘴說。

諾瑪要懲罰他的絕情無義，燒死他的愛人雅達姬莎，讓他痛苦，可他卻寧願死，也要守護雅達姬莎，她憤怒又心痛，在眾人面前，「為了平息你們的憤怒，我現在要宣布一個獻祭者，一位違背神聖誓言，背叛國家和祖先的神的女祭司。準備好火刑的柴堆吧！」諾瑪唱著。群眾問：「她是誰？」波利昂懇求她：「別告訴他們！」諾瑪即將要在眾人面前宣布那名背叛族人的女祭司名字。

她禁不住把兩隻握拳的手抱在胸前，屏息著，她不是第一次看《諾瑪》，可每次到這兒她都很激動，她稍一轉臉，發現端飛竟然也跟她一樣，全神貫注地望著舞台，那神情是多麼美，像個純真的孩子，正目不轉睛、專心致志地觀察一隻蛇蛻皮，或者一隻蝶破蛹，在諾瑪因心碎又不捨愛人地做出自我犧牲，喊出「就是我！」的時候，她幾乎湧出眼淚，而端飛也在此刻輕輕嘆了一口氣，她和他相視而笑，他小聲在她耳邊說：「女主角後頭那個人勾住她的假髮了，她只要再向前兩步，假髮就會掉下來。可惜……」他深感遺憾地搖頭，虧他興致勃勃地等著。她笑了出來，你這個人怎麼這麼可惡！她說那是一個多感人的時刻！她又氣又笑地說他們的假髮是扣得很牢固的，不會這麼容易掉下來！

後來她覺得，她並沒有真以為好笑，那她為什麼要笑？她那時候已經開始討好他了？而她自己並不知道？

那個女記者提了端飛以前的事，她不在乎他以前怎麼樣，她是真的漠不關心也無興趣；賽車？賽車是什麼玩意兒？她在巴塞隆納也看過賽車，她父親飛過來，父女倆一起看的，她不愛那引擎刺耳尖銳的轟隆聲，那幻影般疾駛飛逝的速度她覺得虛無乏味。可那女記者有意無意提的這些，令她想起跟端飛結婚前的事。她始終不願意去回想，她不確定自己的心有能力承受。

當初他那樣追求她，她怎麼可能從不懷疑，他為的是她的錢？男人圖她的錢是一回事，心裡對她不存有真情感，那她是不能忍受的。她等著他什麼時候要拿出戒指，她有預感，她知道時候差不多了，於是她先發制人。她記得他們在餐廳裡，點了昂貴的紅酒，她有點微醺，她全身溢出汩汩的暖意，她知道自己是一個男人不惜一切想要得到的女人，她微笑，可不知怎的她說話的時候聲音在顫抖。她問他接近她是不是為了她的財產？她擔心他跟她在一塊兒，是為了她家的錢財和權勢。他面無表情地望著她，她以為他要向她保證他真愛她，或者他會生氣她這樣侮辱他，她理所當然認為他應當這樣說，她心中不是沒嘲弄自己這麼直截了當地問有多笨，假使他想騙她，他會老實招認嗎？他沒有別的答案可以選擇，他只能再三保證他對她的愛。或者她可以不問，因為她是可以考慮相信他的，也不過就是賭一把，而時間會證明他對她的忠誠，可她管不了以後，她就是要聽他親口說，就是現在。

於是他慢條斯理地開口，「既然妳那麼擔心，那麼就分手吧！」他說得若無其事，沒有不開心，沒有無奈，沒有掙扎，沒有可惜，也沒有猶豫，就那麼，理所當然的。說完他就微笑著站起來，付了帳單，走了。她呆住了，她腦子裡一片空白，只是反覆出現他那一貫的無所謂的笑容，是的，那麼就分手吧！那樣她就能安心了，不用猜疑，不用恐懼被欺騙被傷害了，事情就這麼簡單。聽起來多麼自然，多麼合理，多麼溫柔！過了兩天她才開始大哭，哭得肝腸寸斷。不，一點都不自然，一點都不合理，一點都不溫柔！他怎麼能把事情變得如此簡單？她才發現她愛了他。

從那以後，一直到現在，她全混淆了，她已經弄不清，她其實很早就愛上他，只是自己沒發覺，或者她是在他說分手的那一刻才突然愛上了他，因為她那一瞬才明白她不想失去。或者，她根本沒愛他，之前沒有，那一刻也沒有，後來也沒有，她只是承受不起那份被無所謂地甩開的恥辱。

他說分手以後，她是恨極他的，他追求她的時候，那麼不由分說，容不得她拒絕，他貌似溫柔，貌似依順著她，貌似看她的臉色、討她的歡欣，事實上他沒給她說不的空間，在她看來，他不是在跟她談愛，他在執行、貫徹某種既定的意志，說到做到似的。可到頭來他卻毫不在乎，不以為意這沙造的城堡叫潮水沖毀。他每次看著她的時候，不曾真的把她看進去，他抱著她的時候，並沒意識到她是個真的人，他逗她笑的時候，並不自豪他給了她快樂，他只是，說了一句有趣的話而已。就在她覺悟到此，她的心碎掉的時候，她才明瞭她不願輸，她想走到底，她不想放手。

從他說既然她不能放心，那麼就分手吧，於是轉身走開那一刻起，他沒再出現，沒聲息，完全沒聯絡，如此過了近兩個月。她不是沒想過算了，忘了，過去了，可這麼想的時候她從不是真心，她總以為她只要轉念，他就會回頭，就只看她願不願意。直到有一天，她夜半驚醒，倏地坐了起來，一身冷汗地驚覺，他這個人向來簡單，不承諾、不辯解、不猶疑，他說離開就是當真離開，而他會有另一個女人，他會愛另一個女人，他會娶另一個女人，他會被另一個女人擁有，她震驚又惶恐得喘不過氣。隔天她便低頭跟他道歉了，她不該那樣質疑他，她是打心底認真覺得自己錯了，她哭著在他面前數落自己的不是，淚流得幾乎要窒息。她咒罵和責怪自己，她認真生自己的氣，他都要跟她結婚了，她還不知道自己愛不愛這個男人嗎？假使她愛他，她還在乎這些不值一哂的財富權勢嗎？她不會在乎，她甚至不會在乎他有多少真心，就像他也不在乎她一樣。她只想把這個男人留在自己身邊，屬於她，只屬於她。

結果她倆的婚姻，不是他向她求婚的，是反過來，她要求他的。她要脅父親將公司最重要的業務全權交給他，換取他願意娶她。

不管怎樣，她自認愛他了，她所有的喜怒哀樂全放在他身上了，因之她發現打從見到他第一眼，她從頭到尾沒理解他過，她更驚奇地發現，先前他追求她的時候，她不曾覺得他和她之間有距離，而相較那時跟現在，他其實沒變過，他的溫柔和關愛沒有變，他的幽默和嘲弄沒有變，他的剛愎和自我中心也沒有變，可她卻覺得完全變了，因為現在他是近在咫尺的，因為他變得離她這樣近，才讓她覺悟到他離得那樣遠。

8.

李玲娜依著端飛的皮夾裡搜出來的名片上的地址，找著了這家小酒吧。還沒營業，她在外頭等了很長的時間，偶爾見兩三男人走進。這條街是韓國人聚集的地方。她腦中沒任何想法，關於她要不要走進去。她在街上晃蕩了幾圈，沒注意周遭的事物，只像在一個迷宮打轉，不斷回到相同的地方。

她走進店裡，這店給人的感覺陳舊又黯淡，溢著一股涼颼颼的臭味，她選擇在吧台坐下，瞄了四下，有七、八個客人，幾乎都是男人，她認得出這些男人，駝著背聳著肩膀，臉色黑黃，粗鄙猥瑣的笑，無意義地誇耀自尊的顢頇表情，裡頭帶著自己不覺察的可悲卑微，心虛又自以為放縱。懶洋洋地一根接著一根菸抽，以和喇叭音箱傳來的樂聲競賽似的巨大聲量吼叫，矯情凶狠地摔東西，無創意的髒話，一面指著人喧罵一面轉過頭跟另一個人嘻笑，故作神秘地低語，交換秘密時痴呆的表情，完全不知所云的應和。或者獨自坐在角落，不鬼祟東張西望，只一杯接著一杯酒喝。三四個男人一起，穿著陳舊的襯衫，胸背腋下浸透汗漬，說話時晃動著筷子，餚屑夾在牙縫。橫眉豎眼，嘲諷，隨便可戳破的強悍。這些人有一個很明顯的共通點。失敗者。

酒吧裡煙霧裊繞中迷濛的燈光渲染著微亮但陳舊的顏色，像是懸浮著半剝蝕的金箔、鏽綠碎片。褪色的布幔浸在污濁空氣中，十點過後人多了起來，樂隊的彈奏混著不同語言的嗡嗡人聲。

一個穿著合身的冰藍色流蘇短洋裝，露出一雙修長白皙的腿的女子走上舞台。

這會兒她注意到其實座位裡也有女人，兩個打扮成女孩模樣，但感覺像有四十歲的女人，也許是化了一種老式的幾乎讓人發噱的妝，加上活像是她母親那個年代的髮型。

她盯著舞台上那唱歌的女子看，她很美，是那種你看一眼心就會痛的美，她有一張小巧又靈動雪白的臉，低垂如鳥羽的眼睫底下是一潭澄澈碧湖般的眼睛，寧靜卻又盈滿易受傷的脆弱，她抬臉尚未啟口，你就會全身起一種隱隱的震顫，彷彿已經聽到她靈魂裡的憂傷，好像這世間所有的歡樂與笑，都是悲劇與荒蕪的前奏；她曾有過熱烈，有過綻放，可那些都變得遙遠，或者她不曾歡笑、不曾快樂過，但她無所謂了，因為那些終究會成為幻影。是以她即便沉默，你都能聽到那無聲的淒涼旋律。

李玲娜對她唱的這首韓文歌有印象，但想不起是什麼，約莫是某個電視劇的主題曲。她的聲音不似原唱人一般嬌細，而較柔和深沉，使這令人泫然欲泣的旋律更顯得悲愴。她抬起頭，好似忘了自己為了什麼原因來此（事實上她本來就不明白），而忘情地沉醉在歌聲裡。

先前那幾個圍坐在一起，穿襯衫的男子，其中一人不知所以地被另一桌的一個男人用酒瓶砸了腦袋，這一砸不輕，血飛濺到旁邊的女人臉上，她抹了抹臉，以為那是酒，端詳了半天手指，才猜想其實是血跡。反而是另一個坐得距離很遠的女子大聲尖叫起來。被毆的男子完全站不起來，他的同伴剽勇地拿出武力還擊的大動作。頓時活像野豬闖進雞舍轉不出去狂奔瞎轉，公雞抖冠跳躍尖聲啼叫，母雞拍翅驚慌搖著肥臀晃跑，羽毛雞屎亂飛，翻桌倒椅，酒瓶匡噹。無視於場面的囂亂，舞台上的女人毫不受影響地繼續唱著，作為這歇斯底里又滑稽的瘋暴影像的襯底音樂。

李玲娜出神地望著那唱歌的女子，這一切未免太過於魔幻，她望著她，她的眼神很多時候變得飄忽，她看起來像是突然被切斷了電流一樣，或像個發條停了的娃娃，眼睛直直望著前方，幾乎眨都不眨。

她的歌聲沒有賣弄悲情的哭腔，沒有矯飾迴揚的轉音，沒有渲染的手勢、忘情搖擺，她詮釋這首歌的企圖，甚者可以說是平淡，但卻令人著魔地飄散著無可言喻的哀婉。剝除煽情，歌聲流溢出來的痛楚變得很純粹。漫飛的煙霧中，孱弱的投射燈下，她光亮卻隱晦的身影像置身外國的老式動畫，那種動畫一秒格數太多，以至於人物的動作都帶著一種拖滯旖旎，恍恍然的，不可思議地籠罩上慵懶悲愁的氛氳。

9.

一個不留心接了催稿電話，只得把這差事也應付應付，打了幾個電話給車廠的公關，問了一些發表會訊息，突然想到小傅曾提過的，宋毅為了經營練車場向端飛借錢的事，雖想有進一步的瞭解，可現在聯絡不上宋毅了。隨即她問了幾個私人車隊老闆，原來聽聞這事的人也不少，估計當初宋毅也到處放了消息，其中一人說那中間牽線者也找上他過，此君經常到處兜串生意，當初說的是，他有內線消息，六環外有塊一百畝的林地要轉讓，價格還挺漂亮，主要是那周圍都已不再允許申請營業，可說是難能可貴的機會，若談土地轉賣，那麼他的好處有限，他的主意是找人投資練車場。

她以為宋毅投資興建練車場失敗，是練車場經營不善，結果竟然是申請許可都沒拿到，光是土地和建築就花下了八百萬。

李玲娜找到了那個中間人，在森林公園的房車露營地，這兒停放了數十輛房車，有度假木屋、商店和遊樂設施，適逢週末假日，熱鬧非凡，到處是尖叫的小孩子，烤肉的味兒讓李玲娜的肚子餓得咕嚕咕嚕響。那人一副十足忙碌的樣子，不斷地從這裡走到那裡，從那裡走到這裡，大呼小叫地使喚人幹活，同時還嘰嘰咕咕好似瘋人般自言自語，「有的有的，這兒都是拖掛式的，但也有自形式的可以租賃……什麼形式都有……帳棚裡還有暖氣……」原來是耳朵塞著耳機，在講電話呢！李玲娜就這麼跟在旁邊跑，跑得都喘起氣來了。

她聽他在電話裡跟人談的，雖然只聽見他這頭單方面的聲音，竟也揣測得出來又在搞兜串生意、欺騙投資的把戲。他幹什麼營生她管不著，可現在他存心把她當空氣，她可惱火了，恨不得伸手去把他的耳機給扯掉。她把脖子伸長了湊上去大喊，但他貌似完全沒聽見。

「我再說一次，我想請教你關於宋毅曾與你合作興建練車場的事。」李玲娜大聲說，「假使你無意回答我，我只好自己動手查了，我告訴你，我過去可也揭了不少弊，我跟你打包票一定能查出來這案子從頭到尾就是一場詐騙，什麼轉讓地，什麼練車場，根本是幌子！」

這番話奏了效，那人停下腳步，轉過一張生氣的臉，倒不是氣李玲娜污衊他、恐嚇他，而是氣她為什麼非跑到這兒來給他找麻煩。

「我拜託姑奶奶您行行好，沒見我這忙乎得，我這是一個人當十個人用，斷頭雞一樣團團轉，您能別再給我添亂了好不？」

方才聽這人講電話，即使不明他談的內容，也知道不老實，擺明了是個靠到處忽悠為生的人，可瞧他的模樣可真不像，能騙倒人的人不會長得一臉狡猾相，多半看來特別誠懇，特別踏實，有的甚至還讓人感覺格外正直到愚蠢的程度，但這人已經超越了這一番境界，他看起來愁容滿面，好似永遠在給人收爛攤子，永遠身不由己，永遠奔波勞碌卻一無所得，居然李玲娜也拿他沒轍。

「您是要來替宋毅打抱不平嗎？他自己都不在意呢，又不是他自己的錢。」

那人說宋毅自己提起有個巨有錢朋友，這些錢對他來說只是九牛一毛，原本他提練車場的事，還真只是仲介土地買賣賺點佣金，至於搞出個大項目，多弄些錢來，那是宋毅出的主意。

「你說的有錢朋友，指的是端飛？」

「妳也知道？」

那人說宋毅自己說跟端飛借錢，還不出來端飛也不會在意，可真是厚著臉皮把壞人全推給宋毅做了，她就不相信這不是他的主意。但誰出的餿點子不重要，李玲娜滿心憤慨，她可以想見要端飛拿出那筆錢來其實多不容易。

「宋毅退出車圈以後挺可憐的，我哪，叫他跟我學，您瞧我，多勤快地動腦筋，我一年三百六十五天都在找項目生財，可宋毅不行，他當車隊經理是勉勉強強，幹別的他就遲鈍了，他就沒腦子舉一反三。他當車隊經理的時候，儘管算計得很，人還是很義氣，即便車隊解散了，下頭那些伙計，他一直很幫他們。還有他那個維修師傅，叫秋山的，因為意外腦震盪，經常發昏，一直在家休養，宋毅自個兒都生活拮据了，還在給他想辦法。這麼悲情，有錢的朋友能不出手相救嗎？還不就是錢嘛！錢這種東西多俗氣，友情才是可貴的。」

李玲娜沒理會這人的油嘴滑舌，可她心想，該不會端飛覺得對宋毅也有責任？若不是秋山受傷，也不會對車隊造成重創，而秋山受傷嚴英要負全部責任，或許端飛自責他沒能阻止這件事，可這關端飛什麼事呢？嚴英打秋山的時候，端飛去賽員會根本不在場。

「妳一下為著宋毅心疼，這會兒又為著端飛心疼，我說妳別費心了，他倆都不痛，妳痛什麼？就說德國那個案子，聽說竊取的技術機密價值數億美元，那當中能拿的好處有多少？我哪，妳看就談這房車的買賣租借，拚死拚活的，費多大勁，才賺多少錢？咱不同等級的。」

李玲娜這才模模糊糊地想起紀藍嫣曾提到關於「德國」的事，可她究竟是怎麼說的？她當時沒在意，這會兒一點都不記得了。

10.

李玲娜使出渾身解數的哄騙工夫，從那自稱搞改車的男人那兒得到了欲向他借車的嚴英的女人的電話。那男人是相當不好應付的，起先他堅持要由他出面來約那女人，且極力說服李玲娜替嚴英買下那輛斯巴魯，兩人連價錢都說好了，他問李玲娜是不是應該先去看看那輛車，開一開試試；李玲娜說甭了，她沒這閒情逸致，何況又不是買給她自己的，她不介意那輛車狀況如何。那男人可不以為然，「誰說不是您開就不介意那車咋樣？車好不好跟價錢有關的，咱不願您覺得這是在占您的便宜。」他口沫橫飛地說，「我把那輛車保養得同買來的時候一樣，我自己就是幹這門行當，所以我懂，我小心得。嚴英買那車時就是二手的，過了這麼些年，它還跟新的沒兩樣，我就有這個本事。您現在開那輛車去山上跑跑，那些很多窄急彎的，它跑得還是那樣快，像閃電一樣！」

總之，她終究弄到電話了，差點兒連車也給牽走了，沒花錢，但欠了Liz一個人情，弄了一張錦都久緣的貴賓卡，裡頭可是有儲價的。

要見那女人之前，李玲娜發現自己竟然緊張得很，心中千思萬想她究竟會是什麼模樣，想得心都揪成了一團。她與那女人約在一家重慶火鍋店，位在煙袋斜街對面，屋頂的露台能望見暮色中的鼓樓紅磚泛著金輝，灰瓦綠琉璃卻像是覆了一層紗罩，背後襯著整片桃紅壓著沉雲的霞光，她比約定的時間早到，沒心思欣賞這詩畫一般的美景，即便已經跟店家吩咐了，替她把那女人帶過來，她還是神經繃緊地不斷張望，一有人打從門口進，她便猜是不是她。有年輕貌美，穿著爆乳又露出大腿的時髦洋裝的女孩，有留著長髮背著布包的文藝範兒女青年，也有樸實不起眼的女性，她的心老在「應該不可能是她」與「雖然跟想像的不同，但沒準就是她」之間徘徊，然而最後落座在她面前的女人，可是讓她驚詫得說不出話來。

這就是當初導致端飛不惜與嚴英決裂的女人？不會吧？可不是大失所望四個字能形容。她真想用力扯自己的頭髮大聲尖叫，不可能！一定弄錯了什麼！

這女人皮膚蠟黃、粗糙不平，臉很寬，下巴卻長而突出，鼻樑塌，鼻頭又圓又大，眼睛往上吊，嘴唇很翹，綜合起來倒有一種粗野的媚態。臉上不施脂粉，穿著普通的棉布上衣和牛仔褲，及肩的頭髮隨興散落著。面對李玲娜她並沒露出禮貌性的笑容，面無表情但眼神充滿銳利的警覺性。

你會從一個人的談吐衡量他，你會從一個人的穿著衡量他，你會從一個人的文化水平衡量他，你會從一個人的工作性質衡量他，你也會從一個人愛了怎樣的人來衡量他。你可能原本徹底唾棄、看不起一個愚蠢、粗鄙、品行惡劣的男人，可你見了他選擇要了一個秀逸美好的女人，你會改變看法，你會發現他的內裡還是有那麼一點不同，有那麼一點你沒想像得到的感受性，你以為沒有的品味，你之前看不出來的細膩，你先前抹煞掉了的價值。或者整個反過來。

先前見了端飛的妻子紀藍嫣，李玲娜心中有種被投下震撼彈的感受，她沒認真想過匹配端飛的是什麼樣的女人，成為他伴侶的是什麼樣的女人，在見到紀藍嫣之前，她是無能憑空描繪出這樣一個女人的樣貌，好似一張照片裡他的身旁是空白，填誰進去都不對。可畢竟紀藍嫣的條件那樣出色，她就算不是滋味也無話可說，然而眼前這個女人？端飛和嚴英的愛人？豈有此理，這是一個玩笑麼？這是一個騙局麼？是誰在作弄她麼？噢，她是拒絕接受的，她是不允許的，她是不會讓這種事發生的。

那女人自不能領會李玲娜肚裡這百轉千回，自顧自點起菜，一會兒李玲娜回了神，想起她是以尋親為名約了這女人的。

「謝謝，承蒙妳照顧我弟弟。」她說。

那女人肆無忌憚地盯著李玲娜，幾乎要讓她感覺讓這粗魯無禮的目光給冒犯了。「妳是他姊姊？我從沒聽他說過。」那女人說。「嚴英什麼都跟我說，沒有任何事他瞞著我，也沒有任何事他擱在肚子裡不說給我聽的。他沒提過妳。」

「噢，我們是同父異母，他沒見過我。」

李玲娜沒興趣繼續扯謊，她想即刻起身就走，她費了那麼大心力，想瞧瞧什麼樣的女人能周旋在他倆之間讓他們對她著迷至深，什麼樣的女人能惹得端飛和嚴英這樣的搭檔為了爭奪她反目成仇，什麼樣的女人能讓那兩不凡的賽手撕破臉繼而竟從此消失在賽場上，這會兒她瞧見了，她滿意了？她花這番工夫值得了？她感覺自己真荒唐，真可笑，她甚至感覺自己有點可憐了。

「妳找嚴英做啥？」女人問。

「沒什麼，只是想知道他過得怎樣。」她隨口說。

女人冷笑著哼了一聲。「總算有人關心了，只我一個人操煩他，我快擔待不起了。」

這話李玲娜一聽便明白，這女人心中想的八成是從她身上弄錢。

「妳吃得真少。」女人說。

「我吃慣了台灣的麻辣鍋，重慶火鍋這椒麻我受不住，舌頭都木了。」

「這家店的食材都是貨真價實從四川運過來的。這鵝腸妳一定得嘗一嘗，可是這店的特色，還有這豬腦，吃過麼？入口即化，一進嘴裡那個軟嫩，很是銷魂。」

雖然女人勸著她吃，但也不是當真，李玲娜碰一碰筷子，意思一下也就罷了。

「妳很愛嚴英吧！」

「妳說呢？妳以為都是誰在照料他？誰收拾他闖的那些禍？誰每天守著等他回家？是我，這些年是我陪著他，我照顧他，我養他的。」

女人抹了抹嘴，喝了一口酸梅汁，說著便激動起來，語氣裡有那麼多不平和忿怒，目光卻如豺狼一般。

「真難為妳了。」李玲娜敷衍地說，心中忖著如何盡快找方法全身而退。關於嚴英這些年躲藏在哪，過著怎樣的生活，他為何失去記憶，什麼時候失去記憶的，或許從這女人口中能得知答案，她一下子都拋諸腦後了。

女人嘆了一口氣。

「可我真覺得累了，很多時候我想一走了之。妳知道麼，有多少男人在我身邊打轉，想求得我青睞，那些男人隨便撿一個來算都比嚴英好得多，有錢的，溫柔的，相貌好的，會送東西的，我都不曉得自己是發什麼失心瘋，上輩子是欠他的。我不是沒鐵了心要拋下他過，可我自己把門一甩上，站在門外我就哭了，我說我咋做得出來這麼狠……」

這女人說這些話雖有種唱作俱佳的風情，可她竟不覺得矯作，倒是瞧出這女人的另一種面貌了，在先前她看到的那種精明底下的粗樸的柔情。

「妳是一逕瞭解他的遭遇了。」李玲娜突然想起似的，說道：「那末他的眼睛……」

女人搖著頭，打斷她的話：「徹底沒救了。」

李玲娜倒抽一口氣，女人說這話的那神情，那語氣、那姿態，令她周身升起一陣寒，那當中除了包含出自一份情感的絕望和沮喪，一種心疼的無助痛苦，可更多卻是不耐煩，心冷，厭倦和疲乏。

「別看他眼睛不行，脾氣還是壞透了。」

「這是他的毛病，我也聽說過，他現在可不是好多了？」李玲娜說。

「那是由不得他。」女人撇了撇嘴。「他還能咋著？眼睛不行了以後，膽子自然小，以前他還逞能呢，現在他也知道怕了。他橫的時候，我巴不得他死好，這會兒乖了，我竟心疼得，寧願他橫了。他那樣子，真可憐，我見著都流淚，好在他也不知道。」

李玲娜想起嚴英說自己的眼睛有時看不見，他感到害怕的時候，她鼓舞、安慰他，可她心中並無半分真正的同情與同理，不禁生出一絲慚愧之情，相較之下，這女人對嚴英確實是有真情的。

那麼也無怪乎她在嚴英和端飛之間選擇了前者。也許她一直愛的都只有嚴英，與端飛只是逢場作戲罷了……，不，她猛然想起了在房車裡，她提起這個女人的時候，端飛的反應，那不是逢場作戲，那不是玩玩而已，那不是有肉體無情感的關係，這會兒她全想起來了，在那天窗灑下暈光，地上鋪著沙塵，悶熱而朦朧的車廂裡的所有記憶都被喚起了，端飛說話的聲音、語氣，每一個細微的表情，無論她怎麼使力都攻不破的銅牆鐵壁，就曾露出一剎那脆弱的破綻縫隙，當時她沒能領會，現在她竟然豁然覺悟，覺悟出到最後端飛說的「不關她的事」這幾個字裡包含的情緒，那是一種痛楚，在她此刻明白的瞬間，竟然起了一陣顫抖。

「那麼端飛呢？」她怔怔地問。

「端飛？」

那女人一臉茫然。

這女人是玩弄端飛的感情嗎？她從頭到尾沒認真對待他，而他卻對她刻骨銘心？對這樣一個市井匹婦，粗俗、市儈，叫人不敢恭維的相貌，一瞧就是水性楊花、好似隨時能叉開大腿的女人？李玲娜心中頓時似火山口的岩漿不斷噗噗滾燙冒泡地洶湧溢出最不堪、最惡毒的咒罵之語。

「妳就這麼忘了他麼？」

那女人困惑了好半天，才貌似弄明白李玲娜的問題，輕蔑地啐了一口。「他現在不是有錢有勢了麼？是他忘了咱嚴英吧？嚴英不讓我去找他，說什麼都不讓。」

李玲娜瞪大了眼睛。這女人說得多理直氣壯，振振有詞啊！她究竟是怎麼想的？難道她還覺得她理當繼續周旋在這兩人之間，嘗盡好處，叫這兩個男人為了她鬥？蠢東西！端飛都娶了紀藍嫣那樣的女人，他豈會正眼瞅妳一下？

「唉，別的事我同他爭，他惱火、瘋鬧，我是不怕的，可涉及端飛，我就不敢吱聲了，同端飛有關的事，只能他提，我一說，他是會化作厲鬼，要殺人的。我去跟端飛要點錢，哪怕就一點零頭，就能大大緩一緩咱生活要命的困難了，可嚴英不肯，唉，過不下去也是死，叫嚴英瘋癲了殺了我再自殺也是死，算了。」

這女人的話倒叫李玲娜瞠目結舌了，她怎說得如此頭頭是道，如此無恥卻天經地義地自然？

「所以妳相信端飛還是愛著妳的？」李玲娜的語氣充滿質疑。

「端飛愛著我？」

女人瞪大眼，張大了嘴，那不可置信的反應令她吃了一驚。

「我根本沒見過端飛。」

「什麼？」

「嚴英經常跟我提起他，頭兩年，天天說，說得我煩死了，說得我簡直連他掌紋是什麼樣，褲衩什麼樣，毛長什麼樣都知道了似的。可我從沒見過他。」

「我以為……」

「妳以為啥?」

李玲娜的臉紅了。「我以為妳是……他倆爭奪的女人。」

有一瞬間她覺得女人要笑出來了，可隨即被另一種表情取代，一種難以言喻的，混合了惱怒、憎恨、蔑視和痛苦的表情。

女人壓制下那複雜而激烈的情緒，換上淡漠的表情。「妳說的是白玄希吧?」

「白玄希?」

「嚴英現在會變成這樣，變成一個不折不扣的廢人，全拜那個女人所賜，全因為她，全是她造成的!不值得!我真不甘願!」

女人提高了聲音，方才心中壓抑的怨怒，突然爆發開來。她搖頭，臉上出現呆滯，沉默了好一段時間，李玲娜沒敢驚動。

「罷了，事到如今，我也不願去想。或許我還得感謝她，要不是她把嚴英弄到這步田地，嚴英也不會落入我手上吧!」女人苦笑。

「以前他老要提那個女人，現在他絕口不提了。妳以為他忘了那個女人嗎?他沒有，就是因為他沒有，他的舌頭才不敢再碰觸她的名字。他還愛著她，我知道，他就算不說，就算他不想，就算連我都知道他逼著自己不去想……」

李玲娜是沒工夫去琢磨眼前這女人此刻的心情有多苦澀，裸露的創痛有多可憐，她只曉得不能放過這個千載難逢的時機，一定要把白玄希給揪出來。

「妳見過她?白玄希?」

那女人別過頭去。

「她在哪兒？我怎麼能找到她？」

「妳找她幹啥？」

李玲娜一時語塞，訥訥地說：「我只是想看看她究竟長什麼樣子……」

女人取出手機，讓李玲娜看裡頭的一張照片。

「我從嚴英的手機弄來的，他以前老是看。」

李玲娜把腦袋伸過去，一瞧可真吃了一驚，她見過這個女人！

就是前一晚她循端飛皮夾裡的名片找到的那間酒吧，在裡頭演唱的那個女人。

「妳瞧她那雙眼睛，那張臉，不是個忒會勾引男人的狐狸精麼？」女人說。

原來這才是端飛曾經那麼重視，那麼惦念，那麼珍惜的女人？李玲娜啞口無言了。

曾經？

或許，端飛和嚴英一樣，也並未對她忘情，也仍舊把她放在心底一個特別的，靜默、沒有光，卻無比眷戀、徘徊不捨的角落？

「等等，妳說，嚴英記得這個女人？」李玲娜突然疑惑問道：「他沒有失去記憶？」

「失去記憶？他喝醉酒又打又砸，在外頭惹禍，回到家把東西亂踢亂扔，隨便搗毀，抓著我的頭髮往牆壁撞，清醒以後他就說不記得，妳是說這種失去記憶麼？」女人冷笑。

「我是說什麼都不記得了，連他自己是誰都不記得。」

「他什麼時候搞得清楚自己是誰？他活在幻夢裡，他啥都看不清，誰曉得他把自己想成什麼了？」女人朝地上吐了一口痰。

「我不……」李玲娜接話都結巴了。

「妳不是要找他麼？」

「用不著了。」李玲娜慌慌張張地站起來。「我還有事，先結帳，多給兩百塊錢咋樣？妳再多叫一點唄。」

「不吃了，飽了，那兩百塊直接給我吧！」

11.

天色尚漆暗，車手們還在睡夢中，伙計們已經開始拔營了。卡車和拖車的速度慢，依照工作路書來看，路途比賽車走的路線還多上百來公里，必須比其他車輛提前出發。

他幾乎一夜沒合眼，直至聽見車外傳來拔營那些傢伙忙乎的聲音，都始終清醒著，才無奈忖著自己這麼通宵睜眼到發車，豈料毫不覺察下睡沉了去，待端飛把他叫醒，一時半刻他還理解不過來自己身處什麼情境。坐起後犯睏，眼皮都撐不起，搭在床邊上睡眼惺忪地發痴了好一會兒。

宋毅探進頭來，見他頂著亂糟糟的頭髮坐著一動也不動，笑道：「第一天比賽竟然一點也不興奮？」

「不用你管。」他一臉呆滯地說。

營地少了卡車和大部分工作車，顯得荒涼寂寥得嚇人。附近什麼店家都沒有，早餐便是以餅乾果腹了。

祁泰軍煮了雞蛋，遞過一個給宋毅，後者搖頭。「不吃，比賽前吃不了。」

「趁有得雞蛋吃的時候趕緊吃吧，後頭未見得吃得上呢！」端飛說。

晉廣良聽了這話，神色銳利地瞥了端飛一眼。

晉廣良不僅個頭高大，他那厚實粗硬的肩頸，使得上半身看起來就似一條野牛。

「這話可不像你會說的。你這般講究之人，把比賽當作玩兒一般，向來沿途沒一餐讓自己受罪的。」晉廣良說。「後頭幾天的路書你都看了？」

「看也看不出所以然來，我沒那麼神通廣大。我能怎麼看，你就能怎麼看，我對這沙漠的瞭解，就跟你對這沙漠的瞭解一樣多。」端飛笑道。「就像下棋，普通人能推演七步十步，天才能推演二十步五十步，可要說百步千步，那是老天爺也不費這個腦筋的。」

一旁的伍皓精神奕奕，嚷嚷著五年沒比賽，肚子大似產婦，這兩個月他積極減肥，每天穿不透氣的緊身衣跑步，做健身操，足足瘦了八公斤，跑成習慣以後，不跑通體不適爽，來沙漠幾日光練車沒跑步，今晨犯便秘，起床至今屎拉不下來，為了幫助排便，害他早餐一個勁兒吃，豈料腸子裡灌了更多屎，卻了無往屁股門移動的跡象，這會兒擔心比賽時給那麼激情顛簸，肚子要鬧事。

雲層後頭的太陽欲拒還迎的，探出隱晦淡漠的光。祁泰軍與端飛交談著，混合沙石路和軟沙區的賽道，或許全程用1.8的胎壓，忍不住又交代各種千叮萬囑，端飛笑著說，保證到達下一個營地時，泰軍唯一要操心的是沒有足夠的水洗車。因為祁泰軍那追求完美的性子裡包含了潔癖這一項，每回賽車回營，特別是遇著下雨或大沙塵暴，那覆滿黃土的模樣都是讓泰軍看不下眼的，夥計們把車洗乾淨了，他還要親自拿著吹槍清個徹底。「你的保證有啥用？要說賽車圈裡最善一張嘴皮的活兒的就是領航。」祁泰軍啐了一口。

轉過臉見到那一臉迷濛，還揉著眼睛的嚴英，祁泰軍笑了笑，「睡得可好？今天狀況還行吧？咱們車隊都靠你了。」

「別這麼說，我會當真。」他挺起胸，板著臉說。

「這小子得瑟起來了你瞅瞅，開始像嚴英了。」祁泰軍咧開嘴笑。

姑且不論這話是褒是貶，聽著也不壞，胃卻不聽使喚地緊縮了一下。

見祁泰軍和端飛有說有笑，那聲音、表情、動作的明亮爽朗，自在親善的了無芥蒂，昨晚他倆的爭吵變得很不真實。

「別吃那麼多。」端飛說。

「不是你剛才自己說不趁現在吃，後頭吃不上？」

「那也不是這麼吃呀！」端飛提高了聲音，帶著一種感到好笑的情致。「一會兒顛得你要吐。」

睡夢的昏沉一掃而空，只覺被一種清新的生氣所充滿，黑夜盡頭天將亮起睡去的那兩個鐘頭給了他氣力，多少驅走了暗夜糾纏不去的不安與頹喪。

不僅如此，營地雖然冷清了許多，空氣裡卻溢盈著一種騷動，前一晚那豪放卻又慵懶的，活潑卻又漫不經心的，歡鬧卻又從容的氣息消失了，換上的是難以言喻的躍躁，像是嗅到暴風的馬發出聽不見的嘶鳴，反覆舉起蹄子在地上不安地踹跺。

他為周遭亢奮又緊張的氣氛所感染，除了激越外有一種好似氣要喘不上來的緊繃張力，他想伸手去揮開耳邊擾人的噪音好像要揮開蒼蠅那樣，但事實上沒有蒼蠅，那是他自己的心跳。他又感到胃揪緊了，他的緊張同其他人又不一樣，他好似馬上要坐上審判席，讓陪審團評定他究竟是不是他自己，或者，他究竟有沒有資格當回他自己。他既想逃跑卻又期待，而他期待的是某種不可測的奇蹟。

朝星輝發車前總是懶洋洋的，被戲謔說是聽見裁判舉旗時的發車倒數眼皮才會睜開，然而今天他也寒著臉，一雙難得正經看人的眼睛散發出稀有的犀利光芒。伍皓則令人發噱地穿著內褲到處跑，說太早穿上賽服他熱得受不了。小傅私底下說，衛忠和衛祥兄弟倆天不亮就起來給他倆的賽車磕頭，又誇又哄地伺候，拜託這寶貝兒好好跑，別鬧脾氣、出亂子，別擱在賽道裡，說僅瞧他倆在天光朦朧黯淡中飄渺的剪影輪廓都感受得到那股莊嚴之氣。衛氏兄弟給賽車磕頭不是第一次了，以前都是在賽道裡賽車使性子的時候，這會兒未雨綢繆，先哄了再上。

宋毅也瞧見的，他自己摸黑便起床盯著後勤組拾掇，一方面他睡也是睡不著，一方面是專注在瑣碎的事上能佔據他的心智，免他焦慮得受不了。

造成這樣緊張和亢奮局面的，是這次比賽的發車採齊發的緣故。正規的比賽必然是單發，前十輛車的發車間隔至少兩分鐘，使得每一輛車能專注在自己的路線，且不受前一輛車的煙塵干擾。儘管是偌大遼闊的原野，彷彿是攤開了予人任性驕恣馳騁，事實上卻比絕世美人的外表更是不可信任的險惡，能以高速通過的路線往往是萬中選一。

依照昨日馮曉的提示，這一賽段初始是遼闊的碎石灘，隨後沿著土坡的一側走二十公里右轉會進入有形路，各輛車必須做好準備爭取自己想要的理想排位順序，三十公里後進入乾河道，那裡只容一輛車寬度，長四十公里的乾河道周遭暗布岩石，當中欲進行超車是相當冒險的作為。

沙漠的長距離越野賽是賽車當中最獨特的，漫長、孤獨，一切是拉長了、拉寬了、放到無限大，既恢弘又荒蕪，既狂暴又安靜，既飛快又緩慢；忽而衝向天，忽而奔墜地，滿眼都是空，滿眼都是有，無上無下無前無後；你同整個世界競爭，卻只面對自己。沒有一種賽車需要那樣漫長巨大無止境的沉穩、耐心，把自己維持在一個強韌恆定的狀態，考驗你在最昂揚的時候、最疲乏耗竭的時候、最恐懼的時候、最靠近成功的時候、最被逼到絕境的時候，不被顛亂，不被矇騙，不喜不怒，因為路途如此遙遠，環境如此嚴峻，每一分每一秒有千百種橫空壞亂的可能，就像女妖幻化成各種形象誘惑孤身獨行的英雄，以一時的激情，一時的躊躇，一時踏錯的舞步，出錯的猜拳，換之綿延無盡的痛苦。

所有沙場老將都懂這個道理，求快不難求全難，然而馮曉他們卻玩弄遊戲規則，為的打壞這種動心忍性，猶如放火燒蟻洞。

齊發是眾人皆沒遭遇過的情勢，連場地賽最多也只是雙發，因此每個人的神經都繃緊而尖銳起來，惶惶難安，摩拳擦掌，蓄勢待發，彷彿跟隨著天空與大地逐漸上升的溫度，空氣裡充滿蠢蠢欲動的張力。

他感到耳朵裡一直發出尖銳的鳴響，像煮沸開水的氣笛聲，全身都繃緊著而產生一種隱微的低頻震動。說起來好笑，周遭望去，車手們個個像拉滿的弓，箭在弦上，說到領航麼，背負著車手的寄託，扛著峰的駱駝似的沉重，只他反過來，有哪個車手是滿心想著不願辜負領航的？其他人忙著討論載油、胎壓、試車時發現卻尚未解決的小毛病、儀表調教、救援車配置等問題，既沒人同他說這些，他也不想去操煩，他的心思已經飄到比賽結束的情景了，端飛把他找來，符老給他弄來這麼一輛非凡的賽車，不會沒有理由的，他開始想像他衝刺到終點時端飛臉上的表情了，那一定是意外又驚喜，由於他喪失了記憶，端飛肯定是低估他的，縱使懷抱著期待，但期待越高失望越大，端飛必然刻意假裝成坦然預備接受失敗，做好最壞打算，到時候端飛見他竟然跑了第一，怕不要樂壞了！這麼想著，情不自禁臉上都浮出了笑意，他知道這樣兀自傻笑讓別人看著是說不出的滑稽，且誰猜不到他在想什麼？但他克制不住。到時候端飛嘉許他，他可不能像現在這樣一五一十地將心中的得意擺在臉上，他得裝得若無其事，雲淡風輕的模樣。

他又拍了自己一下腦袋，這會兒大家都當他是傻子，早知道他該神不知鬼不覺地滲透到其他車組裡窺聽他們的戰略，馮曉說大夥兒在進有形路前爭取屬意的排位，他若能得知其他人的戰略，必可得端飛另眼相看。一轉身便見著端飛，他喜不自勝地問道：「咱們是打算搶在什麼位置呢？」

端飛瞅了他一眼，嚴肅正經的表情。「我可否拜託你一件事？」

他聽了這麼一句話，心頭便樂了，端飛果然要有求於他了，他打算回答，無論端飛開出什麼要求，他赴湯蹈火在所不辭，可他才一開口問：「什麼要求？」後半句還沒來得及出口，端飛便說道：「開慢一點兒。」

「為什麼？」他茫然問道。

端飛說罷轉身，他在後頭急步追著。「你怎麼知道我不行？那輛車我又不是沒開過，你以為……」

然而在起點線上等待發車時，聽著周遭引擎不耐煩地咆哮，他卻開始感到喘不過氣來，戴著頭盔他感覺可以聽見自己的心跳像是樹葉被風吹動的沙沙聲而不是砰砰的震響。

撇過臉瞧，端飛竟然頭盔都還沒戴上，拿著手機說個沒停。

「什麼時候了還在打電話？」

「這兒收得到訊號呀！」端飛嘻嘻笑著說。「誰曉得哪兒工夫就沒了。」

這個傢伙怎麼能如此輕鬆？他是訝異又不滿。「瞧你的樣子好似一會兒我們不是要賽車，而是要去見會計師。」

端飛聳聳肩。「有什麼不一樣呢？」

他張大了眼睛，一時之間還說不出話來。

「生意的事有那麼重要？你壓根沒把賽車放在眼裡。」他叫道。

端飛嘆了口氣。「是誰整晚辛苦地研究路書呀，是誰一大早還在調教油表呀，是誰給你找到處亂丟的手套呀，是誰細心地給通話器換電池呀？倒說我不放在眼裡了，唉喲，這世道好人真難做。講幾句電話不行？這會兒閒著也是閒著呀！」

什麼閒著也是閒著！他鼻子哼了哼氣。

雖然他幻想著在猛虎狂龍出閘，眾聲囂嘷的一瞬，飛沙走石的激戰中，他輕而易舉，昂揚跋扈地領先，揚長而去，但事實並非如此。

同樣具有矯健的，適於奔跑的體型、骨骼、肌肉，豹子和羚羊這兩種動物，到底誰跑得快？

視何者較年輕、健康、強壯？不，視豹子更飢餓，還是羚羊更想活下去。

儘管急於追趕，然而與前車的距離非但沒拉近，似乎越來越遠，令他心焦之餘也感到納悶。我畢竟還是不行？

「沒關係，咱不著急。」端飛說。

透過頭盔的通話器，端飛的聲音有一種魔幻的朦朧和清晰，更真實又更不真實，那聲音既帶著壓迫性的宏亮，又如此不可捉摸，究竟是嘲弄，或者漫不在乎，或者，一種善意？

引擎的聲量隨著轉速提高，端飛開口：「不要再快了，維持這個速度，一會兒土大，靠得再近就不好了。」

「什麼靠得再近！根本看不見前車的蹤影了。」他喊。

他幾乎要失去前車蹤跡了，心中浮出隱微的驚慌之感，都說越野賽是孤獨的，多數時候都是孤身天涯同自己的競逐，他聽多了，這會兒他卻不安於眼下只有他自個兒了，而這還是才開始呢！

看見煙塵了。正感到振奮，隨後覺察到並非與前車距離縮短，而是地面的沙土多了，揚起的煙塵拉得濃重又悠遠了，地上的車轍也變得明顯。端飛卻發出奇怪的指令，讓他與車轍走相反的方向。雖然心中狐疑不解，可他也沒爭辯，估計就算質問端飛也不會解釋，因此連端飛後來讓他開上土坡去他雖訝異也只是照做而已。

待他上了坡頂，發現往下眺望，正是其他幾輛車通過彎道爭奪主路線的時刻。

「從這兒看過去是最好看的了，近得夠清楚，遠得夠壯觀，角度也最佳。倘使有記者，那些老經驗的也要守在這兒拍照的。」端飛一臉高興地說。

這就是端飛不讓他提高速度，並且讓他脫離賽道的理由？因為從這裡觀賞其他幾輛車競攫路線，是最美的位置？那沙石路的顛簸不平他方才見識過的，肉眼難見的高低暗坎，大大小小石礫，如殺人機關伏盡，即便控車能力再強，感官反應再靈敏，一瞬電光石火的閃失翻出去的力道怕是止不住狠猛地要給碎散了。宋毅的巴吉在砂石路上很有優勢，但晉廣良和朝星輝的開車方式都比他更走險冒進，他領先地有限，這車的設計在彎道上相對吃力很多，這樣從遠望去，過彎半徑比其他幾輛車大得多，速度也明顯慢下。晉廣良在右轉前先明顯偏左，看去與朝星輝幾乎是貼肉在一塊兒，簡直如兩塊磁石並甩著畫出弧度。伍皓也沒減速，咬著他的衛忠企圖超車，伍皓不為所動，反倒衛忠差點兒失控，看得人心驚肉跳。那在彎道上拖曳出的煙塵像一束束竄躍的花火迸射，又像從炸開的堤防湧瀉的瀑布，像天空中逐亂的機群噴吐煙雲，他轉過臉瞅了一眼端飛，後者雙手抱胸，一副隔岸觀火的好整以暇，頗有興致地眺望那光景，嘴裡叼著菸，嘻嘻笑著說：「跟打了雞血似的，著什麼急啊！」

簡直叫人不可置信！這算什麼呀？不是比賽中麼？然而沒待開口抗議，頃刻他便出神地忘卻這些了，之前發車進入賽道，他對沙漠的景致依舊感到驚訝又激動，有時他會走神，他盡量不要表現出好奇，陌生和感動，他不應當這樣，然而此刻他凝視著眼前的景象，這一幕壯盛豪華的景觀，每一輛車鋌而走險的奮不顧身，鋪天蓋地捲起的舞亂狂騷、暴起飄飛又徐緩降落的黃沙，天地之間還得有更粗野又耀目、更糙礪又細緻、更喧囂又寧靜的華美？他幾乎要捨不得漫飛沙塵中一輛輛賽車駛遠，捨不得那硝煙清散，盛宴結束；他生出一種惘惘的茫然，世間有那樣驚心動魄的美，倘使靠得太近，你會看不清，你會迷失，你會暈眩，你會顫抖，你的心會碎得四分五裂，只有站得夠遠，事不干己，冷漠以對，你才能看見它的全相，它的真貌，它燦美絕倫的光輝，你卻與它無涉。你會怎麼選擇？究竟該置身其中，抑或當個旁觀者？

※

這乾河道說穿了是一條相當不平整、顛簸劇烈的土路，狹窄處則猶如地塹，一側望出去是生著灌木的土坡。隨著路面開展，遠處出現了整排高聳的棕橙色岩山。這日賽道複雜，包括了戈壁、乾河溝、峽谷與鹽鹼地，雖沒有高大起伏的軟沙那種雄奇壯詭，可荒涼的粗放有另一種瑰麗。相較之下賽車之渺小，越是渺小那以小搏大、一勺舀海的激情，如此霸氣得荒唐，豪邁得荒唐，才霸氣得純真了、豪勇得堪憐了，痴狂得不假了。

徒有這番雄心，一雙眼所能見卻有限地小，是以荒唐。望盡這整個浩瀚光燦的朗日青天、恢弘起伏的山巒峋岩、遼闊無垠的蒼茫大地的，是諸神的視野，至於坐在一輛車裡疾駛，無能具那樣的全觀目力，事實上坐在駕駛座，視野更是狹隘，車手專注在眼前咫尺路況，有時候百米遠的事物都看不到。從諸神垂下的眼簾望去，賽車不過是巨大鋪敞撒開的雄渾天地間行色匆匆卻又吃力地緩慢爬行的一隻盲眼小蟻。

越野賽裡大家口中所說的賽道，不是那種肉眼可以看得見的路，是比賽的組織者，設計賽道的人，在一望無際的沙漠裡畫出來的隱形的路。這路線無法以全觀的地圖來呈現，而是猶如綿延不絕的卷軸，藉由一連串地形特徵的圖標提示正確的方向和路徑，一面行進一面核對，通過一個核找下一個，而這一切都在高速中不容猶豫、不容思索、不容停歇地發生。

沙漠磅礡堂皇的場景，那隨著陽光變化的幻麗顏色，高數十米的巍峨沙山與深谷，碎石地上閃耀的夾雜在煤灰色裡的乳白、藏青、珊瑚紅的玉石色澤，風化岩壁上的五彩紋路，化為紙張上的路書，成了一個一個方格，一些數字，實線或者虛線、箭頭、公里數、航向角，和代表溝渠、沙山、坑洞……的簡圖、字母、代號，意味危險的驚嘆號……

打從第一天他就老在聽人提到「路書」這玩意兒，又不好開口問那是什麼東西。後來才摸明白了，沙漠裡沒有道路，沒有公共默契的地標物，沒有方向指引的參照，衛星導航也派不上用場，賽車行進的路線是依照組織者做的路書來指引。路書的組成包括總里程，階段里程，每一階段內的地形圖標，透過圖標來指示方向變換，以及提示地形暗藏有危險。每一路況標示間隔公里數不一，領航觀測外在路況與拉力表顯示的公里數核對路書的標記，給予車手行進的提示。

拉力表通過機械系統計算輪胎里程，顯示賽車從起點起行駛的公里數，是核對路書的根據，拉力表行進中會發生偏差而必須時時校準，每一路書上標示的路況都得在基準點清零。

比賽專用的衛星導航系統記錄了比賽必須經過的航點，使賽手確認進入強制通過點的有效範圍。

航點分為四種：WPV可見航點，向該航點靠近時，衛星導航系統會顯示距離變化與方向角指示和經緯度等訊息。WPM隱藏航點，只有在進入該點一公里半徑範圍，衛星導航系統才會出現方向角指引。WPE漸現航點，這是在有效通過前一個航點後，衛星導航系統才會顯示方向指引的航點。這些航點都必須在兩百米半徑範圍內有效通過。WPS安全航點必須在進入該點三公里半徑範圍內，衛星導航系統才會顯示指引，必須進入九十米半徑範圍才算有效通過。

安全航點的設計是控制賽車行進在更精確縮窄的指定路線範圍。換言之，領航必須不斷同時處理來自路書，拉力表與衛星導航系統的信息，所有的核對、計算、判準，需要複雜的交叉計算比對，而這一切都必須在高速度的瞬間不斷完成。

綜合這些情報，每個領航選擇他要在最短時間內給予車手的最簡單明確的指令，都不相同，這根據領航與車手的默契，領航的能力、習性和車手的性格、需求。

晉廣良要求他的領航李東建報得很仔細，因為他不信任世間任何他自己以外的人，東建的能力沒話說，是當今價碼最高的領航，領航在每一時刻判讀的訊息很龐大，他要快速將所有訊息整合成一個給車手最精準最有效的唯一指令，疾駛中諸多關鍵提示只能挑選最急迫或者最重大的來做瞬間的決策指令。

然而晉廣良要求盡可能地得知最大限度的多重訊息，由他自己來判斷，與其說這是一種務實考量，不如說完全是性格問題。大部分的領航都適應不了他。

李東建自我要求高，抗壓性也很高，然而晉廣良發起脾氣言語是毫不留情的，李東建個性沉穩，雖有暴走，但他一生氣也很倔強，為了堅持己見能和晉廣良針鋒相對的也只有他了。

領航在報路書上犯的錯，諸如走錯岔路、算錯方向、漏報危險……，走錯路不僅是時間上可能錯失一兩個名次的損失，誤入歧途也意味踏上險路，隨時有未知陷阱埋伏。漏報危險使得車手很可能在危險地形上高速失控，造成慘重損傷。

小傅在瑣事上猴兒一般狡猾機靈，卻缺乏穩健犀利的判斷力，跟不上宋毅的車速，一個不留神就落掉一大段路書找不著。小傅替宋毅盯底下的技工時，頤氣指使得，宋毅身影一出現，他就噤聲了。待到領宋毅的時候，認得明確他聲量就大，一糊塗聲量就囁嚅一般，心一虛話都不敢說了，給宋毅打手勢，宋毅罵道：「我開車你在旁邊打手勢你是打給誰看呀！」

宋毅老唉聲嘆氣：「幹啥不你當車手我當領航啊？你開車麼比我猛，我麼智能比你高，咱倆對調還實際些。」

小傅一聽，戰戰兢兢說道：「老闆您別這麼說呀，咱平日當您司機慣了，要說換過來讓您給咱當司機咋擔待得起呀！」

「你這孫子你還當真，跟你講兩句玩笑話你尾巴倒是翹起來了。」宋毅哭笑不得。

可這次比賽不同，小傅也感受了宋毅心情的凜厲激動，皮繃得緊，儘管顛得路書老像快飛出手掌，核對拉力表讓他眼珠子都震痛，卻仍報得流暢準確，連不確定的時候都能鎮住自己，不落得討罵。有時他感覺車速的快好似那鍋爐燒開水的尖銳嚎音升高，馬上要脫出一個他能掌握的節奏，簡直如船要翻了的恐怖感覺，他得拚命地跟著跑，不能跑過頭，也不能有半分落。跟了宋毅那麼久，他很瞭解老闆不走鋼索的分寸，不鬥雞展翅地要狠，沒見過他那麼豁出去的一面。

那欽和伍皓搭檔，就過去的經驗，伍皓經常質疑他，那欽告訴伍皓前面有提示危險，伍皓甚至會問：「真的嗎？」後來那欽學著把伍皓這種質疑當作無意識的反應，假裝沒聽見。那欽是從不頂撞伍皓的，但他也有一套指揮伍皓的方法，讓伍皓感覺是自己做了明智的判斷和選擇。這日伍皓全不作聲，那欽倒背寒了。

至於衛氏兄弟，從未有人見過這兩人不和的，總認為兄弟感情好，或者衛祥性子就是比衛忠沉靜，那是因為兩人嚴重的爭執只發生在沙漠裡，沒人看到過。衛忠發起脾氣是無可理喻的，他這人喜怒的變化實在太明顯，衛祥在報路書上出的錯不多，可衛家的賽車老是出問題，衛忠就惱火，一惱火就怪衛祥，衛祥平時憋了的一肚子委屈怨氣，在這萬里四下無人之際便毫無遮攔地爆發。有一回衛祥賭氣便不再報路書，堅決成一啞巴，衛忠把衛祥從車子裡拖出來揍，非逼他說話不可，衛祥抵死不從。兩人在沙漠裡把賽服脫了大打出手，曬得全身通紅，滾在灼熱的沙地上把皮膚都燙傷了。

這日前半段衛氏兄弟的車沒出錯，還跑得前三位置，衛忠心情亢奮，衛祥倒深怕樂極生悲，僵硬著一張臉，對照其兄的狂熱，顯得分外冷漠。衛忠的激切不是沒理由，這次或許會夢想成真。之前衛氏兄弟賣出去的賽車，沒一輛完賽的，且全都戰況慘烈，去年燒了一輛，可那賽段地表溫度有攝氏七十度，著了也是正常嘛，又不是只有他一輛燒了，UTV燒了三輛呢！卻怪說車的油路有問題。另一輛則是翻車時防滾架斷了，車架子變形，軋傷了領航的手臂，後來肌肉壞疽只得截肢。那誰要車手技術不良還開得玩兒命快，才摔得猛，搞到截肢也是那傢伙自己感染，跟衛忠造的車架子有毛干係啊？然而衛氏兄弟造的車不只完不了賽，斷半軸、壞軸承、碎前後橋、碎變速箱齒、爆發動機、碎風擋、撕車架子、破水油箱……一概不缺，但是，三菱就不壞啊？豐田就不壞啊？誰不壞車的，連寶馬都壞到退賽呢！說白了，好車隊不會買衛忠家的車，買衛忠車的都是些窮鬼、菜鳥、抵押房子也想玩一次賽車的大傻逼，就憑那技術，能不毀車嗎？結果全都怪在衛忠身上，罵他造的車破，還講不講道理啊！他倒是不想，他自個兒開自家賽車也一逕是相同下場。現在衛家做的賽車給起了個「囟車」的諢號，氣得他。眼下開的這一輛，他不惜血本做的，用的最好的材料，為了這輛車他可下了大賭注上背了一身債周轉不過來，卻始終乏人問津，已經焦頭爛額了，能不能扭轉局勢，就看這一次，他要一雪衛氏賽車背負的恥辱。

朝星輝進入有形路後就開始高唱皇后合唱團的「We Are The Champions」，特別愛賣弄那高音的假聲，還要求金寶給他合音。

金寶無奈搖搖頭，笑了笑，心中卻莫名其妙起了奇怪的不祥預感，這要怪朝星輝的個性那麼難捉摸，令人害怕。他愛掌聲，愛鎂光燈，愛引起騷動和尖叫，他會從兩公尺的舞台往下跳，他會騎摩托衝破唱片公司大門的落地玻璃。朝星輝向來大膽得讓人害怕，而只有私底下一直跟著朝星輝的他看得出來，朝星輝未曾真的把掌聲和噓聲放在眼裡，那麼這一切為的什麼？

「第一個賽段都才開始哪！現在唱We Are The Champions太早了。」金寶說。

「唉喲我的媽，你怎可說如此妄自菲薄的話。」

「我說哥呀，您別高興過了頭，這比賽還長，要沉住氣。」

「又不是北極熊潛水，憋著氣做啥？我要那麼喜歡憋氣，就去賽游泳了。」

「前面有坑，一個危險，三百米後有岔路向左，是重要轉向。」金寶說。「聽過說抱怨領航太吵，車手沒法好好開車，沒聽說過車手太吵，領航沒法好好報路書的。」

「我是歌手我不唱歌幹啥？」

話一說罷，朝星輝停下他那模仿Freddie Mercury的假聲高音，猛一踩油門，金寶感覺像墜進大氣圈的太空船一般好似瘋狂的失速和劇烈震顫。

「哥我錯了，您還是繼續唱好了……」這話哽在張開的嘴出不來，好像連聲音在空氣中都追不上朝星輝的速度似的。

「一個危險算不上危險。」朝星輝輕蔑地說。

至於端飛報路書則明斷裡卻有一種輕快，節奏流暢，那感覺不像配合著車手的速度找航點，倒像路是一首歌，報路書是KTV的伴唱，開車的人是隨著字幕的歌詞唱著，一切合襯得渾然天成。

「前面一公里有斷坎。三個危險。」

路況的危險在路書上以驚嘆號來標示，依照危險的程度分為三個等級，以一至三個驚嘆號來標示。賽手把等級一稱作「一個危險」，等級三稱為「兩個危險」，「一個危險」可能對經驗豐富，技術超絕的車手來說無關痛癢，但三個危險任何車手都會認真應付。

「距離五百米。」

「三百米。」

「兩百米。」

「一百米。」

有能力報倒數米數的領航很少，傳說中端飛報倒數米數的精準度同一台電腦一樣能計算出一米內的一剎那。

「就是現在！」

緊握方向盤的嚴英其實什麼都沒看見，他也根本不用看見，在端飛喊出「就是現在」的瞬間同時收油。前輪落地的時候，他有一種坐在飛機上預期觸地時那種震動的恐懼感，觸地的瞬間頂了一下油，那劇烈的震動恢復了他才驚覺心臟跳的速度。

此時另一個在報危險點倒數米數的是朝星輝的領航金寶。

還不待金寶欲喊出「就這兒啦」，朝星輝不及收油，扭轉方向盤拉起手煞車，整輛賽車來了一個瘋狂的急彎，因為車身重心高，甩出去時的傾斜讓金寶腦袋一歪，一瞬間好似阿修羅王憑空墮地，伸手欲以巨力一把將車給推翻，又倏地拉拔揪了回來，周遭景致飛快旋了一圈，他啥都沒看清楚，也沒領悟發生了什麼事。待車停下，金寶解開安全帶，跟著朝星輝下車來，這會兒瞧明白了，差點沒嚇尿，原來方才他們是行駛在一高十幾米的台地上，這兒是個斷崖，方才朝星輝掉頭時，後輪幾乎飛出斷崖外。金寶站在崖邊往下瞅了一眼，帶哭腔的抖音喊了一聲親娘。

金寶喊倒數之際，朝星輝當然看不見前面斷頭無路，也非有靈感上的預知力，他在千鈞一髮瞬間覺察大事不妙，是因為看見地上的車轍──有人在他之前做了一模一樣的事。

朝星輝蹲下身來檢查車轍痕跡，臉上木然，「我操晉廣良這沒天良的，玩這一手，他媽的要出人命。」他喃喃說道。

原先緊跟在晉廣良後頭的是伍皓。伍皓會跑到第二，或許令其他人驚奇，老實說伍皓自己也不無訝異，卻同時也有一種奇異的篤定。在沙漠裡有些地形車輛容易留下明顯車轍，有些則隱晦，有些有形路上尚且留有老舊來往經年的運送礦油的固化車轍，要緊咬晉廣良的蹤跡並不容易，伍皓全神貫注，附魔一般窮追晉廣良，一路那欽說什麼都懷疑伍皓是否聽見，一發現晉廣良的車轍與路書不符合，那欽首先猶豫的便是伍皓恐怕寧願相信晉廣良也不願相信自己。

這時最弔詭的一個問題是，所謂的「信任」究竟指的什麼？

倘使對伍皓說：若要在晉廣良與那欽兩人當中挑一人來信任，你會選擇誰？不消說，對伍皓而言，那欽是個更值得信賴的人，那欽跟他有情誼，有瞭解，有合作的經驗，而那欽自己則甚至可以不猶豫地自豪，在人品上他是一個更值得託付的人。然而現在領路的有兩個，一個是跑在前面的晉廣良，一個是坐在身邊的領航那欽，晉廣良卻更值得信任，為什麼？因為晉廣良更強大，更優異，更剽悍，更經得起挑戰，更不可能出錯，不容許懷疑。

「伍哥，咱得右轉。」那欽說。

伍皓依舊恍似沒有聽見。

沒時間遲疑了。

晉廣良與那欽兩個，伍皓或許選擇信任晉廣良，那麼晉廣良和那欽自己，那欽選擇信任誰？很多領航在面對前方大量的車轍與自己的判斷有異時，不敢相信自己。

但我不是別人。那欽想。

那些在內蒙的草原上一頭頭挨在一塊兒的羊，永遠不敢脫離羊群走一條不一樣的路。

沒時間跟伍皓打心理戰了，「伍哥您相信我一次，咱現在就得右轉。」那欽大聲說。

伍皓咧開嘴笑。「你這話說得怪，啥叫相信你一次？只相信你一次咱要咋樣跑？你倒說說看咱一逕不是哪一句都讓你哄得服貼照辦？」

不，這次不一樣。那欽想。這次伍皓抱著非贏不可的意志，從伍皓開車的方式他就能強烈感受，伍皓不曾這麼把自己推到極限。伍皓其實是技術優異的車手，他是極少真正能把車的性能發揮到最大的車手，他從試車中能對賽車本身的強度、穩定性有準確認知，對後勤技術與資源有評估，他能控制自己的心態調節自己的開車方式來保護賽車，降低賽道中故障的可能。可這一切他現在卻全拋開了。

這種情形下，他對那欽卻一改常態地全然信任，好似敵陣包圍下揮刀作戰，把自己的後背無條件全交給那欽了。那欽生出一股熱切激烈的感動，報答伍皓這種信任一般，有種無論這場比賽等在前面的是什麼，無論這蒼茫惡毒的大地要引他們到何方去，無論要他付出什麼代價，他都在所不辭。

後頭追上伍皓的是衛氏兄弟。

路面的劇烈顛簸和高速使得晉廣良爆了一條胎，斷了減震彈簧，朝星輝則斷了前橋，剩下後驅。宋毅被高溫所困擾，只得將速度放慢，甚至得停下來給發動機和減震器澆水。伍皓的車改裝的動力很好，就是變速箱齒比有問題，試車的時候就感覺，想換直牙箱卻沒換，好在今天軟沙不多。

衛氏兄弟的車慢，原本落後得多。偌大戈壁，就只自己一輛車孤獨地無止境狂奔，那種感覺挺讓人發瘋。他偶爾懷疑起是否所有的車在他不注意之時全都超前了，獨獨剩下他被遺棄？後面不會有組織者的收尾車，周遭沒有追緝車，沒有媒體車，沒有車隊的後勤車，什麼都沒有。

這是一條過往經年可能是開採石油礦物或者運貨的車輛走出來的車轍路，路面顛簸，兩旁周遭都是覆蓋了沙漠植物的小鼓包，大約有二、三十公里長，逐漸這種柔軟的植物少了，取而代之的是乾燥堅硬的帶刺植物，起伏的土包消失了，車轍痕跡開始模糊。若非有很長時間不再有貨車經過，就是這兒屬於人跡稀少得多的地方。

見到前頭出現賽車刨出的塵土，令人難以言喻地振奮，黑色的煙是柴油車排放出來的，他認出那是伍皓的三菱，像隻墨魚一樣竄溜。這一刻見到伍皓的賽車幾乎有種療癒性的作用。

眼下他很難超伍皓的車，倒非他的速度不夠快，而是這條車轍道的寬度僅容一輛車身，兩旁略高崎嶇，還生了駱駝草。衛祥報出前面二百公尺路口左轉的時候，他心中便有所盤算，他和伍皓兩人速度都沒減下，險的是若非伍皓打橫出去騎上駱駝草，他就撞上岩石了。伍皓不是讓開了路線，是因為賽車的橫向操控出了問題，至於衛忠則完全沒看見那岩石，直衝上去估計是要翻車。說起來衛忠比賽至今，好像沒有一站不翻車的。

把架在巨大堅硬的駱駝草上不能動彈的伍皓拋在後頭的衛氏兄弟迎頭趕上晉廣良，逼近衝刺點三十公里處，兩人幾乎是並駕齊驅。

正規的比賽，出發點只容一輛賽車單獨發車，從衝刺點抵達終點的賽道也只容單車行駛，此番情勢卻不相同，衛忠與晉廣良可能同時衝過終點。衛忠腦子裡還在轉著計時上會否發生公平問題？憑曉他們憑藉衛星監控來計時，但衛星發射訊號間隔達一秒鐘，不想就在距離衝刺點二十公里處熄火，再也發不動。

朝星輝超過他的時候，還把手伸出窗外對他比中指，喊道：「早知到頭來你還是得喊我一聲爹，當初也用不著辜負你娘，替我向她問好。」

※

這日賽段有四百五十多公里，是相當長的，他那初始的精神奕奕根本維持不到十分之一，尤其他的神經一直是繃緊的，他全身的肌肉也是緊繃的，他幾乎連一根頭髮也沒法放鬆。那個持續的震顛，說起來難為情，顛到他眼淚都流了出來。他覺得他的心臟不是自己在跳，是讓車給震盪地碰碰碰張縮，腦子就跟豆腐腦一樣要碎掉了。眼睛也痛起來，牙齒還咬傷了舌頭，嚼兩下舌，緣邊就跟火燒一般，喉嚨也灼痛，打方向盤的手臂幾乎要舉不起來，胃部劇烈痙攣，腳趾一陣一陣抽筋，到後來支撐他的就是端飛的聲音。

隔著頭盔，各種聲音都是從通話器的麥克風傳過來，變得很不寫實，好像一部老電影，只有端飛的聲音明亮又清晰，對腦筋空白的嚴英來說，這是他有記憶的第一次比賽，這也是他有記憶以來第一次在實際比賽中聽著端飛報路書，這個時刻他才分外感受到端飛的聲音那種恢弘的質地，這是平日他不曾去感受的。大家都在聊哪個領航好，哪個領航壞，哪個領航不報錯，哪個領航反應快，哪個領航對地形、對車、對比賽有更多更深的瞭解，但沒人提過領航的聲音。端飛的聲音不只讓人耳朵可以聽見，彷彿眼睛也可以看見，彷彿那聲音有顏色，有氣味，有亮光。

剛開始他挺拚的，衝著什麼？衝著發車前端飛不經意說的一句話。

那時他責怪端飛都臨發車了，還忙著打電話，臉不紅氣不喘的，既然這麼不嚴肅，又何必來參賽？

「我不想來的，我可以不來的呀！你以為我喜歡？我那麼閒著自討苦吃呀？」端飛一邊電話沒停，一邊搔了搔頭髮，漫不經心地說道：「我是為了你來的。」

他沒讓自己顯出什麼表情變化，心裡卻震動了一下，儘管咀嚼不出端飛究竟什麼意思，弄不明白端飛為了自己而來的理由，也不想開口問，心中倒是越發堅定了好好表現的決心。

可惜事與願違，開始他發了全勁，但那就跟在KTV裡觀別人唱時心識普通，以為麥克風一到了自己手裡勢必石破天驚，誰知配樂一走，死活就是力不從心，要麼跟不上節拍、對不上音調，就是氣換不上來，假音轉不上去。

那坑坑疤疤凹凸起伏的爛土石路，他自認不要命的快了，低頭一看也才時速一百公里，這種地方宋毅都能開上一百六。端飛先前囑他別開快，他這會兒才覺悟就算他想都辦不到，到頭來說這算比賽那是玩笑，說駕駛課還差不多，等於一路晃悠，端飛在旁鉅細靡遺指點。

軟沙不多，也就是些魚鱗，他興高采烈地宣布自己翻過一大沙山，端飛語氣納悶說道：「什麼意思？今天沒有大沙山呀？」「咱剛才沒翻越一個樑子？」「什麼樑子？」「好吧，算不上沙山，你們稱那是土包吧？」端飛大笑。「我們說那算是平地。」

他懊惱再怎麼努力也喚不起記憶，照說這本應是他駕輕就熟的事，現在做來卻如此辛苦！

「別再一腦子想著要去把以前有的東西挖出來，就當作不曾有過，從零開始攢唄！」端飛說。

「就是不甘心哪！以前想必也費過力氣，流過血汗，嘗過失敗，才換得的東西，現在為什麼要為了同樣的事再付一次代價？」他不樂意地說。

有一度他也生了些得心應手的得意，不由得也想要一番飛揚跋扈，誰教先前見識了其他人那股悍猛的野勁，心底也是蠢蠢欲動，又想在端飛面前拿出一些表現，

這心思一冒出來，倒也不是腳下發了狠，而是不知不覺神魂就飛了，覺察到控制不住都來不及，他甚至沒覺自己翻了車呢，只是一瞬間發生了不可思議的一串超現實震盪，待回神時車身好好地穹蒼在上，大地腳下，沒不對勁。

「這翻得夠氣魄。」端飛望著破碎的風擋，下車來把玻璃整個給敲掉，一臉嘖嘖稱奇地說。

「真有你的，還給你翻正了，要不還找不著人給咱們拽正呢，那可就麻煩大了。」

原來方才車飛起側翻了三百六十度，碎了擋風玻璃，車殼外表顯得殘破，可車本身倒沒什麼損傷，就是排氣管破了漏氣的聲音聽著煩。

「還想著今天車不會太髒的呢！這會兒連車裡頭都要吃土，泰軍要大發牢騷了。」端飛苦著臉說。

一沒了擋風玻璃，沙土一個勁兒狂往眼睛裡扎，難受得，只得開得更慢。

沒多久他便開始狼狽疲竭了，並為著走不到盡頭的漫漫長路感到既焦慮又絕望。

端飛報路書的聲音稱得上他的鎮魂歌，把他時刻要出竅的靈魂像青蛙的舌頭捕捉蒼蠅一樣咻地吸回來，因之他老有種欲望轉臉去看端飛，確認他是個真的人，可他竟不敢，就好像不能回頭去看尤里荻絲的奧菲斯，就像他一回頭這輪迴的人間幻影便會被戳破，大地便下沉，遁進未知的……未知的……他不知那會是什麼的永恆的廢墟裡。

但他還是有好幾度生了幻覺，彷彿自己不是坐在車裡，他疑惑地盯著方向盤，好像在納悶那是什麼東西，他的眼前展開好多條路，像章魚的觸手，他大喊著：「哪一條？左還是右？」

好幾次他覺得他非得停下來嘔吐，否則他一定要昏倒了，下一個強制通過點，等過了下一個強制通過點我就要停車，他忖著，但每熬過一個點，他又想著，再撐到下一個點吧！「下一個點還有幾公里？」他老在這麼問。

早上真不該多吃兩個雞蛋，到頭來連只嘔出胃酸，都感覺他的嘴像是雞屁股在放著帶屎味兒的汁。剛吐完好似神清氣爽，因之再度感到噁心暈眩時（其實相隔並沒有很久），他又起心要停車，他在心中依舊掙扎半天，跟端飛提出要求很是困窘，可他想了想，他幹麼要徵求一個領航來許可他停車下來嘔吐？他自己有權力決定。事實上他每次爬回駕駛座甚至比停車前更虛弱，他不像在駕駛賽車，比較像少女坐在她們粉紅色的自行車上使著吃奶的勁蹬著那該死的兩個輪子。

遊戲結束了，他對自己說。儘管還在跑，儘管他還在轉動方向盤，打檔，催油，收油，煞車，儘管終點的紅鐘還很遙遠，但他知道結束了，已經結束了。痛苦侵蝕著他，他連扭動身體，轉一下肩頸，甚至齜牙咧嘴拉扯下顎骨來緩和緊繃的力氣都沒有，之前傷到的手肘、側脅和腳踝，早都痊癒得差不多，但不知為何練車時有一瞬像是繃斷的手腕，疼痛一直沒消失，那疼痛忽然尖銳起來，彷彿電擊，再一路竄跳，通過一束一束神經，導火線一樣發著光一路咻咻燒灼，然後會在哪個地方爆炸。

其他人呢？也許他們全都如魚得水，不，他們全是蠍子，蜥蜴，響尾蛇，到了沙漠裡都吱吱咻咻地活蹦亂跳，只有他是一條口吐白沫的魚，這輛車就是他的棺木，它會像一輛幽靈車一樣抵達終點，然後他們會發現他脫水的屍體被安全帶緊緊扣在座位上。

這種孤獨很讓人瘋狂，他想看到別的賽車，並非介意快慢先後的競爭，他只是想看到，不是只有他奮戰得這麼痛苦，不是只有他感覺這一切這麼虛妄，好吧，就算只有他一個人狼狽醜陋地在這兒咒罵著，抽搐著，喘息著，而其他人都在豪邁地大笑，在歡呼，在痛快地奔馳，他不在意，無論誰在挑釁他，嘲弄他，都好，但真相是，只有他自己一個人慢慢地在瓦解，融化，像一隻掉進鹽水的蛞蝓。

根本就不用比下去。

這件事太荒唐了，他為什麼沒有一開始就拒絕捲進這個鬧劇？他到底是怎麼想的？沒錯，他幻想自己可以勝任，他以為他的記憶會被喚醒，他作著不知不覺脫胎換骨成一個冠軍車手的白日夢，他怎麼有本事讓自己這麼可笑？他坐進賽車時，腦中構築的全是虛幻的圖景，現在他卻看得這麼清楚，再也沒有比這更簡單明瞭的了，就像霧散開了的托爾金森林其實是一個只有塑膠布的攝影棚，一切都再醜陋不過。

他一焦躁起來，呼吸變得更急促，他能感受到滾燙的血液在血管裡流動。他皺曲眉頭和臉頰肉，瞇著眼睛，像傳染了狂犬病的狗那樣咧著嘴。他原先想著自己拿了好成績時周遭之人如何改變對他的看法，他忍受那些不友善的質疑眼光，因為他等著在他們面前扳回一城，現在他意識到這不會發生了。放棄也好。放棄是一種美妙的滋味，他開始玩味這種感覺，這並不是消極，不是軟弱，他只是看明白了，說實話，他還覺得這是一種眼光，一種智慧，那些拚命做垂死掙扎的人，不知道這一切是徒勞，但他知道，他把自己拔高到一種冷眼睥睨的視角，答案再明顯不過。

這種想法很廢，很窩囊，但他開始巴望他拖延、落後、拉開的時間得要更大，大到誰都看得出來繼續走下去是全然無謂，他乾脆直接就宣告輸掉。

這麼快他就懂了，他懂了為什麼車手和領航間會有一種難以言喻的愛恨親密，不是因為共同背負了輸贏，不是因為一起承擔生死榮辱的責任，只不過因為孤獨而已，這條漫漫悠遠的寂寥枯路或許沒那麼長得永無止境，可它會逼你看清，他媽一切都是假的，世界是個破布景，沒有另一樣會動的東西是真切的，什麼都是狗屁，那些哭笑，那些喧鬧，那些擁抱或者鬥毆，那些坦誠或計較，那些豪邁的把酒言歡，全都是喀嚓一按開關就會消失的虛造影像。

近衛刺點見著衛忠的車，端飛下車去詢問，原來是沒油了。

先前朝星輝與宋毅兩車組都見著衛氏兄弟的車停著，絲毫無意救援。這會兒與平常的比賽狀態不同，對敵人仁慈便是對自己殘忍，彼此用時拉得越長越好，能把衛忠擱賽道裡多久是多久。

「咱使的是柴油，也沒法給你。只能用拖的，可要是用拖的，你們就只能在咱後頭啦！」端飛笑笑說。

「否則還能怎樣？」衛忠沒好氣地說。「橫豎只能在你們後頭了。」

「就看嚴英的意思。」端飛說。

關於要不要幫衛氏兄弟的忙，他沒主意，按說以眾所周知的嚴英這人的個性，估計是不會答應的，可他心中的聲音卻很想幫這兩人的忙。原本的嚴英難道是個箍著他的鬼魂，由不得他？他有自由意志，他能自己作主，他想怎樣就怎樣。但他想當那個別人認知的嚴英，那個「正牌」的嚴英不會幫衛忠的忙。儘管他現在成了一個不一樣的人，一個會想去幫衛忠的人，可他還是他自己對吧？不管他幫衛忠也好，不幫衛忠也好，他都是嚴英。……不！並不是這樣，他不能出手相救，一旦出手，他就不像嚴英了，不僅別人會質疑，連他自己都會質疑，連他自己都會怕他其實不是他自己。他連他自己都不是，那他還能是什麼？他不可以！

但為什麼他心裡蠢動的念頭是想幫衛忠的忙呢？因為他想洗刷先前輸給衛忠的羞辱？因為他想討好他的敵人？因為他想光明堂皇、公平磊落競爭的英雄主義虛榮作祟？他真搞不清楚。

那衛忠一聽端飛說看嚴英的意思，臉色就變了。

端飛轉過臉，挑了挑眉毛，咧開嘴朝他喊著：「咋樣？拖不拖這兩貨？」

鬆開安全帶他迫不及待又欲爬出車外嘔吐，一提右腿，小腿肚卻一瞬間給雷劈了似的劇烈抽筋起來，他蜷起身子抱著腿滾出車外，蝦米一般動也不動，搓著腿肚子等那要人命的疼痛緩和。鬆懈下來後他整個人像棉花，還是蠶絲棉呢，不，像羽絨，他全身都在抖，抖得像寒風中的老頭子，一片顫動的鵝毛，既輕飄飄，又重得要墮入地底。

最後讓他做下決定去拖衛忠的，其實只是因為他太難受了，他願意做任何事來交換晚一分鐘坐進賽車裡。

※

衛星導航系統顯示的賽段終點，地上以紅漆畫著巨大紅鐘記號，除此之外，四下不見裁判，也不見馮曉等人的蹤影。

正確地說，什麼人什麼車的蹤影都沒有。

路書上標示此地有建築物，待靠近停了才發現這是廢棄鹽鹼廠的宿舍，先前經過的平灘上那望去整片像是灑滿了白色雪花的都是鹽鹼地。

所有車隊的工作車都未到，朝星輝繃著一張臉，雖不喜歡讓自己顯露出嚴肅的形象，總覺得那樣太不酷，可他實在過度疲累也太煩慮。

直待端飛與嚴英拖了衛忠到達，所有車隊的後勤都還沒個影兒。

金寶一邊按摩著那塗了面霜的俊臉一邊走出來，囁嚅著說道：「都回來啦？唉喲今天這個路，顯得我都差點岔氣……」

「你倆到得是有多早，臉都洗了？」端飛問。

「這有水呢！」

「這兒水你敢用來洗你那張貴氣的臉？」

「是瓶裝水呀，有瓶裝水。在屋子裡。」金寶高興地說。

端飛和晉廣良對望了一眼。

「才擱這兒沒很久。」晉廣良從堆放在屋子裡角落的幾箱瓶裝水裡頭抽出一瓶。

「屋內甚至還有電，太陽能板是新裝的。」晉廣良的領航李東建說。

「哥，咱又可以洗澡了。」金寶對朝星輝說。

「這水不是光給你兩人的吧？」李東建說。

晉廣良解開連身賽服的上半身，兩隻袖子紮在一塊兒繫在腰上，裡頭灰白色短袖T恤被汗水浸透，成了鐵灰色。他抽著煙來回踱著步，那高大的身軀從側面望過去，後頸項如犀牛的頸子一般粗，又硬如鋼鐵，肩背厚實，怒張的肌肉好似背部後傾一般。

對於早了好幾個鐘頭出發的工作車至今未到，晉廣良感到相當焦躁，用衛星電話聯絡張磊，倒是聯絡上了，張磊說因為遇到河漲水，有一輛工作車泡在河裡了，他在想辦法拖他們出來，其他的車也過不去，他們在探水深，否則要繞遠路，而且怕丟失了路書的指引，找不回往營地的路。

屋子裡乘涼的這幫傢伙都跑出來，豎著耳朵聽晉廣良那宏亮的吼聲朝衛星電話裡咆哮，「我養你們，我給你們比別處高三倍、五倍、十倍的薪水，我是把你們當作珍奇的寵物狗、給狗屋鋪上咯什米爾長毛毯、牆壁還鑲金箔，因為我有錢？我花錢在你們身上，是要你們幹比別人出色的活，是要你們知道，外頭那種拿幾個銅板打發的貨，不配在我晉廣良眼皮子底下餬口，你們以為我在陪你們玩小皮球，撿你們到公園裡拉的屎？」

晉廣良焦躁不是沒原因，這日賽段大多是劇烈顛簸對車輛損傷嚴重的路段，所有車隊心裡都急著對賽車進行檢修，好能於隔日在良好車況下進行發車，加上這會兒油箱幾乎空了，比起平常比賽時大營附近總找得到加油站，這兒一片荒蕪，得靠後勤卡車運油來。

「河漲了，這邊馬上也會下大雨，入夜恐怕非常冷。」端飛說道。

剛回來時賽手每個都風塵僕僕，拿下頭盔時滿面滄桑，一身大汗，皺眉苦臉的，耳朵嗡嗡作響，說什麼話都聽不見，因為脫水和血糖過低，過度疲憊、肌肉痠痛，整個人有些茫茫然，可腦子裡還亂烘烘盤算著賽車這樣那樣的問題，一會兒該怎麼整法。過了兩三小時，喝了水，緩過氣，一敞開嗓子談起賽道裡發生的事，精神又來了。

小傅跑來笑嘻嘻地對嚴英說道：「我跟宋哥說，咱們的戰略不如就跑在嚴英和端飛後頭，一路跑到衝刺點再一口氣超了他們咋樣？我都準備好了，要跟在飛哥後面的話，就打開窗子把路書給扔了。誰知一路沒見著你們，宋哥罵我大傻逼，咱跟你倆咱跟得上麼？還以為咱落後太多，咋知你們躲在最後頭呀，這招高，誰都不讓跟。但我就弄不清了，為何始終都不超前呀？」

被這麼一譏諷，嚴英臉上一陣青一陣紅的。

他對於他們談論在賽道裡發生的事，也認真很努力地想湊個興，但其他人的話題他老插不上嘴，只能張大了眼睛聽，自己開口的話頭則沒人接，且他仍舊覺得頭暈，手腳顫，心中有些黯然，好容易他也對這場比賽有了心得，有了參與感，他那翻車的事也想拿來說上一說的，誰知還是有堵隱形的牆隔在中間。

他在場時他們當他不存在，他走開了，倒微微聽見他們耳語，提及他把衛氏兄弟拉出賽道這件事。

「嚴英這麼幹居心為何？嘲弄衛忠？倒很像那傲慢又討人厭的傢伙會做出來的事。」朝星輝說。

宋毅感到莫名其妙，他想不出嚴英為何幫衛忠，「指不定嚴英因為那場嘻鬧的賭注輸了衛忠，面子掛不住，對衛忠施恩扳回一城？」他胡亂推測。

就連被救的衛忠也沒領情，「別信那傢伙的伎倆，這是放煙幕彈，讓人弄不清他喪失記憶是真是假。咱不中這圈套。」

他走出外頭晃蕩，遠處另一棟廢棄的建築應當是工廠，但估計裡頭也是空無一物，沒人打算去那兒看，他原本想溜達過去，卻瞧見另一側遠方出現了車輛駛近的蹤影。「有車來了！」他驚喜地朝屋裡喊。

後頭所有的工作車包括卡車是接連來到的，估計怕丟了，都挨著結伴走。

一進室內便感覺天色分外陰暗，外頭颳起風，他瑟縮著，感覺禁不起這冷。大雨突然落下了，大夥淋著雨忙著給賽車撐起帳棚，進行檢修。他還抱著手臂簌簌抖著蹲在地上瞧。

天黑以後外頭豎起燈，他走近窗邊，這玻璃早已覆滿沙塵失去了透明，他從一個破洞望出去，眼睛被那正對著的刺眼燈光，亮得他閉上眼瞼。

這兒電話與網路都沒有訊號，到了晚間九點，宋毅利用衛星通訊上網，查明當日賽段成績，以及公布隔日的發車時間，室內無通訊，大夥兒淋著雨在外頭跟著等消息。

端飛那句為了他而來令他耿耿於懷，那時在坡頂上觀望其他車輛的爭逐路線，他以為端飛這麼做是為了洞悉敵情，設定戰略，但他又感覺不出端飛因之有了什麼主意，貌似真就只純觀賞，這天的比賽他速度緩慢，表現差強人意，加上身心皆疲倦痛苦，早有自暴自棄的頹落感，心態上他等於放棄了，做好這一賽段排名居末的心理準備，這樣的屈辱我還受得起，他想。孰料世事果然有多變。

發車時間相同，衛忠是給拖在後頭出來的，衛忠的名次自然在後，但畢竟成績公布了心中才較有篤定。這日無人超過最大給時，也無罰時，確定了自己並非最後一名，他卻好像得了第一似的，雙手舉起拳頭歡呼了一聲，來回左右踱幾圈，掩不住激動。

「要不是衛忠沒油了，也輪不到你在他前面，高興什麼！」祁泰軍說。

「比賽不就是這樣嗎？計算油量本來就是影響比賽輸贏的一部分。」他板著臉說。

「車隊經理說這話還差不多，車手比的是實力，明明實力差人一大截，還能得意得起來。」祁泰軍搖頭，還在惱怒翻車的事。

「就只帶了一塊擋風玻璃，再弄破你倆就吃沙子吧！」祁泰軍說。

「運氣好也是一種本事。」宋毅酸溜溜地說。

「那又如何？你們就見不得我贏？」一面對這些毫不客氣的攻訐，他心中頗不痛快，「我才不管怎麼贏的，世間多少事到頭來沒人看見過程，只見著結果？贏就是贏，輸就是輸，留下來的最終就只有名次。殺人就是殺人，誰管你是為了報父仇，為了保妻女，落榜就是落榜，誰管你是因為發高燒，得疱疹？我若開得比你快，可最終因為沒油讓你拿了第一，你還把獎金讓給我？」

「誰說你開得比我快？」宋毅沒好氣地說。

這番話是他衝口而出，他真心那麼在意贏了衛忠？就為了名次在衛忠前面，他真那麼得意？不，說穿了他心裡是因為端飛說了為了他來的，他便惦記不想負了端飛，這才第一個賽段而已，沒落到最末，算是好的開始，他生出了信心。宋毅說這是運氣，運氣又怎樣？這證明老天站在他這邊。

儘管入夜降雨愈加寒冷，各車隊的維修人員仍舊強打精神進行賽車的檢修，他先前一到終點便昏了一般酣憩了一場，這會兒儘管仍全身痠疼，頭暈眼花，心情倒是不錯，頗有一番好奇地四下探頭張望那些技師與維修工幹活。

秋山的兒子從車底下爬出來時，他友善地打了招呼。

先前與秋山的兒子有過不快，也知道了五年前與秋山的過節，就是沒身歷其境之感，他胸中本來就無怨仇的情緒，也不愛好繼續衝突，加上沒吊車尾的成績讓他精神一振，便掩藏了白天那些挫敗和失落感、孤獨無助、身體上的痛苦，故作輕鬆，堆出一臉心無芥蒂的笑容。

「白天熱得差點中暑，不想晚上又是風雨寒凍，可真受罪了。」他說。

秋山的兒子沒搭理他，面無表情逕自來回忙著。他掩飾尷尬地雙手插在褲口袋裡，因為寒冷而縮著身子，跟在秋山的兒子後面。

「我總算也開始體會到賽車的樂趣，老實說，我感覺挺新鮮的，跟練習的時候不太一樣……」

他聳聳肩，這話有些真也有些假，「雖然對我來說今天也跟練習沒有兩樣，不過，比賽畢竟還是比賽，那跟自己開著玩兒還是完全不同，除了那種狂奔的激昂，那種馳騁在天地之間的痛快，人家說競爭能帶來亢奮，我不曉得競爭也能引發一種感動……。」他自顧自地說著。

秋山的兒子沒搭理他。

「所謂的賽車，就是用盡一切方法把速度拉到極限吧！追求速度的快感這種說法太單薄了，正確地說是速度伴隨的危險的壓迫感，那種隨時在一瞬間彷彿要毀滅的恐懼和亢奮，如果不去感受逼近瀕臨毀滅的一線之隔，就不叫作賽車，這就是我的覺悟……」

也不過就是大意和技術拙劣而翻了一個車，倒讓他真認為自己體會了另一層境界，秋山的兒子好似當沒這個人在他跟前晃，沒聽見他叨叨說的話般臉上木然，可若是仔細瞧他抿著的嘴角與握緊的拳頭，不難看出他極力在忍耐，壓抑著情緒。

「我知道這聽起來很奇怪，我應該很熟悉這種感覺，但並沒有。我想這是失去記憶的好處，你能再一次去感受你曾經有過的感動，就跟第一次一樣。你能想像嗎？假使愛情也是如此，你能再次愛一個人，因為你忘了你早已不愛，那有多美。後來我想，假使愛可以如此，那麼恨難道不也是？你恨一個人，而你忘了，那麼你同他便可以用一種新的眼光……」

秋山的兒子猛一個轉身，揪住他的衣領。「我受夠你這混蛋了！你在這兒裝瘋賣傻到底是想耀武揚威什麼？」

秋山的兒子雖還是個少年，但塊頭結實，很有氣魄，嚴英這時還有情致想著，這小夥子若非都遺傳到他娘，就是非秋山親生，比他老子身材相貌都要好得多。嘴上則是慌慌張張說道：「有什麼不稱心的可以好好說，老想動手腳不文明。」

秋山的兒子瞪著他，年紀還這麼輕，眼神卻好似要把人瞪下地獄一般。

「我跟你是初識，大可以平靜地彼此進一步瞭解，若因我過去的錯得罪了你，儘管不記得，我也願意負責，代過去的我給你賠不是。」他說。

「我操你這下地獄被拔舌剝皮千刀萬剮的，你裝什麼蒜？你把我爸打成重傷，你知道把他害得有多慘？你給我們家帶來多大的災難，你這混帳知道嗎？我爸不能工作，我媽媽讓人欺負，你好意思……」

秋山走過來，嚴厲地喝止兒子說下去。

「我不知道……」他訥訥地說：「我很同情你的遭遇，但你恨我也沒用，事情都過去了，我倒是不恨你的。做人嘛，你得學著看開些，我這不是勸你，是對我自己說，我自己的遭遇也沒有好到哪兒去，我是真心的……」

衛忠也從他的帳棚走過來，還提著扳手，一臉殺氣騰騰。

秋山的兒子搖頭，臉上混合著難以言喻的訝然、失望和悲憤，他同一個神經病在爭什麼？這傻瓜如此可恨，卻是一個如假包換的白痴。

「就算喪失記憶，畢竟還是嚴英，狗就算忘了自己是狗，以為自己變成了貓，也還是照樣吃屎。」衛忠沙啞著聲音說。

這騷動把大夥都引過來了，包括端飛，暗夜裡，大雨淋得他幾乎要睜不開眼睛。

「這兒你也能惹事？」端飛說。

「我惹什麼事？你覺得我還能做錯什麼？」他撥開人群，伸手指著端飛，走近他喊著：「你不就這樣麼？你何曾在乎別人恨你？為什麼你可以，我就不行？」他轉過身來，衝著衛忠兄弟和秋山父子。「你們究竟希望我怎樣？你們希望我記得還是不記得？你們希望我是那個你們所恨的人，還是我跟那個人毫無關係？你們難道都不希望在你們眼前的這個人是跟你們沒有仇的、只想跟你們做朋友的人？罷了，我想跟你們示好，你們不領情，那麼今後就是競爭對手。」

他忿忿走回屋子裡，伍皓在後頭愣愣說道：「他吃錯什麼藥？」

※

一隻手托著腮幫子，歪著頭愁容滿面地孤單單坐著，泰軍走近了來，笑嘻嘻地問他一個人發什麼呆。

「我的記憶一點都沒有恢復。」他沮喪地說。

「這種事你自己也控制不了，著急也沒用，時候到了自然就恢復了。」

「說得倒輕鬆。」

「那當然，又不是我失去記憶。」泰軍咧開嘴笑。

「萬一永遠都恢復不了呢？」

「那也沒辦法呀！只能重新做人了，那不也挺好？」

這不是他想聽到的話。他知道這樣很窩囊，但他盼望得到安慰，有人能對他說：「沒關係，別想太多，放輕鬆，你要相信自己，一切都會好轉。」明知這是無聊的廢話，但他需要，他就想要這麼一點點愚蠢空洞又沒有意義的安慰，怎麼樣？他孤伶伶地陷在這個窘境，面對周遭的敵意和可怕的失敗，不知所措的無助，他已經很努力了，已經盡量勉強自己了，他奢求什麼？不過就只想有個人不費工夫地說上這樣一兩句違心之論，這算貪心嗎？給他這麼一點點善意，有那麼難嗎？他怨怒地想著。

「繼續比下去根本沒意義，只是徒增所有人的困擾。」

「才不過第一天而已……。」泰軍嚴肅地望著他，望得他整個人都不踏實了。

「你跟端飛說過這些嗎？」

他幹麼這麼問？

「若這麼沒把握，大可以不比，你為什麼答應？」泰軍一臉奇怪的表情。

他答不上來，只是臉紅了，感受到自己的低劣和虛偽，他其實是在跟泰軍撒嬌。為了掩飾這種尷尬，他跟泰軍檢討起賽道裡發生的各種細節，倒怪了，不論他在賽道裡表現得有多差，犯的錯誤有多蠢，泰軍的反應卻是很興奮，對他的描述感到很大的興趣，陷入認真的思考，不厭其煩地同他解釋如果他怎麼做會更好。

原來祁泰軍也有過比賽經驗。

「端飛讓我去的。」他後來這麼告訴嚴英，「咱當技師的，開車技術都了得，但端飛希望我瞭解賽手的思維，比賽當中他們操作車輛的心態。好車手對車的反應都很敏感，車的狀況不是最好，他會生警覺，但未必知道故障的問題出在哪兒，咱坐上去，一個急彎，案子馬上破了。」

說著他笑了笑，「端飛這傢伙很壞，讓我去比賽沒安好心，比賽是會上癮的。」

「比賽為什麼會上癮？」他問。

祁泰軍瞅了他一眼，臉上「這算什麼問題」的表情。這問題確實笨，哪個男人不會愛上賽車？哪個男人嘗過這滋味不會渴望下一次？但祁泰軍還是認真地思索了這個問題。

對，不是狂飆令人上癮，不是駕馭車的成就感令人上癮，是競爭令人上癮，是強過別人、擊垮別人、證明自己更優秀令人上癮；是用自己的戰績，是用把失敗者踩在腳下換取掌聲、換取尊敬、換取自身價值貼上重量的標籤令人上癮。做好分內的工作，做得優秀、做得漂亮，也能得到成就和榮譽，但和這種肉搏廝殺不能相比，和這種男子漢在沙場上交手見真章不能相比，和這種風捲殘雲的恩仇立見不能相比。說什麼成績不重要，說什麼玩爽了就好，說什麼痛快的是過程，那是注定成為失敗者的，那是給自己不知什麼時候會跌跤找好台階的，那是寧可逃避也不想要付出的人的台詞。

然而他沒說出這些心思。

賽車不是他祁泰軍這種人玩的，花自己的錢去玩，那是不可能，他是個本本分分養家活口的人。說起來端飛這個人是有些殘忍的，明知他的前方沒有這條走下去的路，偏讓他生出這種念想。之前他很清楚自己的身分是技師，既不是有錢玩車的大爺，也不會成為靠賽車吃飯的職業車手，可後來每到賽季，見人摩拳擦掌做參賽準備，他偶爾會生出一種隱隱的躁動和失落感。

「我參加過兩站拉力賽，拿了一次冠軍，一次車壞了沒完賽，還參加過一次沙漠的長距離越野賽，那次我說我當領航就好，端飛要求我當車手，他說你以為我讓你去做什麼？不是讓你去玩兒的。他這人很冷酷，即便咱倆情如親兄弟，拿出老闆的嘴臉他一點不含糊。能有機會參加比賽，誰都求之不得，他知道我心裡會有多高興，可我一個謝字也沒說，就當他是公事公辦吧！

「我自己搞個修車廠，還是經常跟著比賽跑，閨女那時候長得特別快，每次回家都好似變一個人。她小時候長得像她媽媽，一雙眼睛羞澀秀氣但是挺有靈性，額頭圓圓的，頭髮柔軟，不知怎的，身高拔高了，骨架子大了，她才十一歲呢，變得比較像我，臉變得很有稜角，頭髮剪短了，硬得像鐵絲一樣豎起來，連聲音都顯得粗氣，我一回家她從屋裡大手大腳地劈劈啪啪衝出來，一開口不說想爸爸，倒是劈頭就罵：爸爸是不是外頭有女人了？」泰軍說著大笑。「給她媽媽教壞了。」

說著泰軍打開皮夾，給他看女兒的相片。「在外頭怕手機沒電，每次回去拍了閨女的相片就打印出來，這樣方便隨時看。」

他對別人孩子的照片真心不感興趣，尤其這種情勢下必得說一些吃力的不由衷的讚美，實在令人厭煩，他勉強伸過腦袋去瞧，忍不住說了：「還真的像你！」

這話算不上稱讚，泰軍的相貌放在男人身上恰到好處，對小姑娘而言就要哭了，但泰軍聽了很高興。

「是吧！就說嘛！我還納悶，別人家的閨女都是生下來像爹，小眼睛大鼻子，長大了出落得像娘，閉月羞花，我家的怎相反？我老婆說這是因為女兒太想她爸爸了，這樣爸爸回家見了才會有感情，才會想著這究竟是自己的親生孩子，才會捨不得走，唉，說得我心裡酸酸的。」

泰軍肯跟他說這些，他心裡有著一種感動，一種美妙的安慰和溫柔的情感。

「其實今天是我閨女生日。」泰軍說。

他吃了一驚。

「說好了給她辦生日派對的，因為這個比賽不能陪她過生日，她哭得好慘，說給我下通牒，我要是來比賽，她就要跟我斷絕關係了。她都盤算好了趁生日派對的時候把男朋友帶來給我看的。」

「男朋友？」

「是呀，還兩個。那兩貨彼此還不知道有競爭對手呢！你瞧，這小姑娘還好意思指著我的鼻子罵，懷疑我外頭有女人，怎不說她自己？才十一歲就這麼玩弄男人，她有立場說我麼？」泰軍笑笑。「估計也是她娘教的，別隨隨便便就把自己的心交到一個男人手上。」

因為比賽的事誤了泰軍為女兒慶生，倒教嚴英竟生出了罪惡感，比賽既非他辦的，也不是他找泰軍來的，但不知為何他就是感覺自己有責任。

「真抱歉。」他說。

「什麼？」

「讓你不能陪女兒過生日。」

「沒事，我出來前提早給她搞了慶生會了。我說我非來不可，這事沒得商量，做父親的還是得有威嚴，儘管不常在家，也不能讓她這麼小就懂得利用男人的罪疚感搞恐嚇威脅，該怎麼做我說了算。誰說生日非得在那一天慶祝？人生不如意十常八九，有得過就不錯了。好在那天她挺開心的，也不跟我計較了，那兩個男孩子為了她打了一架，她可高興了，美滋滋地說了一整天，晚上笑得覺都睡不著。她不知道我花錢叫他倆打的。」泰軍又大笑起來。

※

深夜裡大夥兒都睡了，這日車輛損壞不致要通宵檢修，倒是幾輛後勤車的損傷恐怕隔日上不了路，但也就暫且擱著了。燈全熄了，周遭一片靜謐，雨也停了，他坐起身，揉揉眼睛，從房車的車窗望出去，為何遠處有亮光？他瑟縮著開了車門，小心翼翼地不驚擾到端飛。

那燈光看來是車燈，在這荒蕪之地，究竟是誰？他悄悄走出房車，納悶著走近，冷不防眼前一黑，後腦袋挨了一記重擊。

沒暈厥過去，只是腦殼劇痛，且弄得他昏頭轉向，有人抓著他後腦杓的頭髮拖拉，他踉蹌被半拖著跑。

他聽見兩個人的對話，是衛氏兄弟倆。

「哥，這外頭實在冷。」他聽見是衛祥的聲音。

「沒出息的，忍著點，要不你來？活動活動筋骨身子就暖了。」衛忠沙啞的聲音喊道。

抓著他腦袋的衛忠把他的臉靠到汽車頭燈，他緊閉眼睛低下頭，為了躲避那刺眼的光，幾乎要把臉埋到沙裡去。

「你說，你到底是誰？」衛忠喊著，死命把他提起來。

「我……我是嚴英。」

衛忠和衛祥兩個對看了一眼。

「你想起來了？」

他搖頭。

「這孫子不給他一點教訓他不會老實。」衛忠說。

「別打我！」他大喊。

「我沒說謊，我真的什麼都想不起來。我幹麼騙你？我犯不著。」

衛忠滿臉不信任的表情。

「你大爺的，誰知你肚子裡什麼壞水，裝著一臉傻氣，說什麼全都不記得了，存心在比賽裡殿後，又跑來拖咱們，你把咱當什麼？由你耍著玩兒？」

他不想挨打，這沒意義，他明天還得比賽咧，要是讓衛忠打斷了手腳他可就玩完了。已經走到這一步……雖然也不過一個賽段，才是開始而已，他卻感覺踏上了不歸路，不能回頭，只能往前走，說什麼也得走下去。

去那什麼男人的自尊，最低限度的顏面，管他丟人現眼，都顧不著了，他跪著向衛氏兄弟求饒，說盡好話，甚至那倒垂的一雙眉毛如美人般一蹙緊，天真傻氣到說出倘使他拿了冠軍，獎金也可讓給衛氏兄弟。這話本是一番好意，他心中還捨不得那筆錢呢！嘴上說出要把獎金拱手讓人時他甚至存著這是在說謊的念頭呢，誰知弄巧成拙，把衛忠搞得更火，「你小子瘋了是吧？放棄治療是吧？是多欠揍在這兒瞎嘰吧說，咋也輪不到你拿冠軍！」

衛忠向來愛吹牛，愛咆哮，虛張聲勢居多，可這會兒有玩真的的勢態。「不招是吧？咱也有辦法。」衛忠說著，要衛祥取繩子來將他捆著，「我這人沒耐性，既然你不肯說實話，我讓衛祥開車從你腿上輾過去。」

他慌了，眼淚都流了出來，那沾濕的睫毛眨巴著就像落進水裡的白蟻濕了翅膀無助地拍動，說不出的惹人憐惜。

衛忠最後拿他沒轍，也就放了他，逃回屋裡去時他慶幸一根手指也沒給折斷。鑽進被窩裡，他的心臟噗通噗通跳著，躺著望進黑暗裡，他恍惚又顫抖地想著，當衛忠把他的頭提起來，汽車頭燈亮得他隔著眼皮子都感到眼瞳要燒掉，朝他咆哮著「你到底是誰」，一剎那他幾乎脫口而出的是他自己也不明白的五個字：「我是孫海風。」

12.

紀藍嫣婚前派人調查過端飛，她是知道白玄希這個人的存在的，可她當時沒有去找這個女人，她甚至沒有打開那個放著所有關於這個女人的信息資料的信封袋。她把它封得嚴嚴實實的，藏好了，放在她自己也不能輕易拿到的地方。她怕她會攔不住自己太想去看。

她想要相信端飛，或者，她實際上是想要相信自己，她不願意讓那怯懦、心眼小、低劣的猜疑毀了她自己的價值，那樣她就貶低了自己，就搖撼了她自己存在的力量，她怕一個不小心，就把她值得一個男人全部的、赤誠的愛與依靠的真相給推翻了。她紀藍嫣是什麼人？難道她不足以讓一個男人毫無懸念地要她、奉獻給她、非她不行？

可如今她那光潔瓷實的信心都瓦解了，或者，從一開始就不是真的堅不可摧，只是她拒絕拿一柄槌子敲下去試探，時間久了，她就算別過頭去，就算閉上眼睛，她都看得見裂紋了。她變得徬徨，她也好奇起來了，原本她把那個女人想得無足輕重，不屑於知道關於她的任何事，其實她永遠都不屑於知道她任何事，或許她好奇的不是關於那個女人，是關於她自己，她自己的自尊成了一個謎，她無法再把她自己想成絕對的了，她成了相對的，她竟然得把她自己放在天平上去秤了。

她知道他同她結婚以後就沒再跟那個女人見過面，她是何等聰明，她用不著派人跟蹤她丈夫，用不著鎮日打電話查他，用不著要他報行蹤，她只要讓人盯著那女人的一舉一動。這麼些年來，她儘管對那女人什麼來路、同端飛有過什麼樣的過往刻意不知曉，可那個女人每天做什麼，見了什麼人，過得好不好，她卻瞭如指掌。

她走進衣帽間裡，她的衣服按照季節，然後是款式、質料、顏色來排列，好讓她能更方便地挑選搭配，面對這一整室衣服、鞋子、配飾，她卻滿心茫然，她到底該打扮成什麼樣子去見那個女人？她想著該華貴一些的下一分鐘就整個轉念改為簡單平實，還是時髦講究一些好吧，剎那間又完全相反地想走傳統經典的路子，完美無瑕的妝容或者刻意漫不經心？她怔怔地望著鏡子，疲倦地嘆了口氣，無非一個過去式的女人，對這樣一個女人，勞她如此計較，如此慎重？

過了四年她才決定要見那女人，不是她突發的興之所至，不是她所有的不安累積成的癲狂，明知那女人與端飛沒再見面了，她卻突然想弄清楚，某樣非常重要的東西，雖然她尚且不明那具體意味什麼。

打從一開始她以為自己完全能理解端飛，把他想成一個極其簡單又極其直率的人，到後來她發現她完全不理解他，隨著時間流逝，他仍如初始那般極其簡單又極其直率，他並沒有複雜了，也沒有變得虛偽，可為什麼跟她以為的好似完全不一樣？

也許她唯一肯定的是他的傲慢，他的致命傷就是他的傲慢，所以她知道怎麼折磨他，到頭來她唯一的快樂，她人生唯一能讓她覺得有意義的事，就是想盡了辦法來折磨他、羞辱他。

之前她懷孕了，他也是開心的，她看得出來，可她就不要他那樣好過，她說你知道奧斯卡為什麼一直纏著我？因為他以為我懷的是他的孩子。她笑著這樣講，他聽了，卻沒說話，一挑眉毛，一瞬間她捕捉到他銳利的眼睛閃過驚訝又帶著凶猛的光芒，但一閃即逝，她幾乎無法來得及解讀那裡頭是否還包含著憤怒、嫌惡、審判，她一點也看不出來。

她期待他會問「妳和那男人上床了？」他當然該這麼問，做丈夫的怎麼可能不這麼問？她若沒跟他上過床，他怎會以為她肚子裡的孩子是他的？她就是要等他問，他問了，她會回答，那次他們都喝醉了，醉得不省人事，醒來以後，兩個人都是赤身裸體的，他當然要以為他們發生了關係。但其實沒有，因為她根本沒醉，她清醒得很，他倆是開玩笑的，胡鬧地把衣服脫了，但奧斯卡即刻便睡昏了過去，什麼也沒發生。她要這樣告訴他，他會鬆一口氣，但也會氣她的放肆，對她那在逾越分寸邊緣遊走的遊戲。他也應該還要存著一點不信任，出於嫉妒心與一個做丈夫的尊嚴，要質疑她說謊，要惱怒地逼她吐實，他若氣得竟會想動手打她，她還會高興。她沒誑他，她真同那男人這麼玩兒，他倆老在一起喝醉，他聽她的心事，她聽他的，那男人喝醉了常常會哭，她卻不會，她也想的，但她永遠在喝醉的時候也扛著警醒，理性的，任何時候她都不想失態了給人瞧見，任何時候她都不想讓人看見她脆弱的一面，因為一個人若有脆弱，脆弱到甚至會流下淚來，就代表他是失敗的。

她想讓端飛驚訝，困窘，感到被觸犯，他會惱怒地領悟到她也不是一個很乖的女人，不是一個他能隨時放心的女人，她也是性感的，奔放的，好玩的，自由的。可端飛他那深沉的靜默反而嚇到她了，她自己搶了開口說她是開玩笑的。這時他的電話響了，他接起來，又談著那些生意上的事，她望著他說話的樣子，時而皺著那對濃眉，時而落入沉思，時而露出苦笑，他說了很久很久，她幾乎等得不耐煩，他一掛電話，她便衝上去，她還沒開口，他便說道：「妳父親打來的，抱歉，我要出去一下。」

他根本不在乎她的遊戲，這使她的遊戲變得愚劣滑稽得自取其辱了，而原本她是要拿這來驕傲的。或者他早就料到她是會做那樣荒唐的事的女人，所以他不驚訝？她本來是想屈辱他的，可怎麼回事？怎麼成了自己感到屈辱？

「奧斯卡其實是男同性戀，你不必擔心，我跟你鬧著玩兒的。」她說。

他換上襯衫，穿上外套。

「你難道不意外？為什麼你沒生氣，沒開口問？」她說。

「妳不自己解釋了麼？我沒想那麼多的。」

他說得好像他完全地信任她，可她因之一絲一毫滿足、踏實、歡喜都沒有。有時她覺得他是個不知什麼叫作痛苦和受傷的人，他永遠都是對的那一個，高尚的那一個，看破一切的那一個。

※

後來那個孩子流掉了。

那會兒才四個月，剎時她還沒真實感，無法具體掌握她失去了什麼，甚至剛開始她還鬆一口氣，那時張羅音樂餐廳的事弄得她焦頭爛額，她喜歡事事井然、慢條斯理，弄得漂漂亮亮、清清楚楚，討厭同時處理一籮筐的麻煩，她厭惡忙亂、奔波、跟人討論這個討論那個，不能忍受穿同一套衣服一天跑好幾個地方、吃一頓倉促而沒有品味的飯，她向來不允許因為別無選擇而將就，因為迫在眉睫而馬虎。她的解決之道不難，跟她說行不通的事就用雙倍的、五倍的、十倍的錢來解決。她這個人不算得上揮霍，不是只曉得撒錢的人，她也是算得精的，因為她也不容被人看作傻。袁露一逕把她視為只愛風花雪月的浪漫閨秀女子，可一起做事，就明白她其實很固執。

是因為過大的壓力、把自己逼得太緊而失去了孩子，可冷靜地想，那不是適當的養孩子的時候，她也真不想挺著大肚子奔忙，她甚至要為丈夫的失望而高興了，她到底還能做什麼打擊他的事？可過了兩天她回神了，她意識到了她痛失掉的是什麼樣珍貴的東西，是無論她自己或者端飛都將會看作比自己的生命還重要的，會在往後一輩子的時光用盡全身全心之力去眷顧的，是唯一真正地繫絆她與他，義無反顧，無論付出什麼都值得的。而她輕易地失去了。

她哭得撕心裂肺的，管不著什麼不願讓人看到的脆弱和失敗，她每天哭，哭到照鏡子的時候發現她的臉整個走樣了，她這才發現原來她一直在心中把自己描繪成一個天真爛漫、迷人、縱情，又充滿勇氣的女孩兒，但如今鏡子裡映照出的她不再美麗，不再飛揚了，或者早就不是了。

她就是在這時候動了念頭，想要去見白玄希。

她在衣帽間裡待了大半天，最後穿著有如凱特王妃一般的英倫風套裝的那一天，並沒有真的去見白玄希。她穿戴整齊，化好妝，吹好頭髮，把那個信封袋放進她的愛馬仕柏金包裡，穿上古馳的馬銜扣高跟鞋，還沒有走出門，便又退了回來，脫下鞋，放下包，褪下套裝，卸了妝。她真正去見白玄希的那一天，是她待在餐廳，直至打烊，獨自在黑暗裡坐著，坐到那孤寂令人難以忍受，她才起了意等待，等待白玄希下班的時間。

夜深人靜，白玄希才剛進門，對於她的拜訪，顯得很意外。陽台上的曇花開了，飄溢著濃郁的芳香，她在北京很少見到這種花，美得令人心驚。「您瞧這花瓣有多纖弱，禁不得曬，只在夜裡開花，白玉一般的顏色。可它也受不得凍，這花是沙漠植物……可在北京這樣的地方，它也活下來了。」白玄希說。時不時地，她便聞到那一縷香氣的游絲若隱若現拂過鼻尖。

她說她是端飛的妻子的時候，回應她這帶有炫耀性質的驕傲的是一個溫婉的微笑，她看見那漆黑晶亮如月夜的湖面的眼睛閃過一絲無辜又無助的悸動。

她見到了那個孩子。

原以為夜深了，孩子應該已經睡了，可那孩子固執地睜大了眼睛，坐在輪椅上等著母親，發出一種混沌的仿似語言的悲鳴。白玄希拍了拍孩子的頭，輕輕撫著他的臉，語氣像是抱歉似地對她說：「這孩子說不好話的。」

那孩子十分瘦小，且整個人扭曲著，一雙眼出奇地大，額頭圓圓的，頭頂卻像是削去一塊的形狀，鼻子和嘴又尖又小，像某種奇怪的小動物，不像人。

都不像人了，別說像端飛，甚至也不像他母親。

「這是端飛的孩子？」她以一種試探的口氣問。

她知道白玄希有個孩子，那孩子似乎生著什麼嚴重的病，或者天生的畸形，不能正常生活，經常得上醫院去洗腎和輸血，白玄希還請了一個保母在她離家的時候照顧他。白玄希是韓國人，在中國甚至沒有合法的居留和工作身分，她怎麼負擔得起養這孩子？

縱使打從她知道白玄希有這麼個孩子，她就懷疑是端飛的，她就這麼認定，此外她看不出還有什麼別的可能了，然而她這麼說出口時，還是慎得慌，還是心臟怦怦跳得厲害。

白玄希張大了吃驚的眼，面露困窘。「不是的。不是您想的那樣。」

不是我想的那樣，她在心中重複這句話，我想的是怎樣？不是我想的那樣，又是怎樣？還可以是怎樣？

「我和端飛，我和他只是……」她躊躇著，貌似她的中文程度不足以找到適合詮釋她與端飛的關係的句子。她見她那為難的可憐，認真的困擾的模樣，幾乎想要哈哈大笑了。

她看不見自己的臉，都不知道自己嘴角已經揚了起來，見她這帶著諷刺的笑容，白玄希輕輕抿了抿嘴，語氣柔和地說她和端飛並不曾是戀人。

紀藍嫣從手提包裡取出一個大牛皮紙信封。

「我請人調查過妳，關於妳的事，所有的資料、照片，都在這裡。」她說。

她注意到了，當她說這話時，白玄希露出動物踩到捕獸夾般強烈的驚恐表情，儘管強作鎮定掩飾也掩飾不了，即使勉力從臉上抹去，也徒然使得那偽裝的平靜格外僵硬。

「我還沒看過，不如妳自己告訴我。」她說。

她眼睛一眨也不眨地盯著白玄希。「我想聽妳親口說，我要看著妳說這些臉上是什麼樣的表情。妳想說什麼由妳，說完了，我就把這個信封燒掉，我就信妳說的。可妳別跟我耍心機，別唬弄我，花言巧語。我在乎的不是妳，妳的過去對我來說一點也不重要。」

白玄希與端飛的關係發生在她之前，跟她無關，不勞她置喙，就如她所言，她不在乎這女人，她在乎的是她自己，她究竟弄錯了什麼，做錯了什麼，以至於走到這般惶惑。他究竟怎麼愛著這個女人的？他究竟有什麼樣她沒見過的一面？

她那像是勒住對方脖子一般銳利的眼光逼得白玄希低下了頭，她瞧見白玄希瞅了一眼桌上放的那牛皮紙袋，原本就白皙的皮膚益發顯得蒼白，抬起頭時倒吸了一口氣，閉上眼，黯淡燈光下那長睫毛落在下眼瞼的影子像著火的飛蛾撲翅抖動，她睜開眼睛時露出一個悽慘的笑容。「我不能說。」

「不能說？什麼意思？」這突如其來的四個字彷彿搧了她一耳光似的觸怒了她，接著她莫名其妙，這困惑反而讓她顯出了耐性。「有什麼不可告人的事，即便妳不說，我只要打開這個紙袋就知道了。」

這會兒換白玄希以一種強悍的目光注視她了，雖然是一張溫婉又柔順的臉，像受傷的小動物，從鳥巢中摔到雪地上的雛鳥，易碎的纖細瓷器那樣脆弱的一張臉，卻有著不在乎玉石俱焚的強硬。她這才明瞭到，這些年來，這個女人過著一成不變的生活，安靜，孤獨，掙錢，照顧她的孩子，沒有朋友，凡事逆來順受，沒有笑容，沒有表情，因此她把她想得太笨拙了，她看似卑怯，不會抵抗，在外經常戰戰兢兢，馴良戒慎，其實有心氣又敏感，警覺，而且不信任任何人。現在換白玄希直視著她，不慍不火，卻是在逼她，逼她承認，其實她早就看過紙袋裡的東西。

那麼這女人是誤會了，她以為我看過紙袋裡的東西，因此存心來羞辱她，要她親口說出來，逼她說那些她恥於開口的事……這麼一想，她明白她說那是「不能說的」的意思了，不是不能說的秘密，而是一個人的尊嚴無法讓自己用嘴說出來的事。可她沒那麼複雜又殘酷的心思，她的存念剛好相反，她讓白玄希自己說，讓她有權選擇說法。這難道不算反而是給了她尊重？

她只不過是想聽聽她親口說，看她的表情，活生生的，歡悅，或者悲傷，乾枯的追憶，或者未熄的餘熱，那聲音裡的溫度，那隱含著顫抖的若無其事，或者虛張聲勢，一派謊言？她可以隨時打斷，她可以發出疑問，讀那些冷冰冰的字得不到她想要的。

她並不是以一個做太太的身分跑來丈夫外面的女人這裡興師問罪，硬說一個無辜的女人勾搭她丈夫來鬧事，她沒落到那麼俗氣，那麼庸醜的境地。

但這會兒她不自覺揪住自己的領口，茫惑之餘，甚至激動起來，有什麼事這女人敢做卻不敢啟口？

「唉呀！」白玄希忽然慌張地喊起來，「瞧我都忘了給您沏茶，或者想喝點別的？」

她擺擺手，以一種不耐的口氣：「不用了，我只喝Espresso，現在都大半夜了。」

她這麼一說，白玄希便陷入尷尬的沉默了，兩手放在膝蓋上，那雙不知所措的大眼睛和那咬著的嘴唇讓人看得分外難受。

「那個孩子花費很大吧？誰在資助妳？端飛嗎？若非他的孩子，他哪會這麼做？」

白玄希沒答腔，她以為她默認了，可她隨即苦笑著搖頭，眼睛裡閃爍著難以言喻的苦澀。「如果是端飛的孩子，就不會生成這般模樣了。」

她隨即清醒過來了！

看到那個孩子她就應該釋然了，竟然還同這女人瞎耗了那麼久，那孩子看起來太恐怖了！根本是個妖鬼，不僅樣貌怪誕，說話的聲音也讓人心驚肉跳，明顯是個低能，還帶各種病殘，她對於自己竟然會懷疑那是端飛的孩子，感到不可原諒和強烈的羞愧，她竟然還曾害怕白玄希是一直在用這個孩子留住端飛的心的。

真傻，她竟然跑到這兒來，她是著了什麼魔了！她有一個很美好的婚姻，一個理想的丈夫。毫無疑問的，端飛對她是全心全意的，若是要求他感情豐富，心思細膩，那末他就算不上一個男人了，可誰說他對她不是死心塌地著呢！他有了她，哪裡還有可能看得上眼別的女人？若仔細想想，她的要求端飛並非什麼都答應的，可只要答應了，再怎麼困難他都會做到。她雖然不理解他，可他卻是一開始就很清楚她的諸多壞毛病的，他就算是不喜歡，也是縱容的，因之她的許多念想，他是掛在心上的；她每每氣頭上便萬般詛咒，可一轉念思及他對她顧念的種種，她又感動了，責怪自己對他是不公平了。她這愛鑽牛角尖的腦子可真會把自己往陰暗的方面拽，她還不夠幸福麼？他其實一點都沒有變，到現在對她還是痴愛著的，無庸置疑。

她望著手中的信封袋，她不在乎裡頭有什麼了，更沒興趣逼白玄希說出什麼了，那女人跟端飛曾有過什麼，究竟是些什麼說不出口的不堪和齷齪事，她不僅不想知道，甚至對於這留下的證據感到由衷嫌惡，她取出打火機，企圖點燃那個牛皮紙袋，但那微弱的火老是熄滅，屋子裡漫著不完全燃燒的煙味，她便索性站起來，大剌剌地走進廚房，打開瓦斯爐，燒掉那個紙袋，煙灰飄舞四散。

她把剩下的一角殘餘的紙袋往地上一扔，不發一言地走了。

白玄希站在陽台上，凝視著黑夜裡張開觸鬚般潔白花瓣的曇花，她想著曇花即便再美，美得銷魂，美得動人心魄，又有什麼意義？盛放在孤寂的黑夜，再眷戀，又能怎麼著？站在屋外，站在那昏黃街燈下，默默守著它，那樣凝視它到天明？只看它幾分鐘，你便會覺得看夠了，回屋裡，忘了它，不消幾時，你連嗅覺都麻木了，依舊瀰漫在屋內的香氣你都不會再感覺到。偶爾那恍如陰魂的芳香勾動你，瞬即又飄散無蹤，喚你想起它仍兀自孤獨地，使出渾身解數綻放，縱使一個觀賞的人都沒有，縱使沒人在乎，沒人知道，它只忠於自己。

她想起端飛在身邊的時候，她總是看著他，從她第一次見到他，只要在他身旁，她永遠那樣目不轉睛地看著他，默默的，卻不忌憚的。有時她站得遠，有時她靠得近，有時她寧願遠遠凝視，不被發現，有時她更雀躍於能靠得近，近到她幾乎可以假裝不經意地碰碰他。就只是她的手肘輕觸到他的手肘。她跟在他身後的時候，他總是走得那麼快，步子邁得那麼大，好像心急地要甩開她，她會停下腳步，望著他與她的距離逐漸拉大，他沒回頭看過她有沒有跟上，她忽然憶起，她腦海裡所有關於他的身影，未曾有過回頭這個姿勢。

沒愛過人的時候，世間再苦，都是無謂，不覺得痛，也沒有眼淚，誰知懂了愛一個人的滋味，遍目所及皆是地獄，分分秒秒都是地獄。

一會兒天就要亮了，而這正是夜色最漆暗的時刻，太陽升起，這短暫盛開的花朵就要枯萎了。你見過令人心碎的美麼？可心的破碎難道不是一瞬間？你見過一個人一生都在心碎麼？普羅米修斯的肝尚且被老鷹啄食掉後，隔日又再生出，一顆心碎了怎麼還原，然後重複碎掉？可到底為什麼那碎掉的痛，可以一天一天的持續，永遠像剛發生的一瞬？

※

她和他的相遇是在沙漠裡，第一眼看到他時，覺得他是透亮的，黑夜盡頭升起的那種亮。不刺眼強烈，像穿透蔚藍海面的陽光。她記得他握住方向盤的手，非常漂亮的一雙手，堅實，修長，帶著細緻紋路的淺棕色，她從後座望過去，看著那雙手時，就曾經想過，如果她能握住它，她永遠都不會放開。

一束陽光射進來，剛好綴在他的手腕上，好像戴上金色的手環，她看得痴迷了，差點兒想挨前去，伸手撫摸那金光溫暖的投印。

她起先是匍匐在後座，怕他發現車上有個不速之客，但她忍不住偷看他，她從後照鏡裡瞥見他那雙鷹隼一樣嚴峻又銳利的眼睛時，發現他也同時瞟著她，她趕緊縮了脖子，心想那是巧合吧？錯覺吧？他若是知道她在後頭，早就出聲了吧？為啥靜默呢？

兩個亡命的人，素昧平生，沒有一句話，她卻如此安心，先前換過一輛又一輛卡車，從一輛車上逃到另一輛車，她沒闔眼過，此刻卻睡著了。後來她面對面見著他的臉，不感覺驚訝，好像為了和他相遇，冥冥中她已預先認識了他，她將會認出他來，這是命運注定的。

可她錯了，他比她想像的冷酷得多。但她理解得太晚，如果她早一點明白呢？

她起先以為他出於一種警覺，一種猜疑，所以對她始終冷漠，後來她覺悟到了，他只是不想要她而已。

她面對紀藍嫣時，心中浮出的自卑讓她痛苦，她也曾經是那樣美，那樣優渥，帶著不容辯駁的自尊，像背上生著發光翅翼的天之驕子。可她幾乎不再記得那是她的曾經，若非紀藍嫣出現在她面前，她早忘了，也不在乎了，不值得追憶，也不值得眷戀、懊喪。可為什麼現在她感覺如此淒涼、心痛、屈辱、嫉妒？她心中還有不甘？真荒唐，她都想不起來什麼時候她配得上不甘了，即便夜裡有夢都過於狂妄了。

她對著鏡子端詳自己。胸前一直到腹部是一整片燒灼傷的痕跡。

當初看起來是那麼恐怖，連她自己也想尖叫不止，現在已褪變平淡了，像一張筵席後布滿打翻的油汁醬液、殘羹剩餚、肉骨魚刺和嘔吐物，扔到潮濕地下室的雜物堆底下，經年累月發霉剝脫了零落細碎表層，皺縮成一團的桌巾。

當然還是醜惡不堪。

而這醜惡形象帶來的絕望不是它現在看起來如此醜惡，而是它曾經是美好的，甚至是晶瑩絕美的。她不在乎美醜，對她來說，美醜毫無意義。連因為這傷所承受的椎心痛苦，皮肉焦潰融蝕而斑斑掉落，癒合的底下是化膿腐敗，新生成的蟬翼薄皮經不住最微小的張力一再一再迸裂，夜裡輾轉反側尖銳的嘶嚎化為暗暗悲鳴，都無所謂了。

她真正完好的時光實在太遙遠，遙遠到她不太記得曾經存在了。

她望著鏡子裡的自己。這是他曾經愛撫過的身體，每當她想像和他的肌膚相貼，便忍不住輕顫。

然而他終究越來越遙遠。

有一天會被遺忘，她很明白。這是打從第一眼看到他，相信他是她漂流在這荒敗可厭的世界唯一能負載她下沉重量的浮木時，她心裡其實早就明白的事。

她會一再回想他第一次要她的時刻。往後不只一次她想著，他和什麼樣的女孩交歡？過去，現在，或者未來，那些有著光潔平滑的身體的女孩，每一個，都必然是美麗，白淨無瑕的。因為他值得，他不必花上什麼心力去追求，他什麼工夫也不必下，就能任意擁有。必然的。像他那樣的男人。他怎麼能忍受她的醜惡？她無法想像他混雜著驚愕和憐憫的目光以及那底下掩飾的反感。

「別看我。」她說。轉過身，看著他映在牆上的影子。

他在她背後，環住她，她感覺到他升高的體溫，他脫去她的上衣，當他的手指觸碰到她裸露的肌膚時，她反射性的抽搐了一下，儘管是早就被無數男人占有過的身體，卻彷彿是第一次被人觸摸那樣的驚悸。

時光的河流靜止，恍若昆蟲裂開的背殼中伸出透明的，纖薄的翅翼，迎向那贖回了的純潔乾淨的日光，昨日懵懂而未經世事的少女，置身滿室明亮的白色房間，一雙晶瑩的眼裡沒有陰影，無瑕白皙的皮膚彷彿覆著幽幽光暈，愛的蒞臨是一份顫抖徬徨的未知，隱微的渴望與不安，期待和恐懼的喜悅。她垂下臉，他滾燙的唇碰觸到她的耳朵，她的頸項的剎那，就像什麼銳利的東西刺穿她的胸腔，揪緊了她的心臟，全身顫動著繃緊了。

他身上有一股很好聞的味道，一種帶著男性特質但不刺鼻的芳香，從他清潔的皮膚底層伴隨著欲望的熱氣散發出來。

當他的手臂貼在她斑駁的胸腹，她傷痕尚未痊癒的皮膚在痛楚中仍能感受他手指溫柔的移動，她輕閉上眼，用自己的手掌貼住他粗糙卻優美的手，惟那雙手能帶她穿越死蔭之地的，既甜美又蒼涼。

童女與少女時代她是一個受嚴格禮教束縛的內向溫文的女孩，她父親對女子貞潔品行的要求是極端苛厲的，中學時，一日放學後與同學們逛街遊玩，天黑回家，巷子裡她才驟想起嘴唇上塗著她剛買下的唇膏赤豔的顏色，她好奇那樣華麗的紅，襯著她白皙的皮膚，有多好看；此刻心頭一驚，慌張取出紙巾來猛擦，一進門，父親等著，她不是只挨了一耳光而已，她被痛打到折斷了手骨。當下她根本沒明白她犯了多大的罪，很久很久以後她才了悟，她拿紙巾在嘴上狂抹的結果，就是弄了一臉口紅的髒污，好似同男人瘋亂激吻後的模樣，無怪乎他見到她第一眼便露出那樣蔑視的表情，也許他心中所想的，是更不堪齷齪的畫面。

這有多麼諷刺，男女隱諱的親密對她而言一直是她迴避想像的可怖之事，豈能料到有一天她的身體會給過無數不相識的男人，就如一具運動的塑膠人偶，只是一遍又一遍忍受反覆被撕扯綻裂的巨大痛苦。

此刻他就在她的內裡，並不如幻想那樣，是一種激情的歡愉，美妙的快感，只覺得宛如自暗黑海底浮升，初次瞇著眼睛觸探透進海面的金燦陽光，隨著他抽送的動作她感受他確實在她身體裡面，再沒有任何時刻、任何方式能靠他如此近，她身體裡每個細胞都感受著他在她的最深處，她願意無窮盡地接納著他。

隨著他身體震動的節奏，彷彿一切要崩毀的力量，像龍捲風在她胸腔盤旋上升，難以言喻的酸楚碎裂開來，灑向她身體內每個角落，他加快了速度，駭人的強勁衝撞凝聚成一股爆炸性的迫力。她熟悉男人施加在她身上的這種侵犯和羞辱的力道，像要把她拆散解體，讓她感到暈眩，那不是一種蝕骨興奮，更像恐怖的大海嘯，狂殛的雷電，她會咬緊牙齒，下體和大腿抽抖，太陽穴下的血管噗通噗通躍動。她在破散中墜落，眼淚流瀉而出，她以一種幾近崩潰的柔情迎接他凶猛的動作，像撐開眼皮迎接炙瞎雙眼的烙鐵一樣。

這是她奮全身之力，可以做盡一切來交換的男人。

她感覺他肌肉的亢奮顫慄，無數次她幻想在高潮中喊著他的名字，一遍又一遍。而此刻她沒有真的喚出來，她怕一說出，夢會啵地應聲破掉，她只是安靜地，讓他溫暖的一部分停留在她身體裡。

她閉著眼一動不動地，以為他會離開，但他摟住她，不是溫柔、纏綿、體貼的餘韻，而是以全身之力緊抱她，令她幾乎窒息的堅固強韌。不曾有人以這樣彷彿隻身阻擋洪流般的焦灼決絕抱緊她，就像，就像他也怕失去她一樣。

很長的時間她不再相信他曾經緊抱住她這個記憶了，這不可能是真的，只不過是她的幻想，她錯亂了，稍微用一點最低限度的智能和理性，就知道這不可能。她一直渴望他的心裡對她有一絲一毫在乎，曾經她迫切地需要他的愛，唯獨如此能換得她的重生，然而她不是傻到無可救藥的人，那並非如同斷了尾巴的蜥蜴是能重新生得完好的，那並非如同朽壞的牆壁可以重新上明亮乾淨的漆的，她豈能厚顏無恥地期盼有誰能來承擔救她早已燒成面目全非的靈魂的責任？

當她再見到他的時候，她要花多大的力氣去壓抑，去控制自己流露出她心中對他的感情？她要費多大的力氣不讓自己的眼光跟隨著他的一舉一動，她要費多大的力氣緩慢自己的呼吸和心跳，她要花多大的力氣不讓眼淚流出來，不讓自己的皮膚發熱，不讓自己的手腳顫抖，不讓她的唇吐出想念？她要如何迫使自己垂下眼，轉過頭，背對著他，不讓他看破？

當然他是不會起疑的，她這樣抑制自己，咬得嘴唇發白，拳頭捏得指甲陷進肉裡，怕的就是放縱自己流露出對他的情感，他也不在乎。

儘管她已經做好了心理準備，可她還是震驚於他跟她之間的淡漠，比陌生人還讓人心碎，她用一隻手掩住自己的嘴，不讓自己哭出來，可那來勢洶洶的淚水勁道窮凶惡極地撐開緊閉的眼皮，像沖破水壩的洪水嘩嘩流出。

他一定不知道，他曾經說過的每一句話，她都記在心裡。因為只要是他開口，從他嘴裡說出的任何一句話，她都會在心裡反覆說幾十遍，幾百遍。

她始終會想起，有一天在旅館房間裡，她聽著外頭嚴英同端飛說道：「走啦！你去叫她一下唄！」她聽見端飛在走廊的腳步聲，然後他喊了一聲：「玄希！」

她一驚，心都糾結起來，那是端飛的聲音，端飛在喊她，這是頭一回她聽見他叫她的名字，以前從沒有過。

他喊她的名字！這彷彿讓她第一次發現自己是個有名字的人，這聲音在她的腦海裡重複迴盪，響得她熱淚盈眶。她倉皇地打開門，陰暗的走廊籠罩在灰褐色的朦朧裡，端飛的身影在走廊另一端，隱沒入緩緩飄飛的昏黃塵霧。

曾經，她只希望，早晨時睜開眼，知道這是能看到他的一日。

如果不能見到你，我不願活著。

她喜歡他的笑容。雖然他是個冷漠的人，雖然妳知道他像寒厲的冰塊一樣，妳把溫熱的皮膚貼上去，撕下來是剝落一層帶血的皮，雖然妳明白他的心距離妳那樣遙遠，就像隔著億萬年嶙峋聳立的尖銳冰岩，可妳見著他的笑還是會流下熱淚，妳還是會瓦解，妳還是覺得愛上這麼一個人值得。

我原本就是孤單的一個人，現在回想，才發現，從人生有記憶開始，就沒想像過在誰的懷抱裡。並不是命運把我變成如此，而是這就是原原本本的我。認識了你真好，沒得到你也不遺憾，我其實，不需要有任何人在身邊，閉上眼，風這樣吹拂過，就夠了。

13.

李玲娜的室友小米向來把錢藏得緊，也不過是一些小錢，東藏一處西藏一處，老弄得自己都記不清，小米是一個銅板也計較的人，凡事算計，可因為腦子蠢笨，形成了奇妙的矛盾，既現實又天真，雖然謹慎地不讓自己吃虧，卻老給人占了便宜。感情沒一次順利，她不在乎情啊愛啊的，總務實地看著能得著多大好處，結果千篇一律落到費盡力氣卻傷了心，自己躲在棉被裡哭的田地。

其實房子是小米買的，只五十平米大，一個人住差不多，可為了付貸款，分租給李玲娜，這房子根本沒多餘房間，李玲娜睡客廳的沙發，也只有李玲娜願意了，否則她也租不起別的地方。

即便如此微薄的房租，她也好幾個月付不出來了，小米老拐著彎兒跟她催，實在讓她厭煩，固然小米因為自己的工作常出差到外地，因之認為很多時候是慷慨地讓李玲娜一個人獨占整間房子的，可李玲娜也常出差不在北京，那些她不住這房子的時候，她還不是照付房租？她有抱怨過嗎？

她與小米成為朋友，也不過就因為小米是廣東人，初識小米時可以同講粵語，感覺親切又輕鬆，日子久了，她還是不喜歡小米，小米心眼小又愛囉唆，對什麼事都有意見，回到家來老是哭訴在外頭誰欺負了她，李玲娜對習於撒嬌的女人是極厭惡的，且說白了小米哪一次嚷嚷的委屈不是自己惹的？

小米新交了男友，那男的也搬了進來，小米近來減少出差，很多時候三個人住在這小哩巴唧的房子裡，擁擠得不像話，他倆整天親親熱熱的，大約是前次戀愛的反彈，小米前任是個富二代，小米以為自己要嫁進豪門做少奶奶了，要人家買這個買那個給她，上人家裡去，渾然以當家媳婦自居了，還使喚起夫家的工人，婚期訂了，新居都裝潢了，誰知就因為小米要求她這位準夫婿給她母親家裡的人都買一支最新的iPhone手機，人家不留情地悔婚了！小米氣得心臟都差點不跳了，又悲痛得一粒米也吃不下去。就因為不願意買手機？太羞辱人了，太惡劣，太沒素質！這回令人驚異的是，小米挑了個一窮二白的男人，還剛丟了工作，小米這輩子從沒正眼看過這種屌絲。

小米說她終於領會到了真愛！她把存款都提領了出來，要給男友買輛車，為了省利息，省匯款的手續費，才打算使現金。小米把錢小心翼翼藏好，怕自己弄不清了，又把藏錢的地方一一寫在紙條上，就放在廚房的抽屜裡。

小米發現錢不見時，驚得心臟又差點不跳了，李玲娜在旁不吱聲，待小米說要報警，李玲娜只好老實承認她把錢拿走了。

小米那又小又圓的臉脹紅了，一雙小老鼠眼睛也瞪得圓滾滾。「全拿走了？有十萬塊錢哪！是我全部的存款！」

李玲娜沒理會小米的駭異和激動，只是不耐地聳聳肩，說道：「我真搞不懂，妳把存款都拿去買車，妳吃什麼喝什麼？」

「我指望妳把欠我的房租都還給我呀！」

儘管李玲娜一逕聽多了小米的傻話，還是訝異地張大了嘴。「妳怎會這麼一廂情願？」

小米那握緊的一雙拳頭皮膚都發白了，「我作夢也想不到妳竟會偷我的錢！」因為個子小，模樣像隻採取防禦措施而站立起來的松鼠，看在李玲娜眼裡顯得分外好笑。

「什麼偷呀，所謂的偷指的是把人家藏起來不讓你知道的東西拿走，可妳把放錢的地點寫在紙條上就擱在廚房，那跟公然擺在桌上一樣嘛！」

「噢，妳總是要用這種歪理來拐弄我，我不隨妳起舞，妳快把錢還我，我就不計較，否則……，否則我得要告訴我男友的，他不會善罷干休。本來我瞞著他的，因為那會是一個驚喜，可發生這種事情……」小米顫抖著嘴唇。

「花掉了。」李玲娜乾脆地說。

「花掉了？」

她真受不了小米那個呆樣。

「我拿去買了一個皮包送人。」

「皮包？妳拿我的十萬塊去買一個皮包送人？」

「愛馬仕柏金包，綠色鴕鳥皮的。我買二手的，可跟全新的差不多。」

小米尖叫起來，用最難聽的字眼咒罵她。

「發什麼神經呀，不過就是錢嘛！」她大喊。在她看來小米的反應實在太過度了，簡直是歇斯底里。

「我不明白妳幹麼要氣成那樣，又不是妳死去的至親留下來的什麼不可取代的紀念物，又不是神仙給妳的護身符，不就是錢麼？以後還妳就是了。」

「還我？妳拿什麼還啊？好幾個月房租都沒付，我都還不好說呢！」

「什麼不好說？妳老在指桑罵槐的，聽著更刺耳，我寧願妳直說呢！」

「有自尊的人是用不著別人講明的。」

「別同我說什麼自尊的話題，妳看看妳自己，倒貼也最低限度挑揀一下，那男的相貌生得次不說，一臉膿皰，成天光著膀子走來走去，叼根菸到處晃，菸灰一路落，到了廚房還落鍋裡，說起話來麼特挨揍，一件正經事不幹，這種貨伺候得跟祖宗一樣，只差他懶在沙發上要拉屎妳還心疼廁所遠，就地給他挖茅坑呢……」

小米嚎啕大哭起來，回身跑進房間，她聽見她鎖了門，哀聲哀氣地打電話給男友。李玲娜想了想，小米怕不還真報警？便耐著性子敲門，把臉貼在門板上柔聲說：「我的好小米，乖別哭，妳就是心眼死，把自己弄這麼不愉快做啥？這事兒根本不大，錢是可以賺到的東西，但世上很多事卻比錢重要。妳這觀念要改，別老把錢看那麼重。妳瞧，妳就是因為不再一心想錢，這可不才找到了真愛？別讓這麼俗氣的事破壞了咱閨蜜的情分。至於買車呀，妳圖的是討他歡心，可這挺不實際，現在進城都要限號，有輛車也不好使，給自己添麻煩。他知道妳的心意就夠了，我跟妳擔保他知道妳有這份心思就會感動得把妳抱起來直親了，否則哪叫作真愛？若是沒給他買車他就不愛妳，這種男人不值得妳對他真心，我這還是幫了妳……」

※

李玲娜沒那麼多閒工夫慢慢和袁露摶感情，只好用禮物收買她的心了，又不能做得太露骨，太俗氣，袁露反而會拒絕，她的說詞這是長輩送她的，某大媒體高層企圖挖角她，用來籠絡她的，她當場不好婉拒收下，可事後她也沒去那家公司，她這人愛自由，擔不了那麼重的職位，她不曉得這包多貴重，只覺得端莊好看，既然不符合她平日習慣了休閒隨興的風格，不如送給相襯的人。這個說法不僅遮掩了送禮這事場面上的尷尬，弄得輕鬆自然，同時還抬了自己的身價，人家拿這好東西來討好她李玲娜呢，她在傳媒界豈可能會是個無名小卒！

袁露自己有兩個柏金包，她是識貨的，一見便喜形於色。袁露將她請到她自己家裡吃飯，叫了法國料理外送。袁露收藏了不少好酒，李玲娜喝了一口卻忍不住皺眉，袁露笑笑，「太甜？有些人喝不慣Nobel Rot，我是很喜歡的。」袁露給李玲娜開了一瓶紅酒，自己把那瓶貴腐酒喝了。

吃飽喝足，酒開了三瓶，袁露心情頗好，李玲娜忖著也該進入正題，便提到她因為跑賽車新聞，所以跟端飛認識，只是先前並不知道這個端飛便是紀藍嫣的丈夫。

袁露有些訝異。「妳先前來採訪藍嫣，我以為妳是做美食生活或是女性風尚這一類新聞的。」

「噢，那是的。」李玲娜結巴起來。

「賽車新聞是我的愛好……」

袁露並未在意李玲娜的說詞裡有什麼不自然和矛盾，也許因為她已有些醺然。「藍嫣不樂意她丈夫賽車呢！她根本不希望人家知道。在她眼中那都是些沒文化的粗人，她是不情願端飛還同那些玩車的人來往的，他們當中有幾個像是惹得她很不痛快，那個練車場的投資，好像就為了那筆錢，端飛才答應去德國……」袁露似乎自覺說了多餘的話，便打住了，李玲娜印象裡她不是第一次聽到關於德國的事，她本能感到這是個該追究的題目，然而袁露接下來的談話卻搔起了她的情緒，把德國的事剎那拋諸腦後。

袁露揚了揚眉毛，大著嗓門說道：「妳認識端飛呀，藍嫣向來對自己的優雅、自己的女人味自豪的，可遇見了端飛，卻變得不篤定了。我去她家的時候，她不許我說話，盯著我寸步不離，不讓我跟端飛獨處呢！」

「她怕妳趁機勾引端飛？」李玲娜以開玩笑的口吻說。

「我？才不呢，我承認他很有魅力，但不是合我胃口的一型。」袁露俏皮地眨眨眼。「藍嫣說端飛肯定是喜歡那種直來直往的北方大妞，像我這種型款的；她怕我放在旁邊一比，就凸顯了她的彆扭了。以前她何曾認為自己性子彆扭過？……當然她是。」袁露噗哧一笑。「藍嫣像她媽媽，她媽媽是上海人，細節很講究，精明，卻又善感，又倔又鑽牛角尖……」

「我想端飛不至於，否則他不會喜歡白玄希那種女人。」李玲娜可沒興致聽關於紀藍嫣的媽的事，便打斷袁露的話，裝作不經意的順口，實則有意。

袁露果然吃了一驚，且露出一種警覺的神色。

「他跟妳提到白玄希？」

「噢，我們只是聊天的時候，他說到望京的一家酒吧裡的韓國女歌手，貌似很動心的，我後來特地去瞧了，還真是個美人胚。」

袁露聽了嘴都合不攏，一臉不可置信，使得她一下子還倒抽一口氣，臉燥心虛被看穿了胡說，可接著她又想，這也算不上扯謊，只不過把事實換個方式說而已，那張酒吧的名片確實是端飛的嘛，她之所以去了那家酒吧，因而見到了白玄希，從某個角度來說，可以算是透過端飛引線，她豈有說錯呢！

人的本能會抗拒說謊，因為那到頭來會對自己也造成混淆，可人的本能也會自然地說謊，就像偽裝成樹葉的蝴蝶，偽裝成樹幹的蜥蜴，當欺騙有利於生存，這個樞紐就會自然啟動。你剛開始說謊一定包含了相當的真實，你相信自己說的仍是實話，只是把真實換一種方式演繹，慢慢的你會把真實和虛假間的尺移動，直到裡頭不存有半點真實。一旦你做了第一次，後來就容易了。李玲娜不否認說謊是一種墮落，然而關鍵是你用來交換什麼，誰不是日積月累的，一天切下一小塊靈魂的碎片出賣給魔鬼？

當初她發現這張名片，是出於本能直覺認為這東西有某種重要性，可腦子來不及深思，現在想想，這張名片這麼舊了，他卻一直保留在皮夾裡，皮夾裡除此之外沒有別的名片，可以見得，他不是為了記這名片上的地點訊息，他早就很熟悉那些訊息，他把這張名片放在身邊，是作為一個紀念，一個對他而言有意義的事物，是好像把一個人的照片或者信物放在身邊那樣，她猜，因為他不能帶著她的照片，她的某個紀念品，他用一張名片來代替，也或者，他只是捨不得丟掉。

李玲娜馬上就了悟到，袁露一點都沒懷疑她，袁露訝異的是端飛會跟她提白玄希，除了意外，困惑，還多了些惱怒。

「他居然叫妳去見白玄希？他安著什麼心？」袁露大著嗓門說。

李玲娜趕緊搖搖手，露出慌張的表情，「不不不，他沒叫我去看她，是我自己去的，我只是好奇……」

袁露打斷她：「好奇什麼？好奇會殺死貓，我說妳這隻貓呀，當記者的也不是人家隨便拋個瘟鼠當餌給妳，都當作珍寶！妳自己都不懂掂一掂值不值麼？傻！」

李玲娜挨了袁露斥訓，來不及發惱，袁露是真動了氣，這可不好，眼下她不想弄擰跟袁露間的氣氛，袁露那架式有股躁煩得要拂袖而去似的氣焰，她費了那麼大工夫，花了那麼多錢，還跟小米翻了臉……算了，小米不重要，要不是她沒工夫找地方住，她對跟小米的交情是從沒放在心上的。可同時她又竊以為袁露的情緒那樣激動，毋寧是正中下懷，倘使袁露對此反應冷淡平靜，她恐怕更失望，更無以為繼，而袁露的憤慨說明這其中大有值得一探的文章。誰說這是不值的餌？

「他說她很美？」袁露啐了一口，「我就說藍嫣是太天真了……」

袁露搖搖頭，又開了一瓶酒。

「藍嫣婚前找人調查過白玄希，關於那個女人的資料，都放在一個紙袋裡，她卻不願意看。妳瞧，她這個人就是這麼彆扭。頑固，說不通，她有她的想法，我也弄不清她糾結些什麼。她不看，我倒是看了，沒讓她知道。那個女人以前在韓國，家世很不錯……」

「我知道的，酒吧有認識她的客人告訴我，她父親是韓國大型建設公司的老闆，關係企業還包括通訊、電子、連鎖休閒俱樂部等生意，因為捲入政治獻金案，又被查出重大逃漏稅、挪用和轉移公司資金，以及惡意隱瞞公司財務、詐欺等被求處重刑，他本人宣稱自己清白，是遭董事會鬥爭的蓄意陷害，被收押期間因為高血壓獲准保外就醫，在醫院中自殺身亡。當時白玄希才十七歲。」李玲娜說。

「這種事妳也打聽出來了？」

袁露斜瞟了一眼李玲娜，讓她起了一陣不安，這會兒袁露轉過臉，面無表情地直視著她，也許不過是幾秒鐘，她卻覺得她看了她好久。

「妳為什麼對白玄希這麼有興趣？」

袁露問得那麼嚴肅，她只得堆上一臉傻氣，愣著說不出話，可真要命地一下子想不出個無關痛癢又恰如其分的好理由。

「是端飛的意思？他到底要妳做什麼？」

李玲娜還沒理出頭緒，她該怎麼回答，才能更煽動袁露的情緒，促使她多透露些情報，又不至於產生警覺？

還沒等她開口，袁露自己「啊！」地喊了一聲，露出猛然恍悟的表情。

「我早該想到的，藍嫣一定是瞞著他！」

「瞞著他什麼？」

袁露告訴李玲娜，紀藍嫣半年前曾去見過白玄希。

「那時候為了籌備開店的事心力交瘁，流掉了孩子，誰曉得她是哪根筋不對勁呢，也許是太過悲傷，人糊塗了，她那是抑鬱症的徵候嗎？一會兒哭著說她什麼都做錯了，一會兒說自己是個小丑……。我說妳這不是正常說的話，妳現在是亂了，不好好休息，把自己弄得瘋瘋癲癲了。她老想著要去見白玄希。我說端飛對妳是好得沒話說的，妳何苦？我是真心話，我就弄不明白她還有什麼不滿意。端飛一逕很本分，沒聽說他在外頭亂來，她找不著假想敵，硬想著人家八百年前的舊情人，有意思麼？我說妳若存心跟自己過不去，我也攔不住，可妳把自己拿了去，同她放在一起比較，妳這不已經是紆尊降貴、自輕自貶幾個字能形容，妳這是喪心病狂了！她要是跟我大哭大嚷的也就算了，她這會兒卻冷靜下來，一張臉寒得像冰，吐出的字字句句都又冷又平靜，我倒是給她嚇著了。總之，她說她就是非見那個女人不可。」袁露擺擺手，一臉無奈。

「尤其那女人和端飛有個孩子，藍嫣說憑這個她就輸了。」

「孩子？」李玲娜大吃一驚。

紀藍嫣見了白玄希回來，什麼都沒說，若無其事，之前的那些彷彿鬼纏身一般的憂愁和焦慮、那些奇怪又不適當的念頭都不再出現，她彷彿有精神得多了，臉上也恢復笑容，袁露當時也鬆了一口氣。

「可這是個幻象，她以為她的心結解了，總算是看明白了，清醒了，頓時一派清爽，誰知這肥皂泡一戳就破。」袁露嘆息著搖頭，「也不知什麼東西戳破了她的肥皂泡，究竟發生了什麼事她不肯說，總之，她變得比以前還消沉，迷惘，有時更憂傷，憤怒。」

見袁露陷入沉思，李玲娜忖著，對她一個外人，很多事袁露肯定不認為有必要說，但她看得出來她心裡憋不住，現在用什麼方法推她一推好？站在紀藍嫣這邊加以同情和共鳴呢？還是站到端飛那邊去幫襯那個白玄希來激將挑釁？

她決定採取後者。

「我懂得紀藍嫣的疑慮，藍嫣那樣的女人的優雅我是傾心但學不來，要說豪氣直爽的女人能得男人的心，我是不信的……」

「妳是在說我？」袁露打了個嗝。

「呃，我是說我自己。」李玲娜趕忙說。「我若是個男人，我也討厭我這一型女人哪！不給好臉色，說話又刺耳，動輒拍桌掀椅子……我若是男人我也會讓白玄希那樣的女人迷走了魂，她同我們這種強勢的女人不一樣呀！她像朵白山茶花，晶瑩又嬌弱，溫婉纖細，臉上和和氣氣的，可惜不願意多拋幾個媚眼，嘴角往上拉一些，我相信男人甘於付點兒代價換她一笑。」

袁露倒著一半的酒忽然放下，那敲擊桌面的聲響嚇了李玲娜一跳。

「別讓她的外表給騙了，那女人半點不似看著那樣單純，是個十足的狠角色！」袁露憤憤地說。

「妳曉得那女人以前做什麼的？我看過關於她的調查資料，妳不會想像得到。」

「難不成……？」

李玲娜都還沒說出口，袁露便接著：「比那還糟糕。仙人跳！」

「仙人跳？」

「她挑有錢的男人上床，然後她的哥哥出面勒索對方，兄妹倆聯手，她那親哥哥叫作麒麟，手段凶狠，聽說會用叉子把人的眼球挖出來，用榔頭敲掉人的牙齒也面不改色。」袁露身上簌簌起了一陣抖，「這種事怪讓人不舒服的。」

「那麼這個麒麟現在人呢？」

「回韓國去了吧，五年前就沒消息了。倘使這人還在，豈能讓藍嫣單獨去見白玄希？怪嚇人的。」

這些訊息太具震撼力，李玲娜那靈光的頭腦也反應不過來，人不可貌相，她原先至多想像白玄希不會只有她那外表的純潔脆弱，她必然要更狡猾，更邪氣得多，卻萬想不到她甚且還很危險！

「端飛咋會惹上這麼個女人？」袁露同時喊出了李玲娜心中正想著的話。

「藍嫣後來又去找了白玄希，妳若知道藍嫣做了什麼，肯定也要同我一樣氣都喘不過來了，她簡直是瘋了！」

李玲娜沒聽著紀藍嫣跑到白玄希那兒做了什麼也氣要喘不上來了，因為她憋著呼吸僵著臉皮，不敢讓自己顯露那怕任何一種表情都會觸了袁露的警覺，不願意透露更多，不幸也不知袁露真清醒了，察覺自己說多了，抑或她原本就沒打算告訴李玲娜，總之這話題懸了，接著只是玩弄著酒杯，嘆息著說藍嫣是個想做什麼誰也勸不住的人，可她有時的決定實在太不理智。「她瞞著我，她若跟我商量，說什麼我也不答應。看來她也沒讓端飛知道……噢，這是當然的了，她當然得瞞著端飛。」

「那到底是……」李玲娜著急地說。

「唉呀，我到底是都跟妳說了什麼了！」袁露皺著眉用手指揉著太陽穴，「方才一整晚精神著，還納悶咋醉不了呢！這會兒真犯睏。」

走出袁露的住處，李玲娜攔了出租車，至於她的目的地，從方才在袁露家裡，這念頭就已在她腦中縈繞不去。

※

李玲娜一直以為酒都是袁露喝的，自己清醒得不得了，毫無醉意，頂多一點兒輕微的恍惚和飄然，直到她臨走前去上廁所，一起身才發現竟差點兒站不穩，她在袁露的浴室裡仰躺在瓷磚地板上沒準有十五分鐘，爬起來才不至於暈得走不成一直線。

跨下出租車時她先是扶住車門好一會兒，才穩住自己站著不滾到地上去，她像個老太婆一樣哈著腰走，情願就此躺在街道上，又靠著牆蹲了半晌，眼睛差點睜不開，待要站起身，嘴一張胃裡的東西便全湧了上來，吐了個痛快後舒服多了，可滿身濕答答的汗水，黏糊糊的衣褲緊貼著胸背和大腿，這會兒身體裡頭是熱的，皮膚卻是冰冷的。

一進酒吧裡，白玄希像是剛從舞台上走下，一個男客人叫囂著同她爭執拉扯，李玲娜精神一抖，像一頭給紅布逗弄的公牛般聳著肩膀擠了過去。

那客人明顯也是酒醉的，用韓語大嚷著，李玲娜拍了拍他的肩膀，要他別向女人動手動腳，又這麼鬼吼鬼叫，丟人現眼，那男人陰沉地一扭過頭，粗濃的眉毛糾結在一起，一張圓臉倒是早就脹得通紅，李玲娜大動作地用手背抹去臉上被這男人噴濺的唾沫星，毫不掩嫌惡，「我和這妹子有事情要談，你給我滾一邊去！」李玲娜大聲說。這兩個醉得快睜不開眼的人彼此不知所云地朝對方吼叫，白玄希趁機想逃跑，那男人還有工夫察覺，伸出腿使了狠勁踢了她一腳，白玄希摔在地上，一雙雪白的大腿從掀起的裙子裡露了出來。李玲娜扯住男人的衣領，一仰下巴，竟想拿腦袋去砸他的臉，這會兒她聽懂男人嚷著什麼了：「賤人跟我裝清高，我又不是沒有買過她，我可是跟她什麼姿勢都用盡啦，把她弄得快活不成人形，兩腿發軟下了床都走不了路，現在大腿一併裝作不認得我，我是喜歡她才找她，把我當什麼了？」

李玲娜叫道：「別擋著我！」一邊推開那男人，那動作看似相當有氣魄，將那人一剎那推得踉蹌跌出一米外，實則是她一傾身使力便失了平衡，重心往那男人身上撲，一鬆手差點兒自己也摔了出去。可她反應算是靈光機敏，順勢彎下腰將白玄希攙了起來，老實說她人這麼一蹲便滿天星斗，暈得分不清東南西北，說不準是白玄希攙著她起來的才對。

酒吧的保鏢也過來了，李玲娜喊著她要一瓶啤酒，便拉著白玄希，走至靠裡的包廂坐下。她賊頭賊腦地東張西望，壓低了聲音說她是端飛的朋友，好似怕有人聽到，她自己也不知為何要這麼鬼祟，或者她根本沒意識到自己的行止。「什麼？」白玄希輕皺著眉，側了一下臉，她沒聽清。

「我說啊！我是端飛的朋友。」她提高了聲量說。假使她現在清醒，她就會發現白玄希那憔悴的臉上露出淡淡的笑容背後有一絲困惑和戒備，可她此刻腦子塞了一大團棉花糖。她張開嘴，突然間她究竟要說什麼，全都忘記了，就這麼圓張著，眼睛一眨也不眨地盯著白玄希，原本想了一晚上她要問白玄希的話，給方才那一齣鬧劇給整成了一片空白，一番激動過後，格外昏沉疲憊，身子像海葵既軟又彷彿在晃蕩，頭顱似插在沙灘上的一根飄搖的旗子，但她很清楚自己仍舊理性又清明，這全虧了她強大的意志力，她的思緒仍然很有條理和秩序，問題在於如何使喚自己的舌頭，吐出讓人聽來穩重又睿智的話語，她心忖好在應當沒人看得出她帶著醉意。

「我說到哪兒了？」

「妳什麼都沒說呀，妳說是端飛的朋友。」

「噢，沒錯。」

她轉了轉脖子和痠疼的肩膀，開始抱怨端飛的不是，不懂圓滑，不給人留情面，說無趣麼又不正經，說欠機靈麼又十足陰險，不知道自己惡名昭彰還擺出自命清高的架式，抬舉他一下他就把你當傻子看，討厭，我看到他的臉就有氣……她喃喃自語。她也不懂為什麼，這麼抱怨的過程裡，有一種奇異的快樂。

白玄希忍不住噗哧笑了。「就是說呀，一個實則不聰明的人卻老要裝著銳利的樣子……就是這樣才讓人搞不懂。」白玄希神情帶著一種寵愛的情懷，輕柔地笑著說。

李玲娜半睜著浮腫的眼睛，像甲魚從殼裡伸長頸子那樣朝白玄希靠過去喊道：「妳說說看呀！妳究竟怎麼抓住端飛的心的？」

見白玄希一臉受驚嚇的模樣，李玲娜垂下肩膀，一陣疲倦抽掉了她的剩餘精力。「噢，我真是不甘願。」她囁嚅著。

突然她又抬起頭說道：「我不相信有愛情這種東西，凡是歌頌愛情的人，只是在替他們別的事都幹不好找藉口罷了，否則就是說謊，肚子裡明白這是鬼扯。」她停頓了一下，把啤酒倒入杯中。

「我講這種話，別人就說我一定是被男人傷過心，不然就是沒有被愛過，我呸，這是啥意思？我李玲娜可憐到沒被男人看上過嗎？真是開玩笑！追求我的男人可沒少過，妳以為都是些醜八怪、二貨、屌絲嗎？說出來不怕嚇著妳，不是高富帥的不敢抬眼看我李玲娜！」李玲娜晃了晃腦袋，翻了翻白眼。

「那麼，什麼樣的男人才能討妳喜歡呢？」白玄希溫和的臉上露出一種好玩的神色。

李玲娜愣住了，支著腮幫子想了半天。

「我喜歡，呃，我喜歡有智慧……足夠看得清這個世界，又有勇氣，有勇氣……」她結巴起來，接著兩隻手像是要揮開滿頭嗡嗡飛繞的蒼蠅似的揮了揮，「唉呀！我不知道我喜歡怎樣的男人，只知道我討厭怎樣的男人；我討厭囉唆老半天事情也說不清楚，傻得跟頭大熊貓似的偏又愛賣弄，比小女娃還怯懦倒老著臉皮靠張嘴逞英雄，會抖幾個機靈就把自己當天才……反正，假使把這單子列出來，用刪去法，把我討厭的男人都刪去，最後剩的莫非就是我要的，妳想想看，刪到末了地球上剩下的那寥寥可數的幾個男人，撿起來從頭到腳徹底審視一番，不就終於能弄明白自己喜歡的是什麼樣的男人了！」李玲娜拍了拍手，聳了聳肩膀。

白玄希靜靜聽著，一點兒微光落在她光潔的額頭上，側臉的輪廓幽靜嫻雅，眼神好似專注卻又空無。

「妳呢？喜歡什麼樣的男人不重要，重要的是能讓什麼樣的男人吃妳那一套，像妳這種女人最能滿足男人的優越感了吧？叫我裝笨，裝可憐，裝作不如，我可辦不到，我是不會輕易讓他們稱心的……」李玲娜打了一個嗝。

「別以為我不懂跟男人打交道，那種事，簡單！只不過管妳再怎麼使勁，在男人的圈子裡妳是個女人妳就是次一等，話雖如此，也比在女人的圈子裡混要好……。」

李玲娜開始感覺自己的思緒開始胡亂飛散，抓不著重點了，她舔了舔嘴唇，雖然不停的把啤酒往嘴裡灌，卻始終感到口渴。「端飛應該懂得欣賞我這種女人呀，我不像紀藍嫣那樣假惺惺，倘若我也同她一般有錢，我還怕不能比她更作派？品味、打扮，懂這懂那的，哪個有錢辦不到？我也不是妳這楚楚可憐的款式，我學不來低姿態，叫我嗔著往男人身上靠，我呿！……說到那個端飛，他是小看我了，要是以為我那麼容易打退堂鼓，他就錯了，低估我的人最終少不了後悔！把我當傻瓜？我要讓他大吃一驚。我呀，我是一隻鬥牛犬，強硬又頑固，被我盯上的人最好小心了，什麼都無法叫我妥協、放手，我比魔鬼還難打發，要我認輸，除非我死。」當她說這些話時，她因亢奮而起了一陣微微的心悸，她低下頭，發現拿著酒杯的手也在發顫。

「妳說罷，妳怎麼哄男人來著？」她仰起臉，眼睛閃爍著熱烈卻非善意的光。「或者妳一逕相信真愛的？」

白玄希貌似沒讀懂她笑容裡的鄙視和嘲弄，或者她裝作沒有讀懂，只是沉默，李玲娜以為她不打算應她的話了，原來她是認真在思考，她躊躇著如何回答算得上真誠，又不謬誤地表達她的意思。

「我不知道怎麼樣才配得上叫作愛，那些心心相印，天長地久，為之死生無悔的，我也不信。」她停頓了好一會兒，幾乎要讓人以為她講完了。

「也許我的想法很可笑，妳是否曾有過一個男人讓妳想要他的頭枕在妳的膝上，閉上眼的時候妳會懷念嗅到他頸項的溫暖和氣味，妳盼望心中永遠迴盪著他說話的聲音，每當妳忘了自己是個心臟會跳動的人，妳試著想起他，妳會感覺，妳會感覺活著這件事……」她停住了，她的聲音已經開始顫抖，她不能讓自己再說下去，免得她的眼睫毛要銜不住快要湧出來的淚珠。

但李玲娜壓根沒注意到，她一臉目瞪口呆，還帶著一種嚴肅，默默把白玄希的話咀嚼了個遍，弄得心中極度不平靜，怎麼個不平靜她自己也無法解釋給自己聽，她只知道她拒絕去思索她對哪個男人會懷抱這種想望，這種念頭會讓她的心不舒服地抽搐。

「為什麼妳會來找我呢？」白玄希說。

李玲娜「噢」了一聲，貌似現在才回神過來，「我叫李玲娜，是跑賽車新聞的記者。」

「妳要寫關於端飛的文章麼？我對賽車一點不懂的。」

「誰還有心情管他媽的賽車啊，我要知道那傢伙的秘密！」

李玲娜先是握緊拳頭用力敲了一下桌子，接下來竟然抓住白玄希的手臂，猛烈搖晃她，搖得她綰在後腦杓的髮髻都垂落下髮絲來。

「知道了！知道了！」擋不住李玲娜這霸道，白玄希笑著說，眼底卻閃爍著一絲不安的恐慌，在這昏暗的酒吧裡看不出她原本白皙的面色變得更加蒼白。

「我跟妳說一個他的秘密，我敢說妳一定會大吃一驚。」她振作起精神，貌似歡愉地說。

「真的？」李玲娜開心叫道，她的理智不是不清楚自己這會兒有多虛偽和傻氣，甚至包含一種殘忍，可她管不著那麼多。

「他這個人，噢，妳認識他，妳也知道他的，他無論幹什麼都要裝作不起勁，可他無論幹什麼都出色的。」

李玲娜不耐煩地擺了擺手。「別跟我來這些開場白了，什麼分上了還要在我面前美言他，妳不害臊麼，我想知道他不為人知的事情。」

「這是不為人知的呀！」白玄希的臉頰上起了紅暈，露出小女孩般的羞窘。

「快說罷！」李玲娜抖動著膝蓋說。

「我們來到北京的時候，很難找到工作，他在工地和修車廠一天幹十六個小時活，也不夠支付生活，他說想買輛卡車來拉貨，晚上也找一些賺錢的門路，他說他什麼都可以嘗試。他說什麼都可以的時候，我心裡還，心裡還害怕起來……，結果妳絕對想不到他做了什麼……」

「做什麼？」李玲娜以嚇人的表情和聲量說，但那是因為她又醉又亢奮，她的心中想像的全是一些驚世駭俗、離經叛道，寡廉鮮恥又泯滅良心，瘋狂又窮凶惡極的事。

「吹薩克斯風。」白玄希說。

李玲娜瞪大了眼睛，一副懷疑自己聽錯了的表情，她愣了半晌，遲鈍地開口問：「妳說的，是一種樂器吧？」她比了一個吹奏喇叭的手勢。

面對李玲娜這種詫愕，白玄希露出一種「看吧！我就知道」的勝利表情。

「沒人知道他幹過這個，很嚇人吧？誰都不會把這種事跟端飛聯想在一起。」她微笑著說。「當時我也是晚上在酒吧唱歌，樂團裡一個老先生教他的，他很聰明，一下子就掌握了訣竅。其實吹得不怎麼著，但模樣裝得煞有介事，他還特喜歡表演一股滄桑感，他很壞的，偏要存心在舞台上走來走去，讓我瞧見他，我看了要笑，要岔氣的。」

她以為這故事李玲娜會感到有趣，誰知李玲娜聽了臉色卻變得扭曲而僵硬，那是她想控制自己的表情裝作若無其事卻由不得她的結果。

這不是她想聽的答案，她的幻想固然超脫現實，可正因不現實才讓她抱著置身事外的期待，相較她那些荒唐的幻想，白玄希的答案索然得微不足道，卻讓人難以忍受，她無法想像端飛吹薩克斯風，那是什麼光景？怎麼可能會是她認識的端飛！她的胸口起了一陣爆炸，肺裡頭冒出一團火，快要從她的嘴、她的眼噴出來，她眼前這個女人怎麼可以，怎麼可以端出來一個根本就不是她所能想像的端飛，而那個端飛未免迷離得太遙遠，太搆不著，他已經成為時間裡的流光幻影，只為白玄希所擁有？

「紀藍嫣來找過妳對吧？她來找妳做什麼？懷疑妳背著她和端飛偷偷來往？」她索性單刀直入地問。

白玄希沒答話。她臉上有一種頑強，可李玲娜無法讀出那意味著她自認有權利拒絕答話，或者她對這一切深感鄙視，或者別的心思。李玲娜頓時悟到白玄希並非習於開口替自己辯護的人，那末逼問便也得不出什麼信息，隨即她改變態度，竟伸出手去捏了捏白玄希的手。觸到她的手她驚了一下，那纖細又冰涼的手指和關節捏在手裡像是琉璃做的雕塑。

「其實我也不解，橫看豎看紀藍嫣都不像端飛會鍾意的女人，能說不奇怪？他還積極地追求她呢！除了為著她的錢，我想不出還有什麼理由，我敢說任誰都看不出還有什麼理由，妳瞧他那副凡事不放在眼裡的傲慢模樣，哪料得到他會為了錢拜倒在那千金小姐的裙下？如此現實又薄情，為了錢拋棄妳！」李玲娜盡其所能地把自己放在一個感同身受的境地，滿臉「我能瞭解」的溫柔和熱切，感情豐富地說。

「他沒有拋棄我。」白玄希冷淡地答道。

李玲娜倏地鬆開了白玄希的手，沒料到白玄希這般回答，她的臉現出一種難堪的顏色，幾乎要像從樹上的繩圈卸下的屍體那般泛青紫了。

「我沒想到妳會這麼，這麼……」她想說厚臉皮，但她嚥下了這句話，把她的頭翹得跟九官鳥一樣，以一種倨傲的口氣說：「即便知道他會被妳這種女人迷惑，我也不會想變成妳。」

「妳當然不會想變成我。」白玄希苦笑著說。

也許李玲娜血液裡的酒精都拿去做燃燒她那股火焰的助燃劑，這會兒都燒光了，她感覺自己頓時無比清醒，她腦袋不搖晃，舌頭也不打結了，她像把刀子，射出去的時候不會對不準焦距了。

「妳一直在欺騙端飛，利用他、耍著他，在背後操弄他，對吧？」

「我不懂妳的意思。」

「我很好奇，妳怎麼挑男人下手的？」

「我不明白……」

「我知道妳的底細，有錢的卻又膽怯的，心軟腦袋又傻的男人會上妳的當，我不稀奇，可為什麼端飛也會受妳的騙？我真想知道，妳使了什麼心計？」

白玄希輕蹙了一下眉。「我騙他？妳說我騙了他的什麼？他有什麼東西可以讓我騙？」

李玲娜啞口無言，她心中有一個字，可她不願意說，一說出來，傻的人就是她自己。

「我沒騙他。」白玄希平靜地說。

「吹薩克斯風沒多久他就興頭過了，這也確實不可能是他能幹長久的事。後來他去跑山路……那時候我倆回到住處，都是天快亮的時候，躺在床上閉著眼，滿身疲憊，可我睡不著，我總在這個時候跟他說話，說個沒完。他不開口，他從不談他自己，我怕靜默，我怕我一停下來，我就變得不存在。

「我什麼都說，對天對地，對活著的人不能說的事我都說了，我以為誠實地告訴他我的一切，他會接納我。當然現在回想，實在太天真，和盤托出所有過往，只可能讓他更厭惡我，更拒我千里之外。但那時候我卻愚蠢犯暈，看不出這麼明顯的道理。

「然而我還是很懷念那段時光……其實那段時間很短暫……儘管犯了嚴重的錯誤，儘管千不該萬不該，儘管如今我後悔萬分，巴不得時光倒流，重來一次，我會選擇保持安靜，若真想開口，謊言也好；可說也奇怪，我懷念那段時光，我懷念曾經我可以那樣不顧忌地對他傾訴，說出這世上我無法向任何人說出口的事。」她停頓了一下，清亮的雙眼直勾勾望著李玲娜，「妳能明白這種感覺嗎？」她問。

但她不是真正在問她。你能明白世界之大，芸芸人海多如天上億兆繁星，可想求一個能把所思所念、牽掛罪愧、傷怨羞憤、日夜駭然的心事交給他的，卻終究難得。端飛他……他不是，他不會是這樣的對象，可那時她一廂情願。他永遠只是沉默，不發一語，很多時候她以為他睡去了，事實上他沒有。他夜裡總是很警醒，他睡著的時候跟醒著沒兩樣。也許他從那時開始疏遠她，更可能的是，打從一開始他不曾離她近過。現在明白自己多荒唐，也因為如此，當時能那樣天真，當時能那樣無恥糊塗、滑稽可悲地撕開自己的心赤裸裸地拿給不屑一顧的他看，像一隻傻狗忠誠地搖著尾巴把路邊撿來的腐爛死屍鄭重又一臉歡天喜地交給主人，期待被溫柔讚許地拍兩下腦袋，那樣的自己，往後明白了這罪不可恕的痴愚，再不可能。如此不真實的靠近，也再不可能……。

「我說他沒拋棄我，他當然沒有，他不是這種人。他沒要過我，又何來拋棄……。」她抬起頭低聲說。

她的聲音讓舞台上響起樂隊演奏的音樂給淹沒了，後頭的話李玲娜全沒聽到，可那都不重要了。

「抱歉，我得上去了。」她站起身，點了一下頭。

李玲娜猛然抓住她的手臂。「那麼嚴英呢？」

「什麼？」

「嚴英的失蹤是怎麼回事？為什麼要讓人以為他死了？」

「妳知道他沒有死？」

「因為我見著他了。」

她見她彷彿暈了那樣搖晃了一下。

「他失蹤那天，妳也到營地來了，對吧？這事和妳有關吧？」

白玄希甩開她的手。「對不起，我真的要上台了。」

「還有妳哥哥麒麟，他沒找上過端飛？他怎麼可能慈眉善目地任你們倆自在逍遙？他到哪兒去了？回韓國？韓國政府等著抓他，他怎麼可能回韓國？」

白玄希急步跑上台，把她的問題隨著酒吧裡的喧嘩全拋在身後。李玲娜望著白玄希的背影，把一顆花生米丟進嘴裡，我會逮著妳的，她心想，我一定會逮著妳的。

14.

這日一早白色的天空光度慘澹，太陽輪廓隱晦地浸在一種渾濁中，明明燥日高掛，卻是鬱鬱陰天之感。

前晚入夜前便起風，因之早晨對這時而颳起的風便不特別有感，即便相較起來，前幾日的上午，空氣幾乎是靜止的。等待發車時見地面揚起的沙塵飄飛至半身高，他倒是驚奇了許久，彷彿身體浸泡在及腰的淡黃色氤氳之海中，那隨風浮湧的半透明沙霧，形狀就如海面翻騰的浪，一波波起伏鼓動，活物一般淘捲著。只是這些浪潮如此粗糲乾燥，讓他感覺眼睛和鼻腔的黏膜裂開一般刺痛。

有時風大狂襲，鼓動的沙浪便上升漫開，飄搖張揚，一會兒沉靜，變得稀薄，從棕黃變為白色，他站在這朦朧飄渺的沙霧中張開雙手，好似在等待下一次浪湧。

站在這風沙中不消一會兒，肩上便積了一層沙，他聽見祁泰軍的聲音，轉過臉，見祁泰軍一邊拍著自己的肩膀，一邊走向端飛，表情凝重說道：「看樣子要起沙塵暴，比賽不取消嗎？」

「比賽不會取消的。」端飛說，說罷見嚴英臉上掩不住一種奇怪的曖昧笑容，問道：「你該不會還巴望著比賽照常進行？」

昨天回終點時滿臉悲慘一副寧死也較繼續比賽好的模樣，今天竟期盼起比賽來？他不好說出心中的天真盤算，以為沙塵暴或能對眾人發生阻撓，消弭他跟他們之間實力的差距，難得撿到便宜的機會他不想錯過，得一不至於落後其他人太過遙遠的成績，便隨口說：「我沒有看過沙塵暴呀！」

「傻子，你不知道這天候有多危險。」

當時被端飛訓斥，還感到悻悻然，一點兒也沒想到後來又會闖出什麼禍。

發車初始他的狀況挺好，且悟到不用腦子去想事情，而用身體，身體告訴你你現在怎麼了，身體告訴你你該去哪兒。身體說我現在很亢奮，從每一根毛髮，每一個毛細孔，每一根手指腳趾，一股熱氣從那裡竄起，一路呼嘯，尖叫，身體篡了頭腦的位置，高喊戰鬥的時候到了，奔向前去殺敵！

然而前三十公里視線尚且清明，逐漸沙塵瀰漫，有一段路程他彷彿看見有街道和房屋，可又像幻覺幻影，一會兒眼前是一片無止境張開的白色，事物全消融了，什麼都沒有，只有一片濛濛的白，朝那森鬱中帶著淡淡暈光大片的白駛去，彷彿瀕死之人被接往天堂的甬道。

由於前一日公布的發車時間，每輛車間隔達十分鐘之久，這使得天候這一因素對成績發生了相當的影響，發在前頭的晉廣良與伍皓遭遇大沙塵暴時都已通過危險的地形。

衛氏兄弟在風沙中掉進一個坑裡，這坑要大不小，撓了幾次更出不來了，待在坑底，上頭風沙大作，撲簌落下的沙讓衛忠覺得自己像是躺在一口下葬的棺材裡，有人在上頭用鏟子往下撥著土。

後來把他倆拖上來的是祁泰軍。這日祁泰軍與端飛商量的結果，跟著最後發的衛氏兄弟進賽道。在正規的比賽裡，救援車可以在最後一輛賽車發車後進入賽道，只不過救援車的車輛改裝強度和安全配備不能跟賽車相提並論，速度也遠不及賽車。

見風沙大作，祁泰軍還有點後悔進賽道，別沒幫到賽手，自個兒擱裡頭出不來。他見著衛忠掉坑裡的，否則這樣的天候，還沒人曉得衛忠兄弟倆給沙埋了。

在另一處，宋毅正從一個大沙坑裡踩足油門往上衝，他可不想在這暴風裡掛在坡上動彈不得。平常衝坡頂時從風擋望出去，只看得見天空，不知道腳底下是什麼，不知道坡的盡頭在哪裡，此刻連天空也看不見，只是沒命地衝向一片污濁的蒼茫。他能感覺躍出沙坑時整輛車飛出去，這種感覺不新鮮，他一向能從飛車一瞬的速度揣測到車身運動的情形，可今天不一樣，那感覺很不可思議，好似乘著一架小飛機，好似有一隻手捧著他的屁股，把他推送了一把。

巴吉因為車身輕，發動機後置，落下時不似一般四驅一頭往下栽，豎著扎在沙裡，而能四輪著地降落，又是四輪獨立懸吊，他真覺得自己變成了一架飛機，降下輪子觸地時不輕不重地震動了一下，接著流暢地滑行。

但是順風讓他悚然，順風原就嚴重影響發動機散熱，造成水溫油溫過高，巴吉本身有散熱的問題，且由於無法攜帶足夠的賽油補給（說穿了是為著省錢，賽油畢竟昂貴得多），用的普通汽油，如此一來高溫的問題也更嚴重，指不定就弄到發動機爆缸，馬上就出局了。

視線這般朦朧，領航依舊根據拉力表與核對航向角來報路書，這種時候還保持高速度的車組，不知算是膽大冒險抑或魯莽不智了。

朝星輝與金寶因為車輛故障而停下檢查，後頭逼近上來的嚴英，即便已被端飛提醒，可他什麼都看不見，究竟是被沙塵蒙蔽了視線，還是自己的眼睛又出了問題，他也弄不清了，他感覺碰上了東西後，輪胎轉動傳遞上來的那種異物感令他心驚地違和。

是朝星輝被他撞倒以後捲進車輪下。

端飛小心翼翼地把朝星輝拖出來，檢查他的呼吸狀態，一時看不出他的傷勢，明顯的目測只看得見右腿膝蓋以下反折成非人體可能的角度，以及被輾碎的腳掌，傷口冒出鮮血。端飛從探測他的疼痛反應來估計他受傷的情形後，割開他的褲管，折斷的腿骨尖銳地戳出肌肉外，血流了不少，但沒有割傷股動脈，除了右腿骨折裂，四肢的感覺正常，目前沒有發現可疑的腫脹現象。然而即便頸椎與脊椎似無斷裂，也不便貿然再移動他。

金寶哭了出來，事發時他挨在賽車另一側邊上蹲著，他沒看到怎麼發生的。似乎是朝星輝發現了後頭有賽車駛近，跑過來阻止他們撞上自己的賽車。

這是一個大錯誤，他想著。風吹得他有種身體在搖晃之感，隔著賽服他都覺得夾雜著碎石的風沙像雨點或者冰雹一般打在身上。這個錯誤不是他撞傷了朝星輝，而是端飛不應當帶他來這裡。

他見端飛撕開自己的內衣替朝星輝包紮止血，為了怕感染，白色突出的斷骨仍留在肌肉外，那畫面讓他感到頭暈，不自覺閉上眼睛，在燠悶的風沙中他竟打了個涼颼颼的寒顫。

「不能怪我，風沙太大看不見。」他囁嚅著說，甚至不敢抬眼看端飛的表情。

他背過身，望著前方的一個沙丘，痴呆了好一會兒，他驚奇起來，那沙丘好似在移動，狂風把那沙丘推著走！他眨了眨眼睛，聚精會神地觀看，還是自己眼花了？定神一瞧，不動了。究竟是靜止下來了，還是剛才的移動是自己的錯覺？

他想問金寶是否也看見沙丘移動了，轉臉卻見金寶只是垂著肩膀嚶嚶抽泣。他茫然地望著金寶，真不曉得金寶為什麼要那麼傷心，好似朝星輝受傷是自己造成的。

朝星輝顯得很沉靜，反而讓他不安，他猛一抬頭，說道：「是不是應該按下紅色按鈕？」

這會兒最要緊的不就是把朝星輝送醫？為什麼其他人貌似都沒有這種念頭？

見他們恍如沒聽見他的話，他又大喊了一次。

金寶一臉不知所措，來回望向端飛和朝星輝，朝星輝搖頭，淡然地說：「用不著。也不過就是折斷了腿。」

他愣了一下。「什麼意思？難道你還要繼續比賽？」

「這可不比平常時候，去醫院檢查，做了處理，醫生說沒大礙，你還要繼續比賽由著你。這會兒你不退賽，去不了醫院呀！」金寶一急，跪在朝星輝身邊，幾乎像是要撲到朝星輝身上。「現在還不清楚你的傷勢，咱不能這麼把你帶出去，得用擔架才行。」

「用不著擔架，」朝星輝掙扎著坐起來，「我這腿繼續比賽，駕駛是沒戲，報路書還行，只能靠你開車了。」

「哥，放棄吧！還有什麼比命更重要？萬一失去一條腿呢？不值得。拚完賽沒意義。」

「誰說拚完賽的？我打算拿冠軍呢！」朝星輝臉色蒼白，在風暴裡聲音也顯得微弱，臉上卻還是掛著一種輕慢的笑容。

「咱落後晉廣良怕不只一個鐘頭啦！趕不回來的。」

「誰說一定要趕上他？興許咱們是唯一抵達最後終點的人。」

「我想不了那麼遠啦！我只知道哥你得快去醫院，不跟馮曉他們求救，眼下咱們走不出這沙漠，都不知醫院在哪兒呢！」金寶扯下他那給淚水濕了的面罩，狂風吹來附著在潮濕的臉上的沙一下子便乾了，凝結成塊。

「現在就算通知馮曉他們，救援也不會來的。」端飛抬起臉，視線望向遠處說。

「我從來沒見過那麼大的沙暴！」金寶驚嚇地站起身來。

昏黃氤氳中那景象出奇的寧靜，看不見遠處的沙暴張牙舞爪地奔騰，只有一堵巨大展開的磚褐色的牆，甚至難以察覺它在緩緩移動靠近，好似只是在往四面八方徐徐伸展，他瞇著眼，搖搖晃晃地站著，想要看清那堵牆的真貌，沙子像一根根細針刺向他的眼睛，他弓起背側過身踉蹌迴避，令人悚然的那感覺不似一陣一陣風，而更若人潮的衝撞推擠，他不敢睜開眼，風的呼嘯如千軍萬馬，他置身古代的沙場，此刻有千千萬萬的亡靈蜂擁上來，哭嚎著，吶喊著，張著空洞的眼，望向沒有焦點的遠方，伸長手臂，奔跑，穿透他的身體而過。

※

這天依舊是晉廣良最先抵達終點，緊接著是宋毅，隔上一段時間是伍皓。不似前一晚的紮營處還有建築，甚至飲水，此地空無一物。

兩車組只得在此等候攜帶補給物品的後勤部隊開到，偏偏這日經過的加油站沒油，後勤車隊為了尋找加油的地方兜至很遠，回頭又迷了路，直到天黑才姍姍來遲，即便遲至這樣晚的時分，仍少了秋山父子與晉廣良的一輛卡車。得知這兩組人馬在途中發生的意外，宋毅與晉廣良皆震驚得一時無法反應。

晉廣良車隊的夥計全都嚇得面無人色，丟了魂似的，晉廣良沒大聲咆哮，沒把那幫人痛罵個狗血淋頭，反倒是異常鎮定地把事發時通過現場的人一個一個不厭其煩地盤問，一次又一次重複問相同的問題，好似詰問刁鑽的犯人，好似認為他們因為太害怕而串起來編了一套謊。

原來前一天後勤組的動作慢，讓晉廣良狠刮一頓後，沙塵暴中車隊因迷失而走錯路，為了趕路即便視線模糊也未減速，在岔路口遭逢秋山駕駛的皮卡，秋山緊急閃避下撞上晉廣良卡車的側面。晉廣良的卡車上載了大量桶裝汽油，一會兒發生爆炸，秋山及時逃出，但還是給爆炸震得昏了過去。秋山的兒子在撞上卡車時便擠壓在座位上，無法脫身。

晉廣良的卡車燒毀，爆炸和火勢的凶猛，使得車上裝載的賽車配件與補給物品都無法搶救，秋山在入夜時被送來營地，他轉醒時竟發生了時空錯置的意識，以為自己是從五年前遭嚴英打傷後醒來。

「這是什麼地方？」秋山問。

一旁的小傅與技師雜工尚不知秋山的記憶出了狀況，只是猶豫如何開口告訴秋山兒子的死訊，誰都不想當傳達這噩耗的人，便只支吾回答說道他們在趕往終點與宋毅的賽車會合路上，與晉廣良的卡車發生了撞擊。

秋山呆了半晌，好似明瞭般點了點頭。

「嚴英那傢伙呢？」他問。

小傅莫名其妙地愣了一下。「這時候還管嚴英？倒是秋哥您還好吧？有沒有哪兒傷了？」

秋山摸摸腦殼。「別擔心我，我沒事。宋毅還在比賽？今天跑得怎樣？要是輸給晉廣良，被迫退出車圈，那可不是小事。」

秋山這話讓小傅感到莫名其妙的同時，也開始悚然不安。

「宋哥退出車圈都五年啦，這次是五年來第一次參加比賽。」

秋山盯著小傅看了老半天，滿臉迷惑，卻也沒有錯愕，表情像個心不在焉的孩童。

「噢，五年啦？」秋山喃喃自語。

小傅開始慌了，給宋毅打手勢，使了個眼色，宋毅走了過來。「秋哥該不會忘了吧？」

「不會，我都記得。」秋山表情安然地說。

小傅鬆了一口氣。「嚇著我了，還以為秋哥又給撞成腦震盪了。」

「可不？我這腦袋結實。」秋山微笑說。「衛忠呢？衛忠說了什麼？」

「衛忠？您是指什麼？衛忠昨天在終點前三十公里處沒油，還是讓嚴英他們給拖出來，今天又給祁泰軍……」

秋山聽了顯得很困惑。「嚴英為何會拖他們？前一天才說衛忠破壞他的車，跑來大吵大鬧，後一天卻又幫他們的忙？」

「這會兒真亂了，一個嚴英喪失記憶已經弄得人昏頭昏腦，秋山哥居然也糊塗了？這可怎麼是好？」小傅小聲對宋毅說。

宋毅把食指放在唇上做了個噓聲的手勢。

秋山頭腦不清，眼前反而是個佳音，讓他知道兒子死亡，不知要鬧成什麼樣子，神經錯亂無妨，還能做好檢修調整賽車的工作就行。和晉廣良的卡車相撞爆炸，導致秋山的兒子死亡的事，都還沒給其他車隊知道，他囑咐了車隊的人都不准說出去，晉廣良那邊的人更是噤口。秋山必然沒弄清楚兒子死了，否則不可能如此鎮定，現在可不是有工夫哀慟的時候，他的成績與晉廣良拉得很近，是伯仲之間了，尤其晉廣良遭逢極嚴酷的困境，他損失了一輛卡車和大部分配件，即便聯絡到人送過來，最快都得兩三天。晉廣良恐怕不剩幾個備胎，今天的輪胎也壞得差不多，明天仍是軟沙多，軟沙雖然磨損小，可因為氣壓放得低，輪胎裡的鋼絲來回折壓，反覆打完氣對輪胎折損大，晉廣良對於調整胎壓和速度的策略會很傷腦筋，為了不發生爆胎，速度會受很大的牽制，這可是千載難逢的機會辦了晉廣良！雖說人情倫理上他做了很殘酷的事，把昏迷的秋山硬是拉回來，丟兒子的屍體在車禍現場，這真不能怪他宋毅心狠，平常他不是這樣的人，但賽車容易高溫的問題還是沒法解決，動力很不穩，也許是空濾的關係，變速箱也得調。秋山的兒子現在孤伶伶地被留在撞毀的車上，卡在座位間，燒得面目全非，原本叫一個伙計待在原地等人來處理，但天黑了，不可能有人會來，就算等到明天，那地方都很難找得到。那伙計堅決不肯，說什麼也不願意黑夜裡獨自跟一具屍體守在荒蕪人跡、無光無聲的漫漫沙漠裡，給他多少錢也不幹。

「我兒子呢？」秋山突然抬起臉，幽幽說道：「唉，早知道不該帶他來的。」

宋毅和小傅嚇了一跳。

秋山知道了？

「孩子還太小了，我不想讓他也當修車的，他偏有興趣。這孩子不愛學習，書本看不下去，就愛到處晃到處看……」

這麼一說，還是以為身在五年前？宋毅深吸一口氣，額上冒出冷汗，差點喊了聲親娘，真嚇唬人，折騰得一顆小心臟跳兩下停一下。

其實別說宋毅，每個車手們儘管筋疲力竭，神經卻緊繃著無法放鬆，後勤人員跑了一整日的路，疲憊不堪，又飢又渴，仍不得休息，每一輛賽車都有損壞，得需拆換零件，營地裡每個人都處在瀕臨極限將要瓦解的浮躁卻又心神飛散魂不守舍的狀態，跟秋山也沒有兩樣了。

金寶開車載著受傷的朝星輝回到營地時，也引起不小震驚，然而眾人的反應比想像的淡漠。由於沙塵暴，誤了加油站，車隊沿路都沒有找到當地的居民或商家，消耗掉的物資沒有補充，尤其是水與油。眼下一片心焦忐忑、猶疑難安，又抑悶謹慎的氣氛。加上一日極度的消耗疲勞，營地十分安靜，既倦憊得開不了口，更畏怕一開口說錯了話。人車都染成一片黃色，覆蓋著一層厚厚的沙，平日回營地後車輛都要洗刷清理，現在既沒有水也沒人有情致。大夥得知是嚴英闖的禍，也沒多問，畢竟心中盤據著自個兒操煩的事，這雖叫這肇事者有些意外，一方面免不了落得輕鬆。

端飛與祁泰軍在朝星輝的房車裡處理他的傷勢。端飛與嚴英的後勤攜帶有最完備的急救醫療用品，甚至包括了輸液、麻醉劑與強效抗生素。

祁泰軍見嚴英狐疑地東張西望，便說道：「端飛要求的，他從不曾帶過這種東西，既不是為他自己，這麼說來就只有一個原因，是為了你。」

「為了我？」他驚訝且不解。

「估計你變得太傻了，他對你沒信心。」祁泰軍笑笑說。

祁泰軍又說起他有一熟人是收贓車的，有一回收的還是輛急救車，「偷車的那哥們兩萬元當輛破車賣了，不知道車上那些急救維生的設備器材價值遠是這數兒的十倍不止。我還跟端飛說咱們把那些東西拿回來唄，端飛說拿了咱也不會使啊！」祁泰軍哈哈大笑。

另一邊秋山雖專心投入工作，卻經常一轉身便問自己：「剛才我說拿什麼工具來著？」或者一開口結巴半天，搞不清楚自己究竟要說什麼。

宋毅不想把秋山從這種夢幻的狀態裡喚醒，就讓他保持這種渾渾噩噩吧！宋毅雖然務實、算計多，不是個冷血無情之人，看著秋山這樣，心中感覺複雜，但極不想把罪咎感往自己身上攬。

「怎沒見秋山的兒子？」冷不防衛忠的大嗓門響起，嚇了宋毅一跳。

「噢，秋山讓他回北京去調配件了，一早就走了。」宋毅說。

「讓那小子去辦呀？行麼？」

「不然咋辦？沒有人了。別看他年紀小，挺能幹的。」

「這倒是。那小子個兒長那麼大，身子那麼壯，相貌也生得好，全身上下跟他老子像的就只有手活，就憑這證明是秋山親生的啦！」衛忠大笑。

「秋山有五十了？」

這麼一說，宋毅想到再過兩天就是秋山五十歲生日，他聽到後勤組的人計畫著給秋山過生日。這種年紀忘東忘西的也很平常，但是畢竟秋山曾經被打成嚴重腦震盪，那會兒的慘狀讓人至今餘悸猶存，他這腦子不靈光的狀態不曉得還會惡化到什麼程度。現在秋山只要一犯糊塗毛病，周遭之人表面若無其事，心中卻是一驚，秋山一摸腦袋，旁人便怕他又頭疼，秋山一彎腰，就以為他要倒下。

「我聽說秋山和晉廣良的卡車相撞，人沒事吧？」

宋毅一聽，這不嚴英的聲音？讓他背上起冷汗，這冤家不待在自己帳棚，老到處窺視，安什麼心？見嚴英一邊說著，還一步欲跨前，探出腦袋彷彿在找秋山人影，宋毅張開雙手做出阻擋的姿勢。現在秋山像一片紙薄的玻璃，一個輕飄飄的肥皂泡，一點兒禁不得戳，誰曉得這不識相的嚴英會說出什麼話來，萬一刺激到了秋山，那真沒法收拾。

「去你大爺的，別在那兒假惺惺，秋山變成這樣還不你造的孽，滾一邊去！」衛忠斥道。

儘管大夥兒都聽聞秋山與晉廣良的卡車相撞，可也不明詳情，秋山這會兒言行舉止令人提心吊膽，不知為何卻好似帳全要算在嚴英頭上似的，誰見著嚴英便狠狠瞪上一眼。

「走開！走開！」宋毅揮手。「秋山夠慘了，你能不能發點慈悲心，別來這兒添亂，秋山現在平靜，咱都捧著，就怕傷他一根毫毛，他見著你要是腦子炸開了，咱會吃不了兜著走。」

他又羞又怒，聽說秋山出事，他是完全出於一番善意跑來關心，他大可不必給自己找麻煩，這種責罵未免太不分青紅皂白，秋山現在的混亂是因為與晉廣良車隊的卡車碰著了，又不是之前被打傷的關係，這事兒別說該怪晉廣良車隊的卡車，還得怪秋山自己呢，為什麼卻要把仇恨指向他？他幹麼平白背這個罪？

何況，他根本不是嚴英。

沒錯，他不是嚴英。從來就不是。

他的名字叫作孫海風，來自台灣，在這之前，他壓根就沒來過中國大陸。前一晚衛氏兄弟抓著他拷問，挨了他倆的打，給那強光一照，許多記憶的碎片便浮現腦中，如今這些碎片慢慢拼合，他想起了自己是誰，自己來自哪裡。

他不是嚴英，不是一個賽車手，他根本就沒理由留在這裡。現在他怎麼辦？向端飛招認？然後呢？退賽，打道回府？

他又想起是端飛找他來參加比賽的，端飛肯定對他寄予厚望。不管他是不是嚴英，他都不想辜負端飛，雖然端飛並不知道他不是嚴英，端飛根本不認識他，孫海風對端飛來說是個毫無瓜葛，從沒聽說過的陌生人。然而他不說，端飛也不會知道。他的腦子亂起來，若他失敗，辜負端飛的究竟是他孫海風，還是一個虛構的嚴英？他究竟是誰？

話說回來，端飛有指望過他嗎？依照祁泰軍的說法，端飛對他根本「沒有信心」，他都做好準備了，等著他犯錯，等著他鎩羽，等著他受傷慘重，指不定棺材都準備好了。那麼他讓他來比賽，究竟為的什麼？

他用力搖搖頭。誰說他就不會成功？現在他與排名第一的晉廣良即使用時相差得那麼遠，但誠如朝星輝所言，能抵達最後終點的或許只有一輛車，那麼用時長短已經無所謂了。

他暗自做下一個決定，不讓任何人知道他不是嚴英。

他掏了掏耳朵裡的沙子。耳朵裡灌滿了沙，無論怎麼掏都掏不乾淨，令人心煩意亂，他又想起關於那個死掉的老人的事。

他記得自己為什麼到天津去的，為了取回他父親的遺產。他父親把一千萬台幣的遺產全留給了當年才一歲時離散的雙胞胎兄弟。那老人就是他的叔父。

可叔父是怎麼死的？他真不記得了。

那老人雖與父親同年同月同日生，看著卻比他父親蒼老了彷彿有二十歲，相貌上完全看不出孿生血緣的相似。

思及叔父遭殺害而兇手指向自己的事，他的心蒙上一層陰影。

留下仍在叫嚷的衛忠和愁眉苦臉的宋毅，他不發一言轉身，陷入若有所思。

※

天黑以後朝星輝開始發燒，金寶著急地喚端飛和祁泰軍過來，兩人替朝星輝更換輸液、重新包紮傷口，注射抗生素。

面對朝星輝的傷口，孫海風會別過臉去，現在他的腦中不斷重複播放著朝星輝被捲進車輪底下的畫面，問題是，他根本就沒看見，他知道人的記憶是會被虛構的，而且一遍又一遍增添更多可信的具體細節，很多年以後他會以為他確實看見了，他會信誓旦旦地認定他看見自己輾過朝星輝，縱使視角上這並不合邏輯，他會秘密地告訴某個人，因為他會憋不住這磨人的罪咎，他會宣稱他看見朝星輝的身軀怎麼被撞倒，被拉扯，被撕裂，被折斷。這真是一件奇怪的事，喪失記憶的時候他像怒濤上無所依靠的漂浮破葉子那樣焦慮，急於喚回所有曾經寫在腦中的人生經歷，如今找回來了，但記憶這個東西根本是他媽的不可信任，他或許找回了一大堆假貨，事實上不存在的虛製品，而他不會知道真相，因為時間不會倒流，這就是他要的？還有比這更荒唐的事嗎？

他不敢抬起臉，怕與端飛視線交會。對於撞傷朝星輝的事，無需他人出面指責，他知道打從他第一天出現在營地，所有人都在看他的笑話，都在或明或暗指指點點，譏他的不是，就連那些年輕的維修工聚在一塊兒打打鬧鬧，當他走過他們跟前時，他見他們的眼光在偷瞄他，他們在竊竊私語，他們顯然是在談論他，不是他神經過敏，不是他想太多，他知道他們確實在談論他，因為在這個該死的荒涼之境，難道還有別的更值得取笑的東西？

他有一股欲望要告解，承認他的罪過，他的驚慌和不安，可他恐懼得說不出口，結果他實際做出的行為是相反地裝作滿不在乎，厚顏無恥，更加地惹人厭怒。

端飛沒指責他，可他不信端飛的心裡沒認為他犯了錯，端飛不說，不是出於體諒，他這個人對於多餘的話懶得開口，指責又有何用？可他以為他的心不會痛嗎？不會罪惡嗎？他想要有個出口，想發洩這種難受，然而只要偷瞄到端飛那冷峻又漠然的表情，他就只有抬起下巴，倨傲地裝作若無其事。

稍早祁泰軍面露關心地詢問事發經過，平時他很感念泰軍是所有人當中唯一讓他感到自在和溫暖，唯一讓他有意願說心裡話的人，可此時他卻感到不耐煩。見他不語，泰軍又說起比賽時遇到沙暴的應對方法，他厭煩極了，心想祁泰軍在這種時候跟他檢討比賽的事，實在不識相，便冷冷說道，賽道裡該注意什麼，該怎麼應付，端飛都會加以指導，差點兒要說出「用不著你操心」時，祁泰軍讓金寶急喚了來。

此時衛忠從房車門口探出腦袋，「我聽說這兒有止痛片？咱割傷了手，痛呀！」

衛忠伸出他受傷的手，祁泰軍瞄了一眼。「止痛藥不是浪費在這上頭的，你就不能扛著點？」

「真痛呀，你以為我裝的？我幹麼？你仔細瞧，這兒光線暗，怕你看不清楚……雖然是個漢子，但原本應當是富貴人家的命，這細皮嫩肉是天生的，一點兒疼都吃不消。」

「滾，別在這兒礙事。趕緊修你的車去，咱們發電機一會兒就要關了，你用不了咱的燈了。」祁泰軍說。

衛忠啐了一口，罵祁泰軍小氣，急著跑開了，一路還哼哼唉唉地叫痛。

「衛忠好像是真怕疼，有一回翻車，扭著手指了，說痛得要出人命，堅持把直升機叫來，那天也是沙塵暴，直升機降落的時候墜毀了。衛忠倒是若無其事地自己開車出來了。」祁泰軍笑說。

朝星輝也笑了笑，似乎想開口說話，但躺在陰影裡的朝星輝黯淡的臉色分外顯得駭人，在那一半微光一半暗影間他能看得見朝星輝額頭上浮出一顆顆豆大汗珠。

孫海風實在按捺不住，「真心不明白，朝星輝不願意求救，你們也同他一般見識？堅持不退賽，就為了一百萬美金？為了這筆錢送掉命值得嗎？」他提高了聲調說。

朝星輝沒答話。

「哥不是為了錢。」金寶哭喪著臉說。

「不是為了錢？噢，我太俗氣了，我只想得到是為了錢，這裡只有我一個人以為這是為了錢麼？那麼請告訴我還有什麼更高尚的理由？我這人素質低，無知，又目光短淺，但我肯上進，誰來告訴我？我也想學習。」

沒人回答他的話。

金寶方才不說了不是為了錢？那麼金寶知道是為什麼了？為何不回答？啥意思？怕說了他也不懂麼？

原本他想這麼抱怨的，可他一瞧端飛的表情便住了嘴。

「天黑了救援也不會來，橫豎也要等天亮。」端飛說罷便逕自走出房車。祁泰軍坐在一旁，好整以暇，彷彿他對此事一點也不擔憂。衛忠唉唉抱怨的聲音又傳了過來，祁泰軍笑笑，突然想起什麼似的，開口說道：「有一回端飛受了傷，我也不知道他咋弄的，說是腹部裂開一口子，血流得從褲管裡往下一路滴。他哪，到處找針線，可在沙漠這鬼地方，什麼都沒有。好容易找著條小街，那是外地遊客會去的地方，店都打烊了，整條街上沒半個人影，有間賣食品和紀念品的小店開著，他心忖女觀光客興許要縫衣服的，把這小店逛遍了，繞了幾圈，看了所有的貨架兩三遍，有零食，也有日用品，像是剃鬚刀、電池、紙杯、衛生巾，但就是沒有針線。抓了瓶啤酒打開了，一邊喝一邊問人家店老闆，有沒有賣針線？老闆說沒有。這附近哪兒有賣針線的？……」

「還有閒情逸致逛店鋪？為什麼不一進去就直接開口問呢？」金寶打斷他的話。

「一進門就開口要針線？咱們端飛看起來像那樣的男人嗎？」祁泰軍大笑。「老闆生著張愁苦臉，模樣倒殷實，坐在那兒看來冷淡，一說上話意想不到地熱誠，這老闆也絕了，先回答店裡沒有賣，然後問他要得急麼？他說要給閨女縫衣服用的，閨女裙子裂了，走出去男人見了都會受不了，那不行，非得趕緊縫得密實才安心，否則睡不著覺。老闆聽了也覺得這事兒刻不容緩，便說隔壁有家賓館，咱給您打電話同那前台的姑娘問問，說著便打起電話，語氣熟絡，想來兩家生意平常頗互通有無。掛了電話就說您一會兒過去跟她取便行。端飛一想這可好了。走出來至街上，差點找不到老闆說的賓館，招牌小又不起眼，夜裡四下黯淡幾乎看不見，大門是黑玻璃，裡頭的燈光都透不出來。一走進發現裡頭也是一片慘暗，藏在陰影裡的前台開口說話還嚇了他一跳，她果然主動問他是否來取針線的？他哪，高高興興地拽了那針線小紙包，找了個靜僻的地方，坐下來打算縫他的傷口，誰知一打開針線包，有五色線，卻沒有針。」

祁泰軍哈哈大笑，一臉樂壞了的表情。

連朝星輝都笑了。

「他為什麼不去醫院呢？」他疑惑地問。

祁泰軍聳聳肩。「誰曉得？他不想讓人找著吧！」

「後來呢？」

「後來？還是找著針線了呀！不找著怎麼行呢！」

「真的麼？你該不會在愚弄我吧？」他張大了眼睛。「噢，他不怕痛麼？」

「端飛？你不知道麼？那個傢伙天生沒有痛覺的。」祁泰軍說。「所以我說呀，他怎麼可能給自己帶止痛藥呢？」

※

祁泰軍一離開，他便抓住金寶，低聲說道：「天一亮一定要逼朝星輝退賽，你若真心為他好，就別由他任性。我不會眼睜睜看著他送命，明早他若還是堅持，你們都冷酷到順著他的意思，我會替他按下那個紅色按鈕。」

金寶滿臉躊躇。「不，我不能……」

「我說到做到，有本事你別讓我靠近你們的賽車。」

朝星輝的笑聲從他背後傳來。

「這倒是個辦法，倘若把對手的紅色按鈕都給按了，你不就現成的冠軍了？」

他一聽臉紅了起來，尷尬地說：「我不是那個用意。」

「你甭瞎操心了，我不會求救的。無論如何我都不會退賽。」朝星輝說。

「比賽究竟重要到什麼程度？贏究竟重要到什麼程度？不是為了錢，為了榮譽？為了證明自己？」

朝星輝撇了撇嘴，聳聳肩。「不為什麼，沒有理由，就是我想而已。」

「你想？」

「不行麼？我以為這個理由夠充分了。」

「哥一向這樣。」金寶面露無奈，可那無奈裡頭也有一種讓他難以理解的情感上的認同。

朝星輝掀起他的T恤，指著肋骨下方的側腹說：「你瞧。」

「那是什麼？」他問。其實他看不清楚那裡有什麼。

金寶湊近了臉去瞧，眼神很疑惑。

「槍傷？」

朝星輝點頭。「子彈射入的痕跡。」

「那是在美國的時候吧？」金寶說。

孫海風想起李玲娜曾跟他提過朝星輝的事。

「朝星輝在美國的時候玩街頭賽車，其實就是一幫街頭不良少年愛逞強鬥狠，也玩改車，他回到中國才正經賽車。他的表現不穩定，好或壞看他的情緒。賽車是一門技藝的競賽，但大程度卻取決在車手的心態上，就像一根琴弦，要繃緊得恰到好處。他是技巧完美的車手，但他也會縱容自己一場糊塗。」李玲娜是這麼說的，那時她給他分析其他幾個車手的經歷和實力。「朝星輝給長城跑過，原來還猜想他會不會弄來寶馬，宋毅他們可擔心呢，朝星輝若使寶馬，他們估計是追不上。結果他開來的是一輛豐田皮卡海拉克斯，那是他自己的舊車。我想他很信任那輛海拉克斯強韌的牢靠性。」

外頭燈熄了，他突然回過神來，意識到四下安靜，車廂裡是完全的黑暗，只聽得朝星輝說話的低沉聲音。

「以前玩街頭賽車，是顧不上性命的……你當我說顧不上自個兒性命？我說的是顧不上別人的性命。我是死不了的，我總覺得我死不了。我不特別，誰都一樣，那會兒玩在一起的哥們誰都一樣，自認死不了，為什麼死不了？不知道，就有那狂妄的自信，神不會讓我死，死的只可能是別人。夜裡在街道上狂飆，撞死了誰都沒有感覺，你要是嗑了藥，你什麼都不知道。大夥兒平常偷竊、搶劫、販毒都來，你以為誰會在乎瘋狂地風馳電掣時軋過一個人？我撞死過一個小孩子，可你知道麼，我見過小孩兒開槍殺人。小孩兒又怎樣？」

「那樣你覺得痛快嗎？把別人的性命視如草芥，只為了滿足自己的狂妄，這令你得意嗎？令你快樂嗎？」他問。

他聽見黑暗裡朝星輝的輕笑，但他無法理解那笑聲的含義。

「快樂？快樂是什麼？你告訴我快樂是什麼？」

他一時語塞。這不是什麼回答不了的問題，他卻無法馬上給出一個睿智、具說服力又足以為表達出自己的人生觀而滿足驕傲的高尚答案。

因為答不了腔，車廂裡是一段令人尷尬的靜默。

「把別人的性命視如草芥麼？我沒想過這個問題。可誰的性命不是草芥呢？你以為有的人性命高貴，有的人性命廉價麼？都一樣。人都是會死的，你沒發現麼？別告訴我你長這麼大還沒發現人都是會死的。」

「所以你才不想活？因為你做了太多傷害別人的事，你覺得有罪咎感？」

朝星輝大笑，那突如其來的太過於豪放清脆的笑聲嚇了他一大跳，方才朝星輝的聲音還有氣無力，帶著一種淡漠的幽微，這笑聲卻恢復了原來的朝星輝本色。

「誰說我不想活？」

「你不願意求救。」

「唉喲我這位爺，誰跟你說我不求救就會死？我中過槍，我嗑藥嗑得休克不省人事，我為了躲警察泡在水裡一天，脫了一層皮，我也沒死。只因為腿折斷了就退賽？你太小看我了。」

再一次他說不上話來。

「但是……但我還是不明白，你究竟是要證明什麼呢？」

「哥從沒想證明什麼。」金寶的聲音。「若是想證明什麼，他就不會老搞破壞了。」

「搞破壞？」

「朝哥總是在每件事都進行得順順利利，做得漂漂亮亮，大好的機會十拿九穩的時候把一切給毀了。」

「沒這回事。」朝星輝懶散的聲音。

「真的，我原本也沒覺得朝哥是故意的，後來發現也太巧，也太多次，太不自然了。」

「真不是故意的。你錯怪我了，我哪兒那麼不上道呢！」

「好吧！你說了算。」

「人生太無常，太短暫了，你什麼都留不住，什麼都不能證明。」

「我不信你這些鬼話。」孫海風說。

「什麼？」

「你不願意退賽，只是想誇耀你最強，比其他人都優越吧？像你這麼自戀的人，怎麼可能輕易認輸？你認為退賽是一種恥辱吧？這實在是太幼稚了。我聽不懂你那些莫名其妙的理由，我只知道我不會容許你玩命。也許你曾經把別人的性命不當一回事，但我不會讓你把自己的性命不當一回事。」

他一口氣說完了以後，又想著自己或許犯了錯，朝星輝這種人，估計吃軟不吃硬，用這種義正辭嚴，太過強勢的態度是失策，應當哄一哄朝星輝。這麼一轉念，他就想起李玲娜，李玲娜比他高明，那女人就能伸能屈，既可以咄咄逼人也可以虛與委蛇。

他才打算開口改以諄諄善誘，聽見朝星輝的聲音。

「奇怪了，你真的是嚴英嗎？」

他愣住了。

先前他忘了自己是什麼人時，覺得扮演嚴英實在困難，現在他想起了真正的自己是誰、自己的許多過往，假扮嚴英變得更難。以前他不怕自己說的話、做的事與真正的嚴英相去太遠，會遭人疑心，一則他是失憶的，連他自己都不知道為什麼自己不像自己，橫豎都能推到失憶上頭，一切就理直氣壯了；一則他真心以為自己是嚴英，做得不像也頂多是沮喪和無奈。現在不同了，他會注意到周遭之人對自己說的話、做的事的反應，他怕顯得與嚴英的作風太違背、太相異，他感到心虛，感到自己是在欺騙。他要怎樣做得像？他不知道該如何做得像。

一旦恢復記憶，原本那個自己的性格與思維也變得強烈，不知不覺肆無忌憚地冒出來，他縮了縮肩膀，往後得注意一些，隨時提醒自己，不著痕跡才好。

「你這麼處心積慮要救朝哥，是因為撞傷朝哥的人是你，你怕朝哥要是死了，你就成了殺人兇手？」金寶說。

他吃了一驚，一下子他差點忘了撞傷朝星輝的人就是他自己，因為他對這件事缺乏真實感？或者，因為他被縱容慣了，從不曾為自己犯的錯付出代價？

「那麼你沒立場要求朝哥求救。」

「嗄？」

「你是肇事者，你的要求有私心。」

「就算撞傷朝星輝的人不是我，我也會這麼做的。」他說。這話說得實在，因為他確實是在缺乏自己撞傷朝星輝的意識感下堅持要朝星輝求救。

「我就弄不明白，為什麼這會兒救人變成了一種自私的作為？」

「你知道俄羅斯輪盤嗎？」

他點頭。隨即想到黑暗中朝星輝看不見，便嗯了一聲。

「你知道我玩過幾次？」

沒有人回答。

「十二次。」

「十二次？開玩笑的吧！」

「當中有兩次都是對方先，扣第一次扳機就死了。」

「哥你果然是命大。」

「不，我能預感自己會不會死，知道不會死我才玩兒的。」

沒人出聲了。

「你該回你的房車睡覺了。」朝星輝說。

待他走出房車，金寶對朝星輝說：「所以哥你是預感自己這回沒事，所以才堅持繼續比賽，拒絕求救是吧？」

「正好相反，我知道這次走不到最後了，」朝星輝低聲說，金寶沒聽見。「所以現在不想停。」

※

隔日一早，孫海風抱著即便背上惡意撞傷朝星輝迫使他退賽的臭名，也要讓朝星輝就醫的心情，見金寶在做發車的準備，顯然朝星輝仍堅持繼續比賽，便虎視眈眈監視著，找機會偷得朝星輝的賽車鑰匙。

「我勸你別干涉朝星輝的事。」晉廣良的聲音在他身後響起。

他轉過身，仰起臉理直氣壯說道：「什麼叫作干涉朝星輝的事？他的傷不趕緊送醫，很可能會馬上惡化、感染，我不是企圖干涉他比賽，我不能眼睜睜看著他送命。」

「你為什麼這麼篤定他會送命？」

「我沒篤定，我只是說有可能。只要有這個可能，我就不能容許。」

「朝星輝能不能死，為什麼是你容許或不容許？」

「我沒說由我來決定……」

「這不就是你現在打算做的事？」

「那又怎樣？」

「假使是你呢？假使發生在朝星輝身上的事發生在你身上呢？」

「什麼意思？」

「如果是你在朝星輝這種處境，你會退賽麼？」

「當然會。」

他毫不思索地回答。但這三個字一出口，他的臉便紅了。

晉廣良笑了笑，他從那笑中看見毫不遮掩的鄙視。

「別把你自己認為理所當然的事套在別人身上。」

他沒回嘴辯駁，同晉廣良爭論他是拚搏不過晉廣良那種氣勢和自信，但他的內心可沒屈服。

金寶忙得慌，顧不上提防他，兩個維修工也沒留意，還真給他逮著鑰匙就插在鑰匙孔上的機會。即便早就下定決心，下手也不是沒有猶豫，對於救朝星輝這個決定他心中毫無疑問，然而做了這件事會給自己帶來什麼麻煩，會招致什麼後果，他卻有些膽怯。他深吸一口氣，不管了，救一個人的性命勝過一切，比什麼都值得。

發動賽車的時候他緊張得像立刻要死掉，他的手指幾乎已經觸碰到紅色按鈕的表面。

為什麼會猶豫？我不信任自己對於對與錯的判斷？或者，我其實是一個缺乏勇氣的人？不，勇氣不是取決於飆車的時候有多驍悍，衝下高大的沙山時有多果決，拚鬥時多不退讓，勇氣就取決於去做該做的正確的事。朝星輝車隊的人隨時會冒出來，他根本沒工夫猶豫，他不該動作這麼柔柔軟軟地去摁那按鍵，他應當乾脆俐落地起手啪達勁敲下去，現在他已經把手指放在按鍵上了，只要稍微使一點兒勁。不過就是比那戳破肥皂泡多不了太多的氣力，何難之有？

其實這麼一番思維也不過是一秒鐘的時間，就在他那放在按鈕上的手指正要施力，有人抓住了他的手臂。

是端飛。

「這不是你該做的事。」

他甩開端飛的手。

「為什麼你們都寧願看著他死，或者變成殘廢，也不願意讓他退賽？或許你阻止了我，但你沒有讓我認同你們。」

他頭也不回地大步離開。

這天朝星輝與金寶果然照常發車。

「昨晚沒工夫看路書，就是看了也看不懂。」朝星輝對端飛說：「我叫金寶跟在你後頭，反正嚴英也開不快。我說跟著端飛走，大家都說端飛不會錯，依我看沒人不犯錯的，咱就賭一下，端飛對了咱們佔了便宜，端飛錯了咱們就認了。其實錯了頂多也就繞一下，總是到得了終點。你們別中途挖沙呀、掉坑裡什麼的，我不愛等。金寶開車還行，快到終點的時候超你們綽綽有餘了。」

這一賽段首發的是宋毅。晉廣良在他後頭。小傅緊張得整晚沒睡好，半夜嚇醒了還拿路書出來翻。

這日賽段並不長，中途還有加油點，距離發車點一百二十公里，宋毅特別要小傅留意，這一百二十公里的路書有三十頁，幾乎要給小傅翻爛了，用各種顏色的筆做了滿滿的記號。

由於前一天遇到大沙塵暴，錯過了加油站，所有人都面臨載油量吃緊的危機。卡車拉的油不夠，只好用後勤工作車的油，相較之下最吃緊的是伍皓。

一路上那欽路書報得犀利精準，路書他差不多都背起來了，倘使伍皓倒著開他都能認路，伍皓開得再快他也能搭得上節奏。可即便如此，差一點還是錯過加油點。

「應該是這兒呀！不可能錯。」那欽差點哭出來。

嘴上說不可能錯，心臟卻差點兒要停了，萬一錯了呢？有時不是沒這種活見鬼的事，明明走錯了路，居然地形變化和路書還能配得上。

假使他們走錯了路的話……那欽不敢想都不敢想，假使他們走錯了路，剩下的油甚至不夠他們找到正確的加油點。

遠看就一小土房，一個空羊圈，伍皓還聯想不上這就是加油點。但他還是停了車，打算過去問問。往那土塊堆成矮牆的羊圈裡瞧，找不著羊糞的痕跡，這地方約莫已廢棄了吧？待走近那土房子，這才發現地上擱著的不都是油桶？這就是加油點？

那欽忐忑地跟在後頭，對找到油的寄望不下於蹣跚步行沙漠的烈日下瀕臨渴竭而亡，尋找綠洲的水的人。心臟怦怦跳起來，差點歡呼出聲。

然而沒半個人影。

油桶全是空的。

沒有油？

沒有油？

事實就是，沒有油！怎麼看怎麼找也沒有半滴油。

簡直叫人不敢置信！那欽呆滯地站著，腦筋轉不過來，半天才聽見房子後頭的伍皓在叫喚他。

「那是什麼？」那欽愣愣地望著眼前的景象。

「有人搶在咱們前面。」伍皓說。

話說跑第一的宋毅到達這同一地點時，也跟伍皓和那欽一樣，以為誤了加油點，差點嚇掉了魂，待會意過來，見一老頭坐在那兒，宋毅沒思索幾秒鐘，就開口：「多少錢？全買下了。」

小傅見宋毅打開賽車的工具箱，取出鈔票，訝然說道：「宋哥，咱用不著這麼多油呀，您幹麼全買？就算給後勤車隊用，咱現在正在比賽呢，叫他們來麼？他們在工作路線上也有加油點吧？再說咱咋拉這些油？」

「不拉。全倒了！」宋毅語氣乾脆地說。

小傅愣了一秒明白了，原來宋毅把油全買下，連自己用不上的柴油都買了，是打算倒光了不讓別的車組使。

「錢還是最靠譜的東西，只有錢萬能，什麼都可以沒有，不能沒有錢。」宋毅說。他這表情並非沾沾自喜，而是很嚴肅認真的。宋毅向來比賽都隨時帶著大疊的鈔票，別人說這種鳥地方啥都沒有，放眼望去只有石頭、只有黃沙、只有駱駝草的時候，鈔票不過是廢紙。誰說的？再荒蕪的地方，再乾枯的地方，再一無所有的地方，都有人！這星球上無論你奔哪兒都見得著的就是人，就連南極都有人！有人的地方錢就使得上，錢使得上的地方你就得有錢。這就是他的哲學。

這日賽道雖然短，前九十公里卻一路是高七十米以上的大沙山，朝星輝曾讓金寶練過衝沙山，可他有恐高症，一上沙山頂就擔在那兒不能動彈了，這會兒他可不能讓自己擔沙山，沒人能幫他了。金寶，你得靠自己了。他對自己說。這會兒靠不了朝哥，朝哥還得靠你。可對自己這麼一說，不但沒振作起一口氣，反而兩行眼淚滾了下來。

怕衝不過沙山，壓抑著恐高心理，踩足油門幾乎是閉著眼，過一個沙坡後頭還偏是個大坑，一頭扎進坑裡，那震動使得朝星輝昨日縫合的傷口裂開，血流個不停，金寶哇哇大哭。「對不起，哥，您扛著點。」

朝星輝一句話都沒說。

一路上各種陷車遭難，都得讓端飛他們來幫忙。「以前朝哥憐惜我，捨不得我挖沙，從來不陷沙的。」金寶幽幽地說。

「朝星輝不是捨不得你挖沙才不陷的吧？他的技術好。」端飛大笑說。
「這會兒自己技術不行，挖沙都是自找的。」金寶說。
「直升機？」孫海風停下挖沙的動作。
「應該是馮曉他們。」端飛仰起臉說。
「來救援的？」語氣裡有驚喜和期待。
「我可不這麼想。」端飛說。
金寶向來不覺得自己有必要練沙子，誰想得到有一天這工夫是要派得上用場的，死活翻不過，要麼衝下去過猛，或掛在坡上，或陷沙，燒機油，初始孫海風也好不著哪兒去，兩車組互相救援，不停地翻沙山沙丘，速度奇慢，平均時速不到二十公里，本來越過高沙區耗油特別凶，百公里怕要吃油到六十公升。
「哥，我真幹不動了。」金寶累得感覺靈魂出了竅，手腳彷彿都不再是自己的，使喚不動了。
「咱停下來喝點水吧？」
朝星輝沒說話。
金寶停下車，原本想大哭一場的，後來想想還是別徒然浪費身體裡寶貴的水分，喝了罐寶礦力又上路，問朝星輝要不要，朝星輝只是閉著眼動也不動。金寶慌了，推了推朝星輝的肩膀，朝星輝沒動靜，他張大了那睫毛還帶著點淚水的眼睛專注地盯著朝星輝的胸口，終於看見有呼吸的起伏，才鬆一口氣。
前面的孫海風有端飛在旁指點，倒是得心應手起來。在純沙裡跑與在有形路不同，有經驗的車手懂得在點與點之間找到最佳路徑，逐漸他也摸索出找路的工夫，就連滾沙稜也順手了，端飛讓他把引擎轉速維持在三千轉，不收油，從聲音就能聽出那持續不間斷的平穩流暢，隨著陷沙次數少，見他想提高速度，端飛便教給他技巧，從四十五度角滾切銳到三十多度，速度高，可以全油，頂著油不減速，翻過去速度高，可以在沙樑上推著走，順著沙樑走一段再往下打方向。一旦掌握到訣竅，只要端飛告訴他怎麼走，可以始終在稜線上迂行不下，如龍遊翻飛，連綿騰馳，說不出的暢快。轉眼便把金寶和朝星輝不知拋到哪裡去。

丟了端飛和嚴英的影兒，好在還有車轍痕可以跟，金寶才說不陷沙，也不過就一個和緩的小沙樑也能陷，金寶怨得，不該這麼大意，可他也弄不清自己是一個不留心輕率了，還是他已經不剩半分力氣謹慎了。烈日底下也顧不得曬了，卸了頭盔脫了賽服，他連鏟子都幾乎拿不動了，腿一軟便昏了過去。醒來全身曬成鮮紅色，像剝了一層皮那樣血紅，痛得賽服穿不回去。

宋毅尾隨伍皓上了一大沙山，坡後什麼樣永遠是叫人最不安的，瞬時反應考驗車手的經驗累積，一待翻過坡頂，宋毅馬上瞧出伍皓撿走了最佳的下坡路徑，急打了方向，避開撞上伍皓的賽車，心裡罵聲連連，早知道應當超了伍皓，之所以耐著性子跟在伍皓後頭，是因為自知在沙丘間選路的能力沒有伍皓和那欽好。這會兒坡後情急衝下的路徑危險，車飛了出去狠扎了一下，幸虧賽車沒什麼損傷，倒是小傅嚷個不停，說八成是胸椎裂了，宋毅壓根沒理會，後來小傅一路尖叫。既然還能叫，就死不了，只是聽著煩，也沒人報路書了。

這天賽段除了宋毅，所有車組都在終點前斷油，花費漫長時間等待後勤工作車前來救援。

宋毅不只拿了賽段第一，總排名也躍上第一，非但如此，用時上也大大拋後了第二名的伍皓。

全因為他那佔了所有的油的策略，老天，他忍不住在心裡要讚自己真是他媽不折不扣的天才！他宋毅也許開車技術普通，可這麼多年的廠隊經理的經驗，最擅長的就是策略！過去他領導的團隊訓練有素，後勤資源調度靈活，反應迅捷，賽前就能匯集縝密情報加以研究布局，車手一進入賽道，後方能密切掌握每一輛車的狀態，一出現問題時採取最有效率的應變，他的救援車幾乎是所有車隊裡唯一能攜帶必要工具和配件最快速秘密地進入賽車狀況地點的。這次比賽不公開，不便大張旗鼓找贊助商，各車組的後勤都很精簡，長距離越野賽大程度仰賴的後勤保障的實力如今被侷限在嚴苛的條件下，越顯得戰略、調度、管理能力的重要，他想著想著便沾沾自喜。他宋毅現在是第一，第一啊！這可不是作夢，是真的！誰會相信是他宋毅拿冠軍？可這就是事實！

尤其超越晉廣良，可說是報仇雪恥的痛快，當初中了晉廣良的招硬生生被拉出了車圈，這恨他是一天沒忘的，若非這是不公開的非法賽車，他巴不得拿擴音器喇叭昭告天下。

從現在起他要更謹慎，要更用心於謀略，凡事不能掉以輕心，走錯一步都不可以。

房車行駛速度極慢且費油，車隊有拉拖掛房車廂或自形式房車的都拋棄在前一營地了，卡車的速度也太慢，宋毅甚至把大部分配件改放至皮卡上，桌椅什麼的也都丟了，一切從簡。各車隊工作車故障在路上得找地兒修或者修不了了，以至於無法跟上的也有幾輛，晉廣良的後勤皮卡與他的賽車是同形款，雖然配件的強度相差不少，也被他拆了來湊合。

給工作車走的路線用不著翻越沙山，大多是公路，一般最不濟也是多車來往的土路，能經過街道和商店，但這次比賽工作路線也不過就是較賽道平坦，卻寂寥荒蕪得令人心驚，有幾間牧民的房子，也有飯館，可一開口要買水就都說沒有。走在後頭的車隊都懷疑最先通過的哪個誰把水都買走了，卻誆稱沒有，這些傢伙想必用水都鬼鬼祟祟的吧？就怕人知道私藏了水。

傍晚往常都是得泡茶喝的，現在水短缺，衛氏兄弟開了罐裝啤酒來喝，伍皓眼巴巴望著，可衛忠的視線一瞧過來，他便噘起嘴轉開臉去，展現他的不為所動。

聊起這天賽段裡的事，即便插不上話，孫海風仍搬來椅子坐在角落聽著，以前他們說啥他聽不懂，現在他多少也有了些心得，自認算得上局內人。

每輛賽車都多少有損壞，伍皓與衛忠都是兩驅開出來。

「沙漠裡前兩驅比後兩驅好開。」

「我也覺得，不知道為什麼伍皓說後驅比前驅好。」

「在沙子裡前驅可以開，但碰到沙尖前驅就必須跳過去，後驅就可以滾過去。」

「昨天同步器沒換，沙子裡頭速度到不了，最快也六七十，我還是用低四，因為兩驅，我就把氣壓放低了點，過一個側坡戳了一下就脫圈，打氣在車上不好打，就把輪胎拆下來打，之前螺絲擰得太緊，拆輪胎的時候發現幾乎下不來，後來就不敢擰太緊，怕把螺絲毀了，結果螺絲都掉了……」

「距離終點六公里爆胎，明顯感到左後胎爆了，反正只有六公里，其實速度也很慢，但要是換胎時間會更長。」

「越是小沙丘陷車的概率越高，大沙丘你還能來回的兜，小沙丘、小雞窩坑，就一個車那麼大，掉下去千斤頂都沒用。」

「我在伍皓後頭看著，他在樑子背上走得挺漂亮，開得溜了。這邊沙子還就得走背，背大部分都是圓的，沙脊沒有那種A峰，很少，背比較緩。」

說到後來，大夥為著宋毅把油給放光的事起了爭議。

「宋毅我錯看你了，不想你是這般卑劣之人，做得出這種自私損人的事！」

「別人說這話也就算了，這話出自衛忠你的嘴裡，叫我格外不舒服，當初我被晉廣良設計退出車圈，你馬上就去投靠晉廣良了，我待你也不薄，要說卑劣，你何不自個兒拿鏡子照一照。」

「我操什麼晉廣良設計你？那是光明正大的挑戰，你自個兒跑輸人家，你怪得著？」

「我跑輸晉廣良？晉廣良挑戰的是咱們車隊，你也有一份。」

「誰叫那時使的是你的車呀，那時要是使咱家自個兒造的車，不就能贏了麼！」

這話宋毅聽著傻眼，你要怎麼跟衛忠這種一扯嗓子就能呱呱瞎說還振振有詞的人爭道理！

「總之，我不覺得自己這麼做有什麼問題，難道若是你們就不會這麼做？」

「不會。」衛忠答得乾脆。

「那是因為你的腦子想不到這麼聰明的作法。」宋毅說。

「咱也沒那麼多錢。」衛祥插嘴。

「別說是錢的問題，你們大概忘了，我是第一個發車的，這本來就是我的權利。誰要是跑在我前面幹了這樣的事，我也認了，沒跑在我前面就給我閉嘴。」

「那倒也是。」晉廣良突然開口，聲音平靜。「輸贏之爭價值就在這兒，輸的人指望贏的人應當同情你、替你設想，才是卑劣的行為。」

「一定要這麼不惜一切代價嗎？」孫海風忍不住插話了。

他開口說話向來沒人當一回事，自從恢復記憶以後，他更注意著說話謹慎些好，可往往一攔不住舌頭脫口而出，總換得眾人靜默，瞠目結舌。

「贏這種事不是只有在名次、在獎金上，拿不到冠軍就一無所有嗎？你不能試著去贏一些更重要的……」

衛忠翻了翻白眼，臉向著端飛說：「你是給嚴英下了藥麼？吃什麼能變得這麼不著道？」

「你說這話豈不給自己打臉？剛才還對宋毅罵罵咧咧的。」伍皓對衛忠說。

「我怎麼給自己打臉了……」衛忠眨著眼睛急著要辯駁，嗓子扯開了腦子卻跟不上。

「也不想想你自己做的事，五年前你破壞了嚴英的車，我和秋山可護著你，要不是如此，秋山也不至於被打成重傷，現在想來倒有不值的感覺。」宋毅說。

「喂喂喂！……」衛忠大喊。「都說了多少次了，不是我，呿，你們咋不聽呢！真要命，我沒破壞嚴英的賽車，操你媽，我衛忠像這種人麼？」

「你說不像就不像？」宋毅說。

衛忠急了，要掀桌子。「是伍哥做的。」小傅突然說。

一時之間眾人皆看向小傅，小傅倒是泰然自若，聳了聳肩膀。「我以為大家都知道呀，這事都過了五年了，還有什麼不能說的。」

那欽嘆了口氣。

不嘆氣還好，這一嘆，伍皓就知道是他說出去的了。

「虧我這麼信任你，」伍皓罵道：「你讓我太失望了。」

「若要人不知，除非己莫為。老天有眼，這事總算水落石出，還咱一個清白。都不知道這五年咱兄弟有多悶。」衛忠大聲說。

「你可聽到了呀嚴英！不是我幹的，唉喲，這下子明白了。」

※

他每天回終點莫不是倒頭就睡，管他賽道發生再大的事，全身怎麼不舒服，營地再怎麼嘈雜，後勤沒到，他鑽到車底下都能睡，肚子餓，渴，疼痛，全身皮膚裂開，骨頭像要斷了，呼吸困難，躺著什麼都不想讓自己昏過去就能忘。他就奇怪端飛怎麼不會累？怎有本事一回來還跟泰軍倆討論個老半天，頂著太陽繼續幹活。

然而到了夜裡他就變得神經質，疲勞尚未消解，人還是緊繃著，腦子裡轟轟打鼓，心悸，胃抽搐，整個人像通了電流，翻個身都發抖，捱到大半夜睡不著。頭髮裡塞滿了沙也沒水洗頭，加上燠熱出的汗，頭皮和髮根好像敷著一層酸臭的泥，癢得難受。有幾度他感到神智不清，思緒像奶油一樣融化，以為這是即將睡去的徵兆，可下一秒他變得更清醒，神經尖銳地像針尖。他爬起來想鑽出睡袋，卻發現幾乎站不起來，他匍匐著跪在地上，手腕起了一陣劇痛，恢復記憶以後他便明白這是以前在排球隊時受的傷，現在他連後腰側都起了一種難以忍受的拉扯的疼痛，他差點叫出聲，縮著身子蜷在地上低低咒罵了幾句，深呼吸了幾口氣。

走到外頭他抬起臉，居然能看見夜空的星星，他揉了揉眼睛，莫名地感動。他輕敲朝星輝的帳棚。

金寶壓低了的聲音傳出來。「誰？」

「是我，嚴英。」他說。

「咋了？」

「我來看看朝星輝。」

「三更半夜的，什麼毛病啊？朝哥睡了。」金寶說。

「我不放心他。」

「你大爺的，我才剛睡著。」

「明天是休息日，晚點睡有什麼不行呀！」

「真有你的，十足神經病。」金寶一邊詛咒著，讓他爬進來。

裡頭一片漆黑，金寶鑽回睡袋，他盤腿坐在金寶身旁。

「朝星輝今天怎樣？」他問。

「不好。朝哥今天流了很多血。」金寶說。

「這樣下去不行。」

「你別窮費心了，朝哥說什麼都不會退賽的。」

「我……」

「想都別想！」

雖然是壓低了嗓門的氣音，可金寶這句話裡充滿了十足的嚴厲。

「我知道你還在打那種主意。我跟朝哥說了，我不能看著他這麼摧毀自己，我打算按下紅色報警，你沒瞧他那猙獰的表情，嚇壞人！他說我若是那麼做，他不會原諒我。他是認真的，他的眼睛好像噴出火焰一樣。我不想他恨我。我都還沒摁呢，只不過說一說，我已經從他的眼神看見那個惡狠狠的恨了。那恨包含了一種絕望，恨我竟然不能理解他的心情。老實說我還真不懂朝哥在想什麼，跟了他這麼久，我也不太懂他這個人，但我不想讓他失望。所以我也不容許你那麼做。」金寶說。

「比賽又不是只有這一次，這次沒完賽，還有下次。」

「我也是這麼跟他說的，但朝哥說這樣的比賽沒有下次了。」

「你們兩個若是想不讓我聽見，何不到外頭說去？」朝星輝的聲音突然傳來。

「外頭冷啊，哥。還有蟲子。」金寶說。

「我不怕你恨我。」孫海風說。

「什麼？」

「你恨我也沒關係，我還是要送你去就醫。」

「你就這麼熱心要讓我退賽？」

「不是這樣的，重點不是退賽……」

朝星輝打斷他的話：「重點不是退賽？那麼退賽對你而言不算什麼囉？」

「至少我心眼沒那麼死。」

「一個勁兒要讓我退賽，連偷摁我的紅色報警這種事也幹得出來，自己倒是臉不紅氣不喘地繼續比賽，你說這公平麼？這麼吧，我若是退賽，你也跟著退，怎樣？」

「我幹麼跟著退賽？折斷腿碎掉骨頭的又不是我。」

「我是拜你所賜呀！」

他又一下子語塞了。

「不，我是不能退賽的，端飛帶我來，對我寄予厚望，我不是為我自己跑，我也不能這麼自私地自己決定退。」

「那麼你就當作沒這事兒吧，收回你那矯情的好意，別來煩我。」

「誰說是矯情？我真心掛念你，就算你不相信，那麼你瞧瞧金寶，金寶為了你多難過！他當車手還擔領航的活，為了你一顆心成天懸著放不下，因為悲憂你，眼睛一眨淚珠就滾出來了，你忍心不顧念？」

「你知道麼嚴英？」朝星輝慢條斯理地說。「你沒有以前那麼討厭了。」

他才正忍不住揚起嘴角微笑，朝星輝又接著說：「你變得更討厭。」

他皺了皺眉，沉默了幾秒，語氣認真、振振有詞說：「我知道了！我明白你堅持比賽下去的原因了。」

朝星輝和金寶都沒說話，他也不知這意味著他們在等他說下去呢，還是他們壓根不在乎他要說什麼。

「因為沒有人在等你回去吧？」

依舊是一片沉默，一會兒才傳來朝星輝的聲音：「什麼？」

「因為沒有人在等你回去，所以你才任性地比賽下去，就算是自毀也不在乎。」他說。

倘使這時他能看見金寶的臉，就會發現金寶嘴張得大大的，一臉愕愕。

他也看不見朝星輝的表情，不禁心虛起來，他是頗有自信這番推論的，以為必定戳中朝星輝的痛處，雖然他嚴格說來算是不認識朝星輝，對朝星輝毫無瞭解，可這麼想絕對錯不了吧？

他以為朝星輝要大笑，但朝星輝完全安靜。

「你在想什麼？」

「別吵我，我在算有幾個人等著我回去。你瞧，被你一打斷，我又要從頭數。」

他沒趣地站起身，感覺自己幾乎要放棄救朝星輝的念頭了。

離開朝星輝的帳棚，在外頭仰臉看著天上的星星。前些日子晴朗，天上的星星又多又亮，那時他就有種驚奇的感覺，好似自己從沒看過那樣廣大浩瀚又繁花似錦的星空。現在想來確實如此。

但是今天的天空幽暗，什麼亮光都沒有。

他打開手電筒找自己的帳棚。

15.

小米那男友給小米主持了公道，把李玲娜趕了出來，那男的原本就討厭李玲娜，他哄小米的謊言李玲娜一向是當著面拆穿的，他那些油嘴滑舌的甜言蜜語小米情願信，李玲娜聽著刺耳，不吐個槽不痛快。自然李玲娜態度上是護著小米，不能眼看著小米給瞎矇，實則不過她對蠢人擺在眼前的鬧劇總像見著沾屎的蒼蠅嗡嗡飛，不拿蒼蠅拍擊斃忍不下去。至於單單李玲娜和這男人獨處時，他對李玲娜是十分害怕的，小米不在場，若要見了那男人在李玲娜面前的慫樣，怕不也厥過去，現在逮著偷錢的事，他還不卯足勁將李玲娜這禍害給攆出屋簷下。

一旦臨到要找個借住的地方，李玲娜就發覺她向來自認人面廣，可這些人面僅好使在工作上，對於分出一張沙發讓她睡這種小事竟是毫無用處的，如今帳戶裡只剩下十六塊四毛五，想來想去借錢的對象只有Liz了。

硬著頭皮去找Liz，Liz也如她所料的，反應十分慷慨。

「借錢沒問題，妳知道我向來喜歡妳，我也不打算要妳還。可妳得知道，今天妳向我開了這口，日後沒還錢，那就是把妳我的交情玩完了。錢我不在乎，但我不愛一點都不瞭解我性子的人同我裝熟，自認是我的知心好友，若明白我就該清楚，我討厭不負責任的人，明知還不起卻肆無忌憚地開口要。妳也老大不小了，不是一輩子瘋瘋癲癲都能找到替妳買單的人。」Liz說。

她勉強地笑笑。她對Liz這番故作老到，扮演一副睿智前輩的模樣，雖然內心裡十分厭倦，仍舊裝出謙恭虛心的模樣，先把錢拿了再說。至於往後同Liz的交情，現在想不了那麼多，倘若往後事事現在都要思量，一個腦袋豈想得完？何況多此一舉，天曉得下一分鐘要發生什麼事！雖說弄僵了與Liz的關係可惜，從Liz身上是能得到不少方便的，然而筵席無不散，友情這東西硬生生去拖拉，那是沒意思的，再者世間朋友與敵人本一體兩面，今日還貓膩著，明日成仇，或者相反，再沒有比這事更不足以較真了。她甚且還慶幸，若非開口借錢，還未能發現Liz與在台灣時相較已經不似同一人了，現在的她多麼市儈，多麼狂妄，多麼裝腔作勢呢！

「這些天妳在忙什麼？妳找我幫忙，我從來頂樂意，但都是不過問的，因為我信妳是個聰明人，妳要曉得，可不意味我不關心。」

我情願妳不關心的，李玲娜心想，嘴上只是說：「正巧我對妳也是一樣，妳瞧，我也沒問過妳的事，但我心中也是顧念著。」

「今天沒空請妳吃飯，改天吧！」Liz看來要打發她了，她也急著脫身，可Liz又叫住了她。「妳知道我最欣賞妳什麼地方？妳是既現實又浪漫，既冷酷又多情的人，這點妳跟我很像。」

她聳了聳肩，Liz說自己跟她很像，顯然認為這是某種溢美，會讓她高興的吧？但她心裡沒有任何感覺，也不太能領會那是什麼意思，且為何要因為同Liz有相像之處而高興？

步出Liz工作的雜誌集團大樓，肚子餓得發出巨大的聲音，可Liz還要晚些才有空給她帳戶裡打錢，她也只能暫時挨餓了。正感到沮喪，她見公交車站有個出人意表的眼熟的人影。

嚴英？

他不是應該在沙漠裡比賽？怎會出現在這裡？難道退賽了？這些天她都忙著查關於白玄希的事，一分鐘都沒得閒，不是沒試過跟參賽的車隊聯絡，但始終聯絡不上。打從她回北京，至今也沒有幾天，可日子給人的感覺十分乖謬，既漫長好似流逝的是浩浩滔滔的幾個月，又電光石火地彷彿她離開沙漠才是昨天。繼而她才恍如閃電劃破深灰色的天空綻出一片過度曝光的銀亮那樣感到目眩了，整個人震了一下，倘使嚴英退賽了，那麼端飛豈不也回北京了？但這怎麼可能？她一點都沒得到消息。

八成是認錯了人，不過是同嚴英相貌神似罷了，可她還是大喊了嚴英的名字，那人竟馬上轉過臉，東張西望著尋找聲音的來源。難道真是嚴英？

李玲娜又喊了一聲，她就正對著他，但也許隔著條馬路，來往的人車又多，嚴英沒瞧見她。

顯然嚴英在等公交車，要是讓他跑了，要再找到他可就費工夫，李玲娜急著要穿越馬路，可她即便無畏往來車河好似隻身勇涉湍流，仍有寸步為艱之難，她便使了勁不斷扯嗓子呼喚嚴英。雖然周遭嘈雜，喇叭鳴聲此起彼落，她確定嚴英聽見了她的叫喚，他的回頭與張望並非巧合。可他的模樣很奇怪，他的臉孔、表情，他身體的動作，他傾斜著身子，側著臉，貌似要把耳朵伸長出去，他歪著頭，像一隻貓頭鷹那樣謹慎、狐疑，又神經質，他移動腳步的緊張和猶豫，他繃緊的肩膀，他那敏銳卻小心翼翼的姿態，李玲娜恍然大悟，他並非沒從四面八方熙來攘往的人群車陣裡認出她，他是……根本看不見！他不是在用眼睛尋找她，他在用耳朵。

「嚴英！你等著，不要動，我是李玲娜，我過來了！」她朝嚴英大喊。

一輛公交車來了，一個女人走過來攙著嚴英，把他帶上了車。李玲娜認出那是嚴英的女友肖紅。

她慌慌張張地給肖紅打電話，肖紅約莫是沒聽見，幾個小時後才給她回電。

「無論如何我得見嚴英一面。」李玲娜在電話裡急切地說。

「真可怪了，上次妳不說甭見了麼？這會兒又想得緊了？我們嚴英不是呼之即來揮之即去，隨妳的高興使喚，愛見不見的。」

「真抱歉，這兩天忙，怠慢了，我是一直掛心著要見他。」她極力使得自己的聲音聽起來充滿情感和懇切，可究竟怎麼樣算是充滿情感和懇切的聲音她也沒頭緒。

「妳真是嚴英的姊姊？嚴英還沒出生他爹就跑了，他這輩子都沒見過他。雖說哪兒有個姊姊也不奇怪，可妳突然冒出來找他，究竟什麼目的？」

電話那頭沒了聲音，她幾乎以為斷線了，一連喂了幾聲。

她先前與肖紅見面時，怎麼也料不到嚴英會在這時候回北京，想來嚴英也沒告訴肖紅她與嚴英在新疆已經碰過面。

「讓妳見嚴英，咱有什麼好處？」電話那頭肖紅終於又開口。

「世上還有什麼比得過親人？」她答。

※

肖紅帶著嚴英走進咖啡廳。

「他呢，又不肯拄枴，攙著他也不願意，不願意麼就到處磕碰，都瞎了還要什麼面子！」肖紅一見李玲娜便扯著她粗啞的嗓子說。嚴英對她這番話報以厭惡的表情。

他倆一坐下，李玲娜也省了客套，立即關切說道：「你完全看不見了麼？噢，怪不得退賽了，真遺憾。」李玲娜說。

「退賽？」嚴英困惑地重複這兩個字。

「你那會兒跟我說眼睛有時不行，我還沒認真放在心上，真抱歉，我只是不願往壞處想……」

「我不知道妳在說啥，肖紅說妳是我姊姊？」
「我是李玲娜呀，我們前幾天才在新疆見過的。」
「妳和嚴英見過？妳咋說到處在找嚴英？」肖紅莫名其妙地說。「新疆？嚴英一直待在北京。」
李玲娜一臉詫異。「那場不公開的賽車呀，你跟端飛搭檔……」
李玲娜覺察到嚴英聽到端飛的名字時起了反應，表面上雖沒動作，可內心卻是激動的，但李玲娜的話飛快被肖紅尖銳的聲音打斷了。
「賽車？您瞧咱嚴英這樣子，咋賽車？您是拿咱們尋開心麼？」
李玲娜頓時腦殼暈了，什麼地方發生了神秘的錯誤，她還真想回肖紅說她才懷疑這兩人拿她尋開心呢！
「你在新疆時不犯了失憶的病麼？該不會現在又把幾天前新疆發生的事給忘了？」
「都說了嚴英一直在北京呀，他都瞎了三年啦，上次不跟妳說過了？啥意思？這小子在咱眼皮子底下溜到新疆去賽車，您當瞎的是我肖紅麼？」
李玲娜怔了幾秒，試圖理出一個頭緒來。
「妳說他完全看不見已經很久了？」
「唉喲，虧得上次咱跟您說了那麼多，您真貴人多忘事，您以為這些年一直是誰做牛做馬在照顧這個難纏的瞎子？他瞎了可久啦，要不是瞎了眼，豈會這麼乖。瞎了好，眼明的人你是管不住的。」

仔細看，眼前的嚴英與她幾天前見到的嚴英相當不同，瘦削得多，一張臉像是刀刻出來的輪廓銳利，凹陷的眼眶裡那雙目空一切的盲眼有一種令人悚然的既渾濁又透明，最不可思議的是混合著絕路上晃蕩之人的陰暗憔悴與不馴的狂暴猙獰神情，同先前那幾乎算得上稚嫩的簡單天真，迷惑又羞澀的惶惶不安相比，一個人短短幾天內幾乎是不可能發生這樣巨大的變化，除非，除非根本不是同一個人！

「我不認識妳，我沒聽說過妳的名字，也不認得妳的聲音。」

「那麼沙漠裡那個人是誰？」

肖紅瞪大了眼，「妳到底是不是嚴英的姊姊？」

嚴英揮了一下手，打斷肖紅。「妳的意思是，妳在新疆見到我，和端飛一起參加比賽？」

李玲娜這才恍如大夢清醒，了悟到坐在她面前的這個人，才是真正的嚴英本人！由於她在沙漠裡見到那個嚴英在先，心理上便老先入為主地把那人才當作正版，這會兒頭腦終於轉了過來，那個正在沙漠裡與端飛搭檔比賽的人，並非嚴英，不怪他啥都想不起來了，他的腦子裡壓根就沒裝著嚴英的記憶，自然再怎麼鼓搗也鼓搗不出東西來。那末他究竟是誰？

然而，眼前有更重要的事，真正的嚴英，沒失去記憶的嚴英，就在她面前，她查了老半天，在這個那個的身上下工夫，這會兒直搗核心，真個是踏破鐵鞋無覓處，噗通一聲從天上落下來。她飛快在腦中盤算了一回，開口道：「假使你真是嚴英，那末就是有個冒充你的人正在參加比賽，究竟怎麼一回事我會查明，可現在我得弄明白，你是否是真正的嚴英。」

裝模作樣地說完這番話，嚴英目不轉睛地盯著她，差點讓她懷疑他其實看得見。

「妳究竟是誰？」

「依我看這人怪可疑，不知安的什麼心，咱們還是走吧！」肖紅拽著嚴英的袖子站起身說。

「事關獎金一百萬美金的比賽，有人冒你的名參加，你不關心麼？端飛不知道那人不是你，他是因為你才參加的。」

「一百萬美金？」肖紅喊道，立即又拽著嚴英坐下了。

「無論多少錢都不干我的事。我現在這個樣，也不能再賽車。端飛想怎樣也與我無關。」嚴英淡漠地說。

「咋會跟咱無關？」肖紅嚷著，轉臉望向李玲娜。「那人冒用咱們嚴英的身分，他要是贏了，咱難道不理當分一份？您說是吧？這事得有個人出來主持公道。」

「妳瘋了嗎！」嚴英斥道。

「我說，端飛還是顧念你的，你瞧，她方才說端飛為著你去的，咱應該早點去找端飛的，我要是……」

「妳再囉唆，就給我滾！」嚴英吼道，肖紅咬了咬嘴唇，一臉不情願。

李玲娜尋思了一會兒，感到這整件事也太有蹊蹺，原本不知那個嚴英是假冒的，還想不出端倪來，現在一想，未免匪夷所思，那個假嚴英同真嚴英長得一個模樣，他自己卻完全不知道，有人刻意找了這麼個傢伙來。更深一步想，所有被邀請參加比賽的人，都是同嚴英有過節的人，這恐怕不是巧合。

「我或許沒法說服你信任我，可我站在你這邊的。」李玲娜說。

「我要妳站在我這邊做啥？妳請回吧，什麼端飛的事，賽車的事，我都不想聽。」嚴英冷笑。

老天，這個嚴英可比那假的嚴英要不討喜多了！李玲娜想。

見嚴英作勢要走，李玲娜趕緊喊住他。「等等！你為什麼這麼急著逃開？五年前你在沙漠裡消失究竟是怎麼回事？大家都以為你死了。」

「妳憑什麼以為我應該告訴妳？也未免太一廂情願。」嚴英說，他的臉朝向一個空無的角度，她想那是因為他看不見，而不是他故意迴避她？

「你不用告訴我，我知道為什麼。」李玲娜冷靜地說。

她想賭一下，或者，這算不上賭，猜對了，她就正巧撞上答案，猜錯了，他會訂正，正反她都贏。

「跟白玄希有關，對吧？」

嚴英轉過臉，用手去觸摸桌子，緩緩坐下。

「你為了白玄希，跟端飛起了衝突，你是不是存心讓人以為端飛殺害了你？」李玲娜說。

嚴英揚起嘴角，露出傲慢的笑容。

「妳說要我信任妳，很抱歉，我從不信任傻子。」

「什麼意思？」李玲娜先見他那笑，還得意自己猜中，誰知後頭來上這麼一句，讓她臉上變色。

但她的推測哪兒出了錯，她卻想不通。

「我見過白玄希了。」李玲娜說，謹慎地觀察嚴英臉上的表情變化。

「她與端飛兩人背著端飛的老婆一直偷偷來往，那女人手腕很高明的，端飛都被她玩弄在股掌間，別說是你了。你會落到今天這番境地，不也是因為她？」後頭這一句，是先前肖紅說的，究竟怎麼回事，她其實一點也不清楚，卻裝作瞭如指掌似的。

嚴英低著頭，臉上沒有表情，看不出有所憤怒、激動，或者猜疑，然而有一種陰沉，一種平靜的水面下波濤翻攪，從幽深的，黑暗的地方傳來的隱隱震動，耳朵聽不見的無聲嘶吼或者尖叫，李玲娜全身起了雞皮疙瘩，寒氣從背脊竄上後頸。

當嚴英抬起那看不見的玻璃珠一般的眼睛，卻是突然哈哈大笑，那笑令李玲娜簌簌起了陣顫抖。

「端飛背著老婆同玄希來往？端飛會做這樣滑稽的事嗎？我不知誰要妳來的，或者妳有什麼目的，但妳真令我感覺無聊了。」

「我令你無聊？我李玲娜活到這麼大還沒人這麼評價過我。」這話比說她蠢，說她無良，說她不受歡迎，更令她不可忍受。

現在她完全屈居劣勢了，她已經感到自己在做無謂的搏鬥，終將是徒勞。

「可她還是愛著端飛的。」她只能這麼說，自己都感到氣弱。

然而出乎她的意料之外，嚴英的臉上浮出一絲疲乏又黯然的微笑。

「她一逕是那樣的，她的眼睛裡只有他。」他喃喃說道，彷彿說給他自己聽的。

「妳是我的女人，妳就別再去惹端飛。妳當我瞎了嗎？妳總是眼神追著他的那種急切，妳那又迴避又忍不住挨著他的厚顏無恥，我都看在眼裡。」他想起他對她的怒吼。

他抓住玄希的手臂，那力道彷彿要將其捏碎，她想要掙脫甩開可使不出勁，於是她劇烈晃動著整個身子，用全身的力量去搖她的手臂。

「你在說什麼？誰是你的女人？」她咬著牙說。

「這事於我很簡單，我睡過的女人就是我的女人。」

「你是不是搞錯了什麼？我是個妓女，睡過我的男人如天上繁星，還沒輪到你在我脖子上拴繩子。」

因為他的性子是禁不起一絲挑撥的，不是白玄希挑他，是他挑他自己，他按捺不住，便老要去為難玄希，可在他看來，她無論做什麼都是反抗，她順從也好，她沉默也好，她忍耐或者憤怒，她掙扎或者奚落，他都明白那是她對他情感的無動於衷，因此無論她有沒有反應，反應是什麼，他都會被激怒，他都會感到胸口膨脹起來的火焰幾乎要將他窒息。有時她也會反擊，她會哭泣，或者同他爭吵，「我同端飛好的時候，你還不知在哪裡呢！」她這樣說的時候眼睛裡有一種憤怒的狂熱，那是他所不能理解的一種凶猛的情緒，而他不傻，他曉得這種憤怒和熱烈都不是衝著他。

「我知道妳是一個任何男人要上妳妳都不會拒絕的女人，妳同端飛有一腿又怎樣？我不在乎。但我告訴妳，妳心裡想著他，妳是白費心，他不會對妳這種女人認真。」

他看見她那原本炯炯燃燒的眼睛瞬時失去了亮光，蒙上一層悽慘的晦暗，他說的她自己也很明白，因此他加把勁說出更狠毒的話：「我勸妳甭對端飛存什麼痴想，妳對他來說就跟在院子裡晃的野貓野狗一樣，他對妳不會有一絲一毫在乎，他沒同妳說過狠話，沒叫妳從他眼前消失，不是因為他同情妳，他還存著一點兒溫和的良心，他只是無所謂，妳賴他他不會攆妳，妳要走他也不會給一個挽留的字。」

她這時就會像個破布娃娃一樣，被抽掉了全身的力量，被抽掉了靈魂，她心臟裡的小火苗熄滅，好似一陣風把她的血肉、肌膚全都吹化，剩下臉上兩個空洞的眼窟窿。

「她願意什麼事都跟端飛說，卻不肯對我吐一個字，她是個無可救藥的腦殘，她期盼端飛怎樣？懂她？憐憫她？為她心痛？別作夢了，那個男人根本不會有感覺。」他回過神，對李玲娜說。

李玲娜搶道：「你難道不知道，她同端飛生了一個孩子。」

嚴英的表情起先有一瞬迷惑，接著露出一種詭譎的笑容。

「妳是說那個醜怪畸形的白痴？」

嚴英的表情實在讓人感覺恐怖，以至於李玲娜說不出話來，只是點了點頭，可點頭嚴英又看不見，她便擠出了一個「是」。

「那不是端飛的孩子。」嚴英說，聳了一邊眉毛，她知道他存心吊人胃口，因為他將說出驚人之語，她頭一回感覺恐懼，竟生出寧可不聽到答案的念頭。

「那孩子是個妖怪，妳知道為什麼？」嚴英又發出令人不舒服的笑聲。「那是她和她的親哥哥生的孩子。」

「啊！」李玲娜情不自禁地張大了嘴，驚得不得不發出聲，卻答不上話。好一會兒她才能定下神。

「麒麟？」

「噢，妳也知道他？那末我承認，妳知道的不少。」

「據我所知，那個麒麟，那個麒麟……」李玲娜結巴起來。

「是個惡鬼。」嚴英乾脆地接著她的話。「跟惡鬼生下的孩子，也不是人。那孩子太可怖，沒有一個地方像人。他還長不大，始終都那麼一點兒小。但玄希就是愛那個孩子愛得瘋狂，在她眼裡他比什麼事物都神聖，都純潔，都令人揪心。為了那個孩子，她沒有不願意做的事。她曾經受不了麒麟逼她做的事，拋棄那個孩子跑掉了，一路逃到沙漠裡，遇著了端飛。後來麒麟又把她找到了，她見了孩子，心都碎掉了，後悔自責得不得了。」

他是毫無疑問愛著玄希的，可他無法忍受那個孩子，他毫不掩飾對那個白痴殘疾小孩的憎惡。

「流星不是白痴！流星不只有智能，而且他很聰明，」他想起她顫抖地說，既生氣又急切地解釋，「他是一個善良又聰明的孩子！我去看他的時候，他高高興興地把他的新玩具拿給我看，因為他有新玩具他很得意，他知道媽媽沒有，所以來炫耀，他拿給我，願意讓我跟他一起玩。」她怕她說不清楚，詞不達意，眼淚冒了出來，「他心想沒有玩具的媽媽看著他有，一定很難過，媽媽好可憐，所以媽媽也一起玩，他一點都不自私，他還懂為人想，他怎麼不聰明？」因為要辯解，因為要澄清，因為要理性地解釋而非強詞奪理，一個傻瓜母親分不清青紅皂白；但她的腦子裡此時冒出的全是兒子那毫無心機，單純、明亮、乾淨，隨隨便便就把自己敞開了不怕受傷的面容影像，她開始難以承受地哭泣，「他有想法，又體貼，他是個好孩子，可能跟其他孩子不太一樣，但是他真的很不錯，一點也不笨，我說的是真的，完全不是狡辯，有時候我都驚訝，流星怎麼這麼聰明，好多人都沒他這麼聰明……」她說著崩潰著痛哭得不成人形。

「妳有病嗎？他不是一般小孩，他是亂倫的罪行生下的孩子，受詛咒，污穢又可憎的東西，妳怎能愛這樣的小孩？這實在變態。好在他是個白痴，他若跟普通小孩一樣有智能，一天他知道自己是怎麼生下來的，怕不飛也似地朝自己脖子綁了繩子上吊。」

「你說夠了麼？說真的我一直不理解你為何纏著我，你明知道我對你半點情意都沒有的。」玄希臉上閃過一絲悲憐卻又帶著嫌惡的表情，有一剎那他感到強烈的忿怒洶湧而上，她憑什麼對他感到嫌惡？憑什麼？憑她跟自己的親哥哥上床，憑她被無數男人佔有過的齷齪身體，憑她醜惡殘廢的白痴兒子？憑她這樣一個女人，大言不慚地對他說，我沒愛過你，憑什麼？差一點他伸手要去給她一耳光，想把她打倒在地上，使勁踢她的臉，踢她的身體最脆弱的部分，讓她那纖巧的頭顱，細緻的骨頭全都碎裂、塌扁，變成一隻沒有形狀的蟲，一團醬肉，一攤血水，但他沒有，他不會傷害她，他嚴英還沒墮落到這種程度，這是他僅存的神聖的尊嚴，他作為一個男人最大的慷慨——即使她不愛他，他也不會拋棄她。

「那麼那個麒麟，他人在哪裡？」李玲娜問。

「他死了。」嚴英說。「我殺了他。」

李玲娜愣了一下。

嚴英用兩隻握緊的拳頭敲了一下桌面，嚇得肖紅和李玲娜幾乎同時從椅子上彈起。

但嚴英的動作沒停，他接著又用力用拳頭敲了一下桌面，然後又猛烈敲了一下，又一下，兩下，三下，速度越來越快，狂暴地不停地敲，抓著桌緣用力搖晃。

「是我殺了麒麟！」他大喊。「我為她殺了人！都是為了她！我為她殺了人，所以才只能過這種躲躲藏藏的日子！」

肖紅見他這麼激動大嚷，頓時慌了，撲上去掩住他的嘴，壓低了聲音在他耳邊直哄著：「別說啦！別說啦！快閉上你的嘴！這兒可不是你這麼胡亂撒野的地方。」

肖紅抬起臉對李玲娜又緊張又抱歉地說：「他就這麼瘋，他瞎了以後腦袋也壞了，有時就這麼瞎嘰吧扯，您別把他的話當真，沒一句實在的。」

李玲娜伸手去抓住嚴英的手腕，她倒是有些驚訝嚴英沒甩開她的手，她壓低了身子，好似怕人看見一般，低聲說：「噓，別說了，我就當作沒聽見。好麼？我知道你為她做的，但是，忘了她吧！那個女人不值得。」

※

李玲娜看到消息，符老在北京近郊的一項賽車活動當中出了意外。那是個賽車培訓的宣傳活動，表演性質的場地賽，讓人難以理解的是，以符老的身分，加上他那麼大年紀，竟然親自下場去示範，結果撞上賽道中的障礙物而受傷。

這則消息馬上被封鎖，在各媒體上都看不到，但圈子裡私底下在傳。立即被送往醫院的符老究竟傷勢如何，沒有人知道，然而有現場最靠近出事點的目擊者宣稱被拉出賽車的符老全身是血。沒人弄得清怎麼回事，以賽車的安全性，那樣的撞擊實在不可能傷得這般嚴重。

符老人在北京也令李玲娜大感詫異，符老此刻難道不該在新疆？他可是比賽的監督人啊！但即便他不在沙漠裡，他必然還是掌握著賽道中的狀況，如今符老是唯一她能得知車隊訊息的管道，既然他在北京，她說什麼都非得去見上一面，況且她當前還有一要事得讓符老知道，那跟端飛搭檔正在比賽的，並不是真正的嚴英！

打聽出符老就醫的醫院比她想像的不容易，可還是讓她找著了。符老的人知道她要來，已經在病房外等著。

也不知是否因為受傷又躺在醫院的關係，符老不像在沙漠時見到那樣帶著不凡的威儀，如今看著就是個普通的糟老頭，滿臉皺紋，稀疏的頭髮因為花白的斑駁而顯得骯髒，眼皮上黏著眼屎，乾燥的嘴唇歪斜，從被單底下露出的肌膚皺癟，一旦躺在床上，身上到處插著管子，連接著儀器，也不過就是一具任人宰割的皮囊。

符老的模樣彷彿是受了相當嚴重的傷，照說賽車設計的安全性要求都高度精密，這種程度的撞擊會造成如此劇烈的傷害，實在令人費解。

符老睜開眼，李玲娜有心理準備他要叫人把她轟出去，不想符老竟露出笑容，這笑倒給了她一股熟悉感，那是符老人前總一貫掛在臉上的慈藹表情，可李玲娜很清楚這慈藹的不可信任，甚至不是用來掩飾背後的冷酷，而是刻意堆在臉上耍弄傻子的。

「幫我把這床豎起來一點兒。」符老說。

李玲娜低頭到處找這病床的機關，好容易弄對了，讓符老斜坐起來。

「您這一撞貌似撞得不輕，是傷著哪兒了？我聽說還動了手術？怎麼回事？」

「不嚴重，也就老胳膊老腿，不經折騰罷了。」符老說。

「妳對我這老頭子這麼關心，還特地跑來探視，真讓我感動。別人麼，頂多一張嘴說想來看我，無奈打聽不到在哪家醫院，可妳瞧，只要有心，再怎麼困難也找得出來。」

李玲娜沒答話。

「我這一下沒白撞，可撞出來誰對我是真看重的。」符老瞇著眼微笑。

「這圈子裡沒人得您這分量，應該的。」李玲娜木然地說，不是不想略施阿諛，可面對符老這樣精明的角色，無關痛癢的場面話能省可以免，索性開門見山。「您為何沒在新疆？現在比賽的情形如何？」

符老一副大大被逗樂的模樣，呵呵笑出聲來。「我倒沒想到妳這麼關心朝星輝，對他惦念得緊到追至我床頭來了。」

「朝星輝？」李玲娜哼了一聲，她都已經被逐出賽事，還犯得著說謊偽裝麼？便滿臉厭煩地說：「我才不希罕朝星輝呢！」

符老「哦」了一聲，問道：「那末妳希罕誰呢？」

李玲娜一本正經的表情。「我沒希罕誰，我對這事抱持的是專業客觀的眼光，不是感情用事。」

符老凝視著她那傲慢又發著光的眼睛，方才躺在床上那灰色的死氣褪卻了，換上偌大有趣的神采，「真可惜，假使妳是出於感情用事，我倒願意通融，別當我這糙老爺們心思粗，守舊愚鈍，我最羨慕多情痴愛之人，那是多浪漫的境界！又甜又閃亮，那就像孩子吃的糖，沒牙的老漢也想舔一口呢！」符老長嘆了一口氣，「既非如此，那麼我就不便透露了。」

李玲娜急得跺腳，卻又不好改口，即便她願意厚著臉皮，真心話比假話難說出口。

符老津津有味地觀察李玲娜的表情，以一種雖無奈但慷慨的神氣說：「妳這麼費心來探望我這老人家，我不能不領年輕又聰明的美女這份盛情，不如這樣，我給妳一個機會，妳可以選擇一個人，你只能選擇知道當中一個人的情況，你說一個名字……」

「那還用說嗎？那當然是……」李玲娜沒待符老說完便衝口而出，然而話至一半懸崖勒馬及時煞住了，一張臉脹紅了起來。

符老則好整以暇，慢條斯理地說：「不過，我先無條件透露妳一個消息。」

「什麼消息？」李玲娜搶道。

「這比賽比過去所有的比賽嚴苛得多，稍有失誤就要付出莫大代價。朝星輝受傷了，傷得不輕，他人還在沙漠裡，假使再拖延下去，情況恐怕不妙。」

「那麼端飛呢？他沒事吧？」李玲娜著急地問。

「哎呀，女人的心腸是用什麼做的呢！能夠絕情別戀如此之快，我都同情起朝星輝來了。」符老搖頭說。

「我並沒有……」

「妳要對誰中意，那是由妳的。妳說罷，一個人善良的虛情假意，或是殘忍的真心，哪一樣值得欣賞呢？但事實上，哪一種都勉強不來。」

符老說得對，李玲娜認為自己該開口關心一下朝星輝的傷勢的，這算得上起碼做人的道理，可那有什麼意義呢？知道了又怎樣？她不但愛莫能助，事實上她沒有感覺，若是她裝作擔憂朝星輝的安危，那才是令她自己也鄙夷的矯情偽善，她忽然有種奇異的放鬆的感覺，在符老面前她大可以誠實，那同別人說不得的傻氣偏執或者自私醜陋，符老反正是看得穿的，或許這老人會譏斥她，可她知道他並不真正在評判她，因為他自己也不是多麼高尚的人。

「我收留端飛的時候他才十歲。他父母在他生下後就過世了。」符老說。李玲娜驚訝地抬起臉。

「我並不喜歡小孩子，想都沒想過要當一個父親，可我對這孩子從未有任何保留，我想，與其說我把他當作我的親生兒子，不如說我視他為我的一部分。他還只是一個孩子，我就把他的事都當作大人的事，把他的事當作我自己的事來看待，我什麼都教他，而他很聰明，沒有他學不會的事，沒有他不擅長的、不能勝任的、進入不了的事，他的聰明是完美又精準的，那就像給他的頭腦裡安上一個程式，他馬上便能銳利流暢運行得好似他是被這樣建造出來的。他學什麼都很快，他做什麼像什麼……假使一個人學習事物的能力強大得讓妳感到恐怖，妳覺得是什麼會讓妳害怕？」

符老突然這麼問，李玲娜一下沒能理解，她試圖揣度符老想問的究竟是什麼，又不想思索太久，顯得自己不機靈，便一臉困惑地說：「被他所超越？」

符老笑著搖頭。「不，假使一個人學任何他原本不擅長、不知道、不屬於他的事物，都能做得一樣好，到頭來你會完全忘了真實的他是什麼。假使一個放羊人一旦穿上西裝，神態氣質、談吐舉止，連知識技能、思維反應都變得跟大老闆一樣；假使一隻餓貓抖擻兩下，轉身得了豹子的毛皮，發出豹子的吼聲，奔跑得跟豹子一樣快，利齒能撕開羚羊的喉嚨，咬碎羚羊的頭骨；假使一個不懂得笑的人學會了笑的方式，能笑得讓人以為他比那前一天被債逼得要跳樓，隔天卻中了彩券頭彩的人還開心，可怕的並不是他變得太卓爾不凡，而是你再也無法看見他，真正的他不存在了，你以為你掌握過一個原本的他，一個他的真面目，但慢慢地你會明白到，若非那個東西消失了，便是你不再可能看得見、抓得住，最後你不會感覺他消失了，而是你自己消失了。」

她聽不懂符老的話，但迷迷濛濛的她有點能體會符老說的那種感覺，她這麼賣力地想去挖掘端飛的事，因為她不瞭解他，越這麼渴望就越跌入五里霧裡，可她為什麼這麼渴望理解他？因為她對他一無所知，越想拉近跟他的關係他就消失得越遠，她的沮喪感不是因為搆不著他，而是她自己不見了，她好似一個無用的、多餘的存在。不對，她甚至不是一個存在，她在他的世界裡是個沒有重量、無關痛癢，壓根就不存在的事物。

「當然啦，沒有老師，哪裡有優秀的學生，假使他能學得這麼多、這麼好，我這個當老師的功不可沒，是吧！」符老大笑。「當老師的，教什麼東西，不只本身得是個行家，還得懂得怎麼教。」

符老停頓下來，舔了舔乾燥的嘴唇。李玲娜抬眼看了一下床頭的吊瓶，深怕一個沒留心已經輸液完了。她以眼角望了望符老，符老的眼神時而炯亮犀利，時而陷入朦朧，那眼睛裡的亮光，時而跳躍著一種激動的火焰，時而又陰沉黯淡，符老心中在時隱時現、渙散盤旋的，是些什麼呢？她感到迷惑，她無法抓到符老所說的話要表達的核心，符老想跟她說什麼？或者，他從頭到尾便無存心告訴她什麼？

「你知道他們跑拉力怎麼練的？你怎麼把你的速度拉到最大值？你怎麼知道它在哪裡？靠翻車練出來的。過彎的時候如果沒翻，就表示速度還可以再提高，一直拉高到你翻了，表示那就是極限。如果你想瞭解一個人，也是一樣，你要把他逼到極限，看到他的臨界點。一個人要瞭解自己，也只能把自己逼到臨界點。人很擅長自我欺騙，如果你想看見真實，你就要在那太平的幻象之上拉出一條線，一條臨界的線，你只能到那裡去。」

符老停下，嘴微張著，好似喘著氣，李玲娜不敢吱聲，不知符老是累了，抑或陷入出神？

「您是不是有什麼不舒服？」她小聲地以試探性的口氣說。

符老沒聽見，他的腦中浮現的畫面是那個時候，端飛撲過來，揪住他的領口。

「你敢動她一根汗毛試試看，你試試看！」

他幾乎沒有看過端飛這樣認真凶狠的表情。

他抓住端飛揪著他衣領的手的大拇指，那兩隻大拇指正扣在他鎖骨下。

「我教你的，你拿來對付我嗎？」符老冷笑道：「揪住人衣領的時候，就順勢把對方的鎖骨折斷，反折對方的手臂時便瞬即扭斷對方的關節，騎住對方的脖子就戳瞎他的眼睛，只要制住對方的一瞬，就毫不猶豫下狠勁把對方弄殘，先廢掉他的反擊能力，不要去思索，不要去判斷，是保護自己的不二法門。」

「我沒打算那樣做。」端飛冷著臉，鬆開手說。

「你沒想，但是已經成為本能了吧！要阻止這種本能的反應，已經變得非常困難了吧？」

是的，他教導端飛的方法，一直就是一次又一次把他逼到他沒有能力做選擇的境地，一次又一次把他推到極限上，一次又一次迫他放棄去思考、猶豫，他用不著判斷，只需要順著直覺，這些直覺是被繁複又精良地訓練的，一直到他對於自己怎麼做的、做了什麼，已經沒有意識、沒有感覺。

他從他還是一個孩子就這麼教他。

很久以後他才發覺到他錯了，假使這個孩子聰明到可以學會任何事，他也可以學會如何像是學會了，事實上沒有，他可以學會像是遺忘了，其實記得，學會像是存在著，其實消失。而他不再能弄得清他到底是裝作，或者真的。因為他錯過了明白這件事好去拆解的時間點，不知不覺中，他不再可能去分辨了。

「他並不是只一次背叛我，他是一次又一次背叛我。」

襯著規律的儀器聲響的背景音而顯得沉靜的病房裡，符老突如其來的一句話嚇了李玲娜一跳，驚嚇著她的不是劃破寧靜的那老人嘶啞的聲音，而是老人臉上咬牙切齒的表情。

但到頭來這也只不過是一個不斷重複的遊戲，不是麼？當初端飛頭也不回地離開他，獨自穿越沙漠……他就是在那個時候遇到了那個韓國女人吧！其實後來他對端飛的背叛已經感覺無妨，因為端飛橫豎是跑不掉的，卻可以每一次被逼到極限以後再度超越，這不是很有意思？可每一次他只要想到他那時的背叛，卻還是有一股無法按捺的憤怒，他跟自己說無所謂，可他只會越不想承認自己受了傷，就越忍不住睜大了眼看清自己用盡了力氣心血，把一切都給了他的那個孩子，對他徹底地無情、無感、不在乎。假使端飛恨他，想要報復他，他恐怕還要高興，然而，什麼都沒有，愛或者恨，感激或者憎怨，都沒有。端飛永遠理性、沉著地做選擇，不管把他逼到什麼樣的死角裡，掩住他的口鼻不讓他呼吸，他還是那種似笑非笑，那種冷淡又嘲弄的表情，不管開給他多嚴苛的條件，他只是很冷靜地盤算，能接受的，或者不能接受的，所有他以為會讓他困頓、無助、焦亂絕望的複雜情境，不知為何一旦擎到他眼前，全都神奇地變簡單了，彷彿在他眼裡世事不過如此，不是進就是退，不是點頭就是搖頭，不是生就是死，還能難成什麼樣？

他抬起臉，望著像鴨子一樣伸著脖子，扁著一張嘴，眼睛裡充滿好奇、狐疑、焦躁和關切的李玲娜，這姑娘自認精明，其實很天真，自認強悍、大膽、執著，其實不堪一擊，她其實是比那些看似膽怯柔弱的女孩兒更容易捏碎的小蟲。

符老向李玲娜伸出手，李玲娜困惑著，不知那是什麼意思，她想把自己的手也伸出去，可她沒動。她注意到符老的手簌簌顫抖著。

當端飛放開他的衣領，他告訴他，剛才那一瞬間，他感到安慰，「原來你還是有鬥志的，原來世上還是有事你不會善罷干休的。」他微笑這麼說，但接著他把笑容收了，「可一方面我也感到失望，因為你為著的是一件不值得的事。一個完全不值得的人。」他沒說出的是，一方面他還感到嫉妒。

「妳恐怕還不明白我多疼那小子呢，他那十全十美的媳婦可是我給他找的，我同紀念時交情不惡，一直有生意往來，對進一步的合作彼此都很感興趣，我說端飛跟我親兒子一樣，紀念時也欣賞他，認為小兩口郎才女貌。」符老微笑說。「咱們與紀念時一家子一同吃飯那次，他與紀念時的女兒第一次見面，他和紀念時談及關於進口車種、代理品牌、國產車技術合作這些話題，一路談到銀行融資，合併策略，公司組織管理和海外談判，兩人聊得投機得不得了，反倒和紀念時的女兒一句話說不上。我對追求女人的事不懂，但我知道這種千金小姐的傲慢，我讓他別和那姑娘搭話的，可妳真該瞧瞧他當時的表現，多麼驚人，多麼精彩呢！他說什麼都用眼神顧念著她，我在旁瞅得一清二楚，她知道他始終都在注意她，她喜歡他的微笑，她以為他裝作對她視若無睹而實則一言一行是做給她看的，那些與她無關的話題其實是為了討好她的，到後來他的眼神和她的碰上時，她會驚慌地別開視線。」

「他連親事也聽您安排？那末他真是您聽話的乖親兒子了，我聽說他追求那位千金小姐是相當殷勤的。」

「這又有什麼不對呢？他又不是個傻子，會不明白我的苦心？紀念時是什麼人，他又不是不知道。」

李玲娜噘著嘴，心想她心中何嘗不是一直在擺盪的，她不信端飛是個現實市儈的人，可擺在眼前的事實，他是。她老要把他想成善良又真誠，可哪一樁不顯示他無情又心機深沉？她有時候相信這一邊，有時候相信另一邊，每當她朝一邊傾斜，她就告訴自己，醒醒吧，理性一點，每當她被其中一邊說服了，她就拚命往另外一邊找證據。她每一次都可以從一邊滑向另一邊，從那一邊又跌回這一邊。或許這擺盪合該無止境的，停在哪一邊她都會心不服的，他哪一邊都不屬於。

「我跟端飛一樣大的時候，在礦坑工作。到了我收留端飛的時候，我的能力足以把出賣我的人抓起來，讓人把他用繩子拖在車後面，在戈壁灘上跑，到最後那人活生生的身上的肉全都被帶刺的堅硬駱駝草從骨頭上刮掉，最後連一副骨架也散掉。現在妳是不是自認可以瞭解我了？因為我窮過，因為我嘗了權力的滋味，所以我永遠對金錢飢渴，我永遠想要擁有更大的權力？或者根本不需要這麼複雜，妳也同每個人一樣，認為那些錢賺得越多的人，擁有越大權勢的人，越不滿足，明明已經有了終其一生使不完的金錢，卻無止境地還要更多，永遠都嫌不夠，這完全是理所當然。可妳只要稍微使喚一下妳那小腦袋瓜裡用不著太多的細胞想一想，是這麼回事麼？沒有人會無道理地一味要更多錢，就因為他們不願過窮日子，因為他們習慣了奢華的享受，這樣簡單又淺薄的理由。

「世界變了，你只要稍微一不留心，世界就會變得你幾乎要認不出來；從前使我成功的那一套，今天逐漸不靈光了，光憑大膽，光憑狠，光憑事事都敢撒出你所有的籌碼來賭，光憑把你的命擱在刀口上，換不得什麼，從前能把你從釘上的棺材裡救回來，把陷在你肉裡的所有刺拔出來，讓五百個人上吊換來給你當柴火燒的鈔票，讓男人叫他的妻子、女人叫她的女兒躺在你的床上的那些，如今可能相反，會把你推到懸崖下，會把你踩成肉泥，會砍掉你的膝蓋讓你跪在你的敵人面前。我早就看穿這一切，我當真那麼在乎這些麼？」

李玲娜摸不透符老究竟想讓她理解什麼，他希望她相信，他真心為端飛著想，才讓他娶紀藍嫣，而非為了遂他自己的野心和欲望？首先，她為何要相信？再者，對符老而言她李玲娜壓根無足輕重吧？她怎麼看有何重要？或者，符老撞車撞得頭腦不清了？還是他們給他吃了什麼藥產生的副作用？他曉得他說話的對象是什麼人麼？或者他在乎他說話的對象是誰麼？或許他只是同他自己在說話？

「噢，妳瞧，我的心跳停了。」符老望了一眼心率監測儀器的螢幕，李玲娜隨著他的目光望去，那上頭還真顯示出的是一條平靜無波的直線。

「我叫護士過來。」李玲娜說。

「別。沒這種必要。」符老說。「我有點兒累，幫我把床放下來罷！」

符老疲倦地說。

躺下了的符老眼睛瞪著天花板，嘴唇在一陣陣蠕動，李玲娜不清楚他是不是還在說話，是不是在同她說話，而發不出聲音？她想彎下身去，把耳朵湊到他嘴唇邊，可她一靠近，便從符老嘴裡聞到一股腐敗的惡臭，那濃烈的味道不只是逼得她迅即直起身子，還倒退了幾步。

「我對要花錢買的女人向來沒興趣的。」他想起他那個時候這麼同端飛說，「可我發現賣身的女人裡也有惹人憐愛的。」說罷他還意味深長地望了端飛一眼，但端飛的臉上沒有任何表情。

「我今天玩了一個女人，十分盡興，她很美，是個韓國人。」

說到這兒端飛臉上的變化充分顯示他已經明白了，知道他說的是誰，因為他太瞭解他眼前這個慈眉善目形同他父親的人玩的花樣，存的什麼心。但他不想住嘴，他繼續說：「可惜的是身上有一大片難看的傷疤，但是這種有殘缺的女人你就可以對她要求多得多，別的女人不願意玩的……」

就是這個時候，就是這一瞬間，端飛撲上來，揪住他的衣領。

「你給我離她遠一點！」端飛喊著：「你敢動她一根汗毛試試看，你試試看！」

他看著端飛那種表情，原本想笑的，可他笑不出來，端飛那種反應令他不只是輕蔑，甚至覺得可悲，甚至到了不忍卒睹，明明就是他預期的反應，他卻憎厭這樣的反應。「你會為了一個女人這麼激動，真是聞所未聞。」他說。

「沒這回事。」端飛冷靜下來，臉上恢復什麼都沒有的空白。「我不知道你在說什麼。」

「你怎會讓自己如此失態，我真失望，這不是我所認得的你。」他說。

接著他又露出慈藹的笑容。

「用不著我多說，你怎麼愛和妓女玩那是你的事，可時候到了你也得收斂一點兒。我給你找了個適合的女人，好人家的閨女，清白，漂亮，賢德，歐洲留學回來的，說真的，你還配不上人家。」

端飛沒說話，只是漠然地走開而已，他知道他連說句拒絕都不屑，他當這提議不存在。但是隔天那個韓國女人便失蹤了。他坐在家裡等端飛的反應，他很有耐心，且他覺得這個遊戲很有意思，他盤算時間，驗證他算計的精準程度。七天以後一具女屍被發現了，被一支鐵棍從陰部刺穿一直到胸腔，臉孔被利刃割花，每一刀都深及臉骨，胸腹有大片被硫酸灼傷的痕跡。端飛得知這個消息的時候他不在場，沒辦法看到端飛的表情實在可惜，他等著端飛來找他，但他其實並非好整以暇，老實說，他期待又驚恐，他甚至晚上不睡在床上，而是坐在陰影裡的搖椅裡，眼睛也不敢闔。他每一分每一秒都在想像，端飛此刻在做什麼，他在尋找他殺害了白玄希的證據？他在安排一個最好的報復方法？他有的時候會劇烈地心跳起來，興奮又恐懼得無法呼吸，端飛不會只拿刀割開他的喉嚨，他會把他活生生撕成碎片。

但端飛的沉著遠遠超乎他的想像，他沒來找他，連一通電話也沒打。白玄希在失蹤十天後回來了，平平安安的，茫然而天真無知地告訴端飛，有一位自稱端飛父親的老好人，帶她的孩子到最好的醫院裡做了詳盡的一番檢查。國外有一些手術能夠大大改善這孩子的身體狀況，但是得先瞭解他適不適合。

端飛什麼也沒說，他懂得的。於是他同紀藍嫣結婚了，從那一天就沒有再和白玄希見過面。不曾去看過她，不打聽她的事，絕不開口提她，好似她不存在，從以前就不存在過。他知道他只要不提她的名字，不記得有她這麼一個人，她就能平平安安的，被照顧得很好，衣食無憂，所有困難和需求都會有人替她解決。

符老閉上眼，喃喃說道：「一個人可以漠視道德、良心、義氣、責任，不屑一顧，踩在腳底下，可是唯獨愛這件事，由不得你……所以它不是你擔得起的事。愛一個人就會不自由，否則那就不叫作愛。有些人覺得那是值得的，可其實這沒有值得不值得，因為你沒得選擇，愛這件事你作不了主，你無法逼你自己去愛或者不愛一個人，而你永遠是比你自己後知道的人，你永遠在它發生之後才發現，你已經愛了一個人，或你已經不愛了。」

「符老，我是李玲娜，您知道我是誰麼？您是在對我說話麼？」李玲娜抓著符老的病床欄杆問道。

年輕的護士走進來，給符老量血壓。心率監測儀器顯示符老的心跳趨於緩慢，到了近乎停止的境地，只見那小護士面不改色，一張稚嫩的臉勉力鎮定，可李玲娜感受得出她內心裡的恐慌，小護士把電極重新貼了一遍，這會兒顯示心臟完全不跳動了，符老自己都睜開眼，煞有介事地望著那螢幕。

「剛才有一瞬間我覺得自己死了呢！」在另一個護士進來，把監測儀器重新檢查了一遍，摸摸弄弄一番，終於恢復正常運作後，符老笑著說：「那種感覺真有意思，我一面擔心，一面又好奇，有時候人死了會自己不知道，以為自己還活著，或許我已經是個死人，只是我自己不曉得而已。」

待護士都離開了，李玲娜神情略顯激動地說：「我來此是有重要的事得告訴您。」她駝下背，壓低了聲音。「那個現在沙漠裡同端飛一起比賽的，不是嚴英！」

符老瞪著她，好似對於她突發的頭腦不清感到狐疑困惑。

「那時大夥兒不都在猜測他是否真的失去記憶麼？他若是假裝，也不奇怪了，因為他怕被戳穿，所以裝作什麼都不記得，他甚且不是一個賽車手，那麼他對這一切一無所知，也就說得通了。」

「妳的想像力未免太豐富，那末妳說說看，他連賽車手都不是，裝作失去記憶跑到沙漠裡來瞎攪，為的什麼？」符老說。

「為了獎金？我哪裡曉得他為的什麼呢？那個傢伙究竟是誰，從哪兒冒出來的，我根本不曉得。」李玲娜聳聳肩。可這麼一想，她突然背脊起了一陣寒，那個假冒的嚴英，不是端飛帶來的？莫非，莫非因為嚴英失蹤，端飛找了一個相貌神似嚴英的人來頂替，就為了那筆獎金？這不是不可能的事，千方百計地找了個外貌能亂真的人，也不能奢侈地強求此人還恰巧是個越野拉力賽的高手，有一好沒兩好，長得像便已足夠，畢竟端飛是個頂尖領航和車手，即便他自個兒開也行得通。那末，這根本是端飛使的詭計？

她用力搖搖頭，這說不通，不可能是這樣。

「我很佩服妳的想像力，但是太過荒誕的幻想就成了妄想。」符老的語氣簡直像在安慰她。

「這不是我自己的幻想，我見到真正的嚴英了！」她惱怒地說。

符老臉上掠過明顯的震驚，但隨即恢復若無其事。

「八成是妳認錯了人，或者只是一個同嚴英很像的人。」

「我確認過，我與他面對面談過，不可能弄錯。」

符老搖搖頭，神情略顯疲乏。「這些年我一直在找他，但每次有消息，到頭來都是錯誤。」

李玲娜完全莫名其妙，符老找嚴英做什麼？但她沒問。

「我沒必要說謊。」她只是這麼說。

「我迫切想知道比賽的情況，能不能讓我聯絡上車隊呢？我原本抱持著必須拆穿那人不是嚴英的想法，可現在我也弄不清該不該這麼做了，雖然這跟我無關，可那人畢竟未曾有過進沙漠的經驗，他同端飛一組，現在狀況究竟如何呢？我豈有辦法漠不關心！」

「不管怎樣，比賽是停不下來了。」符老說。

這是什麼意思？李玲娜圓瞪著眼，她聽不懂符老究竟想說什麼。

「嚴英在哪裡？我要見他。」符老說。

「現在找他是完全沒有用處了，」李玲娜面露哀傷地說，「嚴英無法再賽車了，他的眼睛看不見。他完全瞎了。」

符老似乎非常震驚。「妳怎麼找到嚴英的？」

「告訴你我有什麼好處？」李玲娜說。這句話從嘴裡吐出的瞬間她有股熟悉之感，這向來是別人對她說的話。

「妳想要什麼好處呢？」

符老話剛一落，接著發出一聲咳嗽，嘴一張，她以為他接著還要說什麼，可卻是從口裡噴出鮮血，那不只是咳出一口血來，而是如湧泉一般剎時不斷冒出排山倒海的血。

李玲娜驚慌大喊，護士們匆匆跑了進來，醫生也趕到了，原先一直站在走廊上的那些符老的人衝進來，把李玲娜給拉了出去。

16.

說起來有點詭譎，記憶恢復之前，孫海風緊張得要命，整個人幾乎要被壓力給擠扁，他迫切地想藉由比賽找到太多東西，找到自己的過去，找到歸屬，找到自身的價值，找到認同，記憶恢復以後，情況卻沒有改變，他明明不是嚴英，為什麼仍舊在找相同的東西？

他曾被女友帶去見一個據說有神通的人，那人能看出你的前世，他一點都不在乎前世，可他也不無好奇，那人說他的前世影像朦朧不清，只隱約看出是個穿著袍子的人。穿著袍子？那是什麼意思？說了等於沒說。他聽了有些失望，他總以為自己那超越時間空間的血統應該有某種閃亮不凡。後來他卻有了一種覺悟，他的前世非但沒有出將入相，恐怕還窮困潦倒，他很有可能上輩子餓死路邊，因為他是個嘴很饞的人，他清醒的時候老在想吃，連作夢都夢見吃，幾乎天天夢見吃東西。

平常他就忍不了餓，何況在天候環境這麼嚴苛的地方，整天這麼瘋狂地耗費體力，他已經兩天一夜沒吃什麼東西，他想好好釐清他的人生，爬梳一遍他找回記憶的過去，他該何去何從，但結果他腦子裡就拚命想吃的。

他會想他平常最愛在速食店點的漢堡與可樂套餐，混酒吧時常吃的下酒菜，唱KTV會點的牛肉飯，深夜在超商吃的關東煮，叫外送的辣椒披薩，塞滿了煎得脆脆的培根碎末和爆漿起司的烤馬鈴薯。他甚至會想起以前家裡的廚子拿手的炸軟殼蟹，砂鍋魚頭，過年的時候從餐廳叫的櫻花蝦油飯。作夢時他夢的倒不是這些，他老是夢見他還在學校裡，夢見自助早餐那些手腳一慢就會被搶光的餐點，福利社的麵包，校門口對面巷子裡的炒麵、魷魚羹、炸排骨，在夢裡他總是晃了老半天東奔西走的不曉得為什麼最後沒吃到。他父親也愛吃，或許這是遺傳，小時候他常被父親帶去一家叫作「茴香」的餃子館，裡頭陰沉沉的，總是空蕩蕩的沒客人，冬天分外感覺冷颼颼，老闆娘木著一張臉，他和父親兩人默默面對面，一句話不說，尷尬得，這情景每一想起就莫名的淒涼。

他有過挨餓的經驗，在球隊的時候為了降低體脂必須控制飲食，但每晚他都偷吃，吃完了又充滿罪惡感，那種大吃垃圾食物以後深深的失敗感與自我厭惡讓他感覺自己活像是減肥的超模。

這日行駛路段依舊是人煙稀少之地，短缺的物資也無法補給，油水食物持續不足，晉廣良從烏魯木齊調來的載送配件的卡車遲遲未到，賽道裡他只能將速度放慢，只出六成力來保護賽車，他又拆了一輛後勤工作車，配件湊合著用，如今不僅是他，其他人也意識到速度拿捏的方向變得複雜，能否撐到最後才是關鍵。然而光是拚一個完賽而不在每一賽段爭先後也不行，先跑到加油點或者補給物資的所在都有優勢，這一點對後勤部隊的考驗甚至更嚴酷。

原本一到終點瓶裝水一打開，劈頭就往頭頂澆下，豪邁地往嘴裡灌時流得滿脖子，現在全都秀氣地小口啜飲，還捨不得立刻吞下，要先含在嘴裡，慢條斯理地把舌頭都給浸透。

每個車隊都沒找到吃的，倒是伍皓的卡車撞死了一隻野駱駝，卡車也拋錨了。駱駝給帶了回來，讓那欽烤了大夥吃。這駱駝瘦得，又髒，毛掉得差不多，唾沫奇臭，真心讓人倒胃口，也沒有多餘的水沖洗，皮剝了就是，剛吃上時發現沒全熟，甚至沒人費事回頭再烤，等不上，也沒氣力了，生冷吃著都無所謂了。因為口乾，舌頭燒灼腫脹，咀嚼東西時格外疼痛，縱使飢餓也吃得很慢。飛聚過來的蒼蠅越來越多，黏在肉上揮都揮不走。

「想吃烤全羊了。」衛忠兩眼無神，面容呆滯地說。

「北京最好吃的烤全羊還是九十九頂氈房，皮脆得像烤鴨。」伍皓說。

「說到烤鴨，沒吃過北京的全聚德，倒是在克拉瑪伊吃的全聚德，烤鴨還行，那馬肉實在腥，吃不下去。」宋毅說。宋毅是湖南人，為著比賽大江南北跑，可跑的永遠是那幾個地方，吃的永遠是那幾家館子，他對吃不講究，人說哪兒值得一嘗，他也不盡信。

躺在帳棚裡的小傅哼哼唉唉叫嚷了一會兒，自個兒爬出來，說餓了，也想吃駱駝肉。

「這駱駝是個皮包骨，一丁點兒肉拿來塞牙縫都不夠分，你省心吧！胸椎挫了不能亂動，你就老實躺著靜養，我怕你吃了噎著。」宋毅說。

其實他給小傅留了一塊好肉，那可憐乾巴巴的駝峰上帶著點脂肪的，這麼說是逗小傅。之前賽車飛出去往地上扎，小傅說他肋骨斷了，又說胸椎挫了，一路鬼哭神號，說他馬上就要死了，痛到發暈了，吸不上氣了，宋毅只曉得賽車沒大礙，還能往前開，那是天保佑，絕不能停下來，管一旁小傅呼爹喚娘，就直哄著他：「快到了！快到了！再忍一忍！我操你就不能再忍一忍？給你吼得我耳朵快聾了！」到後來宋毅乾脆把通話器拔了。

他不是沒擔心小傅真有事，小傅說呼吸不上來，他也怕，可他曉得小傅那愛撒嬌的小性子，要是真傷筋動骨，痛都喊不出來了。

回去躺了一夜，隔日照樣坐副駕領航，不喳呼叫嚷了，但那張蒼白的臉甚至有點泛紫，有一會兒宋毅見了也心驚，小傅該不會啥時候一口氣上不來就過去了？便立刻盤算起小傅若一命嗚呼，下頭還有誰能頂他的位子幹領航。

孫海風也沒碰那駱駝肉，他瞭解飢餓的感覺冒出來，會一陣一陣越來越強烈，到了不可忍耐的程度，熬過一段時間，那種不舒服會不知覺地消失，埋伏著等待下一回出現。一旦吃了東西，就會把飢餓感喚醒，不但沒有任何飽足，反而越發刺激了飢餓的暴躁。

但不碰駱駝肉倒不是這個原因，而是那氣味讓人作嘔，烤肉本身並沒有特別不尋常的腥臭，只是不知道為什麼肉類特有的一種氣味和腐敗連結到一道使他感到作嘔。

他沒精打彩地坐在一旁，打從第一天回終點小腿劇烈抽筋，那疼痛至今都沒消退，開車的時候不覺得，怎麼使勁也不影響，可一下車來，走一步路都瘸。半夜給抽筋痛醒，白天躺著不動也一碰就疼。他低頭瞧自己光著的腳趾，因為踩踏板踩得猛，指甲都脫落了一半。

朝星輝的帳棚關得嚴實，一有縫隙蒼蠅便會鑽進去，不消一兩鐘頭塑膠布上便會積滿黑壓壓一片。打從受傷起朝星輝就幾乎沒吃東西，也才幾天，變得骨瘦如柴，掀開衣服會發現腹部不正常地腫脹隆起，以及身上一片片紫紅色的瘀斑，止痛藥與抗生素都用完了，腿傷開始腐爛，全身滾燙的，不知是帳棚裡的悶熱或是發燒。

「飛哥，您過來看看。」金寶小聲說。

端飛進了帳棚裡，見著被汗水濕透，半睜著眼，脫光了衣服的朝星輝，皺了皺眉。

「我怕朝哥熱，幫他把衣服脫了。」金寶說。「朝哥現在水也不能喝了，喝了會咳嗽，咳了全身痛得受不了。先前他還能動一動，方才說動不了啦！我想扶他都扶不動。」

金寶顫抖著說。

「朝哥那麼俊的一個人，變成這樣……」

這話一說出口，便抑制不住哇哇哭了出來。

端飛蹲下來，按壓朝星輝的腿，問他有沒有知覺。朝星輝微張著的嘴不似要吐出什麼言語，那半合的眼瞼底下無神的瞳孔究竟是睜眼還是閉眼，是清醒還是睡夢也分不清，想問他死氣沉沉的身體是沒有知覺抑或無力動彈，也得不到答案。

帳棚外頭，啃著駱駝骨頭上殘餘肉味的幾個男人也悄悄聊起了朝星輝。

「朝星輝那小子咋還不退？脾氣有夠硬的。你瞧著了麼？昨天我去看了他一下，差點嚇岔了氣，剩一層焦皮包著骨頭，跟用鹽醃著塞甕裡沒兩樣。我操要是有那什麼考古隊的在這兒，要白高興一場，以為這是從哪兒挖出來的千年木乃伊。」衛忠懶洋洋地用舌頭嘖嘖搔著牙縫裡的駱駝肉說。

「是麼，我瞧朝星輝的身子比你那破車架子還挺得住。」伍皓說。

衛忠這天翻車，摔得慘不忍睹，車殼四分五裂歪七扭八幾乎散了。

「誰說的？我今天親自領軍趕修，明早發車又是一條好漢。」衛忠儘管一臉憔悴，瘦巴巴的臉曬得黝黑，疲竭的眼神顯得空洞，那張嘴卻好似可以兀自逞強。

伍皓呿了一聲。

其實在場所有人都不看好衛忠這一宿能把車修好，那車摔得像廢鐵，拖回來都叫人驚訝了。

「我對朝星輝一點都不同情，」衛忠啐了一口。「那小子壓根是個流氓，平時狂妄成什麼樣，這就是現世報。」

「朝星輝要是咬著牙堅持下去，指不定你還比他早退了，就算他沒撐到最後也強過你。」伍皓說。

「聽聽你說的這還是人話不？你幫著那臉皮厚又沒心肺的朝星輝損我，你有意思麼？」

伍皓不再搭理衛忠，轉臉對宋毅說：「叫秋山也過來吃吧！」

「別叫他，他想吃自己會來。」宋毅說。

「他這兩天也是不吃不喝，怕不也要病倒。在擔心他兒子吧？」

伍皓這麼一說，嚇了宋毅一跳，忖著伍皓是在打探什麼。

「在北京調著配件沒有？那孩子年紀太小了吧？這事他幹得來？我看晉廣良調配件也沒下文。」伍皓說。「秋山很疼兒子，嘴上不說，可掛心的。」

「秋山那兒子小時候有點傻，脾氣怪，不愛說話。」衛忠說。

「就是，小時候以為是笨蛋，腦子有毛病，問他什麼都不吭氣，有時候發起癲，愛打人，那股蠻力跟頭牛一樣。不知怎的後來發現對修車就是有天分，他爸本來不想他吃這行飯的，難混啊，就算你是拔尖的，也比不過人家鬼子；但那小兔崽子就只對幹這個有興致，一鑽車底下就不出來。說實在的也真有兩下子，比他爸還有悟性。變得挺乖巧的。」伍皓說。

「噢，這麼一說我想起來，秋山的兒子才八歲，我那會兒還在給宋毅的車隊當車手，有一回我在看他們修車，秋山的兒子在旁邊拚命踹我的工具箱，我惱火了，真想給這小王八蛋一耳刮子，衝著他爹面子忍著，你猜秋山怎麼說？說『這是我兒子在表達對你的工具箱的興趣，這孩子很挑剔的，不輕易對什麼東西起心動念』，我的媽，合著這還是他小子抬舉我哪！秋山還一臉心滿意足的樣子。」衛忠說。

這兩人的話讓宋毅不安起來，「你倆別跑到秋山面前提他兒子，秋山要操的心夠多了，你瞧他現在忘東忘西的，每天賽車一回來都要全拆了一個一個零件檢查損壞的情形，他把車拆了以後完全不記得自己原本在幹什麼……」

宋毅一邊說著轉過臉，嘴上的話還沒停，表情卻似被眼前的事物給愣住了。

隨著他的視線轉過身，衛忠開口叫道：「金寶你瘋了嗎？咱現在水比黃金還珍貴，由你這麼糟蹋！」

「不糟蹋，金寶的臉比鑽石還珍貴。」伍皓淡淡說道。

金寶正拿著瓶裝水洗臉，倒光的空瓶順手一扔，又開了一瓶往頭上澆。

在場見著的人都驚得合不攏嘴。

孫海風倒是想起中學時每天球隊練習完，他父親的司機就會來接他去補習，如果他沒老實地去，就拿不到零用錢。他那時喜歡上鄰近學校的一個女生，他根本沒有約會的時間，想和對方碰面只有一個辦法，挪用淋浴的時間，球隊的訓練結束，直接換上乾淨的衣服就衝出去，可以搶半個鐘頭，他想見她想得要命，半個鐘頭他也感覺彌足珍貴。可每次約會他身上都飄散著一股濃烈的汗酸味，他自己都能聞到從頭髮冒出來的又濕又熱的臭氣。不消說女孩子後來也不想見他了。

以往比賽正常的情況下，一個車隊一天可能不節制地耗掉上百瓶飲用瓶裝水，可現在一天若運氣不好，連一打水都弄不著，便開始嚴格限制每日的飲水分配了。然而一旦涉及水的分配，便在各車隊裡發生了不小的爭議。原來車隊這種地方是存在著不言自明的階級劃分的，老闆、車手、車隊經理（這三者有時就是同一人）位居最高級別，領航次一級，以下依次是總工程師、技師、雜工與司機等，有些車隊的領航甚至不會和車手同桌吃飯，有些車隊的伙計不敢出入車手喝茶的大帳，在這種現實下，飲水和食物的分配，「公平」兩個字自然變得很微妙。

比賽的是車手，爭冠軍的是車手，最耗費體力的是車手，車手應該有特權吧？再說，底下全是受雇用的人，那麼老闆想怎麼分配便怎麼分配，也是理所當然。然形勢至此，非眾人開始所能料，如今這是場若非全有即便全無的賭注，誰的角色一樣吃重，沒後勤通宵不眠幹活，卯足全力與時間競賽，完成幾乎不可能的任務，早上能在規定時間發車都沒門，有這層體認，便直起腰桿要求同等待遇了。為了給水的事，衛忠還與伙計們吵了一架，扯著那嘶啞的喉嚨大嚷著：「你們給我聽好了，驢子就是驢子，驢子要是反了，大搖大擺上了拖車讓人來拉，那是送去宰了的節奏！」

衛忠發現儲水桶破裂，裡頭的水全漏光了，這衛忠可不傻，猜著是有人把水偷喝光了，破壞水桶來掩飾，指不定還是好幾個人串起來搞的鬼，一冒火，剩下的一箱水他走到哪兒搬到哪兒，守財奴似地看著。

那小傅是修理工出身的，原本與下頭那幫人混在一道，搖身一變領航，地位也曖昧起來，其實他與後勤那些雜工處得還更自在些，但又情不自禁喜好遊走在上頭的大爺之間，證明自己的今非昔比。分配食物飲水的事宋毅交給他，小傅的精明還沒搆得著琢磨出上下都能討好、中間還給自己揩一份紅利的境界，光光不得罪人就難了，誰都不按規矩來。

其實這些後勤人員都是過往一同經歷無數次拚搏，共享甘苦榮辱，不只是拿錢幹活的關係，而成了兄弟情誼，祁泰軍笑說這是資本主義的遊戲得靠社會主義來贏。

「咱不像端飛他們那樣腐敗，帶一打頭罩來每天換，咱就只一個天天洗，現在沒水，賽服髒得像被轟炸過，頭罩好像從豬嘴裡摳出來的。我現在乾脆不戴頭罩，還涼爽。」衛忠說。

「要是火燒車咋辦？」

「我呸你才火燒車咧！再說哪有那麼倒楣，我燒過，宋毅燒過，逃得快就沒事，你要是不機靈，老母雞嘛著屁股跑都能撞死你，就像朝星輝那樣。」

「受不了啦！」金寶喊。

「你大爺的，我才受不了呢！你瞧那欽烤這駱駝肉還不給擱鹽，怕吃了口渴沒水喝，這肉還是人吃的麼？不說都跟我這身上的臭有一拚。」衛忠抹了抹嘴罵道。「衛祥說他沒給車顛吐，他是給我的臭氣薰得吐了，我都還捨不得拿水往身上抹一把咧！」

「嘿嘿，沒水洗澡又不是第一回，記得有一次比賽完，車讓伙計們開回去，咱們去坐飛機，到了機場安檢，脫鞋脫外套的，那幾個女的安檢人員都給臭得跑光了。」衛祥說。

「金寶皮肉嬌貴，你瞧他給曬的，全身都裂了，一道一道滲血，皮膚一塊塊脫落跟個癩狗沒兩樣，不像咱們這皮厚，銅牆鐵壁，鐵釘都打不進去，跟王八似的。」伍皓說。

「誰跟王八似的？只有你是王八，別把我拖下水，我這皮嫩，像駱駝皮，駱駝皮兒薄。我這臉早上刮鬍，禁不起使點兒力，一個不小心就破相呢！」衛忠撫弄著自己的腮幫子說。

「那是你手賤，瞧你開車跟修車都一樣，手生得笨。當然，腦子也不靈光。」伍皓說。

衛忠本想反擊，宋毅倒是掩不住臉上的焦慮關心，金寶這異常的舉動，莫非，莫非朝星輝打算退賽了？

金寶開口說道：「我不是受不了熱，受不了渴，受不了沒水洗澡，可我不想這麼下去了，我天天擔心朝哥過得了今天過不了明天。我從來就不想當車手，我給朝哥當領航是因為朝哥信不過別人，朝哥仰賴我，我覺得驕傲，走出去說給別人聽，我自己下巴都抬高了，我一直想成為朝哥這種人，把自己打點得漂漂亮亮的，出唱片，上電視，拍廣告大片，進軍好萊塢，開好車，有房子，上哪兒都被人簇擁著；現在不說朝哥變這個樣兒我看了難過，朝哥指望拿冠軍，可開車的是我，我操我啥時候能當賽車手來著？趕鴨子上架也不能強要鴨子變天鵝。平常跑宣傳給朝哥開車我還行，在沙漠裡開車我沒本事，每天拉著朝哥跑賽道，我的心裡好痛苦，朝哥想跑完的心情我明白，他這人平常油嘴滑舌老不嚴肅，其實性子決絕，他打定了主意，你就算把他一根一根骨頭都拆了他也不妥協；但我看了受不了，真受不了，每天看朝哥忍受痛苦，我快窒息了。朝哥要完賽應該靠他自己，我是個靠不住的人，我這輩子都想假裝成一個很靠得住的人，事實上我不是，我不想承擔這些……」

「不想承擔也別浪費水，要這麼糟蹋，還不如分給咱們，你想退賽，回家去有的是水，你就算臉大得像賽馬場，愛怎麼搓怎麼搓，別在這兒搞得咱看了心癢。」衛忠說著，還忍不住嚥了口水。

「誰說要退賽的？」朝星輝的聲音傳來，嚇得金寶差點掉了手中的水瓶。

端飛攙著朝星輝走出來，朝星輝臉色陰慘地像一塊破布掛在端飛肩膀上，別說金寶了，在場所有人都瞪大了眼合不攏嘴。

金寶一抬臉望見朝星輝時，臉上溢著充滿強烈情感的驚訝，他以為朝星輝不可能再站起來的了，先前朝星輝全身都不能動彈了，即便變得如此瘦削，全身的重量還是不輕，金寶試圖背他都直不起腰來，能讓端飛架著出來，金寶生出一腔熱望，朝星輝還行的，這麼強壯的男人，不會就被這點厄運擊垮。他盯著朝星輝看，眼光穿過了這層殘破虛幻的外皮，彷彿時光退回到他第一次面對面見到朝星輝，華麗耀目，全身上下都是完美的，他被朝星輝那種幼稚的野蠻、可笑的輕浮自戀、荒唐又狂妄的不羈所感動，想著他要跟著這個男人，有一天變得和他一樣。金寶眼睛裡那股熱忱的悸動晃得他的一雙烏瞳像是浸在一潭波光震顫的水裡，可他那顆熾摯的心還被感動喜悅給鼓脹的瞬間，就讓朝星輝開口說的話摧毀粉碎。

「你是當我死了吧？你把我當作躺在帳棚裡的死人吧？當著所有人的面說這些沒出息的瘋話，我從沒指望過你，你這種跑腿的滿街都是，成百成千地排在你後頭等，你算老幾？你哪一樣強過別人？現在倒好，在這荒涼大漠杳無人煙就只有蒼蠅下蛋等著孵蛆吃我的屍體的鬼地方，口沒遮攔了是吧？輪到你當家作主了是吧？你以為我只能靠你這個廢物走完全程？你當我朝星輝是昨天出生的？沒關係，我自己來，不勞駕你，你這玻璃心我也伺候不了。」

朝星輝的聲音虛弱，咬字也顯得混濁，話語中沒有憤怒的凶惡，卻帶著更具殺傷力的冷漠。

金寶怔怔地望著朝星輝，半晌，那起先激動閃爍，後來顯得迷惘又驚懼的水光瑩瑩的眼睛黯淡了下來，搖了搖頭，一下子傷心、疲倦、羞辱淹沒了他，他感覺全身的力氣都被抽光了，他變得遲鈍，心中只有空蕩蕩的感覺，臉上盡是悽然的神色。「對不起，朝哥，您若是那麼想我，我也沒話說，是我沒能力，我什麼也不是，讓朝哥失望了。」

金寶轉身走開，朝星輝那彷彿刀刻的臉孔閃過一絲隱微的孤獨和恐慌，然而一瞬即逝，剩下一種絕望的空白。

在場所有人皆噤聲，不是適合開口說任何話的時候，朝星輝沉重無力的身體幾乎要從端飛身上滑下，化成灰撒在地上似的。

「金寶也沒犯大錯，不過就是洗了把臉，哪兒擰得死罪一般？」端飛突然說，那雙銳利的眼睛不改帶著促狹的笑意，「我要是一張臉像他那樣生得跟小羊羔似的我也洗呀，也就是幾瓶水，犯不著小氣，明天就要下大雨了。」

「當真？」衛忠大聲說：「你咋曉得？」

「我相信端飛。」伍皓突然說。

「為什麼？」孫海風倒好奇了。

「上天歸他管的。」伍皓說。

孫海風搖頭。

「因為他每次都說對了。」伍皓聳聳肩，伸手抄起摺疊桌上的一包菸，裡頭是空的。「真要命，這是最後一包了。」

他轉臉朝那欽大喊給包菸來。

那欽從口袋取出菸，頭也不回地朝身後丟了過去，伍皓抬手剛好接著，默契一流。

「他大概有關節炎什麼的，下雨會預知。」

「真的假的？」孫海風驚訝地說。

「假的。你咋這麼好騙？」伍皓點燃香菸說。「我自己有關節炎我都不預知。」

※

為了節省體力，節奏變得更重要，節奏反映在速度上，和專注的程度也成正比，和耗費的精力也成正比，犯最少的錯，出最少的力，領航得花更多心思事先研究路書，車組和後勤得一同理出策略，然而理想上是這樣，實情是一場糊塗。

晚上公布的賽段名次，由於衛忠的嚴重翻車，給後勤拖回來超過最大給時，孫海風已有心理準備自己有望排在衛忠之前拿到第四，他在賽道裡見伍皓從旁邊飆過去，大吃一驚，難以相信伍皓能跑那麼快，和自己完全不同一次元的時間刻度，料想不到的是伍皓沒多久後沒了離合，老斷油，進沙子只一個檔，來回掛檔衝坡，踹得腳麻，一加油換檔又熄火，走走停停發動機還過熱，到後來煞車也壞了，能回到終點靠著非凡的體力毅力，排名落到第四。他見自己竟超越伍皓位居前三，生出一陣複雜情緒，當中不乏欣喜，甚至開始妄想奪冠的可能了。

這念頭一上來，他自己都不由得臉紅，暗中斥罵自己厚著臉皮作起痴夢，然而這種念頭又不假，他也不能自欺欺人。

連日嚴酷的賽程，每輛賽車性能都嚴重衰減，趕修的時間越來越長，尤其衛忠與伍皓，為著能不能趕上隔日發車而焦躁，同時面臨零件與發電機燃料短缺，個個心情凝重，嘈雜聲中，衛忠見孫海風便吼著：「這孫子運氣真不錯。其實你是故意撞傷朝星輝的吧？」

「我幹麼故意撞傷他？我用得著嗎？」他壓抑著激動的心情，用一種滿不在乎的語氣說。「現在老要挨著伺候他，你以為我情願？要不是被他拖累，贏你們還不只一點。」

他訕訕走開，轉過身的時候差點兒控制不住要落淚，他感覺自己瀕臨崩潰的邊緣，遇著金寶迎面走來，他趕緊換上一副體貼的微笑，金寶鬱鬱寡歡的表情令他焦躁，拜託，他需要另一個人來安慰他，而不是扮演安慰別人的角色，他甚至擠不出話來對金寶說，他的腦中空白一片，沒有比喪失記憶的時候好。

他蠕動著乾燥的舌頭，費勁地說著比賽的成績如何如何，他現在明白了朝星輝不願意退賽的心情，天哪！他完全不曉得自己在說什麼。

金寶也沒在聽。

「我想家。」金寶低語道。

「什麼？」金寶的聲音太小，他沒聽清。

金寶又說了一次，聲音帶著一點兒嗚咽。

或許說自己想家不太有男子氣概，但自己本來也就不是什麼很有男子氣概的人，然而金寶不想大聲嚷嚷，不想給人聽到，尤其不想讓朝星輝聽見。

「我真羨慕你。」金寶說。

「羨慕我？」

「喪失記憶就不會想家了，無牽無掛倒也不錯。」

他忖著金寶這話，無牽無掛？他沒想過這個問題。

「你那天說朝哥一定是沒人在等他才不退賽……」

是的，那天他傻呼呼的，自以為是地那樣對朝星輝說，自以為戳中朝星輝的痛楚，沒想到自討沒趣，他不知道金寶提這做什麼。

「我有一個喜歡的姑娘，來這兒之前我跟她告白了。」金寶說。

他有些驚訝金寶忽然跟他交心，心裡起了一點兒感動。

「噢，她怎麼說？」

金寶聳聳肩。「什麼也沒說，沒拒絕我，也沒答應，我不懂她的意思。我那時候想，等咱一離開，她就會想著了，就會知道她是喜歡我的。可到了沙漠裡，一直都沒法通訊，馮曉他們選的該死的鬼地方，存心的。」

金寶停頓了一下，顯得有些猶豫。

「有幾次我真的很想打衛星電話，可我怕把電用沒了，也怕讓人發現。若讓朝哥知道我打私人電話，他要罵我的。你見著誰打衛星電話回家的？沒有。這會兒誰都故意不去想，都假裝自己是孤身一個。」

金寶這話讓他心驚，他從沒想過被孤立在這大漠的這群漢子，心裡或許有柔軟的憂慮，都隱藏著不顯露。

「我有時還情願喪失記憶，就不會有這種牽掛，這種獨自揣測著種種可能，這種恨不得趕緊走到終點，這種幻想等在終點後頭的是自己期待的答案的焦慮，若能把這些痛苦、這些繫絆、這些對幸福的期望、對失望的恐懼卸掉，該有多快樂。但是我也很怕像你這樣喪失了記憶，拿不回來，那種失去了會拿不回來的東西，就算情願沒有好，都不想放手。」

金寶這番話推心置腹，令他感動，也使得他格外心虛。

他並沒有喪失記憶。

曾經他一心想要找回自己的過去，他認真努力地想扮演好他以為的自己，可他弄錯了，他緊抓住的那個叫作嚴英的人跟他無關，曾經跟這群人一起爭奪賽車名次的，把秋山打成重傷的，和衛忠和朝星輝，和伍皓，全都結了樑子的，和端飛有著非比尋常交情，甚至爭奪著同一個女人的，並不是他，和他一點關係都沒有。他那麼急切渴望攪入的愛恨情仇，他根本沾不上邊。他是個不相干的人，一個徹底的局外人。什麼羈絆？他沒有羈絆，他沒有想回去的地方，也沒有思念的人。對，他才是那個沒有人在等待著的人。

認真說來有人在等他，那幾個三天兩頭同他一起鬼混的，百無聊賴又自命清高的傢伙，知道他跑來大陸為著取回父親遺產的。

父親七個月前過世，這消息很突然，他從沒想過他會走，他還不滿七十歲，總是把頭髮染黑，假使他坐公車，甚至不見得有人讓座，他看起來算不上一個老頭子。

父親每天早晨都到碧潭游泳，儘管那兒標示著禁止游泳的危險警告，他從來視若無睹，也無人阻攔，就這麼游了很多年，沒想過會出意外，孫海風經常不回家，對父親那一日未歸渾然不知，屍體在河裡浮沉一晝夜才被發現。

他沒去認屍，他們根本沒找到他，認屍的是他父親從前的部屬。火葬那天，從遺體化妝室推出來的遺體，手環名條上確實是父親的名字，可這是否屍體遭掉了包？在冰櫃裡的時候？那樣貌並非他的父親，那臉部的輪廓，臉頰肉，嘴唇，下顎，都和父親不一樣，那上了厚厚白色粉膏的皮膚不停地滲出水珠來，也許是他的眼花了，他的視線好模糊，他用力眨眨眼，想要再看清楚一些，他隱約看見下巴上的一顆痣，那倒是他有印象在父親臉上的東西，接著他什麼都看不見了，眼前什麼都沒有了，只剩一片黑暗，他搖晃了一下，失去重心，跌倒在地上。

他們以為他昏了過去，以為他太悲傷。他一點都沒有悲傷，他的腦子裡一片空白，他跌倒是因為他的眼睛看不見。後來他一直不確定，打開屍袋的拉鍊那一瞬間，他看見的究竟是不是父親的臉，他看見的那顆痣是否是他的幻覺？

曾有一段短暫時間他和父親比較親近，大概是他十一、二歲的時候，他祖父因病住院，後來祖父的病惡化，求生意志卻非常強悍，又拖了兩年病逝，此後他和父親的關係變得很生疏。

他對母親毫無印象，她在他三歲時過世，他甚至不知道她怎麼死的，父親從不曾提及她，他對自己的妻子沒有情感，甚至不熟悉她。

他後來變得對父親那樣厭倦，是因為父親成了一個很不像自己的人，父親終其一生都在模仿祖父，但他的本性與祖父完全相反。祖父是軍人，嚴峻，剛硬，頑強而固執，他用一套傳統而陳舊，事實上虛幻的價值觀來教育自己的兒子，勤奮勞作、苛厲的自我要求、強健體魄的鍛鍊，無論在任何時刻保持正直、絕不妥協並引以為傲、無比的忍耐以及寡言，以自己為典範、榜樣，然而父親天性怯弱，善感憂鬱，意志薄弱，充滿自我懷疑。祖父死後，他聽厭了父親成天敘述祖父是一個多麼偉大的男人，勇敢、堅毅、嚴謹、廉潔，祖父因為癌症動過三次手術，每次都割掉一部分器官，挖去身上一部分肉，他變成一個不完整的人，喪失了身體相當的機能，卻堅決不使用嗎啡，以免藥物奪去他的心智，使他變成一個昏沉的白痴，諷刺的是，疼痛奪去了他的心智，使他變成一個瘋子。

祖父跟隨國民政府來台的，當時父親還是一歲的嬰孩，有一個雙胞胎兄弟留在天津。父親曾經打聽過這個兄弟的下落，得到的消息是他早在二十多年前就過世了。

然而在他父親過世前幾個月，卻有自稱是父親兄弟的人與之聯絡，半夜裡他見父親的書房窗戶還亮著燈光，他把耳朵附在門上能聽見父親的悄悄私語，同他的兄弟對話著。

得知父親把財產都留給自己的雙胞胎弟弟，一開始他還沒意識到事情的嚴重。他父親活著的時候，父子相處的時間就極少，打小父親就很少同他一起吃晚飯，晚上無事在家時也總是一個人關在書房裡，父親在書房擺了一張行軍床，夜裡也睡在書房。有時他幾乎忘了屋子裡有父親這麼一個人存在，他沒想過他在這世上依賴著父親生存，雖然實質上是，換言之，經濟上是如此。他沒真正地靠自己掙過錢，不過那只是沒有動力讓他這麼做罷了，他既然沒被逼上絕境，就不會去想這個問題，他討厭組織生活，討厭有頂頭上司。他被球隊開除以後只好去服兵役，之後考大學，好在台灣的大學多，成績再差也不怕沒學校上，他念了一個吊車尾的建築系，在學校裡沒學著什麼實質的東西，就是一套奇裝異服瘋狂表達自我如何有別於正常人的把戲，畢業以後自然也找不到工作，他犯不著為工作而工作，放眼望去都是些他看不上眼浪費人生的差事，遊手好閒了相當時間，靠父親友人的關係介紹進入一家建設公司。縱使他內心有些傲慢，倒也從無遠大的志向，他很清楚自己的平凡，不是什麼橫空出世的天才，也沒什麼睥睨世俗的反骨，只不過對人生有著空洞的厭煩罷了，能進一間說出去名號不丟臉的公司，別太辛苦混日子他就滿意了。誰知他給介紹的是一家和政府關係密切的大型開發工程公司，後來捲入牽涉上百億的貪污弊案，於他沒什麼影響，他在裡頭不過是一隻無所是事的小白蟻，他連根螺絲釘都不是，閒得，他甚至用不著替主管買咖啡午餐，他成天花最多時間的便是跑到屋頂上抽菸。沒多久他就辭職了，受不了這種既百無聊賴又處處受牽制。反正錢他是不缺的，他有兩張父親信用卡的附卡。

剛知道父親沒留錢給他，他還沒意識到事態的嚴重，甚至不覺得自己是個把金錢看得很重的人，他一點都沒想到他過去花的那些酒錢，和朋友鬼混玩樂的錢，撞壞了多少輛跑車的錢。一直到他的卡被停掉，一直到他得讓佐依很不情願地付他那份吃拉麵的帳單，一直到他被趕出公部門配給父親的房子。

當身在大陸的叔父聯絡上他，要與他見上一面，把父親留下的錢歸還他時，他的反應並非驚喜，反而陷入茫然，茫然到他不想去見這個未曾謀面且應該早已死亡的叔父。倒是他那些朋友，包括佐依，催促著他盡早處理這事，一天都不要耽擱，夜長夢多，保不準人家很快會後悔。瞧這些人對他有關懷，對於他的錢財的事比他自己還積極。

金寶提到他喜歡的那個女孩，令他想起佐依來，想到佐依他的心不由得刺痛，但說刺痛未免也太浪漫，只能說確實像有根刺刺在他的心上，不是劇痛，卻難受，你沒法假裝它不存在、假裝沒有感覺，不至於讓你輾轉反側苦不堪言，卻時時刻刻不容你從容平靜，不張牙舞爪，卻揮之不去。

他跟佐依在一起都六年了，直到半年前他才知道佐依和馬修有一腿，佐依不小心說溜嘴的。且不只是一次兩次，不是才發生的，而是長久而頻繁到馬修厭煩了這種簡直像夫妻間的行房！

他倆很談得來，佐依說。

不管有沒有上床，每天晚上睡前他倆都要通電話，講上一兩鐘頭那麼久，他真想不透，有那麼多話題好聊？

「你別想多，我跟她就是談得來而已，沒別的。跟她聊天不討厭，有輕鬆的地方，因為她有時候很笨，哄她兩下她就很認真，有時候她很偏執，卯起來要跟你辯，你懂她那個拗的。總之，一方面很有挑戰性，她認真起來攻擊性很強，絕不認輸，戰鬥力旺盛，從另一方面來講卻沒有壓力，因為這不是在談感情，一切很單純。」馬修說。

什麼很單純！一點都不單純，他和好友的女友上床，對此津津樂道，還說這一切很單純？「她也有脆弱的地方，她經常說她很孤獨，你曉得的，不是那種女孩子要人陪的孤獨，是一種靈魂的孤獨；她那孤獨不是要我來陪伴和安慰的，她是在跟我分享她對孤獨的一種深刻的體會，一種無解的悲傷，你懂嗎？這不是任何一個誰能化解的孤獨，那種孤獨是絕對性的，我也不能提供什麼，我只是懂她說的。你明白我的意思麼？所以在這上頭你是無須嫉妒的……」

馬修的話裡老是充滿了「你懂我的意思嗎？」「你明白嗎？」「你知道我在說什麼嗎？」那是他的口頭禪，完全沒有意義的語助詞，但他的說話裡永遠充滿了他媽的這種沒有意義卻讓人聽了很不舒服的語助詞，好像他懂一切而你不懂，好像他說的是天殺得不得了的高深的東西他怕你不瞭解。全都是狗屎。有時候他還真的聽不懂，那並不因為馬修說了什麼很難的艱澀的道理，而是因為那全都是一些狗屎，因為是狗屎所以你不可能聽得懂，除非你也是一團狗屎。

馬修替雜誌寫稿，他在很多地方寫稿，但是從來沒人知道他寫些什麼，因為他沒告訴任何人他在哪裡寫，用什麼名字，他好像分別用不同的名字在不同的地方寫，他說那代表他不同的面向。什麼叫作代表他不同的面向？假使以馬修和佐依天天在討論的那種哲學觀點，馬修說的每一個「不同的面向」都是他的一部分（不，照他的說法，不是一部分，而是某種分裂的全部），都是他透過稜鏡折射出來的顏色，這是他們慣用的說法，那是他的複雜度、他的多層次、他的各種矛盾，各種分化、各種神秘的增生。但他內心裡完全不吃馬修那一套，馬修沒有什麼複雜多重的面向，如果有的話他就不會反來覆去講的總是那些充其量反映出一個生活平庸、經驗貴乏卻自我膨脹、憤世嫉俗的人的同一套幻覺。

他估計馬修那些用不同的筆名寫的文章全是一些垃圾，都會男女的真情相守問答，勵志癒療心靈雞湯，尖酸刻薄又義正詞嚴謾罵政府，聲援勞工與弱勢團體權益……，什麼能獲取大眾激情青睞就寫什麼，馬修那個人天性愛炫耀，就怕人不知道他是一個才華橫溢、智商奇高、博學多聞的天才，他真寫了什麼高明奧妙的文章，才不可能把自己的舌頭管得住而不拿出來吹牛，他假使裝低調假謙卑，說什麼名聲地位不值一提，肯定是他自己也覺得羞恥的事。馬修說他一直在寫劇本，他自比李安，人生到目前為止都是潛伏期，臥薪嘗膽，為著他爆發的那一刻到來。

馬修安慰他，「我不愛佐依，佐依也不愛我，我倆什麼關係也沒有。這方面你用不著有什麼擔心，我和佐依都沒興趣發展進一步的關係。」

什麼叫作「進一步的關係」？那麼他們兩個現在算是什麼關係？如果他們兩個有禮貌一點，應當考慮一下發展退一步的關係吧？

佐依的長相甜美，個子嬌小，像洋娃娃，她喜歡小女孩風格的裝扮，彼得潘領的洋裝，復古風味的樣式和顏色，染成褐色的短鬈髮，活脫脫像個陶瓷娃娃。明明把自己打扮成這種模樣，卻時常憤怒別人把她當成柔弱的小女孩，藐視她的才智，不解她的叛逆，看不出她的特立獨行，把她的執著和強悍當作取笑的材料。他從不點破佐依這種矛盾，他總是縱容她嚴肅又誇張的言行，但在佐依眼裡，或許他是個笨蛋，他不像馬修或者烏鴉和容嘉那樣懂她的那一大攤深奧的學術性思想，當他們幾個在一起狂狷傲慢充滿激情地辯證那些後現代哲學，針貶各國社會制度，評價當代藝術作品的時候，他總是像傻子一樣在旁看漫畫書。

「她是一個女性主義者！她只不過挺喜歡你，喜歡你不代表她屬於你，她不會屬於任何人，她有完全的自由……，老天，這種事你千萬別忘記，我得再提醒你一次，雖然我們一向都很清楚，那就是，她是一個女性主義者！雖然她喜歡香奈兒，她愛打扮成洋娃娃，她還是支持正牌的女性主義，她的身體是自由的，你不能阻止她自由地使用。」馬修說。

「我知道你會有什麼感覺，身為一個男人，自己的女友被別人上了是一件很沒尊嚴的事，但尊嚴是什麼？尊嚴這玩意兒只有公開的意義，私底下不存在，沒人看你，沒人知道的時候，沒有什麼尊不尊嚴這回事。你懂麼？沒人知道，哪來的丟臉？這事佐依不會說，我也不會說，你總不會自己說出去，那不就結了？沒人知道，沒人知道的話你丟什麼臉？只有你自己曉得。」

但事實上馬修和佐依的嘴從來守不住任何秘密，沒人知道？容嘉和烏鴉就知道，沒有事情容嘉和烏鴉不知道的。

他剛認識容嘉的時候，想都沒想到過容嘉的性別有什麼問題，容嘉的長相很像男人，穿著也像男人，容嘉說話的聲音也像男人，容嘉常提到女朋友，那女的盯容嘉盯得很緊，而容嘉老想偷吃，容嘉三天兩頭在煩惱這個，過了有一年多他才無意間發現容嘉是女的，那是因為烏鴉說了一句「如果容嘉跟我們一樣是男人」，他才恍然大悟，這讓他很迷惑，好像所有的人都早就知道容嘉的性別，只有他弄錯了。

容嘉長相帥氣，投懷送抱的女孩不少，搞得容嘉心癢癢的，但她又很怕女友，不知為何她被吃得死死。後來她終於跟一個搞小劇場的女孩搞上了，那陣子容嘉既心神不寧，又眼角眉梢喜形於色，行事蹤跡鬼鬼祟祟，既出於飽漲的戀愛激情想要炫耀，又怕事地憋著按捺不說，說來湊巧，那女孩跟他以前熟識，無意間讓他知道了，那女孩也是個奔放的角色，作風大膽毫不節制，他其實挺喜歡她的，她愛玩愛鬧，說話真真假假，他就這麼回去跟容嘉開了玩笑，說那女孩有愛滋病，這其實是那女孩自個兒胡亂說的，這麼說本來是鬧他的，問他敢不敢跟她上床。誰知容嘉相信了，把容嘉嚇破膽。

後來容嘉的女友也知道了，弄得一整個雞飛狗跳。他見事情鬧得太大，慌慌張張地承認這是玩笑，容嘉快瘋了，她說：「如果你不是佐依的男朋友我一定會揍死你。」他一點都聽不懂這什麼意思，他是不是佐依的男朋友跟容嘉要不要揍他有什麼關係？算了吧，他至今從沒聽過容嘉揍過誰，說這種空洞的話有什麼意義？別說容嘉了，他認識的這些朋友裡頭，誰拿拳頭解決過事情？發達的都是一張嘴罷了。其實他懂容嘉的意思，容嘉瞧不起他，覺得他是個窩囊廢。

容嘉瞧不起他也許不無道理，容嘉是年薪百萬的軟體工程師，但容嘉為什麼就看得起佐依？佐依做些零星的翻譯工作，那些收入怎可能負擔得起她穿的名牌衣物？佐依也是靠家裡接濟，她父母還給她在市中心的精華區買了套房。佐依跟馬修都是很活躍的社運支持者，自認十足理想主義，不屑那些汲汲營營的庸人，然而他們自認追求精神，物欲卻一點兒都不馬虎，規格不低。馬修和佐依都是一點點苦都吃不得的人，一下子還行，他們當作一種行為藝術，多了不可以，更不可能變成長久、常態。馬修沒服兵役，他的理由是反戰、反威權、反集體痴呆，馬修連選擇逃兵的方法都必須符合他的藝術氣質，增肥對他來說不可能，醜陋又愚蠢，消瘦倒可以，那樣看起來像殉道者，癲狂又受苦的人，但是他瘦不下去，後來他狂喝啤酒提高尿酸值，又請醫生證明他有嚴重的憂鬱症，多次企圖自殺未遂。

雖然馬修和佐依對美學有同樣的嚴苛，不過他倆也有意見不同處，佐依強烈支持廢死，馬修相反，為此他們經常爭辯。

每當他們高談闊論，尤其是關於他們的社會理念，公民正義，真理的訴求，他就被排除在外，倒非因他祖父過往在國民黨有一席之地，父親也在政院任要職，而是他在這方面思路遲鈍，不似他們擁有華麗繁複的辯才無礙，他也燃燒不出那般光芒四射的義憤填膺。但這群人一方面咒罵，一方面又對貪特權的小便宜理直氣壯，馬修有一次半夜喝醉了開車回去，直衝上安全島，撞壞了紅綠燈，立即狂打電話把孫海風速速叫了來，要他頂罪，「車本來就是你的，是你開的也理所當然。反正這對你算不了什麼，擺平這事對你爸來說不算什麼，如果承認是我開的，我不但喝了酒，又是一介平民，我可吃不了兜著走。」他沒辦法拒絕馬修，若他不願意，馬修就會搬出孫海風以前有多少次捅類似的樓子，多一次有什麼不可以？他不想跟馬修說什麼他父親最厭惡關說，這種話他們聽了會哄堂大笑，政治人物全是醜惡又寡廉鮮恥的，何況確實他父親幫他擺平過不只一次車禍，有一次他還撞傷一個孕婦，害得那女人失掉了孩子，對方堅持不善罷干休，父親後來解決了這件事，他始終當作那女人從父親那兒弄得了一筆相當的錢財，對那女人的同情蕩然無存，甚至失去了害對方失去胎兒的愧疚感，後來才得知父親到對方家裡下跪了一天一夜，從此他不願意再向父親開口。

連容嘉也屢次拜託他請父親動用一點關係讓她拿到政府標案，他根本不可能跟他父親開口，拒絕容嘉那次容嘉氣壞了，把他罵到狗血淋頭，說一定會想辦法把他整得很慘，不讓他有好日子過，又天天跟佐依嚼舌根，後來他學乖了，總是假意答應，反正容嘉若剛好拿了案子，也不覺得欠他人情，沒拿到便諷刺他父親是過氣的失敗者。平常他們高風亮節面不改色，一遇麻煩或者想什麼卻弄不到，腦子一轉至找孫海風他爹使點力不難辦，開口都是一副他理當買單的姿態，完全不靦腆，反正國民黨腐敗，平常都削人民的，不找機會佔回一些便宜那不是虧了？

話說回來，他沒有哪一次是正面斥絕他們的，他不想跟他們衝突，衝突又能怎樣？憑他的口舌才智也不過讓自己屈居下風而已。

至於佐依和馬修兩個為何能用如此冠冕堂皇問心無愧的姿態來面對他，除了他們嘴上說的這些道貌岸然的哲學性交流語言，也因為他倆的床上關係已經終止了，終止的原因除了馬修覺得沒有樂趣，他知道還有一個真正的理由：因為佐依懷孕了。

他們都以為他是個笨蛋，瞎子，說話毫無忌憚，或者以為講得神秘一點兒，隱晦一點兒，象徵性一點兒，他就聽不懂，他們熱愛象徵，符號學，隱喻性的說法。但他們也許忘了，瞎子的耳朵總特別靈。

他們的安全措施做得不太謹慎，他不覺得有什麼奇怪，這些人總是言談非常激烈，做事卻討厭周密。他想像得到馬修一則心存僥倖，一則算盤是即便不巧中了，栽到他身上就好，反正他一直被蒙在鼓裡。然而這種謊佐依是不願意說的，何況懷孕這件事把她嚇壞了，她很清楚馬修的作風一定是撒手不管，而佐依陷入可怕的矛盾，生孩子對她來說簡直是荒唐至極又噁心的事，既然佐依是女性主義者，自然百分之百擁護女性的身體自主權，然而別忘了，佐依支持廢死！任何人都沒有權力剝奪一條生命，別爭論胎兒算不算生命、要發育到什麼程度才稱得上人，佐依的世界不是用法律條文來定義，如果要探討法律，她會回歸到心理學和社會學上，最後會由哲學來做結論，然後昇華到藝術上，因為那才是終極。出於反對殺生，佐依一直想變成素食主義者，無奈她也是美食主義者，佐依的最愛是義大利薄切生牛肉片，她掙扎了很多年都無法放棄肉食，就算她改吃素，她也只吃高級橄欖油與法國青蔥搭配的進口生菜吧！她不會靠近那種給佛教徒和歐巴桑去的素食館五十公尺。

他有多愛佐依？這是一個他自己都弄不清楚的問題。

得知馬修和佐依的背叛那個晚上，沒人看得出來他的心情，他裝作若無其事，連他自己都不知道他究竟是什麼感覺，他只曉得有什麼東西憋在胸口裡，那是一團火焰，還是洪水？他搞不清楚。晚上他蒙著棉被預期自己大哭一場，這一整天他都想找個無人的角落盡情哭一下，但是他蜷在棉被裡卻哭不出來。這太可笑了，這樣的事發生在他身上而他只能軟弱地哭泣，結果他還哭不出來。

對於背叛了他這件事，佐依本人不多做任何解釋，全是馬修說的，馬修詮釋，馬修裁判，馬修交代，「佐依其實並不想傷害你。」馬修說，他不知道這是馬修轉達佐依的話，還是馬修替佐依說出她的心聲，因為馬修能看透她的內心，懂得她所想，知道她真正的情感，因為他根本就是他媽的她肚子裡的一隻蛔蟲？

「這並不是背叛，你不能把這想成是背叛。佐依並沒想到你會知道，假使你不知道，這件事對你沒有傷害，你懂嗎？她無意要讓你受傷。」

假使馬修要從他手中把佐依奪走，在這一場戰鬥裡他至少還能爭個輸贏，但馬修沒有意思要佐依，佐依也沒有意思要跟馬修，馬修甚至說佐依在床上其實很乏味，這究竟算什麼？

佐依和馬修有相像的地方，他們能互相聽懂對方的話，他們理解對方話題裡的趣味，他們有一種思想的共鳴和默契，他們屬於同樣的人種，他跟佐依就完全不同，他不懂也不想明白為什麼佐依要選擇他這樣一個與她天差地遠的人。

他曾經想過，他要一走了之，逃開這令人發噱的窘局，但他要逃到哪裡去？最終他哪兒都不想去，反正佐依也沒離開他。

是烏鴉找到他的眼睛或許可以經由手術治癒的訊息。這件事多少助長了他取回遺產的意念。

不回家的時候他都是借住在烏鴉家裡，要說借住也不盡然，烏鴉付不出房租時都是跟他借錢，也不曾還過。

大夥兒一塊兒喝酒，最後付帳的一定是他，大家都覺得理所當然，因為他有錢，正確地說，他家有錢，他父親有錢，他們把這算是國民黨的髒錢，拿來花是天經地義的事。無論做什麼，只要有他在場，沒人會掏自己的皮夾。

「烏鴉」這個綽號是烏鴉自己起的，他自己不覺得「烏鴉」這名字很晦氣或者很白痴，他心中的「烏鴉」兩個字跟一般人聽到「烏鴉」這兩個字立即聯想的印象（一種全身黑、嘎嘎叫，帶來衰運的醜陋鳥類）不一樣，他之所以叫自己「烏鴉」是因為他很喜歡七〇年代的暗黑龐克風格漫畫《*The Crow*》，後來改拍成電影（譯名《龍族戰神》）由李小龍的兒子李國豪主演，李國豪不幸在拍攝途中意外身亡，為這原本就鬼氣森森的故事染上更加詭魅的神秘色彩。烏鴉很著迷那漫畫和電影邪氣又狂暴的故事和造型，他覺得「烏鴉」這名字酷到不行。在烏鴉的腦中想像的自己也是那塗白了臉、黑眼圈、一頭亂髮，凌駕幽冥陰界的妖異模樣，風一般利索，雪一般寒酷，在月黑風高的夜晚飛簷走壁，但現實裡的烏鴉生得一張平凡宅男的臉，一嘴黃牙，身材肥胖，在月黑風高的夜晚他只會一邊吃鹽酥雞一邊打電玩，他向來能躺就不坐，能坐就不站，能站絕不走。

跟烏鴉住在一個屋簷下的時候，他會想著烏鴉什麼都看得出來，如果他愁眉苦臉，烏鴉會猜他在為佐依的背叛氣悶，如果他暴躁發怒，烏鴉會在旁裝作什麼都不知道，一個勁兒插科打諢，他不能憂鬱，不能生氣，不能煩愁，不能傷感，只能傻笑，只能痴呆，只能一臉窮極無聊的慵懶，無所事事地說些無關痛癢的廢話，就像他們一逕以為的那個沒腦的他一樣，不讓烏鴉猜出他的心事。

他甚至想蒙騙他自己，他總是想把這一切視為喜劇，喜劇裡頭沒有人認真悲傷，他不願讓自己感覺痛，那麼他就太可悲了。

他不想把自己變成一個小丑，關在家裡幾天想理清思緒，他以為他能絕對的理性才跑去找佐依，可三兩下他就發起神經，把他送給佐依的一套塘瓷旋轉木馬組整個砸了，那套旋轉木馬有三十六個組件，價值台幣八萬多元，從法國訂購來的，佐依每天都很仔細地替每個組件擦灰塵。

佐依的表情很平靜，他卻哭了，「我覺得你應該靜一靜，也許我們一段時間不要見面比較好。」佐依說。

這是分手的意思？一段時間是多長？一段時間之後呢？

他又變得十分激動，但他按捺著跳上去抓住佐依或者跪下來的衝動，抖著嘴唇，舔著因哭泣而流下的鼻涕說：「有一天妳變得很胖，變得很老，或者妳生了一種病，必須躺在床上，或者因此變笨，馬修不會守在妳身邊照顧妳，沒有人會耐著性子等妳，等妳變得孤獨，變得放棄妳那些沒道理的驕傲，沒有人再把妳高高在上地捧著，只有我！到頭來會只有我……」他顫抖得幾乎說不下去，「不管怎樣，反正不會是馬修，妳認清這一點。」

「你什麼毛病？我跟馬修什麼也不是，我跟他沒有感情，我也沒打算跟他在一起，天啊！我幹麼跟你說這些廢話。」

「妳想想，妳仔細想想我說的。」

他走向前，踩著那些瓷器碎屑，佐依退後兩步。

「你莫名其妙！」她生氣了。「我是瘦體質，而且我不吃廉價的食物，我不會變得很胖，我也不會生一種只能躺在床上於是變得很笨的病，你簡直是瘋子！」

佐依用力推他，不是做樣子，她個兒嬌小，沒什麼力氣，但她認真表達了她的厭惡。他抑制著想哭的衝動，離開以後默默地想著，其實他也不會守在她身邊；如果有一天她變得醜、胖、悲慘又可憐，他不會躲在角落裡痴痴地望著她直到那一天來臨，他等不到。

也許他因為太厭倦這個世界，太厭倦這些人，太厭倦人生，所以眼睛才會毀壞掉，才會漸漸變成一個瞎子？

馬修和佐依都鼓勵他，別去想瞎了的事，以後的事現在想了也沒用，重要的是活在當下，馬修和佐依老把活在當下掛在嘴上，但究竟要怎麼活在當下？他還要怎麼才能「更活在當下」一點兒？

烏鴉和容嘉說得更絕，要他根本不必窮擔心，如果瞎了真活不痛快，再跳樓自殺就是了，這事不是沒退路的，大可放輕鬆。他反問容嘉，如果是妳呢？如果要瞎了的人是妳呢？容嘉說她拒絕回答假設性的問題。烏鴉則說他在練一種通靈力，他最終可以不依賴肉體的眼睛來看事物，他有第三隻眼。

如果注定要失去視力，你會怎麼做？你會想把握住你還看得見的每一分鐘去看，用盡力氣去看得更多。

問題是，更多什麼？

每天早晨醒來睜開眼，望著天花板，這就是他看到的世界，走出門去，百無聊賴的陽光，灰色的馬路，種在安全島上覆滿灰塵的植物，庸俗的商店招牌，再怎麼看還是一樣，就算他跑到天涯海角，去看人類最古老的遺跡，去看當今最前衛的科技，去看最凶惡的天險，去看瀕臨絕種的珍奇動物，那又如何？因此感動流淚，認為這一雙眼至今所見已經值得？你想要擁有有限時間的視力去看最稀有珍貴的事物，或者情願用無盡的時間去看最平凡的東西？

他問過佐依這個問題，佐依沒辦法立刻回答他，陷入深思，然後她的臉上出現了說不出的悲痛，她說如果她看不見自己，她連上衣和裙子是不是搭配都無法知道。

佐依的眼睛是用來看她自己的。

怪不得她跟馬修比較談得來，馬修跟她是同一類型的人。

佐依至少誠實而認真地思考這個問題，他想她心裡最後的結論應該是，幸好將要瞎眼的不是她。

當抬頭望向夜空，他有時懷疑究竟是星子皆藏在氤氳之後，抑或整個黑色的蒼穹就是他空無一物的視覺圖景，那些彷彿被預言要消失的一切，你不可能抓住，你只能瞠目多看幾眼，每一次都當作最後，可越是這麼做，越覺得莫名其妙，那以無限眷戀珍惜的眼光去看的，究竟是什麼？你到底在看什麼？看到了什麼？你不知道向哪裡看，你甚至弄不清看了以後有什麼感受。

有一天他會忘記佐依的容貌，那個讓他憂煩、困惑又懊惱的女孩，是怎樣的甜美，有一對圓而下垂的眼睛，小巧的鼻子，既靦腆又具攻擊性的笑容。當他忘了佐依的容貌時，他可能再也無法重新看見她，那時候他可能瞎了，不再能拾回佐依容貌的圖像。問題是，他現在已經忘了佐依的樣子。

他的一切都一團亂。

※

夜都深了，外頭還亮著燈，雖不願耗油在發電機上，可賽車趕修不完，端飛把隔日路書研究了一遍，要他到時候開慢一點，別跟朝星輝拉開距離，他聽著竟有些不情願。

「我知道大家背地裡怎麼說我，能拿到第三，完全是靠運氣。」

「不是背地裡說吧？大夥兒什麼事不是光明正大地說？運氣好又不丟人。」端飛說。

端飛這話說得也讓他無法辯駁，他想從端飛那一對賊溜的眼睛裡找出不懷好意的嘲弄意味，也看不出所以然。

「比賽之前符老曾跟我說，他在這圈子這麼多年，聽到太多人相信運氣，越野賽耗的時間太長，版圖拉得太宏大，地形太詭譎難測，環境太多變嚴苛，有多少你能百分之百掌握？哪怕苦心孤詣琢磨了九十九件事，也要讓那出其不意的一件給化了烏有。然而，他不相信運氣。」他停頓了一下，等待端飛的反應，但端飛沒有什麼表情，於是他模仿一種老者的聲音，腦中浮現的是符老臉上一貫的和藹卻斷然的口氣，咳了兩聲接著說：「『我不覺得這當中有所謂的運氣，那不可捉摸的，彷彿跟自己無關而可以全推卸上去的東西。剛好相反，正因越野賽如此殘酷嚴苛，它是最不容欺瞞不容取巧的，它踏踏實實地反映了真實的你，該你的或不該你的。懦弱之人不會做到勇者才能克服的事，性急之人不會得寧靜者才有的回饋，駑鈍之人偽裝不出聰明的反應，偷懶之人不可能收穫勤奮者的成果，一千次謹慎的人僅一次的疏忽都不會僥倖。』」

符老說的當然有道理，那態度既嚴明又峻正的，頗有一番堂皇的氣勢，明顯由不得低三下四的狡辯，可當下他就是覺得聽起來太過光潔完好，好得讓人不能信，一旦信了，就找不著縫兒鑽了，那會兒他對比賽這件事壓根就還沒頭緒，可一肚子忐忑不假，囁嚅著便答道：「您不是曾告訴我，給自己留七分餘地的人，與給自己留三分餘地的人，其實一樣麼？那麼，也許無能的人，偷懶的人，懦弱的人，到頭來三分跟七分也沒有差，可是……那不給自己留餘地的人，不也就是賭上一賭？或許，糊不牢的船都會沉，可就是奮力一搏誰撐到望見岸……」

他也弄不清自己究竟想說什麼，符老卻大笑著拍他的肩。

端飛點了根菸，懶洋洋地說道：「這世上若有人給你錢，給你好處，給你別人不容易得到的好東西，你總知道要當心，那沒有平白的，就連父母親給孩子愛，都不是平白的，都想得到同等的愛，得到順從，得到依賴。我就不明白了，有一樣人們卻覺得不同，就是忠告，為什麼忠告就是例外呢？為什麼有人給你忠告你就不用警戒矜持地說，噢，這麼貴重的東西我是不能收的？瞧，這個問題我可想不通。」

「我若說符老給了我什麼智慧的言談，你就不痛快，你怎麼就從不給我忠告？」

「這個麼，」端飛搔搔頭髮說：「或許有時我也想的，可我這人太平庸，日子過得太俗氣，腦袋又不夠使，搬弄不出什麼金玉良言哪！」

他癟了癟嘴，自言自語：「跟你說這些真是對牛彈琴。」

沉默了一會兒，他蹙著那倒垂的悲愁八字眉毛，一臉憂傷地搖著頭又開口：「我一直想對朝星輝說撞傷他的事我很抱歉，但見著他我就沒勇氣開口。」

「用不著，他不會在意。賽車嘛，什麼意料不到的事都有可能發生，他很清楚，也很習慣的，要是會計較，就不會玩兒車了，再說朝星輝什麼場面沒見過？」端飛的語氣很淡然。

「但我心裡不安。」

「所以呢？你想怎樣？求他原諒你？說一句抱歉有什麼意義？橫豎他都這個樣了，還能怎麼著？你想賠償他麼？你賠不起。」

「咱們若是能拿冠軍，就有一筆錢……」他急著說道。

端飛大笑。

「這有什麼好笑？」他感覺有點受傷。

「朝星輝可以自己贏那筆錢。」

這話讓他激動起來。「為什麼你們都要說這種明知不可能的話？太虛偽了！我聽不下去。你們認真相信他能跑完，還得冠軍嗎？付出這樣大的代價，到頭來一場空呢？假使朝星輝剛受傷的時候聽我的退賽就好了，我不是你們這種只會講冠冕堂皇的空話的人。」說到後來他忍不住又憤然起來。

端飛轉了轉眼珠，想了一下，「或許吧！我不是朝星輝，跟他也沒啥關係，我沒有立場也沒有興趣代他決定，更沒義務干涉他要怎樣想。你以為有人算計得出來誰奪冠的可能高？朝星輝不可能，你可能？我腦子笨，不是宋毅那電算機腦袋，我算不出來，宋毅比較可能奪冠？還是伍皓？晉廣良的機率高？或者衛忠？真不曉得，我要這麼厲害我就去澳門賭馬了。不知道的事何必去想？」

「假如朝星輝會死呢？眼睜睜地看他死，你難道不會心不安？」他稍微提高了聲音，事實上，他越來越擔心朝星輝會死，每天朝星輝的樣貌都要比前一天更悲慘，更敗壞，更可怖，他幾乎不敢去看。

「我幹麼要心不安啊？」端飛依舊是淡然的姿態。

「你還有沒有人性！」

「每個人求心安的路子不同吧！你覺得你替他按了紅色按鈕讓他退賽你心就安了，我覺得我讓他憑自己的意志做決定我挺心安理得。」

「憑他的意志做決定？他頭腦不清啊！他自己的意志是錯的啊！」

見端飛甚至嘴角還揚起一絲淡淡的笑容，他氣急敗壞地尖著嗓子喊道。

「其實你不在乎朝星輝死吧？」

「我幹麼要在乎？人都會死的，每天都有人死。」端飛說。

這話跟朝星輝說的一樣。

「天哪！我看錯你了，你竟會說這種話，朝星輝不是你的朋友？」

端飛聳聳肩。「是又怎樣，不是又怎樣？」

這話讓他氣結，卻無法辯駁，朝星輝是他孫海風的朋友嗎？認真說來也算不上，這跟朝星輝與他的交情無關，端飛也沒錯，是不是朋友並非決定你如何看待一條人命的基準，可這種無情卻讓人惱火。

「撞傷朝星輝的人不是你，我沒辦法像你那樣事不干己的瀟灑。」他語帶諷刺地說。

「你也可以事不干己啊，反正你也盡力了，只是手腳不敏捷，動作不夠快，腦後沒長眼，沒能按到他的紅色報警，你大可問心無愧。把自己搞成這樣朝星輝自己要負責，他要是死了也是自找的。」

「我不覺得你這話是真心的。」

「我咋不是真心的？」

「你這話中帶刺，就跟其他人一樣，把壞事的帳都算在我頭上。」

「我有話都是直說的呀！你希望我怎麼說？你身上攬著朝星輝一條命？你想要你就背著吧！你都不介意我介什麼意啊？我又不是朝星輝他媳婦。」

「我不想撞傷朝星輝的，你也在場，你知道的，當時什麼都看不見，誰會曉得他在那裡？我心裡也不好受，可這不是我的錯，那麼大的沙暴，再謹慎也防不了……」

他念念有詞了半天，端飛沒搭腔。

突然他驚悟到，他這麼跟端飛嘮叨，反來覆去說個不停，想的就是聽到端飛一句：「不是你的錯。」

可端飛並沒有這麼說。

「如果是你呢？如果當時坐在駕駛座的人是你，你能避免這件事發生嗎？當時你看見朝星輝了嗎？在那個時間、那個地點、在那樣的局面下經過那裡的人是我，不是別人，就是我，使我背上了這樣的罪咎，假使是別人，任何一個別人……」

「那只能說你倒楣了，就跟朝星輝被撞到是一樣的，是吧？在那個時間、那個地點，站在那裡的不是別人，是朝星輝。」端飛說。

他本來是為著替自己辯白的，是想擺脫那罪惡的痛苦的，是想被認同自己的無辜的，端飛直接簡單地戳破了他，是的，他大可以認為自己沒做錯，說穿了只是倒楣，誰在那個湊巧裡誰倒楣，扮演加害者，扮演被害者，其實沒有差別，說穿了就是這麼一回事，一腳踩進命運的網，無論是在賽道裡還是在賽道外，賽車和人生沒什麼兩樣。

金寶慌張地來求救，「不好了！朝哥剛才咳了好多血。」金寶全身顫抖地喊。

朝星輝躺在卡車裡，那兒挪出了個空位鋪了床墊給他，其實帳棚裡還溫暖一些，可晚上怕風大，前兩天伙計們住的帳棚連外帳都給吹沒了。

「怎沒在打吊瓶？」

「輸液都用完了，止痛劑也沒了。」

他呆呆地望著朝星輝，心中想著，人真的是很脆弱的動物。第一眼見到朝星輝時，那意興風發的模樣，有著健美的胴體，神采奕奕，像草原上那些肉食動物裡最強壯，最美麗，最迅捷的一隻，誰會認為他會被推到死的邊緣去？他和頹敗、腐朽、壞損、病弱是沾不上關係的，生命的無常叫人害怕。朝星輝變成這樣，或許死亡反而是一種解脫，他甚至寧願朝星輝立刻死掉。

朝星輝的棉被上染滿血跡，車廂裡溢滿的與其說是血的腥味，不如說是一種怪誕難以形容的糞便一般的惡臭。

他不顧那骯髒與氣味，撲過去抓著朝星輝的手，「撐著點，沒事的，我和金寶、端飛都在這兒，咱們明天一起跑，這麼說定了，你別死。」

朝星輝的眼皮顫動，胸口一陣抽搐，彷彿又要咳出血來，接著他抽回被孫海風握住的手，睜開眼睛。

「怎麼又是你？煩不煩啊？給我滾遠一點，你在這兒肉麻，我本來不想死都想死了。」朝星輝說，聲音雖微弱，那輕咧開的嘴型彷彿是要發笑。

金寶與孫海風互看了一眼，兩個人臉上都明顯鬆了一口氣，甚至露出一種自己也沒意識到的由衷雀躍。

前一分鐘還思及朝星輝死了也好，甚至私心裡他還指望少了朝星輝，他便不需遵照端飛的囑咐一直顧及著這個累贅而不能撒開跑，這一分鐘他竟奇妙地完全不在乎了，只要朝星輝能活著，甚至傷勢能好轉，他跑最後一名也沒關係，怎樣都沒關係。他不太懂這心理變化是怎麼回事，他只明白他和金寶、朝星輝之間默默有了一種感情，令他生出想要與某種虛無中的神秘力量一搏的欲念，好像是他要從死神的手裡奪回朝星輝似的。

金寶說起他跟著朝星輝到處跑的一些趣事。

「朝哥有個向姑娘搭訕的手法，是從背後突然蒙住人家的眼睛，然後假裝認錯人，他老以為人家一轉身見是他，會莫大的驚喜。有一次也是這樣，誰知那姑娘轉身驚慌大叫，用力推開朝哥。那姑娘有個男伴，方才離開一會兒，聽著叫聲趕過來的。朝哥那天穿著醒目華麗的豹紋短袖襯衫，耳上掛著耳環，那男的還心想若以街上突擊女性的搶匪或流氓來說，眼前這男人的外型也未免太招搖了，身材高大英挺，古銅膚色，染了一頭金髮，那身裝扮簡直怕沒有整條馬路的人眼光都注意著他似的。他本想抓住朝哥，朝哥跟人家嘻皮笑臉地說：『殺氣騰騰的，你想做啥呀？』那男子這會兒靠近了看朝哥，覺得眼前這男人相貌粗獷卻不失俊美，說話時充滿虛張聲勢的氣派，回答說：『我才問你找姑娘麻煩是想幹什麼。』朝哥聽了歪著頭一臉困惑，『找女人麻煩？我才不找女人麻煩呢！』那男人瞪著朝哥，朝哥突然伸出食指和無名指呈剪刀狀，像是要戳進他的眼睛似的，以一種快如閃電的動作，倏地停頓在距離他的眼珠前不及一公分處。『瞎了！』這樣哈哈大喊。那人嚇了一跳，幾乎感覺得到手指襲擊過來的力道，聽見劃破空氣的咻咻聲音，手指似乎已經碰觸到了他的睫毛，真有錯覺朝哥那聲大喊是宣示戳瞎了他雙眼的勝利。他都以為自己的眼睛已經給戳瞎了呢，結果朝哥說：『連我是誰都認不得，真是瞎子。』朝哥這老招沒料到也有走麥城的時候，女的不認得他，男的也不認得他。」

金寶哈哈大笑。「那兩人回去以後過了大半個月，知道朝哥是誰了，跑來找我，說怎樣也要跟朝哥道歉，那女的後來每天都跑到公司門口等朝哥。」

孫海風聽著也忍不住笑，卻不知為何心頭冒出另一種淒涼，他盡量不去看朝星輝，先前還因朝星輝有精神奚落他感到興奮，可隨即朝星輝又好似沒入死神羽翼投下的幽暗陰影裡，現在他實在很難把金寶口中所說的人與眼前這具垂死的骸骨聯想在一起。他偷瞄了一眼端飛，看不出端飛在想什麼，現在才逼朝星輝退賽，恐怕也為時已晚。

他突然想著，有些傷在發生的時候，在剛剛被撞擊、被撕裂的瞬間，會痛不欲生，會讓人眼淚直流，忍不住咒罵、呻吟，那些外傷好得很快，而且疼痛消失無蹤；可有些傷在發生的時候你沒有感覺，或者只有一種模糊的、隱微的痛，但是過了一段時間，你會發現它在你的皮膚底下，在你的肌肉骨頭內裡，靜靜地腐爛、崩潰，不可收拾地毀滅、壞死。

朝星輝發出咿啞的呻吟聲，金寶跳了起來，「朝哥想幹麼？坐起來麼？我扶朝哥坐。」端飛與金寶把朝星輝撐起來，讓他靠在背包上，朝星輝雖然虛弱，神智卻很清醒，汗濕的臉表情平靜，沒有原先皺曲成一團的痛苦，金寶臉上盡是欣慰之情。

「朝哥，我知道我令您失望，我妄想變成像您那樣的人，但那是作夢，我自己也很明白，其實我就是我自己，我就這個樣，我跟在您身邊就好，就滿足了，我這是真心話，咱就一起跑完這比賽，我一定用盡全力，哪怕……」

「用不著。」朝星輝說。

「咦？」

「用不著跑完了。」

「朝哥？」

「我打算退賽了。」

不只金寶，孫海風也不自覺大喊了一聲，連端飛也瞪大了眼。

朝星輝笑了笑，臉上那柔和的表情讓金寶眼睛又濕了起來。

「哥，咱們明天要回家了！」金寶喊著，眼淚突然奔流洶湧出來。

一下千頭萬緒，想說的話太多，金寶舌頭都打結，嘴裡唧唧咕咕，幾乎要岔氣。朝星輝擺擺手，示意他安靜。

「結束了，我想我沒辦法走到終點。」朝星輝說。

一直強烈主張朝星輝退賽的孫海風此時卻連自己也不知道自己為何要這麼說地吐出奇怪的違反意願的言語：「誰說你走不到終點的？這樣洩氣的話不是叫作朝星輝的人會說出口的。」

端飛投給他眼神裡帶著感覺有趣好玩的一瞥，他很想回給一個白眼。

朝星輝向金寶喚了聲：「過來。」

金寶挨過去，朝星輝拍了拍金寶的頭。

「對不起。」他輕聲說。

金寶又哇哇哭了。

「唉喲你咋這麼愛哭。」

「哥，全都怪我，我沒能力。」

「沒事兒，你做得很好，沒能力的人是我，我始終沒看清這件事。」

端飛站起身，打算離開。「你休息吧，這帳棚擠四個人實在太窄了。」

「多陪我一會兒吧，過了明天咱們也見不到了。」朝星輝說。

端飛笑笑，指著孫海風說：「你確定你要讓這災星留在你的帳棚裡？」

朝星輝臉上露出苦笑。「他其實還挺有意思的，老講些莫名其妙的話。」

有一瞬間他有種衝動，想全盤托出，想承認他騙了他們，他不是嚴英，他是孫海風，他想坦承說出他來自哪裡，他甚至想說他的女友背叛了他，他搞不清自己是不是殺了人，他父親剛離世，他身無分文，他……

人是不是都有一種招供秘密的需求？在某個時刻，對某一些人，出於某種情感上的衝動，並不因那個時刻特別孤單或者脆弱，並不出於一種強烈的信任，而是出於一種給予的慾望。

但他終究沒開口，他寧可說謊，寧可欺騙，寧可假扮另一個人，他之所以想坦承，是因為他對他們生出了情感，想要成為他們的一份子，與他們分享他真正的人生，與他們一同悲愁或者憤怒，然而就正因如此，他不能讓他們知道他其實是個完全不相干的局外人。

朝星輝要退賽了，這一直是他期盼的，可朝星輝真這麼做，他反倒恍惚起來，先前他百般揣摩朝星輝的心理，逐漸也覺得他懂了，懂得朝星輝不惜一切想完賽是什麼樣的情感與意志，現在他又不懂了，什麼都不懂。

打從止痛劑沒了，朝星輝的身體耗損得很劇烈，然而在恍惚和譫妄之間，偶爾反倒更清明。他想想身體能感覺痛其實是好事。對啊，人體會感覺痛，是一種保護措施，痛能使人意識身體遭受的病痛、傷害，才能尋求免於惡化，免於死亡。不，人體會感覺痛，是一種保護措施，那是因為身體的痛能讓人忘記心的痛。

「玩車的人嘴上掛著的總是什麼駕馭的快感。事實上沒有事物可以駕馭，你連你自己都無法駕馭，你想駕馭什麼？」朝星輝閉著眼說。

是的，生命裡你能掌控的事物有多少？你能隨心所欲的事有多少？你能真正理解的事有多少？你能看見全景的事有多少？你能從過去推知未來的有多少？你能阻止、你能抵擋的有多少？沒有！一樣也沒有。那些你彷彿做對了，彷彿保護了，彷彿完成了的，只是湊巧。距離一拉長，你就會明白，一時榮枯，一時笑怒，毫無意義，喜永遠會變成憂，笑會變成淚，愛會變成痛，這才是世間的定理，就像雲，就像風，沒有一刻不是瞬息萬變。

靜默了許久，朝星輝開口說起關於他母親的事。

他說起她怎麼跟一個男人跑到美國去的，她如何懷抱著美麗的想像去的。他說她小時候被選入鐵路文工團，她跳舞跳得好，她那麼美，笑容那麼能迷惑人，她很驕傲她年紀還小，一家子就是她養的。他說她在美國生下他以後夢醒了，他說有別的男人總是在追求她，他說她帶著她這個兒子跟一個男人跑了。他說每個男人說的話她都信。

他說她毒癮犯的時候，哭嚷呻吟，一整夜哀嚎，發出禽獸的咕嚕咕嚕聲，眼睛瞪得像蜥蜴，濕漉漉的頭髮發出濃郁的酸味，一站起身突然像死人一般碰地倒在地上。她吸那些劣質的白粉，控制不住大小便，她老說要去上廁所，一路尿在地上，屋子裡成天瀰漫著臊味，他怎麼擦洗地板也除不去那味道。他幾乎扶不住她，她劇烈地搖擺，晃著往牆壁跌撞去，他只得從她身後環住她的胸部撐著她，卻覺得碰著她柔軟的乳房令他尷尬。他低下頭便看到她的手止不住地顫抖，他觸到她的手臂時感覺那濕冷的皮膚黏得好像磁鐵一樣會吸住他的皮膚，像剝開皮的植物流出汁液。他看見汗從她的太陽穴的毛孔裡漸漸地湧出來，形成一個小水滴，像停留在那裡的一顆肉瘤。

他說有時她看起來正常，她的眼睛裡有一種令人悚然的平靜，嘴唇上甚至有一抹理解了一切的笑容，可她一伸手要去拿桌上的水，卻好似痴呆或者瞎眼一般把東西全都給攪翻。當她在沙發上扭著身子翻滾、喘息哭嚎，眉頭深皺在一起，表情那樣哀痛，他去摟著她，用他強有力的手臂，盡其所能地要像給逃脫表演者或者精神病患發作時穿的束衣那樣把她牢牢縛住，她會唧唧咕咕的低語，盯著他的臉，神色憂鬱又詭魅，然後急促地呼喊著：「達令！噢！我的達令！」一抓住他的下體，野蠻地使足了勁兒，活像抓住救命繩那樣，撲在他身上，要把她冷又潮濕的舌頭伸進他嘴裡。他咬緊牙齒，感覺她那爬蟲類一般的舌頭在他嘴唇上摩擦，死命想往裡鑽，強行要撬開他的嘴唇縫，觸到他的牙齒。她不是將他誤認成男友，也不是生幻覺，她看起來狂熱又清醒，清醒得那樣明亮。她在夢遊。

他說很多時候他看著她，覺得她是個完全的陌生人，正因用那樣陌生的眼光看一張陌生的臉，他發覺她真的生得很美，即便這麼悲慘狼狽，上下眼皮都成了深暗的灰棕色，眼眶下的皮膚拉出一條凹陷的烏黑皺紋，她看起來依舊無比豔麗。那豔麗帶著一種冰涼，清透得像個空殼，叫人驚訝的是她一點都不顯老，她的黑眼圈和皺紋都無礙於她那張臉上神秘的童稚年輕。

有時她會暴怒，她會攻擊他，用拳頭毆打他，或者拿剪刀刺他，她在他身上捅了好多口子，有些有一兩吋那麼深。偶爾她不那麼難受了，變得輕快又清醒，把放在奶粉罐子裡的錢拿光了跑出去，他回來不見她人影，總是膽戰心驚，結果她帶著超市買回的大包小包，廉價俗豔的桃紅色蕾絲內衣、絲質內褲、破塑膠火車、上漆不均勻的電池機器人、兒童充氣游泳池（她以為她的兒子還在幾歲的年紀？），全是中國製的。烤火雞、葡萄酒、蘋果派……，把錢花光了，心情好，慈祥地摟著他。

最美好的時刻是她聆聽他說話，專注地張大了眼睛，那麼惹人憐愛地隨著他說的每一句點頭，他說什麼她都信，滿眼誠摯的戀慕和信賴，單純的歡喜，他說他在學校裡成績優秀，他說他跟幾個同學在搞程式設計，他說好多女孩愛著他，包括啦啦隊長。

那個男人也拋棄了她，再也沒回來。她是愛他愛得深，愛得痴狂，愛得什麼都不顧的，從那之後她就瘋了，在街上亂跑，在酒吧後面的巷子被男人任意玩弄，衣服被脫光了就這樣赤身裸體到處走，他們在她身上用鐵絲畫圖刻字。她完全喪失了屬於人的情感和智性，她就像一隻動物，不再是一個人類。

「女人太脆弱了，太容易受傷害了，你認為保護你愛的女人很容易？不，太他媽的難了。不是你做不到，是你根本不知道怎麼做。無論你怎麼嘗試都沒有用。」朝星輝說。

他的嘴唇乾燥，聲音沙啞，微小到幾乎要聽不見。

「我明白。」端飛說。

端飛忽然這麼回答，孫海風嚇了一跳。

他沒料到端飛會回應朝星輝的話。端飛很少正經應別人袒露脆弱的內心，他總是要麼語帶譏諷，要麼好似完全不理解，他也看不出端飛究竟是神經遲鈍、漫不經心，或者惡意地踐踏他人暴露柔軟的摯情，抑或善良卻多餘地意圖遮掩他人不夠堅強的失態？可他這麼平心靜氣的三個字不留心從嘴裡溜出一般，格外顯露了一種明白與真心，是以讓孫海風意外。

然而朝星輝沒領這個情，反倒激動起來。

「你怎麼會明白？像你這樣養尊處優的人，娶了千金大小姐的人，你不會懂。」

端飛沒辯駁。

方才他的「我明白」三個字也許更像是說給自己聽的，他無意為著回答朝星輝他同意他的話，自然也不在乎朝星輝怎麼想。

這麼些話朝星輝是說了許久的，中間不時閉上眼休息，若非他的呼吸那樣沉重費勁，他們有時以為他昏睡了。

現在他好似連合上眼皮的氣力也沒，就連昏睡也是眼皮半睜半閉。

「李玲娜，那個女記者……」朝星輝喃喃說。

「我知道，你帶來的女記者。」端飛說。

「她不是我女朋友。」

「噢，我以為你這麼說的。」

朝星輝又輕揚了嘴角，一個不成形的疲憊笑容。

「那姑娘給攆走的時候，要我幫著留下她。」端飛說。

「你怎麼應付的？」

「我？我還能怎麼著？當然是叫她快走呀！這兒不是她能待的地方。」端飛笑。

「她一定恨死你了。」

端飛聳聳肩。

「謝謝你。」朝星輝說。

「謝我什麼？」

「你是故意那麼說的吧？知道這次比賽很危險，不能讓她留在這裡。」

端飛搔了搔頭髮，眼珠子轉呀轉的，嘻嘻笑著說：「你把我想得太好了，我都有點飄飄然呢，可我頭腦簡單，沒思慮那麼多的。」

17.

嚴英被帶進病房，在符老的病床前坐下。

「我終於見到你了。」符老抬起眼，聲音沙啞地說。

「你過來，讓我看仔細點兒。」

嚴英並沒動，他無意站起身，臉上也很木然，彷彿他沒有聽見符老說的話。

「你知道我是誰麼？」符老問。

嚴英歪了歪頭，露出一絲猶疑，躺在病床上的老人的聲音聽著彷彿些許耳熟。

「我聽過你的聲音。」他停頓了一下，又不是那麼確定。「我想不起來了，也許你的聲音跟某個我認識的人相似。……我應該認識你嗎？」他撇了撇嘴，聳聳肩。

符老掙扎著，想要坐起來，可他沒辦法光靠自己的力氣坐起身，只是徒勞晃蹭著背，拚命把他的頭抬起，可事實上他怎麼使勁腦袋也沒離開枕頭一公分。

他疲倦地放棄，斜著眼瞅著嚴英。倘使你對一個人熟識，你不消藉他的容貌五官來辨認他，他的身形輪廓、衣著打扮，他走路的樣子，連從背影你也認得出，他看不見的氣韻，他反射性的動作……。但嚴英沒有一件事跟從前一樣了，他臉上曾經有的閃亮光彩完全被一層慘苦的土灰色取代，彷彿玻璃被砂紙磨成霧面而那背後的光變得晦暗不明一樣，他那尖銳又傲慢的神情還在，卻時刻有一種一竄而逝的驚慌越過，約莫是瞎了以後事物變得總是不勝防備地突如其來，一點兒不明白的聲響也會讓他無意識地警覺。他沒拄手杖，即便有人攙扶著，他也習慣伸出手，謹慎遲疑的走路方式，他那凝神傾聽的表情……他凝神的時候也還保有著從前專注時不小心暴露出來的天真簡單，但多了一種不適合他的脆弱狼狽，若非事先知道走進這房間的人是嚴英，他都懷疑自己有沒有辦法把這個人和嚴英連結起來。

「我是你的父親。」符老說。

這話估計是要嚇著嚴英的，他肯定沒有絲毫心理準備，可他卻只是「噢」了一聲。他是沒聽懂，還是不相信，或者他懷疑這是什麼騙局、玩笑？

「也許你感覺這很唐突，難以接受……」符老反倒生出一種奇異的不踏實感。

「你是說我的親生父親嗎？」嚴英擺了擺手。「這種事現在才說，我又不是還在吃奶的小娃娃，都這個歲數了，這種事已經不重要了。」

他看見嚴英的臉上露出笑容，這笑容一方面很刺人，一方面卻奇妙地起了一種安慰的效果，因為那是從前在嚴英臉上常見的挑釁色彩。

「你該不會以為人人都會把要一個親爹看得天大，老在想這事吧？……噢你應當不這麼想，否則當初又豈會一走了之。成天閒著惦記著自己老爸究竟是誰，究竟在哪兒，那是電視劇裡演的情節。」

符老其實沒想像過他與自己的兒子相認的場面，嚴英的性子他是知道的，但嚴英的反應還是讓他意外，這才使得他意識到自己對父子相見這回事原來還是免不了懷抱著某種俗氣的陳腐的一廂情願。什麼樣的一廂情願呢？像嚴英所說的電視劇裡演的陳腔濫調的激情？或者單純只不過，他太習於居高臨下地在施恩於人時得到對方五體投地的感激涕零，他也希望他的兒子突如其來有了親爹，會對自己莫名的幸運感懷萬分？

符老並不曾想過去打聽自己親生兒子的消息，他離開懷孕的妻子，她後來生的是男孩還是女孩他都不知道。他是意外得知妻子過世的消息，待他發現嚴英就是他的兒子，是嚴英失蹤後的事了。

原來自己的親兒子曾經就在身邊，距離那樣近，這不是最不可思議的事，令他感到不可思議的是，以前嚴英好端端地在他眼前的時候，他從不曾有過特別的感覺，他栽培出來過不少賽車好手，可嚴英永遠同端飛在一起，他倆在一起，他就只看見端飛，看不見嚴英。很多人說他對這一車組特別關切，因為嚴英是車手，端飛是領航，車手永遠是主角，領航什麼都不是，因此人人以為他看中的是嚴英，事實上，他壓根就沒注意過嚴英。要說他看到嚴英什麼，全是缺點、不足，嚴英永遠對自己任性地放縱，在他眼裡，這種放縱是一種撒嬌，想看看誰會攔阻他，誰會擋著他，嚴英並不似外表看起來那般膽大、狂妄，他看得出來他其實經常是充滿懷疑和怯懦的，所以他才那麼喜歡任性妄為，他老故意往懸崖跳，期盼人家來拉住他，他也知道有人不會讓他掉下去。

這就是他不喜歡嚴英的原因。

說白了，嚴英是他最不喜歡的車手類型。自我評估過高，防禦心強，抵制任何建議和教導，懶散，被迫害妄想，抗拒責任，喜歡用瘋狂的堅持來驚嚇別人，又輕易以玩笑式的放棄來掩飾自信不足。

當初端飛背棄他，跑到北京去，花了他好長時間終於讓他找著他的蹤跡，得知他同叫作嚴英的一個小夥子在一起，兩人在玩山路賽的圈子裡胡混，成績很亮眼，可惡名昭彰，他找人接近嚴英，是他一手策劃逼使端飛在北京待不下，受嚴英的煽動回到新疆來參加比賽。嚴英的一言一行照著符老設計的腳本走，他自己卻沒意識到，好似每件事原本就順理成章，他也絲毫不感覺自己欺瞞了端飛什麼，始終以為自己是符老挖掘出來的人才。

他是這麼跟他說的，說他在山路賽的表現優異，說他是很難得的車手，他誘使嚴英來到沙漠裡，給他最好的資源，多少車手抱以狂熱渴望參加國家級別的比賽，一年又一年汲汲營營爭取機會，參賽沒那麼難，玩一次兩次總還花得起，但要在這裡頭出頭，你得有好車，一整個傑出的後勤團隊，有人願意賭在你身上，給你最好的條件，還願意容忍你用失敗的經驗來換取成長，這些對嚴英是得來全不費工夫。

早年符老訓練車手是極其嚴格的，那時候有錢的老闆把車租給車手讓他們參加比賽，職業車隊花錢雇用有經驗的優秀車手來贏得名次，只有他，給出令人咋舌的薪水招募的卻是尚未成熟的新手，他親自帶著他們每天跑步，鍛鍊強韌的體能和耐力，在沙漠裡長時間的比賽需要超人的體力以維持不間斷的專注和靈敏的反應，他教導他們辨識沙漠的各種地形，因應的開車技巧，速度的配置，維修概念和與後勤團隊的默契建立，他每教導他們一項細節，都以最高的標準來要求。他要建立一支精良的車隊，對失敗是零忍受的，沒有僥倖，不依賴外力，沒什麼不可測的藉口。平庸者一時掠奪來的好運，不值得一提，他是毫無興趣也不加理會的，進口再好的外國車也不會把愚劣取巧的凡人變成天才。

組成這個車隊，是他涉足汽車活動和汽車產業的布局當中並非最重要的一顆棋子，相對其重要性，他投注下去的時間心力是不成比例的。他明白自己那過度狂熱的不理性。他不允許車組裡任何一個人失誤，車手是檯面上的人，贏得勝利光環在他們頭上，失敗了他們也當承受更大的屈辱，這才符合邏輯。訓練他們的過程，他要的不是成績，要的是為了往後的榮光根深柢固埋下的嚴謹，因此他對失誤的車手徹底不假辭色。端飛每次都靠第一很近，但每次都錯失，為了表達他的憤怒，他當著所有人的面大發雷霆，幾乎到了瘋狂的境地，他給了端飛狠狠一耳光，把他踹倒在地上一個勁兒猛踢，大夥還傻了眼不能動彈，後來意識到他是認真了可能把他打死，才衝上來拉他。那時候端飛才二十歲。

他不是做給別人看的，他還不至於那麼無聊，他跟自己說他是測試端飛的容忍度，明知要求他只拿第二，卻又刁難他，他會覺得委屈嗎？他會反抗嗎？他會當眾說他是受他的指示才沒拿第一嗎？下一次他再要求他只讓自己拿第二時，他會質疑他嗎？會違抗他的指令嗎？

可在內心深處，他卻知道自己這麼做是出於恐懼，他把不斷測試端飛解釋為對他的訓練，事實上是他的腦中警鐘開始響起，他對他越來越不能理解。對於你無法理解的事，對於合理的邏輯框架套上去卻行不通的事，你會害怕。其實他猜得到他這麼做毫無意義，端飛壓根就不在意，比賽這件事，他有辦法超越一切其他人以為掌控不了的外在因素，達到幾近百分之百的精準，他能隨興地玩弄和其他賽車的速度差異，儘管他看不見他們，不遭遇他們，他都能完美地推測，他可以在別的車手都會抓緊了拉抬用時差距的重要時機放棄，卻在別的車手無法冒險的境地做出不可能的應變，他就這麼要求自己，別的他都不在乎，恐嚇、侵犯、羞辱、激將，這些等同於餘興的把戲他沒感覺。

等符老的車隊所向無敵，賽車這件事變得乏味了，少了端飛，其他優秀的車手在他眼裡算不上什麼，他原先的企圖沒有變，目的也都達到了，可他的狂熱已冷卻，到後來端飛回到他身邊，與嚴英搭檔加入比賽，他已經解散了車隊。他再當他倆的車隊經理，他還是要求車手自我鍛鍊，只是少了過去的嚴酷跋扈，而嚴英呢，永遠對他耳提面命的一切嗤之以鼻，以輕浮的口氣說：「我用不著鍛鍊哪，像挖沙子這種事讓端飛做就好了，不然領航是幹啥用的？再說，他的體力比我好，一個人受罪比兩個人受罪有效率，不是麼？」

他沒興致去整治嚴英，嚴英要夠得上花他的心神脾氣，那還差得遠，他一點都不操煩也無意理會，交給端飛就好，只要他倆能拿好成績，他就不過問。只要端飛把這難纏的傢伙照管好，比賽能拿出好表現，他願意碰都不碰嚴英一下，看都不多看一眼，他還省心。

有人說血緣就是有一種冥冥中的神奇，就像在血液裡埋藏了隱密的信號，能讓彼此一旦靠近，即便不知是血親關係，也能喚起無以名之的熟悉溫暖感覺，從靈魂裡激起同頻率的震盪。想來這畢竟是無稽的傳說，他在不知道嚴英身分的時候，對他毫無本能上的顧念，什麼靈魂的共振，什麼不可解的懸念，實在可笑。

得知嚴英竟是他的親生兒子，卻是嚴英失蹤以後，他很困惑，他有時想著假使早一些知道嚴英是自己的兒子呢？他依舊會厭惡他那些缺點嗎？他會因為他是他的孩子而以一種較為寬容的角度和眼光來看他嗎？他還是只看見端飛而看不見嚴英嗎？他還是情願這個人不在他視線範圍之內嗎？他真的不知道。

符老望著嚴英，以前嚴英說話的姿態囂張，站著、坐著，舉手投足都不掩放肆，現在睜著一雙盲眼，他可曉得自己的模樣很是戰戰兢兢？隨時要伸手去摸、側耳去聽，他不再會仰躺在椅背上、翹高他的下巴、把腿抬到桌上，這些作派用不著給人看了，反正，別人怎麼瞧他，他也不會知道。

不，他知道，眼睛看不見，很多事你沒辦法知道，但很多事你用不著用眼睛看，你心裡知道。

嚴英在跟前時他從沒把他往心上擱，他失蹤後他是想找他的，可一點頭緒也沒有。嚴英為什麼失蹤，端飛怎麼都不肯說。他跟警局交代了，不管用什麼方法都可以，逼端飛說出來，可他堅持什麼都不知道，也許他真不知道。

嚴英失蹤一年多，他估計他是死了，他沒像一個巴望著兒子歸來的老父親那樣始終相信他活著。或者，他不情願自己是那樣可笑的人。每當他有一種其實他並不想失去這個孩子的念頭，他就阻止自己再去想這件事。這時候他聽聞有人曾目擊端飛埋藏屍體，就剛好在該處，發現了被支解的人體，雖然沙漠的乾燥提供了某種程度對遺骸的保存，但從被破壞的肢體仍無法辨識死者身分，倒是有一樣東西提供了關於死者身分的線索：在胃裡找到一個戒指，戒指內側刻了韓文，是某個人的名字。白玄希。

不是別人，就這麼巧是白玄希？這並不難理解，既然活著的人是端飛，死的就是嚴英了，當時他理所當然這麼認為。為了一個女人，端飛殺害了他的兒子。

他有沒有記端飛的仇？他自覺心眼沒那麼小，他又不是個老娘們。曾經拋棄不顧的孩兒，如今要說為了他給誰殺了便深仇大恨的，未免矯情。只不過，還是有那麼一點過不去，怎麼個過不去法，他也說不上來。

對了，是死亡。是死亡這件事讓他產生了困惑。

看過那麼多人死，他從來沒有感覺，生命本就無常，昨天還活蹦亂跳的人今天成一具屍體，不過稀鬆平常的事。這還不說死在他面前的人就有多少，因為他而死的人就有多少。自己的兒子活的時候他沒知覺，發現他死了他卻一點一點地產生震驚。是的，一點一點，一開始他還沒發覺，慢慢他開始困惑，死亡不是很奇怪麼？人不管活著的時間長或者短，畢竟曾經是能走能笑，有聰明痴愚，有值得喜惡，可這全會變成什麼都沒有，什麼都不再存在！以前他不喜歡嚴英，甚至看著厭煩，如今嚴英不會再出現了，不會再鬧脾氣，不會再製造麻煩，不會再戴著頭盔抱怨連連地坐進賽車裡，不會在頒獎台上潑香檳，永遠都不會了。這多奇怪？多難以理解？

他知道台灣有哥哥，他倆還是孿生兄弟，四九年他們的父親帶著他的哥哥去台灣，把他跟他母親留下，這麼幾十年他們沒聯絡過，那是因為他換了身分，不是原來自己的姓名。可他對於哥哥的事是有耳聞的，畢竟哥哥在台灣算得上是個人物，他也聽說了哥哥花了些心力找他，他意外從網上發現到哥哥的兒子孫海風同嚴英長得相似時，初始只有對血緣這件事發出感嘆罷了，但後來他忍不住同他哥哥聯絡了，哥哥過世將財產留給他，他便計畫讓孫海風來大陸。

他只是設計孫海風，恐嚇他，安排了殺人現場，但孫海風摔下樓去喪失記憶，不在他的算計內，卻更好。他花了那麼大的心血籌劃這場比賽，想的事卻那麼簡單，說穿了錢這東西多麼了不起，要不是有金錢這麼個存在，世間豈會如此華美燦爛？要不是人活著得靠這東西，要不是這東西能讓人活，讓人死，讓人無所不用其極，世界會死氣沉沉成什麼樣？就因為錢是那麼的好使，那些不曾有錢的人，看著有錢的人，以為他們能想像假使有了錢他們能怎麼樣，他們錯了，假使你不曾有錢，你根本無法領會有錢真正能做到的是什麼，真正能使你變成什麼。然而，就是有些事，再多錢也不能做到，他偏就要試試看，他就要挑戰，他就要違抗人世理所當然的法則，假使他可以不計代價，能不能使時間倒流？

讓鐘面的指針倒轉，一直奔到從前，嚴英還活著的時候，和端飛一同參加賽車的時候。

他一回過神，意識到嚴英就在他眼前，竟然還有那麼一瞬驚詫，因為陷入那以為嚴英被殺害的過往曖昧複雜的心緒裡，這會兒差點都忘了他的兒子是活得好好的在眼前的。這一發現，他倒困惑起來。

那麼，所有他對死亡產生的震懾和啟悟，絕望和輕蔑，挑釁和奮戰，是一個玩笑？

「這些年你都在做什麼？」他問。

「我麼？」嚴英笑。「你指望我做了什麼？世上許多瞎子殘而不廢，幹得了正經事，我不一樣，我吃不了苦，眼睛就算看不見我也能看啥都不順眼，我擅長搞砸，不擅長建樹，本分一點不添亂就算是給社會的貢獻，我啥都沒做。」

漫長的沉默，他早就見過嚴英，早就熟悉他，瞭解他，因為他是個很容易看穿的人，可現在他們相認共處一室，這種彆扭的感覺，還真像一對初次見面的父子該有的陌生。

「你呢？咋不說說你在幹啥呢？我閒著，聽一聽也無妨。」嚴英睜著空洞的眼睛說。

「我以為你不感興趣。」

「咋會？你是我親爹，我是你親兒子，兒子聽爹的事，哪會嫌多餘。」

「都是些乏味的事，不值一提，我怕你聽了要倦煩的。」

「是麼，在妻子臨盆前夕不聲不響地跑了，三十年無聲無息，一個字也沒有，肯定是成就了一番大事業。」

符老嘿嘿一笑。「果然你還是滿肚子怨氣，可我離開你們母子也是不得已。那時候聯合起來打算舉證我罪行的人有二十幾人呢，我要是不跑，那是死路一條呀！」

「舉證你什麼罪行？何不說說呢？」

「那種陳年舊事，如今提了也煞風景。」

「說的也是，即便你是我親爹，也不表示咱倆得開誠布公，沒這個必要，是吧！」嚴英笑了笑，這笑容不僅帶著嘲諷，還有更強烈的東西在裡面。

「當初離開你們因為我沒有第二條路，也沒辦法回頭，我後來遇到一個人，他死了，我頂替了他的身分，我也再不可能回到你們身邊……你知道人為何背後不長眼？因為人倒著走是違反邏輯的，用不著向後看，過去的事都是已經發生的，誰也改變不了。我對你們沒盡責任，我感到抱歉。」

「說得真是好，人背後沒長眼，用不著向後看，所以你拋下我們母子跑了以後，不曾有意要知道我們身上發生了什麼事吧？你方才說的那些要報復你，要討公道的人，把帳都算到我母親頭上了，他們把她綁在椅子上輪姦她，直到她的脊椎斷裂，她後來完全癱瘓了，但她是個生命力強韌的女人，再怎麼不堪她還是能活下去，即便她只能在地上爬，她也沒忘了她是個有孩子要養的母親……」嚴英說著搖了搖頭，「真是的，這種陳年舊事，如今提了也煞風景。」

幾十年來或許他都想著有一天跟他的父親吐出這些，他父親臉上會是什麼表情，但世事就是如此滑稽，他從沒相信這麼一個時刻會發生，而它發生了，但他卻看不見。

「你派了人到我家裡，不由分說便把我帶了來，然後說是我的親爹……我想你應該知道了吧，我是個盲人，現在冒出一個爹也倒好，總不會吝嗇給我一些救濟？我那女人很難纏，老實說若能找別個女人，我才不情願成天聽那潑辣娘們嘮叨，可我是個瞎子，也沒能耐挑三撿四了。」嚴英咧開嘴笑，帶著一股尖酸的嘲弄意味。

符老蠕動嘴唇，但半天沒說出話來，好似他的嘴唇只是一種神經抽搐，這微張著抖動的嘴型逐漸擴散開，彷彿成了一個笑容，他空洞無焦點的眼神……他的眼神一直都沒有焦點，因為他的氣力不足以轉動他的脖子了，既然他也沒什麼東西能刻意去看……他那渙散的眼神變得很柔和，於是那咧開的嘴使得他整張臉就像平日那樣慈藹了。平日他習於掛上的那張和煦安詳的笑臉，正是他本性的相反，但此刻這張慈眉善目的笑臉，卻是他臉上每一條神經都像疲乏了的、鬆掉了失去彈性的皮筋的結果。

「我向來沒有時間花在後悔，也沒有這種必要，你希望咱父子倆怎麼開誠布公？我活不了多久了，剩下的時間恐怕不足以同你達成某種和解，我也沒這打算，聊那些過去的事情，有意思麼？我的身體裡長了幾個巨大的瘤，這次這麼一撞給撞破了，我早知自己近死期，這會兒加快了速度，原本我有些懊惱，因為有些事還沒完結，可突然找著了你，我既意外，又十分欣慰。」

「噢，原來如此，我說呢！為什麼這會兒才想著把我找來？所以……」嚴英露出好似沉思的神情。「什麼意思呢？你很有錢麼？估計你不窮，多少攢了些吧？你有老婆，有別的孩子麼？打算留給我多少？這幾年我成天睡著醒著都聽我那女人早晚念沒錢呀沒錢呀的，弄得我也一鼻子想嗅的就只剩銅臭，我這瞎子沒骨氣也沒節操，你要給我錢，我是不拒絕的。」

符老笑了笑。「世間錢能解決的事全都是小事，這種事簡單。其實呢，我知道自己要死了，錢花得不理性得很，已經差不多了，可要夠你生活，倒不成問題。」

嚴英聽了，站起身，轉了轉脖子，好似要在空氣裡嗅或者聽出他的方向似的。

「那麼我告辭了，能同自己的親爹相認總不是太糟的事，結論也挺愉快，謝謝你。可以告訴我門在哪兒嗎？」

「左轉身直走一米五，三點鐘方向五米，門把在你的右手邊。」符老說。

「你指路真像個領航。」嚴英微笑說。

他走了幾步，緩慢地轉過身，因為眼睛看不見，在陌生的地方，即便是原地轉一個身，也習慣了很謹慎。

「剛才我說我從沒想要知道自己的父親是誰、在哪兒，想見他，想當個有父親的人，我沒說實話。我曾經認識一個人，我把他當作父親看，我心想如果他真是我父親就好了。我尊敬他，也很崇拜他，在他面前力求表現，可我發現我不該這麼做的……因為這會使我恨他，因為表面上他總是擺出一副慈愛的模樣，對誰都很重視，事實上他從不曾正眼看過我，即便我再怎麼挑釁，惹事，喚他的注意，他總是別過頭去。……方才一聽到你的聲音，就令我想起這個人。」嚴英說罷，挑了挑眉毛，臉上的表情似笑非笑。

「噢，我搞混了，門在我的什麼方向？」他說。可他沒等符老開口，自個兒又緩緩轉身，朝門口走了去。

※

走出病房外，符老的人上來攙扶他，他用力把那人推開，突然大喊起來，四面八方地揮動著手臂衝撞，他一感覺碰觸到人，就撲上去好似要攻擊，他啥也看不見，那些個明眼人讓他逼近了一個縮身便避開，他麼，像競技場裡的鬥牛一般胡亂奔，他又是揮拳，又想飛身出去把人撲倒，他還亂七八糟地伸出左腿右腿地要踢人，張牙舞爪扭動，一會兒左一會兒右一會兒前一會兒後，就算因為他竄得快，讓他打著了一下，也碰不著第二下，他一觸到人身，重心便往前擲，踉踉蹌蹌地直要摔倒，又煞了住，嘴裡大吼著沒人聽得懂的話，這麼哇啦哇啦張大著嘴，連口水都流了下來，看著實在狼狽叫人不忍卒睹。

方才在病房裡，他始終淡漠地坐在椅子上，可他分分秒秒都有一股衝動，要站起身去勒死床上那個老人。好幾次他幾乎站起來了，好幾次他幻想他站起來了，可他沒真這麼做，他看不見，他連對方的頸子在哪兒都弄不清，怎麼？他還朝老頭身上亂按一通，問他該往哪兒勒？他怕對方發現了他的企圖，且輕易逃過，因為他是個沒用的盲人，要看不起他，要笑，要把他當作天底下最悲哀的傻子。他是不能忍受的。這會兒他又為的什麼？什麼也沒有！他自己也不知道自己在幹麼，他只是控制不住，他的心神全空白了，他喘著氣，像小孩兒玩鬼抓人的遊戲蒙著眼睛亂轉，卻是什麼都搆不到，可他吼著，整個人亢奮地顫抖，他那混濁的叫喊聲終於可以被辨認出來：「我殺了你！我要殺了你！你不是人……」

他聽見周遭這些人在斥罵他，他們並沒訕笑，只是罵他瘋子、發神經，他們抓住他，連拖帶拉，幾乎是把他抬起來地，弄出醫院外，他被抓著，上上下下又蹦又跳的，兩腿劈啪亂蹬，一路鬼罵狂叫。

他們把他載回去，半路上他說要下車。

「你知道這是哪兒嗎？你知道咋回去？」

他沒說話，逕自開了車門。

馬路邊上他一動也不動站著，聽著周遭車輛來往，喇叭聲，煞車聲，引擎的轟鳴聲，大巴駛過鐵蓋板的喀隆喀隆聲，金屬摩擦搖晃聲，避震彈簧的吱軋聲，自行車鈴聲，人們的叫罵聲，孩童的哭聲，鳥兒的啁啾聲，各種嗡嗡嘈雜，猛獸毆鬥般的嘶吼，他什麼都沒在聽，他的耳朵裡是一片真空，他呆著，好長一段時間，從口袋裡取出電話打給肖紅。

「沒事，我一會兒就回去。」他沉著的聲音說。「他們帶我去見我親爹……就這樣，一個老頭說我是他親兒子。……不是，他認錯人了，我是他兒子，太陽打西邊出來。可我沒告訴他，我像傻子麼，那老頭巨有錢嘛，我何必否認……」他笑著說。

電話那頭肖紅也看不見他的表情，他卻還是一臉刻意擺出輕蔑，鼻子輕佻地哼著氣，可他咧開的嘴抖個不停，使那笑容逐漸扭曲走了形，整張臉皺成一團，好像他的頭顱裡頭有個霎時炸開的水壩，大水一下子從眼睛、鼻子、嘴巴洩個不停，他憋著嗚咽的聲音，眼皮子一眨，更多眼淚便傾倒出來，流進嘴裡的鼻涕混著唾液鹹鹹地溢出合不攏的嘴唇外，那張臉像個最悽慘的嬰兒，黏糊糊濕成一片，他聳著肩膀控制不住劇烈的抽搐，搗蒜般點著頭，身子前後搖晃，他蹲下身，用袖子擦了擦臉，鼻涕塞得他無法呼吸，他像個一脹一縮不停起伏震動的氣球，眼淚和唾液落雨一樣滴在地上，一個路過的人抬起的腿撞了他的背一下，肖紅在電話那頭尖著嗓子喊著：「他要給你多少錢？說明白一點呀，現在是啥情形？他是給一大筆打發咱們，還是按月給？光說一句有錢，是咋個有錢法呀？哎喲咋不吱聲了？你在哪兒，咋那樣吵？說話呀！我啥都聽不清楚，急死人了呀……你說咱是不是應該買點什麼東西去孝敬孝敬他老人家？至少表現一點兒心意……你沒頂撞人吧？我不在你就會惹事……」

嚴英把電話拿遠了，吸了一下鼻子。

「沒，我安分得。」

「嚴英？」

「今後妳可以過點好日子了，這幾年妳也辛苦，買幾件大器的衣服穿，走出去體面一點……」

「你在哭？咋回事？你在我面前哭幹啥呀？唉，你應該在你爹面前哭呀！」

18.

那個真正叫作符顯常的男人，那個被他取代了身分的男人，是個和他截然不同的人。嚴格說來，連身材長相都跟他有一段差距，兩人唯一相同的是唇上排成一列的三顆痣。出於一個機緣他讓符顯常老家的一個親戚給認了，他將錯就錯，後來找著了真正的符顯常，把他變成了一個死人埋了。

他找著符顯常以後，同他成了朋友，瞭解了他許多，符顯常是個善良的男人，自己過得簡樸貧困，卻樂於助人，總說人性是良善的，那些變成壞人的都是不得已，他不怕人欺騙他，凌辱他，佔他便宜，他對自己的信念很堅定。據說他從前不是這樣的，給怪蟲咬了，生了一場大病，痊癒以後成了這麼個好人，他寧願自己不吃東西只喝水，瘦成皮包骨，也盡量把掙來的每一分錢拿去幫助貧窮可憐的人。他說他比誰都快活，病痛、飢餓、孤獨，各種折騰，他都不在乎，因為他是真心快活。

化身這個叫符顯常的男人，是上天賜給他重生的機會，他做了許多不可饒恕的事，可老天爺免於他一死，為什麼？上天慈悲，眷顧垂憐，允他再活一次，為他的過去贖罪，天意讓他接替這男人行善，救一個抵一個他負欠的。

可上天這麼安排，不是很滑稽麼？祂幹啥不讓真的符顯常繼續做他該做的，弄一個假冒的來依樣畫葫蘆？假使為了要他改變，為了要他當符顯常那樣的好人，讓符顯常死又是什麼意思？他會比符顯常做得好，因為他比符顯常聰明、強悍、勇敢，他的資質稟賦遠遠勝過符顯常？

可正是因為如此，他才不可能是符顯常那樣的人。他要變成符顯常，他得把所有他天生優越於符顯常的部分都消除掉，變得更笨一點，更軟弱一點，更畏縮一點，這就是上天安排他死後重生的目的？把他變成一個驢蛋？

他沒讓符顯常不明不白地死，他把他灌醉了，這會兒他與符顯常已成稱兄道弟的朋友了，兩人聊得歡天喜地的，他就說了，他打算殺了他。

他可以不告訴他，符顯常醺陶陶的，不會想到自己將在睡夢中被殺死，可他想看看符顯常知道自己即將要死會是什麼反應？當他知道眼前這個人要取走他的性命，他還會堅信他那套人性本善的論調，還要把助人最快活掛在嘴上？他想看看符顯常的另一種面目，不管那會是什麼。

「你不會，你不會這麼做的，你幹啥這樣做呢？那不好……」

符顯常的眼神朦朧，酣熱的臉還蒙著一層混沌的顏色，困惑比錯愕和驚嚇多，可他還是看見恐懼在他張大的瞳孔裡頭滋生，還有一種困惑。「你說俺不死你就會死，俺弄不明白咋會這樣……」

「說了半天你還不懂麼？我得變成你，所以你不能活著。」

「你變成俺幹啥呀？」符顯常是真的亂了，方才聽說自己要被殺，彷彿酒醒了，這會兒腦袋又迷茫了。

「跟你說你這驢腦袋也不會明白，你不老愛助人麼，你就當你的死是幫我一個大忙，給人幾毛錢吃飯你也快活，給人娃娃能看病你也快活，給姑娘有衣服穿你也快活，那麼給我一條命你不快活死了？」

符顯常歪了歪腦袋，咧開嘴笑了，他以為符顯常到底沒當他認真，可隨即符顯常卻噗通跪了下來。

「俺給您磕頭，別要俺的命，俺的快活不重要，俺也不是為了苟活求您，俺活著還能做些好事……」符顯常仰著臉，無限真誠地說：「俺相信您也是好人，心也是好的，您不會做這種事。」他看得出符顯常自己也不相信自己的話。

符顯常的視線瞄到他手裡拿的榔頭，便一骨碌站起來，拔腿就跑，可他太醉了，自以為跑得一溜煙，事實上跌跌撞撞，兩腳踝打在一起便匍在地上，他蹲下來抓起符顯常的腦袋，看見他眼睛裡那種恐懼。他知道自己要死了，在這個當下，他恐懼的不是他眼前要殺害他的那個人，不是那個人手裡拿的凶器，不是即將到來的暴力和疼痛，而是死本身。

據說動物都有本能知道自己要死，其實人也是一樣，只不過，知道自己要死的人後來便死了，沒人能證明這一點。

現在他躺在病床上，明白了，他感覺到死亡的靠近，他瞭解了那種恐懼。

他對活著這件事沒有那麼大的戀棧的，過去他人生的每一分鐘都是拚了命地活著的，都是用盡氣力不惜代價去達成他想要的，他有失敗過，有事與願違過，有做錯決定過，但他不能做得更多了，他每一分鐘都把自己逼到極限，他沒浪費過他的人生，他什麼時候都是活得夠的，沒人想死，他也不想，但他並不抗拒死，他只是對死這件事無知，這令他不安，他無法想像「消失」這件事，當他試圖去想像，就感到恐怖。

他原本沒打算跟嚴英說自己要死了，嚴英不需要知道，沒任何人需要知道。可他畢竟可以跟自己的兒子坦承一件事，至少有一件事。與其說這是一種慈悲，不如說是一種惡意，嚴英走進病房，他一開口，嚴英就認出他了，即便不是一開始，到後來也明白了，也許嚴英更希望可以親手殺死他，他感覺得到他巴不得能親手殺死他，但他別想，在他能做得到以前，他就要死了。

當他檢查出自己病情的惡化，他已經知道死期近了，可那是科學上的判斷，是一種理性推論，就像口語上的威脅，真實，卻空洞，有威嚇的作用，可總有種留了縫隙的不盡扎實，或好似只是一個逼真幾近完美的夢境。可現在他知道自己要死，不是來自於對病情的瞭解，不是醫生的結論，是他自己感覺到了。

他惦記起比賽的事，他回不到沙漠了，他恐怕等不到得知誰會勝出。他想起那個孫海風，他哥哥的兒子，和嚴英長得驚人地像。那孩子失掉記憶，一見他時，聲稱見過他，應當是想到了自己的父親。這也挺奇妙，他和哥哥嬰孩時即分離，雖是雙生子，可一離別近七十年未見，倘使一起長大，或許也相貌酷似得讓人分不出彼此？然而兩人不僅生活環境與人生經歷，連性格也大相逕庭，約莫是是遺傳了哥哥的性格？孫海風太嬌弱了，他一見到他就發現他不可能變成嚴英，他不會變成任何人。他是那種看著誰都好奇，看著當誰都比當自己有趣，諷刺的是他永遠想逃避當他自己但因此他就只能是他自己的人。

他不知道端飛見著孫海風時是什麼表情，他一直以為嚴英是端飛殺死的，那麼端飛見到被自己殺害的人復活會受到驚嚇嗎？不，他不會。端飛不是正常人，他永遠那麼篤定，那麼沉著，他馬上就會發現這個人不是嚴英。

端飛同孫海風一起來到沙漠，那模樣好似真把這人當作嚴英，他當端飛變得這麼會演戲，在商場上混了幾年，不只變得嘻皮笑臉，還學會了當演員，明知這人不是嚴英，明知這是符老的把戲，他這是演給他看的，既然符老整了這個遊戲，他就跟著這麼玩兒。

現在他就明白了，端飛既沒在演戲，也沒當真那是嚴英，兩樣都犯不著，是嚴英又怎樣？不是嚴英又怎樣？他不覺得有分別。

他沒告訴端飛嚴英是他的親兒子，面對端飛的時候，他憎恨過他是殺害他兒子的人嗎？有，他對他是有恨意，可那恨意很微妙，更多是憤怒於端飛對他的負欠，他對他的負欠豈止這一樁。

他又想起了當初端飛背棄他離去，沒有任何預警，他從他少年的時候就發現他太擅長隱匿自己的情緒，他是撫養他的人，教育他的人，提供給他一切的人，可結果有不安全感的是他，竟然不是那個依賴他的少年。他的離開對他是難以接受的衝擊，端飛不是一時衝動離開的，他不是衝動的人，他早就想清楚了，可他走的方式卻好似臨時起意一般，以至於沒人能相信，他就這麼走出去，兩手空空，什麼也沒拿走，什麼都不帶，什麼都不希罕。

但那小子很聰明，他低估他了，既然他從他那裡學了那麼多，既然他是把他當作複製他自己在教育，那麼端飛就是另一個他，他怎麼可能辦不到赤手空拳離去就能穿越沙漠遠走高飛？體內的腫瘤檢查出來的時候，他已經沒剩多少日子了，他突然地感覺疲倦了，他居然生出能結束了也挺好的想法。

「那輛賽車是借來的，但你若是喜歡，可以留下，是送給你的禮物。」

他來到營地時跟端飛這麼說。

那輛車是他煞費苦心專程為端飛弄來的，他相信他會驚喜。端飛還是愛賽車的，打從他少年時代他就看得出來，他不僅是有天分，他對賽車有屬於他自己的一種獨特的熱愛，尤其是越野。這種愛是別人不能理解也無法分享的，是不可能言說、難以解釋的，他能看見、能感覺別人無從知覺的東西，他能做出任何一個其他人不能做出的反應，那好像他是先知、魔術師，是風與火、日與月的護法神一般，這就是為什麼端飛能夠在他身邊忍受了那麼久。當初端飛離開他的時候，他很意外，那意外是因為，假使他要離開，早在好幾年前他就該走了，他一天一天仍留下來，使得他以為他不會走了。

「我要一輛賽車做啥？我每天麼，不是開會、簽合同，就是見律師、見會計師，白天對底下人拍桌子發脾氣，晚上吃飯陪喝酒，那賽車不能在街上跑，我還使不上呢，給我是糟蹋。」

端飛嘻嘻笑著說。

打從和紀藍嫣結了婚，打從接管了紀念時的公司，打從符老給他的指示他都照著做，他就變成了這麼個嘻皮笑臉的人。

「藍嫣討厭賽車，知道你存心給我弄這麼一寶貝來，她要生大氣。」

「看不出你是個怕老婆的人。」

「怕老婆這招好使的，我在外頭可言必稱老婆，反正呢，誰都知道我端飛是攀裙帶關係。」

他搖了搖頭，溫和地看著端飛，他的慈藹永遠都是虛假，他的善意永遠包藏著險惡，他的圈套一逕出於兩面雙重的用意，一面是同情一面是殘酷，可這一刻他的心確實是柔軟的，過去未曾有過這種時刻，他真心地流露出他也不知為何的一種感情。

「時候快到了，」他說。「假使……假使你可以得到自由，假使你可以照你自己的意思去做，假使你可以不受牽制做出任何決定，你想做什麼？」

端飛望著他，一會兒別過臉，露出輕慢的微笑。「我沒不自由過，就跟我沒自由過一樣。誰不是如此？」

符老搖搖頭。

他又轉過臉，眼神銳利地盯著符老。「你指望我想做什麼？」

假使他一輩子曾萌生過作為一個父親的感受，假使他這一生曾有過對他的孩子真正不具傷害性的柔情，就是這一刻了。

「我知道你臉上裝著雲淡風輕，裝著毫不介意，可你的心裡充滿憤怒。我從來是要你做選擇，事實上沒給你選擇，而你，你一逕應付的方法是催眠你自己，哪種選擇其實都無所謂，這就是咱倆的相處模式。」

符老停頓了一下，舔了舔乾澀的嘴唇，「我指望你想做什麼？」他笑了。「你生氣是對的，我勒住你的脖子的時候，我指望你想做什麼？你只能照我的意思做。現在我都說要放開你了，我還問你想做什麼？」

他幾乎想要說，他是真誠的，他大可以相信他，因為他快死了。

但他說的是，他不是符顯常，他說了他殺害一個叫作符顯常的男人為了取代他的身分的故事。

那個時候，他困擾的不是要不要殺了那個男人，而是取代了那個男人，以那個男人的身分活下去，他要不要變成那個男人？

他有選擇的，他可以依舊是原來的他自己的行事作風，他也可以從裡到外都變成符顯常。他為此困擾，他把那視為一個「重生」的機會，但「重生」到底意味著什麼？如果你可以擺脫過去的自己放在自己身上的所有標籤，所有負累，你想變成一個什麼樣的新人？

就在他思索著天意，開始相信這是一樁要他做個好人……一個蠢笨又滑稽的好人的暗示……，那一刻他明白了！他生來就不是一個平凡的人，無法同那些愚笨庸俗的人一樣。「原諒我，我寧可殘忍、窮凶惡極，無惡不作，我也不想同那些一板一眼的普通人一樣。天才注定特立獨行，我知道我為此必須付出的代價。有錢，有權勢，有能力做一切我想做的，不會換得滿足，可我寧願痛苦，寧願走鋼索，寧願活在地獄，也不屑於無能的人宣稱的快樂。」

端飛認得他的時候，他已經是叫作符顯常的男人，端飛不知道他的過去。可那也沒什麼必要知道的，他的過去跟他變成符顯常以後沒什麼兩樣，事實上，變成符顯常以後還變本加厲了一點兒。因為他本人消失了，他不是他自己，他誰也不是，他不是一個死人，也不是一個活人。

「我教育你，我要求你做的事，你以為我一逕是在利用你嗎？是的，我是。但那是因為你有才能，我要你做的事，是出於我知道你的能力，而你永遠不僅於此。若沒有我，若不是我引導你，你只會是一個平庸的、無能的次等人。是因為我，你才超越了你自己。」

端飛沒答腔，也沒有表情，有時他這樣的靜默與臉上的空白，幾乎要讓人認為他難道不是遲鈍，呆拙，心神飛往什麼不知名的地方？他的心中應當在冷笑，或者憎惡，或者反駁，甚至詛咒，可你再怎麼猜，也無法證明答案。有時正因他這種將一切反應與情緒隱藏不露，都讓符老想要相信，也不是不可能，剛好相反，他心中有的不是輕蔑、憤怒、怨惡，而是愛、尊敬、嚮往？沒準他是把他當作父親一般的又愛又恨？這種猜想滑稽又不可能，但既然是一張你可以任意填的白紙，作作夢也無不可。

「我瞭解你，你不願意承認，但我瞭解你，我看著你長大，我比誰都清楚你自己也不願意接受自己的一面。你的習慣是把你不喜歡的事都忘記，別人對你好，你不想記得，因為你承受不起感情，別人對你不好，你也不記得，因為你不讓自己受傷。這一點，你跟我很像。」

「為什麼你老是要說我跟你像呢？我跟你一點都不像。」端飛說。他蹙著眉，露出一種無奈的苦笑。

「你何不把你真正的感覺說出來？」

他凝視著端飛，他簡直希望端飛可以從他的眼睛裡看出來他快死了，假使端飛一輩子都不願意說出他的感覺，那麼現在他可以施捨一次誠實給這個將死的老人。

端飛沉思了好一會兒，終於開口。「你教給我的每一件事，都在把我變得很像你。我懂，也學會了。就因為我懂，因此我學會了記著怎麼做可以不像你。」

符老哈哈大笑。

「你是這麼以為的嗎？」

這一刻先前盈滿他的一種將死的脆弱，一種奇異的柔情都消失了。

「是我教會你怎樣當一個男人的。」他說。

當他這麼說的時候，看見端飛咬緊的下顎，便興起一種勝利的感覺。

端飛那時十七歲，他為他找來一個有著小牛犢又圓又亮的烏黑眼睛的哈薩克姑娘，已經被男人調教過的老練，卻依舊流露出一股樸實的稚氣，他費心從幾十個漂亮姑娘裡挑選出來的，嚴格說來她的長相不算美麗，可她很獨特，她融合了好幾種相反的氣質，粗野的大而化之以及沉靜的膽怯謹慎，敏捷機靈，若無其事底下有一種恰到好處的不安。

端飛那時已生得一副挺拔俊秀的骨架，結實的肌肉，太陽曬得黝黑的臉上已經看不見少年人的天真稚氣，他把他交給那女孩，可他沒碰她，這令他困惑，他這個年紀對女人的身體應當好奇，應當有欲望，應當有急切。但他很快就明白了，他選了一個他會感興趣的姑娘，她並不特別聰明，可也不笨，巧黠得足夠看人，他的安排弄巧成拙，他倆關起門來沒有多久就達成了一種微妙的信任默契。

那一下子衝上來的怒氣，連他自己都被震顫得簌簌發抖，他的好意端飛非但不領情，還把他當猴子戲耍，這是朝他打了一耳光，這是向他吐痰，這是把女人的褻褲往他臉上扔，他還以為這種反叛他會嚥得下？

踐踏他的一番用心，欺瞞、愚弄他，這很好玩兒麼？這很無所謂麼？他容許不下這種事，他這輩子也未曾容許過這種事。

他惡狠狠地質問端飛為什麼不睡那個女孩，端飛卻只聳聳肩。於是他給他倆個選項，要不端飛在他面前上了那個女孩，要不他就用刀子割花她的臉。

他抓著女孩的辮子，刀尖在女孩的臉上已經刺出血珠，可端飛只是呆愣在一旁。

他並不是不相信符老真會這麼做，他只是思考不過來，他才十七歲，他沒什麼機會同女孩子親近過，他喜歡這個姑娘，想幫助她，不是害了她，可他該怎麼辦？當著符老的面強姦她，或者讓他割花她的臉？他怎麼可能在這該死的兩個選項裡挑一個？在他猶豫的時候，符老動作明快的揪住那姑娘的頭髮，在她臉上劃了一刀，迅速，但不含糊，十幾公分長，深到皮肉都翻了開，那姑娘淒厲的尖叫，那叫喊聲會嚇得人背脊一陣一陣寒，鮮血流下她光潔的頸子和線條美好的肩膀，她扭動著身體，符老撕開她的衣服，她的身子裸露出來，好似剖開蠶繭現出裡頭赤條條的蠕蟲，他把女孩推倒在床上，「你不是個男人麼？我讓你做的是一件多簡單的事！或者你其實比較喜歡看這姑娘的臉孔被割花，鼻子和耳朵被割掉？這才是你想要的？」就在拿著刀子的符老靠近女孩，女孩像手腳細長折曲而動作利索的昆蟲那樣遮著胸部和私處彎著膝蓋咻咻縮著後退，少年大喊著：「不是！」

「不是？那是什麼？哪一樣你比較喜歡呢？你倒是說出來，我弄不清你的意思呢！」

「我照你的意思做，但是請你出去。」

「不行，我給過你機會，可你愚弄了我，你已經失去了我的信任，我不可能再一次相信你，你得當著我的面做。」

符老舉起刀子，他不會給他時間磨蹭了，因為如今兩個選項他都是贏的，小子，你搞砸了，現在無論你怎麼做，都是你搞砸付出的代價，你最好銘記在心。這些話他沒真的說出來，用不著，那孩子會理解，他現在不能理解，往後也會理解。

少年也知道他沒時間了，快速地脫了衣服。

如果他辦不到，如果他的身體並不聽從他，如果他不行，符老還是會傷害那個女孩，因為選項就只有這兩個，不是一就是二，非得是當中一個。而他辦到了。他自己是不是也很驚訝？驚慌哭泣全身發抖的女人，汩汩湧出的鮮血，急速的心跳，胸口像是要炸裂的憤怒，時間像繃緊的弦不容他再猶豫一秒鐘，這樣的情況下，他也能勃起，還是說，正因如此才使得他亢奮？

完事了符老走近他，輕拍了他倆下肩膀，在他耳邊說：「你真是禽獸。」

深吸了一口氣，躺在病床上的符老掙扎著想坐起來，病房的門開了，大夫帶著幾個護士走進來，堆著虛偽的笑臉問他感覺怎麼樣。他說他即刻要出院。

閉上眼，他忽然明白了，他一直把死亡想成黑色，像黑夜一樣。黑夜是空無的象徵。可這會兒他發現他弄錯了，死亡是金色，像沙漠一樣。

如果死亡是金色，倒還可以接受。

他惋惜起來，孫海風喪失記憶是個意外，否則他有興致跟他聊聊他父親呢！他對於自己的雙生兄弟所剩的記憶無多，此刻生出一種懷念，那是太過久遠以至於成為獨立的，與一切事物與他的整個人生變得無關的部分，既親切又陌生，既沾染了一種富有古老氣氛的情懷，又完全事不干己，他願意聽聽他那老哥哥的事，出於平靜的好奇。現在於他什麼都是平靜的，他的心臟像個鬆弛掉了的泵。

他要睡上一覺，他要回到沙漠裡，現在他在他的眼皮子上頭看見那些起伏的沙樑了，再往前走，他看見蔚藍的天了，再往前，他看見煙了，賽車揚起的煙塵。噢，你瞧，這真美，這一切真美，多讓人歡喜。他還沒撒手哪！他蹣跚地在沙地上跑，雙腳陷在又鬆又軟的沙裡，被溫暖地包覆著。

他聽見有人問他是否感到疼痛，他喃喃說道：「噢，一點也不會。」

19.

等待發車時天色陰慘，真要落雨的跡象。

朝星輝從凌晨便陷入昏迷，金寶天沒亮就按了紅色報警。

「馮曉他們怎還不來接朝哥？」金寶焦心地說。

「他們不會現在出現，估計要等我們發車以後。」端飛說。

一整夜修車至早晨，衛忠只睡了一個鐘頭，一張臉慘澹蠟黃的衛忠一聽，原本半睜的眼突然打開，訝異道：「朝星輝退賽了？」

雖然眾人心中早把朝星輝踢出了競爭名單，聽著這消息仍十分吃驚，大夥對朝星輝的韌性抱著複雜的心情，如今他忽然退賽，竟感到一股衝擊，凝重多於竊喜，衛忠嘴上還是不饒人：「早知如此不如一受傷的時候就退了，白忙一場還讓金寶瞎費勁，把自己弄成那副支離破碎的模樣，人鬼殊途還比什麼賽呀！光生臉不生腦子。」

「這種事麼就是賭呀，事先知道結果那就不叫賭了，不愛賭的不叫男人。」伍皓搖搖頭。

「我他媽才不賭，我有十足勝算才跑下去。」衛忠說。

伍皓懶洋洋說道：「你少吹幾下牛逼你會死麼？」

「朝星輝現在怎樣了？」宋毅問。

「叫不醒，本來以為他睡著了，我還高興著呢，朝哥前些天始終不能睡，痛，發燒，呼吸困難，終於能休息我看著都鬆一口氣。可朝哥樣子很怪，全身發汗，呼吸時快時慢，有時重得發喘，有時輕得像沒了，我膽戰心驚起來，叫他，拍他，咋都不醒。」金寶擦了擦眼睛。

大半夜裡他就想按紅色報警了，可朝星輝沒醒，他不敢妄動，一夜沒闔眼，守在朝星輝旁邊，累得整個人坐著也慌慌顫晃，卻吨也不敢打，怕朝星輝什麼時候醒了，又怕朝星輝不會醒了。

「我說朝哥你得挺著，千萬挺住，咱得回家去。您要是在這破地方變成孤魂野鬼，誰給您領路啊？要死也別死在這兒。」

天空飄下柔綿綿的鵝毛細雨，灑在金寶頭髮上，金寶這話弄得誰聽了都心酸酸的怪難受，衛忠和伍皓也陷入沉默了，至於晉廣良，卻只是深思著望向朝星輝的賽車，這會兒朝星輝的後勤正準備要把賽車拉上拖車去。

晉廣良喊了聲張磊，要他去把朝星輝賽車的輪胎和輪轂拆下來。

一時間其他人皆訝異地抬起頭。

宋毅張大了嘴，想問晉廣良這麼做啥意思，晉廣良先開口，單刀直入地說：「朝星輝的賽車和工作車我要了。」

「朝星輝退賽，他的車也輪不到給你，那是他的東西，就算他想讓給誰，也由他決定，不是你說了算。」衛忠大聲說。

「既然朝星輝現在陷入昏迷，沒人有權力動他的東西。」宋毅說。

宋毅說這話嘴唇都抖了起來，姑且不說之前吃了晉廣良的虧，他一直對晉廣良有畏憚，何況晉廣良那股氣勢給人十足的壓迫感，可他非得站出來跟晉廣良對峙不可，這種關頭一讓步，就要讓晉廣良給掐住咽喉了。

「由朝星輝決定嗎？」晉廣良冷笑，「朝星輝現在若是清醒，我也會叫他答應，無論他清醒或者不清醒，結果都是一樣。」

「這還有沒有天理王法呀！」宋毅嚷嚷，「不能因為朝星輝人在昏迷中就罔顧他的權益，我不容許你這樣亂來！」

「我不容許」這四個字雖有斷然之意，說的語氣卻很弱。

說白了就侵佔朝星輝的車隊資源這一層面，宋毅哪兒不覬覦著也分一杯羹？他的內心呼之欲出的台詞是公平公道的方式乃大家平分，但這話說出來就太卑劣不好聽了，何況拿出那樣有失格調的提議來，晉廣良也不會答應，又何必？既然如此，乾脆舉著正義大旗，誰都不讓拿，自己得不到，大家都別想，這麼一來就沒損失，還給自己豎了個正氣凜然的姿態榜樣。這並不違背他宋毅平時的形象，雖然他這個人務實又精於算計，但他總是在圈子裡主持公道的，他給大家的糾紛拿主意的時候哪次有過自私的立場？他總是與人為善，把周遭都照顧好，博得一個好人緣。

「我沒情致跟你們耍嘴皮，這事兒一點不複雜，我現在就要了朝星輝的賽車和卡車，誰看不下眼想反對，儘管放馬來攔我。」

宋毅急了，結巴起來，「這，這不是這樣搞的……大夥兒要講道理，不能硬幹，要文明，要……」他想上前去擋住晉廣良，盡可能的姿態平和，可晉廣良用不著對他做什麼具體威嚇的手腳，不過臉一撇眼一瞪，宋毅便情不自禁倒退了兩步。

祁泰軍背靠著他自己那輛途銳，雙手抱胸，好整以暇地笑著說：「所以現在朝星輝的車要落在誰手裡，決定於誰的拳頭硬囉？」

「你別欺人太甚，這是公然搶劫、強盜！」金寶喊。

「既然都退賽了，這就算是器官捐贈吧？」張磊說著乾笑了兩聲。

張磊是晉廣良的後勤頭子，脾氣也不遜於晉廣良，宋毅向來見張磊對後勤人員發號施令，心中好生佩服，張磊指揮救援和維修工作時開口嚴厲斷然，乾脆俐落，不帶一贅字，使得部隊動作迅捷靈敏，井井有條，宋毅過去帶領廠商隊，都沒這個能耐。

「咱們這裡頭要有誰能打得過晉廣良的，大概只有端飛，」伍皓說，「可你瞧他，非但沒意思攪和進來，看熱鬧還給逗得挺開心。」

正當晉廣良的人持著工具上前靠近朝星輝的賽車，跳出來阻擋的是那欽。不止那欽一個人。那欽的個子中等，和晉廣良一相比就顯得瘦弱，可他這助拳的伙伴有他快兩倍的體積，是那欽的同鄉，給伍皓修車的，這哥們一身肥嘟嘟的軟肉，看來好似遲鈍，其實是摔角高手。

胖哥們伏低身子向晉廣良奔過去，環抱住晉廣良，然而雖使勁想移動晉廣良的重心把他摔倒，卻未能如願，晉廣良推開他的肩膀，拿腦袋狠狠往他的額頂砸去。那欽從背後發動攻擊，晉廣良迴身就踢在那欽胸口，那胖哥們跳起來騎在晉廣良背上，勒住晉廣良的脖子。晉廣良蹲身一旋，那胖哥們此時顯出動作的漂亮俐落，沒鬆手反倒順勢一躍盤起雙腿擒住晉廣良的腰，晉廣良仰倒在地。衛忠看得嘖嘖讚嘆，咕噥道：「不想胖子身手這般矯健，平常如豬八戒裝死，只會哭窮和講黃段子，原來除了開車不要命，還是個不世出的練家子。」

原先的細雨突成了暴雨傾盆而下，衛忠抹了抹臉，瞇起眼來，轉身張望上哪兒躲雨好。

雖然被胖子硬生生扣住，晉廣良的蠻力反守為攻，直起腰一時換了上下位置，胖子胃部被揍了兩拳，悶哼了幾聲。伍皓慌張上前去，猛拍躺在地上的那欽的兩頰，那欽站起身，跌跌撞撞地要衝向晉廣良，便聽得胖子的慘叫，原來在地上與晉廣良纏鬥，被晉廣良抓住了手臂，劈斷了肘關節。

「我操，胖子肉那麼多，也能給折斷手腳，就這麼一會兒工夫。」衛忠看愣了說。

宋毅在一旁也瞧著出了神，突然拍了一下自己的腦袋，悟出名堂。「一對一咱沒人打得過他，一起上就不怕還鬥不過他一個人。」宋毅大喊，打了個手勢便衝上去。

其實這一路形勢險惡，後勤部隊折損過半，剩下的人也不多了，宋毅手底下除了秋山就只三個人，見狀伍皓與朝星輝的人也跟著上了，和晉廣良的人扭打成一團，大雨中這群男人又撲又摔又踢又打的，弄得滿身泥濘。宋毅原估計縱使晉廣良再蠻勇，總鬥不過多人圍攻，只是疏算了李東建和張磊的戰鬥力。

端飛看著忍不住笑，「李東建是職業領航，從來不當車手，幹領航是頂尖的，向來在商言商，不像其他車組都是革命搭檔，他跟晉廣良這還是第一次合作呢，他湊什麼熱鬧啊？」

「你果真不插手？」孫海風對端飛說。

「我才不，一會兒弄得全身泥進賽車裡，泰軍要不高興。再說我摻乎個什麼勁？我又不要朝星輝的車。」

「袖手旁觀太不仗義，難道不阻止他們？」

「幹嘛要阻止他們？沒瞧這幫人打得樂的。」端飛瞅了他一眼，笑了笑說：「這話出自你口可真奇，你不一向最愛挑事？別忘了你還把秋山打成重傷。」

「我其實不是……」

「你不是什麼？」

孫海風欲言又止。「我不是故意的。」

見他趨身向前，端飛叫住他：「你做什麼？」

「我要去阻止他們，這樣下去不行，晉廣良是當真的，手下沒留情。」

端飛大笑。「那倒不至於，他要真不留情，這比賽還用比？一開始他就把這幫人全打殘了，不就直接拿冠軍了？」

端飛說的不無道理，但他難以作壁上觀，其實他的心思簡單，純真地如看電視劇一般把晉廣良歸到「壞人」一方，宋毅這一邊則為「好人」，他自己的主持正義，大抵是幫著屈居劣勢的宋毅陣營對抗強暴的晉廣良，至於宋毅等人的自私算盤他是一點譜都沒有。滂沱大雨中他勉力張開眼皮分辨這場亂鬥當中誰是「敵方」誰是「我方」，除了視線模糊，老實說他向來弄不清那些後勤的傢伙誰是誰。至於他猶豫衝進戰場，怕的不是他打錯了人，而是被人錯打，問題是，誰又當他是同一陣線呢？他瞄到胖子還躺在地上，周遭要麼踩著，要麼絆著，往胖子身上又撲又跌的，他奔過去試圖把胖子拖開，誰知胖子比想像中的重得多，一個踉蹌他也滑倒在地上，弄得賽服沾滿了泥，端飛看著嘆了口氣。

※

發車前打的那一架不純為搶奪資源，更多是發洩累積的煩躁與不安恐懼，尤其後勤幾個較年輕的孩子，白日趕路，晚上趕活，倦了常出錯，腦子也不是太靈光，挨罵是家常便飯，沒有發問的餘地，不曉得自己為了什麼賣命，心裡慎得慌，怨氣也沒處發。張磊傷得不輕，斷了鼻樑和肋骨，那是宋毅靈機一動，很快就意識到目標對準晉廣良是自討苦吃，不如折掉他的後勤大將，張磊沒料到自己會成圍毆的箭靶，就屬他被打得最慘，T恤都給血染紅了。

但兩造人馬都沒全身而退的，連晉廣良都給釘了鐵釘的木條鑿得皮開肉綻，這一賽段無論是車組和後勤都帶傷上陣。「螳螂捕蟬，黃雀在後，」端飛笑著說。「你瞧，這幫人爭得你死我活，咱們一旁嗑牙，還平白撈了朝星輝一袋乾棗，誰想到他藏了這種好東西。」

這日賽段又屬於顛簸劇烈的地形，與第一日的地形相似，平均速度卻慢上許多，無論是人與車的狀態強度都大幅折損削弱，多所顧忌，一方面寧可謹慎穩健著來，一方面也因痛苦、疲憊、渙散，力不從心，即便想蠻幹，手腳眼腦都不聽使喚。

支撐著每個人的，在這微妙的時刻反倒非務實的追求，而是一份空洞的自尊自傲，自詡不是與凡夫俗子等量齊觀之人，能夠維持超越常人的心智能量、極限的專注與技術本能，要在這種時候認輸鬆懈，屈居他人之下，想都別想。

有幾度孫海風與宋毅竟有並駕齊驅，三番四次相互超越，大雨裡透過濺滿泥水的擋風玻璃幾乎什麼也看不見。「慢點，別重蹈覆轍。」端飛意指撞上朝星輝的事，這話讓他心頭一緊，卻不起作用，他一點都沒收勁，反正是啥都看不見，反而嚇著了的是宋毅。

「操你媽的，讓他們先吧！」宋毅對小傅說道，停了下來。「這兩傢伙弄得我心浮氣躁，給他們牽了鼻子走，要出大亂子，我抽根菸，等他們跑遠了眼不見心不煩，咱得有自己的節奏。」

孫海風伸出頭去，向後望了一眼，露出雀躍的勝利的表情。「人說光腳不怕穿鞋的，這叫作瞎子不怕明眼人。」

衛氏兄弟的車連夜修理千鈞一髮趕上發車，是個奇蹟，可一路發出馬上要解體的各種徵兆，不僅車的狀況百出，人也好不到哪兒去，衛祥不斷瀉肚子，發車不及四十公里，衛祥就說肚子痛非得拉屎不可，衛忠雖不情願也無他法。衛祥說拉肚子，衛忠還納悶。「不對呀，這些天壓根沒東西可吃，駱駝肉吃壞了？可咱們都吃的，我怎沒問題……」然而上車還沒跑二十公里，衛祥又說得停車。拉了有四、五次，衛忠受不了了。其實肚子裡也沒東西可拉了，起先還拉些稀水，可終究身體裡的水分剩下不多，然而衛祥堅持腸絞痛非得要停車不可，衛忠嚷道：「你腸子裡有啥東西？啥也沒有，別說糞啊尿啊，連個屁都沒有，這些天沒吃沒喝的，那麼一丁點兒硬貨早給你放完了，剛才蹲了半天拉出什麼來？我在旁邊瞧著的，真沒有，騙你不是人。你要真受不住，在車上坐著直接拉，我跟你擔保不怕弄髒褲衩，就算真有屎尿落上了也不怕，你沒瞧見下雨？今天有得水洗。」

衛祥不理會，衛忠若不停車，他鬆了安全帶就想跳車，衛忠沒奈何。初始時他是滿肚子火，罵罵咧咧的，「咱們來這兒是比賽，不是狗來佔地盤，一路抬腿撒記號，你別給我胡鬧，這車再這麼停要發不動了。」可隨即他開始不安起來，衛祥對於要瀉肚子這事態度極偏執，到了不惜拚命也要下車去拉屎的程度，衛忠還困惑著衛祥為了什麼事在賭氣存心作對，可腦子裡一片空白，想不出個啥，然而衛祥的表情一方面為了腹瀉之事痛苦難當，一方面又有種頑固的認真，這讓衛忠無法理解的古怪，逐漸造成了不安和恐懼感。

每次衛祥一上車，他都想著，衛祥別再叫停，他會在心中默數，這次是否能多撐幾十公里，不，十幾公里就好，每當他回過臉望著衛祥抓著路書的手因為疼痛而用力，使得手指關節泛白，他便感到心涼，然後他會聽到衛祥說：「不行了。」

衛忠拿下頭盔，抹著臉上的雨水，彎下腰靠近蹲在地上的衛祥，他聽見暴雨打在岩石上，打在泥濘上，打在賽車上的聲音，心中頭一次冒出一種荒蕪感。

這一切都很荒唐，他們兄弟倆來到這天涯海角，在這大雨的泥濘裡拉肚子，未免太可笑。誰都知道他衛忠是打不倒的，他總是失敗，人們因之總是嘲弄他，他則總是反擊以嘲弄失敗，這世界不存在有真理，所有的事物都看你怎麼定義詮釋，你只要聲量夠大，蓋過另一種相反的詮釋，就這麼簡單。

但還是有一些真實的東西，那些獨立於各種詮釋之外的東西，好比說什麼？

好比說什麼？

前幾分鐘他的腦子跑出一片透亮的清晰，好似看穿了一切，悟出了某種至高的真相，可一下子又化作一團糊泥了。

好比說什麼？

他問自己。

好比說痛苦。

腸子扭絞想要腹瀉的要命的痛苦。痛苦沒有什麼模稜兩可，不會換一個角度變成了不同的東西，痛苦若是一頭鹿，你怎麼當它是一隻馬也沒有用。

好比說獎金。

錢這個東西永遠是絕對的，縱使你騙自己說它只是一疊印花紙。

「拉完了沒有？」

「還沒。」

「還要多久？」

「不知道。」

「你肚子裡什麼都沒有，相信我。」

「有的。」

「沒有。」

「有的，我的肚子我知道。」

「雖然是你的肚子，但你沒法用常理判斷，你沒吃東西也沒喝水，就昨天吃了塊駱駝肉，也就一小塊，你如果有能拉的東西，早全拉光了，你不可能還有滿肚子大便。你瞧，你什麼也拉不出來。」

「我知道有。」

「我操你這神經病。」

衛忠把衛祥強行拖往賽車，因為老要脫褲子拉屎，衛祥乾脆賽服也不穿了，單薄的身子就只穿了件汗衫和褲衩，露出兩隻瘦楞楞的腿，衛忠見了心頭竟起了陣酸楚，但誰知衛祥抵抗得緊，渾身使勁地扭動，衛忠摔在泥地裡，還給衛祥一揮手打在臉上，一瞬間怒火冒上來，他這人性子本就輕易管不住暴躁，把衛祥揍了一頓，拖上賽車。「你就給我老老實實待著，我不會再停車，你要拉就拉在褲衩上，咱倆都省事。」

衛祥得了頓好打，又被衛忠聲色俱厲訓斥後，是真乖了，沒再吭氣，只是閉著眼蹙著眉，偶爾發出悶哼的沉吟。衛忠也不奢望衛祥報路書了，只得拿了來自己看。衛忠從沒琢磨過路書該怎麼看，每一個地形標示他都得翻回索引去查，好在山谷間有時能通行的路也就一條，可一到岔路他就得停下來研究，這麼一來比衛祥瀉肚子耽擱沒好哪兒去。幾度他都迷了路，甭說對不上路書了，壓根不曉得跑到哪一頁哪一格去了。

「咱得在這裡找一找方向，你要不下來拉泡屎？肚子還痛不？」衛忠問。

緊閉著眼的衛祥只是輕輕搖搖頭，那張蒼白的臉讓衛忠感到心神不寧。

傳說風在峽谷間呼嘯發出的聲音，猶如魔鬼的嗥喊，是魔鬼城這一地形名稱的由來，然此刻狂風正在呼號，穿梭流竄在眼睛看不見的縫隙，那聲音並非尖銳淒厲，也不威狂懾人，反而像無法分辨的人語，忽焉在前，忽焉在後，如獨白，如兩三人交談，如低沉的訕諷、威脅，令人悚然，那真正是魔鬼的聲音，那讓人相信魔鬼真有聲音，真能訴說，當真存在。

這天發車時間較晚，路上速度不快，耽擱也多，到了夕陽時分孫海風還在峽谷裡，稍早端飛就說了這紅色的岩山得太陽下山的時分好看，下午雨停後出了太陽，還真可以一眺日落光景。端飛與致勃勃挑了個好地點，他滿心幻想夕陽以霞紅的顏色光芒萬丈地輝映峽谷的華美，但只見遠方面向夕陽的岩石上不均勻的一抹一抹粉紅，即使距離那樣遙遠，柔和的紅光仍投射抵達，靠近夕陽的側面岩壁卻是蒼白。

其實他這刻心中並無賞景情致，與第一日和端飛並肩於山坡上一睹賽車過彎的激烈爭逐時心中的悸動不同，那時他還是一張白紙，不曉得揭示在他眼前的強悍與美對他有什麼意義，不曉得隨之有什麼將會降臨在他身上，現在一切不同了，他不是當時站在山頭那個孫海風了，才不過幾天，他的眼光已經完全不一樣，他不可能變回原來那個人，有著原來那個人的單純心態了。現在他的心思複雜又紛亂，再也無法平靜下來，他日日夜夜時而熱烈時而沮喪，時而憤怒時而自恨，他像一頭卡在柵欄裡的動物，越是鑽竄越把頭上的角卡死在荊棘裡，他一個人可以演無窮的內心戲。他知道宋毅與晉廣良正作一二之爭，而方才他把宋毅遙遙拋在後頭，誰說他與奪冠無緣？如果他可以奪冠，他可以扭轉眼前的一切，所有他受的苦，他的憤怨，他的羞恥，都可以平反。原本不可能的事如今他竟在逼近當中，今天他可能拿什麼名次？他沒閒工夫在這兒耍弄風雅。

當初他轉臉望向端飛時，心中是無限激動，一顆心飽漲驚恐懷疑卻又躍躍欲試的情懷，像害羞節制的年輕獵犬伸出一隻爪子，傾身欲前，又乖巧退縮地仰臉看著主人，眼睛跳動著純真的光芒，如今卻是對端飛那淡然輕鬆的表情充滿嫌惡不耐。或者端飛仍把他當作那個愚鈍又全然狀況外，對賽車一無所知的傻子，以為帶他來這兒是遊山玩水？勉為其難抑著急躁惱怒，他冷冷說道：「你是不是弄錯了什麼，我沒你那種雅興。」

「噢，太陽落山也不過就是一兩分鐘呢，雖然就這麼一兩分鐘，卻是一天最神奇的時刻，剛好在這個時刻身處在這兒，不是每天都有的機會呀！你這一生指不定就這一次，不覺得值得花這一分鐘？」

他沒能克制地伸出一隻手推了端飛胸口一下。「一分鐘也可能決勝負。」這話說得盡可能輕描淡寫，但說罷頭也沒回地走了。

「你說了算。」端飛聳聳肩。

太陽就在他轉身的一瞬就像一枚從手掌落下的錢幣一般滾落到大地的邊緣之外，掉進你看不見的某個隱密暗隙裡去，天光從兩側岩壁退卻。

猶如追趕那被急速往地平線抽拉的餘亮，他踩足油門飛馳，無視那顛簸的劇烈震動跳躍。

※

這天除了端飛與孫海風，其他車組都迷路，宋毅與小傅甚至有兩次走錯四十公里才發現，晉廣良與李東建算是找回正路最快的，但卻因陷進泥流出不來，耽誤了有近兩個鐘頭，所有賽車都直到天色黑了才達終點。

夜裡冷風強勁，吹得帳棚劇烈搖晃，也顧不得隔日還比賽，宋毅等人喝起白酒驅寒，那是先前小傅抱著個白瓷罈子鬼鬼祟祟地從後頭溜過，豈料給背後長眼的宋毅呼喝一聲，叫了過來，小傅老實招了，是胖子家自釀的，說酒精濃度超過六十度。「實在是天太冷了才拿出來喝的，不熱熱身子真沒法幹活。」小傅哭喪著臉說。

這小傅的胸痛也受得住了，貌似也沒傷那麼重，就是人顯得虛弱許多。宋毅把罈子抄了來，喊了聲滾，自個兒毫不猶豫地抱起來喝了一口。

「嚴英今天跑了第一。」宋毅開口道。

「那是因為有端飛，今天就他倆沒跑錯路，連李東建都錯了。」衛忠說。

「嚴英似乎跑回他的水平了，是否記憶恢復了？」伍皓眼巴巴地望著這兩人傳著酒罈，情不自禁也伸出手去。

「沒。」宋毅以一種不經意的口氣淡淡地說。

「啥意思？沒恢復記憶？」

「沒失去記憶。」

伍皓咕嘟嚥下一口酒，胃裡一瞬間燒灼了，宋毅的話令他腦子轉不過來。

「你這麼說把我弄糊塗了。」

「他根本就不是嚴英。」宋毅說。

衛忠愣了一下。「你咋發現的？」

「一開始我就知道了。」宋毅說。

宋毅這話並不老實，但也不完全錯。一開始他就應該認得出那不是嚴英，雖然長相一模一樣，但他也看得出來無論是說話的腔調，遣詞用句，走路的姿態，表情動作，這傢伙沒一處像嚴英。明知不是嚴英，卻還是被弄迷糊了。

他沒說出他當時的迷惑，怕要被其他人笑。天底下長得相似的人不少，光是有張一樣的臉不代表就非得是同一人，相反的，有時明明是同一人，在某個時刻，某個角度，某個場景，你卻會覺得他好像不是他，好像自己莫名其妙地弄錯了人。讓他很難否認那是嚴英的原因，跟長相無關，是他眼睛深處裡的某種東西，某種奇怪的說不上來的淒惶的猶疑、絕望的困惑，與嚴英神似，甚至比嚴英更像嚴英，他知道這麼想很奇怪，但嚴英就像戴了一張武裝的假面，而這個人卻是嚴英拿掉了那張面具的真貌。

「有什麼證據？」衛忠問。

「沒證據，要什麼證據？不是就不是。」宋毅又喝了一口酒說。「你看不出來？」

衛忠呆了呆，一雙眼瞳雨刷那樣滑動，眼皮子眨巴半天，好似才一回神緩緩說道：「我也是早就看出來了。」

雖也覺得嚴英未免太荒腔走板，衛忠其實沒任何覺悟，倒非他沒看清，只不過他把嚴英拷打了一頓沒得出什麼口供，這事他就拋諸腦後了，但嘴上他是不認輸的，宋毅既說看出來，他便也不想落人後。

然而他還是一腦子困惑。「他不是嚴英，那他是誰？」

「一個跟嚴英很像的人。」伍皓說。

「我操這不廢話嗎？」衛忠說。

「這人是誰不重要，重點是，他既不是嚴英，真正的嚴英呢？」

宋毅壓低了聲音，一時之間其他人皆不自覺俯傾了身體靠近去。

「這五年來咱們都當嚴英死了，可這傢伙憑空冒出來，把咱們嚇一跳，一拍額頭，我操原來嚴英沒死！這還不擺明了是存心讓咱們以為嚴英還活著的伎倆？換言之，企圖遮掩嚴英已死的事實。」

衛忠歪著頭，雙手抱胸，他沒什麼酒量，又因體力和精神的疲憊，陷入一種恍惚的狀態，他還想著一會兒要去盯修車哪，然而他真他媽要命地想要躺下來，若不是這風這麼刺骨，只要一停下灌酒就覺得冷，冷得他身上都發癢了，卻還是想睡。

「我給弄糊塗了……」他蠕動著嘴唇，聲音很小，不似平常那樣無論說什麼總像在嚷嚷。「那麼嚴英究竟死了是沒死？」

他轉臉給了衛祥一瞥，衛祥像一具布偶一樣坐在那兒，衛忠要他喝點酒，他搖頭，後來還是給衛忠強灌了好幾口。

「一會兒活了一會兒又死了，好容易鬆口氣，這下又把咱搞得慎得慌，什麼意思？」

「你想想，誰有理由做這樣的事？必然是殺害嚴英的凶手。」宋毅說。

「還真不是我。」衛忠抱著酒罈子，轉過臉急忙說。

「誰說是你了？怎麼談到什麼事你都要摻呼一腳，深怕沒你的份？」宋毅說。

「可端飛這麼做是為什麼呢？」

伍皓把端飛的名字說出來，是當作大夥兒有共識，不過大夥兒沒料到他這麼直接，倒是沉默了。

「掩蓋他殺死嚴英的事實。」

「都過了五年，何必呢？再說，就為了讓咱幾個以為嚴英沒死，大費周章搞一個非法賽車，犯得著麼？」

伍皓說著，小跑步著走開，不一會兒拉扯著褲子走回來，剛撒完尿，嘴裡喃喃抱怨著不但人有氣無力，連尿都沒勁了，噴不出來了呀！一邊抖索著搓著手坐下。

「年紀大了嘛，這種事你想開點。」衛忠縮著身子吸了一口煙。

衛祥低著頭看自己的手臂，上頭起滿了疹子。

「那是水喝得少，尿量不足，跟年紀沒關係，你別畫錯重點。」伍皓說。

宋毅想起什麼似的，到皮卡上東翻西找了半天，取來一本五年前在新疆比賽的官方畫冊。

「你還帶這種東西？」衛忠驚奇道。

「剩下兩輛工作車，很多東西帶不了都扔了，這玩意兒反正也不佔地，留著唄！必要的時候拿來當柴火燒。」

翻開車手的檔案照片，衛忠笑：「伍皓這用的是十年前的照片吧？」

「伍皓的公關照片向來使這一張，這是他最帥的一張照片。仔細瞧瞧伍皓長得也不難看。」宋毅說。

「曾經不難看。」衛忠說，加重了「曾經」兩個字。「你拿本尊對照一下，不覺得歲月殺豬不眨眼？」

「那時候真年輕。」宋毅輕輕嘆了口氣，不勝唏噓之感。「我現在還記得伍皓那會兒冠軍拿到手軟的風光。」

「也就兩年，接著還不就江河日下了，這叫作少年得志大不幸，咱寧願大器晚成。」衛忠說。

伍皓想起當年在車圈引領風騷的往事，多少人把他當神，但是他不擅長行銷自己，他不像朝星輝是明星，油嘴滑舌，他上電視談賽車，他就談得一板一眼，說什麼懸架系統的問題啦，說什麼輪胎和散熱系統啦，他的畫面後來都被剪光。他又不像其他人那麼會鑽營，他以為自己跟那些大廠隊的車隊經理交情不錯了，誰知道別人做得更好。他現在成天閒著，坐在馬桶上往下一望，陰毛幾乎都變成白色了，他也不過才四十出頭。他還把以前拿冠軍噴香檳那些照片放在手機裡，不時打開來瞧瞧，那會兒自己顯得多年輕。算了，別想這些，這次一定要贏。他沒什麼東西可以拿出來賭，但有時一無所有就是全部，他是賭上了他剩下的人生。

以前大夥都盯著伍皓防他喝酒，現在沒人管他喝不喝了，甚至在這之前夥計們是不是都在偷喝酒，也沒人計較了。

衛忠哄衛祥喝，說暖身子，衛祥不肯，揮動著手臂發出像幼犬的嚶嚶啜泣，衛忠一惱火，猛拍了衛祥一下腦袋，忽地起了迷迷濛濛的違和感，眼前的衛祥不像這些年來跟著他一起比賽、一起改車的那個弟弟，倒是像二十年前傻楞楞的小孩兒，起先是一種惆悵，甚至古怪的感傷，慢慢變成一種不可解的恐怖。

宋毅打了一個嗝，他想站起來去撒泡尿，可全身軟綿綿的沒有力氣，他想他是醉了，他從沒在賽季裡喝酒，就連隔日是休息日的晚上大夥會喝點啤酒他也不碰。他不太喜歡醉的感覺，那會使自己像個笨蛋，現在他弄不清自己有多醉，但他的膝蓋直不起來，它們好像沒有感覺一樣。他全身痠，肩膀和腰都像老頭子那樣痠痛，小腿也疼，腳趾扭曲在一塊兒，可大腿和膝蓋好像是別人的，不是自己身上的一部分。他想像他一傾身，屁股往椅子上使勁，大腿收縮，膝蓋把自己的上半身撐起來，但腦子這一連串命令還沒有從脊椎傳導下去，就飛散到不知哪裡去了。他想著他可能並不是坐在摺疊椅上，在塑膠棚下和那幾個傢伙胡聊，他其實在睡覺，他在作夢，夢裡他尿急，但他不想醒，他會在夢裡頭最後萬分不情願地起身，走出帳棚，走到寒風裡撒尿，可尿完了仍感覺膀胱脹著，因為他只是夢見自己去撒尿，其實他還躺在帳棚裡睡著，一遍又一遍重複，而不管究竟他在哪兒，究竟他是夢是醒是醉，唯一能確定的是，尿都還在他膀胱裡。

他是抱著非贏不可的決心來的，一種他自己也不敢相信的粗暴的決心，這種堅強的意志逐漸現出清晰的真貌，不是非贏不可，而是沒有輸的餘地。他一直把這當作只有一面的銅板，不容許有另一面。眼前聚在這裡的這幾個人有什麼共同點？都曾是被淘汰的失敗者。求勝是男人的天性，可以不需要理由，為了成功，為了擊敗別人，為了爬到更高的地方，不停地奮鬥下去，不用去想這有什麼意義，不用去想到底要走到什麼地方，只要不斷贏就好。這是一種生物性的本能，必然有它的道理，自尊不是空洞的、浮面的東西，勝利不光是符號和象徵，這是維護種族生存的天性。你不能鬆懈，戰場無所不在，而你分分秒秒得用盡全力。但是沒有失敗過的人不懂，沒有狼狽地失敗，被狠狠地踩在腳下，被放逐到可悲孤獨的邊陲，因為恥辱而變得卑賤、扭曲，變得污穢，變得無所不用其極，變成以前自己唾棄的那種人，生出一副醜陋猥瑣的嘴臉的人不懂，唯有失足跌下深淵去，曾以為再也無法翻身，日復一日從那黑暗的地底等待著那棄絕了自己的光，才知道你得用多大的力氣抓牢那救命的繩索，就算它爬滿釘刺，就算它是燒紅的烙鐵。

他以為他抓得住，或者他以為他非抓住不可，現在他難以控制自己的軟弱了，他開始恐懼，萬一輸了呢？

什麼叫作賭？賭這種事多多少少是投機，一場買空賣空，付出很小的代價，賭一個很大的回收，可能性的比率不重要，一九，五五，三七，有什麼差別？到頭來非成即敗。把賽車當怡情的人，輸了你擔得起，那不是小賭，那不叫賭，稱得上賭的是付出輸了你擔不起的代價。

過去無數次比賽，回終點時因為挫折，疲憊，脫水，疼痛，讓他萌生真不想比下去的念頭並不稀奇，可從來沒有過像這次他只是硬著頭皮不想讓人知道他其實再也撐不下去了，一遍又一遍他跟自己說他不想再這麼折騰，他可以什麼都放棄，什麼都不算，什麼都不在意了。但他只是在心裡這麼跟自己說而已，在賽道裡好多時刻他會冒出一種瘋狂的衝動在飛馳中他就想去按那個紅色按鈕，是什麼讓他扛過來的？是什麼讓他終究繼續跑下去的？是他賭一定有人比他先倒下，少一個是一個。

「你們不覺得這比賽的路線設計得太有古怪？」伍皓說。

「古怪是理所當然，正常的比賽考量的除了難度，太難不成太簡單也不行，更多考量的是安全，適合的營地、方便的補給、救援的進出、良好的通訊……，可這是非法比賽，考量的和正常比賽幾乎是完全相反。」宋毅說。

「晉廣良曾經單獨穿越過塔克拉馬干沙漠，他很清楚，遠離補給路線通過核心是不可能。設計賽段路線的人精明刁鑽，知道怎麼牽著我們的鼻子走能把我們陷入困境，又能逗弄我們千方百計鑽出來。」

「你知道我在想什麼？」宋毅說。

「沒人知道你在想什麼。」衛忠打了個呵欠。

「到底誰能做出這樣的路書？」

三人彼此看了一眼。

「放眼望去有本事做出這樣的路書的數不出幾個人。」

「端飛？」伍皓問。

伍皓對這種事是無甚概念的，每次比賽什麼人在勘路，什麼人規劃賽道，什麼人做路書，他不愛琢磨這些事，他會這麼答，是揣測宋毅的心思。

「他們一直在監視我們。」衛祥忽然說。

「誰？馮曉？」宋毅說。「沒錯。馮曉很清楚我們的一舉一動，也許他們此刻就在附近。」

「他們不會在附近的，」衛忠不以為然地說。「他們肯定在舒服得多的地方。」

「我看見過幾次無人機，可見得在離我們很近的地方。他們始終虎視眈眈在一旁看著，掌握我們的一舉一動。」

「他們在我的肚子裡。」衛祥突然說。

「誰在你的肚子裡？」衛忠說。

「他們在我的肚子裡裝了監視器。」衛祥說。

「他喝醉了。」

「我弟從來不喝酒。」

「那你灌他幹麼？」

「你把我弄得緊張起來了。」伍皓說。

「緊張什麼？」宋毅說。

「也許他把我們弄到這兒，是不想讓我們活著走出去？」

「你別瞎說。」

「我還不想死。」

「我覺得頭暈。」

「這酒真他媽劣等，跟直接喝酒精一樣。」

「也許就是酒精。工業用的。」

「喝了真不舒服。」

「那是因為你沒吃東西，胃空著喝酒怪難受。」

「這是兩碼事，確實是劣酒……你能不能叫衛祥到遠一點的地方去吐，那聲音聽著本來不想吐都想吐了。」

「是我不好，不該讓他喝。他今天在賽道裡還狂拉肚子。」

「噢，我也在比賽的時候瀉肚子過，難免的。」

「衛祥好像不太對勁。」

「我是說真的。」

「什麼？」

「我不想死。」

「我發生車禍那次，那當下我感覺到的不是全身碎掉了的痛，我只知道我要死了。真奇怪，我總是跟自己說，我活著為的是老婆孩子，我拚命是為的老婆孩子，我掙錢為的給老婆孩子過好生活，我爭名次為的老婆對我另眼相看，我必須活著都是為了他們……可當我真正發現我會死，死神靠得我那麼近，臉貼臉鼻貼鼻地這麼蹭著，一雙死魚眼瞪著我，近到焦點都糊了，哈喇子滴到我臉上，嘴巴裡臭氣呼呼吹，祂要帶走我，拖著我往地獄裡拉，就那麼臨門一腳了，我玩命掙扎，我不要，我不依，我還想活哪！那個當兒我根本沒想到我老婆孩子，我只想到我自己，我像野獸一樣想活下去，沒啥為什麼，用不著理由，就算沒人等我，沒事待我完成，無所謂，我不在乎，我只想活下去，我只想還有呼吸還有心跳，我只想睜開眼。」

伍皓這番話讓所有人靜默了好一會兒。

「既然他想害死咱們，不如咱們先下手為強，把那傢伙殺了吧！」衛忠說。

「殺了端飛？想什麼呢？哪有隨隨便便殺人的？」伍皓說，停頓了一下。

「再說，把端飛殺了，就憑你？咱們幾個人宰隻病駱駝還靠那欽呢！」

「不，不是沒有辦法。」宋毅語氣認真地說。

伍皓眨了眨眼，愣愣地望著宋毅。

「在這種無人的地方，也沒那麼難，」宋毅吐了口煙，一臉意味深長。「你記得領航小陸？

有一次他們的賽車給牧民的鐵絲纏住，小陸下來剪，後頭一輛賽車從旁邊開過，鉤著鐵絲跑也沒發現，小陸就這麼給掛在鐵絲上拖行了幾百公尺，那駕駛壓根沒感覺。咱們幾個把端飛用鐵絲勒住，再用賽車拖到沙漠中間扔在那兒，誰也不會發現，要是有人找著了，也不會知道怎麼一回事……。」

這些傢伙這麼有一搭沒一搭地聊，隨著酒酣耳熱，也不覺寒冷了，說著說著勁兒上來了，興高采烈，也沒留意端飛與祁泰軍就在不遠處修車，就算知道也以為嘈雜聲當中估計聽不見吧！

端飛苦笑著搖頭，「把我用鐵絲勒住再用賽車拖？」他撓了撓腦袋，「唉喲我是怎麼得罪這幫人的啊？」

※

這幾人喝得爛醉，一會兒嘻嘻哈哈，一會兒又愁眉苦臉。

他們說到爬那沙山看不見坡後，奔到頂總讓人心驚，油門踩不足怕上不去，收不準又怕衝過了頭。那沙山讓風經年累月吹出來，合理是一邊銳一邊緩，從銳的一邊上，多半坡後是緩的，可從緩的一邊上，就要當心翻過去危險了。然而也有一種兩面陡峭的坡，叫作刀鋒，向來教人心生畏懼。

有一年在巴丹吉林，有個叫作唐冰的車手，之前給翻怕了，坡爬了一半便心中起疑，感覺不踏實，當機立斷停了車，用兩隻腳走上去探探坡後真貌。脖子那麼一伸，瞧見下頭擱一輛翻了的賽車，說時遲那時快，身後躍上一輛車，竟也就活生生栽在眼前，這可不得了，這坡無論如何不能過，他和領航商量了半天，從車上取了鐽子，兩人挖了兩小時，把刀鋒給剷平了。

還有一個綽號大頭鏈的，有次摔傷，說胸口氣悶，不能呼吸，救護車來了，讓他躺在擔架上，怕他骨裂，便牢牢把他縛住固定，不輕有動彈。可那救護車不比賽車，動力相當不足，沙丘爬了一半上不去，一車人只好下來走，偏偏大頭鏈給縛得太牢，咋也解不開，只好就這麼連同擔架背著豎起來走。後頭宋毅就瞧見這麼個怪奇的景象，老遠的沙山上有個豎立起來的擔架緩緩移動……

另一年在新疆，據說有賽手因為賽車故障，眼看即將超過最大給時，便把衛星發報器的天線拆掉，取直奔向終點後，假稱衛星故障導致訊號丟失，再從其他賽車的備用GPS上拷來航跡，證明自己的賽車其實正常沿賽道行駛……

衛祥幾度也開口，可他變得口齒不清，彷彿非人類的語言，沒人聽得懂他在說什麼。

「我沒跟你們說實話，我老婆其實離開我了。」伍皓突然說。他的眼睛幾乎睜不開了。

「唔？那也是應該的。」

「帶了孩子跑了麼？那末你還在這兒窮忙乎什麼？想拿獎金挽回老婆的心？」

「老婆要走的時候，我哭著哀求她別走，她是吃了秤鉈鐵了心，我見橫豎是留不住她了，就要求她再跟我好一次，她朝我吐口水，我還是厚著臉皮死活要她答應，既然都要分了，夫妻一場，以後沒這個緣分了，怎麼說也該顧念舊情，最後一次，就最後一次了，我苦苦求她，她拗不過我，答應了。我心想，我一定要讓她欲仙欲死，要她後悔，要她捨不得，要她就算仍舊狠心絕情離開，也永遠記得這銷魂的滋味。」

「噢。」衛忠噗哧笑了出來。

宋毅微張著嘴，愣愣地聽著。

「可我還沒進去呢，才剛碰著她，就洩了。」

伍皓這番悲愴又坦露的表白著實讓人可憐，因為大夥兒都已經腦袋茫茫然了，聽了只是一個勁傻笑。

「你們在喝酒也不通知我，我也想喝一點。」

那幾人一見孫海風拉了塑膠凳坐下，頓時臉上都變了色。

「今天拿了飛車王，高興了吧？」一片沉默中宋毅先開了口。

「還行，以一個死了又復活的人來說，不容易了。」孫海風喝了一口酒，臉也沒抬地說。

「少在那兒故弄玄虛，我們已經知道你不是……」衛忠提高了聲音。

雙手抱胸的宋毅伸長了腿去踢了一下衛忠的椅子，要他住口。

「不是什麼？」孫海風一臉天真地說。

「怎麼？不是你自己說你一開始就發現……」衛忠轉過臉，半驚訝半不滿地對宋毅說。

這些人雖然已經喝得面紅耳赤，腦袋暈沉沉，宋毅還沒喪失一貫的謹慎理智，他向衛忠使個眼色，衛忠一臉傻氣的茫然。

孫海風好似沒見他們兩人這眉來眼去，連喝了幾口白酒，先是皺著臉，嘖嘖兩聲，接著露出暢快的表情。

「這五年沒見你們，想不想知道我在哪兒？」

「在哪兒？」伍皓還當真認真地問道。

「在地下啊！」孫海風大笑，「人死了不是在地下麼？」

衛忠一聽大怒站起，「我操你活得不耐煩，把我們當猴子耍？」可這一站重心不穩，差點兒跌倒，便彎著腰趕緊坐下，又不知椅子給他踢翻了，險些坐在地上，伍皓扶住了他。

孫海風一邊喝酒一邊斜著眼珠瞟了他一眼，「你放心，我不是來跟你算帳的，我這人雖然心眼也不大，憑良心說是記仇的，」他翻了翻白眼，想了一會兒。「可記著又有什麼用呢？有時我懷疑人的腦子是用來忘，不是用來記的，恩也好，仇也好，愛也好，恨也好，記著都是負擔，記著你就會不快樂，記著你每一樣都得傷腦筋怎麼還，可是忘了你就會快樂，每忘記你曾愛的一個人，你曾恨的一個人，你就會得一次新生，這是多好的事。既然遺忘使人快樂，那麼又為什麼要記憶？」

「你這小子在瞎說什麼！」

「問題是，沒有記，哪有忘？五年前在樹林子裡，你兄弟倆拿棍子打了我，害我一命嗚呼，人家說做鬼都忘不了死的那一刻，這事很難忘啊！」

「你……」衛忠張大了嘴，說不出話來。

孫海風站起身，「不早了，空著肚子喝酒胃會難受，小酌可以，不能喝多，淺嘗好睡，雖然這酒真不行。明天還要跟各位一較長短呢，我先退了。」

轉過臉背對這三個目瞪口呆的醉鬼，咧嘴一笑。

※

宋毅幾人先前的談話，他都聽見了。被拆穿不是嚴英令他的心情低落。這種心情很微妙，除了失望和沮喪，還有一種羞恥和被傷害的感覺。被認出不是嚴英為什麼是羞恥？他本來就不是嚴英，他當然不會像嚴英，他沒有義務要像嚴英。倘使嚴英是個高貴良善的好人，是個天才少年的英雄，是個為人所稱羨、為人所愛戀的奇男子也就罷了，嚴英是個讓人退避三舍，敬而遠之，被視為瘟神的討厭鬼，照說不像嚴英，理當欣慰才是，為何要為了不像嚴英而難過？若單是失望倒不難理解，畢竟嚴英也有過人之處，至少他在賽車上成績亮眼，但為什麼不像嚴英令他不只心生失落，尚且還有一種難言的，奇怪的，難堪的感受？

或許，他寧可能夠更像嚴英一點，勝過像他自己？或許，只要能夠不像他自己，變成誰都好？

泰軍走過來見他酒喝得滿臉通紅，搖了搖頭。「喝大了？今天跑得不錯昂，高興了？喝成這樣明天還比賽呢！」

他臉皺得像嬰兒，有一股嚎啕大哭的衝動，但好似一下子忘了自己為什麼要哭似的，一張皺臉凍結住，慢慢鬆開了，換上一副空洞痴呆的表情。「誰管什麼比賽！我現在對比賽無比地厭倦。」他喃喃說道。

剛開始在賽道裡克服一些困難的地形，高速平安通過危險，都會讓他充滿興奮的成就感，可當路途變得彷彿永無止境，開得再快變得一點意義都沒有。

平常的比賽，領先集團裡的賽車，最優秀的車組和性能、強度最剽悍的車輛，在通過任何一個路段時既迅猛又要機警，爭的是一兩秒的差距，但比賽只要再拉長、拉寬、拉大下去，贏上幾秒又怎樣？一個賽段贏了又怎樣？他媽的一個站贏了又怎樣？操你媽的人生每一個勝利都不怎樣，一滴水在大海裡是狗屁。人生的每一瞬你得意了就要小心了，有無窮的各色各樣的悲劇在後頭。

現在他也很難專注。專注原本很重要，但現在速度慢，精神和體力都耗弱，他沒有一晚睡得好的，他很容易驚醒，他總是感覺太冷或者太熱而無法入睡，他在睡袋裡不停地亂動，就像一隻毛蟲在蛹裡安靜不下來。

你能想像一隻在蛹裡瘋狂掙扎的毛蟲嗎？牠根本就不相信什麼羽化，牠只覺得這蛹他媽的是一口棺材。

「其實並不是沒有快樂。」他說。偶爾他也會振奮，激越，感到幸福，樂觀，斥責自己那些心灰意懶是如何地懦弱，用不著心眼那麼死，大可以盡情享受，尤其成績靠前的時候，更是感到喜悅。但這種快樂越來越空洞，他在爭勝與放棄間擺盪，沒人認真看待他，就算贏了又怎樣，人們會說他歸諸於幸運，他厭煩極了聽他們討論關於比賽和車輛維修的事，他不再興致勃勃想要融入，他覺得這一切與他無關。

「這種心情誰都會有，總會有低潮的時候。」泰軍說。

他很感激泰軍這麼安慰他，只有泰軍一個人會這麼對他說話，問題是起不了什麼作用。人就有這種毛病，若換作這麼說的是端飛，甚至宋毅，或隨便其他什麼人，或許他就會開心了，開始想著事情也許會變好。這是一種無恥的貪婪？明明是一樣的東西，從容易的那邊得到，你就覺得不值錢，非痴想著從拿不到的地方拿。

突然他想起一件事，好似聽維修工們談到過，泰軍的女兒有幾次昏倒，檢查出來有個什麼病，她可能有一天陷入昏迷就再也不會醒來，泰軍的妻子為此跟他大吵一架，怪罪丈夫長年不在家，鬧到要離婚，其實女兒生病跟這有什麼關係呢？就是怨恨吧！男人在外頭跑，還不為了養家餬口？但泰軍的老婆不爽快的是，丈夫並不單是為了扛家計而逼不得已的奔波，他出遠門每一次都是高高興興的，簡直像是，像是那荒涼的大漠比有妻子有女兒的家還令人快樂。

他搖搖頭。「你不應該來的。」他瞇著眼，對泰軍說。

泰軍愣了一下。

「錢算什麼？丟下生病的女兒，無法和你分享快樂而獨自怨懟多年的老婆，你是一個傻瓜。」

泰軍訝異地望著他。

「我如果是你，根本不可能離開家，如果女兒在你離家的時候昏倒，從此醒不過來了呢？」

「不要這樣說，不會有那樣的事。」泰軍的表情很痛苦。

「別逃避現實，誰說不可能？你天天打電話回家嗎？假使現在，就是現在，或者剛才，或者就在你上一次打回去後一分鐘，你女兒就昏迷了，你根本不知道，你女兒現在躺在床上，沒有意識，是個植物人，你離家的時候是你最後一次看見健康正常的她，你不後悔？」他覺得舌頭有點遲鈍，說話都含混不清了，於是他拉大了嗓門，想讓聲音更洪亮。

「別說這樣殘忍的話。」

「這是事實，事實總是殘忍的。」

泰軍的眼睛紅了，死死盯著他好一會兒，慢條斯理地說：「你喝醉了。」

他搖頭，笑了笑，搖搖晃晃地走開。

他回想起小時候他很懊惱也很傷心自己的父親是個冷淡又陰鬱的人，他期盼自己的父親是一個爽朗、無畏、燃燒著熱度的男人，那才像一個真男人，如果他現在才十一歲，他會希望自己的父親是像泰軍那樣的男子。

小時候他父親常對他說：「你要好好讀書，將來才能出人頭地。」可他努力用功考了好成績，興高采烈地回家想得到讚賞，父親卻沒有什麼表示。他試著逆向操作，考個出奇慘烈的分數回來，他父親的反應是從訝然變成很木然，好似壓抑了一種悲傷，用平靜的口氣說：「分數不代表什麼，別讓空洞的東西決定你的價值。」然後便跑回自己的書房去了。他並沒因這樣的寬容得到撫慰，剛好相反，他困惑又失落，往後他怎麼做都是一樣的結果，父親到底在想什麼？到底怎樣才能換得他的喜歡或者討厭？他不明白。

他甚至單刀直入地問了，有時遇著父親難得的心情開朗，他會從他那裡聽到神諭一般的暗示，說什麼事會讓他喜悅，他因此努力去做了，父親卻彷彿忘了有這麼一回事。

中學時他染上吸毒的惡習，如果那還不能踩到父親的底線，真不知還有什麼能讓他有感覺了。父親確實發了怒，但這既沒有讓他如想像中的痛快，也沒換得更多關心，他們只是彼此激怒，讓彼此痛苦。

他父親不懂得愛人，他跟著祖父與軍隊來台灣的時候還是嬰兒，據說幼兒的大腦學習人與人之間的關注、共感與愛是在三歲以前，很顯然在這方面他失敗了，他的腦在那個部位沒有發育好。

雖然泰軍不常回家，但他心中仍是惦念家人的，泰軍的臉上永遠掛著既輕佻又懇切的笑容，他有自尊自傲的才能，勤奮又勇敢得若無其事，他會開一點刻薄的玩笑，他會潑你冷水，可他很好懂，他會教導你該怎麼做，他會傾聽你的難題。他巴不得把自己的父親和泰軍換掉。有時他甚至會嫉妒泰軍的女兒，這種心情很詭異，當他瞧見泰軍偷偷把女兒的照片拿出來看的時候，甚至生出一種痛苦的憤怒，好像在責怪上天的不公平。這心態很幼稚他知道，他現在不是十一歲，他已經二十七歲，早就成年了，而且他父親都死了。

父親的個性很孤僻，在官場打滾，他看似廣結善緣，應酬沒少，但卻沒有親近的朋友，幾乎沒人來家裡作客過，小時候還有一兩位叔叔伯伯摸著他的頭看著他進小學，大一點他能數得出父親身邊有他叫得出名字的親近人，就只幾個辦事的部屬了。父親很早就退休，沒有朋友往來，他家的門鈴、電話幾乎不會響，他過著一種極其單調的生活，每天就只是看書，臉上永遠是一種靜默的孤寂。有時他甚至會生出惡毒的幸災樂禍，然而他難道不是也遺傳了父親這些特質？他從來就沒真心喜歡過馬修、烏鴉那些人，他們都是佐依的朋友，因為佐依愛和這些傢伙搞在一起，他才陪著，和他們在一起談不上快樂，但也沒什麼不可以，更何況，他也沒有別人了，一個人活著很可怕，這個世界已經夠虛妄了。他與他們都沒真把彼此當同一類人，可平心靜氣地想，他們有同質性，一樣妄自尊大實則渺小不安。

他想起容嘉曾經說的，佐依那樣絕頂聰明，有過人的才氣，那樣美麗，那樣有品味，厭惡平庸和流俗，怎麼會挑上他這種四肢發達頭腦簡單的男人來著？沒錯，佐依為什麼愛上他？別說沒人能明白，他自己也不明白。

「佐依之所以愛你，不過就因為你有一張好看的臉，佐依那個人太迷戀外貌了，我早就說那是她的致命傷。你這個人連一個優點都說不上來，只因你有一種憂鬱的氣質，快樂的時候看起來也很憂傷，佐依就愛這種調調，因為你愚蠢又沒有能耐，明明是個弱智的廢物，不可能做到的事偏常常又沒頭沒腦地硬要去拚搏一場，不消說一定會失敗，佐依見著就會心疼，像你這種橫豎總是在受傷的人，佐依忍不住就想呵護。你懂了嗎？佐依愛你正因為你是個完全不值得的人。」

容嘉的鬼話沒有邏輯，他不信。

儘管他對容嘉說的一點不認同，也還是介意的，容嘉說他注定失敗，說他一無是處，現在他很想讓容嘉、讓佐依、讓馬修和烏鴉知道，他今天擊敗了那些最優秀的賽車手，拿了賽段冠軍哪！他們要聽到他成了賽車手，要昏厥的，要不信的，要罵他扯謊也動腦子編個像樣的。但這是真的，起碼烏鴉會覺得很酷。

然而佐依還是可能無動於衷，佐依對現實不感興趣，現實太俗氣了，層次太淺薄了，現實裡再昂貴的經驗本質都太廉價。佐依過著四平八穩的生活，她連煙也不抽，她不像馬修或者烏鴉，甚至容嘉，至少對追求極限還抱著迷幻的想像，佐依光靠電影和書本就自認能洞穿人類最深刻的情感，她懂戰爭，懂愛別離，她被熱咖啡燙傷她就能理解女巫被燒死的痛，她以有限的生命就懂了不朽、懂了永恆。

偶爾他會戳破他們妄自尊大的可笑，可他們只當他無知、嫉妒，佐依怪他有時候變得很討人厭，「我知道你不是故意的，」佐依說：「你只是想引起別人的關心和注意，雖然覺得你可愛，但你老是想撒嬌，你實在太幼稚了。」

「妳自己有好到哪裡去？」他想這樣說但沒說出口。

他尖銳地質問朝星輝是否沒有人在等他回去，金寶說他想著家鄉的女孩，有一個可以回去的地方很重要，有一個有人等你的地方很重要，他想起父親過世之前，每天晚上與他在中國的兄弟進行的秘密對話，他們在談些什麼？襁褓中便分離的兄弟，仍舊有某種神秘不可分割的血緣感情？父親該不會很想念中國吧？這沒道理，他離開中國時才一歲，他根本沒有記憶。當你沒有可記得的東西，你拿什麼思念？話說回來，父親受祖父影響很深，也不無可能他把祖父全部的情感與想念當成了自己的情感和想念。他必須如此，否則他還有什麼？

就好像，就好像他自己，當他沒有記憶之時，他以為自己是嚴英，他只能把嚴英的仇當自己的仇，把嚴英的驕傲當自己的驕傲，他非緊緊抓牢嚴英的是非愛憎不可，就像鳩占鵲巢，得以棲身。直到如今，他依舊不能放手，因為什麼時候他的腳下沒了地面，他是個懸空的人。有時他行駛在荒涼的戈壁上，單調、枯燥、寂寥，又讓人害怕，他會突然想起父親每天早晨獨自在碧潭泅泳，他始終好奇父親在這樣的時刻究竟在想什麼。

端飛拎著一罐啤酒走進帳棚坐下，翹起膝蓋放在另一只膝蓋上，歪著頭掏出香菸點了一支含在嘴裡，他看著端飛低下頭打開啤酒拉環，那無防範的好整以暇的動作，修長的手指，在幽暗中不減優雅。好似感受到他目不轉睛地盯著看，端飛抬起臉，逼人的眼神像發著強烈猙獰的光似的，幾秒鐘以後消失了，換上調皮的微笑。「你們不都在喝酒？總不至於我就不可以吧？」

印象裡端飛的臉上經常露出笑容，爽朗的或者誇張的，促狹的或者自嘲的，那笑容有時讓人生氣，但總是很迷人，偶爾端飛衝著他笑的時候，即便他是個男人都有怦然心動之感，即便那笑容是挖苦都讓人心安。然而仔細回想，卻會發現端飛的笑容經常慢半拍，往往最先浮現在他臉上的是一種飄忽的，遙遠的空白，繼而才以那充滿魅力的笑來取代。令人不解的是，假使這笑是一種虛假的偽裝，一種有所企圖的作戲，又為什麼那樣明亮，那樣澄澈，那樣令人放下惶躁，那樣令人心顫地動容？

一直以來他都有欲望同端飛推心置腹，他老早就有衝動想把他不能、不願、不會說給別人聽的事告訴端飛，當時他傻，沒去想後果，只是單純地因為孤單和迷惑，可結果沒說的原因也不是他終究謹慎，而是每當他想說，端飛的表情就打住了他的衝動。如今想想，或許幸虧如此？那就好似你一心想找神父告解，但倘使那神父自己是個魔鬼？

剛才宋毅他們的交談令他吃驚，他忽然按捺不住逗了他們一陣，仔細想想宋毅說的沒錯，既然他自己不是嚴英……他當然不是嚴英，這裡所有人當中唯一可以百分之百的確定他不是嚴英的就是他自己……那麼真正的嚴英在哪兒？莫非真的已死？這段時日來，端飛待他是不薄的，沒做過負他的事，始終在他身邊給了他最大協助，但要說他沒懷疑過端飛，那絕對不誠實，一個人假使打從初始的意圖就不軌，哪怕接下來所有的行為皆堂皇不阿，也仍舊是惡。再說端飛這個人太古怪，貌似坦蕩蕩，一副天下事不值得他拿真心換的姿態，可他在心底還是有不信的，端飛肯定知道關鍵的什麼，卻始終隱瞞，裝作無關緊要，從容無事。假如端飛真的殺害了嚴英呢？

這麼一想，他的頭腦開始混亂了，精神越來越不能集中了。眼皮幾乎要闔上，然而他的思慮幾乎要癱瘓，他告訴自己真的累了，支撐不住了，他到極限了，他憎恨一切，巴不得沉到地底下去，好好睡上一覺，所有的事明天再說，今天沒有力氣想，今天也沒有頭腦想，可正當他以為酒意終於把他融化，可真他媽不容易地放鬆了，突然之間腦子裡卻有個銅鑼似的鏗噹一聲把他彈了起來。

帶他來此地的是端飛，莫名其妙地讓他攪和進比賽的是端飛，沿途用盡全力幫著他這個壓根沒有比賽經驗、過去連沙漠都沒看過的人一路殺到賽段冠軍的是端飛，怎麼可能端飛是無辜的？

他眨眨眼，覺得自己酒醒了，一瞬間變得好犀利，好聰明，反應好靈光，他歪著頭想，明著問端飛是不會有任何結果的，這個男人狡猾的程度已經遠遠超乎他能理解能揣測的範圍，既然如此，只能使點計了。

他坐直了，伸長脖子，瞪大了那因為視線模模糊糊而老想瞇著的眼睛，板著臉，盡量讓端飛明白他很嚴肅，很清醒，很認真。

「我打算退賽。」他以一種凝重的口吻說。

「你說什麼？」端飛聽了，直勾勾地望著他。

端飛幹麼這麼問？難道他口齒不清？他是很怕端飛那雙銳利的眼睛的，他以為我在說醉話麼？或者更可怕的是，他知道我在說假話？讓端飛這麼一瞪他是很難繼續厚著臉皮說謊的，可他挺直了背脊，現在不是退縮的時候。

「朝星輝的退賽給我帶來很大的衝擊。」他做出沉思的表情。

他缺乏矯作體質，一假裝沉思，不小心便真思索起來，情不自禁沉吟問道：「你說他們把朝星輝接走了嗎？我一直擔心著哪！他會不會，他要是……」

「死了。」端飛乾脆地接著說。

他吃驚地望著端飛。

「不是沒有這個可能。」端飛面無表情地說。

他用力搖頭。

「所以呢？這是你想退賽的原因？」

他不是真的想退賽，說這個謊的時候甚至沒想好一個足夠說服力的理由，既然端飛這麼問，便順勢說下去：「沒錯。我不想死。」

他的確想過死的問題，但不是現在，甚至不是朝星輝傷重的時候。

他想起得知父親死訊的那個晚上，頭一回他因困惑於所謂「死亡」究竟意味著什麼而感到恐懼，無論死等於空無，或者死後仍有世界，他亦會走到那一步。父親那書房的門向來是關上的，他起先把它打開了，那感覺很奇怪，他不太適應那房門是開著的，幾十年來它從不是打開著的。後來他把它關上了，於是每當他經過那門前，他都感覺父親還在裡面，倘使他突如其來打開門，父親會躲起來，他總會預知他要打開門，因此不會讓他抓到他始終躲在房間裡。

佐依說她對死毫無感覺，她不會為死去的人掉淚，因為生並非真實的，那麼死也不是真實的。佐依習於為不真實的事物感動，相對的，她不會為真實的事物感動。

「別瞎想那些。」端飛說。

「當初我要朝星輝退賽，你們都當我多事，現在大夥卻都說朝星輝那時要是退賽就好了，不值得……，我甚至不知道他是不是為此送掉了命。朝星輝那樣的人都完成不了，何況是我？」

「我不懂，你今天不是跑得挺好？還拿了飛車王，發布名次的時候你不是興奮得很？為什麼突然這麼想？」

「一個賽段冠軍又怎樣？你比我清楚，不是因為我跑得快，跑得好，你說的，運氣好又不丟人，我現在懂了，運氣他媽的太重要了，運氣能決定一切，運氣好能帶來什麼？能讓你不丟人。」

不僅僅語氣充滿諷刺，他擺出一張尖酸刻薄的臉。「一點也沒錯，我就是為著不丟人來的！可今天好運站在我這邊，明天呢？明天又會站在誰那邊？我是個沒賭運的人，我記得你說我可以輸掉我的一無所有，說得真好，我現在並非一無所有了……」

端飛露出驚奇的表情。「我說什麼你都記得？」

他的臉頓時紅了。

「所以呢？」

「我贏了別的東西。」他深吸一口氣，要說這些話不容易，他得鼓起勇氣來克服他的羞赧，一廂情願真誠的愚蠢，和屈居劣勢的沒有尊嚴。「我很快樂，這是我沒有過的經驗，也很滿足，我做到了我以為做不到的事。這一切超乎我的想像，假使我以前可以做到，包括快樂，包括愛，包括義無反顧，為什麼到現在才發生？不，並非這一切如此獨特，問題在於我，不是周遭的一切有什麼不一樣，是我不一樣。我因為不是我，才使得這一切不一樣，我因為不是我，才建構出了另一個世界……，雖然正確地說是你把我帶來的。我很感謝你，是你讓我嘗試去贏得我沒想過的東西，我說的不只是名次，名次甚至不過是附帶的……，問題不在於我只能走到這裡，而是……」當他滔滔不絕地說著，他有種回到了馬修、佐依、烏鴉和容嘉那群人當中的感覺，模仿他們進行那種哲學性的弔詭邏輯。然而在這一瞬間，他震住了，原先他只是信口隨興胡說，可他的個性終究是較真的，他那是非分明的天真，他那剛直卻又脆弱的父親教出來的誠懇的鑽牛角尖，他那每一想要逗上帝發笑便陷入思考的孩子氣，他驚覺自己一直捉摸不著卻真實的情緒浮出來了，他不能再繼續做一個不是他自己的自己。

他聳聳肩。

「總之，我當不了我自己想像的那個人，我終究不是我希望我是的那個人。這是我無法繼續的理由。」

端飛瞪著眼，鋒利的眼睛裡充滿訝異，一臉頭疼的表情，迷惑又困擾。「你真把我弄暈了，我程度太低，還真他媽聽不明白。」

「你用不著明白。」

說要退賽雖是欺騙，但這理由並非謊言，倒足以騙倒端飛，從端飛的表情他就可以看得出來，端飛變得很嚴肅，認真在思索什麼，連那雙猛禽的眼睛也變得柔和。

「只剩下三個賽段，沒有那麼困難，你不必想那麼多。」

「我以為開始的三個賽段最難，因為我沒有經驗……呃，因為我喪失記憶……」他停頓了一下，忽然覺得這局面很荒誕，他在端飛面前還裝什麼？端飛難道不知道他根本不是嚴英？或許端飛就是這一切的幕後黑手，而他還在這裡一本正經地跟他裝模作樣，豈不滑稽？

等等，如果端飛是無辜的呢？如果馮曉他們策劃了這一切，而端飛只是被利用了呢？如果端飛真的不知道他並非嚴英呢？

他吞了吞口水，繼續說下去。「但其實最後三個賽段才是最難的，人往往只能看見極限，卻看不見極限的後面，極限就像你無法分辨是夢或者是真實的懸崖邊緣，假使你衝出去，你可能死無葬身之地，也可能騰空飛起，你不知道是哪一種。」

「這不是需要你擔憂的事。」端飛凝視著他，口氣平靜地說。

「我不需要擔憂？」他叫道。「油水食物、工具配件都不夠，大家都筋疲力竭，受傷的，生病的，工作車輛和人數都不斷減少，賽道又艱險，不都在說了這次比賽非同尋常，簡直像存心把人往死地裡拽，憑什麼叫我不要擔憂？」

「我會讓你走完全程的，我保證。」端飛說。

他那低低的沉穩的聲音，溫柔又明確的咬字和語調，有一種哄弄卻又帶著懇切而堅實的力量，幾乎讓他起了一陣莫名的顫抖。

然而他沒那麼簡單就讓步，他垂下臉，因為他還無法拿捏好臉上該有什麼樣的表情。「你並不能保證什麼，你自己很清楚，與其把性命交在別人手上，不如自己決定。」

端飛不耐煩地站起身，左右來回踱步。

「我不懂你在想什麼，我弄不懂你。說什麼是不是自己的我不懂……」他停下來盯著他看：「我看不出你有什麼好畏懼的，雖然你能力不行，什麼都不記得，老是出錯，但是你越來越能掌握了，我們配合得很好，成績也一直靠前。你到底在怕什麼？」

「我不知道！」他喊道：「你們都說比賽當中什麼想不到的事情都可能發生，朝星輝怎麼想得到他會被撞傷到不能完賽甚至危及性命？」

「朝星輝，朝星輝，又是朝星輝！朝星輝被撞傷又怎麼樣？一個朝星輝退賽就把你弄得心神不寧，打算要退賽，我不明白，這構不成說服力。」

「我不需要說服你，我用不著，我才是車手，你只是領航，我不想跑下去，誰也不能逼我。」他說。

這並不是他的真心話，但他願意這樣一試，來激怒端飛。

端飛轉過臉，驚訝地瞪著他，從他的臉上並沒有看到怒氣憤慨，只是閃過一絲不解，他低下頭想了一會兒，用手抹了抹臉，然後抬起頭。

「作為一個領航，我讓你無法相信我們能搭檔走完，我感到很抱歉。泰軍做得很好，車也沒問題，我想問題還是出在我身上……」

「並不是這樣……」他急切說道，然後停頓住了。

「你不總是任何時刻都事不干己，一副置身事外的灑脫模樣？你不在乎輸贏，你不在乎獎金，你怎會在乎起我信不信任你？」

他見端飛竟答不上話，心中驟地冷了下來，本為了向端飛套話才假意說要退賽，如今他居然真心覺得完不完賽無所謂了。

「我決定了，這對我們兩個都好，對大家都好，我不想再跑下去了，退賽吧！」他說。

逼問端飛和這場比賽幕後的關係，根本沒意義，或許端飛跟馮曉那幫人有某種交易，或許他想對馮曉他們證明他是最出色的領航，或許這一切為了掩飾什麼不可告人的罪行，跟他無關，他一逕想對端飛坦誠，端飛卻永遠用一副漫不經心來掩飾，一直以來他的狂熱出於他以為端飛有某種衝著他而來的理由，現在看來自始至終端飛想的都是他自己吧！

「你是當真的？」端飛問。

「我跟你一樣沒那麼在乎，既然如此，跑下去或者不跑下去，其實沒有差別，不過就是兩種選擇裡的一種，選了其中一個就不是另一個，我選擇退出，不過就是如此。」

端飛站起身，臉上出現罕見的怒火。「假使你害怕，你不情願，你沒自信，你坐在副駕就好了，正副駕本來就可以互換，我替你開完也不違規。」

「突然認真起來了？真面目露出來了吧？你還是想贏的，衝著獎金？之前裝作清高的樣子，滿臉什麼都不屑的樣子，一派瀟灑，慢條斯理的，說什麼來玩兒的，既然你當車手也行，為什麼不乾脆打從一開始你開就好了？你比我強上十倍，百倍，千倍，不是麼？由你來開，早就天天都拿賽段冠軍了不是麼？存心逗著我玩，讓我出盡洋相？你有意思麼？我偏不要。」他大喊起來：「我一直信任你，崇拜你，你說的每一句話我都記得，你知道為什麼？因為你說的每一句話，我都一想再想，再三咀嚼。我珍惜有你這麼一個朋友，這麼一個良師，這麼一個領路人，可到頭來有我沒我對你來說沒差別。你讓我以為，你讓我以為……」

他為自己連眼淚都冒出來而感到難堪。

「你開始的時候說什麼是為了我來參加比賽的，我還認真看待這句話，我一直信任你，現在才發現你這個人完全不值得信任。」

「我那麼說的嗎？」端飛愣了一下。「好吧，那也不算錯。但你應該明白，你是為了你自己在比賽。」

這話令他簡直又羞又怒，交雜著一種可悲的心涼。

「你知道我的感覺嗎？你曾經在乎過我的感覺嗎？你目空一切，你不會懂，你萬事都坐享其成，你天生什麼都出色，你這個人不曉得痛是什麼，你無法體會別人的痛苦，你根本不覺得那有什麼重要。」他擺擺手，「得了吧！我不要當你的傀儡，我受夠你了，明天我就要按下紅色報警退賽。」

端飛靜靜聽他說完，沒有辯駁，只是以一種平板的口氣說道：「沒這麼簡單，你不完賽就得去坐牢，你還搞不清楚狀況麼？」

他愣頭愣腦地望著端飛。

什麼意思？他弄不懂端飛這句話。

「你不只是殺了人，還涉及詐騙謀奪兩百萬人民幣，你要是給關進去，還怕不蹲個三十年？」

20.

「嚴英？」

白玄希一開始沒認出電話那頭的人的聲音。

「噢，」她遲疑了好一會兒。「你還好麼？」

她聽見他的笑聲，只有聲音，看不見表情，聽不出那是一種嘲弄、自嘲，輕快，抑或無意識的客套？

他倆就這麼沉默了漫長的時間，兩個人都思索著下一句話該說什麼，才恰到好處，才不違心，才不失溫暖又不失冷酷，才不失灑脫不失尊嚴，才好像這些年的距離不曾發生也不曾消失，才好似昨日是假今日是真或者相反。

她想說我知道你有一天會出現，可她不能這麼說。他想說我一直都思念妳，可他不能這麼說。

其實五年很短，但對他來說或者對她來說，在各自的日子裡，這段時間都好漫長，久得像一生那麼難熬。

「妳呢？流星呢？」

「還好。流星也還好。」她說。

「噢，那就好了。」

彷彿該說的都說完了，從空白裡舀不出一瓢水了，彷彿一張適切完成的畫，再多一筆就嫌贅了，就超過，就難看了。

持續的靜默，貌似兩人都在等對方結束，掛上電話。

「有一個叫作李玲娜的記者告訴我怎麼聯絡妳的。」他忽然說。

她點頭。

她點頭他在電話那邊也看不見。事實上，她就算在他眼前她點頭他也看不見，但她不知道。

「見個面好麼？」他心裡想這麼說，從頭到尾都想這麼說，可見個面有意思麼？他是什麼都見不著的，見面這個詞讓他自己都覺得好笑。

她想起和端飛來到北京，那時候端飛在修車廠工作，認識了一些跑山路的人，他也跑了幾次，但沒有自己的車，後來認識了嚴英，嚴英總是找他搭檔找人賽車。端飛的腦子裡有那兒的山路鉅細靡遺的路書，儘管嚴英跟他跑了無數次，有端飛報路書，他就記不住，橫豎也用不著。在山路上端飛報路書是不停的，距離或者彎角他都報得精細，那節奏的準緻，倘使道路是一首音樂的旋律，報路書像KTV的字幕，那麼山路就彷彿快速唱念的饒舌歌，即便是一秒鐘二十個字的節拍，那跑馬的字幕每個字也能毫無差錯地上在點上，嚴英就算閉上眼睛也能高速行駛。不比賽的時候嚴英是路痴，比賽時跑過、贏過的同一條路他認不得。

嚴英很好勝，他爭的不只是勝出，他博的不只是尊敬，他希望讓人恐懼，讓人退避三舍，他老想讓人明白他的與眾不同，他喜歡挑釁，因為他那種沒頭沒腦又凶猛的挑釁會嚇人一跳，可他拿什麼來贏，拿什麼來讓人恐懼呢？到頭來他很依賴端飛，只有端飛在旁邊的時候他才能每次都贏，他才能那麼猖狂。

她對嚴英始終保持距離，即便能看穿他裡頭的薄弱，她也害怕他，因為他是個蔑視邏輯、不按牌理出牌的人，他總想強行去做自己沒有能力的事，他不想後果，他向來拒絕去思考那將由誰來承擔。這使得她對他有一種提防。

她完全不想同嚴英談她自己，不僅不願意對他吐露關於自己的任何秘密，她連她的情緒，她無關痛癢的想法都不想讓他覺察，她不情願接受他的關心，且她不信任他，他不是你能把自己交付給他的人。這令嚴英抓狂，他逼她吐實可說是無所不用其極，他不顧及她明顯表現出來的猶豫和驚怕，他的威逼並非惡意，相反的，他總強調他逼她為的是他寬容她的，他什麼都能理解的，他是為著解救她的。

嚴英黏她得緊，他的喜怒很明顯，她對他友善一點，他就一副歡天喜地的樣子，她對他冷淡一點，他就陰鬱怨怒。她拒絕他的好意，他甚至會把東西又砸又摔的，他發起怒來那種排山倒海的衝擊感讓人膽戰心驚，然而他只是容易衝動，只是容易情緒表現得強烈，可他不至於太過殘酷，也不至於太過大膽，他事實上很容易茫然，拿不定主意，他也有天真、溫柔、善良的一面，否則，否則她覺得他甚至同麒麟有一些相似的地方。

「你人在哪兒？在北京？」

他嘿嘿笑了一聲。「怎麼？妳怕我就在附近麼？」

她不作聲。

「不用擔心。」

「擔心什麼？」

「我還想問妳呢，妳怕什麼？」

她閉上眼，他抓著她的肩膀嘶喊：「我為妳殺了人！妳懂嗎？妳還沒明白嗎？妳還沒明白我為了妳做了什麼？我殺了人，都是為了妳，為了妳！」她彷彿至今還感覺那種整個人被用力搖晃的劇烈震盪，那暈眩彷彿到現在還嗡嗡地在她的頭、她的身體、她的皮膚有如電擊那樣顫動。

「我們一直以為等風頭過了，你會聯絡……」

「『我們』？『我們』是誰？妳和端飛？」

他輕輕笑起來。雖然看不見他的表情，可那笑裡並不帶尖銳的憎意，反而有種溫柔，嚴英說話的口氣從不曾有過這種柔軟揚起的尾音。

「關於麒麟的事，我很抱歉……」

「抱歉？」她的口氣流露出驚恐。「別說了……」

「有些事我想告訴妳，麒麟的死……」

「別說了！別說了！」

她大喊著，掩蓋了他的聲音。

「不，我並不是……」

在電話另一邊，嚴英靜默了。

為什麼他要一直重複他為了她殺人？他想把這罪咎擲到她身上去，不是麒麟被殺死的罪咎，是玄希逼他要這樣證明他是可以為了她什麼都做得出來的，都是因為她不相信，都是因為她如此刻薄地裝作接受他的同時一直是蔑視他的，她不信他做得到，為了她這樣的女人，一個明明低賤卻高傲得不得了，明明污濁卻自以為聖潔得不得了的女人，他可以做出這樣可怕的自我毀滅的事。

可這一切是徒勞的。

仔細想想，殺人這件事，這樣嚴重，令人畏怯，究竟是在於奪取一條生命的可怖，還是承擔罪刑的可怖？玄希根本巴不得麒麟死掉吧？她根本不認為殺人算得了什麼，在她心中，殺人的勇氣在於殺了人以後承擔一切責任的勇氣吧？可結果處理屍體的是端飛，把案子攬下來的是端飛，殺人的這頂皇冠到頭來是給端飛戴到頭上去了。他只能空洞地喊著：「我為妳殺了人，是我！我才是那個殺了人的凶手！」

如今他不在乎了。

他想把真相說出來。抑或者，他並不知道自己是不是真的不在乎，他得藉由說出來證明。

「電話裡不好說，我可以……」

「用不著，都過去了，一點都不重要。」她打斷他的話。

過去的都過去了，哪一樁你記得、不記得的事，不都是過去，都是往事？過去都過去了，時間是沒停頓的，那麼所有那些追不上、改變不了的，難道不都是灰燼？你要它現出什麼原形？

然而，連她自己都不相信。倘使真如此，人就不會越活越老，而會越活越年輕了，生下來是老年，死的時候是嬰兒，因為一天比一天新；但事實相反，一天比一天舊，一天比一天污損，今天負荷著昨天的重量，明天又加上今天的重量，過去的每一瞬都沒有消失，全都扛在你的背上，沒有一粒灰塵消融，全都蓋在你的臉上。

「喂？喂？妳別掛電話！」嚴英大喊。「我有事情要告訴妳，喂？」他的口氣很急，他知道她要掛電話了，他知道她正在顫抖，心生恐懼地要切斷和他之間的連結了。「聽我說，我不是要傷害妳，相信我，我不像從前那樣了……我不是從前……」

她掛斷了。

她也早不是從前那個她了。她的腦海裡響起仁順兒的〈天鵝之夢〉，她總有一種想法，一切都是在聽到〈天鵝之夢〉之後改變的。曾經天真、潔淨、嚴謹又稚氣的她，變成了徹底的另一個人，可她沒法再改變一次了，她已經破碎殆盡。

口琴悠揚的聲音勾人心弦，韓美混血的老牌女歌手仁順兒的經典歌曲〈天鵝之夢〉，那一天，從汽車音響的喇叭傳出，車內的四個女孩子唧唧喳喳嘈雜說笑著，她們全都才十六歲，開車的女孩沒有駕照，可她偷開了她父親的車出來，她說她經常開這輛車出遊的，四個女孩都不害怕，卻老在開玩笑地尖叫，覺得愉快又刺激。

那一天她一直很快樂的，她一逕被家裡管得嚴，極少能得這種放肆，沒被盤問刁難到最後出不了門，幾個少女坐上一輛無照駕駛的車，一路開到郊外玩兒，還撞見明星拍電影，興奮得要命，那算得上她整個少女人生最狂野的一日。其他三個女孩買了性感低胸的緊身上衣，她卻是買了端莊的白色蕾絲的假立領，用來穿在本來領口就開得不低的T恤裡面。她很喜歡那個蕾絲領，很典雅。即便這一天如此歡暢，她還是有著心事的，她之所以能得這自由，是因為父母有更煩心的事顧不著她了，她雖不明白，可就好像動物的本能一般，原本的愚蠢遲鈍在聽到〈天鵝之夢〉的瞬間，起了大難臨頭的不祥預感？為什麼呢？她也不明白，那首歌的旋律其實帶著一種寧靜的堅強，勵志的氣息，她那時還那樣小，壓根不能理解一個被壓碎了的人掙扎著安慰自己的力量，那種朦朧又心痛的懷念，那種對曾經清澈又蔚藍天空的嚮往，她怎麼可能明白？

她只是莫名其妙地眼眶濕了。

난 난 꿈이 있었죠
我 我曾經有個夢

버려지고 찢겨 남루하여도
曾被拋棄曾被撕碎 縱使殘破不堪

내 가슴 깊숙이 보물과 같이 간직했던 꿈
在我心底依然當作寶物深藏的夢

혹 때론 누군가가 뜻 모를 비웃음 내 등 뒤
에 흘릴때도
總有那麼些時刻不理解的人們的嘲笑 在身後
迴盪

난 참아야 했죠 참을수 있었죠 그날을 위해
我必須忍受 我可以忍受 為了那一天

一個女孩問她怎麼回事，她抽抽搭搭，呆蠢地答道：「我爸爸，我爸爸惹上麻煩了。媽媽驚慌得要命，我爸爸，我爸爸恐怕要去坐牢了呀！」

女孩們都安靜下來了，她這才發覺，自己說了不該說的話。

父親確實做了違法的事，哪個大企業不違法？可他被起訴的罪行遠超過他應承擔的，有人存心陷他於萬劫不復，不只是搞垮他的事業，奪走他的錢財而已，是要把他推進底下布滿利刃的井，碰地蓋上岩石做成的蓋子。

原本替父親奔走的親戚後來都撒手了，害怕受牽連的友人全都疏遠了，母親是個嬌貴的婦人，打從呱呱落地沒有一天不是過著養尊處優的日子，只懂享受無憂的生活，她是連蘋果長在樹上，星期一接在星期天後頭都弄不清的。

哥哥麒麟大她八歲，他在十九歲時離家去了中國，她的祖母當年也是來自中國，祖母一直很寵愛哥哥。得知父親出事，麒麟便從中國回來，離家七年，麒麟的樣貌變得很多，她還是孩子的時候，他已經是大人的模樣了，她向來離得他遠遠的，對他印象模糊，久別歸來的麒麟一進門，她根本就認不得。她記不清楚了，他離家的時候就已經那樣高大挺拔，就是那樣一張張狂的漂亮的臉？她那時還沒談過戀愛，甚至沒有認真喜歡過一個男孩子，她害羞，又沉靜，對異性還抱著一種很夢幻的情懷，她無法否認見到麒麟，竟有怦然心動的感覺。

麒麟離家前經常同父親吵架，她年紀還小，從不懂他們爭執什麼，為何那樣不和，他們吵得最凶的一次，麒麟出手打了父親，他是手下留情的，對他來說那根本不算打人，麒麟是拳擊手，假使他不克制，兩三下就可以把父親打死。那之後他就離家了。

麒麟回來，和父親的嫌隙不需進行什麼和談諒解就自動消失了，她仍舊不懂，因為父親變成了一個弱者，一個溺水的命在旦夕的可憐人？那麼過去那些呢？那些仇恨，那些劍拔弩張，那些形同水火，通通不算了？父親流著淚哀求麒麟救他，麒麟說一定的，他一定會。

但麒麟什麼能耐都沒有，威脅恐嚇那一套無法讓父親脫罪，結果願意出面相救的是父親的一個友人，那時父親已給拘留了，那人到家裡來，母親胭脂塗得紅紅的，還戴著有羽毛的帽子，端上水果給客人，原本還一臉諂笑，一湊近來客便跌個踉蹌像要昏倒，嗚嗚哭了起來。

那人確實有替父親扳回局面的能力，他是個慷慨的人，向來豪邁、氣魄、無恥，「我能得到什麼好處？你們什麼都沒有了，我能得到什麼回報？」那人單刀直入地問。

「誰說我們什麼都沒有了？你說還有機會的……」母親激動地說。

「噢，我想妳還沒搞懂，妳丈夫已經破產了，不管他會被定什麼罪，他什麼都沒了。」

「那麼，那麼……那怎麼辦？」母親慌張地說。「你究竟要怎樣才肯幫我們？我丈夫過去也幫過你許多的，我丈夫一直視你為他最親近最可信的朋友的。他總是這麼說……」

「就是因為這樣，我人才在這裡呀，夫人，如今還有誰會踏進妳家客廳呢？記者都虎視眈眈地等在外頭呀，還有那些詛咒你們全家的人呀！有人要說我同妳丈夫是狼狽為奸、一丘之貉呢，我大可明哲保身地待在家，妳說我上這兒為的什麼？」

母親一聽，幾又昏厥，可一回過神，又像爬出水溝的母雞抖了一下羽毛，強打精神地問：「那麼，那麼您為什麼肯來呢？總不至於專程來嘲弄我們這些可悲又無辜的女人和小孩？」

「妳的女兒不是小孩啦！」他大笑，指著白玄希。「這個姑娘我從小見她長大的，現在出落得這樣標致，看得我心驚肉跳，皮膚那樣白，腰肢那樣柔美，一雙腿那樣穠纖合度，每次一見我就忍不住想，這女孩兒脫了褲子會有多誘人……妳過來！」他向她招手。

她沒動。

「過來呀！」

她不肯。

母親也愣住了。

「那些電視上唱歌跳舞的女孩兒，腿張開了搖動著屁股，撫摸著胸部，舌頭伸出來舔著嘴唇，看了讓人忍不住想嘗嘗她們兩腿之間的縫的味道。但是妳家這個姑娘比她們還漂亮，還妖媚……」

「玄希是個正經女孩，她父親管教她很嚴，她從不穿暴露的衣服，也不跳舞。」母親面露尷尬地說。

「我知道，我知道。」那人擺擺手。「就是這樣才誘人，越是正經純潔的姑娘，幹起來越銷魂，還不能正經八百地幹，要跟她玩各種花樣，讓她知道什麼叫作享受。」

「您是什麼意思？」

「妳把這個姑娘交給我，在我身邊讓我盡興，別擔心，我會好好教她。」

那男人開出這個條件，走了，事情迫在眉睫，他沒給她們多少考慮的時間。

「我不要！我絕對不要！」她大喊。

絕對不！她不會妥協，她會拚死抵抗到底，她揚言他們若強迫她同那男人親熱，她會殺了他，她會咬斷他的命根子。他們只要再提一次，她就自殺。

母親哭著給她下跪，「我求妳，我這當媽的在這裡給妳下跪，我都這樣求妳了，妳還想怎麼？妳父親下輩子都要蹲在牢裡了，這個家要毀了，一毛錢都沒有了，今後我們什麼也買不起了，我們也養不起司機了，可我根本不會開車呀，老天！妳明白這個嚴重性了麼？」母親一邊說，一邊想著家中即將面臨的慘狀，越想越魂飛魄散，眼淚和粉妝和成一團肉紅色的泥。

她只是一個勁的搖頭。我不妥協，她想著，絕不妥協，我不答應。一定還有別的辦法，這太荒唐了，這太莫名其妙了，哪裡有這樣的事！

「妳不答應我就不起來！」母親尖叫著，她白養她了，白生她了，白因為懷她受了那麼多苦了，她咒罵她的無情，她的假清高，她不值一毛錢的貞操算什麼，每個女人到頭來都是給人插的，可誰能因此救全家人？她竟然不願意？

無數次她會想，假使那時候她答應了呢？假使她願意屈就那個男人，一切就會不一樣？父親會平安脫身，他們一家能過著同從前一樣的日子，就好像什麼都不曾發生？或者沒那麼美好，他們會過得差強人意一點，她母親還是會抱怨，但至少父親會活著，運氣好的話他們只是要搬到小一點的房子去，把那些畫和珠寶，連同幾輛車賣掉？……。所以錯都在於她？所以把她弄到今天這樣的境地的，其實是她自己？

父親入獄，自殺，她的家全崩毀了，母親恨她至極，麒麟用最凶惡不堪的齷齪話語咒罵她，她害怕得不得了，她這才發現她真的錯了，她不應該拒絕的，她怎麼會那麼傻？不過就是同一個男人親熱罷了，不過就是躺在床上做那個人的奴隸罷了，她為什麼要拒絕？她到底是堅持著什麼？反抗著什麼？她的頭腦壞掉了嗎？她一定是鬼迷心竅了。可是太遲了，父親死了，不但一毛錢都沒有了，還背上龐大的債務，沒有人走得出大門，每天有人到家門外扔石頭，潑油漆，甚至丟火把。

「我錯了！我錯了！都是我不好，原諒我，我知道錯了，這下我知道錯了！我以後不敢了！」她哭著喊。

「以後？沒有以後了！」母親躺在床上，一動也不懂，呆呆地說。

害死了父親，毀掉了全家人的未來，「就因為妳，就因為妳不願意給人幹！」麒麟抓著她的頭髮咆哮。而她只是哭著重複說：「對不起！」

麒麟脫光了她的衣服，把她關在地下室的酒窖，把電源切掉了，酒窖沒有窗戶，裡頭一片黑暗，她凍得像癲癇發作那樣劇烈地抖著，她不知道在那裡待了多少天，沒有東西吃，沒有水喝，她想喝那些架子上的酒，可她打不開，她把酒瓶砸破在地上，可潑灑出來的酒只能趴著伸出舌頭舔，到後來她沒有力氣摔那些酒瓶了，那些酒瓶掉落在地上只會發出咕咚的聲音，卻破不掉。麒麟每天下來侵犯她，有時一天好幾次，她一點也沒有反抗，耳朵裡只是不斷響著麒麟的咒罵：「就因為妳！就因為妳不願意給人幹！」

漆暗裡她什麼都看不見，她想把他想像成某個她愛慕的人，可她想不出來，他的動作粗暴，她很痛，痛得要命，即便麒麟離開了，她還是好痛，兩隻腿被橫拉著撕開那樣痛，大腿上全是濕黏的液體，她以為是麒麟的精液，待到後來她給放出來了，在燈光下她能看得見了，她才發現腿上遍布乾涸的血跡。

父親的案子還沒了，連母親也一同被起訴，於是麒麟帶著母親和她逃到中國，她這才明瞭，麒麟在中國七年，幹的全是犯罪的勾當。

她懷了身孕，麒麟的孩子。

為了養活孩子和母親，只得聽哥哥的，出賣自己的身體。結果她受不住，丟下孩子、家人逃走，她責備自己這樣狠心，當她的腦子裡只有端飛，只想跟端飛在一起，只想得到端飛的愛的時候，母親過世了，孩子也差點沒命，可因為她逃走，才遇見端飛，她後悔麼？她真不知道，若沒有逃走，就遇不到端飛，她這一生若沒遇到這個人，活著是沒有意義的，可遇到了這個人，活著的痛苦勝過死。

也許她太渴望有這麼一個人了，那是一個幻象，她把那個幻象投射到端飛身上，她第一眼看見他，看見他身上發出的清澈的光芒，彷彿流瀉出撒在地上的細碎水晶碰撞的聲音，那明亮又溫暖的美麗，全是假的，是她作的夢，是她想像的童話，是她可笑的痴想，是發高燒的賣火柴小女孩從微弱的火焰中看見的瘋癲異象。

她總是一遍又一遍從腦子裡翻找出她初次見到他的記憶，好像那是一張定格快照，她要屢屢從塵封的餅乾盒裡把它取出來，再一次審視、確認，一遍又一遍重新檢查那個影像，告訴自己，那不是作夢，不是高燒，不是幻想；或者，剛好相反，她根本知道，她知道盒子裡什麼都沒有，卻煞有介事地假裝有一張照片在細細端詳，就像玩家家酒的小女孩，從娃娃屋桌上空空的粉紅色迷你塑膠壺把看不見的茶水倒在小杯子裡，用甜美的聲音說：「請用。」

即便如此，她還是奮力一搏了。

那時候她偷偷上了他的車，他一開始就發現了，只是假裝不知道，她相信他是不忍心，所以她一直當他還是溫柔的，還是慈悲的。待他們到了一個鎮子，他就要她走了，他說他是不能帶著她的，他倚在車門上，翻著白眼嘆氣，說那輛車，唉，那輛車是偷來的，而且他一逕不擅長應付女人的，他不能拉著個女人在沙漠裡跑。

她真的好喜歡他的笑容，他那種無奈的、促狹的，有一點好玩，有一點故作懊惱的美麗笑容，她一點都沒想到那其實是一種淡漠和冷酷的掩飾。他不是開玩笑，他真的趕她走，他做什麼事向來不模稜兩可，是就是，不是就不是，底下沒留著一截拿來反悔、拿來迂迴、拿來寬大、拿來下台階的通融，沒有必要，他不是一個弄不清自己為什麼做選擇的人。

她慌了，他怎麼能把她一個人丟在這樣荒涼的地方？可他完全不為所動，就只說他不能帶著她，為什麼？他也不解釋。

但她很執拗，無論如何她都要跟著他，最後他妥協了，但她知道逮著機會他還是會拋下她。

他們又行駛在沙漠裡，周遭展開的是遼闊無邊的枯黃大地，她愛這荒涼，這乾渴，正因如此孤絕，才讓人感到心安。噩夢都被留在另一個世界了，這裡是遺世獨立的地方，飢渴，迷失，烈日，甚至死亡，都不可怕，她只恐懼一件事，他會丟下她。她怕的不是隻身被拋棄在荒漠裡，她怕的是，她都還沒來得及得到他的一點點眷顧的眼神。

他發現後頭有另一輛車的時候，幾乎像貓聳起肩膀那樣顯現出強烈警覺的反應，她不解他在憂慮什麼？後來他把車停下來，等那輛車過來，他木著臉下去跟他們攀談了一會兒，光從遠處觀看，她也察覺出他放鬆了，坐在那輛車裡的不是令他擔憂的人，可當他微笑著向她走來時，她領悟到即將要發生的事了，她推開門跳下車，拔腿就跑。不要！他要拋棄她了，他要把她交給他們，她不，她不依，假使不讓她跟著他，她誰也不跟，她就只要他，否則她寧願用她這雙腿跑，跑到哪兒算到哪兒，她不在乎了。但是她還跑不到五十公尺，就給那一車人追上，把她塞進車裡帶走了。

結果呢？結果她還是找回他了！那是她生命裡很魔幻的一刻，她做到了，她找回他了！她在沙漠裡跋涉了兩天，她找回他了。她雖看不見自己，但她的一隻眼睛幾乎沒法睜開，必定是腫得嚴重，一臉乾涸裂開的血塊，下頷骨歪曲使得嘴合不上，她拖著一隻腿緩慢地走去，且她根本忘了自己衣不蔽體。見到他的同時她便倒下了。

他一句話也沒問。

任何人看到一個女人這樣的慘狀，都會錯愕，都會關心，都猜得到她遭遇了什麼，但他絲毫沒有反應，不聞不問。

她這才發現她多懂了一點他。這個男人不信任任何人，她幾乎可以看見他的眼瞳裡是一片跟外頭一樣的荒涼乾枯的沙漠，這個男人不會愛任何人，沒有悲憫，永遠不會把自己交給任何人。

但他沒再丟下她。

她還是怕，他沒道理帶著她，他也不情願。老天，不行，她該怎麼辦才能留在他身邊？她試圖用她的身體去誘惑他，他毫不留情面地拒絕了。「別這樣做，我不會要妳的。」

淚水幾乎要奪眶而出，但她忍住了，假使她流了淚，她要不能承受這種羞辱了。他能那麼輕率地把她拋給一群陌生人，她跟他無關，他看得出來她因之遭遇了什麼，他很乾脆地表明，他不想要一個被一群男人糟蹋過的女人。

假使她沒企圖誘惑他，那麼她還可以當個不幸的可憐人，一個受害者，可她犯了大錯，她不應該做出這麼無恥又低賤的事，想要去誘惑他，她多麼後悔，多麼怨恨自己，她把自己變得活該了，她被那些人侵犯變成是理所當然的了，她本來就是個不正經的女人。

從那個時候她就該覺悟了，她卻還是用盡了全力掙扎下去，她知道他不會愛她了。然而，你也許不明白，世上也許有別的女人會愛上你，還有那些你曾經愛過的女人，也許將來會愛上的女人，我不知道會有幾個，在你看來沒有不同，就是幸運地得到了你的心的女人罷了。但我不一樣的，只有我，只有我是為了遇見你而活在這個世界上。

他對她很疏遠，她假裝不在意，每一日都像她能和他待在一塊兒的最後一天，每一日她都想強留住。

他原本想去南方，可他說他北京有個認識的人，他想先去找那人。結果他們在北京待下來了。她想去南方的，在她心裡，北京離哈爾濱還是太近，日日夜夜她都怕麒麟找到她。那時有個客人糾纏得厲害，夜裡還跟蹤她，他說他認得她，他認識她父親，他可以照顧她，她嚇著了，說她有未婚夫的，那人不信，未婚夫讓妳一個女人半夜在外頭唱歌，完了獨自回家？把他叫來讓我看看，我就死心。她沒告訴端飛，她不願意開口，也害怕開口，他會怎麼想？他沒義務，她也不該叫他承擔。然而隔天到店裡，她驚訝地看見端飛跟樂團的人有說有笑，手裡捧著薩克斯風，這什麼情況？端飛一天工作十六小時，疲累得夾著菸的手指都在顫抖，他跑來吹薩克斯風做什麼，再掙一點兒雞毛蒜皮的零用錢？他其實熱愛音樂？

難道他是為了她？他怎麼知道的？或者這只是巧合？她日思夜想，他是為了她麼？他在意她的，惦念她的，默默留意她的事的，有這種可能麼？她一廂情願地百轉千迴地情願這樣相信，死心眼地讓自己相信，沒有道理不信。

但她錯了，她怎會如此異想天開，把她想成在他心中有那麼值？

麒麟後來找到了她。當她見到麒麟和孩子，她拋下流星的時候，他只是發育不全，脆弱多病，可她再見到他，小小的身體完全走樣了，他一點都沒長大，而且喪失了大半視力和聽力，許多內臟功能壞損，自己無法消化和排泄，腿部幾乎全萎縮，剎時她眼前一黑便暈了過去，耳朵裡一重一重層層疊疊的回音：「就因為妳！因為妳不願意給人幹。」我錯了！我錯了！我錯了！她大喊。為什麼我學不會教訓？「因為妳自私，妳的心中只有妳自己！」麒麟說。她不會再拋棄孩子了，今生今世她都不會拋下他了，無論付出多少代價她都不會拋下他了。

但是麒麟不把孩子還給她，假使她不願意重操舊業，她就得不到孩子。

端飛知道了，反應很困惑。

「什麼意思？妳想回到麒麟身邊？」

「我沒這麼說。」

「妳剛才說妳無論如何都不會再丟下孩子了。」

他怎麼會這麼想？她告訴他這些，是因為她感到無助，她是在發出求救的訊號，但他的思維多麼奇異，他以為她是什麼意思？她以為她情願再次出賣自己的肉體？

「在沙漠裡，那些強暴妳的人，其實妳認識吧？」

「我不懂你的意思？」

「我聽見妳對他們喊的是韓語。」

「我是韓國人，這有什麼奇怪嗎？你聽見了，你自以為你都知道但假裝不知道？你想說什麼？你明白地說出來啊！我故意讓那些人來強暴我，我為什麼要這樣做？」

「那些人其實同妳哥哥是一起的吧？」

「所以呢？我明白了，你認為我跟我哥哥串通好了設計你？你以為你是誰？你把你自己想成什麼人了？」

「我沒那麼想，我只是不明白。不明白，所以才問妳。」

「你一直是這麼想我的吧？你一心一意把我想成那樣的女人。」

「妳何嘗不是？妳不是一心一意把我想成妳想像的那樣子？」

「我把你想成怎樣？」

「我不知道，但我不是。」

「你不知道，你怎麼曉得你不是？」

「無論妳把我想成什麼樣，我都不可能是。」他望著她，臉上充滿疲憊。「因為我什麼都不是。」

他為什麼這麼說？

很早她就理解到，無論她再怎麼努力，無論她再做什麼，都改變不了這個事實，他的心裡永遠都不可能給她留一個位置了，她配不上。然而還不止於此，他和她之間有如此巨大的鴻溝，她是永遠不可能真正地接近他了。

沒人能幫她，這是她自己的問題，她必須要回孩子，她也不會妥協，端飛怎麼想她無所謂，不管她如何證明，他永遠都不相信她，永遠都嫌惡她也沒關係，他心裡儘管沒有她吧！她不怕了！可她的心裡只有他的，儘管可恨，卻是她自己都動搖不了的事實。

她把硫酸潑在自己身上，燒毀了大片胸腹的皮肉，這麼一來，麒麟無法再逼她去賣淫了，沒有男人會想買身體如此醜惡的女人。

麒麟很震驚，他沒料到她會如此決絕，他讓步了，把流星還給她了。

然而即便做到這樣的境地了，還是徒勞。麒麟死後的某一天，一個旁人稱他「符老」的老者來看她，帶流星去住院，回來端飛卻嚇人地惱怒。

「那位老爺說是你父親，我也納悶，我記得你曾說過你父親在你出生前就過世了，但那位老爺很慈祥，他還跟我說你小時候的事，說了好多，他人很好，我想他即便不是你真正的父親，也和你父親沒有兩樣，他很關心……」

「妳收了他多少錢讓他上妳？」他打斷她的話。

她迷惑地發出疑問的哼聲。

「妳收了他多少錢讓他上妳？」他又重複了一次。

「我不明白你的意思，我說那位老爺自稱是你的父親呀！他是好意的……」

「他叫妳做什麼妳都答應麼？」

她搖頭，她不懂他為什麼這麼生氣，不懂他在說什麼，但他不是開玩笑的，他那猙獰的表情嚇著她了，他肯定誤解了，他說的話是什麼意思？他懷疑她和那老人做了什麼？他怎會這麼想？可他就是這麼想，他已經這麼想了，他已經想得恨不得擰斷她的脖子了。

「他喜歡妳身上那些疤痕嗎？」他瞇著眼睛說。

她一直都是好喜歡他那雙明亮又銳利的眼睛的，可這雙眼睛現在如此傷人，如此殘酷。

「我沒有！」她把正要衝口而出的這句話嚥了下去。

那麼長的日子以來，她不要天下任何人的同情，唯獨希望他一個人可憐她。她不要天下任何人寬恕她，只要他一個人的諒解。她一直懷抱著一種飄渺朦朧的幻想，只要他接受她就好，只要他看待她是簡單純淨的就好，天地之大，世間人億億萬萬多如銀河繁星，全都轉身背對她，全都唾棄她，全都任憑她沉沒，可只要一個人，就只要他一個人。就只需要一個人，她就可以得救。

而這畢竟是落空的。

她抬起臉露出一個艱難的微笑。「我不會說謊，他人很好，很正直，他待我和流星都很慈善，他帶流星去一家很好的醫院，他說流星可以動手術……」

他轉過身去，把她竭力壓制著顫抖、聲調溫柔的解釋拋在身後，他一點都不想聽，他用力摔上門，那巨大的聲響和震動使得整棟屋子好似在他離去後還持續嗡嗡地鳴叫。

※

夜裡的公園幽森，一棵棵屹立的樹木彷彿剎那不留心就似有若無地漫自伸長多重疊錯的妖怪手臂向天空。夏季花朵和樹皮有股淫靡的腐臭味，混雜在下過雨的空氣中。

一盞路燈的燈桿鏽蝕斷裂，傾倚在樹椏間，燈泡還發出微亮，映照周圍一圈枝葉淡淡光暈，從更高的樹幹垂落下來的幾株幼緻的披掛其上的蔓藤瑩瑩閃爍。

他記得他望著她的側臉，映著路燈下搖晃的樹影，唱著歌而輕巧牽動著的臉頰肌膚，彎下腰時用手將垂落眼前的髮絲撥到耳後，舉手投足如此嫻雅，像沐浴湖面反照的粼粼波光的天鵝整理牠的銀白絨羽。

她輕柔唱著的應該是什麼民謠吧，聲量雖然低微，裡頭卻充滿飽和的東西，字字清麗地傳到他的耳朵，縱使他聽不懂歌詞。那歌聲彷彿深深的漩渦，棲息在周圍的沉默魂魄都被吸進，通往無止境沉邃的幽暗彼端。他靜靜地，眼睛一眨也不眨地望著她，籠罩在黑色紗幕後的白鳥模糊的影子。與其說這樣的歌聲能撫慰人心，洗滌愁煩和憂傷，不如說剛好相反，美麗得讓人痛苦。

他可以假裝他眼前的漆黑是因為他置身在同那時一樣幽深的夜晚，他靜靜偷瞧著她的夜晚，而不是因為他是個盲人，他豎起耳朵專注聆聽，等待著她靠近的腳步穿過杜鵑嗚嗚的啼聲。

「噢，你在這兒！」白玄希說。「方才我走過一回，沒發現。」

「不好意思跟妳約在這兒，我住的靠這兒近，遠的地方去不了，我眼睛不行。」嚴英說。

她在他身邊坐下，他嗅到她身上的氣息，熟悉的。那不是一種真的味道，隱形的，卻是可以感覺到的。

也許因為眼睛看不見，也許跟眼睛看不看得見沒有關係，她的氣味、她的聲音，比她的形影、她的碰觸，更激起一種浪濤席捲般的懷念，朦朧，難以捉摸，卻天搖地動地強烈。

有一剎那間他想抓住她的手，說：「我一直沒忘記妳的，我一直想要的只有妳的，我的心沒變過的，我們重新再來過吧！」

可再排山倒海的感情，再不可抑遏的心緒，都無法讓他真的說出這樣羞恥的話來，他的心沒變過？他身上什麼都變了，從裡到外，還有什麼是沒變的？他還是愛她的，還是眷戀她的，還是好想要她的，但他不再相信愛，不再相信眷戀，不再相信想要了，這一切都空洞無謂。他是個瞎子，廢物，他找她來，不是要告訴她他還愛她的。

「無論如何都要妳來，我知道很不講理。謝謝妳還是來了。」他說。

「你說我若是不來，你會一直等下去。」

「妳真信？」他輕輕一笑。「妳真容易心軟。」

她是心軟嗎？她自己都弄不清了。

也許她並不是心軟，她只是虛偽，只是懦弱，只是自私罷了。過去她一點都不曾愛過嚴英的，對他不曾存有一絲情感。可她卻讓他以為她於他還是有顧念的，她只是裝作無情，內心還是懷抱依戀，她甚至由著他一廂情願地把她當作他的女人。她應該要他清醒，應該躲著他，可她沒有，她同他在一起的時間遠遠多過見著端飛。為什麼？因為她太軟弱，她還是不敢放走嚴英，縱使不愛他，甚至嫌惡他，縱使她心裡就只有端飛，可現實讓她怕了，她還是需要有個真心要她的人的，她不能再讓自己陷入孤立無援的境地。嚴英萬般比不上端飛，他對她還是好的，她用硫酸灼傷自己，照料她、日夜陪在身邊的是他，不是端飛。

「我騙妳的。」他說。

她發出驚訝的一聲「啊？」

「我趁我那女人睡著了跑出來的，她要是發現我不在，會發很大的脾氣。我怎麼一直等下去？」他輕笑。「我不可能一直不回去。她這個人性急又囉唆，我眼睛看不見還到處亂跑，她擔心得，她相信我總有一天死在外頭。」

「你看不見？完全看不見麼？」她的語氣很吃驚。

他沒答話，她便接著說：「有人照顧你我就放心了。」

他笑了，再一次的，她發覺那笑儘管還是有著嘲弄，有著自嘲，可沒那麼刻薄，沒那麼銳利，沒那麼傷人，不似從前。

「妳對我還存有關心，哪怕只有一點兒，我還是挺高興。」

「我對你一直是有感激的。」她真誠地說。

「感激麼？」他輕聲說。

「這些年你都在哪兒？」她問。

「搬了很多地方，到處借錢都還不了。肖紅……就是我那女人，死活逼我來北京，我知道她肚子裡打什麼主意，她想說服我去找端飛幫忙。」

「可你不願意。」

「以前的我會。」他揚了揚嘴角。「以前的我心高氣傲，我自認用不著誰幫忙，可我會讓他幫我，因為我這個人天生心眼沒那麼好，我幹麼放著便宜不佔？」他嘿嘿笑了笑。「可現在不同了，現在我去求他，瞎的是我不是他，他有眼睛他還看不出來？我是個廢人，若是不施捨我，我只能當乞丐。」

她噗嗤笑了出來。

「這麼悲情的事妳還笑？」他從口袋裡取出煙，正含在嘴裡，聽到她的笑聲，停住動作不滿地說道。

「我笑你說以前的你心高氣傲，現在不同了，可說了半天你現在還是心高氣傲。」

「是麼？妳沒瞧見我的日子過得有多慘。一開始住地下室，我看不見，懶得去廁所，都在門口撒尿，也不洗澡，肖紅可不高興了，」他不屑地喊了一聲，「她自己又不是個愛乾淨的人，我瞎了以後她倒一天到晚嫌我髒了。後來她找了個好工作，咱們就搬地方了。她永遠囉唆不完，說我吃東西掉得滿桌，把廁所弄得一塌糊塗，她不在的時候我把東西打翻了，就怕她回來又大發雷霆，趕緊自己清理，可我又看不見，自以為都給整乾淨了，誰知弄得更髒。我要是脫了鞋讓妳瞧瞧腳底，都是玻璃扎的，我若不那麼好心收拾，也不會弄成這樣了。」

「對不起……。」

「妳幹麼跟我說對不起？」

「我……」

「記不記得我讓妳坐我的車跑山路？妳嚇得哇哇大叫，抓著我的手喊慢一點兒，咱不趕，不著急！我心裡還得意得……可後來有一天，妳說若是坐在端飛旁邊，就一點兒也不害怕。我本想著，端飛拉著妳估計就刻意跑得慢吧，他這人不會存心賣弄他開得多強悍。我說妳這女人家對開車不懂，妳只是靜靜抿著嘴，可那一瞬間我從妳眼睛裡看見一種東西，我頓時明白了，與其說妳信任端飛的開車技術，因此完全地心安，無所恐懼，不如說坐在端飛身邊，縱使那輛疾馳的車摔進地獄，妳也情願。」

她轉臉望著他，雖然他看不見，他也想像得到。「我不是傻子。妳以為我看不出來？我沒傻到那種地步。」他說。

「不是那樣的，端飛……」

「是個讓人惱恨的傢伙。他開得比我快，」他聳聳肩。「很多次我說咱倆比一下，妳相信麼？他跟我沒比過，他說他是領航，他沒輸贏的。妳知道我有多討厭他這一點？所有他令人惱恨的地方都勝不過這一點，打從認識他以來，每一天，每一分每一秒，一直到今天，一直到我的人生裡早就排除了這個人，我忘不了、氣不過，最恨的還是他這一點，什麼沒輸贏？操你媽我恨死他這句話。」

說得咬牙切齒，但這激動一瞬也就平息了。如今他是真的沒那麼在乎了。如今每當他想起什麼憤恨的事，痛苦的事，他就跟自己說，你是個瞎子你還跟人計較？你沒資格。

「我發發牢騷，妳別介意。」他說。

「妳知道麼，瞎了以後我什麼都幹不了，就混日子，好像時間是一頭一頭的羊，排著隊走，一隻隻挨著跳下海，然後你想著，一分鐘過去了，一分鐘又過去了。人若是整天啥事都不幹，總會開始想些事情，我發現說穿了我就是個沒骨氣的人，說什麼尊嚴，說什麼傲慢，說什麼我不想有求於端飛，其實我怕他給我一開口，說你雖然瞎了你也不是個廢人，你能做的事還多著很，估計他給我錢還說幫著我做生意呢！不，不是尊嚴的問題，是我不想，我什麼都不想做，我根本不相信，我情願放棄。」

她安靜地聽著，說不上什麼話，他要的不是她的安慰，她的鼓勵，他想的已經比她能想的多得多了。

「我找妳來不是讓妳聽這些的……」

她搖搖頭。「不，你儘管說，我想知道的。」

「知道什麼？知道我有多落魄？」

「不是，不是這個意思。」

「我有事要告訴妳。」

她不作聲。其實她不想聽。他要告訴她什麼？肯定是她想忘記的事，她的直覺告訴她。

「有關於麒麟的死……。」

她本想打斷他，說他假使要跟她說的是這個，她就要走了，她就不聽了，她不是來聽這個的，她來是因為她對他還是掛心的。甚至她連這些都不必說，她只消站起身掉頭就走，他看不見，他也追不上她，他甚至根本不知道她走了，讓他以為她繼續聽著，讓他一個人自顧自地說罷，愛說什麼說什麼。

可她不能就那麼走掉，她硬不下心腸，他變成這樣難道她能說沒有責任？他落到這個地步，難道不是因為她？

「我知道，都是因為我。」她小聲說。

「不，不是的。」他說。

所以他不怪她了？所以他要說，過了這麼些年，他原諒她了？他要說事到如今他已經不在乎了，他都釋懷了？

不是我要你殺死麒麟的，我從沒有想要你做那樣的事，我從沒有想過要麒麟死，每一次她都好想那樣說，每當他搖著她的肩膀喊著「都是因為妳」的時候，她都好想那樣辯解，可她咬著嘴唇，從沒那樣說出來。

都是因為我，確實都是因為我，她想，她不能厚顏無恥地撇清，全推託到嚴英自己身上，或許他真覺得她期望他這麼做的，或許他根本認為她暗示他這麼做的。

麒麟把孩子還給她，她本天真的……或說她只能這麼情願，麒麟就此放過她了，當時她沒理解，她太蠢了，很多年以後她才想通，麒麟多恨她，他一直在暗處盯著她，看著她過得好似高枕無憂，好似她身邊有了保護她的男人，從此篤定了的愜意，他看不得她有一絲安穩，他非得讓她日日膽戰心驚不可。

他終於還是找上她。「那兩個男人給妳耍得團團轉吧？妳得感謝我，妳學會了怎麼討男人歡欣，學會了滿足他們，學會了怎麼讓他們相信妳，可憐妳……」

「胡說！你胡說！」她大喊。

「我就知道妳不簡單，妳是我的親妹妹，我最漂亮最聰明的小妹妹，妳小的時候我沒把妳放在眼裡，因為妳只是個裝乖的討人厭的小孩，可我倆流著一樣的血，妳跟我沒什麼不同，我幹過妳我就知道了，妳跟我是不能分開的，沒有別的男人會接受妳，妳就只有我。」

「你滾！」她大喊，抓起東西就往他身上扔。「我不再怕你了，我不會對你言聽計從，我不聽你那些鬼話。」

「妳不再怕我？為什麼？因為妳有那個端飛麼？妳省省吧！我去找過那個男人。」

「什麼？」

「那個男人連我要挖出他的眼睛，刀尖碰到他的角膜他都不會閉上眼瞼，這種人心腸很硬的，妳省省吧！他不可能把妳當個寶貝。妳還作什麼大夢？我猜妳一點都不瞭解他吧，因為他跟我是同類，妳不可能瞭解他，就像妳不會瞭解我一樣。」

「胡說！他跟你才不同！」

「噢，傻姑娘，妳以為我說他跟我是同類，是貶低他麼？那可是我最高級別的讚揚。」

「去你的！」

「噢噢噢，我們家那個文靜拘謹，最害羞又最有禮貌的小妹妹，變得這麼粗魯？我還是得說，多虧了有我，若不是有我給妳機會，妳怎麼變得像今天這樣大膽，這樣野，這樣讓男人銷魂？……說真的妳讓我吃驚了，我想不到呢，有妳的，竟然會用硫酸把自己的身體毀掉，這種事妳做得出來，我不得不佩服。可妳是白費心機，妳以為這麼做，那個端飛對妳會心生罪咎，會從此抱著虧欠妳的心，會憐惜妳變成個醜八怪，悲傷得死心塌地，讓妳牢牢掌握在手裡？不會的，他不是那種人。」

她不想讓自己哭，因為現在哭出來她就太狼狽，太不堪，太屈辱了，她就認了輸，讓他知道她有多傷，有多痛，讓他得意暢快了，可她怎麼使勁忍，眼淚還是流了出來，一守不住，淚水就流個不停。

「至於那個嚴英就更別提了，不用跟他面對面我就知道他是個投機份子。」

「你到底想怎樣？」

麒麟嘆了口氣，「唉，我都不知道我想要什麼呢？妳把自己弄得那麼醜惡，我也倒胃口了。要錢麼？我看妳也生不出多少，男人總是比較有辦法，我還是找他們要吧！妳得知道，妳跑掉了，整天跟男人在床上廝混樂不思蜀的時候，我苦呀，把畸形又生病的嬰兒和沒腦袋又愛頤指氣使的老太婆丟給我，真夠狠，妳總該彌補一下。」

「別……」

「他們去比賽了是吧？沒關係，我等。我可也等了好長時間了。」他在屋子裡踱著步，轉了幾圈。「不，我想我等不了，我打算馬上去找他們，唉，性子急真是壞毛病。」

有這種必要麼？有這種必要強迫她把孩子託給別人，硬是拉著她跑到沙漠裡，向他們要錢？他們又不是把金庫鎖在賽車裡頭拉著跑的。她只能想他是存心的，也許他真想要錢，也許他真性子急，可全都比不過他想為難她。

「麒麟不是我殺死的。」嚴英突然說。

「啊？」她突然被拉回現實，大吃了一驚。

麒麟不是嚴英殺死的？那難道是……？

「妳知道麒麟為什麼來找我？」

「他想要錢。」

嚴英搖頭。「他提都沒提過一句關於錢的事。」

「那是為的什麼？」她駭異又困惑。

端飛接到麒麟的電話，說他人在營地附近的旅店。

「他說什麼？那傢伙有什麼意圖？」一聽這消息，嚴英急著問，可端飛卻不多解釋，說他會處理。

憑什麼？別的事端飛有他的盤算他顧不著，從來不想管，反正端飛說的都是對的，端飛做的都是對的，反正全由端飛，全照著他的話做，就行了，他聰明，他最有才能，他能把所有的事都搞定。沒關係，無所謂，他嚴英坐享其成，就讓全天下人以為他坐享其成好了。可有關於他的女人的事，憑什麼端飛來處理？他是不是搞錯了什麼？他以為他是誰？連他的女人的麻煩也由端飛來搞定，然後他再坐享其成？別開玩笑了！

他同端飛大吵了一架。

隔日發車，他盤算著，待回營以後赴麒麟的約就太晚了，端飛會捷足先登，他不能等。這主意其實前一天他便打定了，他一向不看路書，可這回他特別查過了，賽道裡最靠近公路的地點，他謊稱賽車出了問題，待端飛下車去檢查，他便把他扔在沙漠裡揚長而去。

「我想過你們兩個哪一個會先來找我，」麒麟笑嘻嘻地說。「我沒猜錯。」

麒麟的臉部線條剛硬，可他還是看得出來他跟玄希在相貌上的相似，他是個很俊美的男人，臉上有一種令人悚然的邪氣。

「現不正比賽著麼？你怎麼出來了？你那個領航呢？沒他在旁邊你也認得路呀？」

「少跟我說些廢話。你究竟打什麼主意，有什麼話就直說吧！」

「幹什麼這麼激動？唉，我看你是誤解了，把我想成有多麼壞？我是很疼我那個寶貝的小妹妹的，我得親自來鑑定一下，她看中的男人值不值得託付。」

「說這些瞎扯的話以為我信麼，你當我三歲的娃？拐彎抹角你不好意思說真話麼？要錢？多少？」

「我說我是善意的，你不相信？我是替你想呀！你真的愛我們家玄希麼？你若是真的愛她，你的日子就難過了，你願意一輩子躺在你身邊的是個身體那麼醜陋的女人？你願意跟你生活在一個屋簷下的是個一點都不愛你的女人？」

他脖子上青筋暴起，撲上去便往麒麟狠打，可後者輕鬆地就制住他了。

「就知道你耐不住性子，」麒麟扭住他的手臂說，語氣卻變得很溫和。「我沒跟你說謊，我會來這裡找你，說的就都是真話。她不會愛你的，她只是利用你而已。」

「不可能。」

嘴上這麼說，他心裡清楚得很，麒麟說的是事實。

麒麟放開他，坐下，好整以暇地說：「我妹妹跟我的年紀差很多，小時候我只當她是個丫頭，我跟她又不親，對她的存在沒什麼感覺。可我再看到她，她長大了，她很美，對吧？美得不像話，她那樣美，美得純淨脫俗，又美得讓人心煩意亂，看著讓人不安，像踩在高空的繩索上，你會怕跌下去。她就像太精緻、太纖細、太薄太透的瓷器，你怕有一天你不小心一伸出手去，一碰就會碎裂。因為你太害怕，你會時時刻刻有一種衝動，想把它砸碎，它不是被製作出來讓人欣賞的美，它是被製作出來讓人去砸碎掉的美，你不把它破壞掉，你坐立難安。

「玄希從小就是個安靜又溫馴的女孩，很聽父母的話，我父親管她很嚴，經常把她關在家裡，也不樂於她有朋友，她總是照他們的話做，不加反抗。可她骨子裡是個很倔強的人。

「我有時會趁父親不在的時候帶朋友到家裡來玩，我那些朋友愛胡鬧，搞得一團糟，我母親總會讓人收拾了，護著我，瞞著我父親。有一天我的朋友把我父親的狗殺了，玄希傷心又憤怒，她很疼愛那隻狗，我警告她別告訴父親，我們把狗的屍體處理掉，假裝牠跑了就好了。玄希不肯，她哭著喊狗是無辜的，狗沒做錯任何事，沒有傷害任何人，憑什麼？憑什麼殺了牠？她不接受，她一定會告訴爸爸。我說她若是敢，我會把她殺了。我真會那麼做，妳不相信麼？我這麼說，她抿著嘴，眼神一點也沒有退讓。我把她的頭按在游泳池裡，她拚命扭動身體掙扎，嗆得身體抽搐。我把她拉起來，她猛烈咳著，我問她還要不要去告狀？她還是堅持。我再把她按進水裡，就這樣反覆，她差點溺死。她昏了過去，我還給她做人工呼吸才把她救回來。結果我父親一回家，她馬上就去告狀了，她說狗太可憐，不能死得那麼不明不白。

「她真好笑，妳說是吧？我父親根本不在乎那隻狗，他馬上就又買了一隻，還是別的品種，原來的他看厭了。」

他不語，他弄不懂麒麟跟他說這些幹麼？

「我能明白你的心情，」麒麟抬眼看著他，黯淡的眼睛裡那種深沉的疲倦讓他驚詫。「可你能明白我的麼？」

「我幹麼明白你的心情？」

「你懂的，你一定懂。」麒麟站起來。

真可怕，麒麟光是站起身這個動作就能讓人背上起一陣寒。

「我愛玄希就同你愛她一樣。」

儘管他把麒麟的話當狗屁，他還是以一種認真的語氣質疑了，他是真迷惑，且不知為何，他的心底有一部分恍恍惚惚地信了麒麟。

「既然你愛她，為什麼還要讓她去出賣自己的身體？」

「那是她自己願意的，為了那個孩子。」

「那不也是你的孩子？」

「所以呢？」

「呃，我以為，我以為……那表示她對你還是有感情。」

「有什麼感情？」麒麟啐了一口。「你還沒弄明白麼？她連為一隻狗都可以豁出性命……還是一隻死狗。」

「你還是沒回答，既然你愛她，為什麼還要逼她讓別的男人糟蹋？」

「因為她不愛我。」

嚴英嫌惡地皺起眉頭。

「這是對她不愛你的報復？」

「不，你不懂！你怎麼會不懂？我以為你應該懂的。這不是報復。這什麼都不是，這只是因為我沒有別的選擇，我只能這麼做，你不明白。」麒麟摀著臉，瘋狂地來回踱步。「你不明白，這跟我願不願意無關，而是我沒有選擇。你若愛一個不愛你的人，你就被踐踏，你愛得越多，你的尊嚴就剩得越少，最後你會變得什麼都不是，什麼都不是！你該怎麼辦？你唯一逃脫的方法，就是不再愛，可你辦不到。在這個死胡同裡面你找不到尊嚴的，你能做的只有打擊她的尊嚴，把她踩到地上，把她踩到更黑暗，更齷齪，更看不見的光的地方，你才能保住你自己。」

麒麟抽出刀子，緩緩地走近他，他知道要跟麒麟纏鬥沒什麼勝算，麒麟不只是孔武有力，且他很擅長打鬥。他只能跟著麒麟前進的腳步後退。麒麟舉起刀子的時候，他幾乎想要放棄反抗而閉上眼睛。

「麒麟是自殺的。」他說。

「自殺？」白玄希驚訝的叫聲在靜夜裡那樣突兀，都讓她自己瞬時摀住了嘴。

麒麟舉起刀子，並不是要攻擊嚴英，而是迅雷不及掩耳地割開自己的咽喉，從傷口噴出來的血濺到他身上時，他甚至能感受那些鮮紅的液體凶暴地拍擊上來的力道，那幾乎像是滾燙的溫度，生猛濃郁的氣味，簡直就似活的動物伸展四肢撲跳到他身上，攫纏住他一般。

他驚呆了，好久他才回過神，他打電話給端飛，好在聯絡上了。「把賽車開到我告訴你的地方藏好，別讓人看到，別讓人知道你回來了。」端飛說。

她完全沒想到麒麟是自殺身亡的，麒麟為什麼要自殺？

「他說我應該懂他的感覺，不，我不懂。」他說，又是那種淡淡的，自嘲的笑容。「我沒他那麼有勇氣，再怎麼難受我也不會受不了活著，我寧願苟延殘喘。女人麼，到處都有，他若學學我，瞧，還不也碰得到一個肯將就我的女人，雖然差強人意，我眼界沒他那麼高。」

她忽然想起來，麒麟臨走前同她說：「本來希望妳在場，才要妳來的。但我改變主意了。」

「你要做什麼？你別動粗，我不許你那麼做……」那時她抓著麒麟的手臂喊。

麒麟轉臉望著她，灰暗的眼睛裡出其不意地躍出一絲有趣的光芒。「妳不許？妳真好玩，妳還是沒變，跟小時候一樣。」他按住她的肩膀，並不粗暴，而是很柔和的。「我原本希望妳在場，是沒安好心的，我想讓妳見著不愉快，我想讓妳到死都記得那一幕，我想讓妳今後沒有一天心安。但是我現在改變主意了。妳不要在場的好。要知道，我是個很自私的人。妳留在這兒，沒人通知妳，妳不可以出門。相信我，這對妳比較好，對誰都比較好。」

「你別傷害他。」她驚恐地說。

「誰？妳心裡想的是哪一個？」麒麟那暗澹陰鬱的眼睛裡滾動著微微的晶亮，不知為何包含著讓人說不上來，難以理解的好似淒涼又好似同情的東西。

她答不上來，惶然焦灼，只是用盡力氣地直視著麒麟。

「妳放心，我不會，我幹麼那樣做？聽好了，待在屋裡，妳乖乖待著，我就保證不動他們兩個任何一個一根汗毛。妳別給我找麻煩，妳最好明白，我是很恨妳的。妳不應該生下來，妳不應該活在世上，妳不該那麼惹人生厭，妳做的每一件事全是錯，妳把每個人都推進地獄，全都因為妳。妳覺得委屈麼？妳覺得悲慘麼？妳從沒想過，其實真正不幸的人是我。所以，別再拿那種眼神望著我了。」

當時聽不明白，或者說當時她根本沒想到麒麟的話有其他什麼含義，現在回想，明白了，麒麟早就打定主意。可為什麼呢？為什麼麒麟要自殺？

「妳鄙夷我吧？妳一逕都看穿我是個虛張聲勢的人，我想讓妳知道妳錯了，我說我為妳殺了人，我可以厚顏無恥到這種程度。但妳沒錯，妳所有對我的輕蔑和嫌惡都是正確的。」嚴英說。

「我很抱歉。」她小聲說。

「抱歉什麼？我並不想妳說抱歉的。」嚴英搔搔頭髮。「其實我寧願妳說，沒這回事，妳真心喜歡過我，沒鄙視過我的。妳一句抱歉，反而變成我說的都對了，唉，我真是自己挖坑跳下去。」

「不不不，我不是那個意思。」

「算了，妳這個女人，還是很老實的。」

嚴英站起身，笑了笑。「我得回去了，要是給肖紅知道我來見妳，不知道要發多大的脾氣。那個女人修養非常差的。」

「我……」她想去攙扶他。

「不用了，我行的。」

他輕輕把她放在他手臂上的手拂開。

21.

天剛亮聽到衛忠大嚷，那聲音的驚慌引得眾人都奔了出來。只見帳棚裡衛祥躺在血泊裡，連睡袋和帳棚的塑膠布上都到處血跡斑斑，景象駭人，待弄清楚了，倒非衛祥給開腸剖肚或者口吐鮮血，而是因身上起滿疹塊，大概是癢的關係，自己抓的，抓得皮開肉綻，渾身糊爛了，兩手滿是血，無怪帳棚裡到處是手掌印。衛忠因為喝得爛醉，睡得不省人事，不知半夜裡衛祥發神經。

「怎麼回事？吃錯了啥還是給有毒的東西咬了？」宋毅皺著眉問。

「起酒疹不至於這麼嚴重吧？該不會發了什麼病？」伍皓說。

睜著一雙充滿血絲的眼睛，孫海風面無表情地搖頭說道：「唉，這是要退賽的節奏？」

宋毅和伍皓儘管帶著宿醉的迷茫，被突然來震驚搞得一團困惑難以回神，仍不約而同瞪了他一眼。

「怎麼？我說錯了？趕緊把衛祥送醫才是，記取朝星輝的教訓，退賽要趁早，別重蹈覆轍。」

因為口乾舌燥，每個人都喉嚨刺痛，聲音沙啞。

衛忠回過頭，抓住孫海風的衣領。「去你大爺的，你給我閉嘴，別拿我弟跟朝星輝比，我弟也不過出幾個疹子罷了。」

孫海風抓住衛忠揪著他衣領的手，笑了笑。「倒也是，頂多癢得報不了路書，你得靠自個兒認路……，唉呀，差點忘了，衛忠不識字，沒關係，跟在咱們後頭迷不了路你放心……」

「你昨晚不是說要退賽？」端飛的聲音從身後傳來。

衛忠鬆開手，孫海風撣了撣胸口。「我改變主意了，指不定今天又會少一個對手，不退了！」

「誰說我會退賽？你別作夢。」衛忠說。

「唉呀，我有說少了的那個對手是你麼？我沒指名道姓呀，或許是宋毅，」他一轉身指了指宋毅，「又或許是伍皓，」一再一旋身伸出另一隻手指了指伍皓，「萬一是我自己呢？」他退了兩步，拍手說道。

「你有病啊你！」衛忠罵道。

「心中默默在猜今天誰會退賽的不是我，應該是宋毅吧？宋毅最過人的才能不是開車，是打算盤呀！你何不說說看，打從一開始，你肚子裡最可能退賽的名單上排第一的是誰？」

「沒有這種名單。」宋毅尷尬地說。

「我替你說吧！第一是衛忠，因為衛氏兄弟造車簡直是為了來鬧笑話的……」

「我的車什麼時候鬧笑話來著？」衛忠望向宋毅。

「我沒這麼說呀！我什麼都沒說。」

「你沒說他怎麼知道？」

「你腦筋有毛病嗎？他瞎說的呀！」

「至於宋毅，年紀大了，手藝生疏了，沒有靠本事贏的自信，卻沒有退路輸，用什麼手段都可以，五年前破壞我的車的雖然是伍皓，其實是衛忠的主意，你以為我為什麼找衛忠興師問罪？」

伍皓驚訝地望著他。

「有酒喝的感覺怎麼樣？你根本沒喝吧？騙倒另外兩個傻瓜，還趁勢把他們灌醉。」孫海風笑著對著伍皓說。「我眼睛不好，不表示耳朵也不靈光。」他敲了兩下自己的耳朵。「你們說話我從來插不上嘴，講什麼也沒人理會，只有聽的份，我什麼都聽在耳裡。」

他望了一眼端飛用撕開的布條綁住衛祥，以免他繼續抓傷自己。

「噢，我勸你把那布條收起來吧，你知道誰出主意要勒死你，綁在車後頭拖的？」

端飛皺著眉，轉過臉望著他。

「你們平常不都這麼說話麼，大家都當作玩笑從不真介意，這會兒為何變得無法忍受？我好不容易才融入你們啊，我學著你們說話嘛，我很享受呢，別掃我的興。」

「嚴英！」

他把食指伸進耳朵裡轉了轉。「噢，這名字聽起來真順耳。」

「你是怎麼回事？」

「不是你說的我得完賽，不然等著去坐牢麼？我不是來交朋友的。」孫海風揮了揮手走開，頭也沒回地冷冷道。

臨發車不到一個鐘頭，衛忠的車發不動，走近了發現他在哭。

「衛忠急哭了呢！」孫海風說。

衛忠擦了擦眼淚，「你別幸災樂禍，誰不知道沒任何事能挫我衛忠的銳氣？我衛忠是打不倒的，我活著一天都會在這圈子裡拚命，不是為了車的事，我是擔心我弟，打小他就崇拜我，什麼都聽我的，我對不起他，向來他做什麼都是我逼在後頭，他沒決定權，一向我說了算，到頭來發現錯的是我也不承認，但他還是覺得我很了不起……」

「這是你一廂情願的想法吧？」孫海風說。

衛忠沒理會。「走到這個關頭了，什麼都嚇退不了我，我會帶衛祥走完全程。」

「我佩服你這番氣勢，但是你現在連車都發不動呢！」

祁泰軍在一旁搖了搖頭，跟著衛忠一塊兒檢查賽車發不動的問題出在哪兒。

小傅神色不安地走過來說：「宋哥！秋哥有點怪，起來就一直在自言自語，一開始還弄不清他在說什麼，後來聽著像是在跟他兒子講話。」

「秋山在找他兒子？」
「不，也不是那樣……」
「什麼意思？」
「秋哥好像以為兒子在身邊。」
「說的是人話麼，你能不能有邏輯一點？」宋毅按著宿醉發疼的腦袋。
「這事就是沒邏輯呀！」小傅哭喪著臉說。「秋哥跟他兒子對話可起勁，走到哪兒都好像兒子跟在旁邊的模樣，時不時低頭去跟兒子對話。」
「低頭？」
宋毅皺著眉，臉上頗驚訝，一腦子茫然，秋山的兒子個兒如今是比秋山還高的。
「他以為兒子還是小孩呢！那模樣看了讓人毛骨悚然，彷彿旁邊有個隱形的小人兒。」
「你別胡說。」
「我發誓是真的，其他人也被嚇著了。」
孫海風冷不防開口：「我告訴他了。」
「你告訴他什麼？」
「我告訴他他兒子死了。」
宋毅瞪圓了眼睛，嘴張得大大的，腦中轟轟作響。
「你該不會以為這麼大的事沒人知道？怎麼可能？瞞著一個做父親的兒子慘死的事實，只為了壓制他替你幹活，你的良心安麼？」

「嚴英你……」

「昨天你還說我不是嚴英呢！」他以輕描淡寫的語氣說。

半晌他見祁泰軍脫了手套，掏出香菸點燃，他問衛忠的車是不是順利發動了？泰軍咧開嘴笑。祁泰軍的笑容有時與端飛有著神似，孫海風這才發現，泰軍說話時偶爾低頭好似思索什麼的模樣，跟端飛真的很像，也許是巧合，也許是受了端飛的影響。泰軍沒有端飛那種刺眼的瀟灑，但暈染上了端飛的圓滑輕慢又從容不迫，混合著斯文和野蠻的氣質。

突然祁泰軍抬起臉，那一瞬間驚訝的表情與視線讓他本能地覺察身後正發生了什麼事，然而還來不及回頭，就被泰軍以迅雷不及掩耳的動作推開，踉蹌跌倒，站起回過身才瞧見衝過來的秋山嘶吼著揮舞榔頭砸在祁泰軍臉上，祁泰軍倒下，秋山的動作沒停，瘋狂地朝祁泰軍的頭臉不斷猛擊。

他驚嚇得不能動彈。

秋山應是衝著他而來，卻被祁泰軍擋下，狂亂的秋山蠻力嚇人，就算是祁泰軍這樣強壯俐落的男人也在措手不及下無法抵抗和還擊。

端飛快步走來，奪過秋山手上的榔頭，一手按住秋山的臉，秋山人往後仰，像被一陣凶猛的狂風撲壓往地上，但在秋山的後腦杓觸地前，也許是千分之一秒的時間，端飛收了力道，否則秋山的腦袋恐怕要被一瞬間砸碎了。

秋山躺在地上，起先動也不動，遠處觀看的人驚魂未定，欲奔過來的步子跨出了卻停留在半空中，現在到底什麼情況還弄不清，都膽怯了。

孫海風怔怔望著躺成大字形的秋山，他並沒給擊昏，睜大了兩眼，完全無畏耀眼日光地望著天空。

儘管對端飛有許多懷疑，聽了些許奇怪的傳言，孫海風都還是一心固執地把端飛當作一個溫和文雅的人，可目睹這一幕讓他驚覺，端飛可以徒手在剎那間輕而易舉取人性命，如果他想的話。那麼，假使嚴英是他殺害的，一點都不奇怪。

他跪下來，把祁泰軍的身體翻轉過來，祁泰軍的頭顱凹陷到只剩一半的體積，臉孔一團模糊，五官變了位置，一隻眼珠爆了出來，另一隻不見了，祁泰軍彎曲的手臂突然垂下，好像要去抓住他的手一樣，嚇了他一跳，那手臂還是溫熱的，好像他還活著一樣。

「現在怎麼辦？要終止比賽嗎？」他站起來，嘴唇顫抖著說。

「把泰軍埋了，在GPS打個點，咱們回頭再來處理。」端飛說。

※

一路上孫海風好似始終處於奇異的飄忽，某件超現實的事情發生了，不是他無法接受，也不是無法理解，而是他處在狀況之外，宿醉和睡眠不足的頭疼，疲倦使得他幾乎張不開眼，嚴重的噁心感，這些痛苦都讓他整個人飄浮在真實的世界之外，他知道祁泰軍死了，但在此同時泰軍的死好像水裡的一條小魚，他蹲在池邊認真地俯身去撈，然而睜大了眼看自己的手掌，卻只見水從指縫流走。

他的感覺裡泰軍與朝星輝一樣只是暫時駛離了比賽而已，他可能在半路上改變主意掉頭回來，過兩天帶著爽朗的笑容冒出來給人一個意外的驚喜。或者比賽結束了回到北京，哪天他們又可以聚在一起吃飯喝酒。

他想起賽員會那個夜晚，端飛與祁泰軍的爭吵。他還跟符老提起過這件事。那天端飛曾說到賽道的路線選擇，反映出組織者對這場比賽的企圖與能力，祁泰軍則說從路書看不出賽道的設計上賽車通過的難易度。「關鍵不在這兒，正規的比賽，大程度考量通訊、搜救、運輸的便利性，組織者必須能全盤掌握，然而這次比賽由於是秘密進行的，或許為掩人耳目，甚至我們不明白的目的，刻意選擇與這種便利背道而馳。」

「這不是正印證了馮曉說的，必須與後勤成為『一』？」祁泰軍被馮曉給說動了，後勤組在比賽裡儘管有關鍵的重要性，地位卻始終難與車手們平起平坐，身分是次等的工人，而馮曉的意思，這次比賽經由意味深長的刻意設計，車隊必須完美融合成一個「一」，每一成員並非「一」的組成，而是全都等於這個「一」，無分彼此，同等地位，否則不能成功，那麼即使是一個雜工，也背負著決勝負的身分，那向來是祁泰軍的夢想。

「你錯了，一個團隊裡每個成員都是無可取代的最危險。越是依賴風險越大，你難道不明白？」端飛說。「沒有人是不可或缺的，沒有人是不可失去的，任何人都一樣，包括你。」

祁泰軍已面露不悅，但耐著性子。

「這是什麼意思？你說清楚一點。」

「不管馮曉他們是不是真心為著讓整個車隊最大程度意識彼此需要的絕對性，這麼做到頭來都可能反過來變成勒住自己喉嚨。」

祁泰軍咬著嘴唇，握緊了拳頭。

「你不信任我？」

「這跟信任沒關係，我只是對組織者選擇的路線抱著懷疑……。」

「你覺得咱們當後勤的沒資格和你們相同的地位？或者你認為拿這個冠軍咱們不是同等的出發點？符老弄這輛車來你知道對我來說是多大的考驗，花多少力氣，為了整理所有的配件，研究結構，整備調校，試車，那幫鬼子分三班上，我天天通宵，一個禮拜闔眼的時間加起來不到八小時，拿得動扳手拿不動筷子，吃飯都在抖，眼睛看不清東西，你以為我容易嗎？我放著家小跟你到這裡來，二話不說，我發重誓絕不讓這車出差錯，有問題哪怕命不要也得解決，奪冠有一百萬美金，我有跟你提過若是拿了獎金，怎麼跟底下的人分嗎？我跟你提過錢這個字嗎？就連工資我都沒跟你提過，你說什麼就是什麼。」

「你應該提，你為什麼不提？我不讓你提嗎？難不成我應該主動說我要把獎金給你？」

祁泰軍一時語塞，瞪大了眼睛，表情像是讓端飛打了一耳光。

「你如果提了，你要求拿走全部的獎金，除開嚴英那一份，我不能替他作主，其他的都給你，我不會說一個不字，並非我慷慨，而是我認為你值，但你不能連你自己不說都怪到我頭上。」

祁泰軍眨了眨眼，露出難以置信的受傷的表情，低頭用手抹了抹臉，呆滯了幾秒，「我不是要跟你吵關於錢的事，跟這一點關係都沒有，我不知道為什麼會弄到這話題上來。」

孫海風懂，那時候在旁邊聽，關於賽道怎麼設計和後勤支援之間的關係當時他聽不懂，可祁泰軍的心思他懂。雖然他也不明白，為何他跟泰軍又不熟，他既不理解端飛，也不理解泰軍，聽他倆人爭執，他卻覺得他都理解。泰軍在乎錢，在乎得很，他既需要錢，他付出的一切也不愧對這筆錢，然而他希望端飛明白，他還把端飛放在那之上，超過了全部，超過金錢，超過拚命，超過生死，他值得端飛全部的信任，就這麼簡單。

這麼簡單的事，真不曉得這兩人怎會繞不明白。

這一天晚上他作了一個夢，夢裡他和泰軍聊著這一日發生在賽道裡的事。

「今天出了不得了的事，我們在賽道裡遇到那欽，朝我們衝過來……噢，你聽我說，這很令人匪夷所思，伍皓他……」

他在夢裡喋喋不休，泰軍靜靜聽著。這事一定要聽聽泰軍的想法，他急著講清楚，對泰軍丟了一大堆問題，泰軍若有所思。……等一等！泰軍不是死了？噢，原來他搞錯了，泰軍根本活得好好的，他這個腦子，他怎麼想得喲！他苦笑著搖頭。

「你知道，我想去問端飛呀，他難道不該給個交代？能跟你聊是對的，還是先聽你的中肯，你雖然不在現場，但你很瞭解……」

不對呀，端飛不是讓人把泰軍埋了？死人才給埋在地底吧？所以泰軍還是死啦，如假包換地死了，他怎麼從地下爬出來的？他轉過臉望著泰軍，泰軍身上覆滿了沙，像個黃色的土俑，他吃驚之下安慰自己，今天風沙太大了，泰軍肯定是摔破風擋，才弄得這副灰頭土臉。然而泰軍臉上不再帶著平日的光亮和健朗，他缺了半邊臉，上頭的沙土混著一種斑駁的鏽紅色。

「泰軍，你可能不知道，你已經死了……」他想這麼說。但是他發不出聲音。

你死了。

他用力扯著嗓子，艱難地想說出話，但他只能發出一種破碎的彷彿嗚咽的混濁聲音。泰軍的臉露出一種寂寞的悲愴。

你死了。你非得知道不可啊！

他使勁喊，他好像腦性麻痺患者在說話，硬從喉嚨裡奮力擠出扭曲變形的字。

「對不起。」他哭了。

他驚醒過來，以為自己是哭醒的，但他摸了摸自己的臉，乾裂的皮膚上沒有一滴水。

他經常夢見這所有的一切是夢。

早晨他醒來，閉著眼，想像自己躺在家裡的床上，可他忘了他的房間什麼樣子了，他皺著眉努力回想，倔著性子，不想起來就不睜眼！但他終究沒耐性，憋不住偷看。其實他很費勁才從夢境裡撐開眼皮，他睡在帳棚裡，在沙漠裡。好極了，這就是答案？

你作了一場噩夢，醒來發現你被這個世界忘記了，所以你清醒了？你於是在真實裡了？不，你只是被丟進另一個噩夢。

醒來他充滿空虛感，更被一種強烈的恐懼包圍。

無比孤寂又脆弱的無助與恐慌把他浸在一種陰冷的悲傷裡，他冒出一種「好想回家」的心情，但這心情很抽象，理性上他知道其實他現在沒有家了，雖然跟父親沒什麼感情，但畢竟是唯一的家人，這件事的實質他倒不覺得有什麼，當個漂泊的人很酷，不受牽絆，老要把自己劃分到哪裡去的人他看不起，但說不出理由的，現在他卻感受到一種飄蕩不定的混亂，好似一艘沒有錨的船。

父親年老以後思念他唯一的兄弟，那成了他唯一的錨了，他要緊緊抓著，現在他明白為什麼父親死後把遺產都留給兄弟，或許為的就是讓自己的兒子去找他，這件事太滑稽了，結果他卻把這個叔父給殺了！荒唐得讓人背脊發冷，同時笑和哭得簌簌顫抖。

先前馬修他們慫恿他來找叔父索回遺產，「沒拿到錢別回來啊！沒錢你什麼都不是，沒錢今後別見我們。」烏鴉說。他們有點半開玩笑，因為知道他這個人脾氣不夠硬，跟人爭什麼的時候笨拙，便哄鬧說若老人反悔，乾脆把他宰了。他原以為見到老人或許會有點兒親人相遇的感受，但貌似完全沒有，這些他印象模糊了，因此他殺了叔父？為什麼？他們起了什麼爭執？事情不可能是這樣的！

要說恐懼，其實不是第一天了。

他一直處在恐懼中，但這恐懼是來自於對自己置身之境的惶惑，而非意識到某種直面的傷害的可能，甚至連朝星輝受傷時，他的哀憐都帶著一點距離的恍惚，如今他覺悟到人是很脆弱的動物，人的身體很脆弱，心也很脆弱，冥冥中有某種東西，像黑暗裡的野獸，隨時出其不意地會躍出來咬住你的脖子，撕毀你。最恐怖的就是你不知道它的喜怒好惡邏輯，它來得既沒有章法，又傲慢張狂，你毫無心理準備，一旦交鋒你全然無助，只能任其刺穿、割裂、扯碎。

孩童都害怕夜晚的床底下、衣櫃裡藏著怪獸，在黑暗中不聲不響地睜著那雙熒熒的凶殘眸子盯著，這是真的，這隻叫作命運的怪獸始終守在你身邊。

※

白天回到終點的只有他和端飛、宋毅、晉廣良三個車組。每移至下一紮營地，人數都會減少，最初賽手加上後勤人員達五、六十人，如今只剩十來人，顯得極為蕭瑟冷清，還不到日落時分，但天光漸減，周遭蒙上一層淡淡的朦朧的灰色，每當風沙揚起，特別有種盛宴的喧囂化為落寞寂靜的荒蕪感。

「不是大家一塊兒走，都不好玩了。」孫海風語帶苦澀地嘟囔著。

宋毅聽了翻了翻白眼，「你以為我情願？」他小聲說，說給自己聽的。

為了送秋山回去，宋毅得把僅剩的一輛工作車和兩個維修工留下，現在整個車隊就只剩他與小傅了，他寧可不做這樣的處置，但他沒得選擇。

「我可憐秋山死了兒子，沒法跟發瘋的人計較，但你別指望死了兄弟的我不會跟秋山一樣發瘋，你若還讓秋山跟了來，難保我見著他什麼時候克制不住。」端飛那雙眼睛發出好似夜裡浮現在一整片漆黑當中熒亮的兩只狼眼的凶光，宋毅下意識便縮了縮腦袋，心想端飛當真發怒，會擰斷的是他的頸子而不是秋山的。

可他沒那麼輕易死心就範，若是如此他就不叫宋毅了，他一逕能屈能伸，腦子動得快，再怎麼個死地都要撓遍了牆頂出條生路。

他馬上噗通就給端飛跪了。

「我帶著秋山走，把他關車廂裡綁著不讓出來，你見不著不心煩。可我不能把車和伙計留下，就剩兩個賽段，給我個機會，也就一輛破車，大東西都帶不上，一些工具零碎罷了，兩個伙計都是勉強湊合的貨，連這也不讓我使，我還有戲？這個比賽對您這位爺來說只是玩兒，對我卻是比命大，好歹留給我一條活路。」宋毅擦著眼淚說。

端飛沒理會。

宋毅站起來罵道：「要不是嚴英跑去告訴秋山他兒子死了，秋山會發狂嗎？不讓我的後勤跟上來，表面上說是為了祁泰軍的死而恨怒，說穿了是為除掉我這個競爭對手。」

見端飛逕自走開，全然無視他這番話，宋毅在背後大聲說道：「一副正氣凜然的樣子，不原諒秋山殺人，說得倒好聽，怎不說你自己這個殺人不眨眼的！」

然而儘管咬牙切齒，宋毅終究是把秋山送走了。

孫海風這「不好玩」的說詞惹來晉廣良輕蔑的啐了一口，「你當這是玩過家家？」說著轉臉望向端飛，「帶個娃來參賽，車後頭是不是還放了奶瓶和尿片？」

「其實他這麼說也沒錯，少了這些人真有些無趣呢，我都懷念起衛忠來了！少了衛忠那沒遮攔的嗓門，看什麼都不順眼的大作文章，是單調了點兒。」李東建吐了一口煙悠悠說道。「參加比賽這麼多年，五十輛車參賽跟五百輛參賽其實沒有不同，真正爭名次的永遠就是那幾輛車，其他全是陪襯的。對頂尖的車手來說，不會因為參加的車輛少就變得輕鬆，也不會因為參加的車輛多，競爭就更激烈。絕大部分的賽手是用來添熱鬧的，沒了這些鬧笑話的人，比賽怎麼不無聊？六十輛車的比賽，有五十五輛是這種貨，六輛車裡頭，還是有五輛是這種貨。」

宋毅驚訝地望著李東建。李東建這個人平常很低調，不接受採訪，不社交，獨來獨往不和圈內打交道，擔任領航他是拔尖的，沒有車手經驗，對轉當車手也毫無興趣，大部分時候都很安靜，不輕易發議論，他合作過的優秀車手很多，未曾評論過任何一個車手，價碼高出其他領航好幾倍，一分錢也不讓步，他的性格很難捉摸，情緒不外露，但他的專業和穩健，不囉唆的風格，對細節要求的高度嚴謹，對遊戲規則高度掌握，是絕佳合作對象。這是宋毅第一次聽到李東建談及他怎麼看待比賽的。

衛忠與衛祥沒出現，不那麼令人意外，大夥心裡已經做了某種預期。

至於伍皓，一直未見伍皓賽車的蹤影，宋毅問了一句怎還沒回來，端飛這才答：「退了，他不會回來了。」

宋毅瞪大了眼，還發出了一聲驚呼，那反應似乎誇張得讓人感覺有虛僑的成分。

造成伍皓退賽的真相，除了端飛，沒有人知道。

回過頭來說伍皓怎麼發生意外的，在沙蓋路上跑的時候，「那不是伍皓的賽車？」孫海風驚訝道。

「為什麼逆向行駛？」

伍皓的賽車衝著孫海風他們筆直開過來，兩輛車的逐漸拉近因距離縮短速度卻沒有減下而產生的壓迫感一下子高漲起來。

雙方都沒閃避，在兩輛車頭的間隙幾乎只有十厘米下停下了。

一停車，兩輛車上的人皆解了安全帶下來，端飛脫下頭盔破口罵道：「我操你們倆有病麼？這是上演《速度與激情》嗎？」

開車的是那欽，不見伍皓人影。

「我踩煞車了呀，我怕翻呀，我等他讓開嘛！」孫海風無辜地說。

「我若是拐開了，掉頭追不上你們。」那欽哭喪著臉說。

「伍皓呢？」

「伍哥在那岩山上，」那欽指著遠處黑色的岩山。「掉進岩壁縫隙裡去了，卡在中間上不來。」

「伍皓怎麼會跑到岩山上去？」端飛問。

面對端飛的詢問，那欽好似避開了端飛銳利的目光。

原來那欽報錯路書，兩人迷了路，錯失了必經航點，因此跑上高處看。

「跑到那裡去？怎麼可能？」

儘管端飛感到疑惑，仍舊帶著拖繩跟那欽爬上去。

「你留在這兒等吧！」端飛說。

他豈會乖乖待在下頭等，端飛與那欽一走，他也跟上了。

然而跟在端飛後頭爬，不一會兒距離便拉開，他開始喘氣，每一抬頭面對刺眼的陽光，再垂下臉就感到暈眩和一片黑暗，他突然定住不動了，像瞬間凝固的雕像那樣維持著原有的姿勢。

「不會吧？」他喃喃自語。

臉上的表情呆滯，大概這樣定住了有十幾秒，他開始彎下腰，摸索周遭事物，在腦子裡搜索先前的視覺印象，可就在他胡亂轉了幾圈之後，完全混亂了。

什麼也看不見。並不是因為太陽的關係。眼睛的毛病又發作了。

這兒的岩石陡峭又尖銳，摸索著往下爬太危險，一個不留心滾下去不摔成殘廢才怪。他什麼都不能做，只能等待著視力恢復，不知道要多長的時間。

若是端飛把伍皓給拉上來了他還僵在這裡呢？假使他們在回程時遇到他，那會是很尷尬的窘境，他還不曾告訴端飛他的眼睛有問題。可尷尬的處境也勝過他們沒遇著他，他開始有點神經質起來。他背靠著岩石緩慢坐下，小心地用屁股挪移位置，伸出腿去觸碰，找一個安置身體能舒服點的地形。

他彎起膝蓋，發現屈著身子涼一些，他猜想可能那讓他置身在陰影裡。雖然看不見，一點都看不見，這會兒連對光的感覺都沒有了，但這天實在熱，穿著防火賽服格外地熱。

恍惚中他聽到手機鈴響。

真奇怪，他不記得把電話帶在身上，就算帶著也不可能開機，且他一直都沒給電話充電，應該早就沒電了。

「海風？」

電話那邊傳來佐依的聲音，這很令人意外，佐依很少會主動打電話給他。然而他彷彿與世隔絕太久了，失去熟悉的聲音太久了，一瞬間太驚喜，沒繼續想著佐依打電話給他大抵都是些找他麻煩的事。

「天哪！我沒想到是妳。這裡收訊很差，一直都沒有訊號，妳想不到我現在在哪兒，也不會猜到我在做什麼，噢，說來話長，我不知道要從哪裡說起，要解釋的事太多了，在電話裡很難說清楚……」他慌慌張張地爬起來說。

「沒關係，我剛好也在忙，也許等我們兩個都有時間的時候再慢慢談。」

佐依的反應很平淡，真奇怪，雖然是講電話，他卻覺得可以看得見佐依在電話那頭的樣子。

「妳猜猜看。」

「猜什麼？」

「猜我在做什麼。」

「拜託，你知道我討厭來這一套。」

「試試看，猜一次就好，保準妳猜不中。」

「我不要。」佐依的聲音顯得很不耐煩。

「假使妳猜中，我可以買給妳任何妳想要的禮物，隨便妳開口要什麼。」

「別幼稚了。」

「好吧，我在沙漠裡，賽車呢！很不可思議對吧？連我自己到現在都不太敢相信。就是現在，我還正在比賽當中呢！」他知道自己說這話充滿了虛榮的情緒，激動之餘也沒工夫羞赧。

「既然你在比賽當中，為什麼可以講電話？」

「噢，發生了一點事，我停下來了，我在一座岩山上，而且我的眼睛看不見了。」

「那真不妙。」

「是啊，但願一會兒就好了。」

「也可能不會好。」

「什麼？」

「你不是常說你的眼睛有一天會完全看不見嗎？你說你不知道那什麼時候會發生，或許就是明天，或許就是後天，你說看不見的頻率越來越高了，也許時候快要到了。」

「別說得那樣可怕。」

「是你自己說的呀！」

他有點生氣，就算是事實，他想聽到的是「不會的，別放棄希望，現在的醫學進步飛快，或許奇蹟會發生」或者「也許沒有那麼糟，說不定他們弄錯了，再換幾家醫院檢查，到國外去看也可以，萬一你的眼睛根本沒有問題呢？」那樣安慰的話，就算知道不真實，就算毫無意義，聽著也會多少帶來點平靜和慰藉。

「賽車怎麼樣？」

「嗯？」

「你不是說你在賽車？好玩嗎？」

「沒辦法用三言兩語說清楚。」

「這真不錯，我是說，你一直希望把握眼睛還看得見的時候多看點東西。」

他覺得佐依這話說得很敷衍，她好像心不在焉。

「妳沒辦法理解我的心情。」

「我當然沒辦法理解，我又沒有快要瞎掉。」

「妳可以嘗試去體會。」

「我為什麼要嘗試？」

「妳這麼說很冷酷。」

「天啊！你怎麼會這樣想？為什麼我非得假想我也會瞎？那不是事實呀！你有時候就是這樣

子，認為自己是對的就想強求別人也這麼做，別人不願意你就覺得受傷。」

「我只是希望妳能瞭解，我對這件事感到害怕。」

「別說這些了。」

「我差點忘了，妳打來做什麼？」

「呃？」

「妳不會沒事打電話給我。」

「噢，我撥錯電話了。」

佐依這輕描淡寫的回答令他愣了一下，甚至彷彿找不出一種洽當的情緒來填補這個瞬間。

「好吧，我掛了。」

「等一下……」

「等你回來再聊吧！」

「我不會回去了。」

這不是實話，但也算不上賭氣。他想這事有幾天了，他不可能再去見佐依，有關於佐依和馬修那套狗屁，什麼女性的身體自主和自由，什麼無涉於愛，無涉於自尊，這些日子他反來覆去地想這些道理，想得腦袋快想破了，試圖讓自己因為能理解而釋懷，那顯然是一套高級的理論，假使他能想通，能接受，他會心裡舒服得多，有幾度他真的感覺自己能明白了，揣摩到那種境界了，不再憤怒或者妒恨了，甚至認為他們倆都是對的，錯的是他。隔日卻又完全翻盤了，困惑了，陷入更深的沮喪，更強烈的怨怒，更痛苦的受傷感。

他怎麼能裝作沒事地回佐依身邊？因為佐依打從心底就壓根不感到自己做了什麼錯事，他如何去跟她計較、爭辯、發怒？因為佐依仍舊是愛他的？

不，不是佐依和馬修上床有什麼問題，是他跟佐依從一開始就有問題，是他自己打從一開始就有問題，當初是佐依先喜歡他的，甚至是佐依開口說想交往的，他渾渾噩噩地就跟佐依在一起了，從來想都沒想過他沒一件事做對，他整個人就是不對的。

事情不可能重來對吧？不能說「噢今天開始以前的都不算，以前的那個我不是我」，然後搖身一變，換一種新的姿態，新的思維，新的相處方式，假裝過去全都沒發生過。

他還是想見佐依的，還是想要佐依在身邊的，還是願意看見她的臉，她的笑，聽見她說話的聲音的。

只是他不能這麼做。他不能縱容自己去這麼做了。

「你會回來的。」佐依的口氣冷淡卻篤定。

這有點好笑，佐依沒問他為什麼不回來，他也沒問佐依為什麼認為他會回來。也許佐依自以為很瞭解他，也許佐依只是隨口敷衍地說的。

「佐依？」

「什麼？」

「妳在哪兒？」

「在房間裡。」

「在做什麼？」

「沒做什麼。」

他忽然猜到為什麼他感覺佐依心不在焉。

「妳房間裡有人？」

佐依沒回答。

「馬修在那兒？」

「他來幫我修電腦。」

「馬修會修電腦？馬修自己的電腦都找烏鴉修的。」

「他只是來看看究竟是出了什麼問題。」

「妳穿著衣服嗎？」

「什麼意思？別說這些讓人不舒服的話。」

他衝上去，用力搖晃佐依的肩膀，搖得佐依的頭好像彈簧娃娃那樣晃得快要掉下來。他不曾對佐依做過什麼粗暴的動作，但強烈的怒火在他的身體裡幾乎要炸開，他無法控制，不，他不是無法控制自己向佐依施暴，他無法控制自己即將像一個吹爆的氣球那樣四分五裂迸開，變成一些碎片。

但為什麼他能夠搆得著佐依，看得見佐依呢？為什麼他清楚地感受得到佐依臉上那種無動於衷呢？他明明在沙漠裡，而佐依在海的另一邊。

所以他不曾離開過？所以他一直在佐依身邊？所以他和佐依並不像他以為的相隔那樣遙遠？

有人拍了拍他的肩膀。

他像是觸電一般彈了起來，發出一聲「哈」的小聲驚呼。

「你在這裡睡覺？」端飛低頭望著他。

他站起身揉了揉眼睛，周遭物事有一種粗糲的朦朧，但卻不是空無的黑暗，他左顧右盼了一下。

「伍皓呢？」

他跟在端飛身後爬下岩山，老天，端飛的動作未免也太靈巧敏捷，他覺得自己簡直得像猴子那樣蹦跳著且還手腳並用才跟得上。

「伍皓掉下去了。」端飛一邊走一邊說。「拖繩不夠長，沒辦法弄他上來。」

「掉下去了？那兒有多深？他受傷了嗎？」

「不知道，看不見。」

「那欽呢？」

「那欽說要去找能進岩壁中間的路。」端飛停頓了一下。「我告訴他那是不可能的，他真要去找，別說走上三五公里也找不到，恐怕回頭連原來的位置都找不著了。」

下了岩山，那欽跑了過來。

「我不相信，是你把伍哥推下去的吧？我聽見你跟伍哥爭執。」那欽大喊。

孫海風回過頭驚訝地望著那欽。

對那欽的質問端飛完全沒解釋，只是平靜地說道：「按紅色報警吧！得讓馮曉派人立刻過來，天黑之前必須把伍皓弄出去。」

那欽站住了，臉上那痛苦的表情說不出來是失望抑或憤怒，混合著慚愧和懊悔，或者還有困惑和驚惶，或者他對於這意料之外的結果，尚且意會不過來，唯一認知到的模糊的感受就是痛苦？

端飛喚孫海風該走了。

「我們不在這兒等救援？」

「干我們什麼事呀？我們幹麼在這兒等，比賽還在進行呢！」

「誰說不干你的事？那欽是拜託你去救伍皓的。」

「你別逗了，我是媒人包生孩子啊？伍皓卡在岩石中間，我下去救他了，可他又摔下去了，拖繩又不夠長，我盡力了。」

「我們等到救援來，確定把他弄上來了，才能安心啊！萬一救援不來呢？」

「不會不來的。」端飛說。「何況伍皓有沒有平安被弄上來，真不是我的事。」

孫海風原不願意走的，但卻沒有積極地違抗端飛，不多做掙扎便乖乖離開，事後心中總有著後悔，記掛著伍皓究竟有否獲救。

「我原本不願走的，是端飛要我走的。」他屢次有衝動想這麼說，對宋毅，或者對晉廣良，或者對任何一個誰說，可這麼說難道不鄉愿？他大可以留下來，如果他堅持，但他頭也沒回地走了，卻想把罪過推給端飛。

丟下伍皓和那欽，一路往終點奔的路上，他以為端飛該解釋伍皓摔下去的經過，但除了報路書端飛一個字也沒多說。

宋毅與晉廣良都沒追問伍皓退賽的經過究竟，這也讓他納悶，他們怎能毫不關心？

「我去追問只有端飛知道的事？我活得不耐煩了麼？」宋毅沒好氣地說。

孫海風對端飛的情緒很複雜，端飛是他喪失記憶後第一個見到的人，說來有點詭譎，幾乎像被拋棄的雛鳥第一眼見到飼育員扮演的假母鳥，他一心一意想贏得端飛的肯定，滿足端飛的期待，一廂情願對端飛抱著全部的信任和依賴，完全沒深一層去琢磨過對方真正的心理，所有端飛反應出來的冷淡或者可疑，他都自然而然地把問題和過錯放到自己身上，因為他做得不夠好，因為他沒老實，因為他懦弱，因為他不優秀，因為他個性古怪，因為他傻，他幼稚，他犯的錯太多。

有段童年往事冒出來，升初中的時候他要求父親來看校際比賽，那時學校裡還沒有正式的球隊，他甚且還是候補球員，在情非得已的狀況下上場的，他跟所有隊員都不熱絡，也沒人弄得清他的實力，上場沒多久，比賽雙方都馬上看出他是最弱的一個，敵方的球全往他這兒打過來，並不是他把己方的分數拖垮的，本來就大幅落後，陷入僵局好一段時間，千鈞一髮球又往他這兒砸過來了，他的隊員全都驚嚇地閉上眼，大夥的心理都在一瞬間痛苦的放棄了，要救那一球無論從距離和角度上衡量難度未免太高，而他出人意表輕鬆地以最優雅的姿態魔術一般擊回。所有人都衝過來興奮而激動地抱住他。但每個人都理所當然以為他運氣好。怎麼可能是因為運氣好？為什麼有人會把這樣精準完美而強悍的擊球視為「一個不小心的湊巧」？他背地裡下的苦工夫超過任何人，倒不是他特別勤奮，只不過是因為他打小就討厭和其他人往來，不與他們一起練習，他能自己一個人用任何方式舉球、托球，他可以對著牆壁打，嘗試任何角度、力度以及讓自己達到不可能的反應速度，他以為誰都是那樣練的。不過他們後來還是大輸，對於比賽這件事父親毫不關心，贏或者輸他絲毫沒有感覺，別的父母親安慰他們的孩子輸球受傷的心靈，或者嘉許他們從贏球得到榮耀，父親只是淡淡地說，運動運動有益身心，但讀書還是更重要，否則你只能去當工人，你吃不了那種苦。

他想一扭頭跑掉，這話聽著叫人不舒服，可他卻只是沉默地跟著父親走回家。他想起馬修和容嘉他們批評他父親，越說越激烈，有一次他光火了，馬修倒是驚奇：「還不是你自己老在抱怨你爸？我們是順著你發揮呀，我們壓根就不認識你爸，哪曉得他是怎樣的人。」

他把自己從回憶裡拉回來。

伍皓的意外讓人霧裡看花，他開始對端飛發生懷疑，這懷疑也不是憑空。現在他對端飛生了一種新的微妙的感覺，如今他換了眼光角度，端飛不是完美的，早有人提醒過他，他卻沒放在心上，現在端飛的瑕疵起了一種奇異的作用，轉化了先前一直以來他從端飛那裡得到的屈辱感，有問題的人不是我，其實是你。

我幹麼要把過錯都加諸在自己身上？我做了什麼對不起端飛過？他想著想著認真氣起來了，他又不是沒盡力，是端飛對不起他吧？就連祁泰軍這個維修的對他也比端飛公平。他開始懊惱怎麼會一直責備自己，認為問題出在自己身上。仔細想想，若非那個傢伙這種態度，這段時間他也不會這麼痛苦。

天色暗下，營地較往常安靜得多。夜裡他喜歡聽到那叮叮咚咚的敲擊，那壓低了的交談，或者突乎其來有人情急高聲的咒罵叫喊，有人打呼也好，交給全然的安靜給統治，是頂可怕的事情，那好似時間停頓了，好似這周遭的一切是個虛幻的空殼，而他孤伶伶的一個，世界不存在，什麼也不存在，他卻沒有消失。較諸初來沙漠，那藍天下遍地金光裡，風吹動旗幟的啪啪聲，引擎的轟隆隆聲，金屬碰撞敲擊聲，發電機、磨具的馬達聲，多令人心蕩神馳，一番迷醉。以前他一直把自己當作習於孤單之人，如今他算是瞭解自己了，就算不快樂他也寧可選擇喧鬧。

他試探性地問了晉廣良：「假如端飛問心無愧，他幹麼不解釋？他為什麼不說出伍皓掉下去的真相？」

晉廣良卻冷笑。「他說什麼重要嗎？他說了你就相信？你不怕他說謊？」

「我把他當搭檔，他若是說了，我就信。但他若把我當搭檔，他就不該沉默。」

「如果你信任他，你就不會開口問。」

「為什麼不可以？我相信就算是他把伍皓推下去的，也一定有他的理由，他大可以告訴我，我能諒解。」

「他不需要你的諒解，一旦你開口問，你會不會相信，他就無所謂了，你怎麼想隨便你。」

「什麼意思？身為搭檔，他卻不在乎我相不相信他？身為搭檔，我根本不該在乎他有沒有做不該做的事？」

「你在乎又怎麼樣？你不相信他又怎樣？」

晉廣良對他的不滿毫無興趣地走開，他朝著晉廣良的背影大喊：「是你們自己一天到晚說搭檔之間信任有多麼重要……。」

晉廣良轉過身，拋出一句：「你所謂的信任，到底指的是什麼？」

縱使他一個人怔住了好一會兒，貌似在咀嚼晉廣良的一番話，但實則對他並未造成根本上的影響，他只是因之盡力克制著去向端飛打破砂鍋的衝動。然而一時間壓抑下去，過一會兒反彈起來，那股想去質問端飛弄清楚事實的勁兒變得更猛，越想沉著，越對於端飛的隱瞞感到憤怨和暴躁。最後終究是演變成一臉怒氣沖沖地好似興師問罪般跑到端飛面前。

「那欽說他聽見你和伍皓爭執，是你把他推下去的嗎？」

端飛沒答腔。

這倒令他意外了，他的預期是端飛一如以往地嘻皮笑臉，四兩撥千斤，什麼都沒透露，只是平白譏諷他一頓，犀利的眼睛裡跳動著狡猾的光。

可端飛只是聳聳肩，對他不理不睬。

「人因為尊嚴所以不能輸，因為不能輸所以可以不要品格，沒有品格還有什麼尊嚴可言？你不覺得這很諷刺？」

「唔？」

「別假裝聽不懂我的話，這很重要，至少對我來說非常重要，我必須知道你是不是無辜的。」

「你怎麼想就是怎麼著吧！」

這樣無謂的態度更令他惱火了。「別瞧不起人！」

端飛笑了笑。「有麼？應該是你瞧不起我吧？你剛才不說我不要品格，沒尊嚴可言麼？」

「你可以否認，可以辯解呀！」

「我幹麼要辯解？」

「你不在乎我誤解你，認為你做了你其實沒做的事？」

「不在乎。」端飛說得輕描淡寫又乾脆俐落。

孫海風的臉一陣紅一陣白，握緊拳頭的雙手都不知往哪兒放了。

「我願意信任你的，我都準備好相信你了，我都替你準備好說詞了，你為什麼不說呢？」

那麼高的岩山，確實能看得遠，但這岩山崎嶇陡峭，範圍遼闊，爬到那上面無助於找到路線，恐怕連自己的賽車在哪兒都看不見。伍皓跑到那上頭去找路，未免牽強，但是伍皓做這樣的事也沒那麼奇怪，他這個人頭腦不靈光又固執，問題是那欽呢？那欽不至於認同這樣荒唐的主意，或者那欽為難於忤逆伍皓的意思？

不，怎麼想還是奇怪。難道說，這其實是伍皓的計謀，把端飛引到岩縫裡去，原本想推他摔下谷底，沒想到自己失足掉下去了，或者兩人起了爭鬥而伍皓居下風被推落？假使是這樣，那欽知道伍皓的盤算嗎？那欽不笨，不可能不疑心，他會跑出來向端飛求救，顯然是幫著伍皓把端飛引至陷阱。端飛那樣機敏的人，任何一個別人用這種說詞來引誘他，估計他都不會中計，只有那欽，他不會相信那欽對他有惡心。

現在回想，當那欽跑來求救，著急地說伍皓掉進岩縫，面對端飛的詢問，那欽避開了端飛嚴厲卻關切的目光，那並非因為作為領航，又身為端飛的學生，為自己報錯路書領錯路感到羞慚，而是因為自己在說謊！

他想起端飛曾說的，信任是一種選擇。

也許人往往選擇相信某個人，是出於一種需求，並非出於仰賴他人的需求，而是需要相信這世上有人值得相信。人有相信的需要，假使世間沒有人讓你願意選擇相信，這世界不值得活。

那麼，被你選擇去信任的，世上人那樣多，你選擇了他而不是別人，你覺得他值得而不是別人，你把自己交付給他，扛起可能錯信的風險，這個人，該不該背負對你忠誠的責任？他是否該交出背叛的權利？

這樣一想，他發現答案是否。

信任無關乎對方，只關乎自己，信任是自己選擇的，背叛是對方的自由。

所以，那欽並沒有錯。

所以，佐依也並沒有錯。

他一路都在想這些。

他這思路是基於相信端飛。

如果那不單是伍皓的主意呢？或許宋毅和衛忠也參與其中？那天三個人談及聯手殺害端飛，並不是開玩笑？他甚至產生這樣的想法，當宋毅得知伍皓摔下岩山，那欽為救伍皓被迫做出退賽的決定時，反應很震驚，但那反應明顯充滿表演成分，當時他解讀成宋毅對於伍皓退賽是心中幸災樂禍，相當高興的，可不想讓人看出他這醜陋的心思，因此故作駭異。然而這也可以換一個角度來解讀，宋毅早就知道伍皓要來這一招，這是先前就預謀好的，因此他毫不驚訝，他的驚訝是演出來的，才顯得那樣虛假。

他這麼一心護著端飛，端飛卻毫不領情，太令人生氣了。

或者……，真正無辜的是伍皓？伍皓當真為了探路爬上岩山，失足卡在岩縫中，而端飛假借救援把伍皓給推了下去？

「我一直把你想成一個可信的正直的人。」他說。

「噢，謝謝你對我有這麼高的評價，很多人都不是這麼想。」

「所以你之前跟我說的都是騙人的？」

「什麼？」

「你說我們只要能完賽就行了吧？你說只要能完賽我就不用去坐牢，這全是扯謊吧？」

「我沒扯謊。」

「既然只要完賽就好，你又何必這麼卑劣的事也做得出來，說了半天你還是為著獎金。」

端飛望著他，這次他感覺到的並非那眼神彷彿帶著讓他會情不自禁想抖出內心話的威迫力，那眼神仍舊凌厲得好似想要看穿他，可那穿透卻更像通過了他而投射到不知道什麼地方去了。「既然只要完賽就能全身而退，又何必爭名次，這就是你的想法？」端飛緩緩說道。

這話充滿了諷刺，可為什麼端飛的表情，語氣，帶給人的感覺卻與嘲弄不相符……

他弄不懂。

「你是鄙視我沒有強烈的企圖嗎？我告訴你，我寧可……」他急切地說道。

端飛搖頭，那神情已經直接打斷了他的話。

「好吧，那就算我把伍皓給推下去了，我為了讓伍皓退賽，為了拿獎金，少一個對手是一個，我就乾脆地把他給推下岩山。你全都猜對了。這樣行了吧？」

「為什麼？」他說，「為什麼你不像平常那樣嘻皮笑臉地避重就輕，那樣不嚴肅地隨意逗弄人，那樣搬弄聰明地抖機靈？」

「噢，我平常是那樣？」端飛皺著眉搔了搔頭髮，隨後嘆了口氣。「我沒你想的聰明，我累了，跑了那麼多天，我跟任何其他人一樣，疲倦，飢餓，口渴，滿心疑惑和恐慌，我是個平凡人，我也覺得枯竭，消耗殆盡，如果我讓你感覺沒那麼幽默機靈，沒那麼善解人意，沒那麼高貴斯文，請你見諒。」

※

宋毅的車隊只剩他與小傅倆，晉廣良的後勤也就張磊和一個維修工，若非強占了朝星輝的救援車，這倆還跟不了，端飛與孫海風這一組人也剩三個伙計，兩組後勤的工作人員都到得非常晚，且抵達的時候臉上掛彩，一個跛著腿，個個神情不安，一股既鬼祟又亢奮的氣味瀰漫著。

端飛與晉廣良都覺察到了，但沒開口問，這幾人也沒說什麼，全都有意無意或低頭或轉臉的，好似在避開老闆的眼光。

夜裡端飛那三個伙計躲在帳棚裡玩牌，端飛冷不防鑽了進來，只見這幾個傢伙一瞬間陷入一團手忙腳亂。

「把什麼東西藏在後頭？」端飛一臉嚴峻地說，隨即笑了出來。「烤包子是吧？我都看見了。」

那皮膚黝黑的年輕人哭喪著臉，把東西拿了出來。「真不是藏私，咱們一開始就打算給您的，但是怕挨罵。」

「為什麼會挨罵？」

「咱們，呃，咱們搶劫了一幫維族人……」那小夥子結結巴巴地說，聲音小得不得了，接著又趕緊解釋，「也不是故意的，可他們講啥咱們聽不懂，最後就打起來了，晉廣良的人先動手的。」

端飛聽了目瞪口呆，接著斥罵道：「晉廣良的人動手，你們幹麼跟進？」

「那些維族人很剽悍啊！張磊上次跟宋毅他們的人打，斷了肋骨，咱們不想他輸。上次咱們的人沒動手，都讓人家笑咱們不是漢子了。再說，橫豎局面都成這樣了，矜持也沒什麼必要，何況咱們要不意思一下，一會兒張磊他們打贏了，咱們哪好分一杯羹。」

「還說得理直氣壯，正經幹活你們一個個裝笨，添亂倒是自作聰明得很。」端飛搖頭，「有你們這些傻逼，怎不叫維族人仇視漢人，這下怕不想報復？這陣子鬧事已經不少，來這兒之前就聽說有幾起爆炸和砍人的，所幸你們沒遇到拿刀的。」

那年輕人身邊一精瘦的男子突然不客氣地開口了：「我已經兩天沒吃東西了，我沒什麼鴻圖大志，一年到頭大江南北跟著跑比賽只是為了賺幾個錢，上次幾位爺吃駱駝肉，咱們自己知道身分，識相地只在旁邊看，說實話，與其在這兒搶劫維族人，我情願回家去，咱幾個大可以開著越野車就奔回頭跑了。」

那年輕人拉了他一把。「別這麼說，老闆自己沒吃，把他那份都留給咱們了，實在那駱駝太瘦……」

端飛搖著頭走進晉廣良的帳棚，還沒開口，「我知道，把那幫維族人幾乎全剝光了，什麼都搶了來。」晉廣良苦笑說。「你說怎麼辦？把他們都開革了？」

「張磊還行吧？」

「張磊以前打架是家常便飯，這點傷對他是小意思。」

端飛抽動鼻子，抬起臉四下張望，模樣好似獵犬在搜索氣味。

「找烤包子麼？」晉廣良說。

「你吃了？」端飛露出一如以往的嘲弄嘻笑說。「你明知我鼻子不好呀，哪嗅得出什麼來。」

「你知道我想起什麼？」晉廣良微笑。「算起來都二十年了，記不記得那會兒咱們還小，偷了一輛車，異想天開打算開這輛車到邊境去那回事？」

端飛笑了笑。「怎麼可能不記得。」

「那時候咱們太愚蠢無知，還沒穿越戈壁，車就報廢了，困在沙漠裡，失去方向感，就剩一壺水，用兩隻腳走，還忖著咱們大概也沒多深入，走出去還行，可走著走著情勢貌似並非如此，到最後鞋底都化了，腳板都給煮熟，身上裂開的皮肉都乾得焦脆了……」

兩人的水袋只剩下一口水，之所以留著，倒非為了保命，這一點兒水對求生無濟於事，剛好相反，把這僅剩的水給喝了，就是死路一條了，因為再也沒有半滴水；留著這水，也只為了留著自己還有水的念頭。

不僅是沒有水和食物，光是酷熱的溫度，即便一動都不動也會消耗掉幾乎是全部的體力，何況白天無處躲避日曬，夜裡無處防寒冷，風沙一吹眼都睜不開，寸步難行，就在兩人幾乎快放棄走出沙漠的希望，打算喝掉最後一點水，赫然發現遠處稀落的灰白色枯木間，橫陳在混合著細碎石礫與黃土上的好似一個人影。靠近了看，確實是個男人，臉上的皮肉因嚴重的失水已經皺縮凹陷了，使得臉頰和下顎骨都變了形，眼皮乾縮以至於遮不住眼珠子，嘴唇也恍若消失，使得上下兩排牙齒突出，這是當時他們沒認出這人是誰的原因。那張開的口腔似在蠕動，耳朵貼近了去聽，好像重複說著「水」這個字。仔細瞧，手指也在隱微地抖動，估計是想把手指舉起，卻無力做到。

「在跟我們要水呢！」晉廣良說。

有一瞬間晉廣良是想把水給了這個人的，反正橫豎三個人都是死，這人境況比他們還慘，給他死前得個舌尖片刻清潤，縱使僅是乍現的舒爽，也勝過沒有。

但他暗暗瞅了端飛，還是沒說出口，端飛終究是端飛，端飛就不會有多餘的心軟同情，他心想，浮出一種複雜的感觸，既憎恨，厭惡，不以為然，可奇妙地又包含著嫉妒。

拋下那人走開，沒有幾步，端飛卻停了下來，轉身慢慢走回那垂死的可憐人身邊，蹲了下來。晉廣良在旁狐疑地瞧著，只見端飛伸手去抓著那人的肩膀與手臂，似欲將其抬起，晉廣良嚇了一跳，端飛想做啥？他沒問也沒有要幫忙的意思，他全身早已不剩半分力氣，維持能站著已不容易，倘使他再俯下身去摻乎，恐怕都別想再站起身來了。

端飛把那人翻了個身，他這才看見，那人背著個水袋在後頭，給壓在身子下了。端飛把水袋取了下來，裡頭居然還有大半袋水。

「方才他掙扎著說『水』，並非跟我們要水，而是指他有水。」端飛把水袋搖了搖，遞過給他。

兩人當然喜出望外。

雖想理性地節制處理這意外得到的水，為了長遠打算慢慢兒喝，但事實上不可能，水一淌進口腔裡，牙齒和舌頭一觸及那美妙銷魂的滋潤，整個口腔與咽喉便不由自主地震顫，連胸腔和心臟，全身的肌肉都控制不住一連串地抽動，痛快吞下一大口，本想放下水袋交給另一個人，但身體的動作卻與腦中的想法分開，接著又再喝了一口，一想馬上要把水交出去，實在捨不得，就這麼咕嘟咕嘟喝著直到自尊扛不住繼續這麼無恥，才不情願地交給另一人。就這麼著兩個人把水喝掉了大半。

至於躺著的那人，先前還能蠕動嘴唇和手指，此刻已毫無動靜了，呼吸心跳還有，大概是昏迷，也喝不了水，怕他喝了還嗆著呢！兩個人便自顧自把這人水袋裡的水喝掉了大半。

再度上路之時，端飛把那人背了起來。「都喝了人家的水，總不好這麼厚著臉皮走開。」端飛咧嘴笑著說。

喝了水不止精神一陣，居然兩人的位置距離出沙漠並不遠，也就順利走了出來。原來那人待在沙漠裡比他倆的時間還短，也是棄了車用走的，可因抽搐的緣故倒下，竟一時癱了無法動彈，然而這麼直接仰躺著曝曬，以至於面目全非。那人得罪符老，才慌張逃走，被他倆救回去以後下場悲慘，早知道讓他就那樣死在沙漠裡，還少受些罪。

「那人後來的死狀，骨肉全散了，我真幾天吃不下飯，想著都吐。你曾對救那人回來有過後悔之心麼？」

「我？為什麼？」端飛對這問題略顯訝異。「他給自己惹的麻煩不是我造成的呀！咱們喝了他的水，難不成把他丟著不管？背他回來我容易麼？差點直不起腰，你在旁邊，我不想丟醜，否則膝蓋都抖呢！」端飛說著笑了出來。「我又不是先知，哪能管後來怎麼樣，我要是每件事都得琢磨得上天下地古往今來，我也活得太他媽累。」

「我一直都很佩服你，你能把事情看得這麼簡單。」

「我不覺得複雜呀！」

「很多人說我晉廣良剛愎自用，專斷無情，可跟你比我還望塵莫及。」

「噢，讓我猜猜，我想這算不上褒獎吧？」端飛笑了笑。

晉廣良的伯父是端飛祖父家裡的長工，父親則常跟在端飛祖父身邊，和端飛的父親是好友，文革時卻毫不留情的出賣端飛的父親，後來是自願到新疆插隊。端飛的父母親後來未再回到北京，而是在新疆留了下來，父親卻因文革期間遭受各種折磨的後遺症貧病交加過世，端飛是遺腹子，沒出生就未見過父親。改革開放後晉廣良的父親依附當權派，頗得好處。雖然上一代有恩怨，兩人小時候卻走得很近。

然而晉廣良的內心始終存有一種曖昧的懷恨，他父親當年跟在端飛祖父身邊，然而父親的聰明才智卻與端飛的父親相差一大截，可恨的是他出賣了端飛的父親，成為一個卑劣的背叛者。身為背叛者之子，好似他晉廣良生來就是沒有端飛清高。端飛的祖父、父親都是歷史的犧牲者，而他和他父親就是沒有節操的小人。他始終想證明他更優秀，是真正的強者，然而端飛好似對這一切絲毫沒有感覺，只要端飛一天不在乎，他那根植於心想要消滅也消滅不了的妒恨就永遠只顯得可笑，他這個人的存在也顯得可笑。世間任何一個誰沒把他晉廣良當一回事，他絕不輕易讓那人日子過得舒坦，偏偏端飛沒把他放在眼裡，他卻一籌莫展。

五年前組織車隊參賽，為的就是贏過端飛，他心中的對手只有端飛，誰知初次交手就發生了那麼多事，端飛因之沒完賽，那之後他用盡心力稱霸車圈，組織聯盟，彷彿無聲地召喚著端飛回來跟他一決勝負。

端飛渾然不覺。

「等我回去比賽？等我做什麼？我只是個領航啊！哪個車手跟領航比賽的呀？連領航都不會跟

領航比，搞不懂你怎麼想的。」端飛驚奇地張大了眼，一臉莫名其妙地說。

至於這次比賽，貌似他與伍皓、宋毅一樣，走到窮途末路，抱著東山再起之心來參賽，雪恥也好，找回自信也好，當然最現實也最關鍵的是獎金，然而對他晉廣良而言，這些全都是其次，當符老告訴他端飛也會參賽，他毫不猶豫便答應了，想都不用想，其他參賽者是誰他壓根就不關心，比賽的任何相關規定他也不關心。符老事先便告訴他，這次比賽的勘路、賽道設計，與正規的比賽相反，不為遷就賽手的水平與安全和運輸的考量降低難度與危險，晉廣良聽了只答「正合我意」四個字。端飛竟然會參賽，光是這就讓他震驚、興奮、悸動莫名，他都還記得他掛掉電話時全身像通了電流一樣顫抖，他的心臟劇烈跳動，好像他一輩子就在等這一天，他深怕這不是真的，這是幌子，是虛假的誘餌，一直到在營地見到端飛本人前一秒，他都怕端飛會反悔不出賽。

但端飛為什麼要來參加？

一見到嚴英，他就明白了。

「你怎麼找到嚴英的？我猜，……是他找上你？」

「都不是。是符老。他事先什麼也沒說，我一見到這傢伙嚇了一跳。」

晉廣良沉思了半晌。

「符老肯定跟你交換了什麼條件吧？我敢說這次我準沒猜錯，嚴英又闖了什麼禍？」

端飛笑笑。「你什麼時候這麼瞭解他了？」

「他的事我聽說的可不少。但我不明白，為什麼要為了那個傢伙這麼拚命？」

「我？」

「你不總在說別人怎麼樣干你什麼事？這會兒為何例外起來？勉強自己冒著風險跑來參加這麼磨人的荒唐比賽，就因為他是嚴英？」

「我看起來像那麼好的人？」端飛大笑。「你是不是弄錯了什麼，我並沒為了別人去做什麼為難自己的事，你又不是不知道，我這人一向多一事不如少一事呀！腦子操煩不了太多東西，勉強的事我不會幹的，我只是散散心，跑來玩兒的，當領航又不是什麼難事。」

晉廣良搖頭，淡淡笑了笑。「小聲點，別給李東建聽到了，說什麼當領航不是什麼難事。」

「李東建是職業的，我不能跟他比。」端飛嘻嘻笑著說，露出一嘴白牙。「你之前問我為什麼專跟嚴英跑，其實領嚴英我不費勁呀，跟不同的車手合作多自找麻煩，誰天天換媳婦兒啊？守著一個不是因為愛得死去活來，是省心呀！跑比賽能有多大好處？跟自己過不去不就成傻逼了？」

「你跟嚴英能合得來我也覺得奇怪。」

端飛抓了抓頭髮，皺著眉說：「我自己也搞不明白呢，那小子很難纏，做事很沒譜，脾氣又暴烈，不太管得住自己，老實說我也招架不住，誰知道擺脫不掉啊！」說著端飛自己大笑起來。「那小子生了氣會不聲不響地跑掉，回過頭又自己跑了來，低聲下氣的，說些明擺著口是心非的話，讓人哭笑不得。雖然有點陰沉沉的，心眼多，卻又老犯拿石頭砸自己腳的毛病。」

「你來參加比賽是符老開的條件吧？你豈知符老最後不會出爾反爾？」

「老頭子這個人雖然心狠手辣，但是很重信諾，你跟他要求什麼，他就算做得到也不會輕易點頭，可他一旦允諾去做，就絕不會食言。他開口說想怎麼做，你如果跟他達成協議，他絕不會單方面違背，不管時間再長久。我是他養大的，打小跟他在一塊兒，我瞭解他這個人。」

晉廣良沉吟了一會兒，意味深長地開口道：「我老覺得嚴英看著讓我有種說不上來的好像神似誰，模模糊糊的，怎麼都想不明白。……說這話可能有點奇怪，好似沒什麼道理，我感覺……他讓我聯想到符老。」

端飛愣了一下，眼睛裡閃過一瞬晶亮的獰光，表情仍舊平靜。「畢竟過去比賽的時候都跟著符老，也許有些無形的默契。」

「不，不是那樣的，雖然心性、舉止、氣質都南轅北轍，我卻覺得他倆有種奇怪的神似。……你說是符老找到他的？」

「你想說什麼？」

「我還沒理出個頭緒……只不過，你難道沒懷疑過，這傢伙並不是嚴英？」

端飛聳聳肩。

「都走到這兒啦，我不想那麼多，不是又怎樣？都說了我不是為了幫嚴英做了多大的犧牲。」

端飛停頓了一下。「唯一過不去的是泰軍的事，不知道怎麼跟他媳婦交代，拿什麼都補償不了。」

端飛把臉埋在手掌裡，好一會兒抬起頭，用力抓了抓頭髮，長嘆了一口氣。

兩人這樣沉默了好一段時間。

22.

紀藍嫣望著窗外。她第一次坐在最末位，這才發現視線完全不會被機翼遮掩，往下眺望她能看見整個遼闊的地面，晴朗無雲，飛行的高度能將沙漠那彷彿在呼號奔騰的途中一瞬凝固了的起伏浪湧看得一清二楚。

這是到目前為止她靠沙漠最近的時刻，那感覺像翻開畫冊或者面對螢幕展開的圖景，卻另外有一個聲音響著：「這可是真的！」與其說是這幅景象本身，不如說是那種不可思議的真實感讓人震撼於它的美，她見過圖片上的或者視頻上的比這更幻詭絢麗、更氣象堂皇的景象，相形之下隔著污濛濛的小飛機窗玻璃望出去，即便在陽光下還是顯得色澤消沉、表情黯淡，那些不生樹木但約莫是布滿了短小硬草的灰褐色石山、赭紅色帶著若擴散漣漪乳色波紋的岩石群，淡黃色像大地蒼老的皺摺皮膚的廣袤沙地，遠處覆蓋著白雪的墨靛色山脈，都如此寂靜平淡、意興闌珊，宛如動物園裡早已對往來敲打欄杆、叫吶、擲東西的遊客無感，憊懶厭極地蜷坐著有一搭沒一搭舔舐腳指，眼皮睜不開，毛都已經掉了大半的獅子。但她依舊感受到一種震懾，被那離奇的美所打動，她怔忡地望著窗外，半迷惘半訝異於自己正在貼近一樣她不曾想過與她有關，如今卻令她朦朧地心痛的事物。

端飛跟她說他要去賽車的時候，她掩飾了自己的驚訝，只是冷漠以對。她想不出他為什麼會又動念跑去賽車？不僅是她曾經明確地表示過她的不喜歡，且她以為那裡已經沒有什麼他戀棧的東西了。她沒反對，可她以為他應當自己猜得出來，她是不樂意不情願的，然而他究竟是真不懂，還是裝傻？她厭煩這樣的情勢了，一再寧願把他的裝傻當作真傻，相信他的四兩撥千斤，她心中還是有隱形的恐懼，怕觸犯到她不能收拾的他的決絕，她知道他放得下，他什麼都放得下，而她不是。

她跟他說她去找過白玄希了。

他很驚訝，「妳找她做啥啊？」他臉上的表情沒有惱怒，就只是單純的驚訝，可他的反應還是很強烈，那種意外和困惑不解，足以讓她從中感受到某種斥責的意味，她做的事太出乎他意料，太令他弄不明白有什麼道理，這深深傷害了她。妳為何會做這樣的事？妳怎麼想得出來的？

「流星是你的孩子吧？」她問。

端飛又是一愣。

「不是呀！」他答，臉上那種錯愕與困惑依然未褪去。

「你這男人臉皮真夠厚，人家白小姐都承認了。」她說。真奇怪，她說這話時居然有種勝利感。彷彿在她質問他時，就期待他會否認，她等著他否認，等著對他的否認打他一耳光，看看他會是什麼狼狽的表情。

果然他真的驚愣住了，張大著嘴，說不出話來。

她同他生活這麼些年，還沒見過他這種傻樣，她一直對他懷抱著愛意，甚至可說是一種畏懼，同他在一起，憎恨慢慢變得比眷戀多，可未曾有過這一刻生出的厭惡。

「她這麼說？會不會妳弄錯了？」好一會兒他才瞇眼皺眉地說。

「你可以當我是個傻子，但你別把你那寶貝兒當作傻子，她是跟我說明白了的。」她停頓了一下，欣賞他那迷惑的表情。「既然是我丈夫的孩子，我也不想人家以為我刻薄，白小姐一直希望孩子能到美國接受更好的治療和照顧，我費了一番勁兒給她安排好了，在洛杉磯買了房子，還給她談好了工作。這麼一來，他們母子的事，就不勞駕你操心了。」

「什麼？」端飛大吃一驚。又來了，同剛才一樣傻的表情，這就是她一直深愛的男人？實在可悲。

「這事也不該瞞著你，總該跟你說一聲，你怎麼著？」

她乾脆俐落、斬釘截鐵地說完了，想看他究竟要暴跳如雷，要怒惡她的插手，要說出怎樣的評斷，甚或者，他要否決要阻止？

可就在她勝利又傲慢地詢問他有什麼看法，已經準備好了接受他的憤怒與斥責，然後予以迎擊的同時，方才他那些錯愕與困惑一瞬間消失了，一絲蹤影也不見，臉上恢復了他一逕的淡漠。

「妳們想怎麼著怎麼著，用不著問我吧！最不需要的就是我的意見，與我真是無關。」他的語氣輕描淡寫，到了悅耳甚至柔情的境地，就如以往他所有的不接受也不拒絕，不堅持也不解釋，總是這麼平和包容卻沒有憐憫的，讓人心醉又心痛的溫婉口氣。

她想起哪一次她同他的較勁，她設的棋局，費了那麼大工夫，去逗弄他，拿刀刺他，折損他，屈辱他，至少讓他有感覺，有在乎，有反應，而他總是一眼就看破了，到頭來她的目的達到了，卻只覺得空虛，這一切多無謂，好像他在說：「這就是妳要的吧？只要是妳要的，都會給妳。」她以為他應該會多一點掙扎，多一點反應，多一點嘲弄，可他平淡地把這局球瞬時就結束了，或者他壓根沒明白這是一局球，他只是當她一把球扔過來，就直接把「贏」這個字送給她。對他來說，怎樣都行。

她第一次去找白玄希的時候，心中糊里糊塗的，她不是個有心機的女人，她被驕寵著長大，人情世故上她頭腦很簡單，儘管她懊惱端飛，她還是信任他，她也相信他跟那女人早就沒有來往，明知自己的行為沒什麼道理，因此每每衝動一起，她還是跨不出腳步，可她還是去了，當時她沒弄清自己究竟想知道什麼，半途她奪門而逃了，因為她突然害怕起來，寧願趁著自己還願意相信一切都美好、如她的意的時候逃走了。這是她燒掉紙袋的原因。

她內心深處的領悟比她表面上的意識慢好幾拍，後來她弄清了，全都明白了，假使你相信一個人愛你，他應該要愛你，卻感覺不到他的愛，你願意相信原因是那個人不懂得把他的愛給出來，還是他其實懂，他只是，吝於給你？

回來以後，好像為了掩飾對自己先前那般鑽牛角尖感到的強烈羞窘，她還刻意顯得活潑又天真雀躍，特別爽朗，特別輕快，她主動向端飛示好，過往她有很多不對，今後她不會這樣了。端飛不理解，他只是笑笑。卻沒說：「不，妳未曾有過不對。」

端飛這次去賽車，出發前三天才告訴她，他說他自己也是才下決定。她知道他從沒說過欺騙她的話，他不說謊，也不刻意隱瞞。但不隱瞞也不代表吐實。

她討厭的不是賽車，她知道他的能耐，她不擔心，她對她自己說，她討厭的是他的狐群狗友，投資練車場那次，他跟公司借的錢，根本還不出來，所以才會答應去德國，那次把她嚇怕了，她幾乎以為她的世界一瞬間要全部崩毀，她會落到一無所有，她驚慌地幾乎要活不下去。可她內心裡清楚明白，她憎惡的不是某個特定的圈子，某些特定的人，某件特定的事，而是一個嚴厲地與她無關的世界，一個她拒絕進入而他應當走出的世界。

她一直以為，這些年來至少，她給了他錢，給了他事業，她於他總算還是有那麼多好的，哪怕他覺得他理當。可現在她越來越明白他了，他無所謂的，有這麼些財富權位，他過一種日子，沒這些，他過另一種日子，也就是撕掉一天又一天的日曆罷了。他是不會感念的，沒有必要。

她不想再這麼忍耐了，她要撕開了講，她要說個明白，她怒斥他欺騙她，對她不存絲毫情感卻強要了她。當初哪裡是她先愛上他的？哪裡是她想嫁給他的？她原來可以有另一種生活，她有另一個愛的人，一個更適合她的人，可他強行介入的，他不容分說地一腳踏進來，把她原有的秩序搗毀，她以為他給她開了一扇新的窗，因為他那麼美好，那麼獨特，那麼讓她意亂神迷，可她沒有被帶到一個新的世界，她被丟在一個荒涼的地方，不生草木，沒有聲音，所有的足跡都被剎那抹平，所有的雨露都瞬間乾涸。

而面對她這狂風暴雨地淒厲質問，他只是回以：「很抱歉，我以為我所做的每一件事，都盡了力對妳好。」

他真誠地這麼說的，永遠都是這樣的表情和聲音，平靜，低沉，融化人的溫柔，卻無比空洞。

她不可置信地望著他，這男人究竟是怎麼想的？

可他說了抱歉，她搖頭，難以再吐一個字，忿怒未平，卻感到乏力。端飛這個人極其驕傲，從她認識他以來，從沒聽過他向人說對不起，他不曾認為自己做過錯事，他很難衝動，所有他會說出的話、做出的事都是他自己的選擇，既然做了，他就承擔，不會用一句對不起來抹消。可他說了，他對她說了抱歉。但那是他的低頭嗎？那是他的認錯嗎？那是他的悔罪嗎？能讓端飛說對不起，她本該得意，本該高興，她贏了，她這麼辛苦地折磨他想讓他痛苦，讓他愧疚，她辦到了，可她的感覺完全不是這樣，得到一個稀有又珍貴的抱歉，卻好似錯的還是她自己，到頭來她折磨的還是她自己。

她這才發現她是病了。

她又一次去找白玄希，這次她不會，也不能再因恐懼而退縮了，她什麼都可以面對，她不要自欺欺人，不要打迷糊仗，她不要再把自己放在一個灰色地帶來圖個虛假的安全。

她認定流星是端飛的孩子，她懶得再聽白玄希那含糊的否認，撲朔迷離的囈語，她對她臉上老是露出的那寂涼的絕望感到噁心，不想再多一秒看那個下作女人表演的肉麻矯情，她不想貶低自己跟那女人耍強，可她沒耐心了，對那女人沒有耐心，對她自己也沒有耐心，她是一根綳緊的弦，一個吹脹的氣球，馬上就要炸掉，她的心，她的腦，她的五臟六腑全都會碎掉，變成一攤血漿，一團肉泥。

她活像是逼白玄希承認似的，而她竟然也真一咬牙就說是了。那女人若抵死否認，她可能會跟她周旋到她承認為止，可她承認了，一剎那間她又暈眩得幾乎要跌倒。但她都盤算好了的，無論如何她都要照她設好的棋局走的，她不是對白玄希慷慨，不是對白玄希與端飛的孩子慷慨，她是為她自己買一個清靜。她原想的是把事情解決了，默不作聲的，給自己回到一個平和。她以為她獨自解決了一件事，跟他無關，是她自己的一種了結，與其說是為了實質的效果——把那個女人和端飛的孩子放逐到另一個國度去；不如說是作為一種儀式，一種與所有過去的錯誤劃清界限，往後她能重新努力，換一種姿態，換一種眼光。平和的。

然而什麼平和都沒有。

結果她還是同他說了，又如以往一千次，又變成一個試探，一個挑釁，一個激怒，看他的反應，甚至，給他機會，甚至，她都期待他驚慌失措地承認，他捨不得那個女人。她真的期待？她又自欺欺人了。她壓根就沒覺悟，沒改變，她做的一切又是徒勞

「我搞不懂妳們女人，」漫長的靜默以後端飛突然開口。「我想問妳，假使是妳，妳同一個妳不愛的男人生了個像這樣醜怪畸形的孩子，妳會愛這個孩子麼？」

端飛突然這麼問，令她驚奇，不明所以。

「我不會生我不愛的男人的孩子。」她斷然答道。

「噢……可假使不由得妳呢？呃，或者……總之，是生下來了……」他思索著，艱難地問道。

她再次驚奇他的反應，端飛從沒這麼結巴過，沒對自己要說的話這麼猶豫過。她瞪著他好一會兒，幾乎要心疼他的這種困難和猶豫了。可她的腦子裡響起直覺的警鈴，她甚至害怕得起了微微的顫抖。

「孩子畢竟是無辜的。」她淡淡地說，垂下眼，半晌帶著一種毅然的表情抬起臉，「不，為了一個不會被人接受，沒有人會疼惜，永遠被恥笑、嫌惡，連自己看了也會做噩夢的孩子無止境地付出，沒有回報，喪失自己的人生，為他痛苦、受累，無窮的付出、犧牲，全都因為那是自己深愛的人的孩子，是因為愛那個人，是因為這是和自己深愛的人共有的，是對那個人的愛的標記……」

她是故意那麼說的，是要讓他困窘，讓他羞愧，白玄希可以帶著孩子就此消失，因為她愛那個孩子勝過一切，為了那孩子她什麼都願意，就因為她愛孩子的父親，就像他也可以不見她，可以為了她娶一個自己不愛的女人。

其實她自己是不願意信的，不願意自己是那被不愛的，她不過又是想激怒他，又渴望著他的反駁來讓自己自欺欺人地心安。

「是這樣嗎？……原來如此。」他卻若有所思地這麼喃喃自語，那神情帶著複雜的曖昧幽微。

他是她丈夫，和她同床共枕的男人，多少次她在他熟睡的時候悄悄看著他，她多麼深知他的每一根頭髮，每一吋皮膚，她不用靠他多近就能看見他臉上細微的變化，縱使他面無表情，她也能看見他心臟跳動得快還是慢，她能看得見他沒有起伏的胸膛裡壓抑的呼吸，這一刻她彷彿看見他牽動著眼角和嘴角的肌肉，隱隱抽搐似的。

「你感到得意嗎？因為那個女人到現在還愛著你？」她無法克制地提高了聲音喊。

端飛大笑，那笑不帶一絲開懷、傲慢、得意，反而是讓人毛骨悚然的陰森。

為什麼？

為什麼他的反應如此詭譎？

又一次，她畏怯地逃開了。狼狽的總是她，羞愧的總是她，鼓起勇氣面對現實，挑戰真相，結果半途倉皇地撇開頭，閉上眼，假裝什麼都沒看見，什麼都不願意知道，暈眩著第一千次選擇自我欺瞞地逃走。

然而她終究想通了。有一束靈光在她心中迸射綻開，照亮那令人窒息的死井深沉的幽漆。

他是無辜的！

說到底，他是無辜的。千錯萬錯不是他，是那個女人。他也是一個受害者！

她難道沒有能力救他嗎？她難道沒有能力把他（以及她自己）從黑暗裡帶回光明嗎？她怎麼能輕易投降？差一點她就認輸了，差一點她就要被那一鏟子一鏟子澆落下來的泥土給活埋了。她怎會如此軟弱？

她坐在飛機上，出神地望著窗外一朵浮雲投在起伏沙稜上的一片暗影行色匆匆卻又平穩地移動，她的心情激昂起來，這是多麼美，多麼動人，一切將有所不同。

23.

李玲娜開著一輛租來的瑞虎，前往阿克蘇火車站。

先前她回小米住處，打算取回自己擱在那兒沒拿走的東西，小米不在，只有她男友，坐在沙發上嗑瓜子看電視，滿地酒瓶垃圾。李玲娜到處找不著她的東西，問小米男友，他說不知道，也許小米給扔了。李玲娜寒著一張臉，老實不悅，小米男友說假使真是不能丟掉的東西就應該自己帶走，李玲娜厭煩說道她連住的地方都找不到，怎麼帶走？

李玲娜說著，毫不客氣地打開小米的櫃子，搜她的床底下，瞧瞧小米把她的東西藏在哪。小米不可能她的東西當真扔了吧？小米沒那個膽。

小米男友的聲音突如其來從她背後竄出，「我可以讓妳繼續住在這兒，我說了算，我說了小米不敢不聽。」

「謝了，用不著。」她冷冷說，身體卻不自覺僵著了。

小米男友冷不防撲過去抱住李玲娜。「妳需要被解放。」他整個人緊貼著她說。

她起先以為他喝醉了，但他的嘴在她臉上蹭，她沒嗅到酒味兒，只嗅得濡濕的唾液臭氣，和他汗水裡的同洋蔥味兒近似的一股體臊味。她忽然驚恐地猜測，比酒醉更怕人的，他是個精神分裂患者！她以前就覺得這人有種古怪，有時挺正常，就是討人厭，有時則令人發毛，可她沒想過他可能是個貨真價實的神經病，世上最不能惹的一種人。他們沒有正常的邏輯，你無法同他們說理，也無法預期他要做什麼。他可能把你打昏，不是為了強暴你，而是想拉屎在你嘴裡，他可能把手伸進你的屁眼裡並不是什麼變態的性衝動，而是以為他在從一隻母雞的屁股裡摳雞蛋，最後他會拉出你的腸子！天哪！她李玲娜藝高人膽大，這會兒也心慌慌了。

她正想說什麼安撫他，哄哄他，他氣喘吁吁地在她耳邊說道：「妳老是惹我，我想殺了妳，可我狠不下心，我現在甚至可以不幹妳，我就搓幾下妳的奶子。」他用力抓著她的胸部揉捏，她不是一個弱不禁風的女人，她一向自信她能輕易撂倒比她強壯的男人，可他太瘋狂了，他一口咬住她的耳朵，痛得她尖叫，她好怕他會把她的耳朵整個扯下來，她甚至不敢動彈，就怕她一掙扎，結果把自己的耳朵給撕開了。他把手伸進她的運動長褲，伸進她的內褲裡，戳弄她的下體，手指插進陰道使勁摳搗，先是一根手指，然後是兩根、三根，可她對這已經沒有感覺了，她的痛楚都集中在耳朵上，他已經快把她的半個耳朵硬生生咬斷，血流到她的肩膀上，她緊閉著眼，放聲尖叫，叫到她被她自己的聲音震得聾掉。終於他放開嘴，她一下子還沒察覺，她的耳朵痛得沒有別的感覺了，她只是發現自己的身子失去重心往外跌，便像從捕獸夾逃脫的斷了腿骨、刮掉一層毛的狐狸，搗著半掉落的耳朵，一路滴著血左搖右擺地奪門而出。

這一番恐怖的驚嚇，使得她幾乎丟了魂，她這才發現自己無能又脆弱，遭受侵犯和傷害還在其次，真正痛擊她的是意識到自己的可笑、愚蠢又悲哀至極，她只想待在關了燈的屋子裡，哪兒都不去，抱著膝蓋，縮在牆角發抖，誰也不見，不說話，不動，最好不呼吸。可她連能這麼關著自己不見天日的地方都沒有，為了省錢她現在住在郊區的破旅店，門鎖是壞的，水龍頭一轉就掉落，每天夜裡走廊上都有醉鬼叫囂。

她幫助符老找到嚴英的交換條件是送她回沙漠找到參賽的車隊，她必須繼續關注比賽，可現在這一切她都不在乎了，瞧，她有多滑稽，多不堪，多無能，不過就是給一個瘋子摸了幾把，差點掉了半個耳朵，她就灰心喪志了！

她摸摸自己包紮著膠布的縫了幾十針的耳朵，結果讓她振作起來重新回到這兒的人，竟然是紀藍嫣。她接到紀藍嫣的電話，說她必須帶著她到沙漠裡找到端飛，她還真傻了眼。紀藍嫣當她不會拒絕，不能拒絕，她反感紀藍嫣那高傲的氣焰，可她也感謝她那高傲的氣焰，那個當兒她感到紀藍嫣與她的相像之處。她們很相似，而她之前一點也沒有發現。

她以為符老會安排好一切，可他只幫她準備好了一輛車，一份路書，她得自己開著車跟紀藍嫣一塊兒穿越沙漠，找到馮曉。她對這一切感到狐疑又不安。她沒喜歡過紀藍嫣，可她慶幸多了這麼一個不速之伴。也許兩個貌似聰慧實則無能的膽怯之人走投無路的渴望與痴傻愚昧的衝動加起來是一種奇蹟的勇氣？

不，她不再相信自己了，老實說，她什麼都不相信了，她弄不清自己為何要來到此，全都是謊言，全都是虛幻，她還想爭回什麼？

一輛灰黑色的小車與她錯身而過，嚇了她一大跳，這才驚覺自己何時走岔至一條狹窄錯路，待她轉回頭，她又見到方才那輛小車，之所以認得出這是與先前見過的同一輛，是因為那破銅爛鐵的車蓋和側面都有凹痕。她遠遠注視著那輛小車駛近車站，從車裡丟出一樣物事。

※

戴著墨鏡，拖著兩個大行李箱的紀藍嫣走出車站就聽見爆炸聲，她嚇得立即蹲下身，不，她並非反應敏捷地蹲下來保護自己，她是腿軟地伏倒了下來。

之後她也沒站起來，而是顫抖著在地上爬，好似她是位在一個峭壁上，往下望是萬丈深淵，她不能站立起來否則她會失足跌個粉身碎骨，她只能雙手雙膝著地那樣謹慎地緩緩爬行，才足以穩當安全。

她見到馬路上有個小孩，哇哇啼哭著，挨著一輛著火的車，她想去救那個孩子，衝過去抱起他，把他帶到安全的地方，那輛車就快爆炸了。但她沒有動彈，她跟她自己說她動不了，她站不起來，她只能慢吞吞地爬，事實上她一動都沒有動，她搖頭，起先是輕輕搖，接著是劇烈地搖，我不要，她跟自己說，我不要！她眼睜睜地看著那車冒出來的火突然猛烈地漲了有兩三倍大，好似它是活的東西，一下子惡作劇地冒出身子，伸出手臂，攬住那個小孩。小孩成了一個火人。一個男子從什麼地方跳出來，衝過去救那個孩子，他也一塊兒燒起來，車子隨即爆炸了，她看不清楚，男子和小孩都不見了。到處都是灰黑的煙霧。

她心想或許她來錯了，這不是她該來的地方，她應當回頭，回到她安全的屋子裡，等端飛回來。他回來的時候她要告訴他，他已經失去她了。她要那麼說，她非那麼告訴他不可。也許失去她他才會悔悟，他才會知道他犯了多大的錯，到時候他會涕淚交織地擁著她，告訴她，從頭到尾他只愛過她一個。而她要說一切都已經太遲。一定是這樣的，所有的事都急不得，都必須等待，都必須要等到太遲的那一刻。

24.

「什麼行李都不用帶，我都替妳準備好了。還缺什麼東西到那兒買就行，還有什麼東西是美國沒有的？」紀藍嫣這麼說。

當紀藍嫣一定要她回答流星是不是端飛的孩子的時候，早把一切都安排好了。假使她回答不是呢？假使她從頭到尾硬說不是呢？

為什麼一定要問孩子的父親是誰？有那麼重要麼？她想說孩子就是她一個人的，但更正確的說法，孩子是他自己，他值不值得被愛跟他是同誰生下來的無關，而只因為他本身就是獨一無二的，一個珍貴的生命。孩子也不屬於誰，每個孩子都不屬於誰，只是所有的父母都貪心，才認為孩子是屬於自己的，但孩子是自由的生命，他只是太脆弱，必須依賴父母。流星比別的孩子都更孱弱，這是上天對她的恩賜，因此流星永遠是孩子，永遠都無法依靠他自己，永遠得依賴她，她因之可以永遠擁有他，她流著淚又哭又笑地想，誰能像她這般幸運？

紀藍嫣全權作主地替她張羅一切，她很有本事，如此俐落，面面俱到，她那樣認真，都讓她啞然失笑了。

「我這個人一旦打定主意，就非執行到底，什麼都攔阻不了我，我不容許自己沒有做到最好。」紀藍嫣說。

她想問，假使我不願意呢？

紀藍嫣這個安排很突如其來，剎時她震懾住了，她的腦子根本沒來得及思考，可出乎她自己的想像，事實上她的內心反應很平靜。好似她早就預料得到有這麼一天。

有這麼一天？什麼樣的一天？

時候到了。

現在她才明白，她來中國時才十七歲，一晃眼都已經十年了。她愛著他有好長好長一段時間，這麼漫長的時間裡，理性上她不斷地告訴自己這是徒勞，可在她的內心裡，沒有一個時刻真正放棄過他有一天終於會接納她的幻想。明知不可能，她怎會始終抱著這種幻想？

有一天，什麼樣的一天？世界毀滅了，人類荒蕪了，他瘋了？表面上的她不曾清醒這麼想，但夢裡有另一個她始終這麼天真，耐心地等著這麼不可能的一天。是這種沒有道理的天真讓她得以活下來，得以安分平靜地度過每一天的。

縱使他沒再見她，縱使她明知他早就把她忘了，她還是繼續這麼幻想著。

她總有個錯覺，有一根隱形的絲線還是連著他跟她，日復一日，她覺得她寧靜地守著這麼一根絲線。

如今終於到了這麼一天，這根絲線要斷了。

她想起曾經門鈴響的時候她驚跳起來。她總是默默在等。她覺得她像是蟄伏在地洞裡的一隻又盲又聾的鼠。她聽不見腳步聲，看不見牆壁上晃動的影子，她永遠不知道他什麼時候靠近了，直到他輕拍她的肩膀，突如其來，把她嚇一大跳，她才知道他在她身邊了。只要他沒有觸碰到她，她也不會知道他離開，她會耐心等待他再一次撫摸她的頭髮，她的臉頰，但良久良久，沒有動靜，她才明白他又一次，早就離她而去。

紀藍嫣問她流星是不是端飛的孩子的時候，那一而再再而三地質問，非得到她預期的答案不可，否則她沒有退路、沒有出口，無論如何得要這個答案的壓迫感，令她起了一種微小的惡意，一半出於無奈，不再否認。

紀藍嫣要那麼想，就讓她那麼想吧！

可她提出要讓她和流星去美國，一瞬間她便意識到她不會再和他腳踩在同一塊土地上了，她永遠不能再期盼一種痴傻的幻想，他和她不期而遇，他有一天突然想起，突然會想起，原來他是愛她的。他會瞇著眼，露出那種促狹的笑容，他會蹙著眉，一臉傷腦筋的樣子，嘻嘻笑著說，原來他愛著她，一直都是，只是他忘了說。

這根絲線終於要斷了。不是要斷了，是已經斷了。

不，不是斷了，它從來就不是一條隱形的絲線，之所以隱形，看不見，因為它從來就不存在。

美麗的事物會讓人想去擁有，可儘管是再令人目眩鍾情的美，假使明白那是不可能擁有的，就不會生出想要擁有的心，像泰姬瑪哈陵，像米開蘭基羅的創世紀壁畫，像日出的愛琴海。然而那些不能歸到你的名下、放在你的屋裡、為你能私密地擁抱和撫觸的美，不能擁有又何妨？它不能就你，你可以就它，即便遠在天邊，你仍能選擇臨近去一睹它的美，便感動了，一償思念與痴愛了。

然而，有些美即便你只為望一眼，願意不辭千里，排除萬難，甚至赴湯蹈火，也未必能如願，她想到端飛說過的在沙漠裡看到的幻光，那樣幻麗逼人的美，在遼闊沙漠的靜夜，無聲地越過天空，而那不像京都的櫻花湯澤的雪，季節到了，只消打張機票飛去就能見著，它未必在那裡等你，或許，它從來就不在那裡。

他就像那極光，她不可能擁有，然而即便她願意退一千步，不動心想伸手去捕捉，忍念不思及去擁抱，即使她不言語，不抬眼，甚至，不去愛……，她仍舊，只得一片夜空的漆暗。

但她沒有那麼悲痛，令她自己也驚訝，她沒有太大感覺，或許她還沒真正的意識到發生了什麼？或許她一下會意不過來，或許她不讓自己認真面對這個現實？

不是的！

她搖著頭大聲說：「不是的！」這樣突如其來的自言自語把她自己都給嚇了一跳。

我早就不愛他了！她對自己說。不愛了！一點都不愛了！只有恨。這些年來支撐著她每一日在早晨醒過來，在入睡前，在夢裡，在行走的時候，在說話的時候，在沉默的時候，在睜開眼，在閉著眼，在呼吸，在屏息，在每一次心跳，在踏著每一個心碎的音符，在煙嗆得鼻子發酸眼眶潤熱，在刀尖刺傷指尖，在熱水潑濺到腳趾，在寒風竄進單薄的衣領，在額頭滴下每一粒汗珠的時候……想到他，揮之不去地想到他，都是出於恨，世間除了恨，還有什麼更堅韌？

她對他所有的愛，早就變成恨了，早到她已經不記得是什麼時候了。

可她恨他什麼呢？恨他不愛她？

他本來就沒道理非愛她不可。是她自己痴心妄想。

她只是個普通的女孩子，一個害羞的，對愛情有浪漫憧憬的女孩，在她還是這樣一個抱著簡單幻夢的少女的時候，這一切就結束了。

但她遇到了他。

原本以為不可能擁有的東西，能安於卑微地接受沒有。可是一旦有機會得到，就會開始有索求，就會想要更多，就回不到認分那不是自己該有的東西的狀態。飢餓時雖然痛苦，但明白不可能有東西吃，也能默默忍受，可是只要吃到一點，飢餓的感覺卻會變得強烈，那變得不再是完全不可能的事，就會焦灼，傾全身心之力都放在那上頭，想要更多，甚至不惜鋌而走險。

但是不知不覺間，她還是得撒手了。

他是有家室的人了，他有妻子，一個美麗、聰慧、才情橫溢的完美女人，他和她還會有孩子，漂亮的孩子，健康的孩子，一個完整又幸福的家庭，她還在妄想什麼？

我並非什麼都不要的人，可不知為什麼，到頭來每件事都讓我走到什麼都不要了的境地。

現在她的那根絲線要被剪斷了，她才恍悟自己原本多依賴那根不存在的幻覺的絲線，原來那不是一根連結她和端飛間的絲線，那是一根把她自己勉力提起來的人偶懸絲，一旦斷掉，她不會再是一個有生命的人了，她只會是攤在地上的一團破布。

她把流星抱起來，他的個子還是跟他五歲的時候一樣小，甚至更小……也或許是因為他的腿萎縮得太厲害。她抱著他，他靜靜地一動也不懂，他還是有一種溫度，儘管他那麼瘦，他還是有一種柔軟，這孩子曾經抱他的時候他還會反抗呢！她要去親他的臉的時候他還會別過頭去呢！她會哭著罵說，媽媽這麼愛你，你怎麼這樣無情！可她心中卻還是歡喜，他是有脾氣，有力氣的。儘管他很弱小，感覺到他的身體隱隱的蠕動，他是個活生生的孩子，不是一個塑膠玩具，一個沙發靠枕，他有生命，有情緒，她便生出強烈的感動。愛這個孩子很辛苦，這麼大了拉屎尿還是得人伺候，經常生病，各種需求，總是突然發出恐怖的怪聲和嚎叫，愛咬手指，咬到把自己的指甲整片血淋淋地咬下來，這孩子日夜折騰人，又叫人膽戰心驚，可她愛他，她疼惜他的依賴，她不厭煩，愛值得這些。然而她走到盡頭了，就為了這個孩子，她不曾自由過，或許就為了這個孩子，紀藍嫣認為她可以把她驅逐到另一個國度去，因為她靠自己養不活這個孩子的，她始終要還就於人。

是的，她被當作一個工於心計的女人，一點都沒有被冤枉，她處心積慮地想留在端飛身邊卻只得他蔑視，她利用嚴英的情感，把他逼到那麼悲慘的境地，她接受符老的接濟，讓端飛那麼震怒，她答應紀藍嫣的條件，她是個可恥的女人。

她把流星放在床上，輕輕拍他的頭，就像她每次哄他入睡一樣。

都是因為你，她小聲說，都是因為你，我成了一個骯髒的女人。

她勒住流星的脖子。「都是你，都是因為你！」她哭著說。

都是因為你！她感覺到麒麟抓著她的頭髮，她聽見他的怒吼，她的肩膀被嚴英搖著，她聽見嚴英的喊叫。都是因為你！都是為了你！

她淚流滿面，不斷搖著頭，當她終於鬆開手的時候，看見流星睜開的眼睛裡有著迷惑的驚訝，和惘惘的不情願，她甚至懷疑她看見一種被背叛的悲傷，隨後卻在一剎那間變成柔軟的空無的黯淡。她把他抱起來，靠在她的懷裡，感覺他身上的溫熱，她輕輕搓著他的皮膚，「噢！寶貝，我的小寶貝！媽媽從來就你一個寶貝，就只有你……」她的眼睛完全給淚水模糊了，她重複低聲喚著，把他抱起來，摟得更緊了一點兒。

25.

直至入夜宋毅仍未歸來。

「退了？」晉廣良說。

「難說。都這個點了，只能擱沙漠裡，今天是不會回來了。」端飛說。

然而宋毅仍在隔日發車名單裡。

「明天的發車時間很晚，他還有機會，最後一個賽段了，不讓他拚到最後他死不瞑目。」晉廣良說。

端飛笑了笑。「他跟小傅倆能把車修出來，那也不容易。」

張磊他們車壞在路上，無法到營地來了，端飛與孫海風的後勤聯絡不上，也不見蹤影，就只剩兩車組四個人了，這會兒夜深，孫海風和李東建都睡了，兩人促膝對談，話語一停，那空寂不光是冷清，還有一種超現實的詭譎。

但這對兩人來說並不陌生，同時想起少年時候企圖越過沙漠，也經歷過這樣的夜晚，偌大曠野，就只有他倆。

「聽到你娶了紀念時的女兒，我是當真高興。」

「聽起來這話裡沒好心眼。」

「我想端飛也有墮落到這種程度的時候，今後用不著記掛著當對手了。」

「你要是打從開始這麼想就好了。」

「咱們自小一起長大的，我又不是不知道你私底下什麼樣，這兒就只有你跟我，犯不著搬出人前那種不著邊際的敷衍來面對我。五年前的比賽，咱們第一次交手，沒想到你退了，究竟發生什麼事？那之後你再也沒比賽了，娶了紀念時的女兒，接掌他的公司，平步青雲，作風完全不像你，人人說我晉廣良為了錢為了權力無情無義，把別人踩在腳底，其實那些我都不在乎，我這些年的拚命，是因為始終把你當假想敵，與其說你讓我失望，不如說讓我失掉人生的目標，我以為以咱倆的交情，我可以聽到一個合理的解釋。」

「怎麼，我娶什麼女人還得跟你交代？這種事要什麼理由呀！」端飛說，隨即換上一張笑臉，「再說，咱們既然是一起長大的，你該知道，我一向沒有作風。」

晉廣良搖頭。「你就是這種態度讓人生氣。」

「說實話也不行？那可難辦了。」

「瞧你進沙漠前整天電話談生意沒完，這麼些天聯絡不上你不著急？」

「我一向是裝忙，總得擺出一副敬業的樣子。」端飛咧嘴笑嘻嘻地說。

「拿我當傻子？公司裡的事不都靠你做決策？」晉廣良冷冷說道。

「沒這回事，我這個人一張嘴從來只擅長說些不正經的，出去談判開口的都是我岳父，我用不著說話，在旁邊負責裝作城府很深的樣子。」

「德國那件事究竟怎麼回事？傳說那不光是商業竊密，目標並非表面上的汽車技術，畢竟對方還發展軍武方面的製造……符老讓你去的？」

「是啊，還有我岳父。我也莫名其妙，我一句德國話都不會說，英文也很破。」

當時他便是這麼回應符老的。

「沒關係，你什麼都不用說。」符老回答。

「到時候我要怎麼認出那個人？」他問。「你用不著指認他，到時候他會主動接觸你。」符老答道。

但他在約定的地點並沒有碰到任何接頭的人，在沒有聯絡方式，沒有指示命令的情況下，他自行離開，隨興晃了兩條街，走到公園裡。

有個男人叫住了他。

那是他最早第一次跑拉力賽時的領航呂曉方。

兩個男人都露出欣喜若狂的表情，衝上去給了對方擁抱。

曉方的聲音宏亮又激動，「咱們有多少年沒見了？」兩人扳指頭數了半天都對不清。

「沒想到那麼長時間沒見，聊起來竟也不生疏，當年比賽時兩個人都沒經驗，勘路回來討論了半天，他說路書要這樣那樣做，我說這樣不行，還吵了幾架，那時候年紀還很小。我跟曉方都是第一次，」端飛對晉廣良說，接著大笑：「咱們把第一次都給了對方。……第一天比賽的時候曉方太緊張了，一開始就丟了節奏，路書報得一團亂，那天很多車摔到水裡去，還有人淹死哪！翻車的也不少，至少咱們還平安跑完，只是成績太差，符老氣得不得了，當著所有人的面揍我，曉方哭了，一直說都是他的錯……這事咱們要不談起來都幾乎忘得一乾二淨。」

和當年的模樣相較，曉方其實變了很多，也不過才三十七、八歲，前額禿了不少，髮線不只是後退，還顯得稀落，髮根處看見些許白髮，曉方笑說實際上白髮不少，只是染黑了看不出來。

「還比賽麼？」曉方問。

「後來跑長距離越野賽，只當領航，現在也不跑了。」

「長距離越野？當領航？」曉方顯得很驚訝，接著忽然想起什麼的，「記不記得咱們那次沿東北國境線的旅行？咱們花了一個月的時間研究地圖，做路書，從錫林浩特到阿爾山，經新巴爾虎左旗、右旗到滿洲里，沿邊境線到室韋口岸，穿越大興安嶺到漠河，再沿黑龍江到黑河、同江、撫遠，轉向南過饒河珍寶島，到綏芬河，進入延吉、長白到丹東，最後到大連……，一萬多公里走了一個月。」

「噢，是啊！現在到琿春口岸的俄羅斯界碑上指不定還能找到我的指紋，那東西剛新刷上紅綠相間的漆未乾，蹭得我一手綠。」端飛搓了搓手指，好像那上頭還沾著潮濕的綠漆。

「我也跑跑長距離越野賽，換你來領我，那可有意思了，有你在旁報路書，我可就天不怕地不怕，盡情撒開了跑，真想嘗嘗那種滋味。」曉方說。

「嗯，相較於場地賽、公路賽，拉力賽，每一處要求和計較得細緻和精準，長距離越野賽是拉出一幅大塊全景的，就像微距攝影能巧觀至昆蟲的毫毛，可直升機拍下的遠眺則壯美粗糲。人生一刻的勝負榮辱在當下深刻而巨大，可拉長拉遠了，放置在整條人生的河流當中，所有其他平凡或不平凡的每一瞬皆涓流匯入，曾經巨大的渺小了，曾經沉重的輕盈了，原本靠近了看不出所以的，拉遠了現出了形狀，曾經被一個石頭擋住窒礙難行，拉開了左右都是大路。不過……」

端飛沉吟了幾秒。

「再好的領航，再好的車，使得你能再肆無忌憚地跑，那是有人替你選好了路，你只能照著走，最終爭的還是一個快。」

「有人替你選好了路……」曉方喃喃重複這一句話。

「我倒想咱們什麼時候再一起搞個穿越，那是咱們自找的路，自己決定的路，對或者錯是自己認了算的路。」

呂曉方起身，擱在咖啡桌上的一包煙沒拿，只輕描淡寫落了一句：「留給你吧！」

起先他沒留意，就連打算從中倒出一根菸時也以為擱在裡頭的是個打火機，但那是個U盤。

「後來我到機場，臨出關時就被逮捕了。」端飛說。

「見到曉方的時候你一點都沒懷疑？」

「這個麼……真沒有。」

「像你這樣警覺心強的人也毫無防備，這就是領航情結吧？畢竟領航和車手之間，是把性命交給對方的關係。」

「我什麼時候警覺心強了？我這個人很遲鈍。」

「這事後來不了了之，為什麼？」

「曉方自殺了，他一個人扛下了。」

「原來如此。」

「我跑到德國和曉方見面，其實是個幌子，竊取機密的事根本早就敗露，符老找上我做這件事，不過是把一人交出去當犧牲品……，那個人不是我，是曉方。」

「呂曉方是無辜的麼？」

「我不認為。……曉方替符老他們幹這勾當，恐怕有相當的時間了。」端飛望了望晉廣良，「我知道你怎麼想的，在你看來曉方其實也算罪有應得吧？」

端飛淡淡笑了笑。「那樣的話，其實我也是罪有應得。」

晉廣良沉默著沒搭話。

「我猜符老跟他談條件，其實那時他已經走投無路，別無選擇了，可他還是頑強地抵抗。符老心中自有盤算。曉方不知道符老找的人是我，他見到我那瞬間的表情，一臉難以置信，我覺得理所當然，因為我也很驚訝，完全沒想到……」端飛的腦中浮現曉方搖頭苦笑，大步上來給他一個擁抱，拍了拍他的背，清亮的日光下那雙眼睛甚至因為濕潤而浮躍著閃動的晶瑩，給他一種錯覺，彷彿那眼中溢滿難言的幾乎像是哀傷。「我見了他也很激動，我想，在那一瞬間曉方就做了決定了吧！」

晉廣良思索了一會兒，問道：「但我不明白，你怎會答應符老跟你岳父？若非你有求於他們，不會逮著這個機會要你幹這事。」

端飛苦笑。

「你知道宋毅搞練車場的事吧？」

「聽說了，那跟你也有關係？」

宋毅來找端飛借錢，端飛乾脆地拒絕了。

「不是我不願意，還真沒那麼多錢。」他對宋毅說。

「您說這話就有點戲耍人了。」宋毅臉色難看。

「錢都是我老婆、我岳父的，我吃碗麵還跟老婆伸手呢！外頭說我端飛吃軟飯一點都不假，這一點你很清楚的。」端飛說著。

關於端飛為了金錢權勢娶豪門之女，在家裡頭也抬不起來，對此到處說嘴的就是宋毅，但宋毅對端飛這嘲諷倒不為所動，臉不紅氣不喘地說道：「能娶得那樣的女人，你也有兩下子，哪個男人不為了錢接近她？到頭來只有你哄住了她，我不知道你用什麼本事讓她信任你的，總之對你來說不難吧？唉，我真希望也有你這般能耐，是因為那方面的工夫很了得吧？」宋毅神情曖昧地說罷，哈哈大笑起來，接著一臉語重心長的模樣。

「想想咱們最後一次一起比賽，一晃眼都四年多快五年了，那之後咱倆都脫離那圈子了。有時想想都覺得不可思議，還記得比賽開始前在大營那晚上，大夥兒像往常那樣瞎聊，晉廣良跑進來挑釁我，那會兒有誰會想到後來發生的事？要不是有那場比賽發生的事，現在你是這樣，我是這樣？」

「過去的事還想它做什麼。」

「可不？我也是總不讓自己去想的，可方才我突然不由自主地想起來了，不光是想起我不願想的事，連不該想的都想起來了。」

「既然知道是不該想的事，又幹麼去想？」

「我也在雜誌報導上看過你跟夫人的美事，郎才女貌，鶼鰈情深，甜甜蜜蜜的，好不教人羨慕。想不到我宋毅也去看這些風花雪月的東西吧？你的事我關心哪！我啊，您別看我平常做人謙虛，我的內心也是高傲自負，我對誰打躬作揖、諂言媚語，都是逢場作戲，也不過是做得漂亮，別人看不出虛假罷了，真心叫我佩服的人鳳毛麟角，你可在當中佔了個鼇頭，大凡人在這兒強了那兒就弱了，有幾個像您這樣方方面面，無一不出類拔萃，笑傲群倫？無怪乎追求夫人的人那麼多，她就單讓您給矇了去。」宋毅把腦袋靠近了去，「她一定不知道你心裡其實有別人吧？像您這樣瀟灑的男人，不風流放蕩還像話麼？棉被底下多擱幾個姑娘算什麼，調戲調戲女人的心，或者玩弄一下女人的身體，那都是凡夫俗子，不想您那個多情，真是連我都要醉了。」

宋毅嘿嘿笑起來。

「你究竟要說什麼？」

「四年多前那場比賽，嚴英的失蹤，和女人有關吧？」宋毅那雙小眼睛露出狡獪的光芒。「為了女人爭風吃醋不算什麼，連衛忠都鬧過這種事，還不只一次，弄到派出所去呢！您瞧他那個長相，也有姑娘欣賞的，他那大傻逼，只要是女的，拋幾個媚眼就當真。咱們看成無傷大雅稀鬆平常，夫人可不會這麼理解。」

「你想講什麼就挑明了說吧！」

「夫人是大家閨秀，有文明又風雅，欣賞您這種豪放不羈的漢子也不算奇怪，女人嘛，都會對有野性的男人著迷，可殺人凶手就另當別論了。」

宋毅說著，露出賣關子的笑容，等著端飛著急詢問，可端飛卻只是裝得一副迷惘困惑好似不理解他在說什麼的表情，他便不耐煩了。

「嚴英失蹤，因為沒找著屍體，不能證明他的死亡，你才逃過謀殺的罪名，對吧？但有人看見你搬運屍體的……」

「你這是在威脅我嗎？我這個人不受威脅的。」端飛面無表情地說。

宋毅顫抖了一下，突然轉為哭喪著臉，「我也是看機會難得，搞好了大家都有得玩兒。我開車或許沒你們行，但我對自己的眼光有一份自負，我看準潛力的新人，我搞各種組織活動，我想別人沒想過的，大家開心我就開心。我弄這個練車場，也不是為的自己。這圈子什麼時候好混過？哪一天不是別人逍遙快活，我窮忙受氣？從早到晚絞盡腦汁，先一步替這個誰想那個誰的想這個愁那個，巴不得自己三頭六臂，我犯得著？」

「得了，你還不是自討苦吃？你究竟圖什麼？」

「我不知道呀！我這個人愛錢麼？你瞧我斤斤計較的，可我吃好的用好的麼？你瞧我腳上穿的鞋，你瞧我用的帳棚，你瞧我自己的車。我一輛房車都沒有。我還不像您成天煮咖啡咧！我喝過好茶葉麼？我像您那樣吃上好的和牛麼？我冬天跑到加拿大、跑到瑞士去滑雪，夏天跑馬爾代夫釣魚麼？說出來嚇著您，我還沒出過國門呢！我一個子兒兩個子兒的計較，我花在我自己身上麼？我一天過過銷魂日子麼？」

宋毅說的這些倒是實話。

然而端飛只表示了他愛莫能助，宋毅那些語帶恐嚇的話不是沒令他煩慮，可宋毅一走開，他便忙別的事，沒把這放在心上。

過了些時日，一天紀藍嫣對他說：「有個叫作宋毅的人來找我，說是你的朋友。」

「宋毅？」

「你不是告訴我你沒再玩車了？他說你要跟他搞個練車場。我客氣地跟他說回頭我問問你，你猜他怎麼著？成天跟著我後頭，我上哪兒他跟到哪兒，這人真可怕，說他沒惡意，他同你是交情匪淺的，你什麼事他都知道呢！」

她說到這兒時停頓了一下，眼睛定定地望著他，那眼神並非懷疑或者猜測，反而有著謹慎和令人不解的期待，那期待既天真又迫切，都讓他感覺不忍了。

「他跟我要錢，其實我也巴不得拿錢打發他算了，可我也沒那麼多錢呀！要麼我跟爸爸開口吧，給他錢不要緊，你別摻乎那什麼練車場，早跟你說過別再跟那幫人混，都是些粗人，不曉得會鬧什麼事。」

儘管藍嫣說這些話時，臉上透露的一絲傲慢與嫌惡，讓人感覺彷彿細針在刺，然而她的驚恐不安也是真的，他看得出那些疑懼令她煩躁；藍嫣的心思敏感又帶神經質，一點兒她無法理解、掌控、處置完善的事，都會令她寢食難安。然而她其實想討好他的，她向來不擅長討好人，總做得適得其反，從她的話語也許聽不出這種心，可她的表情仍舊寫著她那惶恍於分不清自己怎麼做才是對，怎麼做又再次犯了錯，她每次仰著臉看他總是這樣，極力掩飾那迷惘的脆弱。他其實應該多給她一些愛憐的，可是他跟她一樣，他也不知道該怎麼說怎麼做。

當天端飛便找了宋毅出來，一見宋毅出現，端飛便大步走向他，看似一伸雙手把他推倒在地，迅雷不及掩耳，完全沒停步，但事實上若有個攝影機拍下用慢鏡頭來看，他是伸出手去把宋毅抓了起來，宋毅被提得兩腳掌離地，整個人被騰起擲下地去。

「誰讓你去騷擾我太太？」

「我跟你知會過的，你卻來怪我，公平麼？你該怪你自己。」宋毅躺在地上，像是翻不過身的甲蟲般扭動著手腳，一邊使著勁縮著下巴欲弓起身子。

「我可沒把你那些不可告人之事說給你老婆聽，我這人還是有人品的，我知道你有難處，雖然娶了有錢老婆，掌管大公司，表面上趾高氣揚，快活跋扈，其實也不過是隻哈巴狗，我能諒解，不打算為難你，但對你老婆來說那筆錢根本是九牛一毛，我乾脆直接跟她開口你也省事，我這是一番好意，免你去向老婆低頭，折煞你這條漢子。我就不曉得我這番貼心咋又惹得你惱怒，有錢有勢高興起來就隨意動粗，不欺人太甚一下顯不出任性，我理解，世道就是如此，可咱們過去玩在一起，情同兄弟，我宋毅不是路邊的乞丐，也不是你的下人。」

端飛雙手插著腰，聳著那寬闊的肩膀，低頭垂著臉，莫可奈何地思索了幾分鐘。

「我知道了，錢我會弄給你，你別再打我身邊人的主意。」

思及這些事，他也沒真說給晉廣良聽。

長夜漫漫，靜得教人睡不著，兩個人的默契用不著言語，沉默中連彼此的呼吸和那菸草燃燒的細瑣聲都變得格外分明。

※

烈日升至天頂，接近發車時間，仍沒見宋毅的賽車蹤影。

兩車組的人都在做發車準備，突然聽見孫海風的喊聲：「宋毅回來了！」

遠遠走來的的確是宋毅，只有人沒有車。

宋毅那一身髒汙簡直像塞進汽油桶裡滾過，原本就禿的頭髮更是缺了一大塊，連頭皮都沒了，一片潰紅焦爛，眼睛好似整個染成猙獰鮮紅地布滿血絲，腳步蹣跚，也才一天不見，人好似整個縮了一大圈，手上抓著一塊黑色破布，一見著人車，便傾身倒了下來。

「你受傷了？」

「沒有。」宋毅喃喃說。

孫海風遞上水，剩下這小半瓶，其實他挺心疼的，但此時也顧不上。

「車呢？」

「燒了。」

「在哪兒？你走回來的？你走了多久？為什麼不求救？」

「車都燒了衛星發報怎麼用？」

宋毅抓著水瓶咕嚕咕嚕灌著水，喝完了，好似從死裡活回來地深吸一口氣。

約莫有十幾分鐘，宋毅掙扎著坐了起來。

「也不知道哪兒的問題，開著開著冒濃煙，一下火就噗地出來了，趕緊停了救火，救不下來，機艙剛滅了底盤又著。」宋毅緩緩說著：「估計還是從發動機那兒著起來的，凸軸那兒油封壞了，從那兒漏機油。滅火器都使完了滅不下去。我燒車有經驗了，以前還跟衛忠倆比誰搶救的東西多，一燒車趕緊搶值錢的東西，前一回我還搶了快十萬塊錢的東西出來！」

宋毅說著逐漸顯出一種亢奮的神情，與他悲慘的模樣截然相反。「卸輪胎，衛星電話，這都值錢的，一條輪胎五千塊錢，能卸倆卸倆，最後拿得不行了，想看看還有安全帶還能解，但實在解不開，我想唉算了，三千塊錢就算了。只要有經驗就特冷靜。先滅車再滅火，然後最後斷電，然後搶東西，這樣程序上比較順暢點。這車就是衛忠整得不好，排氣什麼的特別靠線，高溫那些東西也都靠線，從底下著起來滅火器噴不到，鬱悶。電腦我給搶下來了，然後那個變速箱我實在扒不下來……就記著動作要快，沒法想別的，燒完了才想到，救這些有什麼用？全扔在沙漠裡。」

宋毅苦笑。

「你手上那是什麼？」

「座椅，最後我想把座椅拿出來的時候，一揪，就只剩一塊布。」

「你還想著要把座椅拆下來？」李東建驚訝道。

「沒，我沒想拆座椅，就是最後看著那座椅的腿都已經燒了，心想座椅能拿出來呢，我看著還挺好的，覺得能用，後來一扯，全碎了，只剩下這樣。」

「小傅呢？」

「小傅沒穿賽服，他嫌髒，又熱。」宋毅淡淡地說。

「沒穿賽服？」端飛和晉廣良對看了一眼，臉上露出凝重又不安的神色。

「小傅該不會燒傷了吧？你把他留在那兒？」端飛說著，止住了口，顯得困惑之餘，不願意去相信自己心中的猜測是真。

「只要沒按紅色報警退賽，馮曉他們的救援直升機就不會來。小傅的傷勢嚴重麼？」

宋毅聳聳肩，接著搖頭，又點頭。

「車都燒了，只能退賽，怎麼跟馮曉他們聯絡，過來接小傅？」孫海風說。

「用不著了。」

「什麼意思？」

「小傅全身著了，成了個火人在地上滾，滅也滅不了，燒完了跟黑炭似的，頭髮都燒沒了，眼皮嘴唇都燒沒了，皮膚都剝落了，發不出聲音，就在那兒喉嚨呼嚕呼嚕的，我看著也不忍心，想必痛得不得了，就送他走了。」

宋毅說得若無其事一般。

四人都說不出話，孫海風張大了嘴半天合不攏，眼睛眨巴眨巴，好容易才結結巴巴說道：「這不是真的吧？你，你這是忽悠咱們吧？」

「救不了了，連一滴水也沒有，連塊乾淨的布也沒有，直升機開來也沒用。就算把他救活，也付不起醫療費，就算有錢治療，也是活受罪，不知要折騰多久，下半輩子不能像個人，我這是為他著想，別以為我不掙扎。……別管我，你們發車吧！」

孫海風一群人面面相覷。

「你一個人留在這兒？」孫海風說。

「不管能找到誰來接你，都要好幾小時。」晉廣良說。

「說了別管我，你們甭操心。」

「怎麼可能不擔心？」孫海風說。

宋毅站起來，嘿嘿笑了笑。「你們別忘了，我這個人從來是未雨綢繆，總帶著好東西的。」

「錢？」李東建呿了一聲。宋毅比賽的時候車上總帶著大筆錢，這是眾所周知的。「車著起來的時候拿滅火器第二，搶救鈔票第一吧？」

宋毅看也沒看李東建，倒是朝端飛靠近。「晉廣良說的對，無論能找到誰，離這兒都太遠了，瞧我這悲催的，等得了？唯一躲在附近虎視眈眈的只有馮曉他們，能用最快的速度過來，有辦法叫到直升機過來的，只有馮曉他們，我該怎麼辦呢？」宋毅環視了所有人的臉，一臉傻相的孫海風專注又彷彿痴心地望著他，端飛沉著面無表情，稍遠一點兒的晉廣良與李東建帶著好整以暇的冷淡，空氣中瀰漫著緊張、凝重、僵持卻又不耐的微妙氣氛。

「真叫我失望，你們的頭腦實在太簡單了，我還以為能拚搏到最後的必然都三頭六臂絕頂優秀，沒想到也不過都是些腦子跟四肢一樣只長肌肉的人，果然賽車說白了還是靠的運氣罷了。」

孫海風這時瞧見端飛的眼睛裡閃過警覺的亮光。

「想想看，假使你們是我，現在該怎麼辦？不按紅色報警，馮曉就不派人來，可我沒有紅色按鈕可以按啦！」宋毅做出懊惱的表情，隨即咧嘴一笑，靠近端飛，「可我隨身帶著的好東西可不只是錢。」

他朝端飛欺身過去，不似撲向他，倒比較像整個人投進他懷抱裡，他的臉貼在端飛的頸項間，喃喃說著話，遠看簡直如情侶在纏綿絮語。

「我對於你這種有錢人來玩車，早已厭惡到極點，一副爺高興愛怎樣怎樣的德性，我受夠了！不過就是有幾個錢，成天裝作滿不在乎的瀟灑樣子，開口閉口什麼輸贏不重要，不就是玩兒嘛，高興就好，自己才是自己的敵人……我呸！噁不噁心？我的車燒起來了，我還在想著能救一塊錢東西是一塊錢，這種心情你能懂嗎？」

宋毅倒退了兩步，鮮紅的血滴在沙地上。

一旁三人愣住了幾秒鐘才反應過來。

「端飛！」孫海風喊著衝上前，低頭看著那不斷湧血的傷口，求救似地轉臉望向晉廣良。

「這麼聰明的主意只有我想得出來？」宋毅手裡握著浸滿血的刀刃。

「你得立刻去醫院。」孫海風說。

端飛用一隻手壓住傷口，血一下子便從指間流滲出來。

「快按紅色報警吧！」宋毅目不轉睛地盯著端飛說。

晉廣良一個箭步上來，推開宋毅。

「不礙事，還挺得住。」端飛說。

「別開玩笑了，退賽吧！我不在乎退賽的後果。」孫海風說。

「既然承諾了走完，不會半途而廢。」

「沒有必要！」孫海風大喊：「堅持完賽，為了救我，那是因為你以為我是那個叫作嚴英的人吧！讓我猜猜，因為你搶了他的女人，對他有愧？因為你以為失手殺了他所以心虛？因為你想彌補什麼？那個女人呢？你不都娶了別人了？早忘了她吧？告訴你，你沒必要幫我，你沒義務，你是白費工夫了，你不欠我，我跟你一點瓜葛也沒有，你甚至不認識我，我並不是嚴英，我叫孫海風，我與你壓根就是萍水相逢，不相識也不相欠的兩個人。」

端飛淡淡地「噢」了一聲，又好似只是無意的輕嘆。

他口氣急躁地追問：「什麼噢？什麼意思？」

「所以我跑了半天，是為了一個不相干的人。」

「很抱歉，我也想早些說的。」

「既然都瞎跑了那麼久，不如就跑完唄，否則不是更傻？」

「為什麼？為什麼要為了一個不認識的人堅持到底？」

「那也沒有什麼不好。」端飛聳聳肩。

「我不懂你這個人腦子裡究竟在想什麼。」

端飛一揚嘴角，斜瞟了宋毅一眼，伸出食指在嘴上做了「噓」的嘴型，壓低了聲音：「別給宋毅聽見，讓他知道他絕妙的點子沒奏效，他要傷心，一個人被拋在這沙漠裡，怪可憐的。」

「你確定不退賽？要跑完全程？最後一個賽段也有四百公里，不算短的路程，中間不少軟沙，還有高沙區，你真可以扛過去？再說，你這樣子也無法報路書吧！這小子沒領航咋跑？」晉廣良說。

「跟在你後頭跑不就得了？既然是軟沙，車轍也明顯。」孫海風說。

晉廣良思索了幾秒。

「找路來不及，萬一走錯迷路就麻煩，東建很可靠，但現在不是冒險的時候，要用最短的時間走出去，只有一個方法……。」

「誰說我不能領路呀，路書我都看熟了，不礙事。」端飛說。

「你這傷勢，給顛幾小時，路書都拿不住了。現在就一個法子，就這麼辦吧！東建，」晉廣良轉向李東建說：「把密碼輸進衛星導航解鎖吧！」

李東建和孫海風都吃了一驚。

「這算什麼好法子，解鎖你就失去比賽資格了！」端飛說。

「這時候還在乎這個？把隱藏航點的坐標全打開，才能用最快的速度出沙漠。我和東建解鎖領你們，你們在後頭緊跟著。」

晉廣良的性子是不由人跟他爭辯的，他的決定一向果斷，說了就做，李東建聳聳肩，照老闆說的辦事也是他的原則，他很清楚自己的分際，專業上他會盡全力去爭取完美，克服他個人力量疏通有限的各種困難，但決策不是他該管的。

發車時晉廣良叮囑孫海風得特別謹慎，端飛的傷口沒辦法繫賽車的四點式安全帶，速度快了遇到坑洞斷坎都太危險，慢了顛得還更暈，此外，他和李東建會盡量避開沙山和起伏過多的丘陵，免得孫海風衝不上坡，又不好涮，下坡又危險。然而避開險峻的地形繞路，偏離航跡也有風險，在沙漠裡光有經緯度座標，未必到得了那個目標點，繞開通不過的地形有時要迂迴到非常遙遠的地方。

「總之，別著急，沉穩點，用不著快，跟上就行了。」

「知道了，我會當作是旅遊版。」

李東建白了他一眼。「咱們才是旅遊版哪！為了你們失去比賽資格。你倒好，竟成了這場比賽唯一的倖存者，光靠對手退賽光了，不費吹灰之力拿第一。」

「也不是我願意的呀！我寧可光明正大地輸。」孫海風囁嚅著說。

這一日的發車，緊張、激動、心神不寧和沉重的負荷感勝過第一天比賽，那時他記憶還沒恢復呢，那時他還以為自己是嚴英，卻很明白他辦不到嚴英能辦到的事，那時他的恐懼超過期待，儘管滿心澎湃激昂，卻又被濃密的陰影籠罩，現在呢，他經歷過來了，他習慣這些了，一直依賴端飛的他，現在換過來讓端飛仰仗了，他卻惴惴然，什麼車手和領航是可以把性命交給對方的人，這重量他擔不起！是的，無關信任，那些冠冕堂皇的話都是狗屁，他想，他自己都不見得信自己。患難之交，肝膽相照，無私犧牲，英雄的勇氣，華美的自我戲劇化贅詞，都他媽的是笑話。

車發不動，他迅速起了一身汗，泰軍不在，沒人整治這輛車。試了半天，他甚至不好求救地望向端飛一眼，慌了，衝出去叫晉廣良。

晉廣良和李東建過來幫他看，他在一旁怔怔地咬著皺皺的手指甲，他忽然想到人們總是把時間的流逝形容成水是不對的，時間的流逝應該像血，每一分每一秒都像從血管裡流出的血一滴一滴落在沙裡，消失，生命隨之一點一滴枯竭。

引擎發動的聲音令他的太陽穴底下的動脈猛地跳起來，豎起耳朵，一顆心顫抖地懸著，望那聲響別斷。

眼淚不爭氣地居然冒出來，晉廣良一臉哭笑不得，本想啐他一口，轉眼卻換了一張柔和表情：

「人還沒死你著什麼急哭。」

※

端飛不報路書，讓他很不習慣。

儘管晉廣良刻意放慢速度，但畢竟晉廣良是晉廣良，他有他的開車方式，晉廣良應付地形的姿態與端飛完全不同，這些天下來他習慣了端飛的教導，驚奇地發現與初進沙漠相比，他已經脫胎換骨，可跟著晉廣良依樣畫葫蘆，他終究常迷惑，晉廣良的習性喜截直線，暴踩油門，不帶煞車，戈壁上長驅直入，從坡上下來就像懸崖上往下俯衝的老鷹，很難保守，晉廣良是模仿不來的，沒有端飛在旁提醒，一出錯，他自己也不知道如何反應。

他想著他一次又一次地搞砸了，不是打從他參加比賽，不是打從他失去記憶，而是從很久很久以前就開始。現在他知道為什麼了，為什麼他總是輕易搞砸。因為他老以為有機會重來，他像那種打慣電玩的青少年，以為死多少次都可以不算。

很抱歉。

幹什麼？又不是你的錯。他自己對自己說。

老毛病又犯了，不是說從此過錯都推到端飛身上，再也不要歸咎自己？壞習慣改不過來。

他的腦子裡不停地自個兒和自個兒對話。

是啊！那是端飛咎由自取，不干我的事。

不，並不是這樣。其實看見宋毅走過來我就有不祥的預感。

對，凡事你只要嗅到不對勁，它就一定不對勁，經驗給了你多少教訓，你依舊學不會？寧可虛驚一場，也不要假裝沒事。

所以呢？所以我該怎麼做？我再怎麼盯著宋毅，也來不及阻止他。

你可以，你可以的，你早就知道了，不祥的事你特別有預感，但每一次你都裝傻，裝不知道。

你看見朝星輝了對不對？那時候你看見他了，你其實感覺到沙塵裡有東西。

亂說！沒有！我什麼都沒看見！

天啊，你怎麼有工夫這會兒還在頭腦裡做毫無意義的爭辯？

什麼東西？這是第三個聲音嗎？

我又讓端飛失望了，我似乎沒一件事能做好。倘使他現在也如往常那樣笑得出來，如往常眼睛裡亮著嘲諷的光，他現在又要笑了，笑他自己，笑他落到命得交到我這靠不住的人身上。

他以為端飛是刀槍不入的。

以前別人笑他傻，他內心還笑別人傻呢，爭個頭破血流，還不傻？人生不值得強求。可現在交到他手裡的擔子他沒選擇得挑起，見到端飛被刺傷的時候他驚呆了，當下他第一個想的是，他得有個人幫他，告訴他該怎麼做。他才覺悟到自己一直都像個孩子，他一直都沒像大人那樣活著，大人是孩子的對立，處在孩子狀態的人永遠都在唾棄大人，大人腐敗、貪婪、邪惡、庸俗，但人其實都不是自主地選擇變成大人的，人在被迫變成大人以後才學習當個大人，而很多人在這個過程裡失敗。

他該找些輕鬆的話說。

對了，他現在不是嚴英了，他做回他自己，他已經說了實話。

不啻鬆一口氣。

現在可以坦然用孫海風的身分來和端飛交談，是過去未曾有過的感受。

「早點跟你承認我不是嚴英就好了，害我一直提心吊膽的，又對於自己欺騙你感到罪咎，我一直害怕告訴你事實，你會……」

說到此他突然意識到這句話裡，「你會」兩個字其實應該改為「我會」，他該害怕的不是端飛會怎樣，也許他早就瞭解了，端飛不會在意，他從來什麼都不在意。然而他自己呢？如果他承認了他不是嚴英，他是一個跟這兒的任何一個人，跟這整個世界都不相干的人，也許沒有什麼事真的改變，可他便無法再假裝他屬於這裡，不需要誰把他逐出，他便失去了這整個世界。失去這個世界會怎樣？他不知道，他只知道他不想。

其實他與端飛相識，不到一個月，感覺卻好久好久了，第一天相遇的情景，竟有恍如隔世之感。昨天他還想著，剩下最後一天了，心中滿是徬徨。每當他奔向落日的地平線，模模糊糊地看見在夕陽之後，仍有大地的殘影，令人不解，太陽在地球之外，那裡應當只有空無才對。在盡頭之後還有什麼？在結局之後還有什麼？在毀壞或者消失之後還有什麼？在無可逆反之後還有什麼？

「我害怕一旦告訴你這個事實，」他重複一次說這句話，「我會……」

他停頓了一下。

「我會失去你。」

他轉過臉看了一眼端飛，但他沒辦法看見端飛的表情。

他這麼說是認真的，但頓時起心眼捉弄一下端飛。

「我一直愛著你。」

說罷忍著不笑出聲。

「我想問你一個問題，你怎麼知道你是在愛著一個人？」

他想到的是佐依，開始時是佐依向他示好的，慢慢的他就習慣了日子裡有佐依，佐依很漂亮，看著佐依的時候他總會入迷，她很容易在談話裡變得很認真，她有一些不自覺的小女孩式的手勢，她眨眼的時候有一種俏皮，她思考的時候會仰著臉，她嘴唇的弧度帶著純真的性感，她氣急敗壞時口齒不清得讓人感到可愛……，他對她是關心的，是有情分的，有什麼東西牽連著他跟她，他不想切斷，那成了他自己的一部分，可那是愛嗎？他愛著她嗎？他竟茫然起來。

「你會恨你自己。」端飛忽然說。

「咦？」

「你不是問我怎麼知道自己是在愛一個人？」

噢，這回答也慢了太多拍吧？他差點兒都忘了方才自己問了這樣的問題。

「為什麼？」

「因為你會不知道究竟該怎麼做才是對的。」

他沒料到端飛會回答他的問題。

其實他一向喜歡隨意問端飛天南地北的問題，端飛給他的回答常出人意表，他愛那些意料之外的答案。

但或許他現在不該拿這些不著邊際的事糾纏端飛，他得專注盯著晉廣良，儘管晉廣良一直維持著恰到好處不快不慢的平穩速度，他心裡笑了笑，這是晉廣良擅長的，近得足以誘敵，又遠得煙塵不至於遮蔽視線，平常使壞心眼的招數，也有用於良善的時候。可不知為何這距離慢慢拉開了，車影越來越朦朧縮小，他不趕緊使勁追上不行。

速度一提，顛簸就變得劇烈，眼前他還不怕追丟晉廣良，這土路有陳舊的車轍痕，只消沿著走，就怕遇到岔路，也不知晉廣良是否隨時留意他有沒有跟上，他開始緊張起來。

端飛輕微地呻吟了一聲。

「對不起，這會兒路又爛，又趕進度……我以為你不會痛呢，你不是天生沒有痛覺麼？」

「誰跟你說的啊？」端飛苦笑著搖頭，「我怎麼可能不會痛。」

「啊！真抱歉。」他吃了一驚。

「搞什麼，以為我不會痛就這麼顛我？」端飛看看自己沾滿血的兩手，「我操，你會不會太猛了？腸子都快給你顛出來了。」

儘管知道這話沒絲毫斥責之意，就如同往日端飛慣常的促狹，卻更令他羞愧難受，他不敢去看那令人怵目心驚的血跡。

路還很漫長，他沒辦法把車開得更平穩，現在他完全能體會金寶身邊坐著受傷的朝星輝時心情有多麼恐懼、無助、力不從心，和絕望的自責。

之前陷在沙裡不能動彈，大家想著延誤的是錢，現在深怕陷沙恐懼著耽誤的是命，原來這兩樣東西是能具體放在天秤上量的。但死也未見得可怕，因為死之前還得過活這一關，死他無法明白，可活他畢竟有經驗，活的痛苦和死相比，哪一樣更難忍受？

把他人的生命繫在自己身上，和把他人的痛苦繫在自己身上，哪一樣更沉重？他把旋轉馬砸掉的那一天，佐依責備他令她感到難過。「你的不快樂讓我不舒服，我的心情全被你破壞了。」佐依說，「我沒有辦法承擔你那些幼稚的憤怒和悲傷，不要把那些東西加在我身上，我是個敏感的人，我能感受你的不愉快，那影響了我，干擾我的生活。」

一個人自己的痛苦的重量夠多了，擔不了別人的，甚至不想知道。

「喂，咱們停下來，抽根煙吧？」他說。

明知越早把端飛拉出沙漠去，跟緊領路的晉廣良，才是至關緊急，他偏偏說出這句話，他告訴自己這是讓忍受顛簸痛苦的端飛緩一緩，喝口水，喘過氣，檢查傷口，重新止血，但事實上，這是逃避，是怯懦，想喘息的是他自己，快窒息的是他自己，受不了這種痛苦和壓迫感的是他自己。

停下車，兩個人都沒動，好一會兒，他給端飛點了一支煙，端飛把頭盔卸下，往窗外扔了出去。

他想阻止，但沒來得及。「啊！這麼一來我還得下車出去撿。」他抱怨地說。

「用不著。」端飛說。

「好吧，這意味著你信得過我的技術。」他說。

「不至於那麼嚴重，只不過頭盔壓得腦袋沉。」

「說真的，你覺得我這人不值得信任？」

端飛笑了笑。

「你老問這些問題，給你什麼答案你都不會滿意吧？你想聽什麼？」

他完全無法辯駁，端飛說的一點兒不錯，他自己就對端飛幫助他的動機嚴重懷疑過。

「既然我不是嚴英，你不納悶真正的嚴英在哪兒？」

端飛沒答話，好一會兒才淡淡說道：「誰知道呢？也許在哪兒失去記憶了唄！……說不定你其實是嚴英呀，只是自己不曉得。」

「我是誰我怎會不曉得？」他鼓著嘴說。

「那可難說。」端飛笑了笑。

再度上路，他想著倘使持續說些話，或許能分散端飛的注意力，減輕他的痛苦，開始是找話題來聊，端飛沒答話，他也沒要他搭腔，自個兒絮絮叨叨說起來，說著說著就停不下來。他說了父親過世的事，說了眼睛會看不見的事，他把佐依和馬修的事也說了。他說這事佐依不提，他也很難主動問，可他心裡好多糾纏的疑問，比起質疑什麼忠誠啊，背叛啊，愛的真假啊，他更憋著一肚子想知道的，說來臉紅，「馬修在床上表現比我好嗎？他那個比我大嗎？我好想弄清楚。說老實話我對自己的尺寸還滿自豪的，雖然我也不確定自己的究竟算不算特別大，或許馬修更雄偉也說不定。」他說。

「容嘉……我剛才提過沒有？容嘉就是那個不男不女的傢伙，她背著女友偷把上的一個小劇場的女孩，跟我認識的，那女孩談這類話題毫不忌憚，事實上她很愛談這些，我感覺她跟我聊這個特別有快感，她說男人都很可笑，在床上女人哄我們什麼都相信，女人不會說實話的，因為男人在這方面太容易受傷了，所以啊，那話兒再小都會說大，說男人表現得很棒，很持久，背地卻啐一口，嗤之以鼻，批評得不堪入耳。但是呢，每個被稱讚碩大無朋的男人穿上褲子走出去，都當真以為自己那小巧的鳥很笑傲江湖。唉！」

沒了頭盔的通話器，他幾乎是用喊的，他的口很渴，不停地說話喉嚨痛得像是刀尖不停地刺穿一條一條裂縫，好像舌根要冒出血來，他的聲音因為沙啞而變得虛薄，這才想到一路缺水的賽事裡持續報路書的領航們的苦，沒人拿出來埋怨過。引擎運轉轟鳴中他聽不見端飛的聲音，或者，端飛本來就沒開口，一片嘈雜裡他恍惚聽到端飛發出輕笑，那很可能是他的錯覺，他多想聽到端飛令人安心的笑聲，爽朗又帶著揶揄的。

只不過是剛消逝的事物，馬上就能勾起人懷念，為什麼？因為在這空虛的人生，太容易不安。事物全兀自羅列，逕行運轉，眼睛卻什麼都看不見；或者本來這世界就空無一物，什麼都沒有，就算眼睛不瞎，也什麼都看不見；哪一種，比較可怕？

他們已經行駛了很長的時間，或許他的聒唧不停不是為了分散端飛的注意力，是分散他自己的，倘使他不這麼一腦子天南地北，一嗓子乾渴嘶吼，他會過於神經質，他會害怕聽見任何一點引擎的聲音、彈簧的聲音、風扇的聲音的不對，輪胎傳遞上來的感覺不對，油門踩下去的回饋不對，他會擔憂得承受不住，最微小不正常永遠會逐漸擴大，然後這輛車就會像得了風濕病的老人，某一個瞬間膝蓋一折跪了下去，然後他一個人解決不了，就算端飛能指點他怎麼應急解決，就算有一搭沒一搭又上了路，最後仍會癱瘓在這被人遺忘的地方。

端飛微微垂下頭，那姿勢令他每一回望都心臟一沉。

「太陽要下山了，天一暗我的視力完全不行，不快點就會丟了晉廣良他們了。」他說。

端飛抬起頭，指了指前方的沙山。

「翻過沙山？會不會太冒險？」

他看見端飛嘴唇的蠕動，就算聽不見，他也知道他在說什麼，沒有別的方法，要追上晉廣良，他們拖遲太多了，要盡快抵達終點，只能翻過沙山。

只能賭賭看了。

26.

再度置身這片沙漠中，李玲娜有了一種過去不曾有過的感覺：她在這裡，卻又不在這裡。她在一整片青玉色的天空和金棕色大地的包圍之中，也在這遼闊蒼茫的氤氳之外。那好像她在一個空心的球裡面，在那個球的溫度和氣味裡面，但事實上她與那個球一點兒關係都沒有。她是個局外人。

這真的是她該來的地方嗎？

她一直是把自己想得很瀟灑、不受拘束，同男人一樣，她是一點兒不彆扭又性子野的，她是熱愛冒險的，她無所畏懼，孤獨、危險、東飄西蕩，她不放在眼裡，這大漠與她的氣味相投，她在這兒找到她的呼吸，找到她的心跳。

全是鬼扯！

倘使那些沉默的沙丘、石礫、駱駝草能聽見她這些自言自語，會笑到昏厥過去。所有那些發動著引擎，轉動著輪子，意氣風發地橫越原野，發出勝利的嗥呼，宣稱自己征服了大漠的血性漢子，也不過是小丑，連過客都算不上，連邂逅、連擦身而過都算不上，那就像一顆露水蒸發，迎向億億萬萬年靜默的太陽。

飛蛾撲向光焰，也許飛蛾的眼睛是瞎的，四面八方望去全是黑暗，因此毫不思索地奔向漆黑裡唯一的亮光，然而那亮光什麼也不是，亮光不是生命，不是救贖，有時候人苦心孤詣追尋的，萬般致志撲逐不放的，什麼都不是，什麼都不值，最終得不到任何東西，沒有答案，沒有真相，沒有榮耀，沒有得救，沒有目的地，那是空的，空無一物，只有亮光，一整片金色，一望無際，但什麼都沒有。

落下的太陽觸地了，可很奇怪，她好像可以看見太陽的後頭還有地面，它比較像降落在一個很遙遠的地球表面，而不是在地球的邊緣之外。這真叫人匪夷所思，太陽的背後應該只有宇宙的背景，這是一種視像上的錯亂？一種光影神秘的折射？

天空變成灰白色，周遭陷入朦朧，有一隻飛鳥模糊的影子在遠方閃過，她的視線追逐著那隻鳥，眼球越匆忙地跟隨牠，牠飛得越快，彷彿眼球怎麼轉都與牠保持一種曖昧的距離。有時牠跑出她的視線範圍之外，可她一追丟了牠，一會兒牠就又惡作劇地，愚弄又煽動似地，從哪個角落突然又竄了出來。眼珠子轉啊轉的，轉得她的眼球肌肉都痠了，她才覺悟那不是一隻鳥，是她視網膜剝落的一小塊碎片。

當她提出願意幫符老找到嚴英的條件是讓她回到比賽，符老問她究竟為了什麼這麼執著於這場比賽？她是什麼都不能報導的。她說她要挖掘的是真相，她這個當記者的，為著的是挖掘，不是揭發，揭發不過是挖掘的一個附贈品，她不在乎。

符老沒問她要挖掘什麼事情的真相，倒是說：「真相？沒有真相。世間沒有真相。」

「怎麼可能沒有真相？世間多的是謊言，可眾多謊言裡必然有真相。」這麼說著她忽然停住了。「其實你也隱瞞了不少事！你知道的！這場比賽跟你有密切的關係，我從沒想到，從你這裡也能得到真相！」

符老大笑。「妳跟我要真相是麼？妳跟我要，我便給妳？我給妳的妳便接受？為什麼接受，為什麼不接受？妳只想要妳想要的，如果我給妳的是妳不想要的呢？姑娘，我教妳一件事，妳知道世間最凶惡的是什麼？就是真相。你想擊垮一個人，給他真相。你想收買一個人，給他真相。你想讓聰明的人變笨，讓善良的人變邪惡，讓強壯的人軟弱，給他真相。你知道真相為什麼能欺騙人？因為人們不知道世界上沒有真相。」

她不信符老這些鬼話，可現在她有另一種想法了，她跑到這兒來，並不是要什麼真相，關於端飛，關於嚴英，關於白玄希，她打從一開始像獵犬那樣追索，她不是為著要瞭解端飛的什麼不可告人的秘密，她要的是某一刻她能以一種「我知道」的姿態出現在端飛面前，我知道你，可你不知道我。但「你不知道我」並非她希望的，她想要「被知道」，這世上任何一個「別人的真相」都不如「我的真相」，有一天，我希望你願意「知道我」，為此，我做了那麼多的努力去「知道你」。

沒有人要關於我的真相，假使有，我要給的是什麼？你跟我要，我便給你，我給你的，你便接受。你只想要你想要的，我教你一件事，世間最凶惡的，就是真相。符老的聲音在她腦中響起。

十四歲時，有一天她把母親男友的車開了離家出走。就是那個澳門司機，他同母親並未結婚，但母親卻非得要她把那男人當作繼父來看，喊他爹地，那男人也說他會照顧她們母女，會把她當作親生女兒。她在外晃蕩了兩天，還是無趣地回家了。那自居繼父的男人見到她時一瞬間嚎啕大哭，哭得驚天動地，痛不欲生，活像離家出走的不是她，而是他自己是個走失父母的三歲小兒。男人哭喊著說以為再也見不到她了，以為她出了意外，否則怎麼可能不要父親？如果她不回來，他要怎麼辦？他要怎麼辦？天啊他該怎麼辦？如果她莫名其妙地死在什麼地方，而他一點都不知道，而她再也不會出現了，他要怎麼辦？他可活不下去了！他等了兩天慌得六神無主，差點自殺。男人哭喊得口齒不清，咕嘟咕嘟地吞著流到嘴裡的鼻涕，醜態畢現，那景象讓她呆若木雞。她是向來很討厭這個男人的，儘管皺著眉，好似萬般嫌惡，也忍不住心中動容，畢竟那嚎哭是為了擔心她，是為了她呀，至今還沒人為她那麼哭過，那麼把她當一回事過。男人抱住她，眼淚鼻涕都蹭到她肩膀上。她驚覺這男人在猛烈顫抖。男人鬆開她，又抓著她的衣領，狂哭喊叫。「我擔心死了！我擔心死了！魂都差點嚇掉，心臟病都發作，妳要是不回來，我真要死了！」她心中浮上一股奇異的東西，很陌生的，一種柔情。她對世間人情的想法還是太嚴厲，太猜疑，也許她是錯的。

那男人放開她，刷地打開車門，一溜煙爬上車，鑽到後座，在那兒蹭個半天，掏出一樣東西來，眉開眼笑的。「還在還在，真好，這下有救了。」那是一個包裹。「差點以為丟了，那我就沒命了。老天真是眷顧。這下死不了。我真是命大。」剛才那會兒哭得呼天搶地死了爹娘般，現在這會兒喜孜孜活像要娶媳婦。「叫妳娘給妳弄點東西吃，我還有事忙，不打擾。」拽著包裹那男人歡天喜地地走了。

弄了半天不是為了她，是為了那個包裹，她離家出走他著急擔心得要死掉是因為她把他的車開走了，他把某個攸關他性命的東西藏在車上，他怕那東西找不回來差點要瘋掉，找回來了他簡直是給提到鬼門關瀕死重生，包裹裡究竟是什麼她不知道，但隔沒幾天那男人便給人打死了。

她從香港跑到澳門，從澳門到台灣，又從台灣跑到香港，到北京，又跑到大漠，過去她以為她不斷地在逃走，她輕易厭煩，輕易不滿，她拒絕受困，她總要找一種新的答案，事實上不是，她並非逃走，她只是把自己轉移到另一處，她什麼也沒逃開，她沒真的抵達到任何一個「另一處」，她始終停滯在「原來的地方」，可到底什麼是「原來的地方」？她已經弄不清了。

生存把她訓練成不退讓，她習慣了打破砂鍋，習慣了橫拿她想要的，原來她不在乎真相，她只不過希望真相符合她的設定，她從不認錯，不妥協，不認輸，可她忽然懂了一件事，妥協才是最深沉最鋒利的戰術，而過去她不曾懂，是因為她這一生根本沒弄清她要什麼，所有那些她以為她想要的，她都沒真想要，因為她怕，她怕真心想要一件東西。

但她的內裡還是有渴求的聲音的，她不具體明白的什麼，就算她始終找不到一處錨定的所在，她還是渴望被某一片屬於她的海擁抱。即便那是虛幻。

她穿上防風外套走出車外，外頭比想像中的溫暖。先前橫在眼前的沙丘沒入黑暗裡，看不見了，她想像有人搬走了那一整排沙丘，她想像她原地轉圈，轉到她已經弄不清它在哪兒，一旦眼睛看不見，存在便喪失了意義。她明明知道它在，是麼？她真的知道？她忖著明天她如何能繞到沙丘的另一側，就在這個時候，她一抬眼，約莫在方才那些沙丘的位置的上方，天空出現了一條飛舞的螢綠色光。

那是什麼？

那光芒的明亮，簡直像在燃燒，簡直像天空是一張黑色的紙，被打橫燒開了一條裂縫，一瞬間從那裂縫張牙舞爪著了火，可那光焰並不凶猛刺眼，而是從容又飄渺的，像長長的拖曳的薄紗裙襬隨著優雅邁開的腳步那樣輕輕搖晃，原本的螢綠也隨著那搖晃變換顏色，滿天星斗依舊發出鑽石般的閃亮，她望著那奇幻的景致，臉上的表情從驚奇、困惑、讚嘆和激動，逐漸轉為虔誠、肅穆、寧靜，直至一種無以名之的孤寂的荒涼。

27.

陡地睜開眼。

視線裡什麼都沒有，除了一片黑暗。

一剎那孫海風不知自己身在何處，為何在這裡？這裡又是哪裡？腦子是徹底的空白，彷彿惶惶然不明所以掉進了陌生虛無的時空，驚得他心臟若遭電擊般猛跳了起來。

身體也無法動彈。

幾秒鐘他才想起來他被安全帶緊緊繫在座位上。有股力量扯著他，迂緩綿延的奇怪力量，那是重力，車身是傾側的。他想解開安全帶，卻力不從心，他被卡在無從描摹的形狀裡，只能有限地動彈。

對了，他應該是翻了車。

想起什麼似的，他喚了一聲端飛，沒有回應。

他又加大了聲量，周遭依舊只有安靜。他索性扯開嗓子放聲喊，前兩三聲他還羞赧著想裝一番沉穩，怕急了要給端飛笑，可他寧願端飛取笑了，怎麼嘲弄他都沒關係，別沉默無聲。他又高喊，慌了，嗓聲都帶了破音。

恐懼淹沒了他，心跳越發劇烈，他逼自己鎮靜下來，感覺撲到臉上的冷空氣，車窗必定是破了，他屏氣凝神，側耳傾聽，搜索空氣裡是否有端飛的呼吸聲。耐心的，黑暗裡他只能靠這雙耳朵，在這寂靜的沙漠，無風的夜晚，沒有任何雜音會混淆聽覺。

「端飛？」他悄聲帶著揚起的尾音，好似方才端飛回應了似的。「你沒事嗎？」

他其實什麼都沒聽到。

他想伸手去觸摸，但唯一能讓他通過障礙物的角度，他不知那是什麼方向。

恐懼像一張濕冷的薄膜刷地張開，把他包覆勒纏住，他把一雙眼張得老大，呼吸急促起來。

端飛究竟在哪兒？

「很抱歉，我又搞砸了。」他顫抖地說。

面對這份靜默，他極力壓抑著心中一陣一陣膨脹的驚恐，有時他問端飛問題，端飛也不見得給他答案，也許端飛在思考，也許他壓根沒把他的問題放在心上，一如以往？

「我又搞砸了，這不是我的本意。」

當初其實不想愛上佐依的。結果還是一點一滴地喜歡她了，不由自主地習慣身邊有她了，他看著這些發生，知覺這些發生的，卻沒有迴避。他不想當一個讓佐依覺得無聊而每晚投到別人懷抱的人，可是卻無能改變自己，也不願改變自己，明知佐依越離越遠，卻相信自己不在意。不想讓父親孤獨地死在河裡，不想要什麼遺產，不想來大陸，更不可能料到殺死叔父，是因為眼睛壞了，是因為周遭的人慫恿，是因為想從心煩的地方逃開，都不是他原本情願。被莫名其妙帶來沙漠，不是他選擇參加比賽的，不是他想失去記憶的，不是他主動說自己是嚴英的。我何嘗想撞傷朝星輝？我情願泰軍不為了救我被秋山打死，我不想丟下伍皓拂袖而去，我發誓願意用一切交換不跟丟晉廣良，不是我想走到今天這一步的。我不曾努力嗎？我不曾拚命嗎？我做的一切為的不是得到這些令我痛苦、悔恨、哀傷、我不想要的。我沒有錯，可為什麼？

他用力搖晃身體，感覺沙子簌簌掉落。

「端飛？你在哪兒？」他喊。拜託你應我一聲。

以前他老想著有一天要看不見，盡可能在還能看的時候看得夠，盡可能的去看若不看以後會後悔的事，卻衡量不出怎樣才叫看得夠，怎樣才叫不看以後會後悔的事。這太可笑了，他就沒想過，為什麼還有明天？為什麼他以為明天他還看得見？為什麼當他的眼前一片黑暗時他沒想過這就是結束？

他再也不用著急去看什麼了，他或許再也看不見了，他難道不是貨真價實地瞎了？但看不見又怎樣？就算眼睛看不見，端飛可以領他。不都說端飛領航瞎子都能拿冠軍？就由我來證明吧！

可以的，為何老望向回頭過往？也許當初失去記憶就是一個暗示，他卻沒明白。人僅有的真實唯獨稍縱即逝的眼前。他是有點兒瞭解得太慢，他老在怨怪端飛，事實上他從未真正信任他，說穿了，他沒理解過任何人，也未曾如他自己以為的那樣在乎。但他現在知道如何做得更好了，現在他也懂翻沙樑子了，他在戈壁上也開得夠快了，下次再同這幫傢伙較量，他可未必輸。他和端飛會是最好的搭檔，比誰都適合，他的壞毛病都可以改，誰教他這個人悟性這麼高呢！他想像著那太陽熾烈的熱度，聽著那發動機的轟鳴聲。或許他還沒想清楚怎麼面對佐依，但他不覺得她那麼令他難受了，他和她終究是有過快樂的。沒有什麼解決不了的問題。突然間那些痛苦，那些失去，那些不該犯的錯誤，都不重要了，經歷了這一切，他可不是從前的他了，就算瞎了，就算失去一切，就算再難再可怕的事等在前面，他都不怕了，他的心情振奮起來，可以的，只要走出這個沙漠。

「端飛？說點話呀！領航不是指路的人麼……」

天空出現極光般壯麗絢爛而魔幻的光彩，他看不見，可彷彿感覺到了什麼，他張大了眼睛，窮盡虛無的目力，只看見漆黑。

他喊端飛的名字，要他指給他前面有什麼，他耐心地等待端飛跨著瀟灑的步子走近過來，拉開車門，露出漫不經心的微笑，眼睛裡躍動著討人厭的倨傲又促狹的光，雖然他不會看得見。他豎起耳朵諦聽，敏銳地不放過即使是一根羽毛掉落在沙地上的聲音，他充滿希望地等待，但四下一片寂靜，什麼聲音都沒有，靜得有如真空。

◆人們總是說，假使時間能倒轉，可他心中沒有不存有哪一個他想回到過往將之掀起翻轉，把自己帶進另一種可能的魔術時刻，他在人生的每個片段都盡力了，沒人能衡量每一個時間點扮演著生命的河流裡怎樣的角色，人的每一個當下瞬間，都是脫落的碎片，只有成為過往，被新的一個當下所取代，才銜接回記憶的長河。就算能倒轉，也無法改變什麼。然而若可以重來，或許，或許他想的是退回到某一個時刻，就只是停下來，好好再凝視一次。

「我想帶你去見一個人。」他說。他的臉孔在陰影裡，整個人籠罩著一層灰色，煙霧飄渺中只見得他眼珠裡微弱又犀利的光在閃動。

他想帶眼前這個什麼都忘了的年輕人去見她，或許見了她，能想起什麼，他倆畢竟，畢竟……有他不知道的親密，即便他並不喜歡這樣去想。

可他把他帶到她屋子樓下，他遲疑了，突然間他覺得，他並不希望讓她見到嚴英。

他這一生，很少任性，或許他做過不少看似任性的事，可全都是他平靜地做出的他該做的選擇，即便不願意，即便冒險，即便會失去一切，他還是強迫自己做出的選擇，而他也沒有不快樂，也沒有懊悔。

這一刻，就那麼縱容自己一次，任性一下吧！

事隔五年，嚴英回來了，好好地平安活著，可他不想讓她知道，不想讓她看見。

於是他把他留在車上，就在他熄掉發動機的一瞬間做出的決定，不，其實是熄火以後他坐在駕駛座上有五六秒的時間，才驟然下的決定。

「我上去一下，你留在車上。」他對那年輕人說。

他站在她的門前時，有過猶豫，他舉起的手停留在半空中，他既然把嚴英留在車上了，他還有什麼理由來見她？他這才意識到他打從一開始就沒真的想讓她見嚴英，他只是找個理由來到她的門口；過了那麼漫長的時間，那麼不可忍耐的久，那麼他始終當作是永遠的久，又那麼的快，好似一切只是昨天，那麼他讓自己不去想而只能當作不存在的朦朧的歲月，他才找到的一個強而有力的理由，把他自己弄到這裡來。

可這個理由消失了，他自己把它消滅了，他應該靜默地，轉身就走。

他回頭，走進黑暗，踱下那老舊的樓梯，放輕腳步，他想像他沒撳那個門鈴，悄悄離開，跟不曾來過一樣，但實際上他的身體在不自覺的狀態下做出了相反動作，撳門鈴，走進那扇門。

北合組織

文學叢書 491

INK PUBLISHING

寂光與烈焰

作　　者	成英姝
總 編 輯	初安民
責任編輯	宋敏菁
美術編輯	林麗華
校　　對	呂佳眞 成英姝 宋敏菁

發 行 人	張書銘
出　　版	INK印刻文學生活雜誌出版有限公司 新北市中和區建一路249號8樓 電話：02-22281626 傳眞：02-22281598 e-mail：ink.book@msa.hinet.net
網　　址	舒讀網http://www.sudu.cc

法律顧問	巨鼎博達法律事務所 施竣中律師
總 代 理	成陽出版股份有限公司 電話：03-3589000（代表號） 傳眞：03-3556521
郵政劃撥	19000691 成陽出版股份有限公司
印　　刷	海王印刷事業股份有限公司

港澳總經銷	泛華發行代理有限公司
地　　址	香港新界將軍澳工業邨駿昌街7號2樓
電　　話	(852) 2798 2220
傳　　眞	(852) 2796 5471
網　　址	www.gccd.com.hk

出版日期	2016年6月　初版
ISBN	978-986-387-101-9

定　價　599元

Copyright © 2016 by Ying-Shu Cheng
Published by INK Literary Monthly Publishing Co., Ltd.
All Rights Reserved
Printed in Taiwan

長篇小說 創作發表專案
20th 國｜藝｜會 NCAF　PEGATRON 和碩聯合科技股份有限公司

國家圖書館出版品預行編目資料

寂光與烈焰 / 成英姝 著；
--初版，--新北市：INK印刻文學，
2016.06　面；14.8 × 21公分（文學叢書；491）
ISBN 978-986-387-101-9（平裝）
857.7　105007338

版權所有・翻印必究
本書如有破損、缺頁或裝訂錯誤，請寄回本社更換